Sabine Weiß
DAS KABINETT
DER WACHSMALERIN

Sabine Weiß

DAS KABINETT DER WACHSMALERIN

Der Madame-Tussaud-Roman

Marion von Schröder

Marion von Schröder ist ein Verlag der Ullstein Buchverlage GmbH

ISBN 978-3-547-71125-7

© 2009 by Ullstein Buchverlage GmbH, Berlin
Alle Rechte vorbehalten
Gesetzt aus der Aldus PostScript bei
Pinkuin Satz und Datentechnik, Berlin
Druck und Bindung: Bercker Graphischer Betrieb, Kevelaer
Printed in Germany

Für Marianne und Wolfgang

KAPITEL 1

Dover, 1802

Der Zollbeamte würde den Schock seines Lebens bekommen, und Marie konnte nichts tun, um es zu verhindern. Wiederholt hatte sie ihn angesprochen, aber er hatte nicht reagiert. Dabei war sie sicher gewesen, dass ein Zöllner, der mit dem Grenzverkehr zwischen Frankreich und England zu tun hatte, auch der französischen Sprache mächtig war. Das schien jedoch nicht der Fall zu sein. Und die wenigen Brocken Englisch, die Marie bislang sprach, hatten einfach nicht ausgereicht.

Das Stemmeisen fraß sich in die Holzkiste hinein, mit einem Krachen gab der Deckel nach. Rot leuchtete unter der Strohfüllung das Blut am Wachskopf der hingerichteten Marie Antoinette hervor. Dass er unter ihren vielen Kisten ausgerechnet diese öffnen musste! Der Mann fuhr zurück, fasste sich wieder und schrie einen Befehl. Soldaten stürmten in den Raum und umzingelten Marie, der vierjährige Joseph schlang erschrocken die Arme um ihre Hüfte. Marie war zierlich, aber umgeben von den Bewaffneten kam sie sich winzig vor. Soldaten, Waffen, Verhaftung, Kerker, Todesangst – mit einem Mal war die Erinnerung wieder lebendig an das Jahr 1794, in dem sie und ihre Mutter in Paris verhaftet und eingekerkert worden waren und ihnen der Gang auf die Guillotine gedroht hatte. Angst erfasste sie. Sollte ihre Tournee in England im Gefängnis enden, bevor sie richtig begonnen hatte? Entschlossen drängte Marie die Erinnerungen zurück.

»Es ist ein Missverständnis! Der Kopf ist nicht echt, er ist aus Wachs! Ist denn niemand hier, der meine Sprache beherrscht?«, fragte sie laut. Die Soldaten sahen sie ratlos an. Endlich fand sich ein Mann, der sie verstand. Er übersetzte ihre Worte, die feindliche Haltung der Soldaten ließ etwas nach. Ein Uniformierter wurde hinausgeschickt und kehrte mit einem Zollbeamten zurück, der weitere Wachsköpfe aus der Kiste holte. Schließlich hielt er einen Wachskopf hoch – es war der von Napoleon Bonaparte.

»Was für eine Erklärung haben Sie für diese gefährliche Fracht, Madame?«, fragte er in fast akzentfreiem Französisch.

»Ich bin Künstlerin und im Auftrag des gefeierten Wachsfigurensalons von Curtius unterwegs. Dieser Salon in Paris ist für die Lebensechtheit seiner Kunstwerke berühmt. Jetzt, nachdem endlich der Frieden zwischen unseren Ländern wieder eingekehrt ist, möchte ich in London seine Wachsfiguren ausstellen.« Auch wenn Marie seit dem Tod ihres Ziehonkels Curtius der Wachssalon gehörte und sie weitaus die meisten Figuren selbst hergestellt hatte, hielt sie diese Information jetzt zurück. Sie wollte den Beamten nicht noch mehr verwirren.

»Madame, Sie sollten wissen, dass der Friede brüchig ist. Boney«, zum ersten Mal hörte Marie den Spitznamen, den die Engländer Napoleon gegeben hatten, »stellt unsere Geduld auf eine schwere Probe. Dieser Wachskopf könnte für eine Kriegslist genutzt werden«, sagte der Beamte ernst.

Marie hatte nicht geahnt, dass sie so misstrauisch empfangen werden würde, denn nach beinahe zehn Jahren Krieg zwischen Frankreich und England war der Friedensvertrag, der in der französischen Kleinstadt Amiens geschlossen worden war, von beiden Völkern erleichtert gefeiert worden. Seitdem wimmelte Paris von englischen Touristen. Auch französische Adelige, Priester und Royalisten, die in England vor dem Revolutionsregime Zuflucht gefunden hatten, kehrten nun in großer Zahl in ihre Heimat zurück.

Marie machte sich von ihrem Sohn los, flüsterte ihm ein paar beruhigende Worte ins Ohr und ging auf den Zollbeamten zu. »Darf ich?« Sie nahm ihm den Wachskopf aus der Hand und drehte ihn herum. »Sehen Sie, er ist leer. Keine geheimen Botschaften oder Waffen sind hier versteckt. Und wenn es Sie beruhigt, ich habe diesen Kopf mit meinen eigenen Händen geschaffen. Kein Soldat Napoleons hatte damit zu tun. Nur eine einfache Frau.«

Der Mann sah sie verdutzt an. Die Soldaten kamen näher. Jetzt trieb die Neugier sie an, Marie kannte diesen Blick von den Besuchern des Kabinetts genau. Marie musste ihre Sensationslust befriedigen, sie übersprang die erste Begegnung mit Napoleon, bei der er den Wachssalon aufgesucht und die Figur Robespierres bewundert hatte, und kam gleich zur Schilderung ihrer eigentlichen Porträtsitzung.

»Ein Zufall hatte mich mit der Ehefrau des französischen Herrschers bekanntgemacht. Auch das Wachsabbild der schönen Joséphine finden Sie in diesen Kisten. Ihrer Fürsprache habe ich es zu verdanken, dass mir Napoleon eine Porträtsitzung gewährte.« Sie hielt den Wachskopf nun so, dass alle ihn gut sehen konnten. »Morgens um sechs Uhr sollte ich mich im Palast der Tuilerien einfinden. Der Erste Konsul erwartete mich bereits ungeduldig, also fing ich umgehend an. Ich sagte ihm, dass er nicht erschrecken solle, wenn ich sein Gesicht mit einer Gipsschicht bedecken würde, um die Maske anzufertigen, denn er würde durch die Strohhalme in seinen Nasenlöchern atmen können. Er wurde ärgerlich und rief: ›Erschrecken! Ich würde nicht einmal erschrecken, wenn Sie um meinen Kopf herum geladene Pistolen halten würden.‹« Einige Soldaten konnten sich ein Lachen nicht verkneifen. »Letztlich war er so zufrieden mit seinem wächsernen Abbild, dass er zwei seiner Generäle zu mir schickte, damit ich auch sie porträtieren konnte«, erklärte Marie. »In der Ausstellung gibt es Napoleon, seine Frau und seine Generäle in Lebensgröße und in originalgetreuer Kleidung zu sehen. Ich würde mich sehr freuen, wenn Sie sich in einigen Wochen im Lyceum-Theater selbst davon überzeugten, wie lebensecht und menschlich zugleich die Figuren wirken.« Sie legte den Wachskopf in die Kiste zurück.

Der Beamte war beruhigt. Er bat um Verständnis dafür, dass sie auch die anderen Kisten öffnen müssten, um sich von der Harmlosigkeit des Inhalts zu überzeugen. Dieses Mal waren die Männer vorsichtiger. Anschließend entschuldigte er sich bei Marie. »Normalerweise haben immer Beamte Dienst, die in anderen Sprachen bewandert sind, oder es sind Übersetzer zur Hand. Ich wünsche Ihnen einen angenehmen Aufenthalt in England und viel Erfolg mit Ihrer Ausstellung. Mich zumindest haben Sie neugierig gemacht.«

Das Novemberwetter war klar und kalt. Der Wind hatte alle Wolken vertrieben, schon in Dover hatten die weißen Klippen in der Wintersonne gestrahlt. Marie hatte für den Transport ihrer Kisten gesorgt und mit Nini, wie sie ihren Sohn Joseph nannte, die nächste Postkutsche nach London bestiegen. Es war ein beeindruckendes Gefährt, das von vier Pferden gezogen wurde, die Garde war bewaffnet und trug ein Horn bei sich, das in jeder Stadt und an jeder Station ertönte. Sie passierten Schlagbäume, wo der Wegzoll entrichtet werden musste. Alle paar Meilen wurden die Pferde mit einer Schnelligkeit gewechselt, dass man es kaum bemerkte. Nun hielt die Kutsche auf einer Anhöhe an, von der aus die Fahrgäste ihr Ziel betrachten konnten. Auch Marie und Nini stiegen aus. London war so groß, dass es sich am Flusslauf entlang erstreckte, so weit das Auge reichte. Steinkohledampf strömte aus tausenden Schornsteinen und hüllte die Stadt in einen grauen Schleier. Nini staunte über die vielen Schiffe, die die Themse bedeckten. Ein Wald aus Masten schien auf der Wasseroberfläche im Wind zu schwanken. Dahinter erhoben sich, wie ihnen ein Mitreisender erklärte, der Turm der St.-Pauls-Kathedrale, der Doppelturm der Westminsterabtei sowie die Türme über hundert weiterer Kirchen. Die Stadt wirkte riesig. Marie hatte noch nie eine so gewaltige Ansammlung von Häusern gesehen. Sie vertraten sich noch ein wenig die Füße, dann gab der Kutscher das Signal zum Aufbruch. Später fuhren sie über eine breite Straße nach London hinein. Marie glaubte ein paarmal, dass sie ihr Ziel, die Stadtmitte, erreicht hatten, weil das Gewimmel auf den Straßen so dicht geworden war, aber die Kutsche ruckelte immer weiter. Sie fühlte sich erschlagen von der schieren Größe der Stadt. Auch Nini konnte sich kaum vom Kutschfenster lösen. Schließlich hielt der Wagen, und sie stiegen erschöpft aus. Marie musste nun nur noch ein Fuhrwerk finden, das sie in ihre Unterkunft in der Surrey Street brachte. Der Lärm auf den Straßen kam ihr ohrenbetäubend vor. Ein Kutscher beschimpfte einen Passanten als »blinden Hund«, damit er aus dem Weg ging, Händler priesen lauthals ihre Waren an, jemand schrie »Haltet den Dieb«, weil ihm sein Taschentuch gestohlen worden war, umherziehende Musiker schlugen das Tamburin und spielten die Fidel dazu. Endlich fanden sie die richtige Kutsche.

Das Haus in der Surrey Street, einer kleinen Straße, die das Themseufer mit der Vergnügungsmeile mit dem Namen »the Strand« verband, machte einen einfachen, sauberen Eindruck. Ihre Wirtin, eine korpulente Dame, die gepflegt, aber für ihr Alter in zu leuchtende Farben gekleidet war, begrüßte sie freundlich und zeigte ihnen ihr Zimmer. Es war mit Tapeten und Teppichen ausgestattet und möbliert. Sie wies Marie einen Schrank zu, in dem sie Brot, Butter, Tee und Kaffee für die täglichen Mahlzeiten lagern konnte, und gab ihr den Schlüssel dafür. Als die Wirtin gegangen war, spürte Marie erst, wie anstrengend die Reise gewesen war. Ihr Blick blieb im Spiegel hängen, der auf der Kommode stand. Haarsträhnen hatten sich gelöst und fielen ihr dunkel über das Gesicht, unter ihren Augen wölbten sich halbmondförmige Schatten. Sie war beinahe einundvierzig Jahre alt, heute sah man es. Sie nahm ihr Brusttuch ab und hängte es über den Spiegel. Nini war schon auf das Bett gefallen, Marie setzte sich neben ihn. Sie überlegte einen Moment, ob sie gleich losgehen sollte, um ihren Geschäftspartner Monsieur de Philipsthal aufzusuchen, aber da war ihr Sohn schon eingeschlafen. Sie konnte sich ebenso gut einen Moment ausruhen. Marie schnürte ihre Schuhe auf und legte sich neben ihn. Auch ihr fielen die Augen zu.

Steif lag Marie auf dem Bett, sie konnte nur mühsam den Schlaf abschütteln. Sie war verspannt, die Reise steckte ihr in den Knochen, sie mochte sich jedoch nicht herumwälzen, aus Angst, Nini zu wecken. Am liebsten hätte Marie ihre beiden Söhne mit nach London genommen. Der Gedanke an ihr Nesthäkchen Françison schnürte ihr den Hals zu. Doch ihr Ehemann, nach dem der zweijährige François benannt worden war, hatte darauf bestanden, dass dieser Sohn bei ihm blieb. Marie spürte die Wärme ihres Kindes und fühlte, wie sich ihre Gesichtszüge in einem Lächeln entspannten. Wie groß Nini schon war mit seinen vier Jahren, und doch war er noch ein kleines Kind. Sie verlangte viel von ihm, manchmal mehr, als sie ihm zumuten konnte. Das Licht der aufgehenden Sonne ließ seinen Schopf schimmern. Er hatte die schönen schwarzen Haare seines Vaters. Ach, François, Geliebter. War sie in den letzten Wochen zu hart zu ihrem Mann gewesen? Aber sie konnte seine Trägheit und seine Leichtlebigkeit einfach nicht mehr ertragen. Der Wachssalon war für ihn eine lästige Pflicht, der er sich so schnell wie möglich entledigen wollte, damit mehr Zeit für seine Immobiliengeschäfte blieb. Dabei hatte der Salon sie in den letzten Jahren ernährt, während seine Geschäfte die Familie immer tiefer in die Schulden gestürzt hatten. »Warum lässt du mich nicht nach England fahren, ich war doch schon einmal dort?«, hatte François sie gefragt, als sie am letzten Abend aneinandergeschmiegt im Bett gelegen hatten. Die bevorstehende Trennung hatte die Alltagssorgen verdrängt, hatte sie wie Jungverliebte wieder zusammenfinden lassen. Marie war froh darüber, sie hatte sich nach seinem Körper, seinen Zärtlichkeiten gesehnt. Sie versuchte seine Frage möglichst zartfühlend zu beantworten, denn ihre Reisepläne hatten François' Laune arg gedämpft. Einige Monate nach ihrer Hochzeit im Oktober 1795 hatte sich schon einmal die Möglichkeit ergeben, die Figuren in England zu zeigen. Natürlich bestand François, der sich gerade in seine Rolle als Mitverantwortlicher für das Kabinett Curtius' hineinfand, auf dieser Chance. Er wollte ihr wohl auch beweisen, dass er dieser Aufgabe gewachsen war. Marie war die Trennung damals schwergefallen, zumal sie kurz vor seinem Aufbruch festgestellt hatte, dass sie schwanger war. Sie hatte ihm von ihrer Schwangerschaft erzählt, er war dennoch abgereist. *Curtius' großartiges Kabinett der Kuriositäten* machte in Städten wie London, Norwich und Birmingham halt und wurde von den Zeitungen als das »Nonplusultra der Künste« gefeiert. Alles wäre gut gewesen, hätte nicht ihr Ehemann einen Teil des Gewinns in eine »geniale Geschäftsidee« in England investiert – und alles verloren. Seitdem hatte sie gewusst, dass sie ihm ihr Geld nicht anvertrauen konnte.

Dieses Mal durfte nichts schiefgehen. Wie Curtius würde sie die Ausstellung in England Wachsfigurenkabinett nennen, denn einen Wachssalon kannte man nur in Paris. Vielleicht würden sich ja auch einige Besucher an das Kabinett erinnern. Sie würde es besser machen als François und erst wieder zurückkehren, wenn ihre Geldbörse prall gefüllt war – und das je früher, desto besser, das nahm sie sich vor.

Als sie aus ihrem Zimmer traten, überschwemmte die Magd gerade den Vorplatz des Hauses und den gepflasterten Fußweg mit Wasser und scheuerte ihn. Während sie auf das Frühstück warteten, staunte Marie über die Akribie, mit der die Magd auch die Fußteppiche in den Wohnzimmern bürstete, die Tische und Stühle mit einem wollenen Tuch abrieb und selbst die Feuerzangen und Schaufeln, die im Kamin standen, blank hielt. Einige Zeit später erschien ihre Wirtin. Bei gebuttertem Brot und Tee fragte sie Marie nach ihrer Reise und ihren Plänen aus. Nini beobachtete Tom, den etwa zehnjährigen Sohn des Hauses, der ungerührt mit seinem Toast herummatschte.

»Ein Wachsfigurenkabinett?«, fragte die Wirtin gerade und wischte sich mit dem Tischtuch die buttrigen Lippen ab. »Was soll denn daran besonders sein? Wachsfigurenkabinette haben wir hier schon lange! Gerade kürzlich habe ich eines auf der Bartholomäusmesse besucht. In der Fleet Street gibt es die Wachsarbeiten von Mrs Salmon, die sind stadtbekannt. Catherine Andras darf sich ›Wachsmodelliererin von Königin Charlotte‹ nennen und stellt regelmäßig in der Königlichen Akademie aus. Und sogar in der Westminsterabtei stehen Wachsfiguren. Wenn das alles ist, was Sie anzubieten haben, hätten Sie sich die Reise sparen können.« Marie fühlte sich, als hätte ihr jemand ins Gesicht geschlagen. Sie legte ihren Toast auf den Teller und tastete in ihrer Tasche nach einem Taschentuch, denn sie mochte sich die Finger nicht am Tischtuch abwischen.

»Es sind nicht nur die Figuren. Wir haben Modelle der Bastille und der Original-Guillotine«, sagte sie ruhig. Lange hatte Marie mit sich gehadert, dieses Modell mitzunehmen, denn zu viele schreckliche Erinnerungen waren für sie mit der Guillotine verbunden. Manchmal schreckte sie nachts hoch, weil sie die Bilder der grauenvollen Hinrichtung von Madame Dubarry, der Mätresse des Königs, bis in den Schlaf verfolgt hatten. Die Wirtin blieb kühl.

»Kennen wir schon«, meinte sie ungerührt und schenkte sich Tee nach. »Bei Mrs Salmon kann man auch die schrecklichen Zellen der Bastille sehen.« Ihr schien es Freude zu machen, Marie zu entmutigen, die langsam in ihrem Sitz zusammensank. War denn alles umsonst gewesen? Hätte sie sich diese Reise sparen können? Wäre sie besser in Paris bei ihrer Familie geblieben und hätte den Wachssalon dort auf Vordermann gebracht? Sie machte einen letzten Versuch, die Wirtin von der Güte ihrer Ausstellung zu überzeugen.

»Wir präsentieren auch die Figuren der letzten königlichen Familie von Frankreich, von König Ludwig XVI., seiner Frau Marie Antoinette und ihren Kindern. Außerdem zeigen wir die Totenmasken der Revolutionäre. Ich habe sie eigenhändig nach der Hinrichtung abgenommen. Der Konvent hat mich dazu gezwungen ...« Das würde es doch wohl in London nicht geben. Niemand außer ihr dürfte im Besitz dieser Originalmasken sein.

»Tatsächlich?« Die Wirtin beugte sich vor. Auch Tom hatte jetzt aufgehört, sein Frühstück zu malträtieren. »Das muss ja grauenvoll gewesen sein. Erzählen Sie doch mal, Mrs Tussaud!«

Marie begann, von ihren Erlebnissen während der Revolution zu berichten. Begeistert hörte ihr die Wirtin zu. Je grausiger die Ereignisse wurden, umso besser schien es ihrer Hausherrin zu gefallen. Marie indessen wurde unruhig, Arbeit lag vor ihr. Schließlich konnte sie sich losreißen. Sie konnte es kaum erwarten, mit Monsieur de Philipsthal zu sprechen.

Die Lage ihrer Unterkunft war gut gewählt. Marie und Nini mussten nur ein Stück zu Fuß gehen, bis die Surrey Street in »the Strand« mündete. Zu ihrer Rechten bestimmte eine Kirche das Straßenbild, sie schlugen die andere Richtung ein. Ihr Weg führte sie an einem palastartigen Gebäude vorbei. Marie fragte einen Passanten, um welches Bauwerk es sich handelte und erfuhr, dass es Somerset House sei, ein öffentliches Gebäude, in dem unter anderem die Königliche Malerakademie untergebracht war. Ein prächtiger Bau, aber kein Vergleich mit dem Louvre, fand Marie. Im weiteren Verlauf der Straße stand ein Kaufmannshaus an dem anderen, die meisten waren von oben bis unten mit Schildern behängt. Marie musste an den Ausspruch Napoleon Bonapartes denken, der England als »Nation von Krämern« bezeichnet hatte. In goldener Schrift pries ein Schuhflicker seine Arbeit an, ein Branntweinhändler warb für seine Liköre, und meistens fand sich noch eine Inschrift, die darauf hinwies, dass hier schon ein Mitglied der Königsfamilie gekauft hatte. Die Engländer schienen sehr stolz auf ihr Königshaus zu sein. Marie staunte über das saubere Straßenpflaster, an dessen Rand es auf beiden Seiten Steinplatten für Fußgänger gab, so dass ihr das Zu-Fuß-Gehen sicherer als in Paris erschien. Trotzdem erschrak Nini über die Kutschen, die aus der Mischung aus Steinkohledämpfen und Nieselregen plötzlich hervorbrachen und an ihnen vorbeipreschten. Marie wunderte sich über die Frauen, die mit ihren knöchellangen Mänteln, Stiefeln und Gamaschen Wind und Wetter trotzten, während die Männer sorgfältig in Flanell gehüllt erschienen und sich unter ihren Regenschirmen versteckten. Waren die Männer hier zimperlicher als die Frauen? Die Menschen waren auffallend gut gekleidet, sogar Bettler schienen unter ihrer zerlumpten Kleidung saubere Hemden zu tragen.

Das Lyceum-Theater befand sich am östlichen Ende der Straße. Es war ein schlichtes, vierstöckiges Gebäude, an dem einzig der säulengeschmückte Eingang auffiel. An der Wand sah sie ein Plakat, das auf Philipsthals Phantasmagoria hinwies. Darauf war eine Art Zauberer abgebildet, der in einem magischen Kreis stand und mit Hilfe eines Totenschädels einen Geist beschwor. In einer weniger aufgeklärten Zeit hätte man Monsieur de Philipsthal wegen seiner Illusionskünste genauso für einen Zauberer gehalten wie meinen Onkel oder mich, weil wir lebensecht wirkende Wachsfiguren erschaffen können, dachte Marie. Zufrieden stellte sie sich vor, wie bald auch ihr Plakat hier hängen würde.

Die Vorführung sollte gerade beginnen, kurzentschlossen schlich sich Marie mit Nini in den Theatersaal. Sie fanden noch einen Platz in einer der hintersten Reihen. Der Raum wurde nur durch eine einzelne Lampe, die von der Decke herabhing, erleuchtet. In diesem Halbdunkel wurde plötzlich der Vorhang hochgezogen und enthüllte eine Höhle, in der Skelette und andere gruselige Figuren zu sehen waren. Sie spürte, wie Nini sich auf ihrem Schoß versteifte. Das Licht begann zu flackern und verlosch ganz. Auf einmal fuhr ein grollendes Donnern in ihre Glieder, ein Blitz blendete sie. Ihr Sohn schreckte auf, versteckte sein Gesicht an ihrem Hals. Auch Maries Puls schlug schneller. Beruhigend streichelte sie ihm über die Wange. Ein grausiger Bilderreigen begann. Aus dem Nichts tauchte ein Skelett auf und huschte über eine Mauer. Der Kopf eines Mannes verwandelte sich vor ihren Augen in einen Totenschädel. Geister schwebten an ihr vorbei, ein scheinbar endloser Totentanz. Dann wurde es wieder dunkel. War es endlich vorbei? Durften sie in die Welt der Lebenden zurückkehren? Erst jetzt spürte Marie, dass ihr Hals feucht war, Nini weinte. Ruckartig stand sie auf. Sie musste hier raus. Sie presste ihren Sohn an sich und drängte sich durch die Sitzreihe. Die anderen Zuschauer brummten unwirsch. Endlich hatte sie das Ende der Reihe erreicht, da brach direkt vor ihr ein leuchtend rotes Gesicht aus der Tiefe des Raumes hervor. Ein schriller Schrei klingelte in ihren Ohren. Marie strauchelte, ihr Sohn schrie auf. Der Geist verfolgte sie, streckte die Finger nach ihr aus. Marie hörte Frauen kreischen. Der Geist wandte sich von ihr ab. Im Zuschauerraum breitete sich Panik aus. Männer riefen nach Licht. Endlich hatte sie den Ausgang gefunden. Marie taumelte hinaus, suchte verzweifelt nach einer Bank. Schließlich ließ sie sich in einer Ecke auf den Boden sinken. Es war keine gute Idee gewesen, sich Monsieur de Philipsthals Auftritt anzusehen. Marie wiegte ihren Sohn auf dem Schoß. Langsam beruhigte er sich und auch das Zittern ihrer Glieder ließ nach. Die Rufe, das erregte Sprechen und das Getrappel der Schuhe waren jetzt verebbt. Marie schob ihren Sohn von ihrem Schoß, erhob sich und nahm Ninis Gesicht in die Hände. Zart wischte sie ihm die Tränenspuren von den Wangen und drückte ihm einen Kuss auf die Stirn. Es half nichts, sie mussten mit Philipsthal sprechen.

»Wie sehen wir nur aus, wir zwei?«, flüsterte sie. Sie strich ihm die Haare glatt und rückte sein Hemd zurecht. Lächelnd sah sie an sich herab. »Und ich, was ist mit mir?«, fragte sie. Nini zupfte ihr einen Fussel vom Kleid.

»Jetzt siehst du wieder gut aus, Maman.« Er sah sie tapfer an und nahm ihre Hand. Als sie sich erneut dem Theatersaal näherten, wurde er immer langsamer, er hatte doch Angst.

»Willst du hier auf mich warten? Aber rühr dich nicht von der Stelle!«, wies Marie ihn an.

Aus dem Saal waren Geräusche zu hören. Marie trat näher. Jetzt, wo das Theater erleuchtet war, sah sie die gewölbte Decke und die Galerien, die teilweise mit schwarzen Tüchern verhängt waren. Hinter einem der Vorhänge hörte sie Stimmen. Sie schob das Tuch zur Seite und trat dahinter. Monsieur de Philipsthal, seine Frau und ein Gehilfe liefen zwischen optischen Geräten, Projektionsapparaten und Lampen hin und her, auf dem Boden stand ein mit schwarzem Stoff bezogenes Holzgestell, das von einer roten, durchscheinenden Maske gekrönt wurde. Bei Licht besehen sah der Geist der *Roten Frau* nur noch wie ein schlichtes Stück Kunsthandwerk aus.

»Bonsoir, Madame und Monsieur de Philipsthal«, sagte sie laut. Die beiden sahen erstaunt auf. Paul de Philipsthal kam auf sie zu, nahm wortlos ihren Arm und zog sie wieder in den Theatersaal. Seltsam, als ob er etwas zu verbergen hat, dachte Marie.

»Der Zutritt in diesen Raum ist für Unkundige verboten. Der Umgang mit der Laterna magica ist nicht ungefährlich. So manchem ist das Gerät schon explodiert«, sagte er und richtete seine tadellos gebundene Krawatte. Wie immer trug er einen edlen Anzug, dieses Mal aus schwarzem Stoff, die Haare waren sorgfältig frisiert. Dann nahm er ihre Hand und deutete einen Handkuss an. »Jetzt muss ich Sie erst einmal richtig begrüßen. Willkommen im Lyceum-Theater, Madame. Ich hatte heute noch gar nicht mit Ihnen gerechnet.«

»Die Reise war unkomplizierter als erwartet«, sagte Marie. »Wir hatten sogar Zeit, Ihren Auftritt anzuschauen. Ich hatte den Eindruck, dass nicht nur der Umgang mit der Laterna magica gefährlich sein kann, sondern dass auch einige Besucher sich bedroht fühlten.« Monsieur de Philipsthals Wangen röteten sich.

»Dabei wurde schon genug über den Auftritt der *Roten Frau* berichtet! Langsam müsste sich doch herumgesprochen haben, dass dabei nichts passieren kann.« Er schnalzte missbilligend mit der Zunge.

»Aber lassen Sie nur, diese Tumulte sind gut für uns. Je mehr das Publikum sich aufregt, umso besser ist es für das Geschäft. Sollen sie ruhig erzählen, was für ein Schrecken der von mir beschworene Geist ihnen eingejagt hat. Von der Vorliebe der Engländer für das Makabere können Sie und ich nur profitieren.«

»Das hoffe ich sehr«, sagte Marie. Sie dachte daran, wie sie Philipsthal im letzten Sommer wiederbegegnet war. Ihr Onkel hatte den Schausteller und Freund während der blutigen Phase der Revolution aus dem Gefängnis gerettet, indem er bei Robespierre ein gutes Wort für ihn einlegte. Danach hatte Marie sporadisch von Philipsthal gehört. Möglicherweise fühlte er sich dem Hause Curtius verbunden, vielleicht hatte er aber auch das Gefühl, sich zu dessen Lebzeiten für Curtius' Hilfe nicht ausreichend revanchiert zu haben. Wie auch immer: Vor einigen Monaten war er in ihrem Wachssalon auf dem Boulevard du Temple aufgetaucht, hatte mit den enormen Summen geprahlt, die er in der letzten Saison mit seiner Phantasmagoria in London eingenommen hatte, und hatte ihr eine Partnerschaft angeboten. Da es mit dem Wachssalon nicht zum Besten stand, hatte sie sein Angebot angenommen. Ein Gastspiel in London würde hoffentlich genügend Geld in ihre Kasse bringen. Vielleicht könnte sie sogar den Kredit ablösen, der auf ihrem Haushalt lastete. Kurz nach dem Tod ihres Onkels hatte Marie erfahren, dass er Schulden gemacht hatte, für die sie als seine Erbin geradestehen musste. Die schlechten Geschäfte – die Pariser tobten sich eher in den Tanzsalons aus, als in den Wachssalon zu gehen – hatten ihr Übriges dazu getan, den Schuldenberg zu erhöhen. London sollte sie finanziell sanieren. Doch die Worte ihrer Wirtin hatten Marie verunsichert. Sie wollte mit Monsieur de Philipsthal darüber sprechen. Philipsthal riss sie aus ihren Gedanken.

»Ich muss Sie nun leider hinausbitten. Dies ist ein ungünstiger Zeitpunkt. Ich habe heute Abend noch eine Privatvorführung. Sie verstehen, die hohen Herrschaften wollen nicht hierher ins Theater kommen.«

»Wann kann ich mein Wachsfigurenkabinett eröffnen?«, fragte Marie noch.

»Bald, bald«, sagte Philipsthal ungeduldig und schob sie aus dem Saal. »Alles Weitere besprechen wir am besten morgen.«

Am Eingang des Theaters lief Nini auf sie zu. »Meinen Sohn Nini, also Joseph, kennen Sie doch noch, Monsieur de Philipsthal?«

Paul de Philipsthal blickte Marie an. Das Gesicht mit der hohen Stirn und der gewölbten Nase verzog sich zu einem Lächeln, doch Marie sah, dass die tiefliegenden Augen ernst blieben.

»Vermutlich. Aber ich wusste nicht, dass Sie ihn mitbringen. Auch darüber müssen wir morgen sprechen.«

Am nächsten Tag kam Paul de Philipsthal ihnen am Eingang des Lyceum-Theaters entgegen. »Ich habe schon auf Sie gewartet. Ich dachte, ich lade Sie zur Feier Ihrer Ankunft in ein Kaffeehaus ein. Außerdem habe ich das hier für Sie, es wird Ihnen von Nutzen sein, bis Sie Ihr Kabinett eröffnen können«, er drückte ihr ein kleines Buch in die Hand. Marie las den Titel: *Leitfaden für Reisende nach London. Eine Sammlung aller notwendigen Kenntnisse für Fremde, die in dieser Hauptstadt ankommen.* Der Autor war ein gewisser Abbé Tardy, der dieses Buch im Jahr 1800 zum Druck gebracht hatte. Marie bedankte sich. Wie aufmerksam von Philipsthal, ihr so ein Geschenk zu machen.

Marie war froh, dass sie sich heute Morgen dazu entschlossen hatte, ihr bestes Kleid anzuziehen. Es umschmeichelte ihre zarte, schlanke Figur und ließ ihren blassen Teint, ihre braunen Augen und ihr dunkles Haar sehr vorteilhaft zur Geltung kommen. Ihre Mutter Anna hatte es nach der neusten Pariser Mode geschneidert. Man trug schlichte Chemisenkleider im griechischen Stil mit hoher Taille, tiefem Ausschnitt und kleiner Schleppe. Marie hatte es genossen, auf Korsett, Reifrock und Polster zu verzichten. In England musste sie allerdings ihr Korsett wieder hervorholen, hier wurde die Taille der Frauen nach wie vor geschnürt. Die Mode stand ihr, sie wirkte damit auch in London überaus passend und modisch gekleidet, das bemerkte sie an den anerkennenden Blicken der Herren, als sie das Kaffeehaus betraten.

»Ein hübsches Kleid haben Sie an. Im Wachsfigurenkabinett sollten Sie allerdings strenger, seriöser auftreten, sonst nimmt man Sie nicht ernst. Es soll Ihnen doch nicht gehen wie der Salondame Madame Récamier, die erst neulich für einen Auflauf sorgte, weil sie sich in einem hauchdünnen Musselinkleid in den Kensington Gardens sehen ließ«, dämpfte Philipsthal ihre Zufriedenheit. Marie schwieg betreten. Als der Kellner auf sie zutrat, riet er ihr zu Tee. »Der Kaffee ist hier meist trübe und schwach. So wie die Engländer ihr Fleisch zu wenig kochen, kochen sie ihren Kaffee zu lange.« Er bestellte Schildkrötensuppe und die warmen Pastetchen, für die das Etablissement bekannt war. Während sie warteten, schwärmte Monsieur de Philipsthal von seinem Londoner Bekanntenkreis, zu dem auch Mitglieder der *beau monde*, der feinsten Gesellschaft, gehörten. Marie probierte die Suppe, verzog aber den Mund. »Cayenne-Pfeffer und Madeira-Wein«, sagte Philipsthal spöttisch. Marie hielt sich lieber an die wohlschmeckenden Pasteten und berichtete ihrem Geschäftspartner von dem beunruhigenden Gespräch mit ihrer Zimmerwirtin.

»Ja, das stimmt, Wachsarbeit hat eine lange Tradition in England. Sie werden es hier nicht so leicht haben wie in Paris. Deshalb war ich ja auch überrascht, dass Sie Ihren Jungen mitgebracht haben. Er könnte Sie ablenken von der Aufgabe, die es hier zu bewältigen gilt.« Er warf einen Blick auf Nini, der auf seinem Stuhl saß und still an einer Pastete knabberte. Nini hatte es vermieden, Philipsthal anzuschauen, die ganze Nacht über hatten ihn Alpträume geplagt, in denen ihn die *Rote Frau* jagte. »Sie verfügen jedoch über etwas Einzigartiges. Ihre Hände haben die Köpfe von Ludwig XVI. und Marie Antoinette berührt. Ihre Finger haben die verzerrten Gesichtszüge der hingerichteten Revolutionäre geglättet. Sie haben es an der Reaktion ihrer Wirtin gesehen. Das sind die Geschichten, die die Leute hören wollen. Diese Sensationslust kennen Sie doch aus Paris.«

»Aber ich spreche kein Englisch«, entgegnete Marie.

»Ich werde Ihnen für die erste Zeit meinen Sekretär, Mr Tenaveil, an die Seite stellen. Er kann Ihnen helfen.«

»Das ist zu gütig, Monsieur de Philipsthal«, sagte Marie erleichtert. Was für ein feiner Herr er doch war, und wie zuvorkommend. Philipsthal beugte sich vor. Er schien das Gefühl zu haben, dass Marie zu ihm aufsah, und genoss es sichtlich.

»Sie dürfen nie vergessen, dass viele Engländer Wachsfiguren nur vom Jahrmarkt kennen. Dieses billige Vergnügen kann unser Ziel nicht sein. Was hat meine Phantasmagoria noch mit den Guckkastenvorführungen der fliegenden Händler zu tun? Nichts!« Marie erinnerte sich an die fahrenden Schausteller, die, einen sperrigen Kasten auf dem Rücken, über den Boulevard du Temple gezogen waren. Oft warfen sie die Bilder grotesker Teufelsfratzen an die Wände, begleitet von der Musik eines Leierkastens. Anschließend sammelten sie bei den Zuschauern einige Sous ein. Philipsthal hingegen schien wahre Reichtümer angehäuft zu haben.

»Sehen Sie, wir beide haben Besseres verdient. Was wollen wir mit den armen Schluckern, die sich kaum den Eintritt leisten können? Wir müssen die Menschen ansprechen, die bereit sind, uns angemessen zu entlohnen, die wohlhabenden Geschäftsleute und den Adel. Nächste Woche wird endlich das untere Theater im Lyceum frei. Sie können schon mal Ihre Wachsfiguren auf Schäden untersuchen. Und dann kann es losgehen. Bis dahin schauen Sie sich die Stadt an – denn später werden Sie keine Zeit mehr dafür haben.«

Schon zwei Tage darauf hatte Marie die Schäden an den Wachsfiguren behoben. Sie und Nini nutzten die übrige Zeit, um London zu erkunden. Ihr erster Weg führte sie zum Palast von St. James, der sich ganz in der Nähe befand. Wie schäbig das Gebäude war, überraschte Marie. Es war alt und winklig und wirkte so gar nicht wie der Wohnsitz einer Königsfamilie. Sie gingen ein Stück weiter zum Haus der Königin Charlotte, Buckingham House genannt, einem etwas moderneren Ziegelsteinbau. Wenn sie hingegen an die Pracht von Versailles zurückdachte! Nini gefielen besonders die Kühe und Pferde, die im St.-James's-Park auf der Wiese herumliefen, und sie kaufte ihm für zwei Pence ein Glas Milch. Später liefen sie an Astleys Amphitheater an der Westminsterbrücke vorbei. Marie fragte sich, ob die berühmte Zirkusfamilie Astley noch immer die Kopien der Totenmasken der ersten Revolutionsopfer Launay und Flesselles besaß, die sie nach dem Bastillesturm für sie angefertigt hatte. In der Nähe der Londoner Brücke betrachteten sie eine turmhohe runde Säule. Sie war zum Andenken an die Feuersbrunst von 1666 errichtet worden, die große Teile von London verwüstet hatte. In der Inschrift, die Marie mühsam entzifferte, wurden die Katholiken als Mordbrenner beschuldigt. Marie wusste, dass Menschen katholischen Glaubens in England misstrauisch beäugt wurden, aber da sie keine fanatische Kirchgängerin war, würde sie unbehelligt bleiben, hoffte sie. Der Palast von Westminster, der Tower und die prächtigen Läden und Magazine in der Bond Street standen genauso auf ihrem Programm wie die anderen Wachsfigurenkabinette, denn es war immer gut, seine Konkurrenz zu kennen.

Nach ihren Besuchen wusste sie, dass sie nicht nachlassen durfte in ihren Bemühungen, ihre Wachsausstellung ansprechend und aktuell zu halten. Denn im Gegensatz zu Paris, würde sie hier um jeden Besucher kämpfen müssen. Über den Zustand der viel gerühmten Wachsfiguren in der Westminsterabtei war sie jedoch entsetzt. In der legendären Begräbniskirche englischer Könige und berühmter Briten wurden die Figuren der nationalen Größen ausgestellt, doch viele Monumente waren so mit Staub und Spinnweben bedeckt, dass man die Inschriften gar nicht lesen konnte. Das Gleiche galt für die Wachsfiguren, die in der Kapelle Heinrichs VII. aufgestellt waren. Viele der lebensgroßen Figuren früherer königlicher Familienmitglieder waren für Leichenprozessionen hergestellt worden. Schon seit Jahrhunderten pflegte man die Tradition, vor der Aufbahrung und der Beisetzung Bildnisse der Verstorbenen durch die Stadt zu tragen. Danach wurden diese Abbilder und später entstandene Gedenkstatuen in der Westminsterabtei ausgestellt. Sie waren zwar durch Schränke mit Glastüren vor den vielen Besuchern geschützt, dennoch wirkten sie zerzaust und staubgrau. Marie beobachtete, dass die Besucher besonders von den Kleidern der Figuren angetan waren, weil die Herrschaften sie angeblich schon zu Lebzeiten getragen hatten. »Als wenn sie noch lebten!«, rief ein älterer Herr mit Tränen in den Augen aus. Marie war ebenfalls gerührt, aber aus einem anderen Grund. Sie musste an die Königsgräber in der Kirche St. Denis in Paris denken, die während der Revolution vom Mob geschändet worden waren. Plötzlich überfiel sie Heimweh.

Da standen sie wieder in stiller Eintracht: König Ludwig XVI., Königin Marie Antoinette, die Philosophen Voltaire, Rousseau, die Revolutionäre Marat, Robespierre und die vielen anderen. Über dreißig Figuren hatte Marie aus Paris mitgebracht. In der Mitte des unteren Theatersaals hatte sie Napoleon und seine Ehefrau Joséphine plaziert. Marie strich den Saum von Joséphines Kleid glatt. Nur durch ihre Hilfe war Marie die Sitzung bei Napoleon genehmigt worden. Die ganze Zeit hatte sie geplaudert, um den ungeduldigen Mann abzulenken. Marie war ihr für diese Hilfe dankbar. Egal, ob sie der Zeit, die sie gemeinsam im Kerker der Revolutionäre verbracht hatten, geschuldet oder ob es ein Zugeständnis an Curtius' bekannten Salon war. Bei Napoleon musste Marie schnell arbeiten, da die Gefahr bestand, dass er die Sitzung abbrach. Sie musste an David denken, den berühmten Maler Jacques-Louis David. Selbst ihm hatte Napoleon nur eine Porträtsitzung gewährt. David hatte sich im Ancien Régime von König Ludwig XVI. fördern lassen, hatte dann seine Kunst in den Dienst der Revolution gestellt, sich in die Regierung wählen lassen und später reihenweise Verhaftungsbriefe unterschrieben. Mit seiner unversöhnlichen Haltung hatte er viele verprellt oder gar in den Tod getrieben, auch seine Frau hatte sich von ihm scheiden lassen. Nach dem Ende der Terrorherrschaft war er im Gefängnis gelandet. Inzwischen war er wieder hochangesehen und könnte, wenn er so weitermachte, noch Hofmaler von Napoleon werden. Davids Talent, zu jeder Zeit und in jedem Regime erfolgreich zu sein, stieß Marie ab. Er war ihre erste Liebe gewesen, diesen Rang konnte ihm niemand streitig machen. Doch er hatte sie ungeheuer verletzt, als er sie für eine andere sitzenließ, das würde sie ihm nie verzeihen. Selbst wenn er es gewesen war, der sie vor der Guillotine und aus den Kerkern der Revolutionäre befreit hatte, verringerte es seine Schuld nicht. Marie dachte an ihre letzte Begegnung zurück. David hatte sie zur Präsentation seines Monumentalbildes »Die Sabinerinnen« im großen Saal der ehemaligen Académie d'Architecture im Louvre geladen. Sie war seiner Einladung gefolgt, weil sie wusste, dass sie nichts mehr für ihn empfand.

Sogar die Nachricht, dass er seine Frau nach der Scheidung erneut geheiratet hatte, machte ihr nichts mehr aus. Sie war selbst verheiratet, hatte eine eigene Familie, sie liebte und wurde geliebt. Und zu dieser Familie wollte sie so schnell wie möglich zurück. Marie drehte sich um. Sie sah Nini auf einer Decke sitzen und vergnügt Wachs kneten, um daraus kleine Türme zu bauen. Marie lächelte, ihre Brust weitete sich vor Stolz. So hatte auch sie einmal angefangen.

Mr Tenaveil brachte ihr die Plakate für die beiden Ausstellungen. Aufgeregt überflog sie den Bogen. Wo war der Hinweis auf ihr Wachsfigurenkabinett? »Wir stehen nicht drauf! Das Wachsfigurenkabinett wird nicht erwähnt! Dabei hatte ich Ihnen doch diktiert, was Sie setzen lassen sollen«, sagte sie. Sofort taten ihr die scharfen Worte leid, deshalb entschuldigte sie sich für ihren Ton. »Sie müssen mich verstehen. Wie sollen wir Besucher für das Wachsfigurenkabinett bekommen, wenn niemand von uns weiß?« Tenaveil schien Verständnis für ihre Erregung zu haben, trotzdem antwortete er ausweichend, dass sie Monsieur de Philipsthal danach fragen müsse.

Es dauerte bis zum Abend, bis sie Philipsthal zur Rede stellen konnte. Er war in Eile, weil er eine Vorführung vorbereiten wollte, und tat ihre Beschwerde schroff ab. »Was regen Sie sich so auf? Die Leute strömen wegen der Phantasmagoria ins Lyceum-Theater. Ihre Wachsausstellung ist eine Beigabe, genauso wie meine kleinen mechanischen Kunstwerke, meine Automaten.« Eine Beigabe? Das hatte Marie aber anders verstanden! »Außerdem, Madame, Sie wissen doch um unsere Verabredung. Für Ihre Kosten, und dazu gehören nun mal auch die Plakate, sind Sie selbst verantwortlich. Ich dachte, beim ersten Mal helfe ich Ihnen. Aber wenn Sie so undankbar sind, lassen Sie eben neue drucken – es ist doch Ihr Geld!«

Marie kochte vor Wut. Sie würde also selbst mit dem Drucker sprechen müssen. Nun würde es noch länger dauern, bis sie ihre Ausstellung bekanntmachen konnte und endlich Geld verdienen würde. Das Geld, das Philipsthal ihr für die Reise vorgestreckt hatte, wurde langsam knapp. Vielleicht sollte sie in der Zwischenzeit, bis die Plakate fertig waren und die Besucher in das Wachsfigurenkabinett strömen würden, einige Figuren von Einheimischen herstellen, die von sich reden machten. Sie könnte sie nach Gemälden oder Büsten porträtieren oder nach der Natur, falls sie eine Sitzung arrangieren konnte. Mr Tenaveil müsste ihr die Zeitung übersetzen, damit sie wusste, über wen in London gesprochen wurde. Seit sie denken konnte, hatte es zu ihrem Tagesablauf gehört, sich über die Neuigkeiten zu informieren. Und jetzt diese Abhängigkeit! Sie schämte sich dafür. Es wurde Zeit, dass sie herausfand, ob es ein Lesekabinett gab, in dem sie die französischen Zeitungen *La Mercure Britannique* oder *Le Courier de Londres* einsehen konnte, die in der Stadt veröffentlicht wurden. Zeitungen waren hier durch die Steuer sehr teuer, die meisten Familien leisteten sich keine eigene, sondern lasen sie in den Kaffeehäusern, Lesekabinetten oder an einer der viele Straßenbuden, wo man einen Penny Lesegeld für jedes Blatt zahlte. Aber letztlich blieb es dabei, Marie musste die Sprache lernen. Nini schien sich mit dem Englischen leichter zu tun. So wie sie als Kind schneller Französisch gelernt hatte als ihre Mutter, flog auch Nini die fremde Sprache förmlich zu. Bald würde er die Besucher sprachgewandt durch das Kabinett führen können. Darüber hinaus wollte sie noch einen Katalog zu ihrer Ausstellung haben, in dem auf Englisch das Wichtigste über jede Figur stand. Wenn ihr Geschäft mehr einbrachte, würde sie mit einem Drucker über einen derartigen Katalog verhandeln, nahm sie sich vor.

Schon eine Woche später führte ihre Zeitungsrecherche zu einem ersten Ergebnis: Sir Francis Burdett wurde im Zusammenhang mit der Verhaftung des mutmaßlichen Verräters Colonel Despard genannt. Burdett? Hatte dieser radikale englische Politiker nicht einmal ihren Onkel in Paris besucht? Sie würde ihm einen Brief schreiben, und um eine Porträtsitzung bitten. Einen Versuch war es wert.

Es war Sonntag, und Marie war unruhig. Die Wachsfiguren waren aufgestellt, die Artefakte, wie das Modell der Bastille, die ägyptische Mumie oder das Hemd Heinrichs IV., waren aufgebaut, die Plakate hingen und die Handzettel waren gedruckt. Morgen würde sie endlich ihr Wachsfigurenkabinett im Lyceum-Theater eröffnen können. Jetzt gab es nichts mehr zu tun. Sie durfte auch gar nichts tun, denn am Sonntag hatte in England jede Arbeit zu ruhen. In Paris würden sie nun wohl einen *Pot-au-Feu* machen, den Suppentopf auf den Herd stellen und gemeinsam etwas unternehmen, während der Eintopf köchelte, aber hier ... Nini trat an sie heran.

»Liest du mir etwas vor?«, fragte er. Marie lächelte, nahm aus ihrer Tasche ein Buch und zog ihn auf ihren Schoß. Nini strahlte, »Der *Robinson*, wie schön«. Langsam begann sie aus *Robinson Crusoe* vorzulesen, immer wieder hielt sie inne, um mit ihrem Sohn über das Vorgelesene zu sprechen. Sie erinnerte sich daran, wie sie auf dem Schoß ihres Großvaters in Straßburg gesessen hatte, während er ihr mit seiner tiefen Stimme aus ebendiesem Buch vorlas. Er war damals schon ein alter Mann gewesen, jetzt war er sicher bereits viele Jahre tot, genauso wie ihre Großmutter. Ob ihr Vater wohl noch lebte? Sie hatte ihn zuletzt gesehen, als sie ein Kind gewesen war, und danach nichts mehr von ihm gehört. Ihr war nur ihre Mutter geblieben, Anna. Und die kümmerte sich jetzt um Maries Familie, das Haus im Pariser Vorort Ivry und den Wachssalon. Noch immer hatte sie keinen Brief von zu Hause erhalten. Sie hoffte inständig, dass alle gesund waren und das Geschäft gut lief.

Die Magd klopfte an die Tür und brachte frisches Wasser. Marie und Nini ließen sich nicht stören. »Missis, was lesen Sie denn da?«, fragte sie entsetzt. »Das ist doch nicht die Bibel! Wissen Sie denn nicht, dass man am Sonntag nur in der Bibel lesen darf?« Marie klappte das Buch zu.

»Nein, das wusste ich nicht. Nun, es ist ja schon vorbei.« Die Magd verließ entrüstet den Raum, wenig später trat Maries Wirtin ein.

»Ich dachte, Sie wüssten um unsere Sitten. In Ihrem Land kennt man dergleichen wohl nicht. Sie wissen es nicht besser, deshalb werde ich Sie unterweisen«, sagte sie streng. »Wir widmen den Sonntag der Andacht und dem Gebet. Weltliche Lektüre, Musik und Kartenspiel sind dann verpönt. Seien Sie froh, dass die Strafgesetze, die zur Zeit der Königin Elisabeth galten, aufgehoben sind. Damals musste man Strafe zahlen, wenn man nicht zum Gottesdienst erschien. Heute sind wir toleranter. Bitte halten Sie sich an unsere Gepflogenheiten, zumindest solange Sie in meinem Haus wohnen.«

Marie ärgerte sich, der Raum kam ihr zu eng vor, die stickige Ofenluft schien ihr den Atem zu nehmen. Sie schnappte nach Luft. »Maman, was ist los?«, fragte ihr Sohn nervös. Sie beruhigte ihn. »Nichts, es ist schon gut. Lass uns ein wenig spazieren gehen.«

Vom Fluss her kroch der Nebel über die Straßen. Sie gingen in Richtung »the Strand«, da hörten sie Geschrei. Als sie näher an die Menschenmenge heran traten, erkannte Marie in deren Mitte zwei Männer, die mit Fäusten aufeinander losgingen. Die anderen feuerten sie an und wetteten ungeheure Summen auf den Ausgang des Kampfes. Solche Vergnügungen schienen am heiligen Sonntag gestattet zu sein. Verärgert zog Marie ihren Sohn weiter. Sie würden noch einmal zum Lyceum-Theater gehen und sich an ihrem Plakat erfreuen.

Aus dem Theater kam ihnen ein Mann entgegen, den Marie kannte. Sie wusste jedoch nicht, wo sie ihn einsortieren sollte. Sein Blick war auf ihr Plakat geheftet, er blieb stehen und las es. Marie musterte ihn unauffällig. Die rötlich blonden Haare, das runde, freundliche Gesicht, die leicht himmelwärts gerichtete Nase. Sie kannte ihn aus Paris, es war lange her. Plötzlich war die Erinnerung da. Es war der Bauchredner, der früher für ihren Onkel im Palais Royal gearbeitet hatte. »Monsieur Charles, Henri-Louis Charles?«, sprach sie ihn an. Er drehte sich um. Seine Augen wanderten einen Moment lang über ihr Gesicht, dann strahlte er.

»Marie! Marie Grosholtz«, sagte er erfreut und fügte dann kühler hinzu, »entschuldigen Sie, ich meine natürlich Madame Tussaud.« Marie fiel jetzt wieder ein, unter welchen Umständen sie ihn zuletzt gesehen hatte. Es war kurz nach dem Fest zum Jahrestag des Bastille-Sturms gewesen. Sie hatten auf den Ruinen der Bastille geflirtet, getanzt, sich geküsst und einen wunderbaren Abend miteinander verbracht. Aber am nächsten Morgen war Marie sich ihrer Gefühle nicht sicher gewesen. Henri-Louis hatte sie nach Versailles begleitet, wo sie ihre Wachsfiguren der königlichen Familie aufstellen sollte. Dort hatte er sie gefragt, warum sie so abweisend zu ihm war. Sie hatte ihm ehrlich geantwortet. Er war verletzt gewesen und wenig später aus ihrem Leben verschwunden. Und nun traf sie ihn hier wieder, in London.

»Was für ein angenehmer Zufall, Ihnen zu begegnen«, sagte Marie. »Hatten Sie im Lyceum zu tun?«

»Ich bin hier aufgetreten, bevor Monsieur de Philipsthal aus Paris zurückkehrte. Zuletzt war ich im Saville House am Leicester Square. Nun ziehe ich weiter, nach Norden, bis Edinburgh. Ich musste hier noch etwas abholen. Und Sie? Ich hätte nicht erwartet, Sie hier zu sehen«, antwortete er freundlich.

»Monsieur de Philipsthal hatte mir von seinem Erfolg in England berichtet und mir eine Partnerschaft angeboten. Ich werde meine Figuren einige Monate lang hier zeigen. Morgen soll es endlich losgehen.«

»Ich wünsche Ihnen viel Glück. Ich fürchte, Sie können es gebrauchen«, sagte er und schickte sich an zu gehen. Marie wollte ihn aufhalten.

»Wie meinen Sie das?«, fragte sie. Er drehte sich um. Beinahe widerwillig gab er Antwort.

»Nun, man hört so einiges. Monsieur de Philipsthal hatte hier vor einigen Monaten Schwierigkeiten. Dabei ging es wohl auch um Geld. Aber vielleicht wäre es am besten, wenn Sie meine Bemerkung einfach wieder vergessen.«

»Das glaube ich auch. Ich habe bislang nur von dem großen Erfolg meines Partners gehört. Und zu mir hat er sich immer korrekt verhalten.«

»Dann ist ja alles in Ordnung«, antwortete Monsieur Charles brüsk. Unentschlossen stand er vor ihr. Nini drängte sich dichter an seine Mutter heran. Henri-Louis Charles schien ihn erst jetzt zu bemerken und beugte sich zu ihm. »Und wer bist du?«, fragte er. Marie stellte ihn vor, Nini verbeugte sich leicht. Als Monsieur Charles sie mit einem Bauchrednertrick überraschte, löste sich ihre Anspannung in Gelächter auf. Marie war erleichtert darüber, schließlich war sie so froh gewesen, ein vertrautes Gesicht zu sehen. Auch Henri-Louis Charles wirkte nun weniger verkrampft. »Haben Sie hier in der Nähe eine Unterkunft genommen? Darf ich Sie einige Schritte begleiten?«

Marie nickte. Sie sprachen ein paar Minuten über das Wetter und die trübsinnige Stimmung. »Es wundert mich nicht, dass laufend Selbstmörder aus dem Fluss gezogen werden, allein in den letzten Tagen waren es wieder drei, erzählte unsere Wirtin«, sagte Marie.

»So gern wir Franzosen hier alles auf die Veränderlichkeit der Witterung schieben, sogar die Gallenkrankheiten, von denen die meisten Fremden zu Beginn ihres Aufenthalts befallen werden, so wenig Wahres ist an dieser Behauptung. Die Erklärung für die vielen Selbstmorde ist viel simpler: Hier ist es üblich, am Ende des Jahres alle Rechnungen zu begleichen. Wer nicht genug Geld hat, dem droht das Schuldgefängnis. Der einzige Ausweg, um Armut und Schande zu entgehen, scheint vielen der Selbstmord«, erklärte Henri-Louis Charles. »Dazu kommt die weitverbreitete Irreligiosität. Wenn man an nichts glaubt, hat man auch nichts, woran man sich festhalten kann, wenn es einem schlecht ergeht.«

»Das ist bei meiner Wirtin anders. Sie ist so fest in ihrem Glauben, dass ich am Sonntag nicht mal meinem Sohn aus *Robinson Crusoe* vorlesen durfte.«

»Tja, das ist das andere Extrem. Manche hängen sogar den

Käfig ihres Kanarienvogels zu, damit sein Gesang nicht ihre Andacht stört. Deshalb ziehe ich es vor, in einem Viertel von London zu wohnen, in dem viele Franzosen leben. Dort ist man, sagen wir, toleranter.«

»Und wo ist das?«, horchte Marie auf.

»Je nach Geldbeutel kommen verschiedene Gegenden in Frage. Die *Haute Monde* des Exils zieht es in Viertel wie Marylebone, während auf der anderen Seite der Themse die wohnen, denen es nicht so gut geht. Dort kann man froh sein, wenn man die Härten des Exils überlebt oder nicht darüber verrückt wird. In Soho leben die meisten emigrierten Franzosen. Auch Jean-Paul Marat hatte in den Jahren vor der Revolution dort gelebt. Hier gibt es französische Geschäfte, Kaffeehäuser, Gasthäuser und sogar katholische Kirchen. In manchen Straßen kommt es einem vor, als sei man wieder in Paris«, schwärmte er. »Man muss es sich in der Fremde so angenehm wie möglich machen. England hat viele Vorzüge, aber diese Ausflüge in die Heimat genieße ich doch sehr«, sagte Henri-Louis Charles. Inzwischen waren sie vor ihrer Unterkunft stehen geblieben.

»Verzeihen Sie meine Bemerkung über Philipsthal von vorhin. Es würde mich aber wundern, wenn er mit seinen Geschäften zufrieden ist. Als er im letzten Jahr hier auftrat, war seine Phantasmagoria noch etwas Sensationelles, etwas Neues. Inzwischen gibt es überall Nachahmer. So ist es leider in unserem Geschäft. Einer hat eine Idee, viele andere äffen sie nach. Um in dieser Konkurrenz zu bestehen, braucht man immer neue Attraktionen. Und genau das sind Sie und Ihre Wachsfiguren für Philipsthal«, meinte Mr Charles und tippte zum Abschied an seinen Zylinder. »Ich wünsche Ihnen wirklich alles Gute.«

»Ich Ihnen auch. Ich bin sehr froh, dass sich unsere Wege wieder gekreuzt haben«, antwortete Marie. Bereits nach wenigen Schritten war Henri-Louis Charles im Nebel verschwunden. Marie und Nini kehrten in die Enge ihrer Unterkunft zurück.

Schon seit einiger Zeit beobachtete Marie die Dame, die vor dem Eingang ihres Wachsfigurenkabinetts hin- und herlief. In der einen Hand hielt sie ein fleckiges Papierpaket, aus dem ein Fischschwanz zu ragen schien, in der anderen einen Regenschirm. Ihre Kleidung sah elegant aus, war aber abgenutzt, an einigen Stellen konnte Marie sogar Flicken erkennen. Sie war etwa in Maries Alter, ihr Gesicht wirkte jedoch eingefallen und grau. Immer wieder las sie die Schrift auf dem Plakat, dann wieder versuchte sie, in die Räume zu spähen. Sie musste schon ganz durchgefroren sein. Marie trat zu ihr und sprach sie an.

»Kann ich Ihnen helfen?«

Die Frau schien verlegen. »Die königliche Familie von Frankreich! Ich wünschte, ich könnte sie noch einmal sehen«, sagte sie leise auf Französisch. Marie freute sich, die Sprache ihrer Heimat zu hören.

»Das können Sie«, sagte sie. »Kommen Sie doch einfach hinein.«

Die Dame sah sie neugierig an. »Sie sind Französin?« Marie nickte.

»Ich auch. Ich bin mit meinen Eltern nach den Septembermassakern vor der Revolution geflohen. Wir haben uns jahrelang in England durchgeschlagen. Jetzt sind unsere letzten Ersparnisse erschöpft. Ich kann es mir nicht leisten, diese Ausstellung zu besuchen. So gern ich es auch möchte«, sagte die Frau traurig.

Marie tat die Emigrantin leid. Aus einem Impuls heraus sagte sie: »Ich bin für diese Ausstellung verantwortlich. Es wäre mir eine Freude, wenn Sie hereinkommen würden.«

Sicher, sie wollte Geld verdienen, aber diese eine Besucherin, die umsonst in das Wachsfigurenkabinett kam, würde sie schon verkraften. Es war ohnehin nicht viel los, gar nichts, um genau zu sein. Die Frau bedankte sich überschwenglich und stellte sich als Madame Latisse vor. Sie folgte Marie in den Salon und legte ihre Sachen am Eingang ab. Marie spürte förmlich, wie sehr sie der strahlend erleuchtete Raum mit den prächtig ausstaffierten Figuren beeindruckte. Als sie das Modell der Bastille erblickte und das Gewehr mit Gravur, das ihr Onkel Curtius von der Nationalversammlung für seinen Einsatz bei der Erstürmung der Festung erhalten hatte, versteifte sie sich. Madame Latisse drehte sich abrupt um und wollte das Wachsfigurenkabinett verlassen. Marie hielt sie auf und fragte sie nach dem Grund für diese plötzliche Abwehr.

»Curtius! Der Name kam mir gleich bekannt vor. Jetzt fällt es mir wieder ein. Ein Revolutionär der ersten Stunde, der später eine Rolle dabei spielte, dass der ehrenwerte General Custine hingerichtet wurde. Mit so einem Menschen will ich nichts zu tun haben«, sagte sie erregt. Marie versuchte, sie zu beruhigen.

»Sie irren. Philippe Curtius hat zwar dazu beigetragen, die Bastille zu erstürmen und so unser Volk aus der Unterdrückung zu befreien. Den blutigen Terror der Revolution hat er jedoch verurteilt«, erzählte sie. Das stimmte zwar nicht ganz, sie selbst hatte sich oft genug mit ihrem Onkel über seine Unterstützung der Revolutionäre gestritten, aber wer sollte das heute noch nachprüfen. Madame Latisse zögerte, Marie setzte noch hinzu: »Und was General Custine angeht: Monsieur Curtius hatte ihn als Dolmetscher bei seiner Mission ins Rheinland begleitet. Später in Paris hat Curtius ihn ausdrücklich gelobt – und ist dafür selbst angefeindet worden.« Hätte Jean-Paul Marat sich damals nicht für ihren Onkel eingesetzt, wäre er vielleicht ins Gefängnis gekommen. Dass Curtius mit diesem radikalen Politiker befreundet gewesen war, sollte sie jedoch lieber nicht erwähnen. Marie spürte jetzt deutlich, dass sie sich auf einem schmalen Grat bewegte. Einerseits profitierte sie davon, dass sie hautnah in die Ereignisse der Revolution verwickelt gewesen war, andererseits durfte sie nicht in den Ruch kommen, selbst eine der blutgierigen Revolutionärinnen gewesen zu sein. Sie musste Curtius' Geschichte also etwas entgegensetzen:

»Wir wären selbst fast Opfer der Revolution geworden. Ich habe die Schwester des Königs in Versailles in der Wachskunst unterrichtet. Diese Verbindung zum Hof hat mich und meine

Mutter in Lebensgefahr gebracht. Wir wurden verhaftet und eingekerkert.«

Madame Latisse wirkte jetzt kleinlaut und sah sich verlegen um. Marie bot an, sie durch das Kabinett zu führen. Doch die Frau ging bereits wie hypnotisiert auf die Abbilder der königlichen Familie zu. Marie blieb stehen, sie wollte sie nicht stören. Als sie die Figur des Dauphins erblickte, begannen Madame Latisses Schultern zu zucken. Diese Reaktion hatte Marie schon häufig erlebt, denn der Thronfolger war im Alter von nur zehn Jahren in einem Pariser Gefängnis gestorben. Nach einigen Minuten wandte die Besucherin sich den anderen Wachsbildnissen zu. Sie knickste vor der Figur von König Ludwig XVI., trat dann zur Figur der Königin Marie Antoinette, hob den Saum ihres Kleides und küsste ihn. »Wir konnten es nicht fassen, als wir von ihrem grausamen Tod hörten«, flüsterte sie mit tränenerstickter Stimme. Auch Marie dachte nur ungern an die Hinrichtungen des Königs und der Königin zurück. Sie war von Regierungsvertretern gezwungen worden, die Totenmasken zu nehmen. Es war schrecklich gewesen, die abgeschlagenen Köpfe der königlichen Herrschaften in der Hand zu halten. Nun waren diese Masken sicher in einer ihrer Kisten verstaut. Sie würde sie aus Respekt vor den Toten nicht öffentlich zeigen, aber es beruhigte Marie, sie in Sicherheit zu wissen. Madame Latisse hatte sich jetzt wieder gefangen.

»Ich habe die Königin häufig gesehen, weil ich einige Jahre im Geschäft der Modeschöpferin Bertin in Paris tätig war. Wussten Sie, dass auch Mademoiselle Bertin einige Zeit im Londoner Exil verbracht hat? Ich habe gleich erkannt, dass dies ihr Werk ist«, sagte sie zu Marie und strich bewundernd über das Kleid, das die Figur von Marie Antoinette trug. Neugierig fragte sie, ob Mademoiselle Bertin heutzutage auch bei Napoleons Frau Joséphine derart angesehen sei. Marie erzählte, dass die Bertin als *passé, du vieux temps,* nicht mehr in Mode, galt und fragte Madame Latisse, ob sie auch in London für die Modeschöpferin gearbeitet habe. Madame Latisse verneinte.

»Viele von uns haben ihr Geld damit verdient, Strohhüte

zu flechten. Andere haben Französisch, Tanzen, Fechten oder Schach unterrichtet, einige haben sich als *femme de chambre* bei reichen Damen verdingt. Manche sind auch in der Kunstakademie und -galerie des Deutschen Rudolph Ackermann hier um die Ecke untergekommen«, sie machte eine vage Handbewegung. »Die meisten *Émigrés* sind aber auf das Geld der britischen Regierung angewiesen, auf die Wohltätigkeit der reichen Engländer oder gar auf Almosen. Einige, wie die Herzogin von York, haben Geld gesammelt, um unsere Not zu lindern. Trotzdem sind wir oft hungrig ins Bett gegangen. Trost fanden wir nur in der Kapelle in St. Marylebone. Alles was Rang und Namen hatte, kam dort zur Andacht. Ich selbst habe den Grafen von Artois gesehen, der von der Kirche zu Fuß in seine Wohnung in die Baker Street ging«, berichtete Madame Latisse.

Erregung erfasste Marie. Sie kannte den Bruder des früheren Königs noch aus Versailles und könnte ihn um ein Porträt und seine Unterstützung bitten. Das würde vielleicht ihr Geschäft in Schwung bringen. »Lebt Monsieur noch in London?«, fragte sie. Doch ihre Hoffnung wurde schon in der nächsten Sekunde zunichte gemacht.

»Nein, er ist wieder in den Palast von Holyrood nach Edinburgh zurückgekehrt, wo er nicht belangt werden kann. Er hat ungeheure Schulden angehäuft«, flüsterte Madame Latisse, als ob es sich dabei um ein Geheimnis handelte. Dabei hatten die Schulden des eitlen und vergnügungssüchtigen Bourbonensprosses schon vor der Revolution für Gerede gesorgt. Madame Latisse ging zum Ausgang und nahm dort wieder ihren Regenschirm und das fettige, nach Fisch riechende Papierpaket an sich. Nachdenklich sagte sie: »Seit dem Friedensschluss hat London sich verändert. Einige der Kirchen und Schulen für die Franzosen sind geschlossen worden, weil so viele von uns in ihre Heimat zurückgekehrt sind. Auch meine gebrechlichen Eltern und ich wollen das nächste Schiff nehmen. Dabei wissen wir gar nicht, was uns dort erwartet.« Marie versuchte sie zu beruhigen.

»Frankreich hat sich in den vergangenen Jahren gewandelt. Es gibt eine Amnestie, die Todesstrafe für Emigranten ist abgeschafft. Die Revolution ist offiziell längst vorbei. Sie können unbesorgt zurückkehren.« Marie fürchtete jedoch, dass sich auch diese Emigrantin in ihrer Heimat kaum zurechtfinden würde. Zu viel hatte sich in den vergangenen zehn Jahren verändert. Sie würde sich vermutlich in Paris ebenso fremd wie in England fühlen. Und dennoch würde Marie am liebsten mit ihr tauschen, so sehr vermisste sie ihre Familie. Madame Latisse verabschiedete sich mit einem müden Lächeln. »Ich kann Ihnen nichts geben, nicht einmal diesen Fisch hier. Haben Sie Dank für Ihre Großzügigkeit. Durch Sie konnte ich in die glorreiche Vergangenheit zurückblicken – wenn auch nur für einen kurzen Augenblick.« Marie war gerührt. Es gab nichts mehr zu sagen, deshalb winkte sie ihr hinterher: »Grüßen Sie mir Paris!«

Erschöpft, aber erwartungsfroh betrat Marie ihre Unterkunft. Sie warf ihrer Wirtin einen Blick zu, wurde allerdings enttäuscht, als die nur mit den Schultern zuckte. Marie strich Nini über das Haar und ging mit ihm in ihr Zimmer, um das Abendbrot zuzubereiten. Wieder nichts. Wieder kein Brief aus Frankreich. Warum schrieb ihr Ehemann François nicht? War er so beschäftigt mit dem Salon und dem Haus, dass er keine Zeit hatte, die Feder in die Hand zu nehmen? Wie sehr sie sich nach ein paar Zeilen von ihm sehnte und nach einer Nachricht von ihrem kleinen Liebling Françison! Die Magd klopfte und stellte einen Teller mit Käsetoast auf den Tisch. Ihre Wirtin hatte eine Vorliebe dafür, Brot über dem Feuer zu rösten und Chesterkäse darauf zu schmelzen. Marie würde heute keinen Bissen davon herunterbekommen, aber Nini griff hungrig danach. Es waren nicht nur Heimweh und Sehnsucht, die ihr auf den Magen schlugen. Bisher war in England nichts so gewesen, wie sie es erwartet hatte. Auch das Geschäft lief nicht so gut wie erhofft. Ich muss Geduld haben, schalt sie sich in Gedanken. Es war Ende November, erst jetzt kehrte die feine

Gesellschaft ihren Landsitzen den Rücken und reiste zurück nach London. Erst vor kurzem war das Parlament eröffnet worden. Auch der Herzog von Orléans, der Anwärter auf den französischen Thron, war unter den Geladenen gewesen. Sein Vater Philippe-Égalité hatte einst für die Hinrichtung seines Vetters Ludwig XVI. gestimmt, und der Herzog ließ sich als Adelsspross feiern – was für eine Zeit! Man sprach davon, dass der Friede mit Frankreich brechen könnte. Sie wünschte, sie könnte sich mit jemandem über die Ironie der Geschichte austauschen, aber Philipsthal war immer zu beschäftigt, ihre Zimmerwirtin würde es kaum verstehen und ihr Sohn Nini war noch zu klein dafür. Sie würde François in ihrem nächsten Brief davon schreiben. Überhaupt, die Politik! Alle schienen zu glauben, dass Bonapartes Sturz kurz bevorstand. Würden die Gerüchte dafür sorgen, dass mehr Besucher als bisher in das Kabinett gelockt wurden? Es half nichts, die Konkurrenz war groß, sie brauchte neue Attraktionen, die ihre Kasse füllten. Sie müsste endlich anfangen, einige Mitglieder der Königsfamilie sowie der einflussreichen englischen Politiker zu porträtieren, um die Ausstellung noch attraktiver zu gestalten. Wie hätte Onkel Curtius gesagt: Ein richtiger Reißer würde ihr jetzt guttun …

KAPITEL 2

LONDON, ENDE 1802

Als der Mann das Wachsfigurenkabinett betrat, erkannte Marie ihn gleich. Die feinen, kantigen Gesichtszüge, die hochgewachsene Gestalt. Er war so schlank, dass sie fast meinte, die knochigen Ellenbogen und Knie unter seiner gepflegten Kleidung hervorstechen zu sehen. Ihr Brief an Sir Francis Burdett, den früheren Gast von Curtius, hatte also doch etwas erreicht. Marie fiel ein Stein vom Herzen. Endlich ging einer ihrer Pläne auf.

»Ich freue mich, Sie hier begrüßen zu dürfen, Sir Francis Burdett«, sagte sie, und konnte die Erleichterung in ihrer Stimme kaum unterdrücken. »Dann sind Sie Madame Tussaud?«, antwortete er auf Französisch. »Ich musste Ihrer Einladung einfach nachkommen, denn ich erinnere mich gut an den Wachssalon Ihres Onkels in Paris. Wie geht es ihm? Ich war zwar erst neulich noch einmal in Paris, aber ich hatte unglücklicherweise keine Zeit, ihn zu besuchen.« Marie schlug die Augen nieder. Es rührte sie, dass sie hier in der Fremde einen Menschen traf, der ihren Onkel gekannt und geschätzt hatte.

»Er ist leider vor einigen Jahren gestorben, plötzlich und unerwartet«, sagte sie. Leise sprach sie aus, was sie schon oft gedacht hatte: »Er ist wohl den falschen Leuten auf die Füße getreten.« Sir Francis Burdett horchte auf. Marie bedauerte fast, dass sie es gesagt hatte. Was änderten ihre Verdächtigungen noch? Dennoch erzählte sie Burdett, dass sie glaubte, dass Gift im Spiel gewesen war, weil ihr Onkel unter so merkwürdigen, plötzlichen Beschwerden gelitten habe, es sich jedoch nichts nachweisen ließ. Burdett nickte nachdenklich.

»Ja, so ist es oft. Mein Beileid, er war ein wackerer Revolutionär. Aber ich sehe, Sie führen sein Werk fort. Mein Besuch bei Ihnen ist also nicht umsonst.«

Marie führte ihn in eine Ecke des Theaters, in der sie eine provisorische Werkstatt eingerichtet hatte. Sie fragte, ob er damit einverstanden wäre, wenn sie einen Gipsabguss von seinem Gesicht nehmen würde. Er zögerte einen Moment, stimmte dann aber zu. Während sie ihm die Haut einölte, erzählte sie ihm, was sie tun und wie es sich anfühlen würde, damit er nicht erschrak, wenn der Gips beim Trocknen heiß wurde. Sie steckte ihm Federkiele in die Nase, damit er atmen konnte und trug den Gips auf. Als der Abguss endlich getrocknet war und sie die Maske abnahm, schien er erleichtert zu sein. Marie fragte sich, ob es nicht besser und auch würdevoller wäre, in Zukunft auf die Lebendmaske zu verzichten und mittels Tastzirkel, Zeichnungen und Lehmköpfen die Wachsporträts zu erarbeiten. Beides hatte Vor- und Nachteile. Natürlich versprach ein Gesichtsabguss die größtmögliche Ähnlichkeit. Bei einem nervösen Modell, das aus Anspannung mit den Muskeln zuckte, konnte ein Abdruck jedoch leicht misslingen. Es gab auch immer die Möglichkeit, dass Lufteinschlüsse den Eindruck störten und man viel nacharbeiten und verbessern musste. Diese Komplikationen fielen weg, wenn man den Kopf vermaß und auf der Basis der Maße und Zeichnungen einen Lehmkopf herstellte. Am wichtigsten war ohnehin der persönliche Eindruck. Wenn man einen Wachskopf nur auf der Grundlage eines Gemäldes modellierte, bestand die Gefahr, dass der lebendige Ausdruck fehlte. Mit dem Abguss von Burdetts Gesicht war sie jedoch zufrieden. Sie half ihm, sich zu säubern, und fragte ihn, ob sie ihn durch die Ausstellung führen solle. Vor dem Modell der Bastille und der Figur des greisen Gefangenen Graf de Lorges blieben sie stehen. Burdett wirkte bewegt. »Man kann gar nicht oft genug an die Schrecken eines Unrechtsregimes erinnern. Wie viele haben unschuldig in diesen Mauern gesessen!«, sagte er. »Sie werden es nicht glauben, aber auch wir in unserem wohlgeordneten England haben unsere Probleme.«

Marie stutzte. »Aber gilt England nicht als Hort der Freiheit? Die Presse in Ihrem Land ist so frei wie nirgendwo sonst. Wenn ich an die Karikaturen denke, in denen die englischen Politiker und ihr Treiben aufs Korn genommen werden! Und dann Ihr, wie heißt es noch ... Habeas Corpus? Ich wünschte, wir hätten in Frankreich etwas Vergleichbares.« Nach der Habeas-Corpus-Akte durfte kein englischer Untertan ohne richterlichen Haftbefehl verhaftet oder ohne richterliche Untersuchung in Haft gehalten werden. Sogar in ihrem London-Leitfaden stand ein ganzes Kapitel über diese Errungenschaft des englischen Rechtssystems. Wenn man dagegen an die berüchtigten *Lettres de cachet* in ihrer Heimat dachte, in der eine einzige Unterschrift jemanden für immer ins Gefängnis bringen konnte! Burdett stieß in einem bitteren Lachen die Luft aus.

»Für einen Ausländer wirkt mein Land vielleicht wie ein Hort der Freiheit. Aber wenn man genau hinschaut, erkennt man die Abgründe. Die heilige Flamme der Freiheit glimmt nur noch. Die Regierung ist korrupt, eine Parlamentsreform ist überfällig. Einige unserer Gefängnisse sind eine Schande für das Land. Wir haben sogar eine englische Bastille. Im Gefängnis Coldbath-Fields wird gerade jetzt an Colonel Despard ein großes Unrecht verübt, und die viel gerühmte Habeas-Corpus-Akte wird dafür missbraucht«, erregte er sich. Marie verstand, warum seine Anhänger ihn bei seinem turbulenten Wahlkampf in diesem Jahr mit »Sir Francis und keine Bastille«-Rufen und *Ça ira*-Gesängen, der ersten Hymne der französischen Revolutionäre, gefeiert hatten. Burdett scheute sich nicht, seine Ansichten zu äußern, zu provozieren und alles und jeden zu kritisieren. Er hatte aber auch kaum etwas zu verlieren. Als Baronet aus einer altehrwürdigen Familie – er stand als Adeliger in der Hierarchie zwischen Baron und Ritter – und Ehemann der Bankierstochter Sophia Coutts war er finanziell unabhängig. Außerdem war er Mitglied des Parlaments, auch wenn seine Wahl nach der Auszählung der Stimmen angefochten worden war.

Von dem Fall des Colonels hatte Marie gehört, sie musste jedoch eingestehen, dass sie nicht alle Zusammenhänge verstanden hatte. Burdett nahm sich die Zeit, ihr die Geschichte von Edward Marcus Despard zu erzählen, eines Iren aus einer traditionsreichen Familie, der an der Seite von Horatio Nelson zum Kriegshelden wurde und später als Verräter geschmäht worden war. Es hieß, er habe sich mit einheimischen und irischen Rebellen zusammengetan, um einen Umsturz im Stil der Französischen Revolution zu planen. Burdett berichtete auch von den erschütternden Verhältnissen im Gefängnis, die Despard seit seiner Verhaftung 1798 erdulden musste.

»In Coldbath-Fields hat er beinahe sieben Monate in einer kleinen Zelle gehaust, ohne Feuer und Kerze, ohne Stuhl und

Tisch, ohne Messer und Gabel, sogar ohne ein Buch, in dem er lesen konnte. Er bekam nur Wasser und Brot, er durfte keinen Besuch empfangen, nicht einmal seine Ehefrau durfte ihn aufsuchen. Nie hat er sich beschwert. Nur seine Frau hat für ihn gekämpft. Als er endlich in eine Zelle mit einer Feuerstelle verlegt wurde, waren seine Füße bereits durch den Frost vereitert und mit Geschwüren übersät.« Marie schauderte. Sie hätte nicht gedacht, dass es in einem fortschrittlichen Land wie England solche Unmenschlichkeit gab. »Ich setzte mich für eine parlamentarische Untersuchung ein. Doch schließlich hieß es, die Vorwürfe entbehren jeder Grundlage und Colonel Despards Gesundheit könne nicht beeinträchtigt sein, denn er habe nie um medizinische Hilfe gebeten. Dabei war er nur zu stolz dafür.« Seine Stimme hatte einen bitteren Ton angenommen, als er weitersprach. Despards Schuld konnte nicht bewiesen werden. Damit man ihn dennoch weiterhin festhalten konnte, wurde die Habeas-Corpus-Akte ausgesetzt. Erst 1801 wurde die erneute Aussetzung von Habeas Corpus verweigert und der Colonel musste freigelassen werden. Jetzt sei Despard wieder verhaftet worden. Dieses Mal aber gehe es um sein Leben, denn man werfe ihm Hochverrat vor, weil er angeblich ein Attentat auf König Georg III. geplant habe. Darauf stehe der Tod durch Hängen, Strecken und Vierteilen. Der Prozess solle im Januar beginnen. Beweise gebe es jedoch erneut nicht. Deshalb werde er mit aller Kraft für die Freilassung des unglücklichen Colonels kämpfen. »Freiheit ist aus meiner Sicht das kostbarste Juwel im Leben eines Menschen. Freiheit ist mir sogar mehr wert als das Leben. Ohne Freiheit hat das Leben keinen Wert. Ich werde deshalb, solange ich lebe, alle meine Kräfte einsetzen, um den Menschen ihre Rechte zu verschaffen«, sagte Burdett entschlossen. Er schien ein Mann mit festen Prinzipien zu sein. Seine Augen wanderten noch einmal durch die Ausstellung, dann blieben sie an Marie hängen.

»Auch Colonel Despard stünde ein Platz in Ihrem Wachsfigurenkabinett zu. Vielleicht wäre so eine Figur ebenso eine stetige Mahnung, das Unrecht abzuschaffen, wie die des unglücklichen Grafen de Lorges.«

»Es wäre mir eine Ehre, seine Maske zu nehmen, Sir«, antwortete Marie. Burdett überlegte einen Moment und versprach dann, er werde sich mit ihr in Verbindung setzen, falls sich eine Gelegenheit für eine Porträtsitzung ergab. Außerdem werde er einen Diener mit Kleidung für die Ausstattung seiner Figur vorbeischicken. Vom Fall des Colonels erfuhr sie jedoch in den nächsten Wochen nur aus der Zeitung.

Die Kutsche holperte über das Pflaster. Sie war mit den Körpern von Rehen, Fasanen, Rebhühnern und Hasen beladen, deren leblose Köpfe auf und ab wippten. Schon seit Tagen türmten sich auf den Kutschen, die von außerhalb kamen, Wildbret und Geflügel. Es war kurz vor Weihnachten, und selbst der einfachste Londoner schien nur noch an die Gaumenfreuden zu denken. Wer sich kein Wildbret leisten konnte, griff auf die günstigeren Meerkrebse, Aale, Austern oder Schildkröten zurück, die allerorten verkauft wurden. Marie hatte handfestere Sorgen als das Weihnachtsmahl. Sie brauchte Geld, sonst würden sie sich ein günstigeres Zimmer suchen müssen. Sie war mit ihrem Sohn auf dem Weg zur Unterkunft von Monsieur de Philipsthal, weil sie davon ausging, dass es unter Geschäftspartnern üblich war, am Jahresende miteinander abzurechnen. Marie hatte zwar bei ihren Besuchern den Eintritt kassiert, aber Monsieur de Philipsthal, seine Frau oder Mr Tenaveil waren regelmäßig bei ihr aufgetaucht und hatten ihr das Geld abgenommen. Es war Marie schwergefallen, aber so war es schließlich abgemacht gewesen.

Sie ging an Tavernen und Schenken vorbei, die gut besucht waren. Der Lärm war ohrenbetäubend. Das Rumpeln der Räder vermischte sich mit den Rufen nach Getränken und dem Poltern der Fässer. Die Leute standen auf den Straßen und schwatzten. Es war ungewöhnlich mildes Wetter. Aus dem Fenster einer Konditorei reichte eine Frau Gebäck an die Passanten, die ihr im Gegenzug das Geld zusteckten, gegessen wurde dann im Gehen. Diese Eile hatte mit dem französischen Sinn für den Genuss, den ihr Onkel so gepflegt hatte, nichts zu tun. Dabei hatten die Engländer doch das schöne Sprichwort *You can not go faster than time,* das Marie von einem Besucher gehört hatte. Ihr Englisch war schon ganz passabel.

Sie bogen in die Straße, in der sich Philipsthals eine Wohnung gemietet hatten. Ein Diener öffnete die Tür, blickte sie fragend an, ließ sie dann aber hinein. Die exquisit ausgestattete Wohnung schien den Reichtum des Bewohners widerzuspiegeln. Philipsthal begrüßte sie überrascht, aber freundlich, und bot ihr einen Portwein an.

»Marie, was führt Sie her? Sollten Sie nicht mit Ihrem Sohn die Vorfreude auf den freien Tag genießen?«

»Das ist es ja gerade, Monsieur de Philipsthal. Uns ist noch nicht weihnachtlich zumute. Um ehrlich zu sein, wollte ich Sie bitten, unsere Einnahmen abzurechnen.« Es war ihr unangenehm, jemanden um Geld bitten zu müssen. Sie war so lange für sich selbst verantwortlich gewesen, dass es ihr falsch vorkam – zumal es sich ja um das Geld handelte, das sie verdient hatte.

»Sie sind knapp bei Kasse? Dabei hatte ich Ihnen doch erst in Paris Geld geliehen.« Philipsthal lächelte sie beinahe unverschämt an.

»Das war vor Monaten. Seitdem hatte ich sehr viele Ausgaben …«, versuchte sie sich zu rechtfertigen.

»Die sie mir gegenüber glaubhaft machen müssen. Wie sonst soll ich ausrechnen, was Ihnen zusteht?«

»Ich habe meine Aufzeichnungen mitgebracht«, antwortete Marie, und holte das Buch aus der Tasche, in das sie allabendlich alle Einnahmen und Ausgaben eintrug. Philipsthal setzte sich unwillig auf.

»Es passt mir jetzt gar nicht …«, begann er.

»Glauben Sie mir, es passt auch mir nicht«, sagte Marie, die allmählich die Geduld mit ihrem Geschäftspartner verlor. »Aber es hilft nichts, ich brauche Geld. Und ich denke, es steht mir auch zu.«

Philipsthal schnaubte, schob sein Glas zur Seite und verließ das Zimmer. Nach einer Weile kehrte er mit einem Stapel Papier zurück. Als er es auf den Tisch legte, sah Marie auf dem obersten die Schrift glitzern, als ob die Tinte noch feucht war. Philipsthal zog ihr Buch heran und begann zu rechnen. Marie setzte sich mit Nini an den Kamin. Am Ende schob er ihr einen Bogen Papier zu.

»Das wird wohl nichts, Marie. So wie es aussieht, schulden Sie mir sogar noch Geld.« Zufrieden leerte er sein Glas.

Ungläubig überflog Marie die Aufstellung. Ihr Puls begann zu rasen, als sie las, dass Philipsthal ihr sowohl den London-Leitfaden von Abbé Tardy als auch Mr Tenaveils Dienste in Rechnung gestellt hatte. Dabei hatte er so getan, als ob es sich um Geschenke, um Gefälligkeiten gehandelt hatte. Ein großer Betrag entfiel auf die Miete für das Theater.

»Die Miete erscheint mir sehr hoch. Haben Sie eine Rechnung dafür?«, fragte sie.

»Nein, woher denn! Sie werden meine Angaben doch wohl nicht anzweifeln?«, fragte er scharf.

»Ich habe Sie für einen ehrlichen Geschäftsmann gehalten ...«, begann sie.

»Und das bin ich auch.« Philipsthal hatte jetzt die Stimme erhoben, auf seinem Hals zeigten sich rote Flecken. »Ich habe Sie aus Paris herausgeholt und Ihnen eine einmalige Gelegenheit geboten, Ihr Schicksal zu wenden«, fauchte er sie an.

Marie zuckte bei diesem plötzlichen Wutausbruch zusammen, trotzdem entgegnete sie fest: »Mich wundert nur, dass ich für viel höhere Ausgaben geradestehen muss, als ich erwartet hatte.«

»Das ist Ihr Problem, und nicht meines. Lesen Sie Ihren Vertrag, darin ist genau aufgeführt, wie Einnahmen und Ausgaben geteilt werden.« Marie packte hilflos ihre Papiere ein. Philipsthal räusperte sich. »Ich könnte Ihnen einen weiteren Vorschuss gewähren. Sehen Sie, die Saison hat erst angefangen. Die Besucher werden schon bald zu Dutzenden ins Lyceum strömen.« An der Tür gab er Marie etwas Geld, das ihr wie Almosen vorkam. Sie schämte sich, vor ihrem Sohn als Bittstellerin dazustehen, obgleich er den Ernst der Lage vermutlich gar nicht verstand.

Es war das traurigste Weihnachtsfest, das sie erleben sollte, auch wenn sie sich bemühte, es für Nini so schön wie möglich zu gestalten. Was konnte ihr Sohn schon dafür, dass sie ihn von seinem Vater, der geliebten Großmutter und dem kleinen Bruder getrennt hatte? Zumindest war endlich ein Brief aus Paris gekommen, Nini und sie weinten vor Freude und Heimweh, als sie ihn vorlas. Alle waren wohlauf, der Wachssalon lief allerdings nicht so gut wie angenommen. In ihrer Antwort verschwieg Marie ihre prekäre finanzielle Situation, sie erwähnte auch nicht, dass sie daran zweifelte, dieser Tournee gewachsen zu sein. Im schlimmsten Fall würde sie ohne Einnahmen nach Hause zurückkehren. Dann hatte sie noch immer ihren Pariser Salon, den sie wieder auf Vordermann bringen konnte. Zum Aufgeben war es noch zu früh. Sie würde das Blatt wenden. Sie musste es einfach.

Die nächsten Wochen vergingen ohne besondere Vorkommnisse. Der Prozess gegen Colonel Despard und seine angeblichen Mitverschwörer begann, aber Sir Francis Burdett meldete sich nicht bei ihr. Hatte er vergessen, sich dafür einzusetzen, dass sie Despard porträtieren konnte? Das Interesse an dem Fall war groß. Da eine Nachrichtensperre verhängt worden war, spekulierte man auf der Straße darüber, wie die Verhandlung wohl verlief. Erst am 10. Februar 1803 erfuhr die Öffentlichkeit Genaueres über den Prozess. Die *Times* berichtete in sechzehn kleingedruckten Spalten über den Prozess und das Urteil. Sieben Männer waren zum Tode verurteilt worden, darunter auch Colonel Despard, und das, obwohl er selbst stets seine Schuld bestritten und Admiral Lord Nelson zu seinen Gunsten ausgesagt hatte. Sogar Marie, die sich mit dem Zeitungsenglisch noch immer schwertat, verstand, dass viele Menschen empört über das Urteil waren. In den nächsten Tagen hoffte man darauf, dass König Georg III. die Männer begnadigte. Doch das

Einzige, was Despards Frau Catherine und sein Kriegskamerad Nelson erreichten, war, dass dem Verurteilten das Vierteilen erspart wurde. Es blieb dabei: Edward Marcus Despard sollte am Morgen des 21. Februar gehenkt und enthauptet werden. Marie konnte ihre Unruhe kaum bändigen. Sie wusste genau, dass die Maske des unglücklichen Colonel Despard, wie er inzwischen genannt wurde, ihr einen Ansturm von Besuchern bescheren würde. Doch was konnte sie tun? Auf keinen Fall würde sie zu der Hinrichtung gehen, so viel stand fest. Zu sehr hatte sich der Schrecken des Schafotts in ihr Gedächtnis gebrannt. Nein, sie würde ein Porträt herstellen und sich dabei an die gedruckten Stiche halten, die auf der Straße verkauft wurden.

Am Tag der Hinrichtung sah Marie zahlreiche Menschen durch die Straßen eilen. Später berichteten die Zeitungen, dass trotz der bitteren Kälte zwanzigtausend Schaulustige auf die Südseite der Themse zum Surrey-Bezirksgefängnis nach Southwark geströmt waren, um Despard und seine Männer sterben zu sehen. Für Marie schien an diesem Sonntag überall die Erinnerung an die entsetzlichen Hinrichtungstage in Paris zu lauern. Sie sah sich wieder zum Madeleine-Friedhof schleichen, um die Totenmasken der Hingerichteten anzufertigen. Sie sah den Kopf der Prinzessin von Lamballe auf einer Pike wippen. Sie sah den Kopf des öffentlichen Anklägers Fouquier-Tinville vor sich. Dieser Jurist, der während der Revolution Tausenden den Tod gebracht hatte, war der letzte Hingerichtete, dessen Totenmaske sie abgenommen hatte. Am Todestag von Despard widmete sich Marie ganz ihrem Sohn. Nini hatte mit dieser blutigen Vergangenheit nichts zu tun. Er wusste nichts von Neid, Missgunst und Mord. Er steckte sie an mit seinem Lachen, mit seiner Freude an den kleinen Dingen des Lebens, mit seiner Fähigkeit, selbst mit dem Wenigsten glücklich zu sein. Als Marie am nächsten Morgen anfing, das Gesicht des Colonels aus Lehm zu formen, betrat ein Mann die Ausstellungsräume. Er brachte eine Nachricht von Sir Francis Burdett. Sein Herr werde Catherine Despard bei der Organisation der Beisetzung ihres Mannes unterstützen. Wenn Marie noch interessiert sei, könnte sie am Tag der Beerdigung die Totenmaske von Colonel Despard anfertigen.

Nini blickte sie ernst an. Marie sah, dass ihr Sohn kaum die Tränen zurückhalten konnte. »Warum muss ich hierbleiben? Warum kann ich nicht mitkommen?«, fragte er.

»Wo ich hingehe, haben Kinder nichts zu suchen. Du bleibst hier, bei unserer Wirtin, und kannst mit ihrem Sohn spielen.«

»Aber ich will nicht! Tom ärgert mich immer, weil ich so anders spreche als er«, sagte Nini trotzig. Wie gut sie seine Gefühle verstand, auch sie war in ihrer Anfangszeit in Paris wegen ihrer Sprache gehänselt worden, denn in ihrer Heimat Straßburg hatte sie Deutsch gesprochen. Marie kniete sich auf den Boden und schloss ihren Sohn in die Arme.

»Nini, es hilft nichts. Ich muss alleine dorthin. In ein paar Stunden bin ich zurück. Bis dahin wirst du dich benehmen. Du bist doch schon ein großer Junge.« Nini schniefte, drehte sich weg und lief zum Sohn der Wirtin. Tom warf ihm etwas zu, Nini fing es auf. Wie tapfer er war. Marie sah ihm hinterher. Sie nahm ihre Tasche, ihren Stadtplan von London und machte sich auf den Weg. Man hatte ihr gesagt, dass sie sich einige Stunden vor der Beisetzung im Gebäude des Bestatters in der Mount Street im Viertel Lambeth einfinden solle. Auf den Straßen war es noch relativ ruhig. Marie dachte über die merkwürdige Stimmung in der Stadt nach, was den Umgang mit Franzosen anging. Einerseits fürchtete man, dass der Krieg mit Frankreich wieder ausbrechen könnte, andererseits wurde gerade heute der französische Emigrant Jean Peltier, der in London in seiner Zeitung verschlüsselt zum Attentat auf den Ersten Konsul Napoleon Bonaparte aufgerufen hatte, dafür vor Gericht gestellt. Bei der Arbeit spürte sie keine Feindseligkeit, aber wer die Franzosen nicht mochte, würde wohl kaum ihre Ausstellung besuchen.

Als sie das Gebäude betrat, kam ihr Sir Francis Burdett entgegen. Er begrüßte sie und führte sie dann zu einer Frau dunkler Hautfarbe, die in der Nähe des Sargs stand. Das musste Catherine Despard sein, denn es war in den Flugblättern über Despards Leben häufig erwähnt worden, dass seine Ehefrau aus der Karibik stammte, wo Despard gedient hatte. Die Frau nickte Marie zu und ließ ihren Tränen ungeniert freien Lauf.

»Mein Mann war unschuldig. Noch im Angesicht seines Todes hat er das beteuert«, ihre tiefe, melodiöse Stimme brach. »Die Minister Ihrer Majestät wussten, dass er nicht schuldig ist. Sie haben meinen Mann zerstört, weil er ein Freund der Wahrheit, der Freiheit, der Gerechtigkeit, aber auch der Armen und Unterdrückten war. Er hat seinem Land treu gedient. Dennoch musste er auf dem Schafott sterben für ein Verbrechen, das er nicht verübt hat. Lassen Sie ihm nun Gerechtigkeit zukommen.«

Die Frau machte ein Zeichen. Ein junger Mann löste sich aus dem Schatten. Marie vermutete, dass es der Sohn Colonel Despards war, jedoch erstaunte sie seine Uniform.

»Mein Sohn James«, stellte Despards Witwe ihn vor. »Er dient als Fähnrich bei der französischen Armee. Eigentlich war er Fähnrich bei der englischen Armee. Aber dann war er gezwungen, sich zu duellieren und die Armee schloss ihn aus«, erklärte sie.

»Als herauskam, dass ich bei den Franzosen diene, galt es als Beweis dafür, dass mein Vater ein Verräter sei. Er habe sich mit Napoleon verbündet, hieß es. Was für ein Unfug, jetzt, wo Frieden zwischen England und Frankreich herrscht«, sagte der junge Mann verbittert. »Die beiden Länder sind sich ähnlicher, als man denkt. Es gibt hier ebenso wenig wahre Freiheit wie unter dem Despoten Robespierre in Ihrem Lande.« Marie schwieg und nickte unverbindlich. In ihren Augen war das heutige England gegen Frankreich unter Robespierres Herrschaft ein Hort der Freiheit. Auch Despard hatte anscheinend einen verhältnismäßig gerechten Prozess erhalten, und keinen Schauprozess mit festgelegtem Ausgang, wie es in der Französischen Revolution üblich gewesen war, als auf jede Anschuldigung fast automatisch die Hinrichtung folgte.

»Sie haben meinen Mann mit allen revolutionären Gruppen in Verbindung gebracht. Mit den United Irishmen genauso wie mit der London Corresponding Society. Sie hatten keine Beweise, also war jeder Vorwand recht, um ihn zu verurteilen«, meinte Catherine Despard resigniert. »Bitte, James, öffne den Sarg.« Marie bereitete ihre Utensilien vor, wie sie es schon so oft getan hatte.

Als sie zum ersten Mal eine Totenmaske angefertigt hatte, war sie noch Curtius' Lehrling gewesen. Sie dachte daran, wie sie ihren Onkel begleitet hatte, als er die Totenmaske von Jean-Jacques Rousseau nahm. Sie war aufgeregt gewesen, hatte es aber auch als Ehre empfunden, das Gesicht des berühmten Philosophen für die Nachwelt zu erhalten. Seitdem hatte sie oft Tote gesehen, zu oft. Sie hatte abgeschlagene Köpfe in Händen gehalten, die noch warm waren, hatte von Todesangst verzerrte Züge glattgestrichen. Wie hatte sie das nur ertragen? Dennoch schützte sie ihre Erfahrung nicht vor dem Ekel, der sie überfiel, als der Sargdeckel zur Seite glitt und die Leiche freigab. Marie hielt die Luft an. Der Leichnam wirkte entstellt, geschändet. Der Hals war zwar gereinigt worden, dennoch sah man die schweren Verletzungen.

»Der Chirurg wollte nach der Hinrichtung die Wirbelsäule durchtrennen, verfehlte sie aber«, sagte der Sohn heiser. »Er begann am Hals herumzuschneiden. Der Henker stieß ihn weg und versuchte es selbst. Aber auch er konnte den Kopf nicht vom Körper trennen. Erst viel später konnte er das Haupt hochreißen, in die Menge halten und schreien ›Das ist der Kopf eines Verräters: Edward Marcus Despard‹.« James Despard schluchzte jetzt. Marie begann so leise und würdevoll wie möglich mit ihrer Arbeit. Jahrelang hatte sie mit sich gehadert, weil sie die Totenmasken der Hingerichteten ausstellte. Immer wieder hatte sie das Gefühl gehabt, dass sie ihre Henkersherkunft wieder einholte. Doch inzwischen wusste sie, dass sie mit ihrer Arbeit auf Unrecht und Willkür hinweisen konnte. Aber natürlich würde ihr diese Maske auch die Einnahmen bescheren, die sie so dringend benötigte. Denn die Besucher liebten das wohlige Schaudern. Marie konnte es ihnen geben, warum sollte sie es ihnen verweigern? Solange es nicht Grusel um des Gruselns willen war, sondern sie als Chronistin in Wachs noch eine Neuigkeit oder eine moralische Botschaft mitgeben konnte.

Nachdem sie ihre Arbeit beendet hatte, wurde der Sarg zugeschraubt. Marie sprach Catherine und James Despard noch einmal ihr Beileid aus. Sie würde den Trauerzug, der von Lambeth über die Blackfriars-Brücke bis in den Kirchhof von St. Faith's führte, nicht begleiten, sondern auf ihre Weise Colonel Despard die letzte Ehre erweisen.

Die Totenmaske sicher verstaut, schritt sie schnell die Straßen hinunter. Als sie in die Surrey Street einbog, sah sie, wie Nini und Tom vor dem Haus spielten. Der Anblick ihres Sohnes gab ihr neue Energie. Doch als sie näher kam, stellte sie fest, dass Ninis Kleidung feucht war und seine Lippen blau schimmerten. Schnell zog sie ihn in das Haus hinein, aber er zappelte widerwillig. »Nein, ich will nicht, wir haben so schön gespielt!«

»Aber du bist völlig unterkühlt, du holst dir noch etwas weg!«, sagte sie. Die Wirtin hatte ihre Stimmen gehört und sah um die Ecke. »Ist etwas nicht in Ordnung?«

Marie biss sich auf die Lippen. Ein ganzer Schwall von Vorwürfen sammelte sich in ihrem Kopf, aber sie konnte wohl kaum von ihrer Wirtin verlangen, dass sie auf Nini acht gab, wie es eine Mutter tun würde. Hätte sie ihn doch mitnehmen sollen? Unmöglich. Für das nächste Mal würde sie sich etwas anderes einfallen lassen müssen. Sie steckte Nini ins Bett und flößte ihm Tee ein. Kaum dass er eingeschlafen war, machte sie sich daran, die Totenmaske von Despard zu gießen.

Die Hinrichtung bewegte noch lange Zeit die Londoner Bevölkerung. Despards Totenrede wurde veröffentlicht, es gab Lieder über ihn und sogar Theaterstücke. Schnell hatte sich herumgesprochen, dass im Lyceum-Theater seine Totenmaske ausgestellt wurde. Die Besucher standen Schlange, um sie zu sehen. Endlich klimperten die Shillings nur so in Maries Geldbeutel. Doch wie gewohnt nahm Philipsthal ihr das Geld ab. Er war neidisch auf die Besucherscharen, das spürte sie, zumal er inzwischen oft vor halbleerem Hause auftrat. Marie konnte sich jedoch nicht uneingeschränkt über ihren Erfolg freuen.

Nini lag mit hohem Fieber im Bett. Jetzt war Marie froh, dass sie die bösen Worte an ihre Wirtin zurückgehalten hatte, denn sie sah regelmäßig nach dem Kleinen. Marie hatte schon Ärzte aufgesucht, aber in dieser Stadt tummelten sich anscheinend auch etliche Quacksalber. Viele nannten sich Doktor und verkauften Pillen oder Pulver, mussten aber keine Ausbildung nachweisen. Dazu kamen die Apotheker, die ebenfalls um Kundschaft buhlten. Marie hatte schon einige Kräuter und Tinkturen gekauft, doch nichts hatte geholfen. Jetzt setzte sie auf die Hausmittel, die sie von ihrer Mutter Anna gelernt hatte. Sobald Mr Tenaveil Zeit hatte, überließ sie ihm die Kasse und lief in ihre Wohnung. Sie hielt Ninis Hand, tupfte ihm die Stirn, machte Brustwickel, steckte ihm mit Mandelöl getränkte Wattebäusche in die Ohren und sang ihm beruhigende Lieder vor. Maries Augenlider waren bleischwer, aber nachts fand sie nicht in den Schlaf. Völlig übermüdet saß sie an Ninis Bett, lauschte auf die kleinste Regung ihres Sohnes. Sie würde sich ihr Leben lang Vorwürfe machen, wenn ihm etwas geschah. Sie hatte schon einmal ein Kind verloren. Es war das Kind gewesen, das sie nach der Hochzeit empfangen hatte, ihr Erstgeborenes. Marie presste die Fingernägel in ihren Arm, als ob sie durch diesen Schmerz die Gefühle im Zaum halten könnte, die sie plötzlich überfielen. Die kleine Marie Marguerite Pauline Tussaud war von ihren Eltern heiß ersehnt worden. Sie hatte schon als Neugeborene die dunklen Haare und die braunen Augen ihrer Eltern gehabt. Marie war besonders glücklich, sie stellte sich vor, wie ihre Erstgeborene langsam heranwachsen, in ihre Fußstapfen treten und eines Tages den Wachssalon übernehmen würde. Doch der Winter kam, und das Kind kränkelte. Die Ärzte hatten ihr das Geld für Mittelchen abgeknöpft und ansonsten den Fall mit Gleichmut betrachtet. Wie schnell war so ein Kinderleben vorbei, die wenigsten Kinder erreichten das Erwachsenenalter. Warum sie sich so aufrege? Marie hatte sich aber aufgeregt. Sie hatte das Mädchen nach Ivry gebracht, dort wo sich ihre Mutter Anna intensiv um es kümmern konnte. Eines Morgens war jedoch das Wimmern aus der Wiege verstummt, der Körper des Kindes war kalt. Marie Marguerite Pauline war nur sechs Monate alt geworden.

Marie war innerlich versteinert. Alle Schrecken der Revolution kamen nicht dem Kummer gleich, der sie nach dem Tod ihrer Tochter quälte. Sie fühlte sich verwaist. Nicht einmal ihr Ehemann konnte sie trösten. Sie mochte ihn nicht sehen, nicht anfassen; er flüchtete sich in die Vergnügungen des Boulevards, sie blieb allein zurück. Auch ihrer Mutter ging sie aus dem Weg. Anna schien sie vorwurfsvoll anzusehen, als ob die Enkelin noch leben könnte, wenn Marie früher Mutter geworden wäre, als hielte sie Marie für zu alt, um gesunde Kinder zu bekommen. Vor der Beerdigung nahm Marie die Maske des Kindes. Sie wollte, dass etwas dieses kurze Leben überdauerte. Bevor sie nach England abgereist war, hatte sie die Wachsfigur des Babys hergestellt, damit sie in London ihre Tochter immer vor Augen hatte. Marie hatte auch die winzige Totenmaske bei sich, ganz unten in ihrer Kiste vergraben, bei den Erinnerungsstücken, die ihr besonders am Herzen lagen.

Nini atmete leise und regelmäßig. Sie würde alles dafür geben, dass es ihrem Sohn, ihren Söhnen gutging. Die Hilflosigkeit schnürte ihr die Kehle zu. Hoffentlich sorgte ihr Mann gut für ihr Nesthäkchen, für François. Sie drückte Nini einen Kuss auf die Stirn und lief zu ihrer Wirtin, um ihr einzuschärfen, dass sie sie sofort holen solle, falls es ihm schlechter ging. Schweren Herzens lief sie zurück ins Lyceum-Theater.

Marie hatte Glück. Nach einigen Tagen erholte Nini sich, nach einer Woche konnte er aufstehen und nach zehn Tagen wollte er sie schon in das Wachsfigurenkabinett begleiten. Als Marie ihn das erste Mal wieder mitbrachte, begrüßte Philipsthal sie erstaunt.

»Marie, was tun Sie hier? Sind Sie sicher, dass Ihr Sohn kräftig genug ist? Nicht dass er einen Rückfall erleidet.« Marie wunderte sich über seine Anteilnahme, sonst hatte er sich doch nie für Nini interessiert. Fast war es, als ob es ihm lieber wäre, sie blieben weg. »Ich hatte Ihnen doch gesagt, dass Sie gerne einige Tage bei ihm bleiben können. Mr Tenaveil wird sich in der Zeit um alles kümmern.« Marie kam ein Verdacht: Hatte Philipsthal vor, sie auszubooten? Wollte er die Wachsfiguren in seinen Besitz bringen und sie loswerden? Da hatte er sich aber die Falsche ausgesucht!

»Haben Sie Dank für Ihre freundlichen Worte, Monsieur de Philipsthal. Mein Sohn ist auf dem Weg der Besserung«, antwortete sie freundlich, aber bestimmt.

»Gut, gut«, sagte Philipsthal und rieb sich die Hände. »Übrigens, ich bekomme heute Abend hohen Besuch. Der Herzog und die Herzogin von York wollen sich meine Geistererscheinungen vorführen lassen. Wie Sie vielleicht wissen, hatte ich ja bereits die Ehre, 1789 in Berlin vor den vornehmsten Vertretern des Königshauses aufzutreten. Neben König Friedrich Wilhelm II. war damals auch schon seine Tochter Friederike Charlotte von Preußen, die heutige Herzogin von York, anwesend.« Marie versetzte diese Ankündigung einen Stich, ihre Ausstellung könnte auch so angesehene Gäste gebrauchen. »Sorgen Sie also dafür, dass hier alles tadellos aussieht«, fügte Philipsthal hinzu. Marie blieben die Worte im Hals stecken. Als ob in ihrem Teil des Theaters Schlamperei herrschte! Sie würde jedoch die Wachsfigur Friedrichs des Großen in die Nähe des Eingangs rücken. So bekam die Herzogin mit ihrem berühmten Vorfahren gleich ein bekanntes Gesicht zu sehen.

Es war wie in Paris: Erst kam die Entourage, dann betraten der Herzog und die Herzogin das Theater. Besonders augenfällig war die Ungleichheit des Paars, denn neben Prinz Friedrich August, dem großen und kräftigen Sohn König Georgs III., wirkte seine Frau besonders zierlich. Marie bemerkte, dass sie sich kurz beim Eintreten umsahen und ihr Blick an der Figur des ehemaligen Königs von Preußen hängenblieb. Neugierig kam die Herzogin näher. Marie begrüßte sie mit einer Verbeugung. »Willkommen, Eure Königliche Hoheit«, sagte sie auf Deutsch. Die Herzogin zog lächelnd die Augenbrauen hoch und entblößte dabei schlechte Zähne, dann nickte sie hoheitsvoll und näherte sich der Figur Friedrichs des Großen. Ihre Hofdamen und der Herzog folgten ihr langsam.

»Ich hatte ja gehofft, heute der Verstorbenen ansichtig zu werden. Aber dass es hier geschehen würde, hatte ich wahrlich nicht erwartet. Haben Sie diese überaus lebensechte Figur hergestellt?«, fragte sie Marie in sehr gutem Französisch.

»Vielen Dank für dieses Lob, Königliche Hoheit. Diese Figur wurde von meinem Onkel, dem berühmten Wachskünstler Philippe Curtius aus Paris geschaffen, der mich seit meiner Kindheit in seiner Kunst unterrichtete.« Die Herzogin begann, sich in dem Raum umzusehen. Marie glaubte, Philipsthal am Eingang des kleinen Theaters unwillig schnauben zu hören.

»Also sind die anderen Figuren von Ihnen?«

»Die meisten Figuren und Büsten habe ich hergestellt«, sagte Marie. »Darf ich Eure Hoheit durch den Wachssalon führen?« Die Herzogin von York warf ihrem Mann einen Blick zu. Er nickte und unterhielt seine Begleiter einstweilen mit der Anekdote, wie er in Berlin Friedrich dem Großen vorgestellt worden war. Marie zeigte der Herzogin das Kabinett. Sie schien klug und gebildet, hörte Marie interessiert zu und fragte häufig nach, wenn Marie von ihren Begegnungen mit den Berühmtheiten erzählte. Als sie an einer hinteren Ecke der Ausstellung vorbeigingen, sah Marie, dass Nini sich auf einer Bank eingerollt hatte und schlief. Sie wurde von einer Welle aus Zärtlichkeit, Sorge und Scham erfasst. Vielleicht wäre ihr Sohn doch besser in ihrem Quartier aufgehoben gewesen. Sie wollte die Herzogin von seinem Anblick ablenken, doch diese hatte ihn bereits entdeckt.

»Was für eine reizende Wachsfigur! Und so lebensecht, als würde sie atmen!«, rief die Herzogin von York aus. Marie überlegte, ob sie diesen Irrtum aufklären sollte, doch die Herzogin fragte schon, ob Marie für sie eine Kopie dieser Figur herstellen könnte.

»Es wäre eine Ehre und ein Vergnügen für mich«, sagte Marie. Sie hoffte, dass Nini sich nicht gerade jetzt bewegen oder gar aufwachen würde, und führte die Herzogin schnell weiter. Am Eingang wies die Herzogin eine ihrer Hofdamen an, Marie mitzuteilen, wo sie die Wachsfigur des Jungen abzuliefern habe. Philipsthal trat ungeduldig von einem Fuß auf den anderen und beinahe zerrte er die königlichen Herrschaften, als sie sich ihm wieder zuwandten, in das obere Theater. Marie freute sich über diese Anerkennung. Wer weiß, vielleicht gelang es ihr, noch einmal mit der Herzogin zu sprechen. Doch noch viel hilfreicher wäre es, wenn sie das Wachsporträt des Herzogs und der Herzogin von York ausstellen könnte.

Sie ging zu Nini und legte vorsichtig die Hand auf seine Stirn. Sie war nicht heiß, er hatte also kein Fieber, sondern war einfach nur erschöpft. Sie zählte das Geld und trug die Einnahmen und Ausgaben in ihr Buch ein. Dann weckte sie ihren Sohn. Als sie die Ausstellungsräume absperrte, beobachtete Marie, wie der Herzog seiner Frau in eine Kutsche half, er selbst stieg jedoch nicht ein. Nachdem die Herzogin abgefahren war, rollte seine Kutsche heran. Die Tür öffnete sich, und eine junge hübsche Frau winkte ihn fröhlich hinein und begrüßte ihn mit einem Kuss. Gemeinsam fuhren sie ab.

Langsam wurden die Häuser weniger, das Gedränge auf den Straßen ließ nach. Endlich hatten sie wieder einen freien Blick auf Landschaft und Himmel. Der Frühling lag in der Luft. Marie und Nini genossen die Fahrt nach Oatlands im Südwesten von London, wo Prinzessin Friederike Charlotte von Preußen, Herzogin von York, ihren Wohnsitz eingerichtet hatte. Lediglich wenn die Kutsche durch Schlaglöcher fuhr, zuckte Marie zusammen. Hoffentlich würde die kleine Wachsfigur, die in einer Kiste im Gepäckkorb verstaut war, keinen Schaden nehmen. Nini hatte sich nicht darüber gewundert, dass seine Mutter ihn in Wachs abbildete, ja, er hatte es sogar lustig gefunden.

Ihn freute dieser Ausflug ins Grüne besonders. In einem Tal in der Nähe des Themseufers bogen sie in einen schönen Park ab. Das Schloss war noch nicht zu sehen, dichter Wald schirmte es vor neugierigen Blicken ab. Eine dicke Frau in der Gesellschaft eines ebenso wohlbeleibten Mopses nahm sie am Torhaus in Empfang. Marie berichtete von ihrem Auftrag, und die Frau schrieb griesgrämig ein Billett an eine der Hofdamen der Herzogin. Wenig später wurden Marie und Nini in Begleitung eines Dieners, der die Kiste trug, zum Schloss geführt, wo sie warten sollten.

Von der Terrasse aus hatte man einen wunderbaren Blick auf einen kleinen Tempel und einen See. Die Räume waren eher einfach und fast bürgerlich eingerichtet, auffallend waren die schönen Stickereien, die überall zu sehen waren. Marie öffnete die Kiste und sah nach, ob die Wachsfigur heil geblieben war. Die Zeit verging, doch niemand kam. Leise sang Marie ihrem Sohn vor, danach erzählte sie ihm Geschichten. Plötzlich flitzte ein kleines Wesen in den Raum hinein, hangelte sich am Vorhang hoch, blieb oben sitzen und sah sie vorwitzig an. Dann krabbelte es wieder hinunter, rannte auf Nini zu, sprang auf seinen Schoß und legte den Kopf schief. Ein Affe im Schloss der Herzogin! Nini lachte und versuchte den Affen zu streicheln. Der ließ es sich gefallen. Gebell war zu hören. Die Herzogin von York betrat mit ihren Damen und einigen Hunden den Raum, eine der Frauen hatte einen weiteren Affen auf dem Arm. Die Herzogin begrüßte sie freundlich und überzeugte sich, dass es ihren Besuchern und dem Affen gutging. Marie verbeugte sich. Sie war froh, dass sie schon oft königlichen Herrschaften begegnet war und sich eine Zeitlang im Schloss von Versailles aufgehalten hatte, sonst wäre sie gewiss eingeschüchtert gewesen. Die Herzogin berichtete ihren Hofdamen, dass Marie einst die Schwester von Ludwig XVI. in Versailles in der Wachskunst unterrichtet hatte und nun erstmals in London ausstellte.

»Ach, und du bist wohl der Junge, der das Vorbild für das Wachsporträt gewesen ist. Die Ähnlichkeit ist wirklich verblüffend«, begrüßte eine Hofdame Nini, der noch immer den Affen auf dem Schoß hielt. Marie präsentierte die Wachsfigur. Die Herzogin war begeistert, und auch die Hofdamen fanden die Figur des schlafenden Kindes beeindruckend. »Eure Hoheit sind zu gnädig«, freute sich Marie über das Lob.

»Es wundert mich, dass Sie auf Ihrer Tournee ein Kind dabeihaben«, bemerkte eine Hofdame.

»Es ist mir ein Trost, dass er da ist«, antwortete Marie und erwähnte ihren kleinen Sohn und ihre Familie, die sie in Paris lassen musste.

Die Herzogin lächelte unverbindlich und fragte, ob Marie mit ihrem bisherigen Aufenthalt zufrieden sei. Marie zauderte und erzählte, dass die Konkurrenz größer sei als erwartet und dass sie hier noch kaum jemand kenne. Sie müsse eigentlich, wie in Frankreich, auch hier Personen des öffentlichen Lebens porträtieren. Mutig nutzte sie die gelöste Stimmung, um die Herzogin um ihr Porträt zu bitten. Einige fröhliche Bemerkungen wurden gewechselt, dann erklärte sich die Herzogin bereit, gleich jetzt Porträt zu sitzen. Nach ihrer letzten Erfahrung mit Sir Francis Burdett verzichtete Marie auf den Gipsabdruck und beschränkte sich stattdessen auf die Arbeit mit Zeichenstift und Stellzirkel. Sie hatte die Herzogin nun zweimal persönlich erlebt, also würde es ihr leichtfallen, dem Antlitz einen lebendigen, treffenden Ausdruck zu verleihen. Als Nini und sie sich später verabschieden wollten, ließ die Herzogin durch eine ihrer Damen fragen, was sie für die Wachsfigur schuldig sei. »Die wohlwollende Empfehlung Ihrer Hoheit wäre Entlohnung genug«, sagte Marie. Die Herzogin, die Maries Antwort gehört hatte, trat noch einmal auf sie zu. Marie dürfe sie in Zukunft nicht nur als ihre Gönnerin ansehen und das bekanntmachen, sondern auch bei der Figur des schlafenden Kindes darauf hinweisen, dass sie eine Kopie für die Herzogin von York hergestellt hatte. Sie hatte ihre erste Schirmherrin aus dem englischen Königshaus gewonnen. Stolz ließ Marie sich nach London zurück kutschieren.

In ihrem Zimmer lag ein Brief auf dem Tisch. »Ist er von Papa?«, fragte Nini munter. Er hatte die Kutschfahrt über geschlafen, Marie würde nun Mühe haben, ihn zur Nachtruhe im Bett zu halten.

»Ja, mein Nini. Ich lese ihn dir vor, wenn du im Bett liegst.«

Marie half ihm sich auszuziehen, ließ ihn ins Bett schlüpfen und deckte ihn zu. Dann begann sie, den Brief vorzulesen. Schnell stellte sie fest, dass vieles für ein Kind nicht geeignet war. Also erfand sie Alltagsgeschichten, die ihrem Sohn immer Freude bereiteten. Ihre Gedanken waren jedoch bei den beunruhigenden Nachrichten. François hatte Geldsorgen, es kamen zu wenige Besucher in den Wachssalon. Marie solle möglichst schnell zurückkehren und den Gewinn aus England mitbringen, sonst wüsste er nicht, wie es weitergehen solle. Welchen Gewinn sollte sie mitbringen, dachte sie bitter. Nach Philipsthals Auskunft hatte sie es gerade geschafft, die Schulden bei ihm zu begleichen. Seine Abrechnung durfte sie dieses Mal jedoch nicht einsehen. »Alle umarmen dich tausend Mal und dein kleiner Bruder schickt dir einen besonders dicken Kuss«, improvisierte sie und küsste ihren Sohn auf die Wange. Sie sang ihm eine Weile vor, bis nur sein gleichmäßiges Atmen die Stille unterbrach.

Marie fragte sich, wieso die Besucher im Wachssalon auf dem Boulevard du Temple ausblieben. François wusste doch eigentlich, was er zu tun hatte. Die Figuren gefällig drapieren, für Abwechslung sorgen, Plakate drucken lassen, all das hatte sie ihn gelehrt. Er könnte sich auch wie früher als Ingenieur verdingen. Ob er wieder um Geld gespielt, wieder spekuliert hatte? Sie würde es vermutlich erst erfahren, wenn sie nach Hause zurückkehrte. Sie konnte ihm ohnehin kein Geld schicken. Ihre Familie musste eben durchhalten, bis sie zurück in Paris war.

Marie konnte hören, dass das Paar die Totenmaske von Colonel Despard gefunden hatte. »Da steht, die Maske wurde auf Wunsch direkt nach der Hinrichtung abgenommen. Uhh, das ist ja gruselig«, meinte die Frau in einem wohligen Tonfall. Marie hatte die Maske mit einem schwachen bläulichen Licht erhellt. Das gab dem Tableau etwas Mysteriöses, Unheimliches und unterstrich die Verschwörungsatmosphäre, die Despards Fall umgab. Marie lächelte und griff unwillkürlich mit den Fingern an ihren Geldbeutel, den sie im Rock trug. Den ganzen Tag ging das schon so. Die Leute drängten sich, um ihre Figuren zu sehen, so wie es früher auch in Paris gewesen war. Wenn es noch einige Wochen so weiterginge, dann könnte sie unbesorgt zurückkehren. Philipsthal trat in den Raum und kam auf Marie zu. Seine Augen schienen heute noch tiefer als sonst in ihren Höhlen zu liegen.

»Ihr Despard scheint ja gut anzukommen«, meinte er gepresst. »Sie sollten nur aufpassen, dass es nicht heißt, dass hier ein Verbrecher verherrlicht wird. Das könnte für uns beide gefährlich werden.«

»Ich habe vorgesorgt und seine Maske mit einem Schild versehen, auf dem er als verurteilter Verschwörer bezeichnet wird. Sicher wäre es etwas anderes, wenn Sie Colonel Despard in Ihre Geistererscheinung einbauen würden. Dann erginge es Ihnen vielleicht genauso wie in Paris, und man würde Sie verhaften, weil Sie den Falschen unterstützen«, sagte Marie spitz. Sie dachte oft daran, wie Madame de Philipsthal eines Nachts während der Revolution vor ihrer Tür gestanden und ihren Onkel um Hilfe angefleht hatte. Philipsthal war damals verhaftet worden, weil bei einer seiner Vorführungen der in Ungnade gefallene König Ludwig XVI. zu sehen gewesen war. Curtius hatte bei Robespierre ein gutes Wort für Philipsthal eingelegt, und der Schausteller war freigelassen worden.

»Erinnern Sie mich bloß nicht daran. Davon will ich nichts mehr hören. Und ich möchte auch nicht, dass Sie es noch einmal in der Öffentlichkeit erwähnen«, zischte Philipsthal. »Ich bin nur hier, um meinen Anteil an Ihren Einnahmen abzuholen.«

»Jetzt schon? Das Kabinett ist noch geöffnet. Brauchen Sie das Geld so dringend?«, fragte sie widerwillig.

»Meine Geschäfte mit dem Baron können nicht warten«,

antwortete er. Marie wusste nicht, was für Geschäfte er meinte, es schickte sich jedoch auch nicht, danach zu fragen. Sie sah sich im Wachsfigurenkabinett um. Es war voller Besucher. »Es tut mir leid, ich kann das Geld jetzt nicht zählen«, sagte sie bestimmt. »Kommen Sie später wieder.«

Der Feierabend musste heute ausfallen, es gab Wichtiges zu tun. Marie wollte unbedingt an der Büste der Herzogin von York arbeiten, ihre Ausstellung brauchte mehr Persönlichkeiten aus dem englischen Adel. Deshalb war sie, nachdem sie das Theater geschlossen und Nini ins Bett gebracht hatte, in die Küche ihrer Wirtin gegangen. Leider hatte die Wirtin sie gehört und warf Marie jetzt einen frechen Blick zu.

»Werden Sie auch einen Hund modellieren? Ich habe gehört, die Herzogin läuft immer mit ihren Kötern rum.« Sie lachte hämisch. »Aber was soll's, einen Trost muss eine Frau doch haben, wenn sie schon keine Kinder bekommen kann und ihr Mann ständig in fremden Betten schläft.« Marie stellte ihren Lederkoffer auf den Küchentisch und packte ihre Materialien aus. Es hatte einige Tage gedauert, bis sie ein Geschäft gefunden hatte, in dem sie geeignetes Wachs kaufen konnte. Andere Dinge, wie Glasaugen und Mittel zum Färben des Wachses, hatte sie vorsorglich aus Paris mitgebracht. Sie hatte bereits einen Lehmkopf hergestellt und von diesem einen Gipsabguss genommen. Sie holte den feuchten feinen Ton hervor, mit dem sie die Gipsmaske ausfüllen würde. An diesem Tonabdruck konnte sie Unregelmäßigkeiten wie die verschwommenen Partien oder die Folgen von Luftbläschen verbessern und danach einen weiteren Gipsabguss als endgültige Gussform herstellen. Die Wirtin beobachtete jeden von Maries Handgriffen genau. Marie seufzte leise. Sie wünschte sich in ihr Atelier in Paris zurück, wo jeder Kessel, jedes Bossierholz an seinem Platz lag, wo sie niemanden um Erlaubnis bitten musste und niemand ihr so aufdringlich über die Schulter schaute. Marie war sicher, dass sie sich daran gewöhnen würde, sie musste es einfach. Es klopfte an der Tür, die Wirtin führte Mr Tenaveil hinein.

»Guten Abend, Mrs Tussaud. Ich bin gekommen, um das Geld abzuholen.«

»Konnte Monsieur de Philipsthal denn nicht selbst kommen?«

»Nein, er ist noch mit dem Baron unterwegs.« Er sah jetzt den Gipsabguss des Gesichts der Herzogin auf dem Tisch liegen. »Eine neue Figur. Wie schade, dass Sie sie hier nicht mehr ausstellen können«, sagte er leichthin.

»Was meinen Sie damit, Mr Tenaveil?«, fragte Marie.

»Ach, wissen Sie es noch nicht? Wir werden London verlassen. Es geht weiter nach Edinburgh.«

Marie sah ihn entgeistert an. Tenaveil zuckte mit den Schultern. Sie wusste, dass er nur weitergab, was Philipsthal ihm gesagt hatte. Es hatte also keinen Sinn, weiter in ihn zu dringen.

Am nächsten Morgen fing sie Philipsthal ab, als er gerade in das obere Theater gehen wollte. »Ich bin sicher einer falschen Information aufgesessen, aber Mr Tenaveil sagte mir, wir würden London verlassen.«

»Ganz und gar nicht. Ende April werden wir das Lyceum räumen und uns nach Edinburgh einschiffen. Zumindest Sie werden sich einschiffen, ich bringe meine Geschäfte mit dem Baron zu Ende und folge Ihnen dann.«

»Aber wieso? Meine Geschäfte laufen gerade erst an, die Saison geht noch einige Wochen weiter. Außerdem kann ich nicht nach Schottland, ich muss zurück nach Paris.« Eine weitere Verzögerung würde die Situation des Pariser Salons dramatisch verschlechtern. Wenn sie zu Hause wäre, könnte sie sich um den Wachssalon kümmern und François könnte sich Arbeit suchen. Dann würden sie bald ihre finanzielle Notlage hinter sich lassen.

»Nein, Sie müssen mich nach Schottland begleiten. Ich leite diese Tournee, so steht es in unserem Vertrag.«

»Aber meine Familie braucht Geld. Ich kann hier nicht bleiben.« Philipsthal machte eine wegwerfende Handbewegung. »Ich wusste, Sie sind dieser Aufgabe nicht gewachsen. Also, Sie und Ihr Sohn gehen nach Paris zurück. Ihre Wachsfiguren aber bleiben bei mir.« Er hatte es also tatsächlich auf ihre Figuren abgesehen. Marie verschränkte die Arme.

»Auf keinen Fall«, sagte sie.

Als Marie und Nini aus einer Anwaltskanzlei traten, die sich in der Duke Street in der Nähe des Manchester Square befand, war ihr Herz schwer. Marie nahm Ninis Hand und ging mit ihm die Straße entlang. Sie hatte ihm versprochen, dass sie im französischen Viertel in einem Kaffeehaus einkehren würden. Er verdiente eine Belohnung, denn sie hatten seinen fünften Geburtstag am 16. April vor lauter Arbeit fast vergessen. Über ihr Geschenk, ein englisches Kinderbuch mit vielen Kupferstichen und Worterklärungen, hatte er sich später umso mehr gefreut. Sie hatten es sogleich angeschaut, und Nini hatte viele der Bilder zu benennen gewusst, obwohl er doch noch gar nicht lesen konnte.

Seit einigen Tagen war das untere Theater im Lyceum geräumt, die Figuren waren verpackt, am 27. April 1803 sollte ihr Schiff in See stechen. Marie hatte mit den notwendigen Vorarbeiten für neue Figuren begonnen, sie hatte Skizzen für ein Porträt König Georgs III. sowie bekannter Politiker wie Charles James Fox angefertigt. Noch einige Male hatte sie mit Philipsthal diskutiert, obgleich er jedes Mal Wutausbrüche bekam und versuchte, sie einzuschüchtern. Er hatte sie damit geködert, dass er ihre Reise nach Edinburgh bezahlen, für den Transport der Figuren aufkommen und ihr Mr Tenaveil als Reisebegleitung zur Verfügung stellen würde. In Edinburgh würde er ihr dann die Abrechnung präsentieren und ihren Anteil auszahlen. Außerdem würde als Nächstes der Deutsche Frederick Albert Winsor das obere Theater im Lyceum beziehen und dort seine experimentelle Gas-Beleuchtung vorstellen, was Marie als ernste Bedrohung für ihre Ausstellung ansah. Kohlenfeuer, Gas und Wachsfiguren – das war eine gefährliche Mischung. Ein Brand in den Ausstellungsräumen, bei dem die Wachsfiguren Schaden nahmen, war das Letzte, das sie gebrauchen konnte. Schließlich hatte Philipsthal ihr deutlich gemacht, dass sie an den Vertrag gebunden war, was ihr eben auch der Anwalt bestätigt hatte.

Marie würde also noch länger von zu Hause fortbleiben, ihre Familie würde noch einige Monate ohne sie auskommen müssen. Sie hatte noch immer kein Geld, das sie François schicken konnte, um ihn zu unterstützen. Gegen das Einzige, was sie tun konnte, hatte sie sich lange gewehrt. Bei der Heirat hatte sie ihrem Ehemann das Recht verweigert, über ihre Besitztümer zu verfügen. Doch jetzt blieb kein anderer Ausweg mehr. Sie hatte sich aus Tardys *Leitfaden für London* einen Französisch sprechenden Anwalt herausgesucht und soeben bei Mr Wright eine Handlungsvollmacht aufgesetzt, die es ihrem Ehemann ermöglichte, Maries Häuser zu beleihen. Der Wachssalon auf dem Boulevard du Temple war bereits als Sicherheit für die Tilgung ihrer Schulden eingetragen worden, aber sie hatte noch immer die Häuser in der Rue des Fosses de Temple und in Ivry. Auf diese Besitztümer müsste François mehr als genug Geld aufnehmen können, um über die Runden zu kommen, bis sie wieder zurück in Paris war. Marie war bedrückt. Es kam ihr vor, als hätte sie mit ihrer Unterschrift einen großen Fehler gemacht, sie hatte aber keine andere Lösung gewusst. Sie konnte nur darauf hoffen, dass ihr Mann wohlüberlegt mit diesem Recht umging, denn schließlich war er jetzt für alles verantwortlich, was sie besaß. Für Nini und sie blieben lediglich die zehn Pfund, die Philipsthal ihr für die Reise gelassen hatte. Und ihre Wachsfiguren.

Sie gingen die Baker Street entlang, eine verhältnismäßig neu angelegte Straße am Rand der Stadt, hinter der irgendwann die Wiesen und Felder begannen, als ihnen eine Kutsche mit einem Wappen entgegenkam, das Marie jahrelang nicht mehr gesehen hatte – das der französischen Könige. Wie viele andere Passanten blieben auch sie stehen, und Marie erkannte im Vorbeifahren den Grafen von Artois. Der Bruder des früheren Königs Ludwig XVI. musste inzwischen Anfang vierzig sein, aber er schien noch immer gutaussehend und jugendlich.

In einem nahe gelegenen Kaffeehaus wusste die Bedienung, dass Monsieur erst vor einigen Tagen zurückgekehrt war. »Er ist wieder in seine alte Wohnung in die Baker Street Nummer 46 gezogen. Mittags nimmt er immer die Kutsche, um zu seiner Geliebten Madame de Polastron zu fahren, die in der Thayer Street wohnt. Schicke Kutsche, aber der Kutschmacher hat noch kein Geld gesehen.«

»Ich hatte Monsieur gar nicht in London, sondern in Edinburgh vermutet«, sagte Marie.

»Da war er auch. Es sieht aber so aus, als ob erneut Krieg ins Haus steht. Also will der Bourbonen-Prinz dort sein, wo er am ehesten gebraucht werden könnte. Aber wenn Sie mich fragen, Madame, wird er auch weiterhin in sicherer Deckung bleiben. Vom Kämpfen versteht er nichts, und auch sonst heißt es, dass ihn eine Krankheit beeinträchtigt.« Geklatscht wurde also immer, auch im Exil, dachte Marie amüsiert. Und doch begann sie sich zu ärgern. Nur weil ihr Geschäftspartner sie zur Eile zwang, musste sie diese Gelegenheit verstreichen lassen. Hätte sie etwas früher erfahren, dass der Graf von Artois wieder in London weilte, hätte sie ihn um eine Porträtsitzung bitten können. So aber würde sie morgen dorthin abreisen, wo er gerade herkam. Zumindest hatte sie ihn kurz zu Gesicht bekommen. Sie könnte also immerhin das Porträt, das sie vor langer Zeit in Versailles hergestellt hatte, angemessen altern lassen. Doch allmählich kam es ihr so vor, als stünde ihr England-Aufenthalt unter einem schlechten Stern.

Für Nini war alles ein großes Abenteuer. Das Verpacken der Kisten, die Fahrt mit der Droschke zu den Docks, das Übersetzen mit der Schaluppe auf das Segelschiff. Das Gewimmel der Schiffe auf dem Fluss faszinierte ihn. Er beobachtete, wie die großen Schiffe be- oder entladen wurden, und winkte Ausflüglern zu, die sich von einem Ufer zum anderen fahren ließen. An Bord wurden sie von dem Kapitän begrüßt, der Kinder offensichtlich mochte und den neuen »Leicht-Matrosen« Nini mit einem Augenzwinkern willkomen hieß. Das Schiff legte ab. Sie fuhren an Werften, dem Invalidenhospital von Greenwich mit seiner großen Terrasse, wohlgebauten Dörfern, Parks und Wiesen vorbei, bevor sich die Themse verbreiterte und den Blick auf das Meer freigab. Nini durfte am Steuerrad stehen und hielt sich stolz mit seiner kleinen Hand an dem glatt polierten Holz fest. Als das Schiff das offene Meer erreichte, schlug das Wetter schlagartig um. Dunkle Wolken ballten sich über dem Horizont zusammen, und ein scharfer Wind pfiff Marie durch das Haar. Die Segel knatterten im Wind. Ein Matrose kam Marie entgegen, er trug Nini auf den Schultern. »Hier ist er wieder, der ›kleine Bonaparte‹«, sagte er lachend und setzte Nini vorsichtig auf das Deck. Das Schiff schlug den Kurs gen Norden ein. Mr Tenaveil gesellte sich zu ihnen.

»Sieht aus, als könnte es ungemütlich werden«, sagte Marie.

»Für Sie vielleicht«, meinte Tenaveil und stellte sich breitbeinig hin, um das Schaukeln besser ausgleichen zu können. »Mir macht ein bisschen Seegang nichts aus.« Bereits einige Minuten später herrschte auf dem Verdeck großes Gedränge, denn der Seegang hatte weiter zugenommen und die Gischt spritzte nun mit Macht auf das Deck. Die Küste war kaum noch zu sehen, Regenschleier peitschten über die Wasseroberfläche. Mr Tenaveil hatte sich verzogen. Marie nahm Nini an die Hand und wollte mit ihm in die Kajüte gehen. Sie taumelten die Treppe hinunter und suchten sich eine Ecke, in die sie sich zurückziehen konnten. Von Mr Tenaveil war auch hier nichts zu sehen. Alle Stühle und Betten waren belegt, viele Mitreisende hatten inzwischen ihre Mäntel auf dem Boden ausgebreitet und sich hingelegt. Nini stupste seine Mutter an, als sie an einer Frau vorbeikamen, die laut schnarchte. Ein Mann bot ihnen eine Decke an. Marie dankte ihm und setzte sich mit Nini an eine Seitenwand. Das Schiff lavierte hin und her, der Mann neben ihnen ächzte und hielt die Hand auf seinen Magen gepresst. Die Luft wurde dicker. Immer mehr Menschen wurden seekrank. Auch Marie wurde schwindelig, ihr Magen zog sich zusammen. Nini hingegen beobachtete das Kommen und Gehen mit großen Augen. Die wenigen Lampen schwankten, irgendwo löste sich ein Koffer und schlidderte gefährlich über den Boden. Marie dachte an ihre Kisten mit den wertvollen Originalmasken, mit den Wachsköpfen und Händen, den Körpern der Wachsfiguren aus ausgestopftem Leder und den aus Holz geschnitzten Armen und Beinen. Sie dachte an die Kisten mit den Kleidern, die für jede Figur beschriftet, gesäubert und gefaltet waren. Sie dachte an die Artefakte und an ihre Erinnerungsstücke. Sie hatte alles ordentlich verpackt, aber war es auch fest vertäut? Wie schnell konnte das zarte Wachs Schaden nehmen, wenn die Kisten ins Rutschen gerieten! Marie schloss die Augen und konzentrierte sich darauf, tief in den Bauch hineinzuatmen. Sie spürte den Geräuschen nach. Der Sturm riss am Gebälk des Schiffes, man hörte die Wellen an der Schiffshaut nagen. Das Ächzen und Stöhnen der Mitreisenden vermischte sich zu einem quälenden Chor. Die Luft roch sauer nach Erbrochenem. Leise hörte sie Nini summen. Was für ein Kind! Oft kam es ihr so vor, als ob er mit seinen fünf Jahren mehr aushielt als sie.

Stundenlang ging das Schaukeln weiter. Manchmal schlug sie die Augen auf und beobachtete, wie der Boden der Kajüte steil aufstieg und wieder sank. Ihr ganzer Körper war inzwischen verkrampft, sie hatte einen säuerlichen Geschmack im Mund. Sie sah, wie Mr Tenaveil die Treppe hochwankte und wenige Minuten später totenbleich und durchnässt wieder hinunter kam. Sein flatternder Blick blieb an ihr hängen.

»Der Kapitän sagt, er sei diese Tour schon hundertmal gesegelt, aber so etwas hat er noch nicht erlebt. Der Sturm hält uns hartnäckig gefangen, es ist kein Ende abzusehen. Wenn ich doch nie einen Fuß auf dieses Schiff gesetzt hätte«, sagte er. Marie nickte nur, mehr schaffte sie nicht.

Ihr Nachbar begann, auf das Wetter zu schimpfen und sagte, er wundere sich nicht, dass Seekranke das Ertrinken nicht mehr fürchten – wenn man sich so elend fühlte, wäre der Tod wahrlich eine Erlösung. Ein anderer fiel in das Lamentieren ein und erzählte von den Schiffbrüchen, von denen er gehört hatte. Eine Frau rief, er solle um Gottes willen den Mund halten. Maries Magen krampfte sich zusammen und sie zog die Beine an, um sich Linderung zu verschaffen. Nini schlief seit einiger Zeit fest. Ein schöner Gedanke, sie brauchte einen schönen Gedanken. Marie ließ ihre Gedanken in den letzten Sommer zurückwandern. An manchem Morgen hatte schon der Geruch nach Herbst in der Luft gehangen, aber an diesem Nachmittag, der ihr in den Sinn kam, hatte die Sonne noch einmal ihre ganze Kraft entfaltet. Marie hatte mit François im Schatten eines Baumes gesessen, den Kopf auf seinen Schoß gebettet. François hatte von seinen Plänen und seinen Träumen erzählt, und Marie hatte lächelnd zugehört. Auf der anderen Seite des Gartens war ihre Mutter Anna dabei, mit den beiden Jungen Mirabellen zu pflücken. Wie friedlich dieser Tag gewesen war. Marie vermisste ihren Mann, ihren zweiten Sohn, sogar ihre Mutter. Würde sie François noch einmal sagen können, dass sie ihn liebte? Würde der Sturm sie wieder freigeben? Marie verfluchte leise den Tag, an dem sie zu dieser Reise aufgebrochen war.

KAPITEL 3

SCHOTTLAND

Der Kapitän sah zerknirscht aus. »So gern ich's möchte, ich kann die Kisten mit den Figuren nicht herausgeben.« Marie rieb ihre Schläfe. Ihr Kopf war zum Bersten gespannt, der Boden schwankte noch immer unter ihren Füßen. Drei Tage hatten die Stürme sie durchgeschüttelt. Seitdem hatte sie das Gefühl, der Sturm tobe in ihr weiter. Und jetzt auch noch das!

»Monsieur de Philipsthal meinte aber, er hätte die Fracht bezahlt«, sagte sie bestimmt.
»Hat er aber nicht. Habe ich auch gerade erst gesehen. Weiß nicht, wie das passieren konnte. Jetzt müssen Sie bezahlen.«
»Mr Tenaveil, würden Sie das bitte für Ihren Dienstherren übernehmen«, forderte Marie ihren Begleiter auf. Tenaveil zuckte gleichgültig mit den Schultern.
»Ich? Ich habe kein Geld von Philipsthal bekommen.« Wozu hatte Philipsthal seinen Sekretär dann überhaupt mitgeschickt? Marie drehte sich abrupt um und kramte ihr Geld hervor.
»Hier sind zehn Pfund, das ist alles, was ich habe.«
Der Kapitän schüttelte den Kopf. »Das reicht nicht.«
Marie sah ihn durchdringend an.
»Ich mache Ihnen einen Vorschlag. Sie lassen meine Kisten abladen, und ich zahle Ihnen das Geld nächsten Monat. Bis dahin habe ich es verdient.« Der Kapitän schüttelte stumm den Kopf. Marie war ratlos. »Was kann ich nur tun?«, fragte sie hilflos.
»Gibt es hier denn niemanden, den Sie kennen? Der Ihnen aushelfen kann?«
»Woher denn? Ich war doch noch nie hier.« Dann fiel ihr etwas ein. Sie wusste von einem Menschen, der in Edinburgh war – oder zumindest gewesen war. Henri-Louis Charles, der Bauchredner. Aber könnte sie ihn damit behelligen? Könnte sie ihn nach allem, was zwischen ihnen gewesen war, um Hilfe bitten? Andererseits, was blieb ihr anderes übrig? »Warten Sie, vielleicht … Haben Sie etwas Geduld, ich habe eine Idee«, sagte sie zum Kapitän. Marie rief nach Mr Tenaveil, erklärte ihm, was zu tun war, und schickte ihn los.

Marie saß im Schatten einiger großer Kisten und blickte über den Hafen hinweg. Es tat ihr gut, die Augen über die Weite des Wassers gleiten zu lassen und über die Geschäftigkeit, die hier herrschte. Als sie sich Schottland genähert hatten, war es von dickem, beinahe wattigem Nebel eingehüllt gewesen. Erst bei der Einfahrt des Schiffes in den Meerbusen der Forth hatte sich der Nebel gelichtet und den Blick auf die Küste frei gegeben. Marie hatte der Anblick Mut gemacht. Zum ersten Mal hatte sie das Gefühl, dass es richtig gewesen sein könnte, die Reise nach Schottland anzutreten. Es kam ihr vor, als hätte sie nie zuvor eine so schöne und reiche Gegend gesehen. Die weite Küste war voller Häfen und Buchten, voller Landhäuser, Eisenfabriken, Glashütten und Manufakturen, von denen der Rauch in den Himmel aufstieg. Man konnte sehen, dass es in dieser Gegend viele wohlhabende Menschen gab, Menschen, die genügend Geld haben würden, um ihr Wachsfigurenkabinett zu besuchen. In der Ferne ragte Edinburgh mit seinem imposanten Felsen und der Signalsäule auf. Das Wasser des Firth of Forth war ebenso bedeckt mit Segelschiffen und kleinen Booten wie die Themse. Direkt vor ihren Augen wurden Schiffe entladen, eine Fähre fuhr zum gegenüberliegenden Ufer, eine Kriegsschaluppe mit zwanzig Kanonen hisste die Segel. Der Kapitän trat zu Marie und reichte ihr einen Becher Wasser. Sie beobachteten, wie Nini sich noch einmal damit vergnügte, mit einem Matrosen über das Deck zu tollen.

»Ich wünschte, ich hätte einen Sohn wie ihn«, ergriff der Kapitän das Wort. »Er ist ein feiner Junge, der ›kleine Bonaparte‹. Er wäre bestimmt ein ausgezeichneter Seemann und eine Ehre für Frankreich.« Nini ein Seemann, das war nach dieser fürchterlichen Überfahrt das Letzte, was sich Marie für ihren Sohn wünschte.

»Ich hoffe, dass er eines Tages in meine Fußstapfen treten wird und den Wachssalon übernimmt. Er lernt schnell und hat Freude am Umgang mit Wachs«, erzählte sie.

»Jeder möchte wohl, dass das Kind das eigene Geschäft fortführt. Waren auch Ihre Eltern schon Wachsbildner?« Marie schüttelte den Kopf. Sie dachte an ihren Vater, der Scharfrichter werden sollte, sich gegen diese Pflicht nicht auflehnen konnte und in den Alkohol geflüchtet war. Sie hatte nur noch eine Erinnerung an ihn, und die war grausig. Glücklicherweise hörten sie, dass sich eine Kutsche der Hafenkante näherte, so musste sie dieses Thema nicht vertiefen. Marie erhob sich.

Mr Tenaveil entstieg der Kutsche, ihm folgte ein Mann. Marie atmete auf, er war also noch in Edinburgh, endlich einmal hatten sie Glück.

»Monsieur Charles, wie froh ich bin, Sie zu sehen! Wie schön, dass Sie noch hier sind!« Sie hätte den Bauchredner am liebsten umarmt. Henri-Louis Charles begrüßte sie galant.

»Marie, Sie Arme! Sie müssen sich ja schrecklich fühlen. Ich habe schon von Ihrer Notlage gehört.« Er nahm sie beiseite und gab ihr dreißig Pfund. Marie dankte ihm und reichte dem Kapitän weitere acht Pfund.

»Hier nehmen Sie, damit dürften die Verbindlichkeiten beglichen sein.« Der Kapitän zählte das Geld und nickte erleichtert.

»Ich bin froh, dass wir das regeln konnten. Sie und Ihr Sohn sind so freundliche Menschen, Sie hätten eine bessere Begrüßung in Schottland verdient gehabt.«

»Und die sollen Sie auch bekommen«, sagte Mr Charles und begrüßte auch Nini, der fröhlich angelaufen kam. »Mr Tenaveil wird Ihnen sagen, wohin die Kisten geliefert werden sollen. Wir drei fahren schon einmal los.« Marie dankte dem Kapitän und lud ihn ein, sie im Wachsfigurenkabinett zu besuchen. Dann folgte sie Mr Charles, der bereits mit Nini zur Kutsche gegangen war.

»Ich werde Ihnen das Geld so schnell wie möglich zurückzahlen«, sagte Marie zu Henri-Louis Charles, als die Kutsche anfuhr.

»Machen Sie sich darüber keine Gedanken. Die Bewohner von Edinburgh lieben meine Vorstellung, sie werden auch die Ihre lieben. Edinburgh steht keiner europäischen Stadt an Bildung und Wohlhabenheit nach, an keiner Universität gibt es mehr gelehrte Männer als im Athen des Nordens. Es wird Ihnen hier gutgehen. Kommen Sie erst einmal zur Ruhe.« Marie warf einen Blick zurück auf Mr Tenaveil, der ihnen unschlüssig nachsah.

»Ich weiß gar nicht, warum Monsieur de Philipsthal überhaupt dafür gesorgt hat, dass Mr Tenaveil uns begleitet. Er ist mir keine große Hilfe gewesen«, sagte Marie. Henri-Louis Charles schlug ein Bein über das andere.

»Nun ja, wenn Tenaveil dabei ist, können Sie sich nicht einfach aus dem Staub machen. Und Ihre lukrativen Wachsfiguren bleiben Philipsthal noch erhalten.«

»Sie meinen, Mr Tenaveil ist zu meiner Bewachung dabei?«, fragte Marie. Mr Charles lächelte wissend.

»So würde Philipsthal es sicher nicht ausdrücken, aber das ist es, was ich denke.«

»Sie haben keine hohe Meinung von meinem Geschäftspartner. Und so langsam glaube ich, Sie haben recht damit. Haben auch Sie schlechte Erfahrungen mit ihm gemacht?«

»Nicht direkt. Aber ich habe ihn in Paris und London im Umgang mit anderen Schaustellern erlebt.« Mr Charles schwieg jetzt und sah aus dem Fenster. Marie staunte darüber, wie jungenhaft er mit seinem rotblonden Schopf und dem runden Gesicht wirkte, dabei musste er etwa ebenso alt sein wie sie.

»Ist das schon die Stadt, wie heißt sie noch, Eboro, Dinboro, Edin...«, fragte Nini. Mr Charles lachte.

»Noch nicht ganz. Es sind zwei Meilen bis Edinburgh. Das ist Leith, ein eigenes kleines Städtchen, und auf diese Unabhängigkeit legen die Bewohner größten Wert.« Marie sah Mr Charles freundlich an, aber sie spürte, wie das Lächeln auf ihrem Gesicht verkümmerte. »Im Hafen lief gerade ein Kriegsschiff aus. Glauben Sie, dass es wieder Krieg geben wird?«, fragte sie. »In den letzten Tagen hat man in London von nichts anderem gesprochen. Es hieß, Napoleon handle mit seiner Politik den Vereinbarungen des Friedens von Amiens zuwider. Er plane sogar, mit seiner Flotte in England einzufallen. In neuen Karikaturen werden wir Franzosen –«, sie stockte.

»Als Froschfresser verunglimpft?«, beendete Mr Charles mit einem verschmitzten Ausdruck im Gesicht ihren Satz. »Und der Roastbeef essende John Bull weist uns in die Schranken? Tja, den Karikaturisten fällt auch nichts Neues mehr ein.« Er schwieg einen Moment. »Ich fürchte, dass der Friede nicht von Dauer ist. Aber beruhigen Sie sich, es wird Ihnen hier gutgehen, selbst wenn der Krieg wieder ausbricht«, sagte er. »Schottland ist weit genug weg vom Ärmelkanal, wo es am ehesten zu Feindseligkeiten kommen könnte. In Edinburgh haben schon viele Franzosen gelebt, besonders während der Französischen Revolution kamen sie im Gefolge des Grafen von Artois in Scharen, viele Einheimische haben zudem französische Vorfahren. Ich habe mir sagen lassen, dass es Zeiten gab, in denen ein Schiff nur einen einzigen Brief aus England brachte – dafür aber den Laderaum voll von französischen Weinen und Köstlichkeiten hatte«, sagte er.

Marie konnte sich bald davon überzeugen, dass Henri-Louis Charles mit seiner Einschätzung richtig lag. Als sie in der Thistle Street, einer kleinen engen Nebenstraße in der vornehmen Neustadt von Edinburgh, ankamen, wurden sie von ihren Wirtsleuten, dem Ehepaar Laurie, herzlich und höflich begrüßt. Sie bedauerten Marie und Nini für ihre anstrengende Seereise beinahe so, als wären sie dafür verantwortlich gewesen. Sie zeigten Marie ihre Unterkunft und die Ausstellungsräume, die Bernard's Rooms im selben Haus, in die das Wachsfigurenkabinett einziehen sollte. Wenn die Räume nicht vermietet waren, nutzte sie Mr Laurie, der Tanzlehrer war, für seinen Unterricht. Danach bestanden die Lauries darauf, die Ankömmlinge zu bewirten. Mr und Mrs Laurie sprachen ausgezeichnet französisch, worüber sich Marie sehr freute. Sie befragten sie über ihre Unternehmungen. Als Mr Charles Maries Wachskunst in den höchsten Tönen lobte, war es Marie beinahe peinlich.

»Und sie ist nicht nur eine wunderbare Künstlerin, sie verfügte vor der Revolution auch über ausgezeichnete Verbindungen zum französischen Hof. Sie lebte zeitweise in Versailles und unterrichtete dort die Schwester Ludwigs XVI., Madame Élisabeth«, sagte er. Ein zarter Duft nach geschmolzener Butter stieg durch die Stube, auf einem silbernen Gestell im Kamin wurden die gebutterten Brotschnitten geröstet. Marie merkte erst jetzt, wie hungrig sie war, und nippte an dem starken Tee. Mrs Laurie hatte einiges über den Hofstaat von Ludwig XVI.

und Marie Antoinette gehört und fragte Marie, ob die Festlichkeiten dort wirklich so prächtig gewesen waren. Marie berichtete von einem Ball, an den sie sich besonders lebhaft erinnerte, und beschrieb ausführlich die Dekorationen, die ausladenden Kleider der Damen und die eleganten Tänzer. Sie erzählte jedoch auch, dass ihre Dienstherrin ein eher zurückgezogenes, wohltätiges Leben geführt habe.

»Madame Élisabeths Bruder, der Graf von Artois, hat die Erinnerung an diese unglückliche Prinzessin stets gepflegt«, wusste Mrs Laurie und wendete den Toast über dem Feuer. »Sie müssen meinen Mann unbedingt zu einem Besuch in den Palast von Holyrood begleiten und sich die königlichen Gemächer ansehen. Einige der Herrschaften seines Hofes leben noch im Palast. Wer weiß, vielleicht sehen Sie ja bei Ihrem Besuch dort bekannte Gesichter!«

»Das wäre sehr schön. Schade nur, dass der Graf Edinburgh inzwischen verlassen hat«, bedauerte Marie. Ein adeliger Mäzen, der derart bekannt war, hätte ihr und dem Wachsfigurenkabinett die beste Aufmerksamkeit gebracht.

»Ich sehe, Sie sind auch auf fremden Terrain bestens im Bilde«, meinte Mrs Laurie und nickte anerkennend. »Dabei haben sogar einige unserer Mitbürger noch nicht mitbekommen, dass er inzwischen abgereist ist.«

»Ich habe ihn zufällig in London gesehen«, sagte Marie bescheiden. Endlich wurde der Toast serviert. In diesem Moment freute sie sich mehr darauf als auf jedes festliche Diner in Versailles.

Da die Kisten mit den Wachsfiguren noch nicht angekommen waren – warum brauchte Mr Tenaveil so lange? –, begleitete Marie am nächsten Tag Mr Laurie zum Holyrood House, der Residenz des Königs von Großbritannien, in der der Graf von Artois Zuflucht gefunden hatte.

Auch wenn sie noch immer von Kopfschmerzen geplagt wurde, konnte Marie sich der Schönheit der Landschaft und der Stadt nicht verschließen. Sie war begeistert von Edinburgh, dessen Straßen Ausblicke auf die schneebedeckten Berge auf der einen Seite und das Meer auf der anderen Seite boten. Das Schloss im Westen schien der Ausgangspunkt der Altstadt zu sein, die sich hügelabwärts nach Osten ausbreitete. Die Kluft zwischen Alt- und Neustadt wurde durch mehrere Brücken überwunden, von denen aus man auf den Weiden das Vieh sehen konnte. Die beiden Stadtteile wirkten sehr unterschiedlich: In der Altstadt gab es enge Gassen mit schmalen, hohen Steinhäusern, die Neustadt auf der nächsten Anhöhe schien ausschließlich aus weitläufigen, rechtwinklig angelegten Straßen, schönen Stadthäusern und begrünten Plätzen zu bestehen.

Der Palast von Holyrood war angeblich im französischen Stil erbaut worden und erschien ihr altmodisch und schlicht; er erinnerte sie eher an die Bastille als an die Schlösser von St. Cloud oder Versailles. Im Palast sprach sich ihre Ankunft schnell herum. Ihre Landsmänner scharten sich um sie, sogar eine Hofdame war darunter. Sofort entbrannte eine rege Unterhaltung über Paris, den früheren Hof von Versailles und Napoleon Bonaparte. Nini, den Marie herausgeputzt hatte, wurde von den Frauen verhätschelt, und nach kurzer Zeit kam ein anderer Junge angelaufen, der sich ihnen anschloss. Er war der Sohn einer französischen Dame und begann, mit Nini zu spielen. Marie kam es auf einmal vor, als sei sie gar nicht mehr in der Fremde, sondern wieder in Paris. Sie verplauderten die Zeit und wanderten langsam durch den Palast. Besonders beeindruckt war Marie von den Räumen der Königin Maria Stuart, die sich im linken Flügel befanden. Hier schien alles noch so, wie es die Königin von Schottland hinterlassen hatte. Sie besichtigten auch das Zimmer, in dem Maria Stuarts angeblicher Liebhaber David Rizzio ermordet worden war. Mr Laurie zeigte auf einen Fleck auf dem Boden.

»Hier wurde das Blut von David Rizzio vergossen. Man kann es heute noch erkennen, weil die Königin verbot, es aufwischen zu lassen. Es sollte eine Erinnerung an den schauerlichen Mord sein, der sich in ihrer Anwesenheit zugetragen hatte«, erzählte er. Marie war fasziniert von der Geschichte dieser Königin, die aus Frankreich stammte, über Schottland herrschte, in Ungnade fiel und letztlich ihren Kopf auf dem Schafott verlor.

»Ohne diese Hinrichtung hätte man es vermutlich nicht gewagt, Hand an Karl I. zu legen, der später in London ermordet wurde. Und ohne diese beiden Toten würden vielleicht auch Ludwig XVI. und Marie Antoinette noch leben, Gott habe sie selig«, sagte die Hofdame und presste ein Taschentuch an die Augen.

»So ist die schottische Königin eine Art Schicksalsschwester von Königin Marie Antoinette?«, überlegte Marie. »Wenn es mir erlaubt wird, nach einem der Gemälde hier im Schloss eine Wachsfigur herzustellen, würde ich Maria Stuart gerne in meinem Wachssalon ehren.« Man sagte ihr zu, dass sie jederzeit vorbeikommen und die Gemälde begutachten könne.

»Für die Bewohner dieser Stadt wäre es sicher eine große Freude, ihre Königin wieder so lebensnah zu sehen«, meinte auch Mr Laurie.

Sie gingen weiter und kamen nun zu den Räumen, die der Graf von Artois bewohnt hatte. Über der Tür hing eine Messingtafel mit seinem Antlitz darauf. Sie liefen durch einen großen leeren Raum, von dem es hieß, dass der Graf hier gerne Tennis gespielt habe. Es folgte das geräumige und ansprechend möblierte Speisezimmer sowie vier weitere Gemächer. Marie fielen einige Bilder auf. Auf einem war die Tochter Ludwigs XVI. abgebildet, auf dem anderen Madame Élisabeth. Marie lobte die Ähnlichkeit des Porträts und erzählte einige Anekdoten aus der Zeit, in der sie der Prinzessin gedient hatte. Die Damen waren gerührt und sagten, sie freuten sich schon jetzt auf die Ausstellung, in der sie die vertrauten Gesichter wiedersehen könnten.

Als Marie in ihre Unterkunft zurückkehrte, waren die Kisten angekommen und standen in den Bernard's Rooms bereit. Sie waren teilweise verschrammt, verschmiert und von Wasserflecken übersät. Nervös öffnete sie die Kisten und inspizierte die Wachsköpfe und -körperteile. Der Sturm hatte seinen Tribut gefordert. Sechsunddreißig Brüche musste Marie beheben. Sie würde hart und schnell arbeiten müssen, damit sie in einer Woche die Ausstellung eröffnen könnte. Aber sie ließ sich nicht entmutigen. Nini und sie waren gesund, sie waren in guter Gesellschaft und sie waren Philipsthal los, vorerst zumindest. Das Einzige, was ihr fehlte, waren ihr Mann und ihr kleiner Sohn. Am Abend spitzte sie einen Gänsekiel und berichtete ihren Lieben daheim von ihrer Ankunft in Edinburgh.

Das Besuchszimmer war festlich erleuchtet, etwa ein Dutzend Damen und Herren waren in Gespräche vertieft, darunter auch Henri-Louis Charles. Marie wurde vorgestellt und zu einem Lehnstuhl am Kamin geführt. Sie hatte ihr schönstes Kleid angezogen und hoffte, dass die auffällige Pariser Mode in Edinburgh nicht unpassend erschien.

»Mrs Tussaud, wie kommen Sie mit dem Wachsfigurenkabinett voran?«, fragte Mr Laurie.

»Ich hoffe, die meisten Brüche in den nächsten Tagen flicken zu können, nur ein Kopf muss ganz neu gegossen werden. Außerdem muss ich das Porträt der Herzogin von York fertigstellen. Sie hatte mir in Oatlands eine Sitzung gewährt. Ich bin gerade dabei, es zu kolorieren. Ich bin aber sicher, dass ich die Ausstellung pünktlich eröffnen kann.«

Wie hilfreich es war, dass ihre französischen Landsleute ihr angeboten hatten, dass Nini ihre Kinder zum Unterricht begleiten könnte. So hatte sie Zeit und Ruhe für die Arbeit. Mr Laurie nickte zufrieden. Er und seine Frau hatten ihr jede Hilfe geleistet, die notwendig war. Sie durfte sich sogar in einer Nische der geräumigen Küche eine provisorische Werkstatt einrichten.

Marie hätte sich gerne mit Mr Charles unterhalten, aber er war ins Gespräch vertieft. Und nun wurden sie schon zum Diner gebeten. Marie kam neben Honoratioren der Stadt und Angestellten von Holyrood zum Sitzen. Zunächst wurde Suppe serviert, dann Braten, der allerdings noch blutig und wenig gewürzt war. Das Gemüse war halbgar und schmeckte fad.

Marie beobachtete, wie ihr Nachbar geschmolzene Butter darauf verteilte, also tat sie es ihm nach. Die Kartoffeln waren in Wasserdampf gekocht und sehr schmackhaft. Ihr Nebenmann fragte Marie nach ihrem Wachssalon in Paris und dem Leben in Versailles aus.

»Wir bewundern die französische Lebensart und Kultur. Es ist ein Jammer, dass jetzt von Ihrem kriegslüsternen Herrscher Unfrieden gestiftet wird«, sagte er und wischte sich mit dem Tischtuch den Mund ab. Marie wollte ein politisches Gespräch am Tisch nach Möglichkeit vermeiden und wich auf einen unverfänglicheren Aspekt des Themas aus.

»Manchmal kommt es mir vor, als wären sich die Engländer und Franzosen gar nicht so fremd. Die Begeisterung für die englische Lebensart ist auch bei uns weit verbreitet. Wenn ich mich an die reizenden *magasins anglais* erinnere, in denen man englische Teetische und sonstige Waren kaufen konnte. Besonders der Adel liebte die englische Mode, und der Graf von Artois führte als Erster Pferderennen nach Ihrem Vorbild ein. Auch heute gilt es wieder als besonders elegant, Pferde, Hunde, Waren oder Kutschen aus England zu besitzen. Der Pariser Vauxhall ist übrigens eine Version des berühmten Londoner Vergnügungsgartens«, erzählte sie.

»In Edinburgh gibt es auch ein Vauxhall, er kann sich jedoch mit dem Londoner nicht messen«, warf der Hausherr ein. Das Gespräch begann sich nun um einige der neueren Attraktionen der Schausteller zu drehen, den Ballonflug und die Luftschiffe, die beispielsweise von den Londoner Vauxhall-Gärten aufgestiegen waren. Henri-Louis Charles berichtete von den Ballonfahrten, die er mit seinem Verwandten, dem Physiker Jacques Charles, in Paris unternommen hatte. »Eines Tages ließen wir den Ballon *Globe* aufsteigen. Schon nach zwei Minuten war er in den Wolken verschwunden. Als er nach knapp einer Stunde in einem Dorf endlich landete, griffen die erschreckten Bauern den Ballon an und zerstörten ihn mit ihren Mistgabeln. Sie glaubten an ein Teufelsgeschöpf, aus dessen aufgerissenem Maul ein bestialischer Gestank entwich.« Die

Zuhörer amüsierten sich hörbar.« Wenig später ließ die Regierung verlautbaren, dass es sich bei den Ballons nicht um überirdische Erscheinungen, sondern um Maschinen handele, die eines Tages für die Bedürfnisse des Menschen nützlich sein würden.«

»Wenn das nicht eine gute Gelegenheit ist, einen Toast auszusprechen: auf die Geschöpfe der Luft, die Luftfahrer«, rief der Hausherr. Alle hoben das Glas. Wenig später bat er Marie um die Erlaubnis, ein Glas mit ihr trinken zu dürfen. Mit einem »Madame, auf Ihre gute Gesundheit«, verneigte er sich leicht, Marie senkte den Kopf und trank ebenfalls aus. Einen Moment später wiederholte sich die Prozedur, es schien, dass jeder Herr jeder Dame mindestens einmal zuprosten wolle. Auch Henri-Louis Charles trank ihr zu und lächelte sie dabei aufmunternd an. Marie musste sich zurückhalten, sie war es nicht gewöhnt, so viel zu trinken. Dazu kam die Erschöpfung, denn ihre Arbeitstage waren lang. Nun wurde der Tisch abgeräumt und verschiedene Arten Käse, Butter, Radieschen und Salat wurden aufgetragen. Anschließend stellte man eine kleine Schale mit Wasser und eine Serviette vor Marie. Sie beobachtete, wie die Gäste die Zähne spülten und die Hände wuschen und tat es ihnen gleich. Das Geschirr wurde erneut abgetragen, das Tischtuch entfernt. Auf den polierten Tisch stellte man nun Flaschen, Gläser, Obst und Nüsse. Wieder prostete man einander zu. Mrs Laurie erhob sich aus ihrem Lehnsessel am Kopf der Tafel, die anderen Damen folgten ihr in das Kaminzimmer. Einige Frauen schienen jetzt müde, aber unter den anderen entspann sich ein Gespräch über das Wetter und das Theater. Maries Kleid wurde bewundert, und sie musste über die neueste Pariser Mode berichten. Nach einer Weile bat Mrs Laurie zum Tee und man traf jetzt wieder mit den Herren zusammen. Einige spielten Karten, andere musizierten, dazu wurde getanzt. Marie kam neben Mr Charles zu sitzen. Er wirkte munter, seine Wangen leuchteten rot vom Wein.

»Ich wollte Ihnen noch einmal danken, dass Sie das für mich getan haben«, sagte sie.

»Was? Ihnen in einer Notlage zu helfen? Es ist doch nur Geld«, lachte er.

»Dennoch, es ist nicht selbstverständlich.«

»Für mich schon.«

Marie zögerte. Sie wollte etwas anderes ansprechen, aber sie wusste nicht, wie.

»Ich hätte nicht gedacht, dass Sie so großherzig sind. Nach allem ...«

»Nach allem, was Sie mir angetan haben?« Er kicherte jetzt beinahe. Machte er sich über sie lustig? »Marie, seien Sie doch nicht so ernst. Ihr Herz hat damals gesprochen. Sie waren ehrlich zu mir, und dafür sollte ich dankbar sein. Was gibt es größeres als Ehrlichkeit? Ich gebe zu, ich war verletzt, habe mich abgewiesen gefühlt. Aber letztlich hat es mir geholfen, meinen eigenen Weg zu gehen. Wer weiß, vielleicht wäre ich nicht mein eigener Herr, wie ich es heute bin, sondern würde immer noch für jemand anders als Bauchredner im Palais Royal arbeiten.« Für einen Moment nahm er ihre Hand. Marie fühlte sich ihm vertraut. Henri-Louis kannte sie so lange wie kaum jemand sonst, sogar länger als ihr Mann. Er wusste, was für einen beschwerlichen Weg sie gegangen war, wie sehr sie um Anerkennung gekämpft hatte. Und er hatte im Gegensatz zu vielen anderen Männern so gar nichts Aufgesetztes, Aufgeblasenes. »Sie sollten sich mal meinen Auftritt ansehen, vielleicht haben auch Sie eine Frage an das *Unsichtbare Mädchen*«, lud er sie ein.

Von der Decke des großen, von der Maisonne erleuchteten Saals hing an einem dünnen Seil eine durchsichtige gläserne Kugel. Auf vier Seiten wölbten sich Hörner aus Glas, die wie Trompeten aussahen. Nini zog an Maries Hand. »Maman, lass uns lieber wieder hinausgehen«, sagte er. Marie wusste, dass ihn noch immer der Schrecken von Philipsthals Phantasmagoria in den Schlaf verfolgte. Auch in ihren Träumen tauchte die geisterhafte *Rote Frau* auf, allerdings vermutete Marie, dass es bei ihr eher daran lag, dass sie sich von Philipsthal selbst bedroht fühlte. Seit sie ihn in London zurückgelassen hatte, hatten auch ihre Alpträume aufgehört. Aber Philipsthal würde ihr nach Edinburgh folgen, in zehn Tagen schon sollte er hier sein, hatte Mr Tenaveil gesagt, der bereits alles für die Ankunft seines Herrn vorbereitete.

Marie kniete sich neben ihren Sohn. »Aber du wolltest doch mit. Du wolltest das *Unsichtbare Mädchen* reden hören. Und hat Mr Charles uns nicht versprochen, dass nichts Schlimmes geschehen wird?« Nini nickte. Er wollte bleiben, hielt aber Maries Hand ganz fest.

Der Saal hatte sich nun gefüllt. Mr Charles trat ein und begrüßte die Besucher.

»Sie werden heute Zeuge eines Experiments, das zugleich ein großes Mysterium darstellt. Es ist das einzige wahre unbegreifliche Experiment, das auf dieser Welt beobachtet werden kann. Die größten Wissenschaftler haben sich schon an die Lösung dieses Mysteriums gemacht, doch vergeblich«, sagte er. »Wir sind in einer Welt voller unsichtbarer Geister. Eines dieser geisterhaften Wesen befindet sich unter uns. Vielleicht wird es einem von Ihnen gelingen, das Geheimnis des *Unsichtbaren Mädchens* zu lüften.« Er trat an die Glaskugel heran.

»Unsichtbares Mädchen, bist du schon da?«, fragte er in eines der akustischen Hörner. Ein leises Lachen war aus der Glaskugel zu hören.

»Ich bin da, und ich bin auch nicht da«, antwortete eine helle Stimme. »Im Gegensatz zu diesen vielen Besuchern, wie dem Herren dort mit der gestreiften Weste oder dem kleinen Jungen, die sich den Hals verrenken, um mich zu entdecken, kann ich euch sehen.« Marie und Nini sahen sich, genauso wie die anderen Besucher, nach dem Mädchen um, konnten jedoch nichts erblicken. Sie lachte wieder. Nini sah Marie fragend an.

»Sie hat dich gemeint«, flüsterte sie.

»Aber wo steckt sie bloß?«, wunderte er sich.

Henri-Louis Charles hatte jetzt den Mann mit der gestreiften Weste nach vorne gebeten, er dürfe sich mit dem Mädchen unterhalten. Der Mann kramte in seiner Tasche, zog eine Uhr hervor und zwinkerte ins Publikum. »Was halte ich in meiner Hand?«, fragte er.

»Eine Uhr, aber ich glaube, sie geht nicht ganz richtig«, antwortete das Mädchen prompt. Im Publikum war Lachen zu hören, der Mann ließ die Uhr wieder in der Tasche verschwinden. Er begann, das Mädchen auszufragen, die angab, sie heiße Charlotte, sei sechzehn Jahre alt und stamme aus Marseille. Marie fand, dass es sehr bodenständige Angaben für ein geisterhaftes Wesen waren.

»Deine Stimme klingt, als ob du schön bist«, stellte der Mann fest.

»Schönheit ohne Tugend ist wie eine Blume ohne Duft«, antwortete Charlotte philosophisch.

»Sprichst du auch andere Sprachen?«, rief ein Mann aus dem Publikum.

»Fragen Sie mich etwas, dann können Sie es herausfinden.«

»Langweilen dich diese Fragen?«

»Niemals, auch wenn ich manchmal müde werde«, antwortete sie auf Englisch und wiederholte es auf Französisch und Deutsch.

»Was machst du in dieser Kugel?«, fragte er.

»Ich liege. Und manchmal mache ich Musik.« Töne von einem Pianoforte erklangen. Nini sah seine Mutter überrascht an.

Mr Charles fragte den Jungen, ob auch er eine Frage stellen möchte. Zaghaft trat Nini heran. Er stellte sich auf Zehenspitzen und sprach in Richtung Glastrompete.

»Kann ich deinen Atem fühlen?« Das Mädchen atmete hörbar. Nini wurde rot, lief schnell zurück zu Marie und versteckte sich hinter ihr.

»Wie kommt es, dass du alles sehen kannst, was man dir zeigt, dass du alles hören kannst, was man dir sagt, aber dass dich niemand sehen kann?«, fragte eine Frau.

»Das ist das Geheimnis desjenigen, dem ich gehöre.«

Das unsichtbare Mädchen wurde noch weiter befragt, Marie

fragte sich jedoch, welcher Trick dahintersteckte. Henri-Louis Charles war Bauchredner, stellte er die Stimme des Mädchens her? Sie wusste, dass auch in Paris jede Zeitung über das *Unsichtbare Mädchen* berichtet und über ihr Geheimnis gerätselt hatte. Es gab sogar Theaterstücke, die sich damit beschäftigten. Nach dem Ende der Vorführung wurde die Glaskugel von den Zuschauern untersucht und über das Rätsel diskutiert. Mr Charles kam zu Marie und Nini.

»Wo ist das Mädchen? Kommt es auch gleich hierher?«, fragte Nini.

»Vielleicht ist es ja schon hier, und du siehst es nur nicht«, antwortete Mr Charles. Nini sah sich noch einmal um. Marie freute sich darüber, wie sehr ihr Sohn sich für dieses Rätsel begeisterte, vielleicht würde darüber der Schrecken über die Phantasmagoria verblassen.

»Gibt es auch einen unsichtbaren Jungen?«, fragte er jetzt.

»Hier nicht, aber ich glaube, in Paris ist mal einer aufgetreten. Mir reicht das unsichtbare Mädchen, das ist schon anspruchsvoll genug.« Mr Charles lachte.

»Es ist eine sehr eindrucksvolle Vorführung, sehr geheimnisvoll«, sagte Marie. »Dadurch, dass man nur die Stimme hört, malt man sich aus, wie dieses Mädchen wohl aussieht. Es könnte hässlich sein, aber ich glaube, jeder stellt sich lieber eine schöne junge Frau vor. Ich schätze, deshalb haben sich auch einige Männer in Paris schon in dieses *Unsichtbare Mädchen* verliebt.«

»Ja, es ist schon merkwürdig, eines der begehrtesten weiblichen Wesen der letzten Jahre in Paris war unsichtbar. Und jetzt ist sie hier. Es scheint, dass sich die Menschen in Edinburgh ebenfalls von ihrem Zauber betören lassen. Es freut mich, dass es auch Ihnen gefallen hat. Wollen Sie denn gar nicht wissen, wie es funktioniert?« Marie schüttelte den Kopf.

»Jeder von uns hat seine Tricks. Sie würden mich doch auch nicht fragen, welches Geheimnis sich hinter dem naturgetreuen Teint meiner Wachsfiguren verbirgt.« Sie erinnerte sich daran, wie lange es gedauert hatte, bis Curtius dieses Geheimnis gelüftet hatte, und wusste, dass die Einzigen, denen sie es eines Tages verraten würde, ihre Söhne waren.

»Nein, ich sehe die Wachsfiguren an und erfreue mich an der Vorstellung, dass sie gleich vom Sockel steigen und loslaufen könnten«, antwortete Mr Charles.

»Apropos loslaufen«, sagte Marie. »Nini und ich müssen uns auf den Weg machen, wir wollen zum Drucker.«

Mr Charles bot an, sie zu begleiten. Er hatte heute keine weitere Vorführung und könnte ihr bei den Verhandlungen mit einem Drucker, den er kenne, behilflich sein. Marie war froh darüber, sie fühlte sich noch immer unsicher im Englischen, zumal sie oft Schwierigkeiten hatte, den breiten Dialekt der Schotten zu verstehen. Manchmal musste Nini sogar für sie übersetzen. Aber gerade, wenn es um Plakate und Handzettel ging, sollten die Informationen darauf richtig sein.

In der Druckerei am Lawnmarket in der Altstadt herrschte viel Betrieb. Marie sah sich um und entdeckte neben verschiedenen Handzetteln und Plakaten für den kommenden Jahrmarkt auch einen Stapel kleiner Hefte, die zur Abholung bereitlagen. Sie nahm eines in die Hand und blätterte darin. Mr Charles trat neugierig näher. »Ich habe immer davon geträumt, meinen Besuchern einen kleinen Katalog anzubieten, in dem die wichtigsten Informationen über die Figuren aufgeführt werden«, sagte sie.

»Warum tun Sie es nicht? Das ist doch eine großartige Idee. Was hindert Sie daran?«, wunderte sich Mr Charles.

»Es kostet Geld, und wer weiß, ob wirklich genügend Menschen diesen Katalog kaufen möchten.«

»Sie sollten es versuchen. Wann, wenn nicht jetzt? Wenn erst einmal der Jahrmarkt in Gange ist, wird in Ihrem Wachssalon so ein Betrieb herrschen, dass Sie allein die Besucher nicht werden herumführen können. Da wäre so ein Katalog mit Erklärungen Gold wert.«

Marie hielt das Heft abwägend in der Hand. Als der Drucker kam, fragte sie ihn, was die Herstellung eines Kataloges kosten würde. Sie musste gar nicht lange nachdenken, wie er aussehen sollte, zu oft hatte sie ihn schon in Gedanken gestaltet. Mit Hilfe von Mr Charles wurden sie sich schnell einig. Jetzt müsste Marie nur noch die Texte liefern, aber auch dabei wollte Henri-Louis Charles ihr helfen. Sie hatte nicht geahnt, dass sie in dieser fernen fremden Stadt einen so guten Freund finden würde.

Um drei Uhr nachmittags hatte sie die Türen des Wachsfigurenkabinetts geöffnet, und seitdem drängten sich die Menschen, um die Figuren zu bewundern. Die Anzeige im *Edinburgh Evening Courant* wirkte überraschend gut, Marie hatte darin vor allem auf die Figuren des Ersten Konsuls Bonaparte, seiner Frau Joséphine sowie weiterer Politiker hingewiesen. Sogar der Gouverneur des Schlosses, die Honoratioren der Stadt und viele französische Emigranten waren gekommen, um den Mann zu sehen, der England mit Krieg bedrohte. Im Katalog des »gefeierten Curtius aus Paris und seiner Nachfolger« hatte sie sich einer persönlichen Anmerkung nicht enthalten können. Marie schrieb, ob der Herrscher ein Monarch genannt werde oder ein Konsul, habe kaum Auswirkungen auf die Menschen, wenn sie ihre Freiheit für seine Größe opfern müssten. Außerdem verurteilte sie Napoleons Absicht, England zu erobern und dabei Menschen, Gesetze und Freiheiten seinem Willen zu unterwerfen. Bei ihren Besuchern kamen diese Bemerkungen gut an; sie hatten den Eindruck, dass diese Madame Tussaud zwar Französin war, aber dennoch auf der richtigen Seite stand.

Das Kabinett erstrahlte im warmen Kerzenlicht. Wie sie es von Curtius gelernt hatte, legte sie Wert auf die Beleuchtung und die ausgefeilte Gruppierung der Figuren. Die vielen Kerzen waren nicht billig gewesen, aber die Besucher dankten es ihr, schon den ganzen Tag hatte sie begeisterte Ausrufe gehört.

»Hör mal: *Dieser Mann bekundete vom Anbeginn der Revolution an die barbarischsten Absichten, er sagte ›Dreihunderttausend Köpfe müssen abgeschlagen werden, be-*

vor die Freiheit geschaffen werden kann.‹ Er war ein Feind der menschlichen Rasse, obwohl er auch ein Wissenschaftler war. Und er hat eine Zeitlang in England gelebt«, las die Frau ihrem Mann aus dem Katalog vor. Sie hatte hervorstehende Wangenknochen, er trug die Mütze und das Plaid, die Marie als charakteristisch für Schotten kennengelernt hatte. Das Paar stand vor dem Wachstableau, das den Arzt und Revolutionär Jean-Paul Marat in der Badewanne zeigte. Das Messer, das ihm Charlotte Corday in die Brust gerammt hatte, ragte aus der fahlen Haut hervor. Die Wachsfigur der Rächerin stand in unmittelbarer Nähe. Marie hatte die Kerzen und Lampen so aufgestellt, dass die Szenerie gespenstisch wirkte. Die Frau trat an die Figur des Marat heran und legte die Finger auf die Wachshaut. »Er sieht so echt aus«, sagte sie.

Marie spürte, dass eine Erklärung willkommen war, sie stellte sich vor und erläuterte: »Es ist auch ein echter Abdruck. Ich wurde direkt nach dem Mord von der Regierung zum Tatort geschickt, um die Totenmaske von Marat zu nehmen.« Sie sprach einfach drauflos. Sie scherte sich nicht darum, wenn sie ein englisches Wort nicht wusste, sondern nahm einfach ein französisches stattdessen. Die Besucher amüsierte diese lebhafte, ungewöhnliche Sprechweise, die sie anscheinend für typisch französisch hielten. »Als diese Wachsfigur im Kabinett von Curtius ausgestellt wurde, kam sogar Robespierre, um seinen Kampfgefährten zu betrauern. Seine Totenmaske können Sie weiter hinten sehen.«

»War er wirklich so schlimm, ich meine Marat?«

»Er war ein Monster, und manche sagen, er sei der Anstifter der blutigen Septembermassaker gewesen«, antwortete Marie. Sie hatte schnell gemerkt, dass sie ihre Abscheu vor den blutigen Exzessen der Revolution hier aussprechen durfte. Den Besuchern erschien es pikant, dass eine Französin auf die Franzosen schimpfte. »Hier sehen sie ein weiteres Ungeheuer, den öffentlichen Ankläger Fouquier-Tinville. Er hat während der Revolution Tausende auf das Schafott gebracht, oft völlig grundlos. Als er selbst vor Gericht stand, wollte er sich dadurch herausreden, dass er nur die Gesetze befolgt und seine Pflicht getan habe. Es half jedoch nichts, er wurde zum Tode verurteilt. Sein letzter Wunsch war, man möge seinen Kindern sagen, dass er unglücklich, aber unschuldig starb. Was für eine Heuchelei.«

Die Frau betrachtete die Totenmaske wie ein besonders großes Insekt. »Ist auch sie echt?«

»Selbstverständlich. Die Nationalversammlung bestellte mich im Mai 1795 zu seiner Hinrichtung, um die Totenmaske zu nehmen, als Beweis dafür, dass er wirklich gebüßt hatte.«

»Mit Verlaub: wieso Sie? Ich dachte, ein gewisser Curtius hat diese Figuren geschaffen.«

Marie erzählte, dass sie, seit sie ein kleines Mädchen war, die Wachskunst bei dem berühmten Curtius erlernt und nach seinem Tod das Wachsfigurenkabinett übernommen hatte.

»Ach, und hier ist ja auch die *Schottische Jungfrau*«, sagte der Mann, als sie zum Modell der Guillotine kamen. Marie sah ihn fragend an. Ihn schien ihre Verwunderung zu freuen. »Sie haben nicht gewusst, dass dieses Hinrichtungsinstrument gar keine Erfindung Ihres Volkes ist? Bei uns mussten schon vor Jahrhunderten die Menschen ihre Häupter unter so einem Fallbeil lassen – Ihr Franzosen habt es nur weltweit bekanntgemacht.«

Jetzt war Marie neugierig geworden. »Hat denn auch Ihre Königin Maria Stuart ihren Kopf an die, wie Sie sagen, *Schottische Jungfrau* verloren?«

»Keiner meiner Landsleute, die doch schaurige Geschichten so sehr lieben, hat Ihnen diese erzählt?«, wunderte sich der Mann. Er freute sich sichtlich, dass ihm nun dieses Vergnügen zukommen sollte. »Nein, Maria Stuart wurde mit dem Beil enthauptet. Sie wurde während ihrer letzten Lebensjahre von Königin Elisabeth I. von England gefangen gehalten. Ihr Leben sollte Maria Stuart im Schloss Fotheringhay aushauchen. Man erzählt sich, dass der Henker beim ersten Schlag mit dem Beil den Knoten der Augenbinde traf und daher ein zweites Mal zuschlagen musste.« Marie durchzuckte eine Erinnerung, die sie jahrelang verdrängt hatte. Eine ungeschickte Hinrichtung durch ihren Vater. Marie versuchte, diesen Gedanken wieder abzuschütteln. »Sie sind ja ganz blass geworden«, sagte der Mann jetzt besorgt. »Das hatte ich nicht beabsichtigt. Aber Sie müssen wissen, wir lieben gruselige Geschichten.«

Das wusste Marie. Sie erinnerte sich an eine andere Begebenheit, als der Pariser Henker Sanson einmal von einem Engländer erzählte, der sich unbedingt als sein Gehilfe ausgeben und so an einer Hinrichtung teilnehmen wollte. »Schon gut«, sagte Marie. Die Frau blickte ihren Mann jetzt vorwurfsvoll an, dann zog sie ihn weiter. Besonders lange blieb das Paar bei der Totenmaske von Colonel Despard stehen. Sie bewunderten auch die Figur der Gräfin Dubarry, die als *Schlafende Schöne* auf einer Liege lag und die Marie inzwischen mit einem Mechanismus versehen hatte, mit dessen Hilfe sich ihre Brust hob und senkte, als ob sie atmete.

»Ach, und da ist ja auch der Graf von Artois«, hörte Marie die Frau nach einigen Schritten begeistert ausrufen. »Er trägt sogar die Uniform, die wir hier an ihm gesehen haben ...« Inzwischen hatte Marie sich wieder gefangen.

»Auch wenn er einen anderen Ruf hatte, der Graf legt viel Wert auf die Etikette und auf Tradition. Eines Tages besuchte er unseren Pariser Wachssalon und entdeckte dort das Hemd seines legendären Vorfahren Heinrich IV., das Sie hier sehen.« Sie führte das Paar zu dem blutbefleckten Hemd. »Heinrich IV. trug es, als sein Attentäter ihn niederstreckte. Mein Onkel hat es unter großen Mühen und hohen Kosten erworben. Als der Graf von Artois es erblickte, wollte er es unbedingt kaufen. Er bot jedoch eine lächerliche Summe für dieses einzigartige Artefakt. Vielleicht hatte er schon damals finanzielle Schwierigkeiten.«

Die Frau lachte und hielt dann verschämt die Hand vor den Mund. »Ja, man hat auch hier so manches gehört. An seinem Hofe war das Geld knapp. Sein Koch hat bei den Händlern gejammert, weil die Haushaltung des Prinzen nicht standesgemäß sei. Nur zwei Gänge beim Essen waren zu wenig – dabei ist unsereiner schon glücklich über einen Gang!«

Marie sah Nini zwischen den Menschen herumwieseln. Er half, so gut er konnte, begrüßte die Besucher am Eingang, reichte ihnen die Kataloge oder führte sie zu bestimmten Figuren. Marie wünschte dem Paar noch viel Spaß in der Ausstellung und ging wieder zur Kasse, wo bereits neue Besucher warteten. Am Abend waren beide müde, Nini schlief sogar über seiner Suppe ein. Sie hatte bei einem relativ hohen Eintrittspreis von zwei Shilling pro Person drei Pfund und vierzehn Shilling eingenommen. Das war viel Geld für sie. Selbst wenn man die Ausgaben abzog, blieb noch genug über. Marie wusste jetzt, dass die Mühe sich lohnte.

Auch an den nächsten Tagen riss der Besucherstrom nicht ab. Maries Freude über den Erfolg ihrer Ausstellung wurde nur getrübt durch die schlechten Nachrichten aus London. Nach einer Kette gegenseitiger Provokationen und Auseinandersetzungen über die Besetzung von Ländern wie Malta, Holland oder der Schweiz stand der erneute Kriegsausbruch zwischen England und Frankreich unmittelbar bevor. Beide Seiten zogen bereits ihre Truppen zusammen, nur die offizielle Kriegserklärung fehlte noch. Was würde das Ende des Friedens für sie bedeuten? Marie hatte bislang keine Feindseligkeiten gespürt. Solange es so blieb, würde sie sich keine unnötigen Sorgen machen, sondern sich auf das konzentrieren, was jetzt wichtig war: ihre Arbeit.

Schon vor dem Eingang des Krämerladens lag ein Geruch nach Honig und Wachs in der Luft. Marie trat ein und sah Kerzen an ihren Dochten an den Wänden hängen, sah die Gerätschaften zum Kerzenziehen und Wachsgießen, sah Waagen und Materialien. Hier war sie am richtigen Ort, das spürte sie gleich. Nach so vielen Jahren als Wachsbildnerin erkannte sie einen guten Wachshändler auf den ersten Blick. Sie hatte zwar Material für einige neue Figuren eingepackt, doch nach dem Reparieren der Brüche und dem Gießen der ersten Figuren wurden ihre Vorräte an Wachs, Gips und Glasaugen knapp. Eine junge Frau kam auf sie zu und fragte, was sie brauchte. Es war eine hübsche Frau, sie wirkte jedoch verhärmt, als sei sie vor ihrer Zeit gealtert. Marie erklärte ihr, was sie benötigte.

»Dann sind Sie also die Wachskünstlerin? Ich habe letztens Ihren Salon besucht und bewundere Ihre Arbeit«, sagte sie und blickte schüchtern zu Boden. Marie bedankte sich für das Lob. Die Frau begann Maries Bestellung zu bearbeiten. Nach einiger Zeit sagte sie: »Mrs Tussaud, darf ich Ihnen eine Frage stellen? Ist es Ihnen möglich, nur mit Hilfe einer Zeichnung eine Wachsfigur zu modellieren?«

»Selbstverständlich. Nicht alle Modelle stehen für eine Porträtsitzung zur Verfügung, auch bei bereits Verstorbenen beginne ich mit einer Zeichnung.«

»Könnten Sie das auch für mich tun?«, fragte die Dame und schickte schnell hinterher: »Ich würde Sie dafür auch bezahlen.«

Marie haderte einen Augenblick mit sich. Lange Zeit war die Herstellung von Wachsbüsten und -figuren zum Verkauf ein wichtiger Nebenerwerb für sie gewesen, als die Revolution jedoch die adeligen und reichen Mäzene aus dem Land trieb, war dieses Geschäft eingeschlafen. Es war relativ aufwendig, eine derartige Bestellung zu erfüllen, zumal sie keine Helfer hatte und ihr Kabinett ja auch weiter betreut werden musste.

»Um wen geht es denn? Um ein Familienmitglied?« Die Augen der Frau wurden feucht.

»Um meinen geliebten Mann. Es ist vielleicht albern, aber wenn ich sein Abbild hätte, könnte er noch immer bei mir sein.« Die Trauer der Frau rührte eine Saite in Marie an. Sehnsucht, Liebeskummer, Heimweh nagten tief in ihr, sie wagte jedoch nicht, diese Gefühle zuzulassen, aus Angst, sich in ihnen zu verlieren.

»Das ist überhaupt nicht albern. Denken Sie an Heinrich IV., der nach dem Tod seiner geliebten Gabrielle mit ihrer Wachsfigur Zwiesprache hielt«, tröstete Marie die Frau und erzählte ihr die Geschichte dieser Liebe, die sie selbst als kleines Mädchen von ihrem Onkel gehört hatte. »Bringen Sie mir das Bild, erzählen Sie mir von Ihrem Mann, damit ich einen Eindruck von ihm bekomme, und ich werde das Wachsbildnis herstellen. Der Wachssalon ist jeden Tag von elf Uhr morgens bis vier Uhr nachmittags und von sechs Uhr bis acht Uhr abends geöffnet. Ich bitte Sie lediglich um etwas Zeit, denn ich arbeite gerade an der Figur von Maria Stuart, die ich noch gießen, kolorieren, frisieren und entsprechend ausstaffieren muss. Gerade Letzteres ist schwierig, denn ich muss mich erst in die Mode von vor über zweihundert Jahren hineinfinden.«

Einige Tage später betrat die Dame Maries Ausstellung. Sie brachte nicht nur eine Zeichnung ihres verstorbenen Mannes mit, sondern auch ein altes Tuch, das sie auf einem Dachboden entdeckt hatte und das wohl aus der Zeit Maria Stuarts stammte. So war ihnen beiden geholfen, und schon bald hielt die frühere Königin von Schottland Audienz im Kabinett von Madame Tussaud.

»Wir mussten einfach noch einmal vorbeikommen. Es gibt bei Ihnen vieles zu sehen und der Aufenthalt in Ihrem Wachsfigurenkabinett ist so lehrreich, das dürfen unsere Verwandten aus Glasgow, die gerade bei uns zu Gast sind, auf keinen Fall verpassen!« Marie kannte das Ehepaar, das gerade den Salon betreten hatte, von einem früheren Besuch. Es war ein ehrbares Paar aus der Kaufmannselite Edinburghs. Dieses Mal wurden sie begleitet von einer Dame und ihren vier Töchtern.

»Ich freue mich, dass Ihnen das Wachsfigurenkabinett so gut gefällt. Möchten Sie, dass ich Sie durch die Räume führe?«

»Vielen Dank, aber wir haben unseren Katalog wieder mitgebracht. Wir schauen uns erst einmal selbst um.« Zielstrebig steuerten sie auf die Abbilder von Napoleon Bonaparte und seinen Generälen zu. England hatte Frankreich inzwischen den Krieg erklärt und die Folgen des Krieges waren das wichtigste Thema in der Stadt. Auch Marie sorgte sich in ruhigen Augenblicken darüber, welche Auswirkungen der Krieg auf ihren Aufenthalt hier und auf ihre Familie in Paris haben würde. An eine Rückkehr war nicht zu denken. Seit Kriegsbeginn waren die Häfen gesperrt. Marie und ihr Sohn waren Angehörige der feindlichen Nation und deshalb vermutlich verdächtig. Am besten wäre es, wenn sie sich unauffällig verhielten und den Küsten fernblieben.

Marie sah aus dem Augenwinkel, dass ein Mann den Ausstellungsraum betreten hatte. Sie wünschte der Familie viel Spaß und wollte gerade an die Kasse gehen, als sie Paul de Philipsthal erkannte. Anscheinend hatte er es gerade noch geschafft, vor Kriegsausbruch aus London herauszukommen.

»Ich sehe, Sie haben großen Erfolg hier, Madame Tussaud. Überall spricht man nur von Ihrem Wachsfigurenkabinett. Gut für uns. Dann können Sie mir ja heute Rechenschaft ablegen und mir meinen Anteil auszahlen.« Er bleckte die Zähne zu einem grimmigen Lächeln. Marie verbitterte es, dass er so unverschämt hereingeschneit kam und Anspruch auf ihr hart verdientes Geld haben sollte.

»Ich hoffe, Ihre Geschäfte mit dem Baron sind ebenfalls gut verlaufen«, sagte sie. Das Grinsen verging ihm.

»Ich denke nicht, dass Sie das etwas angeht«, sagte er schroff.

»Aber Sie geht es natürlich etwas an, wie viel ich hier eingenommen habe.«

»Natürlich, so steht es in Ihrem Vertrag.« Der Vertrag, schon wieder dieser Vertrag. Worauf hatte sie sich nur eingelassen! Vielleicht sollte sie ihn bei Gelegenheit noch einmal von einem Anwalt prüfen lassen. Edinburgh war eine Stadt der Anwälte, hier würde es doch sicher einen geben, der Französisch sprach.

»Dann dürfen wir auch nicht vergessen, dass Sie entgegen Ihren Angaben meine Überfahrt nicht bezahlt haben. Ich musste mir Geld von Mr Charles leihen.«

»Wie nobel von ihm. Es ist allerdings Ihr Problem, wenn Sie Schulden machen müssen.« Marie war sprachlos ob seiner Dreistigkeit. Sie wusste nicht, ob er das Recht hatte, so zu handeln oder nicht. Unverschämt war es allemal. Zähneknirschend sagte sie zu, dass sie ihn am Abend treffen werde. Beim Hinausgehen konnte er sich eine Anmerkung nicht verkneifen: »Ein Rat übrigens, und der ist ganz umsonst: Sie sollten sich nicht zu sehr gemeinmachen mit Ihren Besuchern, das schadet nur.« Als er gegangen war, musste sie sich auf einem Tisch abstützen. Sie fühlt sich erniedrigt, wie eine Sklavin. Eine Stimme schreckte sie aus ihren Gedanken.

Der Kaufmann beugte sich zu ihr. »Ist alles in Ordnung?«

Marie stand auf und bemühte sich um Haltung. »Ja, natürlich ...«

»Hat dieser Mann Sie bedroht?«

»Nein, ... nicht direkt. Er ist mein Geschäftspartner und wird demnächst in Edinburgh seine Phantasmagoria, eine Art Geistererscheinung, vorführen.«

»Ah, ein Scharlatan also. So sah er auch aus. Wir werden hier schon seit über einem Jahr von Geistererscheinungen aller Art heimgesucht – eine schlechter als die andere. Das ist doch kein Geschäftspartner für eine respektable Dame wie Sie«, sagte der Mann. Marie erzählte, dass sie sich nach einem Anwalt umsehen wollte, um den Vertrag aufzulösen. Der Kaufmann nannte ihr jemanden, der Französisch verstand, und versprach, ihr in den nächsten Tagen ein Empfehlungsschreiben zu schicken, damit sie die beste Beratung bekäme. »Sagen Sie, Sie stünden unter unserem Schutz. Sie wissen ja, wir lieben Ihre Ausstellung. Aber erlauben Sie mir, dass ich etwas zur Sprache bringe. Für unsere jungen Nichten sind einige Figuren vielleicht doch zu realistisch und geradezu unschicklich blutig. Solchen jungen Damen kann man den Besuch nicht anraten. Ich hoffe, Sie erachten diese Anmerkung nicht als impertinent.«

»Keineswegs. Ich danke Ihnen dafür. Ich werde sie mir zu Herzen nehmen.« Sie verneigte sich leicht. Etwas Wahres war an seiner Bemerkung dran. Auch in Paris waren schließlich der Wachssalon mit den respektablen Abbildern und die »Höhle der großen Räuber« mit den blutigen und gruseligen Figuren voneinander getrennt gewesen. Es gab im Moment so vieles, was sie sich durch den Kopf gehen lassen musste. Sie fühlte sich niedergeschlagen, als sie das Wachsfigurenkabinett verließ.

An diesem Abend nahm Marie ihren Vertrag zur Hand und sah ihn sich an, als lese sie ihn zum ersten Mal. Er hatte recht, das Monster Philipsthal hatte recht. Warum hatte sie so einen Vertrag nur unterzeichnet? War sie blind gewesen? Ihr blieb nichts anderes übrig, als ihm zu gehorchen. Marie war es nicht gewöhnt, an Verträge gebunden zu sein. Für sie galt ein Wort, ein Ehrenwort. Das hatte sie von ihrem Onkel so gelernt. Aber auf Philipsthal traf das wohl nicht zu. Er war kein Ehrenmann, er war ein Sklavenhalter. Marie war wütend, enttäuscht und sie fühlte sich betrogen, weil sie ihm vertraut hatte.

Sie verstaute den Vertrag, ergriff den Gänsekiel und schrieb einen Brief an François. In letzter Zeit hatte sie ihm oft geschrieben und noch keine Antwort bekommen. Was war nur zu Hause los? Als sie den Brief faltete und versiegelte, dachte Marie an das letzte Mal, dass sie ihre Familie gesehen hatte. Ihr Ehemann, ihre Mutter Anna und ihr Sohn François hatten sie zur Kutsche begleitet, die sie nach Calais bringen sollte. Es war ein schöner Tag gewesen, ein leichter Wind hatte die letzten Blätter von den Bäumen geblasen, die Sonne hatte die Herbstfarben noch einmal zum Leuchten gebracht. Anna hielt ihren Enkel auf dem Arm, er winkte seiner Mutter und seinem großen Bruder fröhlich nach. Er verstand nicht, dass es ein Abschied für länger sein würde. Im Gesicht ihres Ehemannes hatten sich Neid, Sorge und ein Anflug von Sehnsucht vermischt. Er hatte sie in aller Öffentlichkeit an sich gezogen, Marie hatte seinen kräftigen Körper gespürt, seinen markanten Geruch eingeatmet. Fast war es ihr, als könne sie ihn noch immer riechen.

Sie schlich zu ihrem Gepäck und legte leise die unterste Schicht frei. Dort lagen die Erinnerungsstücke, die sie in letzter Minute eingepackt hatte. Es wäre ihr seltsam vorgekommen, ohne sie diese Reise anzutreten. Das Stück Galgenstrick, das sie als Glücksbringer von ihrem Großvater bekommen hatte, die bestickten Schuhe ihres Freundes und Tanzlehrers Baptiste Aumars, die Gipsmaske des Gesichts von Jacques-Louis David, die Schnupftabaksdose ihres Onkels Curtius und ein Medaillon. Marie setzte sich vor den Ofen und nahm eine Prise aus der Schnupftabaksdose. Danach klappte sie das Medaillon auf, in dem ein Porträt ihres Ehemannes und eine Strähne seines Haares waren. Er war ein schöner Mann. Zärtlich betrachtete sie ihn und presste dann sein Abbild an die Lippen. Wie hatten sie sich wegen Kleinigkeiten nur so heftig streiten können? Wieso hatte sie sich so über ihn geärgert? Hatte er die Nase voll von ihr? War das der Grund, warum er ihr keinen Brief schrieb? Marie sah plötzlich vor sich, wie er mit anderen Frauen tändelte, andere küsste. Unwillkürlich klappte sie das Medaillon zu und ließ es fallen, als hätte sie sich daran die Finger verbrannt. Sie versuchte die Bilder abzuschütteln, doch immer wieder stellte sie sich vor, wie er sie kühl anblickte und sich von fremden Damen umschmeicheln ließ. Tränen der Wut rannen über ihre Wangen. Schluchzend sank sie auf dem Boden zusammen. Sie bemerkte vor lauter Kummer gar nicht, dass Nini aufgewacht war. Er krabbelte aus dem Bett und legte seinen kleinen Arm um ihren Hals.

»Warum weinst du denn, Maman? Tut dir was weh?« Marie umarmte den Kleinen. »Nein, lieber Nini, es ist alles in Ordnung. Ich bin nur ein bisschen traurig.« Sie wischte sich die Tränen ab. Er setzte sich auf ihren Schoß. »Fahren wir bald zurück nach Hause? Damit du dann nicht mehr so traurig bist?«

»Bald, bald fahren wir nach Hause«, sagte sie, obwohl sie wusste, dass das Ende ihrer Reise noch nicht abzusehen war. »Vermisst du denn deinen Bruder nicht, deinen Vater und die Großmutter?«

»Doch, schon. Aber ... weißt du, gestern haben wir im Palast verstecken gespielt. Das war lustig«, sagte er.

»Ich denke so oft an zu Hause. An deinen kleinen Bruder. Er wird bald drei Jahre alt. Was er wohl schon alles kann! So lange haben wir ihn nicht gesehen, schon über sieben Monate.«

»Du musst nicht traurig sein, du hast doch mich!«, sagte Nini jetzt. Sie musste lachen und drückte ihn erneut an sich. »Ja, wenn ich dich nicht hätte, mein Großer.«

Am nächsten Sonntag holte Henri-Louis Charles sie zu einem Ausflug ab. Mit der Kutsche fuhren sie hinaus auf das Land. Solange sie die Stadt passierten, hielten sie die Jalousien geschlossen. »Ich bin froh, dass ich Sie doch noch überreden konnte, Marie. Wenn Sie schon die Feier des Sonntags in England streng fanden, wird es Ihnen hier erst recht so gehen. Alle Musikinstrumente, weltlichen Bücher, Handarbeiten und Spielkarten werden an diesem heiligen Tag im Schrank verschlossen. Auch eine Spazierfahrt wird gar nicht gerne gesehen«, erklärte er ihr.

»Und doch ist es der einzige Tag, an dem ich Zeit habe, das Wachsfigurenkabinett zu verlassen. Ich habe Nini versprochen, dass wir heute wilden Honig sammeln.«

»Oh, dann wollen wir uns mal anstrengen, damit wir auch welchen finden«, lachte Mr Charles. Sie ließen sich in der Nähe eines Gasthofes absetzen, der mit blühendem Geißblatt vor seiner Pforte und duftenden Fliederbüschen malerisch wirkte. Am Horizont erhoben sich die Berge, unter den Bäumen verwandelten Glockenblumen den Boden in einen strahlend blauen Teppich. Nini tobte durch das Grün. Marie hakte sich bei Mr Charles ein. Nach einiger Zeit setzten sie sich im Schatten eines Baumes nieder. Der Junge türmte an einem nahegelegenen Bach Stein auf Stein auf und versuchte so, das Wasser zu stauen. Es war schön, ihren Sohn so glücklich zu sehen. Sie staunte darüber, mit welcher Leichtigkeit sich Kinder in einer fremden Umgebung eingewöhnten. Ihr fehlte diese Leichtigkeit. Es war, als wenn unsichtbare Fäden von ihr ausgingen, die inzwischen so gespannt waren, dass sie beinahe zerrissen – zu ihrer Familie, die sie schmerzlich vermisste, zum Wachssalon in Paris, der wieder zum Erfolg geführt werden musste, zu der vielen Arbeit, die in der Thistle Street auf sie wartete, und zu Philipsthal.

»Sie wirken so bedrückt«, sagte Henri-Louis Charles.

»Ich war gestern endlich bei einem Anwalt. Er hat mir keine großen Hoffnungen gemacht, den Vertrag auf schnelle Art und Weise lösen zu können. Meine einzige Chance ist, Geld zu sparen und mich freizukaufen. Wenn Philipsthal eine unverschämte Summe verlangt, kann ich Maßnahmen ergreifen, damit die Partnerschaft gelöst wird. Es ist so erniedrigend. Ich fühle mich wie Philipsthals Sklavin.«

»Aber das sind Sie nicht. Er ist Ihrer nicht würdig. Sie sind eine Dame.« Er berührte zart ihre Finger. »Scheuen Sie sich nicht, mich anzusprechen, falls ich Ihnen behilflich sein kann. Sie haben einen Freund an Ihrer Seite. Sie und ich, wir wären sicher ein gutes Team. Vielleicht sollten wir uns zusammentun, wenn Sie sich endlich von Philipsthal befreit haben. Eine Frau kann sich nicht allein in diesem Geschäft behaupten. Sie brauchen einen Partner.« Marie löste sich von ihm und pflückte einen Grashalm, mit dem sie ihre Nase kitzelte. Sie glaubte kaum, dass sie noch einmal eine geschäftliche Partnerschaft eingehen würde. Es würde ihr besser gehen, wenn sie allein für sich, ihre Familie und ihr Geschäft verantwortlich wäre.

»Ich werde darüber nachdenken«, antwortete sie diplomatisch. Henri-Louis Charles schien das Gefühl zu haben, zu weit gegangen zu sein. Er stand auf und baute mit Nini ein kleines Boot aus Stöcken und Blättern. Marie sah den beiden zu, dann schloss sie die Augen, legte ihren Kopf an den Baumstamm und spürte den Mustern nach, die die Rinde in ihre Kopfhaut drückte. Zum ersten Mal hatte sie das Gefühl, dass die Anspannung, die sie seit Wochen im Griff hatte, nachließ. Die Sonne wärmte ihre Hände, die von der Arbeit ganz rauh waren. Sie lauschte auf die Geräusche. Das Plätschern des Baches, das Rauschen der Blätter im Wind, das Piepsen der Vögel, das Summen der Bienen. Sie setzte sich auf.

»Bienen!«, rief sie. »Wollten wir nicht wilden Honig sammeln?«

»Wollen Sie nicht zunächst einmal dem Stapellauf unseres Schiffes beiwohnen?«, fragte Henri-Louis Charles. Gemeinsam sahen sie zu, wie das Boot durch die Strömungen kippelte und fortgetragen wurde. Nini lief noch eine Weile neben dem Boot her, dann verlor er es aus den Augen. Wenig später machten sie sich auf die Suche nach einem Bienenvolk, dem sie etwas Honig abluchsen konnten. Den Nachmittag ließen sie in dem Gasthof ausklingen, bevor sie wieder in die Kutsche stiegen. Nini lehnte sich an sie, mit einem Lächeln auf den Lippen schlief er ein. Als sie wieder in Edinburgh ankamen, rötete die Sonne die Spitzen der Felsen und die wie Schwalbennester wirkenden Häuser der Altstadt. Marie war berührt und musste erkennen, wie sehr sie diese Stadt mochte, sie fühlte sich hier beinahe heimisch. Sie fand es auch sehr angenehm, dass es als normal angesehen wurde, dass Frauen allein auf die Straße gingen und ihre Besuche machten. Sie würde mit neuer Kraft in die Woche gehen.

Einige Tage später bekam Marie endlich einen Brief aus Paris. Sie presste ihn an ihre Brust und ging in ihr Zimmer, um ihn in Ruhe lesen zu können. Mit zitternden Händen öffnete sie ihn.

Paris im Mai 1803

Liebe Marie, geliebte Ehefrau, Tochter und Mutter,
soeben hören wir die Nachricht, dass die Feindlichkeiten zwischen Frankreich und England wieder aufgenommen werden sollen. Unser Herrscher scheint fest entschlossen, über den Kanal zu setzen und England zu erobern. Wir befürchten, dass ihr zwischen die Fronten geratet, wenn es zu Kämpfen kommt. Wir bitten Dich inständig, komm nach Hause, so schnell es geht! Zögere nicht mehr, egal, wie die Geschäfte laufen. Selbst wenn die Tournee ein Misserfolg war, so ist sie es doch nicht wert, eure Leben in Gefahr zu bringen. Kommt zurück, und wenn wieder Frieden eingekehrt ist, kann ich mit den Figuren erneut nach England reisen. Geliebte, pack gleich heute die Sachen und reise ab! Hier sind alle wohlauf.
In Eile, Dein Mann, Tussaud

Enttäuscht ließ Marie den Brief sinken. Nur diese kargen Worte darüber, wie es der Familie ging, ob Sohn und Mutter gesund waren. Kein Wort davon, wie die Geschäfte im Wachssalon liefen, ob er die Figuren neu gruppiert hatte. Wie konnte er ihr ernsthaft vorschlagen, jetzt abzureisen? Bei allem Heimweh und trotz aller Sorgen um ihre Familie, war sie noch nicht bereit dafür. Sie hatte versprochen, mit einer prallgefüllten Börse zurückzukommen. Und dann die Erwähnung einer neuen Tournee, als ob sie versagt hatte und er alles besser machen würde. Marie merkte jetzt, dass sie nicht nur enttäuscht, sondern auch erbost war. Er hatte doch selbst genug zu tun, warum kümmerte er sich nicht um seine Sachen, um die Familie, den Haushalt, den Wachssalon? Warum suchte er sich nicht Arbeit? Sie würde hierbleiben! Ohnehin waren die Häfen noch immer geschlossen, es gab keine Möglichkeit, zwischen England und Frankreich zu reisen, auch die Angelegenheit mit Philipsthal war noch nicht bereinigt. Sie antwortete ihm, dass sie nicht bereit sei, zurückzukehren. Die Geschäfte liefen gerade an und sie hoffte, dass es so weitergehen würde. Er solle sich nicht sorgen, es gehe ihnen den Umständen entsprechend gut. Ihre einzige Freude seien seine Briefe, und sie bat ihn, nächstes Mal mehr über die Familie und den Wachssalon zu schreiben.

Mitte Juni kündigte Philipsthal in einer großspurigen Anzeige im *Edinburgh Evening Courant* die Eröffnung seiner Phantasmagoria an. Einige Tage später musste er jedoch an gleicher Stelle kleinlaut einräumen, dass die Apparate nicht voll funktionsfähig gewesen waren, deshalb habe sich der erwünschte Effekt nicht eingestellt. Danach konnte er selbst die wenigen Edinburgher, die noch an Geister glaubten, nicht mehr für sich gewinnen. Marie konnte ihre Schadenfreude kaum verhehlen, wenngleich sie wusste, dass sein Misserfolg letztlich auch auf sie zurückfallen würde, weil er umso gieriger seinen Anteil an ihren Einnahmen fordern würde. Sie war auf Gedeih und Verderb an diesen Mann gebunden.

Der Juli kam und damit der Beginn des Jahrmarkts und der Pferderennen, die bei Ebbe am Strand von Leith ausgetragen wurden. Die Gasthäuser der Stadt waren voll belegt, auf den Straßen drängten sich mit Wappen verzierte vierspännige Equipagen an alten Karren vorbei. Jeder schien in diesen Tagen nur an das Amüsement zu denken. Abends gab es Bälle, Konzerte oder Theateraufführungen. Neben dem Wachsfigurenkabinett und dem *Unsichtbaren Mädchen* waren auch Seiltänzer und ein Panorama von Konstantinopel zu bestaunen. Nini verbrachte ganze Tage im Palast und wurde schon liebevoll »kleiner Prinz« genannt. Marie war so stolz auf ihn, dass sie kurzerhand eine Wachsfigur von ihm schuf, die am Eingang des Kabinetts die Besucher begrüßte. Seitdem wurde sie allerdings auch häufig gefragt, ob dieses schöne Kind seinem Vater ähnle, was ihr jedes Mal einen Stich versetzte. Sie arbeitete vom Morgengrauen bis in die Nacht. Oft war sie sogar zum Essen zu müde. Es war jedoch eine heitere Müdigkeit, die ihr ein Lächeln auf das Gesicht zauberte, denn das Wachsfigurenkabinett war stets sehr gut besucht und ihre Börse füllte sich schnell – wenn auch nicht so schnell wie erhofft, die Konkurrenz war wohl zu groß. Wenn sie doch das Geld, das sie verdiente, auch ganz für sich behalten könnte! Dann hätten ihre Sorgen bald ein Ende und sie könnte endlich die neuen Figuren prächtig ausstaffieren.

»Wir werden Ende des Monats unsere Ausstellungen schließen und weiterziehen.« Philipsthal thronte in einem Sessel und sah Marie entschlossen an. Sie war fassungslos.

»Aber warum soll ich das Kabinett schließen? Es gibt noch genügend Besucher, die meine Ausstellung sehen wollen.«

»Mussten Sie nicht den Eintritt reduzieren?« Sicher, seit dem Ende des Jahrmarkts war in Edinburgh wieder Ruhe eingekehrt und sie hatte den Eintrittspreis auf einen Shilling senken müssen, dennoch war sie nach wie vor mit den Einnahmen zufrieden. Marie wollte ihm gerade etwas entgegnen, als er ihr über den Mund fuhr.

»Also, worüber reden wir? Morgen rechnen wir ab.«

»Nur weil Sie in Edinburgh nicht den erhofften Erfolg hatten ...«, begann sie. Philipsthals Kopf schien rot anzuschwellen.

Er zischte: »Was wissen Sie schon darüber, was ich mir erhoffe? Gar nichts! Die Saison ist vorbei, es wird weitergezogen.«

»Ich möchte den Vertrag aufheben«, sagte Marie entschlossen. Er lächelte maliziös.

»Das können Sie nicht.«

»Ich will mich freikaufen«, setzte Marie nach.

»Das möchten Sie vielleicht, aber ob Sie dafür schon genug verdient haben, werden wir erst morgen sehen.«

Marie löste den Wachskopf vom Holzkörper und legte ihn beinahe zärtlich in eine mit Stroh gepolsterte Kiste. Dann entfernte sie die Wachshände, streifte die Kleidung ab und packte alles vorsichtig ein. Eine weitere Reise stand den Wachsfiguren bevor, wer wusste schon, wie sie diese überstehen würden. Schließlich ging es mit der Kutsche einmal quer durch Schottland bis nach Glasgow. Plötzlich hörte sie, wie sich jemand räusperte. Henri-Louis Charles hatte den Raum betreten.

»Nun ist es also so weit, Sie reisen ab«, sagte er.

»Was bleibt mir anderes übrig? Er zwingt mich dazu.« Mr Charles setzte sich auf eine der fertig gepackten Kisten.

»Ich schließe daraus, dass es Ihnen nicht gelungen ist, den Vertrag zu lösen oder sich freizukaufen.« Marie nickte niedergeschlagen und setzte sich zu ihm. Sie hatte in den letzten Wochen über vierhundert Pfund eingenommen, das war ein großartiges Ergebnis. Doch abzüglich der Ausgaben und nachdem sie mit Philipsthal geteilt hatte, blieben ihr lediglich einhundertfünfzig Pfund. Davon musste sie die Reise bestreiten und auch Geld zurückbehalten, um in Glasgow ihr Wachsfigurenkabinett einzurichten. Philipsthal hatte sie beinahe ausgelacht, ob der geringen Summe, die sie ihm bot, um einen so lukrativen Vertrag zu lösen.

»Ist Philipsthal schon vorausgereist?«, fragte Mr Charles.

»Er reist auch bald ab. Ich weiß aber nicht, wohin. Er verrät es mir nicht. Er wird sich bei mir melden, wenn ich in Glasgow bin, meint er. Darauf könnte ich verzichten, aber das wissen Sie ja. Er verschwindet, und ich stecke in der Tretmühle fest. Ich habe noch einen Anwalt aufgesucht, doch auch er konnte mir nicht helfen.« Sie fühlte, wie Verzweiflung und Wut sie überkamen. Henri-Louis Charles nahm ihre Hand und streichelte sie. Die zarte Berührung tat ihr gut.

»Zumindest kann er dich dieses Mal nicht durch Mr Tenaveil bewachen lassen. Der hat sich anscheinend vor kurzem aus dem Staub gemacht.« Er hatte sie geduzt, Marie fand, dass es sich schön und richtig anhörte.

»Was sehe ich denn da, ein Stelldichein, wie reizend.« Marie und Henri-Louis Charles sprangen auf. Philipsthal stand in der Tür. »Wie gut, dass ich noch einmal nach dem Rechten sehen wollte. So konnte ich Schlimmeres verhindern.« Er lächelte giftig.

»Was erlauben Sie sich!«, sagte Marie heiser.

»Was wohl Ihr Ehemann davon halten würde, wenn er hörte, dass Sie mit Mr Charles herumschäkern? Er dürfte nicht begeistert sein.« Marie wollte ihm gerade etwas entgegnen, aber Henri-Louis Charles trat vor. »Und was wohl Ihr *Unsichtbares Mädchen* dazu sagt, Henri-Louis? Nicht nur, dass sie nicht in Erscheinung treten darf, damit Ihre Vorstellung gelingt. Die Arme muss auch noch den ganzen Tag allein in ihrem Zimmer verbringen und darauf warten, dass Sie sich zu ihr bequemen.«

Marie sah ihren Freund mit aufgerissenen Augen an. Das Geheimnis des *Unsichtbaren Mädchens* war also, dass es in Wirklichkeit gar nicht unsichtbar war. Vermutlich befand es sich in einem Zimmer über dem Vorführraum und sprach durch ein Loch in der Zimmerdecke. Viele Schausteller spannten ihre Ehefrauen und Geliebten für ihre Vorführungen ein. Wie blind war sie gewesen!

»Philipsthal, ich fordere Sie für diese Worte zum Duell«, sagte Mr Charles bebend.

»Nicht doch, nicht doch. Nachher machen *Sie* sich noch unsichtbar. Und Sie wissen doch, dass ich kein Ehrenmann bin – im Gegensatz zu Ihnen, natürlich«, er lachte ihnen jetzt unverschämt ins Gesicht. »Wenn Sie sich sehen könnten! Als hätten Sie einen Geist gesehen!«

Sie hörten ihn noch lachen, als er die Bernard's Rooms längst verlassen hatte. Henri-Louis Charles war rot wie eine Mohnblume geworden. Marie fühlte sich durch diese erneute Gemeinheit Philipsthals tief verletzt. Die Ereignisse der letzten Monate hatten sie dünnhäutig werden lassen. Oft würde sie sich am liebsten in einer Ecke verkriechen und weinen, auch jetzt war ihr Hals zugeschnürt. Doch sie gab diesem Impuls nicht nach. Sie musste sich zusammenreißen. Sie durfte nicht kraftlos aufgeben. Sie würde nicht in Tränen ausbrechen. Henri-Louis sah sie traurig an. Sie standen nun beieinander wie Fremde.

»Marie, würden Sie es glauben, wenn ich sagte, es ist nicht so, wie Philipsthal behauptet?«

Sie ging einige Schritte in den Raum hinein und holte aus ihrem Koffer einen Beutel mit Geld.

»Ich möchte meine Schulden begleichen. Ich danke Ihnen, dass Sie mir in einer Stunde der Not geholfen haben.«

»Behalten Sie es noch, wenn Sie es gebrauchen können.« Sie schüttelte den Kopf.

»Ich habe alles, was ich brauche.«

»Ich hatte gehofft, wir könnten als Partner zusammenfinden«, sagte er leise.

»Lassen Sie es gut sein, Henri-Louis. Sie sind mir ein Freund gewesen, wie ich nur wenige hatte. Vielleicht kann ich mich irgendwann dafür bei Ihnen revanchieren. Bis dahin wünsche ich Ihnen alles Gute. *Au revoir.*« Sie begann, den Kopf der nächsten Wachsfigur vom Rumpf zu trennen, doch die hundertfach ausgeführte Bewegung ging ihr nicht leicht von der Hand. Henri-Louis schien einen Moment zu überlegen, ob er ihr helfen sollte. Dann ging er enttäuscht davon.

Immer wieder kamen Bewohner der Stadt in die leeren Ausstellungsräume und bedauerten, dass das Wachsfigurenkabinett geschlossen hatte. Philipsthal und Mr Charles waren inzwischen abgereist. Kurz entschlossen packte Marie ihre Figuren wieder aus und eröffnete erneut. Philipsthal brauchte nichts davon zu wissen, die Einnahmen würde sie für sich behalten. Sie hatte kein festes Engagement in Glasgow, also konnte sie aufbrechen, wann sie es wollte – und nicht, wann Philipsthal es bestimmte. Ende September war jedoch der Tag der Abreise endgültig gekommen. Ihr fiel der Abschied schwer, Nini weinte sogar. Erst beim Anblick der Postkutschen beruhigte er sich etwas. Neugierig beobachtete er die Menschen, die sich auf das Dach setzten und an den eisernen Bügeln an der Seite festhielten, darunter auch wohlgekleidete, mit Hut und Federn geschmückte Frauenzimmer. Es war zwar unbequemer, kostete aber nur die Hälfte und man hatte eine herrliche Aussicht – bei gutem Wetter zumindest. Marie hatte für sich und ihren Sohn einen Platz in der Kutsche reserviert. Maries Gedanken kreisten um Philipsthal. Würde er seine Drohung wahr machen und ihrem Ehemann von seiner Beobachtung berichten? Aber was hatte er schon gesehen? Nichts, wofür sie sich schämen müsste. Andererseits war sie als alleinreisende Geschäftsfrau mit Kind eine Seltenheit, kaum schicklich und dadurch besonders angreifbar. Sie musste es sich eingestehen, sie hatte Angst, in Verruf zu geraten, Angst durch üble Nachrede ihren Mann und ihren Sohn zu verlieren. Das war das Letzte, was sie wollte. Die Kutsche fuhr mit einem Ruck los. Meile um Meile würde sie das Gefährt weiter von ihrer Familie forttragen. Glasgow. Hier würde kein Freund auf sie warten. Sie hatte nur noch einen Mann an ihrer Seite, ihren Feind Philipsthal. Sie musste ihn loswerden, zu welchem Preis auch immer. Er war verschwunden, aber sie wusste, dass er wieder auftauchen würde. Er hatte es auf ihre Wachsfiguren abgesehen und er würde nicht ruhen, bis er sie an sich gebracht hatte. Doch das würde sie zu verhindern wissen. Sie wusste nur noch nicht, wie.

Glasgow, Schottland, 1803

Der Schnee war zu grauem Matsch zusammengeschmolzen. Die breiten Straßen und Plätze von Glasgow hatten sich in eine Rutschbahn verwandelt. Maries Füße waren bereits nass, auch die Schuhe von Nini glänzten feucht. Trotzdem sprang er immer wieder mit Lust in die kleinen Schneehaufen am Wegesrand. Marie ließ ihn gewähren, schließlich hatte er ihr heute den ganzen Tag fleißig geholfen. Sie waren auf dem Weg von den Neuen Versammlungsräumen in der Ingram Street, den sogenannten Assembly Rooms, in denen Marie ihre Figuren ausstellte, in die Wilson Street, wo sie wohnten. Vor dem Schaufenster eines Kupferstichkabinetts, an dem sie vorbeikamen, unterhielten sich einige Männer und Frauen erregt. Als Marie sich mit ihrem Sohn näherte, hörte sie, worüber sie diskutierten.

»Napoleon Bonaparte ist der Schlimmste seiner Landsleute, denn er vereint das Verschlagene und Rachsüchtige eines Italieners mit dem Perfiden und Gefühllos-Grausamen des Franzosen«, sagte ein Mann im Brustton der Überzeugung.

»Angeblich wird er in Paris verabscheut. Er braucht einen Sieg, sonst ist seine Position nicht mehr sicher. Dabei wäre er so gern ein zweiter Wilhelm der Eroberer«, meinte ein anderer.

»Ich bin sicher, die Franzosen sind bereit, in England einzufallen. Aber die Truppen haben es nicht eilig, sie fürchten das Wasser«, fügte ein Dritter hinzu.

Die Männer lachten. In einer Stadt wie Glasgow, deren Bewohner sehr gut davon lebten, dass Waren per Schiff angelandet und abgefahren wurden, erschien diese Vorstellung absurd. Für Marie war es nur ein weiteres Vorurteil, das sie immer wieder über die Franzosen hörte. Seit Wochen überschwemmten Flugblätter die Straßen, in denen vor der Invasion gewarnt wurde, Lieder machten gegen die Franzosen Stimmung, gerade vor den Schaufenstern der Kupferstecher entzündete sich die Nervosität der Menschen. Marie hatte sich neulich einige der dort ausgehängten Karikaturen angesehen, eine zeigte das Bild Napoleons achtundvierzig Stunden nach seiner Landung in England: Sein abgetrennter blutiger Kopf wurde von einem fröhlichen John Bull, wie der typische Engländer scherzhaft genannt wurde, auf einer Forke in die Höhe gereckt. Wie konnte man sich nur über solche Bilder amüsieren? Marie musste daran denken, wie nach dem Bastillesturm abgeschlagene Köpfe zu ihr gebracht worden waren, damit sie die Totenmaske abnahm, und schauderte. Hoffentlich würde ihren Söhnen solche Erlebnisse erspart bleiben. Sie zog Nini weiter, damit er gar nicht erst das verstörende Bild zu sehen bekam. Als sie ihre Unterkunft in der Wilson Street erreichten, warteten ihr Hausherr Mr Colin und seine Familie schon mit dem Abendessen. Nini setzte sich zu den Kindern an das eine Ende des Tisches, Marie zu den Erwachsenen an das andere. Der Diener begann das Essen aufzutragen. Wie viele wohlhabende Bewohner der Stadt hatte auch Mr Colin schwarze Dienstboten. Sie gehörten ebenfalls zu den Waren, die der Handel in die Stadt gebracht hatte, auch wenn der Status der Sklaverei in Schottland seit Jahrzehnten abgeschafft war. Marie hatte sich erst in die gesellschaftliche Geographie dieser Stadt hineinarbeiten müssen, aber schließlich wusste sie gern, woher das Geld kam, das sie an der Kasse des Wachsfigurenkabinetts einnahm. In Glasgow gab es Tobacco Lords, Baumwoll-Barone und andere Angehörige der Elite, die der Fernhandel mit Afrika, der Karibik oder Nordamerika reich gemacht hatte. Auch die Wissenschaft wurde sehr gepflegt, dem Vernehmen nach wohnten sogar Damen den physischen und chemischen Vorlesungen bei. In der Umgebung der Stadt wurde das Geld mit Gießereien verdient, dort hingen Schwefelgeruch und Rauch über dem öden Boden und man hörte den dumpfen und gleichförmigen Lärm der Dampfmaschinen. »Glasgow ist zugleich das Birmingham, Manchester, Sheffield und das Oxford Schottlands«, hatte ihr Hausherr an einem ihrer ersten Tage in der Stadt stolz erklärt.

Wie immer herrschte im Haus von Mr Colin eine gelöste, freundliche Stimmung. Marie war froh, dass sie bei dem Konditor und angesehenen Mitglied der Glasgower Gesellschaft untergekommen war. Sie erzählte, was sie gerade vor dem Kupferstichkabinett gehört hatte. Mr Colin nickte abwägend.

»Genau das hat mir auch mein Geschäftspartner berichtet, der aus London eingetroffen ist. Dort greift die Angst vor einer Invasion um sich. Es heißt, den Männern droht die Versklavung, den Frauen die Unzucht, wenn die Franzosen kommen. London wird dann in Bonapartopolis umbenannt, alle dürfen nur noch Französisch sprechen, und statt Roastbeef gibt es nur noch Salat und geröstete Frösche zum Essen.« Die Kinder quiekten ein »Iih« und kicherten. »Lacht nicht, das glauben viele unserer Landsleute anscheinend wirklich!«

»Ja, aber auch hier wird die Lage immer ernster betrachtet. Als ich heute den Besuchern im Wachskabinett erzählte, dass in Paris der Schausteller Robertson, der mit seiner Zauberlaterne bekannt wurde, Napoleon vorschlug, mit einem kolossalen archimedischen Brennspiegel die englische Flotte zu vernichten, rief diese abstruse Geschichte nicht Gelächter, sondern Entsetzen hervor«, berichtete Marie.

»Sie können froh sein, dass Sie in Schottland sind. Hier haben die Menschen noch etwas mehr Abstand zu den Ereignissen«, meinte Mrs Colin. »Genügend Einwohner dieser Stadt haben vom Handel mit Frankreich profitiert und bedauern diesen Krieg, der genau diesen Handel beeinträchtigt.«

Nach dem Essen erhob man sich. Mrs Colin kredenzte besondere Leckereien aus der Konditorei ihres Mannes für die Kinder sowie Glasgow-Punsch für die Erwachsenen, ein starkes Getränk aus Jamaika-Rum und Wasser, das mit Zitronen und Limonen versetzt wurde. Marie hätte auch lieber eine dieser süßen Konditoreiwaren gehabt, doch den Punsch abzulehnen, wurde als unhöflich erachtet. Dass diese Früchte durch den Handel offenbar jederzeit verfügbar waren, gehörte zu den vielen Annehmlichkeiten in dieser Stadt. Eine andere waren die vielen Fabriken, die Musselin und bedruckte Baumwolle herstellten, wodurch die Stoffe erschwinglich waren. Marie hatte sich schon öfter in den Stoffläden umgesehen, sie kaufte jedoch nichts. Jeden Penny würde sie sparen, damit sie sich irgendwann von Philipsthal freikaufen konnte. Mr Colin erhob seine Punschtasse, sprach einen Toast aus und fuhr fort. »Außerdem treffen Sie mit Ihrem Kabinett genau den richtigen Ton. Keiner Ihrer Franzosen wird zu sehr bejubelt. Ihre neue Figur von König Georg III. ist sehr ansprechend. Nur ein paar unserer führenden Köpfe fehlen noch, von Maria Stuart abgesehen.« Marie versprach, sich bei Gelegenheit nach weiteren Figuren der reichen schottischen Geschichte umzusehen. Sie hatte beim Aufbau der Figuren sehr darauf geachtet, sie so dezent und zugleich so interessant wie möglich zu plazieren. Es würde auch keine Beschwerden mehr darüber geben, dass Frauen und Kinder verstört würden. In den erst vor wenigen Jahren erbauten prächtigen Versammlungsräumen hatte sie zwei Säle vorgefunden, so dass sie dieses Mal die Figuren der Verbrecher und die Totenmasken in einem separaten Saal zeigen konnte, für den sie auch ein zusätzliches Eintrittsgeld kassierte. Die Assembly Rooms sollten sogar noch um zwei Flügel vergrößert werden, wie überhaupt diese Stadt an allen Ecken und Enden erweitert und verschönert wurde. Der Punsch wärmte sie jetzt von innen heraus und Marie merkte, wie die Müdigkeit in ihr aufstieg. Mrs Colin war bereits über ihrer Näharbeit eingenickt, und auch Nini gähnte herzhaft. Marie erhob sich.

»Vielen Dank für diesen schönen Abend«, sagte sie. »Aber ich glaube, mein Sohn und ich müssen uns verabschieden.« Mr Colin läutete nach der Dienstmagd, die Marie und Nini auf dem Weg in ihr Zimmer leuchten sollte. Auf einmal schlug er sich an die Stirn.

»Da vergesse ich über unser Geplauder Ihnen zu sagen, dass Sie Post haben!« Er ging zu einem Schrank und holte einen Brief hervor. Aufgeregt stand Marie auf. Hatte François endlich geschrieben? Ihre Enttäuschung war groß, als sie Philipsthals Handschrift erkannte. In einem Winkel ihres Herzens hatte sie gehofft, dass er sie vergessen und in Ruhe lassen würde. Aber das war natürlich eine eitle Hoffnung gewesen. Sie setzte sich, öffnete den Brief und überflog ihn. Mit jeder Zeile verstärkten sich die Sorgenfalten auf ihrem Gesicht, dann legte sie ihn zusammen.

»Schlechte Nachrichten?«, fragte Mr Colin.

»So könnte man es nennen. Er ist von Monsieur Philipsthal, meinem fürchterlichen Geschäftspartner. Er verlangt, dass ich zu ihm nach Dublin komme, und zwar möglichst schnell. Bei einer stürmischen Überfahrt hat er einen Teil seiner Instrumente verloren. Ich soll seinen Verlust nun wohl wiedergutmachen.«

»Nach Dublin? Eine zwar kurze, aber risikoreiche Überfahrt. Sie sollten sich den Gedanken daran bis zum Frühling aus dem Kopf schlagen, alles andere wäre zu gefährlich – für Sie, für Ihren Sohn, für Ihre kostbaren Figuren.« Er schenkte sich noch einen Punsch ein. »Und wer weiß schon, wie es Ihnen in Irland ergehen wird? Das Land ist von Krisen und Rebellionen erschüttert. Ihre Landsleute sind 1798 dort gelandet, um die Iren aufzuwiegeln und gegen England zu führen, doch letztlich sind sie gescheitert. In diesem Sommer wurde der Aufstand von Robert Emmet und seinen United Irishmen niedergeschlagen, die eine französische Invasion durch die Hintertür planten. Erst im September sind Emmet und seine Mannen wegen Hochverrats hingerichtet worden. Und dann die Folgen der staatsrechtlichen Union von Großbritannien und Irland, die Frage der Katholikenemanzipation. Nein, ich weiß nicht, ob diese Reise das Richtige für Sie wäre«, murmelte er mit schwerer Zunge. Marie wusste es auch nicht. Mit der Geschichte und derzeitigen Verfassung Irlands hatte sie sich noch nie eingehend beschäftigt. Aber wenn Philipsthal in einer Notlage war, hatte sie gute Chancen, eine Einigung zu erzielen, denn bis dahin würde sie hoffentlich das haben, was er brauchte – genügend Geld.

Dublin, Irland

Im Februar 1804 fuhren Marie und ihr Sohn von Schottland nach Irland. Zuvor hatten sie noch in der Hafenstadt Greenock im Versammlungssaal der Freimaurer ausgestellt. Ihr Paketschiff wurde wegen der unsicheren politischen Lage von einem Militärkonvoi begleitet. Es gab keinen Zweifel mehr, es herrschte Krieg, und Marie und Nini steckten mittendrin, sie konnten nur hoffen, dass sie diese Zeit unbeschadet überstehen würden. Marie hatte die Abfahrt lange vor sich hergeschoben, aber sie befürchtete, dass Philipsthal wieder Oberwasser gewinnen würde, wenn sie zu lange wartete. Sie hielt die Tasche mit ihrem Geld und ihren Papieren fest umklammert. Marie hatte Mr und Mrs Laurie in Edinburgh von ihren Plänen geschrieben, und das freundliche Paar hatte dafür gesorgt, dass sie einen Empfehlungsbrief an einen der besten Anwälte Dublins bekam. Diesen John Philpot Curran würde sie so schnell wie möglich aufsuchen, und hoffentlich würde seine Rechtshilfe zusammen mit ihrem Geld endlich dazu führen, dass sie sich freikaufen konnte.

Gleich nachdem sie ihre Unterkunft in der Clarendon Street in Dublin bezogen hatten, verhalf ihr das Empfehlungsschreiben zu einem Termin bei Mr Curran. Inzwischen hatte sie erfahren, dass er ein furchtloser Anwalt und gefeierter Redner war, der sogar die Rebellen der United Irishmen verteidigt hatte. Es hieß, es habe ihm jedoch einen Schlag versetzt, dass seine Tochter Sarah sich im Geheimen mit dem Rebellen Robert Emmet verlobt hatte. John Philpot Curran ließ sich Maries Geschichte erzählen, den Vertrag zeigen und erklärte gleich, dass er nicht viel für sie tun könne. Aber das, was er tun könne, würde er tun. Er setzte einen in einem scharfen Ton gehaltenen Brief auf, in dem er Philipsthal aufforderte, Maries überaus großzügiges Angebot anzunehmen, sonst würde es ernste Konsequenzen haben. Mit diesem Brief machte sich Marie auf zu Paul de Philipsthal, zum letzten Mal, wie sie hoffte.

Philipsthals Frau öffnete die Tür. Sie sah Marie müde an und winkte sie wortlos herein. Marie drückte die Schultern durch. Sie würde Philipsthal furchtlos gegenübertreten. Sie würde sich weder von ihm einschüchtern noch umgarnen lassen. Philipsthal saß im Schein einer Lampe und schraubte gerade an einem seiner Automaten herum, einer Geldtruhe, die sich selbst verteidigte, indem sie auf jeden, der sie zu öffnen versuchte, eine Waffe abfeuerte.

»Monsieur de Philipsthal, ich will Sie gar nicht lange bei Ihrer wichtigen Arbeit aufhalten. Dies ist mein letzter Besuch bei Ihnen. Ich habe meinen Vertrag einem Anwalt gezeigt, und er hat ihm schlichtweg die Rechtmäßigkeit abgesprochen«, bluffte Marie. »Überzeugen Sie sich selbst.«

Sie reichte Philipsthal den Brief, den er ungeduldig aufschlug und las. Marie hätte nun einen Wutausbruch oder ungläubiges Gelächter erwartet, aber nichts dergleichen geschah. Er öffnete den Mund, doch sie kam ihm zuvor.

»Ich denke, weder Sie noch ich wollen es auf eine Gerichtsverhandlung ankommen lassen, die unsere Geschäfte unnötig verzögern und zudem für unliebsames Gerede sorgen würden. Um uns diese Prozedur zu ersparen, biete ich Ihnen Geld. Dieses Angebot werde ich Ihnen nur einmal machen, danach werde ich meinen Anwalt, den Ehrenwerten Mr Curran beauftragen, Ihre unehrlichen und ausbeuterischen Machenschaften aufzudecken.« Marie legte einen Beutel voller Geld auf den Tisch und nannte ihm die Summe. Sie würde sich von nun an einschränken, vielleicht sogar ihren wenigen Schmuck verkaufen müssen, aber das war es wert. Philipsthal wollte gerade zugreifen, als Marie den Beutel zurückzog und ein Blatt an seine Stelle legte.

»Bevor Sie das Geld bekommen, habe ich hier ein Papier, das Sie unterschreiben müssen. Es sieht die Aufhebung unseres Vertrages vor.« Philipsthal saß so steif wie eine ihrer Wachsfiguren auf seinem Stuhl. Seine Finger krallten sich um die Lehne. Widerwillig nahm er eine Feder und unterzeichnete das Papier. Marie wäre am liebsten vor Freude in die Luft gesprungen, so aber wippte sie nur kurz auf den Zehenspitzen, rollte das Papier zusammen und verabschiedete sich.

An diesem Abend schrieb sie einen Dankesbrief an John Philpot Curran und bat ihn um die Ehre, ihn als berühmten Anwalt und Redner für ihr Wachsfigurenkabinett porträtieren zu dürfen. Das war das mindeste, um ihm zu danken. Er hatte ihr einen unschätzbaren Dienst erwiesen. Endlich war sie frei, endlich könnte sie nach Hause zurückkehren – wenn nur dieser Krieg nicht wäre.

KAPITEL 4

IRLAND, 1804

Nini drückte den Apfel in den weichen Ton und Marie zeigte ihm, wie man ihn am besten verstrich, damit er die eine Hälfte der Frucht etwa fingerbreit umgab. Sie hatte in Dublin jemanden gefunden, der ihren Sohn im Englischen unterrichtete, daneben aber wollte sie ihn langsam an die Wachsarbeit heranführen. Er war bald sechs Jahre alt, so alt wie Marie gewesen war, als sie und ihre Mutter zu dem Arzt und Wachsbildner Philippe Curtius nach Paris gezogen waren. Marie wusste nicht mehr genau, wie die ersten Wochen in Paris verlaufen waren, sie wusste aber, dass seine Wachskunst sie von Anfang an fasziniert hatte. Immer wenn sie daran dachte, schlich sich ein Lächeln auf ihr Gesicht, und die Erinnerung an einen alten Palast, eine wunderschöne Wachsfigur und den Geruch nach Wachs stellte sich ein. Curtius hatte sie zunächst Blumen, Früchte und Obst aus Wachs herstellen lassen, bevor sie sich Jahre später an die Abbildung des Menschen wagen durfte. Sie wollte bei ihrem Sohn genauso vorgehen.

Die Tonform nahm Gestalt an, sie zeigte Nini, wie er die

Gipsformen beider Hälften des Apfels herstellt, mit Öl einreibt und in Wasser einlegt. Marie ließ Nini das Wasser ausschütteln und goss warmes Wachs in die Form. Schnell legte sie die andere Hälfte darauf, hielt mit einem Finger den Einguss zu, schüttelte die Form und ließ das übrige Wachs wieder in den Topf laufen. Es klopfte an der Tür. Marie wischte sich ärgerlich die Hände an der Schürze ab. Sie hielt den Salon von elf bis vier Uhr und von fünf bis zum Einbruch der Dämmerung offen, weil man es von öffentlichen Vergnügungen hier so gewohnt war. Die wenige Zeit, die ihr dazwischen blieb, war mit anderen wichtigen Dingen vollständig ausgefüllt.

»Jetzt müssen wir die Form liegen lassen, damit das Wachs erkaltet«, erklärte sie Nini. »Erst danach können wir den gegossenen Apfel sanft herauslösen.«

Sie öffnete die Tür. Was sie sah, erfüllte sie mit gemischten Gefühlen. Dort stand, strahlend, Henri-Louis Charles. Einerseits freute sie sich darüber, den Freund wiederzusehen, der sie in Edinburgh so getröstet hatte. Andererseits dachte sie an ihre letzte, eher unschöne Begegnung. »Henri-Louis, was tust du hier?«, rutschte es ihr heraus. Er schien ihre Zurückhaltung zu spüren und begrüßte sie steif. Ninis Reaktion dagegen war eindeutig, er flog ihm förmlich entgegen: »Mr Charles! Da sind Sie ja wieder! Siehst du, Maman, ich habe dir doch gesagt, dass wir Mr Charles bald wiedersehen.«

»Schon gut, Nini, du hattest recht. Benimm dich jetzt und mach schon mal weiter, während ich mit Mr Charles spreche.« Widerwillig setzte sich der Junge an den Tisch.

Marie schenkte Mr Charles einen Wein mit Wasser ein. Sie sprachen darüber, wie es ihnen seit ihrem letzten Zusammentreffen ergangen war. Marie berichtete ihm, wie sie Philipsthal endlich losgeworden war, Henri-Louis gratulierte ihr dazu. In einem Augenblick der Stille zog er die *Dublin Evening Post* heran, die auf dem Tisch lag. Er überflog sie und entdeckte die Anzeige, die für Maries Wachsfigurenkabinett warb. Darin hieß es auch, dass Marie Aufträge annahm, lebensnahe Porträts der Besucher sowie verstorbener Personen herzustellen.

»Ich wusste gar nicht, dass du auch Auftragsarbeiten ausführst«, sagte er verwundert.

»Ich habe in Edinburgh festgestellt, dass es eine Nachfrage danach gibt. In den letzten Monaten habe ich an den Texten für die Anzeigen und Handzettel gefeilt«, erzählte sie.

»Das sehe ich. Du betonst auch stärker als sonst die Lebensechtheit der Figuren und der Kostüme. Das ist wichtig, denn das ist es, was deine Wachsfiguren vor allen anderen auszeichnet«, antwortete er.

»Ich habe sogar überlegt, ob ich den Namen Curtius aufgeben soll«, verriet sie. »Sein Kuriositätenkabinett ist in Irland nie gezeigt worden. Hier kennt ihn niemand. Immer muss ich erklären, wer er war. Aber was soll ich denn sonst schreiben? Madame Tussaud etwa?« Sie lachte, er dagegen blieb ernst.

»Warum nicht?«, fragte er.

»Ja, vielleicht wäre das ein guter Name für ein Wachsfigurenkabinett. Andererseits schützt Curtius' Name mich, hinter ihm kann ich mich als alleinreisende Frau gewissermaßen verstecken.«

»Ich hatte bislang nicht den Eindruck, dass du Schutz nötig hast«, sagte Henri-Louis. Marie lächelte, die Einschätzung ihres Freundes amüsierte sie.

»Das sieht François aber anders. Wie sehr er sich um mich, um uns sorgt. Sein letzter Brief war voll davon. Ich fürchte, dass er meine Mutter ganz verrückt mit seinen dramatischen Gedanken macht. Dabei habe ich mich damit abgefunden, fürs Erste hier zu bleiben.« François' Tonfall war rührend gewesen, Marie hatte sofort heftige Sehnsucht überfallen. Ihr fehlte seine Zärtlichkeit, aber sie vermisste auch einfach einen Erwachsenen, mit dem sie offen und ehrlich sprechen und unbeschwert lachen konnte, denn Nini gegenüber musste sie immer die starke allwissende Mutter spielen. Doch ihre Lage war nun mal nicht zu ändern. Der Krieg machte das Reisen unmöglich, und endlich konnte sie Geld verdienen, Geld, das auch in Paris gebraucht werden würde.

Henri-Louis berichtete von seinen erfolglosen Versuchen,

nach Frankreich zurückzureisen. »Der Verkehr zwischen den Ländern ist unterbrochen. Es gibt angeblich Schmuggler, die Passagen anbieten, aber die verlangen Unsummen. Außerdem besteht die Gefahr, dass man vom Militär aufgegriffen wird, und dann Gnade einem Gott! Das Risiko lohnt nicht.« Marie stimmte ihm zu. Auch sie hatte sich in Dublin nach Reisemöglichkeiten umgehört und war zu einem ähnlichen Schluss gekommen.

»Außerdem mache ich gute Geschäfte in Dublin«, sagte sie. Die neue Figur ihres Anwalts und Wohltäters John Philpot Curran war beliebt, zudem hoffte sie demnächst den angesehenen Politiker und Redner Henry Grattan zu porträtieren. Natürlich hatten die Union, die Vereinigung mit England, und die damit verbundene Auflösung des Dubliner Parlaments im Jahr 1801 bereits dafür gesorgt, dass viele einflussreiche Familien weggezogen waren. Aber dafür waren andere gekommen. Es gab ein reiches Kulturleben, Bälle, Theater und Empfänge. Viele Herrschaften der irischen Gesellschaft sprachen fast perfekt Französisch und freuten sich, mit ihr zu parlieren.

»Ich habe die Shakespeare Gallery in der Exchequer Street gemietet, viele Besucher kommen aus der beliebten Grafton Street, die in der Nähe ist, herübergelaufen. Die Miete ist nicht hoch, die Einnahmen steigen. Jetzt kann ich endlich nur für mich und meine Söhne arbeiten. Ich möchte ihnen einen guten Start ins Leben ermöglichen. Das ist doch der wahre Reichtum, den man seinen Kindern mitgeben kann, oder?« Henri-Louis nickte vage. Marie hatte den Eindruck, dass er dieses Thema nicht vertiefen wollte, also wandte sie sich Nini zu, der nun, da das Wachs erkaltet war, den Apfel aus seiner Schale befreien sollte. Dann sprach sie von ihren Plänen.

»Es gibt fünfzig weitere Städte in Irland, die für ein Gastspiel in Frage kommen. Aus einigen, wie Cork, Limerick oder Belfast, habe ich sogar schon Einladungen erhalten. Gerade in den Städten, in denen die englische Armee untergebracht ist, lechzt man nach Unterhaltung, und Menschen mit Geld gibt es auch genug«, hatte sie beobachtet.

In Dublin dagegen lagen Glanz und Elend eng beieinander. Auf der einen Seite die schlichten praktischen Wohnhäuser, die weitläufigen Plätze und die prächtigen öffentlichen Gebäude, auf der anderen Seite die Elendsquartiere und ihre Bewohner. Sie hatte schon Männer gesehen, die abgewetzte seidene Mäntel trug, aber keine Schuhe an den Füßen hatten. Auch die Kinder waren meist barfuß und trugen zerrissene Hemden und Hosen, manche Frauen wirkten wegen ihrer fadenscheinigen Kleider eher nackt als angezogen. Wie wenig die Menschen hatten, und wie zufrieden sie dennoch schienen! Sogar am Sonntag konnte man nach den Stunden der Andacht immer irgendwo das Schnarren des irischen Dudelsacks hören und Menschen tanzen sehen. Ihr Anblick hatte sie beschämt. Wie gut es ihr ging. Sie hatte die Wachsfiguren, sie hatte ihr Auskommen. Nini war gesund, sie auch, und solange es so blieb, gab es nichts, worüber sie sich beklagen sollte.

Henri-Louis war ungewöhnlich nachdenklich. Er schien sich zu freuen, sie zu sehen, aber etwas schien ihn zu beschäftigen. Marie fragte ihn nach seinen nächsten Zielen, und er erzählte, dass er einstweilen in Dublin bleiben und hier ausstellen wollte. Marie freute sich darüber. Es würde ihr guttun, einen Freund an ihrer Seite zu haben.

In den nächsten Monaten sahen sie sich regelmäßig. Henri-Louis fing an, Nini Klavierunterricht zu geben. Marie überlegte schon, ob ihr Sohn vielleicht irgendwann im Kabinett für Begleitmusik sorgen könnte. Auch sie genoss Henri-Louis' Gesellschaft. Endlich hatte sie jemanden, mit dem sie sich über die entsetzlichen Nachrichten aus der Heimat austauschen konnte. Napoleon Bonaparte schien ein Regiment des Schreckens einzurichten, nachdem im März ein Mordkomplott gegen ihn aufgedeckt worden war. Er verfolgte seine Feinde erbarmungslos und hatte sogar den Herzog von Enghien, einen Bourbonenspross, ohne Beweise als Verschwörer zum Tode verurteilen und standrechtlich erschießen lassen. Der Mord am Herzog von Enghien hatte auch in Irland Abscheu und Empörung hervorgerufen. Im Mai sorgte dann die Nachricht für Aufsehen, dass der Senat Napoleon die Kaiserwürde übertragen hatte. Den Besucherzahlen ihres Kabinetts taten diese Neuigkeiten jedoch gut, jeder wollte die Figur des grausamen, größenwahnsinnigen, französischen Möchtegernkaisers sehen. Ein anderes Gerücht beruhigte Marie hingegen: Philipsthal hatte angeblich seine Gerätschaften verkauft und sich abgesetzt. Sie war froh, dass es zu keiner weiteren Begegnung von Paul de Philipsthal und Henri-Louis Charles gekommen war. Sonst wäre ihr Streit wieder aufgeflammt, und sie hätten sich vielleicht doch noch duelliert. So konnten sie und Henri-Louis nun über die Duelliersucht spotten, die in der irischen Gesellschaft so weit verbreitet war, dass man bei Buchhändlern sogar Unterweisungen für Duelle kaufen konnte.

Als sie ein verlockendes Angebot erhielt, ihre Wachsfiguren in Waterford auszustellen, sagte sie zu. Man würde sogar ihre Anreise dorthin bezahlen. Es widerstrebte ihr zwar, den Ort an der Südostküste des Landes per Schiff zu besuchen, aber das gehörte zu der Vereinbarung. Es war ihr ein Trost, dass auch Henri-Louis dort auftreten würde und sie gemeinsam reisen konnten. Seine Gesellschaft tat ihr gut, er war unterhaltsam und heiterte sie auf. Doch etwas hielt sie auf Distanz, und sie ahnte auch, was. Sie wusste nicht, was ihn antrieb. Suchte er ihre Nähe, weil er ihre Freundschaft pflegen wollte? Oder noch mehr? Meinte er wirklich sie, Marie Tussaud, geborene Grosholtz, oder meinte er die Wachsbildnerin mit dem vielversprechenden Wachssalon? Hatte er es in Wirklichkeit, wie Paul de Philipsthal, nur auf ihr Geld abgesehen? Noch hatte er das Thema einer Partnerschaft nicht wieder erwähnt, aber das konnte ja noch kommen. Wer war die Frau, die als *Unsichtbares Mädchen* aufgetreten war? War es wirklich eine sechzehnjährige Charlotte aus Marseille, wie es in der Vorführung geheißen hatte? Und was für ein Verhältnis hatte diese junge Frau zu Henri-Louis? Wie auch immer, in den nächsten Wochen würde sie Gelegenheit haben, seine Motive zu ergründen. Und ihre eigenen.

Marie begrüßte die Besucher, kassierte den Eintritt und wog die Shillings ab. Sie ließ sich ohnehin nur in englischen statt der hiesigen Shillings bezahlen, aber seit sie selbst in einem Laden zurückgewiesen worden war, weil ihre Geldstücke zu leicht waren, war sie noch vorsichtiger. Sie hatte auch schon den Rat bekommen, den englischen Shilling, ehe man ihn annahm, hart auf den Tisch zu werfen, um am Klange die Güte des Silbers zu erkennen, ihn auf einem Stein zu reiben oder mit dem Messer anzuschaben, aber das erschien ihr doch etwas rabiat. Dieses Mal stimmte das Gewicht, und Marie führte die Besucher, die diese Prozedur gewöhnt waren, freundlich in den Wachssalon. Als sie zurückkam, stand Henri-Louis Charles am Eingang, seine Vorstellung war bereits beendet. Er spielte eine Weile mit Nini, bis sie ihren Sohn ins Bett schickte. Schließlich hatten die letzten Besucher die Ausstellung verlassen, und Marie begann die Kerzen zu löschen. Henri-Louis half ihr. Wenig später standen sie beinahe im Dunkeln, nur die Lichter in der Nähe des Eingangs brannten noch. Henri-Louis trat auf sie zu und nahm zärtlich ihre Hand. Marie zuckte zurück, als habe sie sich verbrannt.

»Ist es nicht deine unsichtbare Freundin, der diese Berührung gebührt?« Sie konnte sich diese Frage einfach nicht verkneifen.

»Sie war der Grund, warum ich nach Paris zurückwollte«, antwortete Henri-Louis.

»Das tut mir leid«, sagte sie.

»Muss es nicht. Es war nichts zwischen uns, wenn du das meinst.« Marie bedauerte ihre Bemerkung jetzt.

»Ich wollte nicht indiskret sein.«

»Das bist du nicht. Ich hätte es dir schon in Edinburgh sagen sollen, aber das Eingreifen Philipsthals hat mich so verwirrt. Das Eingreifen Philipsthals und meine ... Gefühle für dich.« Er nahm ihre Hand. Marie ließ es geschehen. Sie war jetzt froh, dass niemand außer ihnen im Salon war. »Marie, ich liebe dich noch immer, das ist mir klar geworden. Ich musste dich einfach wiedersehen, ich musste wissen, was du für mich empfindest.«

»Deshalb bist du hierhergekommen? Deshalb hast du den Weg nach Irland auf dich genommen? In Zeiten des Krieges?«, fragte sie ungläubig.

»Eben deshalb.« Sie machte sich los, zögernd diesmal. Sie hatte vermutet, dass ihn Freundschaft oder Geschäftssinn antreibe, nicht aber Liebe. Hatte sie ihn aus ihrer Einsamkeit heraus ermuntert, war sie zu vertraulich gewesen? Andererseits war er der einzige Freund, den sie hatte. Sie wollte ihn nicht verlieren.

»Ich weiß nicht, was ich dazu sagen soll. Mir fehlen die Worte, Henri-Louis. Bitte gib mir etwas Zeit, darüber nachzudenken.«

Das Schiff schlug auf den Wellen hin und her. Marie klammerte sich an die Reling, Nini war unter Deck, es ging ihm gut, ihr aber hatte der Seegang auf den Magen geschlagen. Durch den peitschenden Regen konnte sie die anderen Schiffe erkennen, die mit ihnen den Hafen von Waterford verlassen hatten und nun wie Nussschalen auf den Wellenklippen auf und ab geschleudert wurden. Plötzlich trug der Sturm das Krachen von Holz zu ihr, der Mast eines Schiffes war gebrochen.

»Marie, sei doch vernünftig, komm wieder hinein.« Henri-Louis nahm ihren Arm, doch Marie konnte den Blick nicht von dem Schiff lassen, das zu kentern drohte. Furcht lähmte sie. Wie lange würde ihr Schiff durchhalten? Und wie lange würden sie im aufgewühlten Meer aushalten, wenn das Schiff untergegangen war? Es gab nur einen Menschen, an dem ihr jetzt etwas lag – sie musste zu Nini. Sie ließ Henri-Louis stehen und fand ihren Sohn unter Deck, er spielte fröhlich. »Mir macht das nichts. Du weißt doch, ich werde Seemann, wenn ich groß bin«, sagte er. Marie setzte sich erleichtert zu ihm und biss sich vor Übelkeit auf die Zunge. Warum musste sie so ein *Mal du Mer*, so ein Pech mit dem Seegang haben? Sie glaubte nicht gerade an den Allmächtigen, doch manchmal befürchtete sie schon, dass es ihn gab und dass er sie bestrafen wollte. Aber wofür? Marie hatte sich nichts zuschulden kommen lassen. Ihr

Aufenthalt in Waterford war sehr erfolgreich gewesen, auch Henri-Louis war mit seinen Einnahmen zufrieden. Sie hatten eine angenehme Zeit dort verbracht, und Nini hatte sogar seinen Klavierunterricht fortgesetzt. Und Marie hatte Klarheit über ihre Gefühle erlangt. Sie würde sich auf Henri-Louis' Avancen nicht einlassen. Sie wusste, wie es sich anfühlte, verliebt zu sein. Sie hatte bei David alle Höhen und Tiefen einer Liebesbeziehung erlebt: das Flattern im Herzen und in den Knien, das Auflodern der Leidenschaft, den niederschmetternden Kummer. Auch in François war sie verliebt gewesen. Die Gefühle zu ihm hatten ihrem Leben die Leichtigkeit zurückgegeben. Sie hatte in den letzten Jahren häufig mit ihm gehadert, aber nun erkannte sie, dass Widrigkeiten auch eine Probe für ihre Ehe sein konnten. In dieser Zeit der Trennung würde sich die Stärke ihrer Gefühle erweisen. Sie durfte die Liebe zu dem Vater ihrer Kinder nicht leichtfertig aufs Spiel setzen, weil sie sich einsam fühlte und sich danach verzehrte, berührt zu werden. Denn Verliebtheit war es nicht, die sie für Henri-Louis empfand, sondern Freundschaft, Vertrauen und Dankbarkeit. Außerdem hatte er erneut die Idee einer Partnerschaft angesprochen und damit ihr Misstrauen geschürt. Dabei war ihr so klar wie noch nie, dass es nur sie gab, auf die ihre Söhne zählen konnten. Auf ihren Schultern lastete alle Verantwortung. Sie musste mit dem Wachsfigurenkabinett so viel Geld verdienen, dass es für ihre beiden Söhne und sie reichte. Ihr nächstes Ziel würde sein, ihren Ehemann dazu zu bewegen, dass er ihren Sohn François, ihr Nesthäkchen Françison, zu ihr schickte. Wer wusste schon, was für Flausen ihr Mann ihm in den Kopf setzte. Hier bei ihr würde er alles lernen, was er für sein späteres Leben brauchte. Sie sah es an Nini: Er war intelligent, bei allen beliebt, sprach inzwischen besser Englisch als Französisch und machte auch in der Wachskunst große Fortschritte. Ihr Kleiner sollte die gleichen Chancen haben, das würde sie ihrem Mann im nächsten Brief verständlich machen müssen.

Als sie im Hafen von Dublin anlegten, erfuhren sie, dass alle anderen Schiffe untergegangen waren. Sie waren noch einmal davongekommen. Marie dankte Gott für ihr Glück. Am gleichen Abend eröffnete sie Henri-Louis, dass er sich keine Hoffnungen zu machen brauchte. Sie durfte sich nicht von ihm in Versuchung führen lassen. Wenige Tage später reiste er ab. Beim Abschied war er kühl, aber nicht unfreundlich. Marie blieb zurück, entschlossener und zuversichtlicher als je zuvor. Sie hatte keine Angst.

Marie und Nini liefen durch die schmalen Straßen von Kilkenny. Die Saison hatte angefangen, bald würden die Theatertruppen in die Stadt kommen und mit ihrem Gastspiel beginnen. Schon jetzt waren viele Schausteller unterwegs, die im Freien auf Kundenfang gingen. Marie war froh, dass sie bereits von Dublin aus Kontakt zum Bürgermeister aufgenommen hatte, denn er hatte ihr bereitwillig Räume reserviert. Sie würde im Grand Jury Room des City Court House ausstellen, es war eine der besten Adressen in dieser schmucken mittelalterlich wirkenden Stadt. »Oh, Maman, sieh nur, was ist das?« Nini zog an ihrer Hand und blieb schließlich stehen. Sie waren an einem Schausteller vorbeigelaufen, der in einem Koffer das Modell einer winzigen Kutsche und einer Kanone zeigte, und wundersamerweise fuhren beide wie von Geisterhand gezogen vorwärts. Marie und ihr Sohn traten näher. Der alte Mann, der hinter dem Koffer stand, begrüßte sie. »Kommen Sie und staunen Sie! Originalgetreue Modelle einer Kutsche und einer Kanone aus Gold, Elfenbein und Schildpatt, gezogen von Flöhen, die damit die Kraft eines Herkules beweisen.« Marie beobachtete die Flöhe, sie mussten mit einem dünnen Fädchen an den Modellen befestigt sein. Der Alte streckte die Hand aus, Marie sah jetzt, dass seinem Frack das Rückenteil fehlte. Sie gab ihm einige Penny, sie wusste eine so feine Handwerksarbeit zu schätzen, und er konnte das Geld offenbar gebrauchen. Dann gingen sie weiter zum Gericht, ein massiver, langgestreckter grauer Bau, der von einem Giebel gekrönt wurde. Vor diesem Gebäude waren nach der republikanischen Rebellion von 1798, die von den Franzosen unterstützt worden war, viele der Aufständischen hingerichtet worden. Dass sie in diesem Gebäude die Totenmasken der französischen Revolutionäre zeigen würde, schien ihr ein denkwürdiger Zufall zu sein.

Bis zum Eintreffen der Lastenkutsche mit den Wachsfiguren in der nächsten Woche bereitete Marie die Eröffnung der Ausstellung vor. Sie stellte sich persönlich beim Bürgermeister vor. In einem Land, in dem die französischen und englischen Gönner wenig galten, war es umso wichtiger, in den Anzeigen und auf Handzetteln darauf hinzuweisen, dass die höchste Autorität der Stadt die Ausstellung unterstützte. Sie nahm Kontakt zur hier ansässigen Zeitung auf. Schon wenig später wies eine Anzeige in *Finn's Leinster Journal* auf das *Grand European Cabinet of Figures* hin, das täglich von elf Uhr vormittags bis zur Dämmerung für Besucher offen stand. Zum ersten Mal hatte sie Curtius' Namen weggelassen, er würde ihr hier ohnehin nichts nützen.

Jeden Tag gingen sie an dem alten Mann mit dem Flohzirkus vorbei, Nini hätte am liebsten jedes Mal angehalten, aber Marie war der Meinung, dass es reichte, wenn man einmal Geld gab. Endlich fuhr die Lastenkutsche vor den breiten Treppen des Gerichtsgebäudes vor. Marie zeigte den Trägern, wo sie die Kisten abstellen sollten. Sogleich machten Nini und sie sich daran, die Kisten zu öffnen, die Figuren auszupacken und auf Schäden zu untersuchen. Doch dann erhielten sie unerwarteten Besuch.

»*Vide et crede, see and believe* – nirgendwo ist der Satz, den ich für meinen Flohzirkus zu verwenden pflege, besser aufgehoben als bei Ihnen. Das hier ist also das berühmte Wachsfigurenkabinett aus Europa.« Der Alte hatte den Raum betreten und sah sich neugierig um.

»Kann ich Ihnen helfen?«, fragte Marie. Er sah sie prüfend an und strich sich über das faltige Gesicht. Er sah müde aus.

»Wenn Sie mich so direkt fragen, vielleicht schon.« Er setzte sich auf eine der Kisten. »Sehen Sie, ich bin ein alter Mann. Das Leben auf der Straße macht mir zu schaffen. Ich habe niemanden, an den ich mein Werk weitergeben könnte. Ich habe gesehen, wie Sie und Ihr Sohn meine Flöhe bewundert haben. Sie wissen zu schätzen, was ich in mühevoller Kleinarbeit gebaut habe, was meine Flöhe für mich tun. Ich habe mich gefragt, ob ein Flohzirkus Ihre Ausstellung nicht auflockern würde.«

Marie tat der alte Mann leid, sie würde ihm gerne helfen, wenn sie könnte. Aber ein Flohzirkus? Das brachte sie und ihre Ausstellung in die Nähe der Jahrmarktsunterhaltungen – und das hatte sie immer zu verhindern versucht. Sie hatte dafür gekämpft, dass das Wachsfigurenkabinett ein Freizeitvergnügen für die besseren Klassen war. Diese Respektabilität würde sie nicht leichtfertig riskieren. Nini hingegen war sofort begeistert. Er würde sich dann jeden Tag über den Flohzirkus amüsieren können. Marie gebot ihm Einhalt.

»Ich glaube kaum, dass Ihre winzigen Artisten zu meinen Wachsfiguren passen. Aber ich danke Ihnen für das Vertrauen, das Sie in uns setzen.«

Der Mann erhob sich mühsam, sein Gesicht wirkte eingefallen, er hatte wohl kaum noch Zähne im Mund. »Überlegen Sie es sich. Sie wissen ja, wo Sie mich finden.«

Marie überlegte es sich tatsächlich. Es blieb ihr auch gar nichts anderes übrig, denn immer, wenn sie an dem Schausteller vorbeigingen, versuchte Nini sie zu überreden. Letztlich sprach einiges dafür, das Angebot anzunehmen. Schon vor Jahren hatte sie bei einem Schausteller auf dem Boulevard du Temple durch ein Mikroskop ein Flohgespann gesehen, das ein goldenes Wägelchen mit Geschirr zog, aber hier in Irland schien so ein Schauspiel noch relativ neuartig zu sein. Möglicherweise würde sich auch ihr gehobenes Familienpublikum dafür begeistern. Zudem würde der Flohzirkus ihrer Ausstellung etwas Heiteres geben. Und das wäre, wo doch der Krieg auf dem Kontinent unvermindert weiter tobte, vorteilhaft.

Gerade als sie sich überlegt hatte, noch einmal mit dem alten Mann zu sprechen, blieb sein Platz auf der Straße leer. War ihm etwas geschehen? Einer der Straßenhändler, die in seiner Nähe gestanden hatten, wusste, wo er wohnte. Am nächsten Sonntag gingen sie auf die Suche, der Weg führte sie am Fluss entlang. Es war ein fruchtbares Land, am Ufer drehten sich Mühlräder im Wasser, ein unbestimmter Geruch drang aus den Manufakturen. Doch je weiter sie sich von der Stadt entfernten, umso ärmlicher wurden die Behausungen. Bald erblickten sie niedrige baufällige Steinhütten, nackte Mauern und magere Kinder. Plötzlich trat eine totenblasse Frau ihr in den Weg, im Arm ein sterbensbleiches Kind, und wollte ihr einen verwelkten Blumenstrauß verkaufen. Marie schrak vorm Anblick ihres Elends zurück und drückte ihr ein Geldstück in die Hand. Sie musste an Laure denken, die Freundin ihrer Kindheit und Jugend, die ein Schicksalsschlag wirr gemacht hatte. Marie hatte Laure damals kaum wiedererkannt. Letztlich war sie wegen Diebstahls verhaftet worden und im Kerker gestorben. Marie schüttelte die Erinnerung ab. Die Frau lief ihnen hinterher, wollte wissen, was sie in dieser Gegend suchten. Marie sagte es ihr. Die Bleiche zeigte auf eine Hütte ohne Fenster und ohne Rauchfang, dessen Eingang von Buschwerk verdeckt wurde. »Ich würde aber nicht dort hingehen. Die Banshee streicht schon um das Haus«, sagte sie geheimnisvoll.

»Wer ist die Banshee?«, fragte Nini.

Die Frau beugte sich zu Nini herunter und sagte leise: »Die Banshee? Sie hat es, wie alle vom kleinen Volk, besonders auf Kinder abgesehen, niedliche Jungens wie dich. Sie wissen auch genau, wie sie die Kinder zu sich locken können. Sie sorgen dafür, dass die Kleinen kränkeln und sterben. Danach leben die Kinder im Feenreich weiter. Denn die Banshee, das ist die Todesfee.«

Marie zog Nini bestürzt weg. Sie war eine Anhängerin der Aufklärung und nicht abergläubisch, aber ihr Sohn würde von solchen Geschichten nur Alpträume bekommen. Und die Frau war ihr unheimlich.

»Die Banshee hat es jetzt auf den alten Mann abgesehen, sie ist schon ganz nah!«, rief die Frau ihnen hinterher, als sie auf die Hütte zugingen. Sie schoben das Buschwerk zur Seite und spähten hinein. Es war dunkel darin, nur ein offenes Torffeuer erhellte den Raum. Marie hörte eine schwache Stimme.

»Ich wusste, dass Sie kommen würden. Treten Sie ein.« Eine Alte stand auf einmal im Eingang und ließ sie hinein. Sie hatte wohl einstmals schöne, ebenmäßige Züge besessen, aber ihre Gestalt war durch das Leben und wahrscheinlich ein hartes Schicksal gebeugt. Maries Augen hatten sich mittlerweile an die Dunkelheit gewöhnt, sie sah den alten Mann, der auf einem Strohlager ruhte. Wie hatte er in so einer armseligen Hütte so ein Kunsthandwerk herstellen können?

»Wir wollten gerade essen, setzen Sie sich doch zu uns.« Marie lehnte ab, sie hätten schon gespeist, doch die Frau deckte den Tisch und tat jedem eine Handvoll Kartoffeln mit Salz auf. Marie fühlte sich durch die Gastfreundschaft beschämt, aber Nini langte kräftig zu. Sie sah sich in der Hütte um. Der Koffer mit dem Flohzirkus lag in einer Ecke und auf einem Holzbrett standen einige Bücher und Heiligenbilder. »Wundern Sie sich über unser ärmliches Heim? Wir haben schon bessere Zeiten gesehen. Doch so schlecht, dass wir unsere Bücher verkaufen müssen, geht es uns noch nicht«, sagte die Frau. Sie erzählte, dass sie früher mit ihrem Flohzirkus von Jahrmarkt zu Jahrmarkt gezogen waren. Dann hatte sich herumgesprochen, dass sie Katholiken waren. »Wir wurden geschnitten, bekamen nur noch schlechte Plätze oder wurden verjagt wie die Zigeuner. So ging's bergab.« Marie fand die Unterdrückung der Katholiken in Irland befremdlich und fragte, ob es Hoffnung in dieser Frage gebe. Die beiden winkten ab. Für sie gab es keinen Weg zurück, ihr Geschäft müsse in andere Hände. Das war Maries Stichwort.

»Ich habe noch einmal über Ihr Angebot nachgedacht.« Der Mann nickte bedächtig.

»Ich wusste es. Ich habe gleich gesehen, dass Sie gutes Kunsthandwerk zu schätzen wissen.«

»Aber wovon werden Sie leben?«, fragte Marie.

»Wir haben Kinder in Limerick, die sich um uns kümmern werden. Machen Sie sich keine Sorgen, für die Banshee gibt es hier noch nichts zu holen.« Marie war beruhigt. Sie wurden sich schnell über den Preis einig.

Die Frau holte den Flohzirkus und die beiden weihten sie in die Geheimnisse dieses Geschäfts ein. Als es daran ging, wie man die Flöhe versorgte, beugte sich der Alte zu Nini, der aufmerksam zuhörte. Er könnte die Verantwortung dafür übernehmen, der Flohzirkus war eine überschaubare Aufgabe für einen Jungen von sieben Jahren. Dann berichteten die beiden noch von ihren Erfahrungen auf den verschiedenen Jahrmärkten der Insel, welcher sich lohnte und welchen man lieber ausließ. Marie hielt dagegen, dass sie sich auch in Zukunft lieber Säle in der besten Lage mieten würde. Es sei zwar gut für das Geschäft, wenn ein Jahrmarkt in der Stadt sei, die Tourneetheater ankamen oder ein Pferderennen stattfand, ihre Figuren aber wollte sie in einem ansprechenden Rahmen vor einem gehobenen Publikum zeigen. Betrunkene Horden, die sie so oft auf Jahrmärkten gesehen hatte und die wegen einer Nichtigkeit eine Prügelei entfachen konnten, gehörten nicht zu ihrer Klientel.

»Solange Sie es sich leisten können, tun Sie es. Unsere Flöhe werden ihren Teil zum Unterhalt schon beitragen«, lächelte der Mann. »Aber wenn Sie noch einen Rat wollen, suchen Sie sich einen besseren Namen. Das *Grand European Cabinet of Figures*, dahinter könnte sich jeder verbergen. Sie sind aber nicht jeder. Sie verdienen etwas Unverwechselbares, das man immer wiedererkennt, sonst gehen Sie im Schaustellergeschäft unter.« Marie gab das Lächeln zurück. Sie hatte sich in letzter Zeit häufig Gedanken darüber gemacht.

»Was halten Sie von Madame Tussauds Wachsfigurenkabinett?«, fragte sie vorsichtig.

»Das ist Ihr richtiger Name? Wenn Sie mich fragen, den hätten Sie nicht besser erfinden können!«

Fortan trat sie unter ihrem eigenen Namen auf, und es war ein gutes Gefühl.

KAPITEL 5

Glasgow, Schottland, 1809

Der Gasthof war zum Bersten gefüllt, in der Luft hingen der Rauch des Kamins und die Gerüche aus der Küche, in ihren Ohren dröhnte das Klappern des Geschirrs und das Geschwätz der Menschen. Marie trat vor die Tür und atmete die klare Januarluft ein. Sie sah sich um. Am Rand des Vorplatzes spielte ihr Sohn mit einem Jungen. Es tat ihr gut, ihn so unbeschwert zu sehen, nach den fürchterlichen Erlebnissen in Irland. Marie drängte den Gedanken daran zurück, Nini ging es wieder gut, das war das Einzige, was zählte. Aus dem Stall hörte man das Schnaufen der Pferde und die beruhigenden Worte des Kutschers. Die Tür öffnete sich, und eine Dame trat zu ihr. Es war die Mutter des anderen Jungen, sie würden gemeinsam reisen, das wusste Marie.

»Ob es wohl gleich weitergeht?«, fragte die Frau.

»Es kann nicht mehr lange dauern. Ich glaube, der Kutscher schirrt die Pferde gerade an«, antwortete Marie. Über ihnen quietschte das Wirtshausschild im Wind. Der Frau schien an einem Gespräch gelegen.

»Wohin soll's denn gehen?«, fragte sie nun.

»Wir kommen aus Irland, waren einige Zeit hier in Glasgow und reisen jetzt nach Edinburgh weiter, wie Sie, nehme ich an.« Marie hatte mit einem Gastspiel in Belfast ihre Tournee durch Irland beendet und wollte nun in Edinburgh das Ende des Krieges abwarten.

Die Frau rümpfte die Nase. »Natürlich ist Edinburgh auch unser Ziel. Sie kommen aus Irland? Wie provinziell. Wie ist es Ihnen denn unter den Barbaren dort ergangen?« Marie hatte schon häufiger von Iren gehört, dass die Engländer auf sie herabsahen, aber sie selbst hatte es noch nie mitbekommen.

»Diese Frage kann vermutlich nur Ihrer Unkenntnis entspringen. Ich bin in meinen vier Jahren dort keinem einzigen

Barbaren begegnet, sondern sehr vielen gastfreundlichen, gebildeten Menschen.«

»Vier Jahre haben Sie es unter diesem kulturlosen Volk ausgehalten? Aber ich höre jetzt an Ihrem Akzent, Sie sind wohl gar keine Engländerin. Aus welchem Teil der Welt kommen Sie?«

»Aus Paris, Frankreich.«

Die Frau lachte verhalten.

»Dann wundert es mich nicht, dass Sie die Iren so verteidigen. Man sagt ja, dass die Franzosen diesem Volk sehr ähnlich sind.« Marie wurde es langsam zu bunt. Wollte die Frau damit sagen, dass die Franzosen ebenfalls kulturlose Barbaren seien? Sie ging einige Schritte, um nach der Kutsche zu sehen. Dann rief sie nach Nini. Er legte den Kopf fragend schief, kam angelaufen und sah sie aufmerksam an. Er war jetzt zehn Jahre alt, ein hübscher, großgewachsener Junge. Die Frau merkte nicht, dass Marie das Gespräch beenden wollte, und folgte ihr.

»Und was haben Sie in Edinburgh vor?« Marie konnte ihr schlecht sagen, dass sie die vielen Fragen aufdringlich fand. Doch da zwischen Frankreich und England noch immer Krieg herrschte, fiel man als Französin auf feindlichem Territorium besser nicht unangenehm auf. Napoleon hatte inzwischen Italien unterworfen, und im Moment tobte eine erbitterte Schlacht zwischen England und Frankreich um die Vorherrschaft auf der Iberischen Halbinsel. Marie erzählte der Frau also in wenigen Worten von ihrer Ausstellung.

»Ein Wachsfigurenkabinett, ich verstehe. Ein Jahrmarktsvergnügen also«, sagte die Frau in einem spöttischen Tonfall.

»Ganz und gar nicht«, antwortete Marie ruhig.

»Doch, doch, ich kenne so etwas. Buden auf dem Jahrmarkt und schlecht gemachte, verstaubte Vogelscheuchen aus Wachs.« Marie sah, dass Nini einen Schritt vortrat.

»Der Salon meiner Mutter wird nur von den besten Kreisen besucht. Sie selbst hat früher mal eine Prinzessin von Frankreich in der Wachskunst unterrichtet.« Marie bat ihren Sohn, nicht so vorlaut zu sein. Er würde erst noch lernen müssen, dass er besser nachdachte, bevor er sprach. Trotzdem war sie auch stolz darauf, dass er sie verteidigte. Die Frau lachte nun.

»Lassen Sie ihn nur, den kleinen Schwindler.« Ihr Sohn lachte mit.

»Ich bin kein Schwindler«, sagte Nini wütend.

»Du bist ein Lügner, wie alle Franzosen«, rief der Junge.

Nini versetzte ihm einen Stoß, wenig später lagen die Jungen auf dem Boden und prügelten sich. Marie und die Frau riefen sie zur Ordnung und zogen sie, als sie nicht reagierten, mühsam auseinander. Wie konnte er nur so leichtsinnig sein! Aus Ninis Nase schoss Blut, vielleicht war sie gebrochen. Das Auge des anderen Jungen begann zuzuschwellen. Die Frau blickte Marie erbost von oben herab an.

»Was habe ich gesagt, französische Barbaren«, sagte sie und zog ihren Sohn fort.

Wenig später fuhr die Kutsche ab. Während der Fahrt wechselten sie kein Wort mehr, aber Mutter und Sohn konnten es nicht lassen, noch mancherlei abfällige Bemerkung über die Franzosen zu machen. Marie hingegen überlegte, ob es in solchen Fällen nicht von Vorteil wäre, sich eine unauffälligere Herkunft zuzulegen. Sie könnte beispielsweise sagen, sie sei aus der Schweiz, wo ihr Onkel lange gelebt hatte. Die Schweizer waren überall gut angesehen, hatten unter der Revolution in Frankreich gelitten und eckten nicht so an wie die Franzosen. Das hätte nichts damit zu tun, ihre Herkunft zu verleugnen. Es machte das Leben nur etwas einfacher. Und die Liebe zu Frankreich könnte sie ihrem Sohn ja trotzdem vermitteln.

Das Ehepaar Laurie freute sich sehr, als Marie und Nini nach fünf Jahren wieder vor ihrer Tür standen. Marie hatte ihren Besuch bereits in einem Brief angekündigt. Sie konnten erneut ihr altes Quartier in der Thistle Street beziehen. Die Lauries waren bestürzt, als sie Nini sahen, und das nicht nur wegen seiner geschwollenen Nase.

»Die Pocken?«, fragte Mr Laurie und wies auf die Narben

auf Ninis Gesicht und vor allem auf seinen Händen. Marie nickte.

»In unserem letzten Jahr in Irland. Nini war dem Tode nahe. Tag und Nacht habe ich an seinem Bett gewacht, ihm Decken übergeworfen und heiße Getränke eingeflößt, damit die Hitze die Krankheit aus seinem Körper treibt. Dann endlich ging es ihm besser. Ich weiß nicht, was sonst aus mir geworden wäre«, sagte sie ernst. Monatelang hatte sie ihre Geschäfte ruhen lassen und sich nur um ihren Sohn gekümmert, keinen Gedanken hatte sie mehr an die Wachsfiguren verschwendet. Sie nahm Ninis Hand und strich vorsichtig über die pockige Haut.

»Es sind nur wenige Narben in seinem Gesicht, man sieht sie kaum. Und an den Händen – wozu hat man Handschuhe? Wenn das alles ist, was ihm geblieben ist, hat er noch Glück gehabt«, stellte Mrs Laurie fest. Marie stimmte ihr zu. Sie wusste, wie häufig diese Krankheit tödlich ausging, und sie hatte oft genug Menschen gesehen, die von Pockennarben entstellt waren.

»Leider ist das nicht alles. Als er schon auf dem Wege der Besserung war, schlug ihm die Krankheit auf das Gehör. Seitdem ist er auf einem Ohr taub. Wir haben in Irland sehr viele Spezialisten für Ohrenheilkunde aufgesucht, doch keiner konnte ihm helfen.« Mr Laurie bot an, sich nach einem Arzt in Edinburgh umzuhören, der sich mit den Ohren gut auskannte, doch Nini schüttelte den Kopf.

»Mir ist oft genug im Ohr herumgestochert worden. Einige haben mir Wasser, warmes Öl oder geschmolzenes Wachs ins Ohr geträufelt. Das war teuflisch unangenehm. Ich hoffe jetzt, dass es mit der Zeit besser wird.« Er warf einen Blick zu seiner Mutter, die ihn wegen des Fluches strafend ansah. Dabei bewunderte sie ihren Sohn insgeheim dafür, mit welcher Kraft er diesen Schicksalsschlag angenommen hatte. In den ersten Wochen war er oft wütend geworden, weil er auf der einen Seite nichts hörte. Besonders auf der Straße hatte sie auf ihn achtgegeben, weil er herannahende Kutschen manchmal erst im letzten Moment bemerkte. Aber inzwischen schien er sich daran gewöhnt zu haben. Er neigte seinen Kopf meist so, dass das gesunde Ohr in Richtung der Sprechenden gerichtet war, und hatte sogar das Musizieren wieder aufgenommen. Marie hatte allerdings das Gefühl, dass er stiller geworden war, ernster, als er es vor der Krankheit gewesen war. Vielleicht würde sich auch das mit der Zeit wieder legen. Sie würde ihn erst einmal nicht weiter mit Ärzten behelligen, Mr Laurie aber dennoch vertraulich bitten, sich nach Experten umzuhören.

»Es wird Ihnen hier wieder gutgehen«, meinte Mr Laurie. »Die Stadt profitiert vom Krieg. Adelige und Reiche, die ihre Kinder sonst auf den Kontinent geschickt haben, um dort ihre Ausbildung zu vervollkommnen, weichen auf Edinburgh aus. Außerdem blüht hier trotz der Kontinentalsperre der Handel, weil die Nordsee schwerer zu kontrollieren ist als der Ärmelkanal. Viele werden sich auch noch wohlwollend an Ihr Kabinett erinnern, davon können Sie ausgehen.«

»Das hoffe ich sehr. Ich werde gleich in den nächsten Tagen eine Anzeige schalten, an meinen letzten Besuch erinnern und auf die vielen neuen Figuren hinweisen«, sagte Marie.

»Wie lange wollen Sie bleiben?«, fragte Mrs Laurie.

»Eigentlich wollen wir hier das Ende des Krieges abwarten, jetzt kann es doch hoffentlich nur noch ein paar Monate dauern. Wir haben Sehnsucht nach unserer Familie und möchten sie endlich wiedersehen. Wie oft haben wir uns ausgemalt, was für erstaunte, erfreute Gesichter unsere Angehörigen machen werden, wenn wir auf einmal vor der Tür stehen, nicht wahr, Nini?« Ihr Sohn nickte lebhaft.

»Ich würde als Erstes meinem Bruder beibringen, wie man Englisch spricht, und er könnte mir beim Französischen wieder auf die Sprünge helfen«, sagte er. Obwohl Marie ihren Ehemann immer wieder gebeten hatte, ihr den zweiten Sohn zu schicken, hatte er abgelehnt. Françison war nun schon acht Jahre alt. Marie stellte sich vor, wie sie ihn endlich in die Arme schloss. Würde er sie überhaupt wiedererkennen? Danach würde sie François und ihrer Mutter Anna ihren Geldbeutel überreichen und ihnen die neuen Figuren zeigen. Wie stolz sie auf sie wären! Aber noch war diese Vorstellung nichts als ein

Tagtraum. Jetzt müssten sie erst einmal einen Ort finden, an dem sie ihre Ausstellung zeigen konnten.

In den nächsten Tagen sah Marie sich verschiedene Räume an und entschied sich schließlich für zwei Säle im Südteil der Hanover Street. Diese Straße führte direkt auf die Prachtstraße Prince's Street in der Senke zwischen Alt- und Neustadt. Es war eine respektable Adresse, die viel angesehene Kundschaft versprach. Am 28. Januar 1809 konnte Madame Tussaud in der Tageszeitung verkünden, dass ihre großartige Ausstellung an diesem Morgen durch den Bürgermeister persönlich eröffnet worden war; die Ausstellung sei zweifellos eine elegante Winterpromenade. Überschattet wurden die ersten Tage durch die Nachricht, dass der beliebte General Sir John Moore gefallen war. Er hatte auf der spanischen Halbinsel gegen Napoleons Armee gekämpft und wurde besonders in seiner Geburtsstadt Glasgow betrauert. Marie stellte umgehend seine Wachsfigur her und präsentierte ihn wie den in der Schlacht von Trafalgar gefallenen Admiral Nelson als Helden in ihrer Ausstellung. In einer Stadt, in der französische Kriegsgefangene immer wieder durch Ausbrüche aus dem tiefsten Kerker des Edinburgher Schlosses von sich reden machten, wollte sie sich besonders patriotisch zeigen.

Im Frühjahr gab es einen Skandal, der ihrem Geschäft Auftrieb gab und den ein Sohn des Königs verursachte. Nicht nur, dass der Thronfolger Georg, der Prinz von Wales, seit Jahren getrennt von seiner Ehefrau lebte und er angeblich vorher im Geheimen mit der Katholikin Maria Fitzherbert verheiratet gewesen sein sollte, was ohnehin schon skandalös war. Nun wurde auch noch der Herzog von York beschuldigt, korrupt zu sein und mit seiner Mätresse Mary Anne Clarke einen Handel mit Offiziersstellen betrieben zu haben. Marie erinnerte sich daran, wie sie den Herzog gemeinsam mit seiner Frau im Lyceum-Theater gesehen hatte. Damals war Marie erleichtert gewesen, dass sich so hoher Besuch für ihre Ausstellung interessierte. Der Herzog und die Herzogin hatten das Lyceum getrennt verlassen. War Mary Anne Clarke die Frau gewesen, die vor dem Lyceum-Theater in einer Kutsche auf ihn gewartet hatte? Wenn man den Berichten glauben durfte, hatte ihre Affäre zu dieser Zeit begonnen. Mrs Clarke wurde von einer Untersuchungskommission vorgeladen und breitete in aller Ruhe das Privatleben des Oberbefehlshabers des britischen Heeres in der Öffentlichkeit aus. Schließlich wurde Frederick von York freigesprochen, doch die öffentliche Meinung war auf Seiten von Mary Anne Clarke, und so musste er den Oberbefehl niederlegen. An ihrer Wachsfigur des Herzogs von York schieden sich die Geister. Manche standen auf Seiten des Herzogs, manche verteidigten die Geliebte, und wieder andere fühlten sich an die Halsbandaffäre erinnert, die damals Marie Antoinette und mit ihr das ganze französische Königshaus diskreditiert hatte. Dieser Skandal war ein Fest für das Wachsfigurenkabinett. Marie sollte sich um ein Porträt von Mary Anne Clark bemühen, wenn sie nach London kamen, ihrem nächsten Ziel.

Die Geschäfte liefen gut in Edinburgh, doch im Mai gingen die Besucherzahlen zurück, und ein Ende des Krieges war noch immer nicht abzusehen. Marie hatte lange überlegt, was sie tun sollte, und beschloss schließlich, nach London zu reisen. Sie wollte sich dort umhören, welche Möglichkeiten sie hatte, nach Frankreich zu gelangen. Es gab zwar nach wie vor die Kontinentalsperre, die den Schiffsverkehr zwischen den Ländern unterband, dennoch hatte sie gehört, dass alles eine Frage des Preises wäre. Von London oder Dover aus war die Reise am kürzesten. Und nebenbei könnte sie aktuelle Porträts von den Mitgliedern des Königshauses herstellen, denn im Herbst stand das fünfzigste Thronjubiläum von König Georg III. an.

Marie sah dem Frachtwagen hinterher. Mit einer Plane war die Last abgedeckt, darunter auch die Kisten mit ihren Figuren. In welchem Zustand die Wachswerke wohl wären, wenn sie sie wiedersah? Jeder Transport beunruhigte sie, und bei diesem handelte es sich um eine besonders lange Fahrt von Edinburgh nach London. Sie nahm ihr Gepäck, und ging mit Nini zu der Kutsche, die sie nach London bringen würde. Es war ein großes, schwerbeladenes Gefährt, das voll besetzt schien. Die vier Pferde wirkten schon jetzt müde. Auf dem Dach und im Innenraum saßen Menschen, das Gepäcknetz war auch bereits gut gefüllt. Die bewaffnete Wache bedeutete ihnen zu warten und beendete ihren Rundgang um die Kutsche, bei dem sie den Zustand der Achsen und der Räder kontrollierte. Der Kutscher trank vor dem Wirtshaus noch einen Schluck und schwang sich dann auf den Bock. Die Wache ließ sich die Fahrkarten zeigen und wies sie an, einzusteigen. Ihr Koffer wurde auf die Kutsche gehievt und mit einem Riemen festgezurrt. Marie und Nini stiegen die Stufen in den Innenraum. Die guten Plätze am Fenster waren bereits besetzt und so mussten sie sich in die Mitte zwischen die Fahrgäste quetschen. Es war sehr eng, hatte man mehr Fahrgäste eingelassen als vorgesehen waren? Marie legte ihre Tasche auf den Schoß, die Schultern musste sie in der Enge unbequem zusammenziehen. Neben ihr saß ein Mann, der einen Vogelkäfig auf den Knien hielt. Man sprach über das Wetter, das für die Jahreszeit zu kalt war. Mit einem Ruck fuhr die Kutsche an. Auf dem ersten Streckenabschnitt lief der Wagen ruhig und schnell, aber dann begann er zu ruckeln und teilweise fuhren sie durch derartig tiefe Schlaglöcher, dass Marie von ihrem Sitz hochgeschleudert wurde. Nach einiger Zeit hielten sie an. Die Wache öffnete die Tür und wies sie an, auszusteigen. Mit einem Murren drängten sich die Passagiere aus der Kutschtür. Sie standen am Fuße eines Berges und mussten die Steigung hochlaufen, während die Kutsche langsam neben ihnen herfuhr. Auf dem Gipfel angekommen, durften sie wieder einsteigen und in einer wilden Fahrt ging es den Berg hinab. Marie suchte einen Griff, an dem sie sich festhalten konnte, fand aber keinen. Es war eine unbequeme Reise. Sie machten nur kurze Pausen, in denen an Gasthöfen in wenigen Minuten die Pferde gewechselt wurden oder um an den Schlagbäumen die Gebühr zu entrichten. Am Abend wurde die Stimmung der Reisenden immer gereizter, auch Marie hatte nagenden Hunger. Einmal, es war schon dunkel, kam ihnen der Schlagbaumwächter im Nachtkleid entgegen. Dann endlich erreichten sie die Herberge. Marie und ihr Sohn aßen eine Kleinigkeit und fielen ins Bett, sie fühlten sich gerädert. Und so würde es noch drei Tage weitergehen, bis sie endlich die Hauptstadt erreichten!

Marie und Nini bezogen in einem Gasthof in der Nähe der Londoner City ein Quartier. War London auch früher schon so unansehnlich, so riesig und so verwirrend gewesen? Im Gegensatz zu Edinburgh, wo sie sich inzwischen gut auskannte, fühlte sie sich in der Hauptstadt fremd und verloren. Wenn man durch manche Viertel fuhr, sah man nichts als die nackten, vom Kohlenrauch geschwärzten Häuserwände. Seit ihrem letzten Besuch hatte man begonnen, Straßen wie Pall Mall mit Gas zu beleuchten, eine Technik, die Marie nach wie vor suspekt war, weil sie die Gefahr von Explosionen und Feuer fürchtete. Ihr Wirt hingegen war von der neuen Technik begeistert. Bald werde man ganze Straßenzüge und auch alle Gebäude mit Hilfe von Gas erhellen, malte er sich aus. Marie hatte sich mit ihm zusammengesetzt, weil sie ihn fragen wollte, ob sie einige ihrer Figuren in einem angrenzenden kleinen Saal zeigen dürfe. Der Wirt brachte ihr einen Becher mit Tee und setzte sich zu ihr. Er sah sie gespannt an. Marie nahm den Porzellanbecher zur Hand. Sie brauchte einen Moment, bis sie erkannte, was darauf abgebildet war, aber dann ließ sie den Becher beinahe fallen. Es war die Hinrichtung von Ludwig XVI.; das Messer der Guillotine wurde gerade wieder hochgezogen, das Blut tropfte aus dem Rumpf in den Weidenkorb, der Kopf des Königs wurde in die Menge gereckt. Der Wirt amüsierte sich über ihr erschrockenes Gesicht. »Interessant, nicht? Habe eine Vorliebe für derlei Andenken, zeige Ihnen gerne mal meine Sammlung.« Marie stellte den Becher vorsichtig ab. Sie würde nicht daraus trinken. Die Sammlung würde sie sich auch nicht ansehen. Den Saal wollte sie dennoch mieten.

»Wenn Ihnen so etwas gefällt, werden Ihnen meine Figuren

sicher auch gefallen. Also, wie sieht es aus, ist der Raum frei?«, fragte sie.

Der Mann nickte, sie könne ihn für einige Tage haben. Das war Marie nur recht, schließlich wollten sie baldmöglichst ein Schiff besteigen, das sie nach Frankreich bringen würde. Sie solle sich jedoch nicht wundern, es könne manchmal ziemlich wild in seinem Gasthof zugehen, warnte der Wirt sie noch. Davon bekam Marie bereits am nächsten Wochenende eine Kostprobe.

Schon vom frühen Abend an war der Laden mit Arbeitern gefüllt, die ihren Lohn vertranken. Wer sich für die Wachsfiguren interessierte, musste sich durch grölende und raufende Männergruppen einen Weg bahnen. Einige Male hörte Marie, dass sich ihre Besucher durch die Männer belästigt gefühlt hatten. Als sie zum wiederholten Mal Betrunkene aus der Ausstellung herausbugsieren musste, wollte sie ihren Wirt um Abhilfe bitten. Sie überließ Nini die Aufsicht über die Ausstellung, mahnte ihn jedoch, nur die Augen aufzuhalten, zu kassieren und sie zu holen, sobald er Unterstützung brauchte. Der Wirt stand vor dem Lokal und unterhielt sich mit einigen Männern. In der Nähe stand ein älterer Mann, ein Prediger, und verkündete lauthals seine Weisheiten. Marie sprach den Wirt an und bat ihn, die betrunkenen Gäste von ihren Figuren fernzuhalten, zu leicht könnten ihre einzigartigen Kunststücke zu Bruch gehen. Der Wirt ließ sie abblitzen. Er habe sie gewarnt, wenn sie mit den Besuchern nicht klarkomme, sei das ihre Sache. Er habe ihr nur den Raum vermietet, für alles andere sei sie zuständig. Marie fühlte sich hilflos. Es würde ihr nichts anderes übrigbleiben, als die Ausstellung zu schließen. Sie wollte schnell wieder hineingehen, um Nini zu unterstützen, als der Geistliche sie aufhielt. Er hatte sich ihr in den Weg gestellt, zeigte mit dem Finger auf sie und beschimpfte sie. Sie sei eine Schande für den Stand der Frauen, weil sie einem Geschäft nachginge, keifte er. Marie machte einen Bogen um ihn, lief in den Ausstellungssaal und verschloss die Tür, nachdem die letzten Besucher gegangen waren. Was für ein schrecklicher Tag! Für heute war das Wachsfigurenkabinett geschlossen, morgen würden sie weitersehen. Ein derartiger Gasthof war auf jeden Fall nichts für sie. Am nächsten Tag zogen sie um. Marie musste neben ihrer Zimmermiete auch die restliche Saalmiete zahlen, aber sie war froh, diesen Gasthof verlassen zu können. Sie und Nini suchten sich ein Zimmer bei einer alten Dame in Soho, wo sie sich sofort wohler fühlten.

Als sie sich gerade auf den Weg machen wollten, um erste Erkundigungen nach Reisemöglichkeiten in Richtung Frankreich einzuholen, trafen sie auf der Straße auf Madame de Philipsthal. Marie hätte sie beinahe nicht erkannt, die Frau ihres früheren Geschäftspartners sah noch grauer, noch unscheinbarer aus. Sie wollte schon weitergehen, als Madame de Philipsthal sie ansprach.

»Madame Tussaud, Sie sind hier? Ich hatte erwartet, dass Sie noch durch Irland tingeln – oder schon längst wieder zu Hause untergeschlüpft sind, um Ihre Wunden zu lecken.«

»Davon kann keine Rede sein. Die Tournee in Irland haben wir erfolgreich zu Ende gebracht. Gerade haben wir einige Monate in Glasgow und Edinburgh ausgestellt. Jetzt wollen wir nach Paris zurück.« Madame de Philipsthal lächelte gehässig.

»Ich kann ja nicht sagen, dass es um den schäbigen Wachssalon schade wäre«, sagte sie geheimnisvoll. Marie verstand zwar nicht, was sie meinte, ärgerte sich aber über den abfälligen Tonfall.

»Als Sie während der Revolution nachts vor der Tür meines Onkels standen und ihn um Hilfe baten, weil Ihr Mann von Robespierres Schergen ins Gefängnis geworfen worden war, haben Sie noch ganz anders über meinen Onkel und seinen Wachssalon gesprochen.« Wie so oft, wenn sie daran dachte, machte sich bei Marie Bitterkeit breit. Nur durch Curtius' Hilfe war Monsieur de Philipsthal aus dem Gefängnis freigekommen. Als sie später den Vertrag mit Philipsthal geschlossen hatte, um nach England zu gehen, war sie davon ausgegangen, dass er ein Freund war, der bei ihrem Onkel in der Schuld stand.

Philipsthal hatte jedoch nur daran gedacht, sie auszubeuten. Madame de Philipsthal setzte noch einmal nach.

»Schade, dass es nun nichts mehr gibt, wohin Sie zurückkehren können.« Sie suchte auf Maries Gesicht nach Zeichen des Erstaunens und fand sie. »Ach? Das haben Sie noch gar nicht gewusst, wie? Der Wachssalon auf dem Boulevard du Temple gehört Ihnen nicht mehr.« Marie biss sich auf die Lippen. Sie würde sich nicht provozieren lassen, von dieser Frau schon gar nicht. »Mein Ehemann befindet sich gerade in Paris. Er weiß es aus sicherer Quelle. Von Ihrem Mann. Schönen Tag noch.« Madame de Philipsthal nickte ihr triumphierend zu und stolzierte fort. Marie blieb geschockt stehen. War das nur die Bosheit einer Frau, die es in ihrer Ehe und in ihrem Leben nicht leicht hatte? Nini nahm ihre Hand und fragte seine Mutter, was die Frau damit meinte. Marie versuchte ihn zu beruhigen. Sie hatte nicht viele Briefe von zu Hause erhalten, aber von einem Verkauf hatte ihr Mann nichts geschrieben. Sie musste François unverzüglich schreiben, um Klarheit zu erlangen.

Der Gedanke an die Bemerkung ließ ihr in den nächsten Wochen keine Ruhe. Wie gut, dass es reichlich für sie zu tun gab. Sie mietete einen neuen Raum an und stellte ihre Figuren aus. Dieses Mal hielt sie die Ausstellung eher klein, sie wusste ja nicht, wie lange sie bleiben würde. Sie stellte außerdem die Wachsfiguren der königlichen Familie her und bemühte sich um eine Porträtsitzung bei Mary Anne Clarke, der Frau, über die ganz London sprach.

Marie ließ sich in dem schönen Haus am Westbourne Place Nummer zwei melden. Ein Diener brachte sie in den Salon. Mary Anne Clarke schritt ihr zuvorkommend entgegen. Sie war zierlich, hatte schöne Haut und angenehme Züge, in denen ihre blauen Augen besonders hervorstachen. Ihr Kleid war exquisit, schon in den Zeitungen war erwähnt worden, dass sie beim Prozess in einem lichtblauen Seidenkleid mit Pelzbesatz erschienen war. Um die Schultern trug sie, wie es gerade Mode war, einen breiten Seidenschal. Marie hatte ein gutes Gedächtnis für Gesichter und war jetzt beinahe sicher, die Frau vor sich zu haben, die vor Jahren auf den Herzog von York gewartet hatte.

»Mrs Clarke, ich fühle mich geehrt, dass Sie so schnell auf meinen Brief geantwortet haben«, sagte Marie.

»Wie könnte ich nicht? Wenn ich nur alle Ansinnen, die an mich herangetragen werden, so schnell und einfach erledigen könnte«, antwortete sie huldvoll lächelnd.

Während der Porträtsitzung plauderten sie über den erfreulichen Ausgang des Prozesses und die Unterstützung, die Mrs Clarke durch Politiker wie Sir Francis Burdett erhalten hatte.

»Es muss fürchterlich gewesen sein, so auf der Anklagebank zu sitzen«, bemerkte Marie.

»Ich musste es einfach durchstehen, für meine Kinder schon. Ich habe schottisches Blut in den Adern, da hat man Clangeist. Ich würde alles tun, um Schaden von meinen Kindern abzuhalten«, sagte Mary Anne Clarke. »Deshalb habe ich mich auch bereit erklärt, auf die Veröffentlichung meines Buches zu verzichten. Man darf sich nicht auf das Niveau seiner Widersacher herunterziehen lassen.« Marie nickte zustimmend.

Wie viel von dieser Versicherung zu halten war, zeigte sich einige Tage später, als Mrs Clarke und Oberst Wardle, offenbar ein neuer Beschützer der Mätresse, einen Streit austrugen, indem sie Erklärungen mit gegenseitigen Beschuldigungen in den Zeitungen veröffentlichen ließen. Auch hier ging es wieder um Geld. Marie hatte nichts dagegen. Was für ein herrlicher Skandal, und gut für das Geschäft!

Als Marie schon überlegte, ob sie einen größeren Raum anmieten und mehr Werbung machen sollte, kam endlich ein Brief aus Paris. Er sah mitgenommener aus als die letzten, mehr noch, mit ihm stimmte etwas nicht. Marie drehte den Brief misstrauisch in der Hand. Das Siegel war mindestens zweimal geöffnet worden. Aber was sollte schon darin stehen, dass man sich an der Grenze dafür interessierte? François hatte sich noch nie politisch geäußert. Marie riss den Brief auf. Sie entdeckte, dass etwas am Rand des Briefes stand, diese Schreibfeder war jedoch nicht von der Hand ihres Ehemannes geführt worden. Jemand hatte etwas hinzugefügt und dafür das erste Siegel erbrochen. Sie drehte den Brief so, dass sie die Schrift lesen konnte.

Geliebte Tochter,
Deinem Sohn Françison geht es gut. Er vermisst seine Mutter und seinen Bruder Joseph sehr. Wir alle vermissen euch. Mein Herz wünscht sich, dass ihr bald nach Hause kommt, aber mein Kopf weiß, dass es besser wäre, wenn ihr noch in England bleiben würdet. Die Reise wäre zu gefährlich. Ihr könntet überfallen werden, euer Schiff könnte beschossen werden, ihr könntet – ach, ich mag gar nicht daran denken. Denk nicht zu schlecht über Deinen Mann, wenn Du seinen Brief gelesen hast. Er ist ein guter Ehemann, ein guter Vater. Ich weiß, wie sehr Du Deine Kinder liebst, deshalb wird es Dir ein Trost sein zu wissen, dass er sich rührend um Deinen Kleinsten kümmert. Und ich bin ja auch noch da. Bitte herze Nini von seiner Großmutter.
Deine Mutter Anna

Es war das erste Mal, dass sie einen Brief von ihrer Mutter erhielt. Es wäre ein Leichtes gewesen, ihrem Schwiegersohn diese Zeilen zu diktieren, stattdessen hatte Anna einen Schreiber dafür bezahlt. Wollte sie François etwas verheimlichen? Marie spürte, wie sich Unruhe in ihr breitmachte. Sie las den Brief ihres Mannes, knüllte ihn danach sofort impulsiv zusammen und warf ihn ins Feuer. Sie hastete hinterher, versuchte, das Papier zu retten, aber es war zu spät. François' Geständnis ging in Flammen auf. Ihr Ehemann, was war er nur für eine Enttäuschung! Schon als Jungverheiratete hatte sie lernen müssen, dass er nicht nur sie mit seiner Leichtigkeit anstecken konnte, sondern dass auch andere Frauen darauf ansprachen. Sein luftiges Gemüt verführte ihn zudem dazu, leichtsinnig in geschäftlichen Dingen zu sein. Sie hatte gehofft, dass er reifer und überlegter werden würde, dass er von ihr lernen würde, schließlich war er acht Jahre jünger als sie. Doch diese Reife hatte auf sich warten lassen. Trotzdem hatte Marie nicht daran gezweifelt, dass er seine Rolle als Verantwortlicher für den Wachssalon und den Haushalt übernehmen würde, während sie in England war. Vielleicht hatte sie aber auch nur nicht zu zweifeln gewagt, aus Furcht, dass sie dann ihre Tournee in Frage stellen würde. War sie sogar die Leichtsinnige gewesen, die ihm ihr ganzes Hab und Gut anvertraut hatte?

In einem trotzigen Ton gestand ihr Ehemann, dass er den Kredit nicht mehr zahlen konnte und der Wachssalon mitsamt dem kompletten Inventar an die Gläubigerin gefallen war. Er gab Marie die Mitschuld daran, schließlich war sie nicht zurückgekehrt und hatte nie Geld geschickt. Die Familie war in das Haus in der Rue des Fossés du Temple gezogen, die Mieteinnahmen waren also auch weggefallen. Madame de Philipsthal hatte recht, es gab nichts mehr, wohin sie, Nini und die Wachsfiguren zurückkehren konnten. Das *Cabinet de Curtius* gehörte ihnen nicht mehr. Der Ort, an dem Marie die wichtigste Zeit ihres Lebens verbracht hatte, war in fremdem Besitz. Die kostbaren Wachsfiguren ihres Onkels waren nicht mehr in Familienhand. Das würde sie François nie verzeihen können. Wie gut, dass sie wenigstens die Originalformen eingepackt hatte. Marie fühlte sich besiegt. Alles war umsonst gewesen. Wenn sie jetzt nach Paris zurückkehrte, würde sie ganz von vorne anfangen müssen. Es würde Unsummen kosten, einen neuen Wachssalon aufzubauen und einzurichten. Dafür reichte ihr Geld nicht. Sie hätte auch keine einflussreiche Mäzenin mehr. Marie hatte sich oft vorgestellt, wie sie bei Kaiserin Joséphine um eine Audienz bitten würde und die beiden Frauen sich, wie damals, als sie während der Französischen Revolution im Kerker des Karmeliterklosters einsaßen, vertraut unterhalten würden. Mit Joséphines Hilfe könnte Marie nicht nur ein neues Porträt von Bonaparte herstellen, sondern hätte auch Zugang zum ganzen Hofstaat. Inzwischen hieß es jedoch, dass Napoleon sich scheiden lassen wollte, weil Joséphine ihm keinen Thronfolger schenkte. In dieser Situation wäre es ein Fehler, Geld für eine Überfahrt zu verschwenden.

Sie musste etwas tun, sie musste nachdenken, und das konnte sie am besten, wenn sie sich bewegte. Sie nahm Nini an die Hand und zog los. Nini wunderte sich über das Verhalten seiner Mutter, lief aber munter neben ihr her. Sie setzte in Gedanken die erbitterten Diskussionen mit François fort, die sie in den letzten Jahren ihrer Ehe geführt hatten. Sie zeterte, sie schrie ihn an, sie beschimpfte ihn. Aber über ihre Lippen kam kein Wort. Sie atmete tief aus. Er hatte alles, was ihr lieb und teuer war, durchgebracht. Sie hatte nichts mehr, was sie ihm geben könnte.

Maries Schritte hatten mit der schnellen Folge ihrer Gedanken so an Tempo zugenommen, dass Nini inzwischen beinahe lief und seine Wangen rot leuchteten. Als sie hörte, wie schnell er atmete, hielt sie an. »Maman, das ist ja, als ob wir vor etwas wegrennen«, sagte er schnaufend. Marie reckte entschlossen das Kinn in die Höhe.

»Nein, wir laufen nicht weg. Wir stellen uns«, antwortete sie. Nini sah sie mit großen Augen an.

»Das verstehe ich nicht«, sagte er.

»Das macht nichts. Hauptsache, ich verstehe es. Ich werde es dir erklären, wenn du größer bist.« Ihr Entschluss stand fest. Sie würde François nicht verzeihen, sie würde nicht zurückgehen, im Gegenteil, sie würde weiterziehen. Wenn ihr Mann nicht dafür sorgen konnte, dass ihre Söhne einen guten Start ins Leben haben würden, dann würde sie es eben tun. Sie würde sich in dieser Hinsicht nichts vorwerfen lassen müssen, das schwor sie sich. Auch wenn der Wachssalon in Paris verloren war, Curtius' Vermächtnis würde weiterleben. Ob mit oder ohne die Hilfe ihres Mannes. Sie würde das Wachsfigurenkabinett erhalten, sie würde es ausbauen, wie sie es immer getan hatte. Und zwar nicht nur für sich selbst, denn sie liebte ihre Arbeit, sondern vor allem für ihre Söhne.

In London konnte sie jedoch nicht bleiben. In der Stadt herrschte eine feindselige Stimmung, das Volk litt unter den hohen Steuern, die eingetrieben wurden, um den Krieg zu finanzieren, und unter dem geschwächten Handel durch die Kontinentalsperre. An allem waren natürlich die Franzosen schuld. Journalisten heizten die Stimmung zusätzlich an. Neulich hatte in der Zeitung *Weekly Political Review* gestanden, dass es rechtens sei, Franzosen zu töten, dass man sie jagen und schlachten sollte wie Raubtiere. Auch andere Ausländer wurden angefeindet. Sogar die gefeierte Opernsängerin Angelica Catalani war als verabscheuungswürdiges italienisches Wesen geschmäht worden, was Marie jedoch nicht daran hinderte, sie zu porträtieren. Marie hatte während der Revolution leidvoll erfahren müssen, wie Stimmungsmache in Gewalt umschlug. Um ihr eigenes Leben sorgte sie sich nicht, aber sie würde es sich nie verzeihen, wenn Nini etwas zustieß. Sie würde noch bis zur Feier des Thronjubiläums im Oktober 1809 in London bleiben, denn viele Besucher würden sich auch ihr neues Tableau der englischen Königsfamilie ansehen. Aber danach mussten sie aus der Schusslinie verschwinden. Sie wusste auch schon, wohin. Es gab nur einen Ort auf dieser Insel, an den sie zurückkehren mochte, an dem sie sich beinahe heimisch gefühlt hatte. Sie würden nach Edinburgh reisen.

Dieses Mal sah sie der Reise nicht freudig entgegen. Sie musste sich zusammenreißen, wenn sie in Gesellschaft war, denn eigentlich hätte sie sich am liebsten verkrochen. Sie hatte ein Wechselbad der Gefühle hinter sich. Der Schock über die Nachricht, die Wut der Verzweiflung und die Trauer über das Verlorene. Nun fühlte sie sich entwurzelt, verstoßen. Sie war keine junge Frau mehr, sie war siebenundvierzig Jahre alt, und sie hatte zwei Söhne, die sie versorgen musste. Natürlich war Nini in einem Alter, in dem andere Jungen ihren Teil zum Unterhalt beitrugen. Oft genug hatte sie auf ihrer Reise schon Kinder gesehen, die in den Bergwerken und auf Abraumhalden schufteten. Das kam jedoch nicht in Frage. Aus Nini würde nur etwas Anständiges werden, wenn sie seine Ausbildung konsequent fortführte. Er musste alles lernen, was die Kinder der Wohlhabenden sonst in der Schule lernen, und noch mehr. Nini machte es Spaß, Verantwortung zu übernehmen. Er kümmerte sich rührend um den Flohzirkus. Er hatte schon vieles über die Wachskunst gelernt. Er hatte sich in Irland sogar eine Uhr gewünscht, damit er immer pünktlich zur Stelle sein konnte, wenn das Wachsfigurenkabinett eröffnet wurde. Obwohl er die Uhr wie einen Augapfel gehütet hatte, war sie irgendwann kaputtgegangen. Sie würden sie zu einem Uhrmacher bringen müssen. Diese Ausgabe ließ sich nicht umgehen. Marie würde weiterhin viel Geld verdienen müssen, sonst wäre ihr Erspartes bald dahin. Aber im Moment brachte sie nicht einmal die Kraft auf, erneut die Ausstellung zu eröffnen.

»Madame Tussaud, da sind Sie ja! Ich habe Ihnen doch gesagt, dass Sie Licht anmachen sollen!« Marie saß auf einem Stuhl und hatte nach draußen in die Dämmerung gestarrt. Die Gewitterwand, die über der Stadt hing, war so dunkel wie ihre Gedanken. Mrs Laurie trat in Maries Zimmer und entzündete die Lampe. »Hier ist ein lieber Besuch für Sie, der wird Ihnen guttun.« Marie stand auf und sah neugierig zur Tür. Henri-Louis Charles eilte auf sie zu, nahm ihre Hand und küsste sie. Mrs Laurie verließ den Raum, ließ die Tür jedoch offen.

Marie sah ihn erstaunt an. Hatte er sich daran erinnert, dass sie nach Schottland zurückkehren wollte, bis der Krieg vorbei war? Oder war es Zufall, dass er sich hier aufhielt? Wie auch immer, Marie freute sich sehr, ihn zu sehen. Jetzt, in Zeiten des Kummers, spürte sie, dass sie allein war, dass ihr jemand fehlte, dem sie ihr Herz ausschütten, bei dem auch sie mal schwach sein konnte. Nini bemühte sich sehr, sie aufzuheitern, aber sie wollte ihrem Sohn nicht zu viel aufbürden. Er sollte nicht spüren, was für Sorgen sie plagten. Ihm gegenüber strahlte sie stets Zuversicht aus, zumindest bemühte sie sich darum. Sie hatte ihm nichts von dem Verlust des Wachssalons erzählt, sondern stattdessen darauf bestanden, dass es zu gefährlich wäre, nach Hause zu reisen. Henri-Louis gegenüber brauchte sie sich jedoch nicht zu verstellen. Marie berichtete ihm von den Ereignissen der letzten Monate und den schlechten Nachrichten aus Paris. Der Freund tröstete sie und versuchte, ihr Mut zu machen, er hatte aber auch Neuigkeiten, die ihr zu denken gaben.

»Du weißt sicher, dass Napoleon neue Gesetze erlassen hat. Wenn du jetzt zurückkehrst, fällt alles, was du verdient hast, an den *père de famille*, an deinen Mann.«

»Das darf es nicht. Er würde es genauso durchbringen, wie er alles andere durchgebracht hat. Was soll aus meinen Söhnen werden, jetzt, wo der Wachssalon verloren ist?« Marie fühlte sich mutlos.

»Ich sehe nur eine Möglichkeit. Du musst weitermachen, weiterziehen. Es gibt viele große Städte in England, in denen du deine wunderbaren Wachsfiguren zeigen kannst.«

»Aber mein Sohn, mein Françison.« Marie stiegen die Tränen in die Augen. »Er wird mich schon jetzt nicht mehr erkennen, wenn wir zurückkehren. Wie soll es erst werden, wenn noch mehr Jahre ins Land gehen?« Henri-Louis tröstete sie.

»Du hast es doch eben selbst gesagt, auch wenn du es dir vielleicht nicht eingestehen willst. Er wird dich ohnehin nicht erkennen, was für einen Unterschied machen also ein paar Jahre? Wichtig ist nur, dass du für deine Söhne sorgst, dass du für sie einstehst, wo ihr Vater es nicht kann.« Maries Kummer verwandelte sich in Zorn.

»Nicht kann?! Nicht will, wohl eher. Wenn er sich nur mehr Mühe gegeben hätte!« Marie versuchte ihre Wut zu unterdrücken und fragte Henri-Louis, wie es ihm in der Zwischenzeit ergangen sei. Er berichtete, dass er ein neues Programm zusammengestellt hatte und auch das *Unsichtbare Mädchen* wieder zeige. Sie sollte ihn mal besuchen kommen, er würde ihr dann gerne auch seine Frau vorstellen. Marie versetzte diese Eröffnung einen Stich, sie hatte nicht gewusst, dass er geheiratet hatte. Auf der anderen Seite war sie erleichtert und freute sich für ihn. Sie gratulierte ihm aufrichtig und nahm seine Einladung an.

Am Abend riss Nini sie aus ihren Grübeleien. Auch für ihn war diese Zeit nicht einfach, das ahnte sie.

»Und, hast du einige von den Jungs getroffen, die du von früher kanntest?«, fragte sie. Nini war zum Palast von Holyrood gegangen, um zu sehen, ob ihre früheren Bekannten noch dort lebten.

»Einer ist zurück nach Frankreich gegangen, der andere arbeitet und der dritte ist den ganzen Tag in der Schule«, antwortete Nini enttäuscht.

»Wir werden einige Zeit in Edinburgh bleiben. Vielleicht kann ich es arrangieren, dass du mit in die Schule gehen kannst.« Nini sah sie zweifelnd an. Es wäre sicher nicht billig, Nini in die Schule zu schicken, aber es war wichtig, dass er eine ordentliche Ausbildung erhielt. In den nächsten Tagen musste Marie einige Überzeugungsarbeit leisten und an ihr Erspartes gehen, aber schließlich durfte Nini die Schule besuchen. Er freute sich darüber, obgleich er abends noch lernen musste, um in der Schule mithalten zu können. Auch sie würde arbeiten, das Kabinett wieder eröffnen müssen. Und Marie merkte, wie sehr ihr Ninis Hilfe fehlte.

Die Kisten wurden von Lastenträgern abgeladen und in die Räume am Leith Walk gegenüber des Botanischen Gartens geschleppt. Der Ausstellungsraum befand sich dieses Mal am Rand der Stadt, aber dafür war die Straße sehr belebt, da sie zum Hafen im nahegelegenen Leith führte; außerdem befanden sich unter dem gleichen Dach weitere Attraktionen, die für zusätzliche Besucher sorgte. Als die Reihe an die kostbare ägyptische Mumie kommen sollte, fasste Marie selbst mit an. Plötzlich legten sich zwei Hände neben ihre.

»In Ihrem Alter sollte man nicht mehr so schwer tragen, Mylady«, hörte sie eine Stimme.

In ihrem Alter? Frechheit! Sie blickte sich um und sah das Profil eines jungen Mannes, der sie verschmitzt anblitzte. Er schien es nicht böse gemeint zu haben, und sie war ja fast fünfzig Jahre alt, das musste ihm wahrlich sehr alt erscheinen.

»Ich sehe Ihnen diese Bemerkung nach, Sie sind ja noch grün hinter den Ohren«, antwortete sie lächelnd. Die Männer lehnten die Kiste mit der Mumie an eine Wand.

»Immerhin bin ich alt genug gewesen, um im Dienste dieses Volkes mein Auge zu verlieren.« Jetzt erst fiel Marie auf, dass sein zweites Auge von einer Augenklappe verdeckt war.

»Das tut mir leid, auch wenn es nicht mein Volk ist, für das Sie gekämpft haben.«

»Sie sind Französin«, stellte er jetzt fest. »Das ist ja beinahe noch schlimmer, ein Vertreter des Feindes.«

»Ich komme aus der Schweiz«, begann Marie ihre einstudierte Rede. »Ich habe lange in Frankreich gelebt. Ihr Feind ist auch mein Feind. Oder sehen Sie mich an der Seite dieses Volkes stehen? Ich wurde selbst verfolgt, landete während der Französischen Revolution im Gefängnis. Und seit unser größenwahnsinniger Herrscher gegen die Engländer kämpft, kann ich nicht in meine Heimat, nicht zu meiner Familie zurück.«

»Sie haben Kinder?«

»Zwei Söhne. Mein einer Sohn hat mich hierher begleitet, mein anderer befindet sich bei seinem Vater in Paris. Ich habe leider keinen Kontakt mehr zu ihnen, der Krieg ... Sie sind aber auch nicht von hier, Ihr Akzent kommt mir so fremd vor.«

»Er ist ein Paddy, ein Ire«, warf einer der Lastenträger verächtlich ein. »Stiehlt uns hier unsere Frauen, unsere Arbeit.« Der junge Mann wollte gerade wütend auf ihn losgehen, als sich Marie zwischen die Männer stellte.

»Sie wollen Ihr Geld? Sie sollen es bekommen. Aber ich will hier keinen Streit.« Sie schickte den Iren hinaus und bezahlte die Lastenträger. Nachdem sie gegangen waren, kam der junge Mann wieder herein. Verlegen nestelte er an seiner Augenklappe. Er entschuldigte sich bei ihr, er wollte sie nicht in Schwierigkeiten bringen.

»Ich lasse nichts auf mein Volk kommen. Die verdammten Engländer und Schotten sollen froh sein, dass Männer wie ich an ihrer Seite gekämpft haben. Ganz zu schweigen von den vielen irischen Wanderarbeitern, die hier alljährlich zur Getreide- und Heuernte die Arbeit erledigen, für die sich die Engländer zu schade sind. Und Sie können sicher sein, so wie ich denke nicht viele Iren«, sagte er.

»Ich weiß, viele von Ihren Landsleuten haben sogar noch nach der Schlacht von Trafalgar gehofft, dass Napoleons Flotte sich wieder erholt und in Irland einfällt, um die Engländer zu vertreiben«, antwortete Marie. Sie erzählte ihm von ihren Jahren in Irland und den Menschen, denen sie dort begegnet war.

»Einige der besten Redner und Politiker Ihres Volkes können Sie in meiner Ausstellung sehen, kommen Sie doch in den nächsten Tagen mal vorbei, Mister«, verabschiedete sie ihn.

»Sehr gerne«, sagte er. »Nennen Sie mich Richard.«

Als sie die neue Ausstellung ihres Wachsfigurenkabinetts eröffnete, erstrahlte nicht nur die Figur von Napoleon in neuem Glanz, sie hatte der Ausstellung auch eine Figur des schottischen Nationalhelden Bonnie Prince Charlie, alias Prinz Charles Edward Stuart, hinzugefügt. Eine Attraktion war auch hier die Figur der Mätresse Mrs Clarke, die entgegen der Bemerkung, die sie Marie gegenüber gemacht hatte, inzwischen ihre skandalösen Erinnerungen *Die fürstlichen Nebenbuhler* veröffentlicht und damit den Herzog von York weiter in Verruf gebracht hatte.

Einige Wochen später war Marie gerade auf dem Weg zu ihren Ausstellungsräumen, als sie aus einer Bäckerei eine laute Stimme hörte. Jemand las mit einer wohlklingenden Stimme aus einem Buch vor, Marie verstand nur das Wort »Standbild«. Sie wartete einen Moment, um den Vorleser nicht zu stören, und trat dann ein. Zu ihrem Erstaunen sah sie Richard, der auf einem mehlbedeckten Tisch saß, ein Buch in der Hand, und den Bäckern bei ihrer Arbeit vorlas.

»... *Wirkt's nicht so, als ob's atmet? Als ob Blut*
In diesen Adern fließt?
Polixenes: Ein Meisterwerk!
Das Leben selbst schwebt warm auf ihren Lippen.

Leontes: Der starr fixierte Blick selbst scheint in Regung, so narrt uns hier die Kunst.«

Nun bemerkten die Männer sie und hielten einen Moment in der Arbeit inne, Richard sah auf.

»Er kommt jeden Morgen hierher und trägt uns Shakespeare oder Milton vor, manchmal bringt er auch seine *Irish Melodies* mit. Das hilft gegen die Langeweile. Wir haben etwas Ablenkung bei der Arbeit, und er kriegt was in den Magen«, entschuldigte sich der Mann, der sie bediente. Marie lachte und sagte, das sei eine gute Idee, so eine angenehme Abwechslung hätte sie auch gerne mal. Sie bezahlte, und als sie das Geschäft verließ, trug der junge Mann schon wieder den nächsten Vers vor.

Als sie später die Türen des Wachsfigurenkabinetts aufschloss, stand der junge Ire vor ihr. »Ich könnte Ihnen auch mal vorlesen, dann können Sie mich dafür Ihre Figuren sehen lassen«, sagte er.

»Ich hatte Sie doch schon eingeladen, weil Sie mir so freundlich geholfen haben!«

»Aber ich dachte ... Wissen Sie, es ist nicht einfach für mich, hier genug Geld zu verdienen«, druckste er herum.

»Sie haben mir geholfen, jetzt lade ich Sie ein. Kommen Sie nun endlich herein«, forderte sie ihn auf.

Richard trat ein und stand in dem mit Kerzen erleuchteten Saal, in deren Licht die Figuren besonders lebensecht wirkten. Er bewunderte vor allem die Figuren der berühmten irischen Redner John Philpot Curran und Henry Grattan und konnte gar nicht genug davon bekommen, was Marie über sie erzählte. Sie mochte den jungen Mann, dem das Schicksal und der Krieg so böse mitgespielt hatten. Also fragte sie ihn, ob er ihr bei schweren Arbeiten zur Hand gehen würde, wenn beispielsweise Figuren umgestellt werden mussten. Richard sagte sofort zu, ihn begeisterte die Aussicht, mehr Zeit in dieser interessanten Umgebung verbringen zu können.

»Was war das, was Sie vorhin vorgelesen haben?«, fragte Marie, als er sich verabschiedete.

»Das *Wintermärchen*. Nicht das Beste von Master Shakespeare, aber auch nicht ohne Reiz. Ich bringe es Ihnen nächstes Mal mit.«

Marie legte den Wachskopf von Napoleon Bonaparte in den Topf und beobachtete, wie seine Züge langsam entgleisten, wie sich sein Gesicht in eine wächserne Masse auflöste. Nini trat ein und warf sich wortlos in einen Stuhl. Marie wusste nicht, was ihm die Laune verdorben hatte, aber sie wusste, dass vor sich hin brüten ihm jetzt nicht helfen würde.

»Nini, komm, du kannst mir zur Hand gehen«, sagte sie. Er schnaufte leicht und trat näher.

»Napoleon? Das ist doch eine der beliebtesten Figuren überhaupt, warum schmilzt du sie ein?«

»Der Wachskopf ist schon einige Jahre alt, ich habe ihn etliche Male wieder zusammengelötet und überarbeitet. Das Wachs ist nachgedunkelt. Es wird Zeit für einen neuen Guss, seine Hochzeit ist ein sehr guter Anlass dafür«, antwortete sie. Nach seiner Scheidung von Joséphine hatte der Kaiser der Franzosen nun die österreichische Kaisertochter Marie Louise geheiratet. Marie würde ihr Porträt auf der Basis eines Druckwerks herstellen.

»Soll ich das Wachs wegschütten?«, fragte Nini.

»Nein, auf keinen Fall, wir werden das alte und das neue Wachs mischen, das ist ein alter Trick, den Onkel Curtius mir verraten hat«, sagte sie. »Willst du weitermachen?«

Nini nahm die Hände aus den Hosentaschen und trat von einem Fuß auf den anderen. »Es ist so eine wichtige Figur, bist du sicher …?«

Marie nickte. Sie beobachtete, wie Nini das Wachs reinigte und neues Wachs hinzufügte. Vorsichtig holte sie die Originalgussform von Napoleon Bonaparte aus einer Kiste, setzte die Teile zusammen und verband sie fest mit einer Kordel. Das Wachs war jetzt geschmolzen. Als sie merkte, wie Nini unsicher zauderte, half sie ihm wortlos. Es erforderte eine ruhige Hand, das Wachs so in die Form zu gießen, dass keine Schlieren oder Luftblasen entstehen. Danach stellte sie die Form zur Seite, damit sie abkühlen konnte. Marie machte ihm ein Zeichen, woraufhin Nini die Form nahm, das überschüssige Wachs abgoss und sie wieder wegstellte. Erst morgen würde sie anfangen können, dem neuen Wachskopf Haare einzupflanzen, ihm Glasaugen einzusetzen und ihn zu kolorieren.

Sie wollte das frisch getraute Paar in hoheitlicher Pose präsentieren und die verstoßene Ehefrau Joséphine in einiger Entfernung, jedoch deutlich sichtbar aufstellen. Das dokumentierte einerseits den Neuigkeitswert, gab dem Tableau aber auch etwas Pikantes. Auch die Figuren der früheren Kampfgefährten Lord Nelson und Colonel Despard wollte sie in unmittelbarer Nähe zueinander zeigen, so dass die Ähnlichkeit wie auch der Gegensatz zwischen ihnen deutlich wurde: der eine war Englands berühmtester Held geworden, indem er Napoleons Flotte in der Schlacht von Trafalgar vernichtete, der andere Englands berüchtigtster Verbrecher. Das Zeitgeschehen bescherte ihr eine weitere Neuigkeit, die sie sofort aufnahm: Der Politiker Sir Francis Burdett war in den Tower geworfen worden, weil er die Pressefreiheit verteidigt hatte, was zu Tumulten seiner radikalen Anhängerschaft in London führte. Überall sprach man jetzt davon, dass das politische System verändert werden müsse und dass eine Parlamentsreform unausweichlich wäre. Als besonders unerträglich galten die sogenannten *rotten boroughs*, also Wahlbezirke, die so klein waren, dass sie nur von einer einzigen Familie kontrolliert wurden oder so wenige Einwohner hatten, dass deren Wählerstimmen leicht gekauft werden konnten. Aus diesen verfaulten, korrupten Wahlbezirken durften zwei Abgeordnete ins Parlament entsandt werden, während bedeutende Industriestädte wie Manchester gar keinen Vertreter wählen durften. Ein allgemeines Wahlrecht und gerechtere Steuern müssten her, die Günstlingswirtschaft müsste abgeschafft werden.

Die Zeit verging wie im Fluge. Der Jahrmarkt im Juli begann, und mit ihm strömten erneut die Besuchermassen in die Stadt. Marie schuf neue Attraktionen, neue Figuren. Der Herbst kam, der Winter brach ein und die Besucher wurden weniger und weniger. An manchen Tagen öffnete sie für fünf Besucher, an anderen für drei und dann verirrte sich nur noch einer in die Räumlichkeiten. Irgendwann halfen nicht einmal mehr die Zeitungsanzeigen, in denen sie ankündigte, bald die Stadt zu verlassen. So konnte es nicht weitergehen. Sie hatten nur eine Möglichkeit, die Erfolg versprach und sie wusste, dass sie ihrem Sohn nicht gefallen würde. Er hatte sich gut in Edinburgh eingelebt, genoss die Regelmäßigkeit des Alltags. Als sie und Nini eines Sonntags bei eingemachtem Lachs saßen, den sie mit Öl und Essig aus der Brühe aßen, sagte sie ihm, dass sie demnächst weiterreisen würden. Nini war überrumpelt.

»Aber wieso? Ich will nicht weg. Ich gehe hier zur Schule. Ich habe Freunde gefunden.«

»Schule, Freunde, eine schöne Umgebung – das hilft uns alles nichts, wenn wir kein Geld zum Leben haben. Deinen Unterricht müssen wir unterwegs fortsetzen.« Nini funkelte sie wütend an.

»Wie soll denn das gehen?«, fauchte er.

»Wir werden unterwegs Lehrer für dich suchen. Es wird schon gehen, es muss. Die letzten Wochen waren die schlechtesten überhaupt, die Einnahmen reichen nicht mehr, um unsere Unkosten zu decken. Wir zahlen schon jetzt drauf. Es scheint, als hätte inzwischen jeder in dieser Stadt unsere Ausstellung gesehen, manche sogar mehrfach. Nein, es hilft nichts, wir müssen weiter.«

»Du denkst nur an dich, an die Ausstellung. Was mit mir ist, ist dir gleich!«, schimpfte Nini. Seine Wut tat ihr weh, sie konnte sich vorstellen, was er fühlte. Nini sprang auf, rannte in den Winterabend hinaus. Es war ein schwieriges Alter, sein Temperament ging oft mit ihm durch, aber diese Reaktion war doch ungewohnt heftig. Marie lief ihm hinterher, suchte ihn überall. Als sie ihn endlich fand, war er noch stiller als sonst.

Henri-Louis Charles und seine Frau waren gekommen, um sich zu verabschieden. »Jetzt, wo wir abreisen, dürfte dir der Abschied doch gar nicht mehr so schwerfallen«, meinte er lächelnd zu Nini.

»Sie waren doch sowieso schon dauernd unterwegs, es macht also keinen großen Unterschied«, antwortete Nini jetzt brummig. Marie ärgerte sich über die Unhöflichkeit ihres Sohnes, auch wenn sie ihm insgeheim zustimmte. Sie hatten sich wenig gesehen, die Gespräche mit Henri-Louis' scheuer, stiller Frau waren stets schnell abgebrochen. Ab und zu hatten Henri-Louis und ihr Sohn gemeinsam Klavier gespielt, doch dann war der Bauchredner zu einer Tournee durch die Städte der Highlands aufgebrochen. Diese Tournee war nicht sehr erfolgreich gewesen, denn die Menschen dort waren arm und die Städte lagen weit auseinander. Die Einnahmen waren gering und die Reisekosten hoch gewesen. Es hatte also keinen Sinn, sich in diese Richtung aufzumachen.

»Seid ihr sicher, dass ihr die Seereise wagen wollt? Napoleon setzt seinen Eroberungsfeldzug unaufhörlich fort. Die Blockade gegen englische Handelsschiffe ist schon wieder verstärkt worden. In diesem Jahr hat er Holland sowie das Herzogtum Oldenburg mitsamt der Küste besetzt. Bald ist kein Durchkommen mehr«, gab Marie zu bedenken.

»Die Nordsee ist zu groß, als dass man sie eingehend kontrollieren könnte. Wir kommen in Dänemark an und reisen dann unauffällig über Hamburg weiter. Auch in Preußen gibt es viele Städte, in denen wir auftreten können. Das solltest du dir auch überlegen«, sagte Henri-Louis.

»Nein, wir bleiben hier und ziehen dann nach Süden. Wir haben die englischen Städte noch nicht gesehen – und die meisten Engländer kennen unsere unvergleichliche Ausstellung noch nicht. Ich hoffe zumindest, dass sie sie unvergleichlich finden werden.« Marie zwang sich zu einem Lächeln. Es tat ihr leid, dass der Freund abreisen würde. »Und wenn wieder Friede eingekehrt ist, wenn es wieder sicher ist, zu reisen, kehren auch wir nach Frankreich zurück«, fügte sie hinzu.

»Die Reise ist sicher genug für Mr Charles und seine Frau, warum ist sie nicht sicher genug für uns? Wenn wir schon nicht hier in Edinburgh bleiben können, könnten wir doch nach Hause zurückkehren«, warf Nini trotzig ein.

»Du weißt, es geht nicht. Ich möchte nicht schon wieder mit dir darüber diskutieren.«

»Es ist nur, weil du mich wie ein Kleinkind behandelst. Du denkst, es ist zu gefährlich für mich. Dabei bin ich schon beinahe dreizehn!«

»Genug jetzt«, sagte Marie scharf. Sie würde mit ihrem Sohn ein ernstes Wort reden müssen. Er war vorlaut und aufmüpfig, manchmal glaubte sie, dass ihm die starke Hand eines Vaters fehlte. Dann wieder fühlte sie sich an ihre eigene Kindheit erinnert. Auch sie hatte schon früh ihren eigenen Willen gehabt. Würde Anna über ihren Enkel lächeln und sagen, »Es wiederholt sich alles«? Wie es ihrer Mutter wohl ging? Als ob Henri-Louis ihre Gedanken erraten hatte, versprach er ihr beim Abschied, nach ihrer Familie zu sehen, wenn er nach Paris kommen würde.

Im Frühjahr 1811 verließen sie Edinburgh. Marie war, seit sie aus Paris aufgebrochen waren, nie mehr so lange an einem Ort gewesen. Sie hätte gerne noch gewartet, bis die Straßen besser befahrbar wären, doch die drohende Geldnot trieb sie weiter. Hier war fürs Erste kein Geschäft mehr zu machen. Nini reagierte mit stummer Wut auf die Abreise. Lediglich die Tatsache, dass Richard, mit dem er sich inzwischen angefreundet hatte, sie begleiten würde, versöhnte ihn etwas. Das Reiseleben an sich tat ein Übriges dazu, seine Laune zu verbessern. Schon die Verhandlungen mit dem Kutschenunternehmen über den Transport ihrer Kisten lenkten ihn ab, und sobald die Kisten an einen Frachtkutscher übergeben waren und sie selbst die schnellere Postkutsche bestiegen hatten, gab es ohnehin genug zu sehen. Alles war aufregend für ihn, das Verhalten der oft selbstherrlichen Kutscher, das Passieren der Schlagbäume, die Berichte über die gefährlichen Straßenräuber.

Die ersten vierundfünfzig Meilen nach Berwick führten an der Küste entlang. Fast immer konnte man das Meer sehen, in der Ferne erblickten sie kleine Inseln mit Leuchttürmen und zerklüfteten Felsen. Zu ihrer Rechten sahen sie eine hügelige Landschaft mit Feldern und Gärten, Gehölzen und malerischen Dörfern. Auch nach Berwick verlief die Straße weiter in der Nähe der Küste. Sie wechselten in Alnwick die Pferde, einer uralten Stadt mit wuchtiger Burg mit runden Ecktürmen, es war Alnwick Castle, wie sie von ihren Reisegenossen erfuhren. Weniger malerisch war der Anblick, als sie sich schließlich ihrem Ziel, Newcastle-upon-Tyne, näherten. Die Stadt lebte von der Glasindustrie, Werften, den vielen Druckereien und vor allem vom Handel mit der Steinkohle, und überall sah und roch man die Auswirkungen dieses lukrativen, aber schmutzigen Geschäftes.

Marie und ihre Begleiter bezogen im White Hart Inn am Old Flesh Market ihr Quartier, hier würden sie auch ihre Figuren ausstellen. Der Gasthof lag zentral, regelmäßig fand auf dem Platz ein Markt statt, der für Laufkundschaft sorgte. Hinter den geduckten, spitzgiebeligen Gebäuden erhoben sich die verzierten Türme der kleinen hübschen St.-Nicholas-Kathedrale. Bald schon veränderte sich Maries Bild von der Stadt und ihren Bewohnern. Es war eine lebhafte Stadt. Durch die Literarische und Philosophische Gesellschaft, deren Leihbücherei sogar französische Werke enthielt, gab es ein reiches Geistesleben und ein großes Interesse an kultureller Unterhaltung, von der Maries Ausstellung profitierte. Im Mittelpunkt der englischen Figuren stand nun Georg August Friedrich, der Prinz von Wales, der als Prinzregent von seinem geistesgestörten Vater die Regierungsgeschäfte übernommen hatte. Eine seiner ersten Maßnahmen war es gewesen, seinen Bruder, den Herzog von York, wieder als Oberbefehlshaber der Armee einzusetzen. Der Skandal um Mary Anne Clarke schien in der Königsfamilie vergeben und vergessen, doch bei ihren Besuchern erinnerte man sich noch erbost daran. Erhitzte Diskussionen über diesen neuen Herrscher gab es im Sommer, als er, angeblich um die exilierten französischen Bourbonen zu ehren, ein protziges Fest in Carlton House gab, und das, wo es mit der wirtschaftlichen Lage nicht zum Besten stand, in Nottingham die Arbeiter gegen die Einführung neuer Maschinen rebellierten und viele Menschen hungern mussten.

Nach einigen Monaten zogen sie weiter nach Osten, nach North Shields am Nordufer des Tyne, einer Stadt, deren Oberschicht durch Kohle, Schiffbau und Fisch- und Walfang reich geworden war. Hier verbrachte sie mit ihrer kleinen Mannschaft in bescheidenen Verhältnissen auch das Weihnachtsfest des Jahres 1811. Mit den ersten Monaten ihrer Tournee konnte Marie durchaus zufrieden sein. Doch bei ihrer nächsten Station, der traditionsreichen Handelsstadt Hull, die sich ebenfalls an der Ostküste befand, hatte sie weniger Glück.

Marie bemühte sich, den ungehaltenen Tonfall ihrer Stimme zu zügeln. »Das meinen Sie nicht ernst«, sagte sie.

»Sehen Sie mich lachen? Natürlich meine ich es ernst.« Der feiste Mann sah sie ungerührt an. Marie kniff die Augen zusammen.

»Aber ich habe Ihnen doch geschrieben, dass ich den Saal Ende Februar 1812 mieten würde.«

»Das ist schon Wochen her. Seitdem habe ich nichts mehr von Ihnen gehört. Und eine Anzahlung haben Sie auch nicht geleistet.«

»Davon war auch nie die Rede.«

»Das ist aber üblich, das sollten Sie schon wissen. Nachher kommen Sie nicht, und ich kann sehen, wo ich bleibe.«

»Und wo soll ich jetzt bleiben? Und meine Figuren? Bald treffen die Frachtkutschen mit meinen Wachsfiguren hier ein. Jede von ihnen ist ein Unikat. Ich kann sie doch nicht auf der Straße stehen lassen. Wenn ihnen etwas geschieht, werde ich Sie dafür haftbar machen.« Jetzt veränderte sich zum ersten Mal sein Gesichtsausdruck ein wenig, sein Blick nahm einen drohenden Zug an.

»Ach ja, Miss? Das können Sie ja mal versuchen. Was glauben Sie denn, wer die besseren Karten hat? Eine umherziehende Französin, Schweizerin oder woher auch immer Sie sind, oder ein angesehenes Mitglied dieser Gemeinde?« Nini und Richard traten zu ihr und stellten sich neben sie.

»Passen Sie auf, dass Sie sich der Lady gegenüber nicht im Ton vergreifen, sonst ...«, sagte Richard.

»Sonst was? Sonst bekomme ich es mit euch zu tun? Mit einem Bubi und einem Einäugigen? Ich schlottere schon vor Angst.« Der Dicke lachte, legte aber doch die Hand auf einen Knüppel, der bislang unbeachtet an der Wand gelehnt hatte. Marie drehte sich wortlos um und verließ das Lokal, Nini und Richard folgten ihr. Dieser Ort ihrer Tournee war ja ein schöner Reinfall. Was sollten sie jetzt tun? Viel Zeit blieb ihnen nicht. Unschlüssig standen die drei auf der Straße. Nini stampfte mit den Füßen auf, um sich warm zu halten, Richard hauchte seine zitternden Finger an. Eigentlich hatten sie nur eine Möglichkeit. Marie erzählte den beiden von ihrem Plan und schickte sie los.

Einige Stunden später trafen sie sich hungrig, durstig und durchgefroren im Gasthof Reindeer Inn am Marktplatz wieder. Marie bestellte für sie etwas zu trinken und zu essen. Sie entschied sich wie immer für einfache, leicht zuzubereitende Gerichte. Am Anfang ihrer Reise hatte sie einmal den Fehler begangen, Rinderbraten zu bestellen und teuer dafür bezahlt. Es war nämlich keine einzelne Portion Braten auf ihrem Tisch gelandet, sondern ein ganzer, der ihr komplett in Rechnung gestellt wurde. Diese Erfahrung hatte ein tiefes Loch in ihre Reisekasse gerissen.

»Was hast du erreicht, Richard?«, fragte sie nun ihren Gehilfen, der sich die zitternden Hände rieb.

»Wir können die Kisten in einem Lagerhaus am Hafen unterstellen, der Händler will allerdings viel Geld dafür sehen«, antwortete er. Marie hatte schon so etwas befürchtet.

»Es bleibt uns wohl nichts anderes übrig. Nini und ich hatten beide Pech. Alle Säle in Hull sind ausgebucht.« Sie drehte missmutig an dem Ring, den sie an ihrem Zeigefinger trug.

Die drei saßen still beieinander, jeder hing seinen Gedanken nach. Da trat der Wirt an ihren Tisch, auf einem Tablett eine dampfende Kanne Tee, und redete über das Wetter. Als keiner reagierte, zuckte er nur die Schultern. »Na, hier ist wohl niemandem nach einem Schwatz zumute«, brummte er. In diesem Gasthof hatte sie noch nicht gefragt, aber der Laden war eng und voll und es sah nicht so aus, als ob noch ein Plätzchen für ihre Wachsfiguren frei wäre. Sie wollte den Wirt nicht vor den Kopf stoßen, deshalb bedankte sie sich für den Tee und erzählte ihm, was ihr widerfahren war. Der Wirt warf einen Blick auf die kleine Gesellschaft, sein Gesicht nahm einen weichen Zug an. Marie überlegte einen Moment, was er gesehen hatte: eine kleine zerbrechlich wirkende ältere Dame, einen Jungen, dessen Arme schlaksig aus den Ärmeln stakten – wuchs Nini schon wieder aus seinen Anzügen heraus? – und einen jungen Mann, der auch nicht gerade im Vollbesitz seiner Kräfte schien. Sie mussten wie ein trauriger Haufen wirken. Aber Mitleid wollte Marie nicht.

»Wir haben mit großem Erfolg in Städten wie Edinburgh und Newcastle ausgestellt, und natürlich haben wir uns sehr auf unser Gastspiel in dieser angesehenen Stadt gefreut. Gleich morgen wollte ich zum Bürgermeister gehen, damit er die Schirmherrschaft übernimmt. Wir zeigen siebzig Figuren, einige habe ich eigens für den Besuch in Hull angefertigt. Wir hätten uns für die Dauer unseres Aufenthalts in Ihrem schönen Gasthof einquartiert. Und jetzt das!«, sagte sie. Bei ihren letzten Sätzen sah der Wirt auf.

»Der hat Sie auflaufen lassen. Es ist nicht unbedingt üblich für Aussteller, sich derartig zu verpflichten. Seine neuen Mieter passen ihm wohl besser in den Kram – oder haben einfach mehr geboten. Trotzdem ist es nicht richtig, sich so zu verhalten. Aber warten Sie, vielleicht kann ich etwas für Sie tun«, meinte er und verließ ihren Tisch. Nach einer Weile kam er wieder. Er hatte Räume für sie aufgetan, einen derzeit unbenutzten Saal auf der gegenüberliegenden Seite des Marktplatzes. Marie dankte ihm für seine Hilfe, sie war erleichtert, dass sich doch noch ein Plätzchen für sie und ihre Wachsfiguren gefunden hatte. Sie quartierten sich in seinem Gasthof ein und bereiteten alles für die Ausstellung vor.

Einige Tage später waren die Plakate und Handzettel gedruckt, das Wachsfigurenkabinett öffnete die Türen. Eine neue Attraktion war die Figur von General George Washington, dessen Figur Marie aus Anlass der Spannungen zwischen Amerika und England hergestellt hatte. Der General hatte vor der Französischen Revolution mit Hilfe der Franzosen den amerikanischen Unabhängigkeitskrieg entschieden und den Ausgleich mit Großbritannien befürwortet. Jetzt führten der Krieg mit Frankreich und die Kontinentalsperre dazu, dass der Handel mit Amerika zum Erliegen gekommen war. Außerdem hieß es, dass die Engländer ihre Übermacht auf See dazu nutzten, amerikanische Seeleute zum Dienst auf ihren Schiffen zu pressen. Amerika war also ein Thema, auch bei Madame Tussaud.

Obgleich es in ihrer Ausstellung für jeden Geschmack etwas gab, dauerte es in Hull viel zu lange, bis genügend Besucher den Weg zu ihr fanden. Marie würde diese Erfahrung eine Lehre sein. Sie musste den Aufenthalt in einer größeren Stadt besser vorbereiten, sie müsste früher eintreffen und für viel mehr Werbung sorgen, damit möglichst jeder Bewohner wusste, wann es endlich losging. Sonst würde sie auch in Zukunft Zeit und Geld verlieren.

Marie und Nini standen im Windschatten eines Hauses und beobachteten das Treiben auf dem Marktplatz. Wie so oft in letzter Zeit waren außergewöhnlich viele Bettler unterwegs. Ihr Herz schnürte sich zusammen, als sie die zerlumpten, schmutzigen Kinder mit den eingefallenen Gesichtern sah, die bittend die Hand ausstreckten. Marie sah beschämt zu Boden. Sie würde am liebsten jedem etwas geben, aber sie konnte nicht, solche Extravaganzen würden sogar einen reichen Mann arm machen; es waren einfach zu viele geworden. Im Frühsommer waren sie nach York weitergereist, dem kulturellen Zentrum im Norden Englands. Die Stadt gefiel ihr gut, stieß man doch auf Schritt und Tritt auf Relikte der reichen Historie Englands. Marie nutzte das, um Nini – und sich selbst, wie sie sich eingestand – in der Geschichte des Landes zu unterrichten. In York gab es viele elegante Stadthäuser, das Theatre Royal und prachtvolle Versammlungsräume, in denen die Ausstellung jedoch nicht unterkommen konnte. Sie hatte ihre Figuren stattdessen den ganzen Sommer über in den Tanzsälen im Viertel Goodrangate gezeigt. Die Stimmung war in dieser Zeit gedrückt gewesen. Die durch den Krieg bedingte Wirtschaftskrise schlug sich besonders auf die Tuchindustrie nieder, und diese war in der Stadt stark vertreten, genau wie in ihrer nächsten Station Leeds, von wo sie nun abreiste. Die Lagerhäuser der Tuchhändler waren voll bis unters Dach, sie konnten ihre Waren nicht verkaufen, weil der Handel mit Amerika durch einen Kabinettsbeschluss unterbunden war. Der Einsatz der neuen Dampfmaschinen verschlechterte die Lage zusätzlich. Es hieß, dass in einigen Städten die Hälfte der Bevölkerung von der Armenfürsorge lebte. Kein Wunder, dass die Anschläge der verbitterten Arbeiter auf die verhassten Maschinen unter »General Ludd«, dem Decknamen der Anführer, stark zugenommen hatten. Erst kurz vor ihrer Ankunft hatten Frauen und Jugendliche unter Führung einer gewissen »Lady Ludd« auf dem Kornmarkt randaliert und den Händlern faire Preise aufgezwungen, denn die schlechten Ernten in den vergangenen Jahren hatten die Preise für Brot und andere Nahrungsmittel in die Höhe getrieben. Der Krieg verschärfte die Situation noch. Die Steuern stiegen unaufhörlich, außerdem kaufte die Armee einen Großteil der Getreideernte auf, um die zigtausend französischen Gefangenen zu versorgen. Das Volk darbte, rebellierte. Wie sie das alles an die Hungerunruhen in Paris erinnerte! Ob auch England vor einer großen Revolution stand? Sie konnte trotzdem zufrieden mit den Einnahmen sein, zumindest gemessen an der allgemeinen Lage.

Marie blickte irritiert zur Seite, irgendetwas schien das normale Markttreiben durcheinanderzubringen. Vor ihr standen zwei Frauen und tuschelten, ein Mann klopfte dem anderen lachend auf die Schulter und zeigte mit dem Finger auf etwas. Dann sah auch Marie, was die Aufmerksamkeit der Menschen auf sich zog. Sie glaubte, ihren Augen nicht zu trauen. Ein Mann lief über den Marktplatz, er hatte ein langes Seil über die Schulter geworfen, an dessen Ende eine Frau hing. Er zerrte die Frau hinter sich her und bot sie offenbar zum Kauf an. Ein anderer Mann hielt ihn an, die beiden verhandelten lautstark, es ging um Nahrung und Kleidung für die Frau, für die der Käufer aufzukommen hatte. Die Frau riss derweil an dem Seil um ihren Hals und versuchte loszukommen. Es schien niemanden zu kümmern.

»Was machen die Männer mit der Frau?«, fragte Nini befremdet. Marie blickte sich um. Die Menschen sahen zwar hin, schienen aber nicht erstaunt oder gar entsetzt. Es war wohl nicht das erste Mal, dass so etwas passierte.

»Der Mann will seine Ehefrau verkaufen«, sagte sie tonlos.

»Darf er das denn?«

Marie zuckte ratlos mit den Schultern. »Anscheinend, zumindest stört sich niemand daran.« Sie war froh, als sie Richard kommen sah. Unter dem Arm trug er den Proviant für ihre Reise. Im Weggehen sahen sie noch, wie die Männer ihren Kaufkontrakt besiegelten und auf eine Taverne zusteuerten. Würden sie die Frau dort anbinden wie ein Pferd? Oder würde sich doch noch jemand ihres Schicksals erbarmen? »Was für eine viehische Barbarei!«, flüsterte Marie.

Eingezwängt saßen sie nebeneinander in der Kutsche. Grau drückte der Himmel auf die Erde, der Regen schlug gegen das Holz. Wie gut, dass sie Nini und Richard überredet hatte, nicht auf dem Dach zu sitzen. Sie war froh, die beiden um sich zu haben, zu unangenehm waren dieses Mal die anderen Fahrgäste. Einer aß, seit die Kutsche losgefahren war, hörbar mit offenem Mund, ein weiterer stank nach feuchter, ungewaschener Kleidung, und die anderen stritten sich lautstark über die Arbeiterbewegung. Ein Mann, dessen Weste sich gefährlich über dem Bauch spannte, stand auf Seiten der Fabrikbesitzer. Als sie an der Ruine einer Fabrik vorbeikamen, deren Hof übersät war mit Steinen, Ziegeln und den Scherben der zerschmissenen Fensterscheiben, redete er sich in Rage.

»Am Anfang mochten die Arbeiter ja noch ein vernünftiges Ziel verfolgt haben. Die neuen Maschinen sind wirklich zu schnell eingeführt worden. Einige Fabrikbesitzer haben keine Rücksicht auf ihre Arbeiter genommen, sie einfach an die Luft gesetzt. Aber was zu viel ist, ist zu viel. Waffen rauben und morden, was hat das noch mit Arbeitskampf zu tun.«

»Das sind keine echten Arbeiter, die so was tun. Diebe und Mörder haben sich eingeschlichen. Es gibt Spione, die ihr Spiel mit den Arbeitern treiben«, meinte ein anderer.

»Ammenmärchen! Die Franzosen haben ihre Hand im Spiel, die finanzieren doch diese Aufständischen. Napoleon lässt viertausend Pfund die Woche dafür springen. In einem Bekennerbrief, der in Huddersfield ankam, hieß es, man hoffe auf die Hilfe des französischen Herrschers. Die sollen nur kommen, die Franzosen! Dann greift die Armee gnadenlos durch!« Bei den letzten Sätzen des Mannes zuckte Marie zusammen. Sie kämpfte darum, sich ihren Schrecken nicht anmerken zu lassen. Der andere Mann lachte höhnisch.

»Die Armee! Hier sind mehr Soldaten versammelt als nach Portugal geschickt wurden, um die spanische Halbinsel zu verteidigen, und dennoch richten sie nichts aus. Weil sie wissen, dass die Arbeiter im Recht sind. Die Besitzer sind für ihre Leute verantwortlich, sie können sie nicht so behandeln.«

»Nonsens. Es ist richtig, dass die Todesstrafe für Maschinenstürmer verhängt wird. Wenn die ersten am Galgen baumeln, wird dieser ganze Spuk ein Ende haben«, war der Dicke überzeugt.

Die Richter griffen auch wegen geringfügiger Delikte bereitwillig zu dieser Strafe, erst kürzlich war eine Frau gehenkt worden, weil sie Kartoffeln gestohlen hatte.

Marie starrte aus dem Fenster, aber was sie dort sah, deprimierte sie nur noch mehr. Die Gegend war öde, es gab keine Bäume, keine Gärten, keine Kornfelder. Stattdessen überall aufgerissene, geschändete Erde. Schwarz und dick war die Luft vom Kohlendampf. Blei- und Kohlenminen, Steinbrüche, Schmelzöfen und Ziegelmanufakturen waren zu sehen, dazwischen Baumwollspinnereien und andere Fabriken. Männer, Frauen und Kinder krauchten über dieses graue Land, abgehärmt und bleich, Maulwürfe im Leib der Manufakturen, mitleiderregend. Besonders erschütterten sie die Familien, die auf den Abraumhalden der Minen noch die Brocken zusammensuchten, um damit durch den Tag zu kommen. Wer weiß, vielleicht hatten einige von ihnen vor gar nicht so langer Zeit ein respektables Leben geführt, aber der Abstieg lauerte überall. Ein, zwei harte Winter, schlechte Ernten, widrige Umstände, und man musste von den Resten leben, die die anderen übrig ließen. Eine schauerliche Vorstellung. Im Angesicht dieses Elends war sie dankbar für das, was sie hatte.

Als sie endlich Manchester erreichten, war die Stadt durch die Kohlenwolken und den Nebel kaum zu erkennen. Hunderte von fünf- und sechsstöckigen Fabrikgebäuden und unzählige turmhohe Schornsteine warfen ihre Muster an den Himmel. Sie fuhren durch Häuserschluchten, deren Mauern vom Kohlendampf schwarz verfärbt waren. Als sie den Fluss überquerten, sah Marie, dass er wie eine Farbenbrühe schimmerte. Die Industrie hatte diese Landschaft entstellt. Marie, Nini und Richard nahmen den erstbesten Gasthof, aßen eine Kleinigkeit und gingen erschöpft zu Bett. Marie war froh, allein zu sein. Sie zog sich die Decke über den Kopf, sah nur durch einen Spalt in das Dunkle des Zimmers. Die Eindrücke des Tages ließen sie nicht los. War ein Schatten über ihr Bett geflattert? Marie zog die Decke hinunter, so dass sie besser sehen konnte. Sie musste sich geirrt haben. Einen Augenblick später sauste noch ein Schatten über sie hinweg, weitere folgten. Marie setzte sich auf. Was war das? Die Schatten schienen in ihren Bettvorhängen zu verschwinden. Marie entzündete ein Licht und stand auf. Sie ging zu den Bettvorhängen und rüttelte daran, plötzlich flogen ihr Tiere um den Kopf, verfingen sich in ihren Haaren. Sie zuckte zurück, fiel beinahe hin. Fledermäuse in ihren Bettvorhängen! Sie versuchte sie durch das Fenster hinauszuscheuchen, doch die Biester verschwanden immer wieder in den Nischen des Zimmers. Marie kratzte sich am Arm, auch ihr Bein juckte. So spät im Jahr noch Mücken? Sie hielt den Arm ins Licht und sah drei nebeneinanderliegende rote Pusteln – Flöhe! Auch das noch, das war zu viel! Sie zog sich an, packte ihre Sachen und floh aus dem Zimmer.

In der Schankstube war es schon ruhig, das Feuer glomm nur noch im Kamin.

»Ich verbringe keine Nacht in diesem biesterverseuchten Zimmer«, schimpfte sie. Die Wirtin war ungerührt. Die Flöhe habe sie wohl selbst mitgebracht, die Zimmer seien in Ordnung. Ein anderes Bett habe sie nicht frei, aber sie könne ja hier unten auf den Morgen warten. Marie setzte sich auf einen Stuhl an den Kamin. Sie hoffte eine Weile, dass auch Nini und Richard aus ihrem Zimmer fliehen würden, aber nichts geschah. Die jungen Männer waren wohl weniger anspruchsvoll, oder weniger empfindlich.

Am nächsten Morgen erwachte sie, als die Magd das Feuer im Kamin schürte. Was für eine Nacht! Ihr Hals war steif, sie hatte Kopfschmerzen. Die Frau fragte, ob Marie etwas essen oder trinken wolle, aber Marie lehnte ab. Wenn die Zimmer so ungepflegt waren, wie sah es wohl erst in der Küche aus? Schaudernd dachte sie an das Abendessen. Wer wusste schon genau, was ihnen vorgesetzt worden war. Sie hatte von Gasthäusern gehört, in denen Kalbfleischpasteten aus Katzenfleisch hergestellt wurden. Ihr Magen rebellierte. Jetzt kamen auch Nini und Richard die Treppe hinunter. Beide hatten Flohbisse im Gesicht. Als sie diesen ungastlichen Hof verlassen wollten, standen das Dienstmädchen und das Zimmermädchen neben der Tür und hielten die Hand auf. Marie musste, wie es den Gepflogenheiten entsprach, etwas hineinlegen. Bei dieser Schlamperei würde das Trinkgeld jedoch sehr gering ausfallen. Entsetzt sahen die beiden Frauen auf den kleinen Betrag und riefen Marie noch Beschimpfungen hinterher. Was man sich alles gefallen lassen musste!

Sie suchten sich einen freundlichen, gepflegten Gasthof im Zentrum von Manchester und bereiteten ihren Ausstellungsraum für die Ankunft der Wachsfiguren vor. Es war Marie gelungen, einen Saal in der Exchange, dem Zentrum des Handels in der Stadt, zu mieten. Schnell fand sie auch einen pensionierten Lehrer, der Ninis Unterricht übernahm. Wie es ihre Gewohnheit war, sah Marie sich auch in dieser Stadt um, die auf den ersten Blick so wenig einladend wirkte. Eine Empfehlung ermöglichte es ihr sogar, gemeinsam mit Nini und Richard eine der großen Baumwollspinnereien zu besichtigen. Die schiere Größe der Fabrik, der Lärm und die Zustände dort beeindruckten sie sehr. Schon als sie das Erdgeschoss betraten, in dem eine Dampfmaschine unzählige Räder und Spindeln in Gang setzte, waren sie wie gebannt. Der Vorarbeiter berichtete stolz, dass man die Anlagen dieser *Mules* so weit entwickelt habe, dass inzwischen sechshundert Spinnspillen von einem Erwachsenen und zwei Kindern versehen wurden; eine Arbeit, die früher von wesentlich mehr Menschen erledigt werden musste.

»Ist das der Grund, warum viele Arbeiter diese Maschinen so sehr hassen?«, schrie Nini gegen den Lärm an und betrachtete dabei fasziniert das schnaufende Gerät. Der Vorarbeiter druckste herum, bevor er die Frage beantwortete. Auch wenn er hier die Arbeit führte, schien er doch Sympathien für die Aufständischen zu haben.

»Natürlich. Sie sagen, dass das Handwerk nicht mehr geachtet wird. Viele haben durch die Höllenmaschinen, wie sie sie nennen, ihre Beschäftigung verloren und nagen nun am Hungertuch. Früher konnte ein Großteil der Arbeit im Hause erledigt werden. Jetzt verlassen viele Kinder morgens die Unterkunft, um zu arbeiten, während die Eltern arbeitslos zu Hause sitzen. Manche kräftigen Männer finden keine Anstellung mehr, ihre einzige Aufgabe ist es, ihre Kleinen vor Sonnenaufgang in die Fabrik zu bringen und sie nach Sonnenuntergang dort wieder abzuholen. Vor dieser Schande fliehen viele in den Suff«, sagte er und führte sie weiter.

Oft waren Frauen an den Maschinen beschäftigt. Sie sahen aber auch Kinder, die auf beiden Seiten der Maschine zum Anknüpfen der gerissenen Fäden bereitstanden. Die meisten hatten bleiche Gesichter, ihre Augen wirkten entzündet, die Haut war durch Ausschläge entstellt. Als der Vorarbeiter Maries mitleidigen Gesichtsausdruck bemerkte, sagte er ungerührt: »Ja, den Ladys geht der Anblick immer ans Herz. Aber die Kinder können arbeiten, sie sind sogar stolz darauf. Hier geht's ihnen doch gut. Sie verdienen einen halben bis einen Shilling pro Tag, eine Frau einen bis zwei Shilling und ein Mann die Woche ein bis zwei Pfund.«

Marie war froh, als sie diesen Ort verlassen konnte, froh vor allem, dass Nini nicht unter diesen Umständen arbeiten musste. Auch Richard war ganz still geworden, er hatte gesehen, dass auch seine Landsleute in dieser Fabrik beschäftigt waren. Ein paar Tage später erzählte er ihr, dass er einige dieser Iren getroffen hatte. Sie hausten am Rande der Stadt in feuchten, rattenverseuchten Kellerlöchern. Dennoch gab es für sie keine Alternative. Sie träumten von gerechtem Verdienst und einer besseren Zukunft. Marie musste an den Philosophen Rousseau denken, der gesagt hatte, der Mensch sei frei geboren und dennoch liege er überall in Ketten. Die Revolutionäre in Frankreich hatten vor Jahrzehnten versucht, etwas daran zu ändern, die Aufrührer in England schienen das gleiche Ziel zu haben. Aber waren es die richtigen Methoden, die die Maschinenstürmer verfolgten?

Ihre Herren, die Fabrikbesitzer und Kaufleute, konnte Marie hingegen in der Exchange beobachten, einem imposanten Gebäude, das erst vor einigen Jahren gebaut worden war. Es war zweigeschossig, die Mauern bildeten an einem Ende einen säulengeschmückten Halbkreis. Im Erdgeschoss war der wichtigste Raum das Lesekabinett, in dem die Londoner Tageszeitungen und die meisten der örtlichen Blätter auslagen, im Obergeschoss befand sich ein Saal, in dem dreihundert Menschen und ein Orchester Platz fanden; hier stellte Marie aus. In der Exchange war immer etwas los, es herrschte ein stetiges Kommen und Gehen der Händler und Geschäftsleute, am Abend suchten viele in Begleitung ihrer Ehefrauen und Töchter die Räumlichkeiten auf. Maries Ausstellung profitierte davon, zudem kamen ihre Figuren in diesem imposanten Bauwerk besonders gut zur Geltung, wie sie fand. Doch auch für Menschen, denen es nicht so gut ging, war die Exchange ein Anziehungspunkt. Das hatte dazu geführt, dass die Exchange im letzten Frühjahr von Randalierern angegriffen worden war. Ursprünglich war ein Treffen zu Ehren des Prinzregenten geplant gewesen, man hatte es jedoch kurzfristig abgesagt, weil man befürchtete, dass es Proteste gegen die Regierung geben könnte, die sich Reformen widersetzte. Die Absage erfolgte zu spät, Tausende versammelten sich in dem Gebäude und es kam zu einem Aufstand. Die Fenster des Lesekabinetts wurden zerschmissen, viele Möbel zerstört. Soldaten mussten die Menge auseinandertreiben. Heute waren die Spuren des Aufstands getilgt, aber Marie war die starke Anwesenheit von Truppen in der Stadt aufgefallen. Auch bettelarme Kinder trieben sich immer wieder vor der Ausstellung herum. Als Marie sah, wie sie neugierig in den Saal linsten, kam ihr eine Idee: Sie könnte Sonderführungen für Schulklassen anbieten. Damit tat sie etwas für die Bildung der Jugend und konnte zugleich einige dieser armen Wichte mit durchschlüpfen lassen, ohne die anderen Gäste zu vergrätzen. Marie nahm Kontakt zu der Mädchenschule einer Wohltätigkeitsstiftung auf und pries ihre lehrreiche Figurensammlung an. Sie wurde jedoch brüsk abgewiesen, so ein billiges Vergnügen sei nichts für die jungen Damen. Eine Zeitlang verdunkelte der Groll über diese abfälligen Worte Maries Gedanken. Dann aber bemerkte sie, dass die anderen Einwohner der Stadt durchaus nicht so dachten. Die Geschäfte in Manchester liefen gut. Immer wieder konnte Marie die Miete des Saales verlängern. Manchester war zwar keine schöne Stadt, aber eine, in der sich Geld verdienen ließ. Auch für die Bettelkinder fand sie eine Lösung, indem sie sie einfach nach Geschäftsschluss eine Weile in das Wachsfigurenkabinett ließ. Die Kleinen liefen Nase hochziehend durch die Ausstellung und wollten wissen, warum Marie keine Figur der Hottentotten-Venus zeigte. Diese Saartje, von den frechen Jungen »Fettsteiß« genannt, hatte in London für Aufsehen gesorgt und war dann von ihrem Herrn und Meister auf Tournee geschickt worden. In Manchester hatte man im letzten Jahr die »Wilde« schließlich zum rechten Glauben bekehrt und getauft. Marie hatte für derartige Jahrmarktsattraktionen nichts übrig. Wie konnte in einer Nation, die den Sklavenhandel abgeschafft hatte, ein Mensch wie ein wildes Tier in einem Käfig zur Schau gestellt werden? Sie versuchte stattdessen, den Kindern Figuren wie die des Seehelden Nelson nahezubringen, jedoch nur mit mäßigem Erfolg.

Marie dachte in diesen Wochen viel über ihr Leben nach. Sie hatte immer noch eine Menge über das Reiseleben zu lernen, das wusste sie inzwischen. Die Einschätzung der Städte, der Umgang mit Bürgermeistern, mit Druckern, der richtige Zeitplan, die Unterkünfte. So wie sie als Jugendliche gelernt hatte, den Unterschied zwischen wohlhabenden Besuchern des Wachssalons und Aufschneidern zu erkennen, musste sie beispielsweise lernen, gute Gasthöfe von schlechten und gierige Wirte von großzügigen zu unterscheiden. Jeden Tag gab es neue Herausforderungen. Sie musste Unsicherheiten bewältigen, improvisieren, sich behaupten. Marie hatte das Gefühl, ein neues Leben zu beginnen.

KAPITEL 6

WORCESTER, APRIL 1814

Sie saßen im Bell Inn in der Broad Street in Worcester, wo sie demnächst die Ausstellung eröffnen würden. Im letzten Jahr hatten sie noch in Liverpool und Birmingham haltgemacht, zwei Städten, die bevölkerungsreich genug waren, um ihnen ein Auskommen zu bieten. Nini und Richard hingen an den Lippen eines Mannes, sein Gesicht war von tiefen Falten zerfurcht, doch die hohlen Augen leuchteten, als er von seinen Erlebnissen im letzten Winter sprach. Es ging um die *Frost Fair* in London, einen Jahrmarkt, der sich nur alle paar Jahre zutrug, wenn es kalt genug war, dass die Themse zufror. Der letzte Winter war so kalt gewesen, dass die Vögel steif vom Himmel fielen und das Wachs im Topf gefroren war.

»Überall auf der Themse standen Buden. Die Menschen schlitterten übers Eis, bestaunten die Gaukler. Es gab Schaukeln für die Kinder und alle Leckereien, die man sich nur vorstellen konnte. So was sieht man nur einmal im Leben. Kein Wunder, dass überall Drucker ihre Pressen aufgebaut hatten und ihre Bilder von diesem Ereignis verkauften. Jeder, der was auf sich hält, war dort – und ich mittendrin. Die Leute kriegten vor Staunen den Mund gar nicht mehr zu. Ich habe so viel verdient, wie noch nie mitten im Winter, wo sonst alle im Winterschlaf sind!«

»Ich beneide Sie. Immer unterwegs, immer lachende Gesichter sehen, das muss schön sein«, sagte Richard begeistert. Der Mann sah Richard prüfend an, strubbelte sich durch die Haare. Marie bot ihm eine Prise aus ihrer Schnupftabaksdose an, er griff gerne zu.

»Vierzehn Jahre ziehe ich schon durch die Lande. Bei Rennen verdiene ich manchmal zehn Shilling in zwei, drei Tagen. Davon muss ich meine Familie ernähren, mein Jüngster ist grad zehn Wochen alt. Manchmal ist's hart. Oft gehe ich ohne

Frühstück aus dem Haus und spiele den ganzen Tag, um Geld fürs Abendbrot zu verdienen. Wenn ich dann auf der Straße den Narren spiele, ist mir das Herz schwer. Aber nie würd ich um Fürsorge der Gemeinde bitten, lieber würd ich hungern. Nein, Junge, Spaß macht das nicht. Die meisten Straßenclowns verrecken im Armenhaus. Ich mag gar nicht daran denken«, sagte er nachdenklich. Betroffene Stille machte sich breit. Der Mann stand jetzt auf, wollte sich schon verabschieden. Dann setzte er sich noch einmal hin und fragte, ob sie ihm mit etwas Geld aushelfen könnten. Nini und Richard schüttelten bedauernd den Kopf, sahen Marie an, die aus ihrer Tasche einige Geldstücke kramte. Viel war es nicht. Der Mann bedankte sich. Wenig später sahen sie, wie er in der Mitte des Gasthofs eine Vorführung gab. Er trug jetzt rotgestreifte Baumwollstrümpfe mit einer langen, rot und schwarz gepunkteten Hose. Auf dem Kopf hatte er eine Perücke aus Pferdehaar und eine weiße Mütze in der Form eines Hahnenkamms. Das Gesicht war weiß geschminkt, Wangen und Mund leuchteten zinnoberrot. Er machte Späße, aber Marie und den beiden jungen Männern war nicht mehr zum Lachen zumute.

»Armer Teufel«, sagte Marie. Gerade als der Straßenclown dabei war, das Geld einzusammeln, kam ein Mann in den Gasthof gerannt und brüllte etwas. Die Menschen stoben auseinander, riefen sich etwas zu und liefen auf die Straße. Es war nicht viel Geld für den Clown zusammengekommen. Auch Nini und Richard rannten hinaus, um zu erfahren, was los war. Marie fühlte sich an die Zeit während der Revolution erinnert, in der so viel Neues passierte, dass auch sie und ihr Onkel oft der Menge auf der Straße gefolgt waren, um die Neuigkeiten und Ereignisse mitzubekommen. Nicht alles davon war gut, manches war sogar gefährlich gewesen. Ihr fiel der Sturm auf das Schloss der Tuilerien und das Massaker an den Schweizer Garden ein, und wie sie unter den Leichen nach der ihres Onkels gesucht hatte. Glücklicherweise war er diesem Gemetzel entkommen. Unruhig wartete Marie jetzt auf ihren Sohn und Richard. Was war wohl geschehen? Kurze Zeit später kamen sie atemlos zurück, Nini umarmte sie stürmisch. Ihr Sohn war bald sechzehn Jahre alt und schon größer als sie selbst.

»Abgedankt! Boney hat abgedankt!«, rief er aufgeregt. Marie sprang auf. Sie musste in das Wachsfigurenkabinett. Wenn diese Nachricht stimmte, musste sie umgehend Bonapartes Figur umgestalten.

Napoleon Bonaparte war in den letzten Monaten an den Rand der Ausstellung gerückt. Die schöne Joséphine und seine Ehefrau Marie Louise, die ihm vor drei Jahren den ersehnten Thronfolger geschenkt hatte, standen nach wie vor in seiner Nähe. Wie viele Jahre hatte die Figur von Napoleon sie schon begleitet, wie viele Erinnerungen waren damit verbunden. Sie ließ die Nachrichten der letzten Jahre Revue passieren. Konsul, Kaiser, Kriegsherr und nun abgedankt, einfach so? Sie dachte an seine nächsten Verwandten, für die er Europas Herrschersitze okkupiert hatte. An den Russlandfeldzug, der einen Blutzoll ohnegleichen gefordert hatte; der Untergang der Großen Armee im Zarenreich hatte sogar hier in England für Aufsehen gesorgt. Sie erinnerte sich an den Frühjahrs- und den Herbstfeldzug 1813, an die Niederlagen und an die Kämpfe im Frühjahr. Der Krieg war ein gefräßiges Monster, und sie konnte nur froh sein, dass sie weit vom Kriegsherd entfernt lebte. Marie war erleichtert, dass ihr Sohn François zu jung war, um zur Armee eingezogen zu werden. Wenn der Krieg noch länger gedauert hätte, hätte es ihn vielleicht auch erwischt. Und wer wusste, ob sie je davon erfahren hätte. Sie hatte schon lange keinen Kontakt mehr zu ihrer Familie in Paris. Boney blickte sie stolz an. Der Kaiser der Franzosen, jetzt würde er eine demütige Pose annehmen müssen.

Nini und Richard rissen sie aus ihren Gedanken. Sie sprudelten hervor, was sie noch alles auf den Straßen gehört hatten.

»Die Menschen feiern, sie planen ein großes Volksfest! Endlich hat das Elend ein Ende! Der Krieg wird bald vorbei sein«, rief Nini ihr entgegen. Er strahlte mit Richard um die Wette, dann nahm er sie bei den Schultern und sah ihr fest in die

Augen. »Verstehst du denn nicht – es ist nur noch eine Frage von Tagen, bis der Krieg beendet ist. Wir können nach Hause!« Er tänzelte aufgedreht um sie herum, in Maries Kopf begann sich plötzlich alles zu drehen.

Nach Hause? So viele Jahre hatte sie sich diesen Moment ausgemalt, so oft hatte sie sich vorgestellt, dass sie sich ebenso freuen würde, wie es ihr Sohn jetzt tat. Aber nun, wo es gewiss schien, dass Napoleon Bonaparte abgedankt hatte, konnte sie es kaum glauben. Aufzugeben passte so gar nicht zu diesem selbsternannten Herren des Universums. War das wirklich das Ende Napoleons, das Ende der Feindschaften? Sie konnte sich nicht vorstellen, dass dieser dickköpfige Kriegsherr klein beigab. Was würde sie zu Hause erwarten? Wie würde ihr Leben in Paris aussehen? Noch immer war sie vom Verhalten ihres Ehemannes maßlos enttäuscht. Auch Richards Freude ließ bei Ninis Worten nach. Sie würden ihn verlassen, er würde seine Arbeit verlieren. Er hatte wohl nicht geahnt, was der Friedensschluss für die Tussauds bedeuten würde. Marie zwang ein Lächeln auf ihr Gesicht.

»Ja, das ist ein Grund zu feiern. Doch noch ist der Friede nicht geschlossen.« Sie wusste, dass sie Ninis Freude einen Dämpfer versetzte, aber sie hatte so viele Jahre die Fallstricke der Politik beobachtet, ihre Winkelzüge und Überraschungen verfolgt, sie würde es erst glauben, wenn sie es schwarz auf weiß sah. Nini schaute sie enttäuscht an.

»Aber Mutter, was soll denn noch passieren? Jeder spricht davon! Wir können zurück!«, sagte er eindringlich.

»Wenn der Friede eingekehrt ist, reisen wir zurück. Bis es so weit ist, machen wir weiter wie geplant. Wir bleiben hier, danach ziehen wir, wie ich es bereits vereinbart habe, über Bristol und Bath nach Südengland. Von da aus können wir ein Schiff nehmen. Wir werden auf keinen Fall überstürzt aufbrechen«, sagte sie bestimmt. »Außerdem haben wir viel zu tun. Es wird einen neuen Herrscher in Frankreich geben. Der Bourbonenkönig Ludwig XVIII. wird jetzt wohl bald den Thron besteigen, den Napoleon ihm so lange vorenthalten hat. Wir müssen also die Figuren des Grafen von Provence und seines Bruders, des Grafen von Artois, aufpolieren.« Gerade die Figur des zukünftigen Königs, den sie, als er noch der Graf von Provence war, im Schloss von Versailles porträtiert hatte, musste dringend aufgefrischt werden. Denn wie lange war diese Porträtsitzung her? Sie erschrak, als sie die Jahre wie die Seiten eines Buches zurückblätterte. Dreißig Jahre! Nein, da half kein Aufpolieren mehr, da müssten zuerst Gemälde beschafft und ein neuer Lehmkopf modelliert werden. Es gab also viel zu tun.

Marie schabte mit einem Messer die Gussnähte an dem neuen Wachskopf ab, als Richard den Ausstellungsraum betrat und ihr etwas zu essen brachte. Sie verzichtete inzwischen darauf, das Wachsfigurenkabinett zu schließen, und hielt es von zehn Uhr in der früh bis zehn Uhr abends geöffnet. Das ging nur, wenn Nini und sie sich an der Kasse abwechselten. Heute aber war ihr Sohn unterwegs, um neue Materialien zu kaufen, deshalb versorgte Richard sie mit einer Schale Eintopf aus dem Gasthof. Es war noch sehr wenig los, Zeit also, weiter an dem Wachskopf zu arbeiten, denn sie würde ihn erst noch reinigen, bevor sie sich die Zeit zum Essen nahm. Auch den Kopf von Talleyrand würde sie wieder aus der Mottenkiste holen, er hatte mittlerweile den Vorsitz der provisorischen Regierung Frankreichs übernommen. Sie erinnerte sich noch gut an den früheren Bischof, der seinen Ruf als Frauenheld wie eine Auszeichnung getragen hatte. Die Gepflogenheiten der Revolution hatten ihn nie gekümmert, und auch später trug er weiterhin seine blonden Haare gepudert, einen seidenen Frack, ein Hemd aus Batist und Spitzen und Schnallenschuhe; seine Haltung war besonders gerade, wohl um von seinem Klumpfuß abzulenken. Mal sehen, wie sie ihn in der Ausstellung präsentieren würde.

Bei der Arbeit konnte sie gut nachdenken. Sie zweifelte nicht daran, dass sie so schnell wie möglich nach Paris zurückkehren würden – sie musste es einfach tun, schon ihrem jüngeren Sohn zuliebe. Es gab allerdings geschäftliche Verpflichtungen in England, die sie zuvor würde einhalten müssen, und das, was sie im Moment beschäftigte, hing damit zusammen.

»Die Sieger versammeln sich demnächst in London, um dort zu feiern. Alexander I. von Russland und Friedrich Wilhelm III. von Preußen werden kommen, auch andere Kriegshelden wie Wellington und Metternich werden dabei sein. Es wäre eine gute Gelegenheit, viele neue Porträts auf einmal zu entwerfen. Diese Figuren würden in unseren letzten Monaten in England Geld in die Kasse spülen. Zugleich wären sie eine Attraktion in Frankreich, wenn wir in Paris den Wachssalon wieder eröffnen«, sagte sie wie zu sich selbst. Richard horchte auf.

»Wollen Sie mit Ihrem Wachsfigurenkabinett nach London reisen?«

»Nein, wir haben Engagements in anderen Städten, die Räume sind schon gemietet. Aber ich könnte mit der Schnellkutsche in die Stadt reisen, ich wäre nur ein paar Tage fort.« Sie träufelte etwas Terpentin auf ein Tuch und rieb mit leichter Hand den Wachskopf ab.

»Das ist eine sehr gute Idee, warum tun Sie es nicht?«

Marie hielt einen Moment inne. Schon länger hatte sie über diese Frage nachgedacht, die Antwort mochte sie sich jedoch kaum eingestehen.

»Ist es wegen Joseph? Er ist ein guter Sohn, er würde sich ausgezeichnet um das Wachsfigurenkabinett kümmern«, sagte Richard überzeugt.

Würde er das? Genau diese Frage hatte Marie sich immer wieder gestellt. War er nicht zu jung für diese Verantwortung? Könnte sie ihn wirklich tagelang mit dem Geschäft allein lassen? Seit sie unterwegs waren, hatte Marie fast alle Sorgen und Nöte mit sich selbst ausgemacht. Sie wollte ihren Sohn nicht damit belasten, seine Kindheit und Jugend nicht noch mehr beschweren. Heute stand das Ungesagte, diese Sprachlosigkeit zwischen ihnen. Inzwischen war er alt genug, bestimmte Gedanken zu teilen, aber ihre Zweifel an ihm würden ihren Sohn nur verunsichern. Er würde glauben, dass sie ihm nicht vertraute, dass sie ihn nicht genug liebte. Doch sie liebte ihn mehr als alles auf der Welt, auch wenn sie es ihm nicht oft sagte. Er war der wichtigste Mensch für sie, er und sein Bruder, an den sie so oft dachte, dass es ihr manchmal vorkam, als ob ein unsichtbarer Junge sie auf ihren Reisen begleitete. Schuldgefühle nagten an ihr. Sie war keine gute Mutter, nicht so gut zumindest wie andere Mütter, die ganz für ihre Kinder da waren. Was sie in diesen Jahren an ihrem Nesthäkchen François versäumt hatte, würde sie nie wiedergutmachen können. Wenn er sie überhaupt noch als seine Mutter anerkennen würde.

»Ich mache mir Sorgen, dass die Stimmung wieder kippt. Die Wachsfiguren sind früher einmal in Paris für eine politische Demonstration entführt worden. Das könnte erneut geschehen. Ich habe Schlimmeres durchgestanden, aber für Nini ist das alles fremd«, sagte sie.

Die schlechte wirtschaftliche Lage sorgte weiterhin für Unruhe bei den Arbeitern, es war zu Revolten in den Fabriken gekommen. Nachdem bekannt geworden war, dass Napoleon abgedankt hatte und nach Elba abgereist war, hatte es fröhliche Feste gegeben. Es hieß, dass sich in Yarmouth achttausend Menschen an langen Tischen versammelt hatten und bei Roastbeef, Plumpudding und Bier den Anbruch einer besseren Zeit gefeiert hatten. Es hatte jedoch auch Ausschreitungen gegeben. Man hatte hölzerne Figuren von Napoleon aufgehängt und abgefackelt. Wer wusste schon, ob sich einige Radikale bei den neuerlichen Feierlichkeiten zum Friedensschluss nicht auch an ihren Wachsfiguren vergreifen würden.

»Verzeihen Sie meine Offenheit, aber Joseph ist schon ein junger Mann, der bald auf eigenen Füßen stehen sollte. Wenn Sie ihm nichts zutrauen, wie soll er es dann lernen?«

Marie sah Richard nachdenklich an. Er hatte recht, auch wenn es ihm nicht zustand, sie zu kritisieren. Sie holte ein weiches Tuch hervor und begann, den Wachskopf zu polieren. »Wir haben ja noch etwas Zeit, ich werde es mir überlegen«, sagte sie.

Als Marie wenig später nach London reiste, war sie nervös. Am liebsten hätte sie ihre Entscheidung doch rückgängig gemacht und wäre in Worcester geblieben, aber das konnte sie ihrem Sohn nicht antun. Zu stolz war er darauf, dass sie ihm für ein paar Tage die Verantwortung für das Wachsfigurenkabinett überließ. Dieser Stolz vertrieb sogar seinen Unwillen über die erneute Verzögerung ihrer Heimreise. Marie aber war nicht nur unruhig, weil sie ihre Wachsfiguren in seine Hände gab, nein, es war auch das erste Mal seit langer Zeit, dass sie allein reiste. Sie war auf sich gestellt, hatte nur den Koffer mit ihrem Werkzeug dabei, wie damals, als sie in Paris im Auftrag des Konvents unterwegs war. Als sie in der Schnellkutsche saß und die Gedanken im Takt der Pferde schweifen ließ, ging ihr auf, wie wenig sie besaß. Sicher, die Figurensammlung wuchs stetig an, aber ihr persönlicher Besitz hatte sich seit Jahren nicht vergrößert. Sie hatte Kleidung für den täglichen Gebrauch, Hauben und Hüte, Schuhe und Handschuhe, einen Becher und einen Teller für unterwegs, einige Bücher und ihre Erinnerungsstücke, das war alles. Es war genug für sie, mehr Besitz hätte ihr nur Sorgen bereitet.

Sie war nicht die Einzige, die zu den großen Feierlichkeiten nach London reiste. Die Stadt war überfüllt. Marie stellte erstaunt fest, wie weit sich während des Krieges die Mode auf dem Kontinent und die in England auseinanderentwickelt hatte. Die französischen Besucherinnen schmückten sich durch hochaufragende Hüte mit Federn, Kleider mit hoher Taille und weite Röcke mit Volants. Die Engländerinnen schnürten ihren Körper hingegen noch immer mit engen Miedern und Korsetts und trugen geradezu winzige Kopfbedeckungen. Die Menschen belagerten vor allem das Pulteney Hotel, wo Alexander I. und seine Schwester, die Großfürstin Katherina, mit seiner Garde aus Kosaken abgestiegen waren. Es war in dieser Situation unmöglich, Zugang zu den Herrschaften zu erhalten. Marie gelang es jedoch, einen Blick auf die Heerführer zu erhaschen, und stellte Zeichnungen her, um die Porträts zu entwerfen. Die Kosaken in ihren fremdartigen Uniformen durften natürlich nicht fehlen. Als sie wieder zurück nach Worcester reiste, hatte sie noch etwas anderes im Gepäck, eine Brille für sich – ihre Sehkraft hatte nachgelassen – und eine Überraschung für ihren Sohn. Sie hatte den kleinen Kasten gut verstaut, und sie wollte sich sorgfältig überlegen, wann der richtige Zeitpunkt für die Übergabe war.

Maries Finger begannen zu beben, als sie die Schrift erkannte. Es war ein Brief von François, der erste seit vielen Jahren. Vielleicht hatte das Ende des Krieges den Schriftverkehr zwischen Frankreich und England erleichtert. Sie hörte die Schritte ihres Sohnes und verbarg den Brief im Rock. Sie würde ihm erst davon erzählen, wenn sie wusste, dass der Brief gute Nachrichten enthielt. Am Abend, als sie allein in ihrem Zimmer war, öffnete sie ihn.

Ihrer Familie ging es gut, das war die einzige positive Nachricht in dem Brief. Ihr Nesthäkchen war zu einem gesunden, vielversprechenden jungen Mann herangewachsen, der inzwischen eine Lehre absolvierte. Danach schrieb ihr Ehemann von den schlechten Geschäften nach Kriegsende, von Schulden und davon, dass Marie doch endlich nach Hause kommen oder zumindest Geld schicken solle. Er habe die Möglichkeit, in ein Geschäft einzusteigen, das sehr gewinnbringend sein könne. Wenn sie ihm genügend Geld schicken und er es investieren würde, wären sie bald alle Sorgen los und sie könnten einen schönen, neuen Wachssalon eröffnen. Falls sie verhindert sei, könne er das Geld in England abholen.

Marie stand erbost auf und ging unruhig im Zimmer hin und her. Vor allem die Drohung, dass François nach England kommen könnte, beunruhigte sie. Sie war jetzt froh, dass sie ihrem Sohn den Brief nicht gezeigt hatte. Nichts hatte sich geändert. Traumschlösser, krumme Geschäfte, Schuldenberge, das war alles, worauf ihre Ehe noch basierte. Sie hatten einiges gespart, aber sie würde ihrem Ehemann nichts davon schicken. Das Geld war für ihre Söhne, und wenn es in Paris investiert werden würde, dann nur unter ihrer Kontrolle.

Doch dafür mussten sie erst einmal nach Paris kommen. Bis es so weit war, musste sie andere Maßnahmen ergreifen, falls François tatsächlich zu ihr nach England reiste. Ihr Mann durfte auf keinen Fall Zugriff auf das Geld und Gut bekommen, das sie in England angesammelt hatte. Sie würde sich mit einem Anwalt beraten müssen. Marie riss den Brief in kleine Stücke und verbrannte ihn sorgfältig. Kein Schnipsel sollte Nini einen Hinweis darauf geben, dass sein Vater sich gemeldet hatte.

Einige Tage später suchte sie einen Anwalt auf, der ihr empfahl, Nini als Treuhänder für die Ausstellung einzusetzen. So könnte sie verhindern, dass die Ausstellung in die Hände ihres Mannes fiel oder sie für seine Schulden einstehen musste. Nini wunderte sich ein bisschen, vor allem aber freute er sich über das Vertrauen, das sie ihm damit aussprach. Warum Marie diesen Schritt unternahm, ahnte er nicht.

Es war ein reiches Land, durch das sie fuhren, mit üppigen Wiesen, weiten Feldern und großen Rinderherden. Marie war glücklich darüber, mal wieder den Blick auf schöne Landschaften, auf hohe Bäume und blühende Büsche werfen zu können. Und das bei mir, einem Kind der Stadt Paris! Sie musste daran denken, wie Jacques-Louis David ihr bei seinem Kunstunterricht erzählt hatte, wie ihn seine Zeit in Rom geprägt hatte. Statt der grauen Stadt Paris plötzlich die Farben des Südens, die Formen der Antike zu sehen! Heute ließ sie sich von einer englischen Landschaft ebenso bezaubern wie er damals von Italien. Sie war selbst erstaunt darüber, wie sehr sie sich an dieses Land gewöhnt hatte.

Eine Weile fuhren sie zwischen zwei Gebirgsketten her, dann tat sich auf einer Anhöhe der Blick auf den Fluss Severn auf, der sich breit in Richtung Meer dahinschlängelte. Kurz nach dieser wunderbaren Aussicht tauchte am Wegesrand eine verunglückte Kutsche auf, die umzukippen drohte. Auf dem Anhänger des Wagens war etwas festgebunden, das wie eine Schiffsschaukel aussah. Der Wagen war mit bunter Schrift und

Zeichen bemalt, es musste der Besitz umherziehender Schausteller sein. Die Teile des gebrochenen Rades lagen am Boden. Ein alter Mann mühte sich, es zu richten, aber vermutlich würde er es nicht rechtzeitig schaffen, denn die Kutsche hatte schon jetzt eine gefährliche Schlagseite. Zwei blonde Frauen stemmten sich gegen den Wagen und versuchten, ihn zu halten. Marie wollte den Postillon anrufen, damit er anhielt und die Männer helfen konnten, da hörte sie schon Ninis Stimme. Er saß bei dem schönen Wetter mit Richard auf dem Dach der Kutsche.

»Halten Sie ein, Kutscher, wir wollen Hilfe leisten!« Doch der Postillon ließ sich nicht erweichen, und sie fuhren weiter. Wenig später waren die Verunglückten im Staub der Straße verschwunden. Als sie schließlich in Bristol ankamen, machten Nini und Richard dem Kutscher Vorwürfe. »Wie lange hätte es schon gedauert, ihnen zu helfen! Das hätte uns doch nicht lange aufgehalten!«, schimpften sie.

»Wenn ich jedes Mal anhalten würde, wenn ich dieses umherstreifende Gesindel sehe, das mit uralten Wagen durch die Gegend kutschiert und liegenbleibt, wäre ich schon längst meine Stelle los. So viele Verspätungen kann sich kein Kutscher leisten!«, brummte der Postillon.

Am nächsten Nachmittag brachen Marie und ihre zwei Begleiter auf, um ihre Kisten mit den Wachsfiguren in Empfang zu nehmen. Sie gingen ein Stück am Avon-Fluss entlang und betrachteten die Kais und Werften, die an seinem Ufer erbaut wurden. Hier herrschte reges Treiben. »Wenn man bedenkt, dass hier jeder Stein mit dem Blut der Sklaven erkauft wurde! Dabei geht es auch anders. Als der Handel mit Sklaven verboten wurde, ging es Bristol schlecht. Doch inzwischen haben die Händler andere Waren im Angebot, die ebenfalls lukrativ sind, Zucker zum Beispiel«, bemerkte Marie nachdenklich. Sie hatte sich am Morgen mit ihrem Wirt über die Stadt und ihre Reichtümer unterhalten. Jetzt liefen sie durch breite gepflasterte Straßen voller Menschen, am Horizont war die Kathedrale zu sehen, dahinter die hügelige Landschaft. Sie dachte daran, dass man Bristol mit Rom verglich, weil beide Städte auf sieben Hügeln thronen.

»Dort in den Hügeln haben auch die Schausteller ein Plätzchen gefunden, die wir gestern gesehen haben. Richard und ich haben heute Morgen den alten Mann zufällig getroffen. Wir haben gefragt, wie es ihnen ergangen ist und erzählt, dass wir eigentlich helfen wollten. Er sagte, dass sie noch stundenlang dort waren, bis endlich eine andere Schaustellerfamilie vorbeikam und ihnen half. Jetzt haben sie am Rand der Stadt, wo demnächst ein kleiner Jahrmarkt stattfindet, ihr Lager aufgeschlagen. Wir sollen sie mal besuchen«, berichtete Nini. Marie wunderte sich, dass er ihr nicht früher davon erzählt hatte.

»Dafür werdet ihr wohl kaum Zeit haben. Schon heute lassen wir die Figuren in die Versammlungsräume in der Prince's Street bringen, dabei brauchen wir jede Hand«, sagte Marie.

Als sie in den Hallen des Transportunternehmens ankamen, gab es eine unangenehme Überraschung. Ihre Fracht war nicht eingetroffen.

»Was soll das heißen, unsere Kisten sind nicht da?«, fragte Marie ungläubig. Der Kutscher wirkte wie ein Mann, der sich nicht gerne etwas sagen ließ, doch jetzt trat er verlegen von einem Bein auf das andere. Nini war so erbost, wie Marie ihn nur selten erlebt hatte.

»Was ist mit unserer Fracht passiert? Ist sie liegengeblieben?« Der Mann schüttelte den Kopf, das glaube er nicht. »Was heißt das, glauben? Also raus damit, was wissen Sie?«

»Ich weiß nich', was mit den Kisten passiert ist. Ich weiß nur, dass zur gleichen Zeit viele Kutschen abgingen, die nach Bristol sollten, mit Ladung für die Schiffe.«

Marie sah Nini entsetzt an. Ihr Sohn rief nach einem Pferd. Wenig später sprengte er davon. Marie wies Richard an, in dem Handelskontor auf ihn zu warten. Sie selbst ging zu ihren neuen Ausstellungsräumen, die ihr jetzt besonders leer vorkamen. Was, wenn ihre Figuren bereits mit einem Schiff auf dem Weg in die Karibik oder nach Afrika waren? Alles wäre verloren, auch die Originalmasken, ein unersetzlicher Verlust. Sie müsste wieder ganz von vorne anfangen. Wie viel Mühe, wie viel Kraft würde das kosten. Eine neue, kleinere Wachsfigurensammlung würde niemals genug einbringen, um sie drei zu ernähren, vielleicht würde es nicht einmal für ihren Sohn und sie reichen. Ihr Kopf begann zu schmerzen. Marie blinzelte auf die Prince's Street hinaus, einer Straße zwischen Kai und Queen's Square, einem weitläufigen Platz, an dem die Häuser der eleganten und reichen Gesellschaft sowie einige Verwaltungsgebäude der Stadt lagen. Die Bäume und die Gebäude auf der gegenüberliegenden Seite wirkten verschwommen. Sie kniff die Augen zusammen. Dann erst erinnerte sie sich an ihre Brille und kramte sie aus ihrer Tasche, sie würde sich noch daran gewöhnen müssen. Der Regen hämmerte mittlerweile unablässig gegen die Scheiben. Sie fühlte sich auf einmal so schwach, so kraftlos. Sie wusste nicht, wie lange sie auf die Straße gestarrt hatte, aber irgendwann hörte sie Schritte in den leeren Räumen hallen. Es war Nini, völlig durchnässt und erschöpft.

»Sie waren schon dabei, die Kisten auf ein Schiff zu verladen. Ich konnte sie gerade noch aufhalten. Es war nicht so leicht, die Träger davon zu überzeugen, dass ich für dich sprechen kann, ich hatte ja keine Vollmacht dabei. Aber schließlich ist es mir doch gelungen. Die Kisten werden jetzt umgehend hierher gebracht.«

Marie setzte sich erleichtert hin. Man konnte nicht vorsichtig genug sein, was den Transport ihrer Figuren anging, jede Unachtsamkeit konnte schlimme Folgen haben. Dieses Mal war es gerade noch gutgegangen, dank Nini. Die Arbeit konnte wie geplant weitergehen. Dennoch fanden Nini und Richard einige Tage darauf Zeit, die Schausteller an ihrem Lagerplatz zu besuchen. Hätte Marie es gewusst, hätte sie es ihrem Sohn sicher verboten, so ein Umgang war nichts für ihn, aber sie erfuhr es erst später. Die beiden jungen Männer halfen beim Aufbau der Schiffsschaukel, woraufhin sie eingeladen wurden, die Mahlzeit mit den Schaustellern zu teilen. Sie berichteten Marie begeistert von der Freundlichkeit und dem Gemeinschaftsgefühl, das sie gespürt hatten.

»Warum ziehen wir nicht wie sie mit eigenen Wagen durch die Lande? Dann könnten wir auch besser auf die Figuren aufpassen. Wir könnten uns anderen Herumreisenden anschließen, das wäre lustiger, als immer allein in Orte zu reisen, wo wir niemanden kennen«, schlug Nini vor.

»Wir können uns keine eigenen Wagen leisten, selbst wenn wir es wollten. Wozu auch, wir wollen doch ohnehin bald England verlassen. Die Zeiten sind schlecht, die Leute haben kein Geld. Der erhoffte Aufschwung lässt auf sich warten. Unsere Einnahmen sind niedrig, und auf einem Jahrmarkt müssten wir sogar noch die Eintrittspreise senken«, antwortete Marie. »Außerdem habe ich jahrelang darum gekämpft, dass sich mein Wachsfigurenkabinett von den Jahrmarktsbuden abhebt. Warum sollte ich diesen Ruf, den ich mir mühsam erarbeitet habe, aufs Spiel setzen?«

»Man hätte auch mal Hilfe, wenn man sie bräuchte, man hätte Gesellschaft ...«, gab Nini zu bedenken.

»Aber wir kommen doch zurecht, du, Richard und ich. Je weniger wir auf Hilfe angewiesen sind, desto besser. Wir machen weiter wie bisher, etwas anderes kommt nicht in Frage«, beendete Marie das Thema.

An diesem Abend präsentierte sie ihrem Sohn das Geschenk, das sie ihm aus London mitgebracht hatte. Es war eine Maschine, mit der man Schattenrisse herstellen konnte. Nini war alt und verantwortungsbewusst genug dafür, das hatte er bewiesen. Sie hatte manchmal das Gefühl, dass sie ihm nicht genügend zeigte, wie sehr sie ihn liebte. Ihr Geschenk war zumindest eine Anerkennung.

Nini trat ungeduldig von einem Bein auf das andere, bis sie ihm endlich die Handzettel reichte. Seine Wangen röteten sich, während er stolz vorlas:

»*Mit Erlaubnis des verehrten Bürgermeisters und unter der*

Schirmherrschaft Ihrer Königlichen Hoheiten des Herzogs und der Herzogin von York und Monsieur, des Grafen von Artois, informieren Madame Tussaud, Künstlerin, und Joseph Tussaud, Inhaber, respektvoll Adel, Gentry und Öffentlichkeit von Bristol, Clifton und der Umgebung, dass ihre unerreichte Sammlung, die kürzlich ausgestellt in London, Dublin, Edinburgh, Paris etc. ausgestellt wurde, nun für kurze Zeit eröffnet ist in den Versammlungsräumen, Prince's Street. Das großartige Europäische Figurenkabinett, lebensecht modelliert, bestehend aus zweiundachtzig verschiedenen Charakteren ...«

Es folgte, wie üblich, die Aufzählung ihrer Figuren, darunter waren auch die Vertreter des Königshauses, die in diesem Jahr ein erneutes Jubiläum feierten, und der Herzog von Wellington, der in Portugal und Spanien erfolgreich gegen Napoleons Truppen gekämpft und den Marie nach einer aktuellen Büste modelliert hatte, sowie weitere Neuheiten. Marie war mit dem Plakat zufrieden, lediglich die Erwähnung von Nini als Inhaber kam ihr jetzt übertrieben vor. Sie war Ninis Begeisterung über ihr Geschenk und seinem neuen Status als Treuhänder geschuldet, und es stimmte ja auch – er war jetzt der Besitzer dieser neuen Attraktion. Er las weiter, runzelte dann die Stirn. Marie zeigte ihrem Sohn, was er suchte. Er hielt das Papier hoch und hob die Stimme:

»*Joseph Tussaud informiert respektvoll Adel, Gentry und Öffentlichkeit von Bristol, Clifton und der Umgebung, dass er eine Maschine hat, mit der er Profilabbildungen mit der größten Genauigkeit herstellen kann.* Da steht es, tatsächlich! Danke, Mutter!«, sagte er begeistert. Er konnte den Blick gar nicht vom Papier abwenden, dann legte er es vorsichtig, als hantiere er mit zerbrechlichen Wachsgebilden, ab. »Ich bin etwas nervös, hoffentlich wird alles gutgehen. Denkst du, du könntest noch mal ...?«

»Noch einmal? Meinst du nicht, du hast genug geübt?«, lachte Marie. Sie freute sich über die Begeisterung ihres Sohnes und setzte sich auf den Stuhl, während er alles vorbereitete, um Maries Profil auf Papier zu bannen.

»Der Schweizer Gelehrte Lavater schrieb einmal, das Schattenbild sei das wahrste und getreueste Bild, das man von einem Menschen wiedergeben kann. Als der österreichische Herrscher Joseph II. damals bei uns in Curtius' Wachsfigurenkabinett zu Gast war, sprachen die beiden ausführlich darüber. Später habe ich alle Schriften von Lavater verschlungen. Vielleicht bekommen wir eine englische Übersetzung seiner Werke für dich«, sagte sie. Sie ließ ihre Gedanken mit den Erinnerungen in die Vergangenheit zurücktreiben. Nini hatte inzwischen die Lampe entzündet, um Maries Profil auf den Hintergrund zu werfen. Sie bemerkte nicht, dass er sie angespannt ansah, und plauderte weiter.

»Ich weiß noch genau, wie mein Onkel Curtius eines Tages in der Rue Saint-Honoré sein Schattenbild herstellen ließ. Er ging zu dem berühmten Künstler Monsieur Chrétien, der einen ähnlichen Apparat wie diesen Physionotrace erfunden hatte. Wie stolz Curtius über dieses Abbild war! Er trug die Uniform der Nationalgarde, und unter dem Bild wurden seine Verdienste bei der Erstürmung der Bastille aufgeführt. Und jetzt hast du so ein Gerät! Mein Nini!« Er bremste sie.

»Mutter, bitte nenn mich nicht mehr Nini. Ich bin doch kein Kind mehr. Ich bin schon ein Mann, und ich habe jetzt eine Beschäftigung, mit der ich mein Geld verdiene. Können wir anfangen? Du müsstest dann allerdings einen Moment schweigen, sonst werde ich keinen vernünftigen Schattenriss zuwege bringen«, sagte er. Marie zwang sich zu einem Lächeln. Was meinte er damit? Er hatte doch auch vorher schon eine Beschäftigung, einen Beruf gehabt. Er war Wachsbildner, wie seine Mutter. Und was sollte das mit seinem Namen?

»Ich werde mir Mühe geben, Joseph«, sagte sie steif. Sie musste sich in den nächsten Tagen immer wieder zur Ordnung rufen, damit sie ihn nicht mit seinem Kosenamen ansprach, und insgeheim wusste sie, dass er für sie immer ihr kleiner Nini bleiben würde.

Joseph fand sich schnell in die Arbeit hinein, und die Herstellung von Schattenbildern war bald eine hübsche Nebeneinnahmequelle. In ihrer nächsten Station, in Bath, war die Nachfrage allerdings nicht so groß, vermutlich, weil in dieser Kurstadt schon einige Künstler ansässig waren, die derartige Profile herstellten. Sie verbrachten die ganze Wintersaison in Bath und reisten dann weiter in Richtung Süden, wo Marie bereits das Kommen ihrer Ausstellung zugesagt hatte. Sie würde nun keine neuen Engagements mehr annehmen, damit ihrer Abreise nach Frankreich nichts im Wege stehen würde.

Es war der Monat März im Jahre 1815 und Marie führte einen Journalisten des *Taunton Courier* durch ihr Wachsfigurenkabinett in »Mr Knight's unteren Räumen« in der North Street in Taunton. Sie hatte es sich zur Gewohnheit gemacht, Vertreter der ansässigen Zeitungen in ihr Kabinett einzuladen, ihnen eine genaue Führung zu gewähren und ihnen alles Wichtige über ihr Wachsfigurenkabinett zu berichten. So wussten sie, was sie schreiben konnten, und für Marie würde es keine bösen Überraschungen geben. »Sie erwähnen auf Ihren Handzetteln, dass Ihr Kabinett unter der Schirmherrschaft einiger königlicher Hoheiten steht«, sagte der Mann gerade.

»Das stimmt. Ich hatte die Ehre, den Herzog und die Herzogin von York in London zu porträtieren, für die Herzogin stellte ich sogar die Figur eines schlafenden Kindes her. Und Monsieur, der Graf von Artois, habe ich im Schloss von Versailles kennengelernt, wo ich eingeladen war, Prinzessin Élisabeth zu unterrichten«, erzählte Marie.

Das englische Königshaus wurde gefeiert, in Frankreich waren die Bourbonen wieder auf dem Thron. Wenn sie schon Verbindungen zu Königshäusern hatten, sollte sie sie auch erwähnen. Wie immer streute Marie noch einige Anekdoten ein und hob hervor, wie viel Wert sie auf Genauigkeit und Lebensechtheit legte. Als sie einige Tage später den Artikel im *Taunton Courier* las, war sie zufrieden. Der Realismus wurde gelobt, mit dem die Figuren geschaffen und gekleidet waren, beinahe so, als ob es echte, sprechende Menschen wären. Die internationalen Nachrichten ließen sie jedoch erstarren. Napoleon hatte die Insel Elba verlassen und marschierte mit seinen Getreuen auf Paris zu. Der Frieden war vorbei, es würde erneut Krieg geben, das begriff sie sofort. Napoleon Bonaparte würde erst ruhen, wenn er wieder alleiniger Herrscher war. Das würden die anderen Länder, allen voran England, nicht dulden. In dieser Situation konnte sie nicht nach Paris zurückkehren. Es war schon beinahe zum Lachen. So viele Jahre waren sie nun hier, und immer wieder wurden ihre Pläne durchkreuzt. Es war, als sollten sie nicht nach Frankreich zurückreisen. Nini würde ihr Vorwürfe machen, er würde sagen, dass sie zu lange gezögert hatten. Vielleicht hatte er recht, wenn sie direkt nach Napoleons Abdankung aufgebrochen wären, hätte es keine Probleme gegeben. Marie ließ die Zeitung sinken. Nein, zum Lachen war ihr wirklich nicht zumute.

Im Sommer hatte sich das Blatt schon wieder gewendet. Sie waren weiter in die Hafen- und Handelsstadt Plymouth an die Südküste gereist. Marie war gerade auf der Straße, als sie einen Trompetenstoß und das Donnern der Pferdehufe hörte. Behende sprang sie zur Seite. Die Postkutsche raste an ihr vorbei, sie konnte gerade noch erkennen, dass der Postillon und sogar das Pferd mit Lorbeer und Eichenlaub geschmückt waren. Auf der Kutsche saßen Männer, die ihre Freude herausschrien: »Die große Schlacht ist vorbei! Wir haben gewonnen! Wellington hat bei Waterloo gesiegt!« Die Menschen blieben stehen, fielen sich in die Arme, stießen Hochrufe aus. Auch Marie wurde von einer wildfremden Frau umarmt. Dann rannte sie los, um Nini und Richard die Nachricht zu überbringen.

In den nächsten Wochen versuchten sie alles über die Schlacht und die Lage in Frankreich herauszufinden. Am 16. Juni 1815 waren Napoleon Bonaparte und seine Kämpfer in der Nähe des Dorfes Waterloo südlich von Brüssel auf die Truppen Wellingtons gestoßen. Seine Armee brach unter den Salven seines Feindes zusammen. Als am Abend die Armee des preußischen Generals Blücher Wellingtons Truppen zu Hilfe kam, ergriffen die französischen Verbände die Flucht.

Napoleon konnte nur knapp der Gefangennahme entgehen, die Kutsche mit seinem Gepäck fiel den Verfolgern in die Hände. Inzwischen hatte der Kaiser der Franzosen abgedankt und seinen Sohn, der noch ein kleiner Junge war, zu seinem Nachfolger erklärt. Sein Wunsch wurde erwartungsgemäß ignoriert, denn König Louis Philippe XVIII. kehrte nach Paris zurück und bestieg erneut, wie schon vor Napoleons Herrschaft der hundert Tage, den Thron.

Marie, Nini und Richard diskutierten, wie jeder andere politisch Interessierte, in jeder freien Minute darüber, was wohl geschehen würde. Etwas über drei Monate hatte die erneute Herrschaft Napoleon Bonapartes gedauert, ob es wohl die letzte war? Konnten sie es wagen, jetzt nach Frankreich zu reisen? In der Öffentlichkeit wurde darüber gerätselt, wie man Napoleon davon abhalten konnte, noch einmal die Hände nach der Macht auszustrecken. Diese Diskussionsthemen waren gut für die Tussauds. Ob in Taunton, in Plymouth oder in Exeter – überall wollte man ihre Figuren der Sieger und des Besiegten sehen. Als Marie es bedauerte, dass sie kein aktuelles Porträt von Napoleon hatte, der nun schon so viele Jahre lang die Besucher in ihr Kabinett zog, kam ihr der Zufall, das Schicksal oder einfach die Politik zu Hilfe.

Nachdem er England jahrelang mit der Invasion gedroht hatte, kam Napoleon Ende Juli 1815 endlich in Sichtweite der englischen Küste. Er hatte versucht, nach Amerika zu reisen, doch das britische Kriegsschiff *Bellerophon* hielt seine Fregatten auf. Ihm blieb nichts anderes übrig, als sich an Bord des feindlichen Schiffes zu begeben. Er bat beim erbittertsten seiner Gegner, dem britischen Prinzregenten, um Asyl. Tiefer konnte er nicht sinken, fand Marie, als sie auf dem Weg zur Bucht von Torbay war. In dem Meeresbusen an der Küste der Grafschaft Devon pflegte die englische Kriegsflotte im Krieg vor Anker zu gehen, nun war dieser natürliche Hafen, glaubte man den Berichten der Zeitungen, das Ziel des ehemaligen Kaisers der Franzosen. Gleich nachdem Marie gelesen hatte, wo Napoleon und sein

Gefolge ankern würden, hatte sie Joseph das Wachsfigurenkabinett überlassen und war abgereist. Es schien ihr eine Fügung zu sein, dass sie sich gerade zu dem Zeitpunkt in diesem Teil Englands aufhielt, zu dem Napoleon hierherkommen würde. Ihre Schicksale würden sich noch einmal berühren, deshalb musste sie versuchen, einen Blick auf Bonaparte zu werfen, vielleicht würde es ihr sogar gelingen, zu einer Porträtsitzung an Bord der *Bellerophon* gelassen zu werden. Als sie jedoch dort ankam, sank ihr der Mut. In der Ferne konnte sie das Kriegsschiff mit seinen zahlreichen Kanonen erkennen, die schon bei der Schlacht von Trafalgar das ihrige zum Niedergang Napoleons beigetragen hatten. Das Schiff war umringt von Tausenden kleinen Booten, auf denen die Schaulustigen saßen. Marie sprach einen Seemann an, ob er sie zum Schiff bringen würde, aber er verlangte eine unverschämte Summe. Seemann für Seemann fragte sie sich durch, bis sie endlich einen jungen Fischer fand, mit dem sie so lange verhandeln konnte, bis sie einen immer noch hohen, aber doch halbwegs vernünftigen Preis ausmachen konnte.

Ihr war mulmig zumute, als sie mit ihren Utensilien in die Schaluppe stieg, aber sie schob ihre Angst zurück. Es war zu wichtig, dass sie sich auf diesen Weg machte. Der Fischer lavierte an den anderen Schiffen vorbei, in denen die Menschen die Hälse reckten, um einen Blick auf Napoleon zu werfen. Anscheinend wollten die Engländer sich davon überzeugen, dass dieser vermeintliche Teufel weder Hörner noch Hufe hatte, sondern ein ganz normaler Mensch war. Endlich konnte sie das Deck der *Bellerophon* erkennen. Napoleon war nirgends zu sehen. »Und was nu', Missis?«, fragte der Fischer.

»Bringen Sie mich näher heran, vielleicht können wir Kontakt zu der Besatzung aufnehmen.« Der Fischer tat wie geheißen, doch als er weiterruderte, wurden sie von den Soldaten auf dem Schiff aufgefordert, sich von der *Bellerophon* fernzuhalten. Marie überlegte, wie sie ihr Anliegen vortragen könnte. Sie beobachtete eine Barke, die sich dem Schiff näherte. Darin saß ein Diener, in den Händen hielt er einen Brief und einen großen Obstkorb, aber auch er wurde aufgehalten. Der Fischer schien zu bemerken, wie unschlüssig sie war. »Diese Lady ist 'ne Künstlerin, sie kennt Napoleon und will ihn porträtieren«, schrie er plötzlich. Die Menschen auf den Booten sahen sich neugierig um und lachten. Einige gutgekleidete Frauen sahen demonstrativ in die andere Richtung und hielten sich peinlich berührt den Fächer vor den Mund. Als Marie hörte, dass ihr Anliegen abgelehnt wurde, dankte sie dem jungen Mann dennoch und bat ihn zu schweigen.

»Wollen Sie noch mal zahlen? Sonst müssen wir langsam zurück«, drängte der Fischer. Sie hatte das Schiff nur für einen Vormittag gemietet, so langsam lief ihr die Zeit davon. Auf einmal hörte sie Applaus und Jubel aufbrausen. Sie sah zur *Bellerophon* zurück.

Napoleon hatte die Kajüte verlassen. Marie konnte es kaum fassen, als sie die Gesichter der Neugierigen betrachtete. Auf ihren Mienen war Faszination, Ehrfurcht zu erkennen. Der Feind hatte das Deck betreten, aber er wurde nicht begrüßt wie ein Feind, sondern wie ein Held. Die Herren auf den Schaluppen zogen ihren Hut vor ihm. Auch sie richtete ihre Aufmerksamkeit auf Napoleon. Er war jetzt knapp sechsundvierzig Jahre alt, seine dunkelbraunen Haare schienen licht. Er war dick geworden, der grüne Uniformfrack mit in Gold gestickten Waldhörnern schien zu spannen. Seine Kopfbedeckung war ein kleiner aufgeschlagener Hut mit einer dreifarbigen Kokarde, an der Hüfte trug er einen Degen mit goldenem Griff. Trotz seiner misslichen Lage nahm er die Beifallsbekundungen sehr würdevoll entgegen. Marie zog Papier aus ihrem Koffer und begann fieberhaft zu zeichnen. Einmal drehte er den Kopf in ihre Richtung, fast hatte sie das Gefühl, er sehe sie an. Napoleon zog seinen Hut und grüßte mit einer Verbeugung des Kopfes. Marie deutete ebenfalls eine Verbeugung an, und sie konnte aus den Augenwinkeln erkennen, dass die Frauen in ihrer Nähe es ihr nachtaten. Etwas später ging der berühmte Gefangene wieder unter Deck.

Schon wenige Tage später stellte sie diesen neuen Napoleon

in ihrem Wachsfigurenkabinett aus. Sie hätte wetten können, dass diese Figur ein großer Erfolg werden würde – und sie war es.

»Es ist nicht richtig, ihn nach Sankt Helena zu verbannen. Er hat in England um Asyl gebeten und wurde dafür bestraft«, fand Marie, die Mitleid mit Napoleon hatte, weil dieser auf eine Insel mitten im Südatlantik verfrachtet worden war. So ein Schicksal hatte nicht einmal er verdient. »Und dann bestimmt der Prinzregent, dass man Napoleon als General bezeichnen soll. Was für eine Beleidigung! Wenn sie ihn schon degradieren, dann müssten sie ihn als Ersten Konsul anerkennen, denn unter diesem Titel haben sie ja auch Gesandtschaften an ihn entsandt. Auch in der Politik sollten die einfachsten Regeln des Anstands gelten.« Sie legte einen Wachskopf in die Kiste. Es war wieder einmal Zeit zu packen, abzureisen, eine neue Stadt aufzusuchen. Es sollte auf dem direkten Weg nach London gehen, auch wenn sie unterwegs natürlich noch die Gelegenheit nutzen und ihre Figuren ausstellen würden.

»Was hätte die Regierung denn tun können? Er ist ein Kriegsgefangener, und so hat ihn die Regierung auch behandelt«, antwortete Joseph.

»Das ist nicht ganz richtig. Er hat seinen Fuß freiwillig an Bord eines englischen Schiffes gesetzt, das ist, als ob er englischen Grund und Boden betreten hätte – also hätte er Anspruch auf die englische Gastfreundschaft gehabt. Ihn jetzt auf eine unfruchtbare Insel zu verbannen, weitab von seiner Familie, ist grausam.«

Joseph schüttelte bestimmt den Kopf. Er hatte das Kriegsschiff mit seiner gefährlichen Fracht gesehen, als es vor Plymouth vor Anker lag. So beeindruckt wie erstaunt hatte er ihr danach berichtet, dass sich auch dort wohl tausend Schiffe um den Kreuzer gedrängt hatten, jedes mit mindestens acht Schaulustigen besetzt. Einige wohlhabende Händler oder Gentlemen hatten bis zu fünfzig Guineen bezahlt, um ein Boot für den Tag zu mieten.

»Du hast doch genauso wie ich gesehen, wie die Leute reagiert haben. Wahrscheinlich wäre er früher oder später befreit worden, wenn man ihn in ein Gefängnis gesteckt hätte«, gab Joseph zu bedenken.

»Du sprichst schon wie ein Engländer«, wunderte sich Marie. Joseph lachte.

»Ich bin ja auch beinahe einer. Ich habe mehr Zeit in England verbracht als in Frankreich.« Marie sah ihn ernst an.

»Wenn ich daran denke, wie die Engländer mit unseren Landsleuten umgegangen sind … Nicht nur die Franzosen, auch die Engländer haben viel Leid angerichtet.« Erst vor einigen Tagen war ein Franzose in ihre Ausstellung gekommen und hatte ihr ein aus Knochen gefertigtes Modell eines Schiffes zum Kauf angeboten, das er im Gefängnis von Dartmoor hergestellt hatte. Marie wollte es ihm nicht abkaufen, sie wollte sich nicht mit noch mehr Gepäck belasten, aber sie hatte ihn zu einer Mahlzeit eingeladen. Der Mann hatte ihr von den erschütternden Zuständen in dem Gefängnis berichtet und davon, dass in den letzten Jahren tausende französische und amerikanische Kriegsgefangene dort buchstäblich verreckt waren.

Joseph verschloss eine Kiste. »Fragst du dich manchmal, was uns erwartet, wenn wir nach Hause kommen?« Marie überlegte einen Augenblick. Tatsächlich dachte sie fast ständig darüber nach. Sie musste sich eingestehen, dass die Sorgen überwogen. Sie befürchtete, dass ihr kleiner Françison – er war inzwischen auch schon ein junger Mann – nichts von ihr wissen wollte. Ihre Mutter Anna war wahrscheinlich gebrechlich, vielleicht sogar schon tot. Und ihr Ehemann? War er ihr treu geblieben? Außerdem würde viel Arbeit auf sie zukommen, sie würde in Paris wieder ganz von vorne anfangen müssen. Durfte sie Nini gestehen, welche düsteren Gedanken sie plagten? Sie musste es sogar, sie wollte nicht, dass Geheimnisse zwischen ihnen standen.

»Ich denke oft darüber nach. Ich weiß nicht, was uns erwartet. Auch für mich ist England eine Heimat geworden. Ich weiß aber, dass unsere Angehörigen dort sind, die Menschen, zu denen wir gehören. Endlich wären wir wieder vereint, wieder eine Familie. Dieser Gedanke ist es, der uns leiten sollte.« Sie nahmen still ihre Arbeit wieder auf.

»Wo ist eigentlich Richard?«, fragte Marie nach einer Weile. Nini lächelte sie verschwörerisch an.

»Er ist wieder bei den Schaustellern, auch sie haben hier Station gemacht. Aber verrate nicht, dass du es weißt. Ich glaube, er hat sich in eines der Mädchen verliebt.« Marie war überrascht. Sie hatte sich zwar gewundert, dass Richard so oft nach Dienstschluss verschwand, doch damit hatte sie nicht gerechnet. Verliebtheit, wie lange war es her, dass sie dieses Gefühl gespürt hatte?

Als Richard in das Kabinett zurückkehrte, erzählte er ihnen aufgeregt, dass er sie verlassen würde. Im Winter, wenn die Saison vorbei war, sollte Hochzeit gefeiert werden. Bis dahin würde er schon mal bei der Familie seiner Zukünftigen mitarbeiten. Marie und Nini tat der Abschied weh, sie hatten viel zusammen erlebt, und Richard war ihnen eine große Hilfe gewesen. Andererseits wollten sie ohnehin bald abreisen. Und die Geschäfte liefen nicht so gut wie erhofft. Das Ende des Krieges hatte noch immer keine Wirtschaftsblüte gebracht. Im Gegenteil, es waren viele Menschen ohne Arbeit, und wer nichts verdiente, hatte auch kein Geld für Vergnügungen. Es war also nicht schlecht, den Lohn für Richard einzusparen.

Marie und Nini traten aus ihrer Unterkunft, gingen die Broad Street in Portsmouth hinunter, an ihrem geschlossenen Wachsfigurenkabinett im Blue Posts Hotel vorbei und auf den Gasthof zu. Die Geräusche des Hafens hingen in der Luft. Der Wind sang in den Tauen der Schiffe, eine Möwe stieg in den Winterhimmel, ihr Schrei hallte in der Straßenschlucht. Joseph atmete tief ein. Marie wusste, wie sehr er diese Atmosphäre genoss. In jeder freien Minute zog es ihn zum Hafen, wo er die Schiffe betrachtete. Besonders die gewaltigen Kriegs- und Handelsschiffe, die hier vor Anker lagen, hatten es ihm angetan. Auch die ausgefeilten Werftanlagen hatte er bereits besichtigt. Dann nahmen das Stimmengewirr und das Gelächter zu. Schon von weitem konnten sie sehen, wie sich die Menschen vor der Tür drängten.

»Ob die alle zu Richard wollen?«, fragte Marie.

»Zu Richard wohl kaum«, lachte Joseph. »Seine Familie aus Irland konnte nicht kommen. Aber der Clan seiner Braut ist groß, und man hört, dass sich Schausteller bei einer Hochzeit nicht lumpen lassen.«

Es dauerte eine Weile, bis sie eingelassen wurden, aber dann war die Begrüßung umso herzlicher. Richard fiel ihnen beiden um den Hals und stellte ihnen seine Braut Sarah und ihre Familie vor. Marie war froh, dass sie sich ein neues Kleid gegönnt hatte, denn alle waren sehr gepflegt angezogen und viele Frauen trugen den neuesten Schnitt und viel Schmuck. Während des Krieges mit Frankreich hatte sich in der Mode nicht viel verändert, aber inzwischen kündigte sich ein neuer Stil an, der durch die Rückkehr von Rüschen, Mustern und Verzierungen bestach. Die Taille trug man noch immer sehr hoch, die lose fallenden Röcke verschlangen zunehmend mehr Stoff.

»Sie sind also die berühmten Tussauds, die unseren Richard so lange mit durchgeschleppt haben«, begrüßte sie der Schwiegervater aufgeräumt. Er wirkte wie ein Mann von höchster Respektabilität.

»Berühmt wohl kaum, aber ja, wir sind die Tussauds. Richard war uns eine große Hilfe, Sie bekommen nicht nur einen liebenswerten Schwiegersohn, sondern auch einen ausgezeichneten Arbeiter«, antwortete Marie freundlich.

»Wie werden Sie nur ohne ihn auskommen?«, fragte Sarah, eine junge hübsche Frau mit auffallend blonden Haaren.

»Wir werden uns im Frühjahr auf den Weg nach London machen und von dort aus ein Schiff nach Hause, nach Frankreich nehmen. Ich bin also froh, Richard so gut versorgt zu wissen.«

Der Schwiegervater fragte, wo sie unterwegs Station machen würden. Marie erzählte, dass sie vermutlich noch in Southampton ausstellen wollten. Er riet ihr zu einem Umweg über Salisbury, Newbury und Reading, denn dort habe er immer ein aufgeschlossenes Publikum vorgefunden. Als der Schwiegervater sich entschuldigte, um weitere Gäste zu begrüßen, übergab Joseph ihr Geschenk, einen Umschlag mit Geld. Von dem gesammelten Geld würden Richard und Sarah sich einen Wohnwagen kaufen. Die Schwiegereltern überließen dem jungen Paar einen Teil ihres Geschäftes, für die Zukunft war also gesorgt.

Nun wurde die Gesellschaft zu Tisch gebeten, es waren wohl an die fünfhundert Gäste zusammengekommen. Es gab ein reichhaltiges Essen, viele launige Reden und abschließend Tanz. Ein schönes Fest, das so gar nichts mit dem zwielichtigen Ruf gemein hatte, der Schausteller sonst umgab. Natürlich gab es hier, das hatte Marie gehört, auch Schausteller, die beispielsweise die größte Ratte der Welt – einen Biber – oder die bärtige Lady – einen rasierten Bären – ausstellten. Doch auch sie waren freundliche, gebildete Männer. Und die Frauen empfand Marie als angenehme Gesellschaft, weil es für sie ganz selbstverständlich war, dass Marie einem Beruf nachging. Sie schämte sich beinahe, dass sie solche Vorurteile gepflegt hatte, und nahm sich vor, in Zukunft aufgeschlossener zu sein. Als sie später die tanzenden Paare sah, wurde ihr zum ersten Mal bewußt, wie ernst ihr Leben geworden war. War Arbeit alles, was es für sie noch gab? Marie beobachtete, wie Joseph und Richard mit Sarah und einigen weiteren Frauen sprachen. Ihr Sohn war ein attraktiver junger Mann, nur wenige Jahre jünger als Richard. Er könnte sich auch bald verlieben, eigene Wege gehen. Was wäre dann mit ihr – und mit ihrem Wachsfigurenkabinett? Wovon sollte er leben? Das Herstellen der Schattenbilder war ein schöner Nebenerwerb, aber er würde nicht ausreichen, um eine Familie zu ernähren. Marie schüttelte die trüben Gedanken ab. Sie wurde von einem gesetzten Herrn zum Tanzen gebeten und nahm gerne an. Sie würde ihre Probleme jetzt und hier nicht lösen können, also konnte sie sich ebenso gut amüsieren. Joseph schien erstaunt, so ausgelassen hatte er seine Mutter noch nie gesehen. Als sie sich jedoch von Richard verabschiedeten, hatten sie Tränen in den Augen, sie würden sich vermutlich nie wiedersehen.

London, September

Im Herbst 1816 hatten sie London erreicht. Marie mietete Räume im Magnificent Mercatura auf der Ostseite der beliebten St. James's Street. Es war eine gute Adresse. Hier gab es Gentlemen's Clubs, Ballsäle für die feine Gesellschaft und die beliebtesten Schneider der Stadt. Diese hatten besonders viel zu tun, seit der Prinzregent, der als Instanz in Sachen Mode galt, lange Hosen für gesellschaftsfähig erklärt hatte. Joseph hatte gehört, dass Kniehosen nun auch offiziell nur noch als passende Kleidung für ältere Herren galten. Dazu trug man einen Gehrock im militärischen Stil. Er dachte daran, sich dieser Mode anzupassen, für derartige Extravaganzen hatten sie derzeit jedoch weder Zeit noch Geld übrig. Der junge Mann genoss es, erstmals bewusst diese Stadt zu erleben, von der er so viel gehört hatte; an ihren letzten Besuch in London hatte er nur noch verschwommene Erinnerungen. Sie würden hier ihre Figuren ausstellen und sich unterdessen über die Reisemöglichkeiten nach Frankreich informieren. Und Joseph hatte sich eine weitere Einnahmequelle überlegt: Er bot seine Dienste als Lehrer im Wachsmodellieren an.

Als Marie an einem der ersten Tage in die Zeitung sah, entdeckte sie eine Anzeige, die ihr bekannt vorkam: Der Bauchredner Mr Charles trat im Wigley's Large Room, Spring-Gardens, auf. Er sei kürzlich aus Berlin angekommen und nannte als Schirmherren den König von Preußen. So war seine Reise auf den Kontinent doch von Erfolg gekrönt gewesen, freute sich Marie und machte sich sofort auf den Weg, um ihn zu besuchen. Henri-Louis war nicht da, aber Marie hinterließ ihm eine Nachricht.

Während sie auf die Kisten mit den Wachsfiguren warteten,

nutzten sie die Zeit, um sich in London umzusehen. Eine der Hauptattraktionen der jüngsten Zeit war die Ausstellung von Napoleons Kutsche in Bullock's Egyptian Hall. Schon auf den Straßen vor dem Museum, das mit seinen Säulen und den ägyptischen Standbildern in der Piccadilly Street sehr fremdartig wirkte, herrschte großes Gedränge. Jeder schien die berühmte Waterloo-Kutsche noch einmal sehen zu wollen, bevor Bullock mit ihr auf Tournee nach Bristol, Dublin und Edinburgh reiste. Marie und Joseph stellten sich in der Schlange an und warteten darauf, eingelassen zu werden. Plötzlich wurde sie angesprochen. Sie drehte sich um, Henri-Louis Charles stand vor ihr. Er war dicker als früher, sein rundes Gesicht leuchtete rosig. Sie begrüßten sich freudig. In ihrer Unterkunft hatte man ihm gesagt, dass sie hier sein würden. Er war ihr so vertraut, als hätten sie sich erst vor kurzem gesehen. Sie sprachen darüber, wie es ihnen in letzter Zeit ergangen war.

»Ich freue mich, dass deine Auftritte auf dem Kontinent so erfolgreich waren. ›Unter der Schirmherrschaft des Königs von Preußen‹«, zitierte sie seine Anzeige. »Das hört sich sehr gut an.«

»Und bei dir: ›Künstlerin Ihrer Königlichen Hoheit Madame Élisabeth‹, das ist doch ebenso wohlklingend«, antwortete er lächelnd. Er hatte also bereits die neue Werbung für ihre Ausstellung gesehen.

»Du weißt ja, die Konkurrenz ist groß, gerade in London. Da darf man sein Licht nicht unter den Scheffel stellen«, antwortete Marie lächelnd.

»Erst recht nicht bei der gegenwärtigen Lage. Ich freue mich, dass du das endlich erkannt hast«, neckte er sie. »Alle hatten erwartet, dass mit dem Ende des Krieges auch die wirtschaftlichen Probleme ein Ende haben würden. Das Gegenteil scheint der Fall.«

Das Ende des Krieges hatte die Eisenindustrie, vor allem die Waffenproduktion und den Schiffsbau beeinträchtigt; die heimkehrenden Soldaten wollten ebenfalls wieder in Lohn und Brot. Dazu kam das verhasste Korngesetz. Nach dem Krieg hatte die Regierung ein Gesetz verabschiedet, das die Einfuhr von Getreide erschwerte. Damit wollte man die einheimische Wirtschaft stärken. Tatsächlich führte dieses Gesetz aber dazu, dass die Preise für Getreide künstlich hochgehalten wurden und die Armen hungerten, während sich die Gutsbesitzer die Taschen füllten.

»Der kalte Sommer macht alles nur noch schlimmer. Ich habe gehört, dass es im Juni in Derbyshire geschneit hat. Selbst im Juli mussten in den Gasthäusern die Kamine befeuert werden. Auf dem Land fürchtet man eine Missernte, und dann wird es wohl eine Hungersnot geben«, meinte Marie. Sie hoffte, dass sie in London den Auswirkungen dieser Probleme nicht so stark ausgesetzt sein würden.

»Und der Prinzregent lebt in Saus und Braus – kein Wunder, dass die Leute ihn nicht leiden können, wo er sich doch so wenig um ihr Wohlergehen schert«, sagte Henri-Louis. Endlich hatten sie den Eingang von Bullock's Museum erreicht. Das Geschiebe nahm stärker zu. Beide verstummten. Sie hatten einmal die Erfahrung gemacht, wie gefährlich es war, in politisch angespannten Zeiten die eigene Meinung zu äußern, und diese Lektion würden sie gewiss nie vergessen. Die aktuelle Situation in England war zwar nicht mit der Zeit vor der Revolution in Frankreich zu vergleichen, aber wer wusste schon, was die Zukunft brachte. Die englische Regierung zumindest war ob der Arbeiteraufstände und Hungerunruhen nervös, Versammlungen von mehr als fünfzig Menschen waren verboten, das Recht auf Habeas Corpus, also das Recht auf eine ordentliche Gerichtsverhandlung im Falle einer Verhaftung, war wieder einmal ausgesetzt worden, und es hieß, dass man Spione ausgeschickt hatte, um Revolutionäre zu überführen.

Marie staunte über den Andrang. »Der gute Napoleon, plötzlich lieben ihn alle. Bullock hat ein Vermögen mit dieser Kutsche verdient. Man sagt, dass schon zweihundertzwanzigtausend Menschen bezahlt haben, um sie zu sehen«, sagte Henri-Louis leise. Marie berichtete dem Freund, dass sie Napoleon auf dem Kriegsschiff *Bellerophon* gesehen hatte, und ihre Figur bereits auf der Reise nach London Ströme von Besuchern angezogen hatte. »Das Einzige, was die Begeisterung für Bonaparte noch übertrifft, ist die Walzer-Verrücktheit, die momentan grassiert. Auch die Quadrille, diesen Kontratanz, haben sie jetzt aus Frankreich eingeführt – *shocking*! Wenn ich diese Tänze unterrichten könnte, wäre ich ein gemachter Mann«, lachte Henri-Louis. »Eine Alternative wäre höchstens das Krawattebinden. In der Bond Street soll es einen Modeprofessor geben, der für eine halbe Guinee die Kunst lehrt, wie man eine Krawatte nach dem neuesten Stil bindet.«

Endlich konnten sie einen Blick auf die Kutsche werfen, die von Menschen umringt war. Auf dem Kutschbock saß ein gutaussehender junger Mann, der allerdings nur einen Arm hatte. Sie hörten ihm eine Weile zu, als er darüber berichtete, wie er in der Schlacht von Waterloo verletzt worden war und ihm in der Folge der rechte Arm abgenommen werden musste. Marie gruselte es dabei. Sie musste an den alten Mann denken, der ihr neulich die Zähne von Waterloo-Gefallenen zum Kauf angeboten hatte. Sie hatte ihn sprachlos weggeschickt. Wenn sie Zähne für ihre Wachsfiguren brauchte, würde sie diese, wie üblich, von einem Arzt kaufen. Alles andere käme ihr wie Leichenschänderei vor. Die Besucher schienen von der Kutsche und der Geschichte des Einarmigen fasziniert. Marie hatte schon lange gewusst, dass die Engländer Napoleon bewunderten. Dass diese Bewunderung aber solche Ausmaße annahm, hatte sie nicht geahnt. Vielleicht sollte auch sie um ihre Napoleon-Figur herum weitere Attraktionen schaffen. Ach was, sie tat so, als ob sie in England bleiben würde, dabei war ihre Abreise doch nur eine Frage der Zeit. Sie erzählte Henri-Louis von ihren Plänen.

Er druckste herum. »Wenn du hier noch gute Geschäfte machst, solltest du es dabei belassen und in England bleiben«, meinte er schließlich.

»Was meinst du damit? Bist du in Paris gewesen?« Er schien zu spüren, dass sie ihm keine Ruhe lassen würde, und nahm sie beiseite. Joseph sah sich weiter die Kutsche an.

»Glaub es mir einfach, Marie. Die Stimmung in Paris ist schlecht. Man hasst den König und die Emigranten, die sich aufspielen, als hätte es keine Revolution gegeben. Wenn du jetzt zurückkehrst, würde man dich auch für eine royalistische Emigrantin halten und anfeinden.« Sie sah ihn prüfend an.

»Ist das alles?« Er sah zu Boden.

»Marie, dring nicht in mich, lass es damit genug sein.« Sie bat ihn inständig, ihr alles zu sagen, was er wusste. Schließlich gab sich Henri-Louis geschlagen. »Nicht hier, Marie. Ich besuche dich in den nächsten Tagen in deiner Unterkunft, dann sprechen wir über alles«, sagte er geheimnisvoll.

Sie blieben noch eine Weile in Bullock's Museum, sahen sich auch die Exponate an, die Kapitän James Cook von seinen Expeditionen in die Südsee mitgebracht hatte und die nun im Besitz des geschäftstüchtigen Unternehmers und Naturforschers William Bullock waren. Marie jedoch war nicht mehr mit den Gedanken bei der Sache. Sie grübelte darüber, was Henri-Louis ihr wohl bisher verschwiegen hatte.

Am nächsten Abend machten sie es sich am Kamin gemütlich, und Marie bot Henri-Louis einen Portwein an. Sie musste sich zügeln, um ihn nicht ungeduldig zum Sprechen aufzufordern. Aber irgendwann fing er von selbst an. Er berichtete ihr von seinen Eindrücken aus Paris, von ihrem Mann und schließlich offenbarte er ihr, dass François schon seit Jahren mit einer anderen Frau zusammenlebte.

»Ich weiß nicht, ob dort noch ein Platz für dich ist. Und alles Geld, das du verdienst hast, würde an ihn fallen, das weißt du doch, oder?« Marie presste die Lippen aufeinander. Auch wenn sie seine Untreue schon befürchtet hatte, musste sie doch die Tränen zurückhalten. »Was hast du denn erwartet? Du bist – wie lange? – seit beinahe vierzehn Jahren fort«, stellte Henri-Louis fest.

»Aber ich konnte nicht zurück. Philipsthal, der Krieg, das brauche ich dir doch nicht zu erzählen. Es ist so ungerecht«, sagte sie erbittert. Ihr Blick verschwamm. Er legte seine Hand auf ihren Arm.

»Ich weiß es, aber es ändert nichts. Ich kann dich nicht aufhalten. Du musst wissen, was du tust. Doch ich glaube, dass du hier besser aufgehoben bist.« Henri-Louis nippte an seinem Wein, Marie starrte ins Feuer. Sie schwiegen, aber es war keine unbehagliche, sondern eine nachdenkliche Stille, die zwischen ihnen entstand.

Marie ging einiges durch den Kopf. Sie würde sich darüber klarwerden müssen, was sie tun wollte. Es war keine einfache Entscheidung, und sie tat sich schwer damit. Wie gut, dass ihnen ein längerer Aufenthalt in London leicht gemacht wurde. Die Napoleon-Manie grassierte weiter. Dichter und Karikaturisten stürzten sich auf seinen kometenhaften Fall. Inzwischen wurde er allgemein für sein tristes Exil auf Sankt Helena bedauert. Während Insassen in englischen Gefängnissen Nachrichten von ihren Verwandten bekommen konnten, sogar Zeitungen und Bücher, wurde Napoleon von allem ferngehalten. Man erzählte sich, dass er buchstäblich nach Neuigkeiten von Frau und Sohn, aber auch aus der Welt hungerte. Marie stellte Napoleon-Büsten und -Miniaturen her, die sich gut verkaufen ließen. Sie wurde nicht nur als Wachskünstlerin gelobt, sondern wurde vor allem als Zeitzeugin geschätzt. Dieses Geschäft durften sie sich nicht entgehen lassen.

Ein Jahr später waren sie noch immer in England. Die Geschäfte liefen nicht schlecht, und Marie hatte mit der Herzogin von Wellington eine neue Förderin aus der guten Gesellschaft gefunden. Marie merkte an den Reaktionen ihrer Besucherinnen auf die Wachsfigur des berühmten Feldmarschalls Wellington, wie beliebt er war, deshalb durfte auch seine Frau nicht fehlen, und die Herzogin hatte sich gerne von ihr porträtieren lassen. Sie war eine unglückliche, leidend wirkende Frau, und nur durch ihre Ehe von Interesse. Denn der Waterloo-Held hielt zu seiner Frau, obwohl er sie nicht liebte, und bewies damit, dass sich sein Ehrgefühl auch auf sein Privatleben erstreckte. Catherine Pakenham war seine Jugendliebe gewesen, ihr Vater hatte jedoch eine Ehe untersagt. Doch Wellingtons Eheversprechen blieb. Als er seine »Kitty« nach elf Jahren wiedersah, empfand er nicht mehr so stark für sie, fühlte sich aber durch sein Wort gebunden und heiratete sie. Doch die Ehe konnte ihre Gefühle nicht neu beleben, beide waren unglücklich. Dass dieser attraktive Mann in einer gescheiterten Ehe festsaß, machte ihn für die Besucherinnen nur umso interessanter und anziehender. Marie hatte hingegen Mitleid mit seiner Frau empfunden, weil es ein offenes Geheimnis war, dass Wellington zahlreiche Affären hatte.

Marie und ihr Sohn hatten London inzwischen verlassen und waren in Richtung Küste weitergezogen. Sie hatten in Maidstone, Canterbury und Deal ausgestellt. Nach Dover waren es nur einige Meilen, von dort könnte man täglich ein Schiff nach Frankreich nehmen. Einem klärenden Gespräch über ihre Abreise war Marie immer wieder ausgewichen. Sie wusste, dass sie eines Tages eine Entscheidung treffen musste, im Moment gab es jedoch wieder ein gesellschaftliches Ereignis, das sie davon ablenkte: Im Königshaus stand eine Geburt bevor. Prinzessin Charlotte war schwanger, und da sie besonders beliebt war, standen die Freudenfeuer schon bereit. Sie war das einzige Kind des Prinzregenten Georg und würde möglicherweise den nächsten König von England auf die Welt bringen. Hochzeiten, Geburten, Beerdigungen, das waren auch immer goldene Zeiten für das Wachsgeschäft. Die Menschen fieberten dem freudigen Ereignis entgegen, sie waren die schlechten Nachrichten leid. Das Jahr 1816 hatte mit Massenprotesten der Arbeiter auf den Spa Fields geendet, und 1817 hatte mit einem Attentat auf den Prinzregenten, einem Arbeiteraufstand und einem Hungermarsch der Handspinner auf London begonnen. Gerade erst waren einige Rebellen wegen Hochverrats hingerichtet worden, weitere Urteile sollten vollstreckt werden.

Marie brühte sich einen Kaffee auf und sah durch das Fenster auf die Straßen der Stadt, die im Novemberwetter grau dalagen. Der Nebel war so dicht, dass man heute den ganzen Tag lang für Beleuchtung sorgen musste; das würde die Ausgaben in die Höhe treiben. Manchmal fragte sie sich, wie die Engländer mit so wenig Tageslicht ein so großes Volk werden konnten. Nini kam herein, er war blass und sah unausgeschlafen aus. Marie drückte ihm einen Becher Kaffee in die Hand.

»Es wird Zeit, heimzukehren. Heißt es nicht, dass in Frankreich die Sonne öfter scheint?«, meinte er. »Ich werde heute losgehen und mich nach den nächsten Schiffen nach Frankreich erkundigen.«

Marie nippte an ihrem Kaffee.

»Ja, tu das«, sagte sie. Erkundigungen einzuholen konnte schließlich nicht schaden. Er machte sich auf den Weg, doch kaum war er aus der Tür hinaus, kehrte er auch schon wieder zurück. Er hielt eine Zeitung in den Händen und war noch bleicher als zuvor.

»Hier steht, Prinzessin Charlotte habe letzte Nacht einen Jungen zur Welt gebracht, eine Totgeburt. Der Zeitungsverkäufer erzählte, auch sie sei inzwischen im Kindbett gestorben«, sagte er stockend.

Marie konnte es kaum fassen. Obwohl sie der Prinzessin nie begegnet war, ging ihr die Nachricht nahe. Doch in solch einer Situation die Hände in den Schoß zu legen und zu trauern konnte sie sich nicht leisten. So wie in der Textilindustrie die Maschinen nun schneller laufen würden, um die Nachfrage nach Trauerkleidung, die in den nächsten Monaten vorgeschrieben war, zu erfüllen, musste sie die Nachricht auf ihre Weise verarbeiten.

»Lauf los und bring in Erfahrung, was tatsächlich passiert ist. Ich muss ins Kabinett.« Joseph sah sie entrüstet an.

»Mutter, wie kannst du nur so kalt sein?«

»Kalt? Glaubst du, ich wüsste nicht, was es heißt, ein Kind zu verlieren? Nur, weil ich deine viel zu früh verstorbene Schwester kaum erwähne, heißt es doch nicht, dass ich nicht an Marie Marguerite Pauline denke«, antwortete sie schroff. Nini schlug die Augen nieder.

»So habe ich es nicht gemeint«, sagte er leise. Marie versuchte, ihren Tonfall zu mäßigen.

»Ich weiß. Aber du solltest inzwischen gelernt haben, nachzudenken, bevor du ein Urteil fällst.«

In den nächsten Wochen verfiel das Land in eine Art Totenstarre. Lediglich die Details über die medizinische Behandlung der Prinzessin erregten die Gemüter. Der gefragte Geburtshelfer Sir Richard Croft hatte die Gebärende zunächst mit Aderlass behandelt und ihr Haferschleim einflößen lassen, um ihre animalischen Lebensgeister zu besänftigen. Als dann ihr Sohn tot zur Welt kam, traktierte er die Prinzessin mit Brandy und Wein, um sie zu stimulieren. Das war wohl die falsche Medizin, fünfeinhalb Stunden nach der Geburt starb sie. Das Volk stand unter Schock. England war plötzlich ohne Thronfolger. Der Prinzregent Georg würde König Georg III. auf dem Thron folgen, so viel stand fest. Aber nach ihm klaffte eine Lücke in der Königsfamilie. Und es war unwahrscheinlich, dass einer der Söhne Georgs III. noch einen Thronfolger produzieren würde. Der Prinzregent und seine Ehefrau waren heillos zerstritten, die Ehe seines Bruders, des Herzogs von York, war nur ein Zweckbündnis, die anderen Brüder waren nicht einmal standesgemäß verheiratet. Die nächsten in der Thronfolge waren Prinzessin Katherina, eine Cousine der Toten, die mit einem Bruder Napoleons vermählt war, und ihr Sohn Jérôme. Ein Nachkomme des Erzfeinds Napoleon Bonaparte auf dem Thron Englands – was für schreckliche Aussichten! Dazu kam die echte Trauer um diese junge beliebte Prinzessin. Hymnen wurden zu ihren Ehren komponiert, Gedichte erdacht, im Drury Lane Theater spielte man Mozarts *Requiem* und Stücke aus Händels *Messias*. In den Zeitungen konnte man von den Reaktionen lesen, die dieses Unglück überall im Vereinigten Königreich hervorgerufen hatte. In Newcastle läuteten die Glocken der Kirchen eine volle Stunde lang und eine neue Flagge, die anlässlich der Geburt eines Thronfolgers vorbereitet worden war, hing auf Halbmast. In Portsmouth schwiegen bei den täglichen Paraden die Instrumente. In Canterbury, Bury und Manchester wurden alle öffentlichen Festivitäten ausgesetzt.

In Bristol hatte sich eine Menge versammelt, um auf die Postkutsche aus London zu warten. Als sie ankam und die traurige Nachricht »beide sind tot« verbreitete, brachen die Menschen in Tränen aus. Die Kirchen waren zu jeder Stunde gefüllt, die Geschäfte schlossen für zwei Wochen.

Auch vor dem Wachsfigurenkabinett machte diese kollektive Trauer nicht halt. Marie hatte die Figur von Prinzessin Charlotte auf einem schwarz verkleideten Totenbett drapiert, und noch lange, nachdem die offiziellen Begräbnisfeierlichkeiten abgehalten waren, kamen die Besucher und vergossen bittere Tränen an ihrer Seite. Marie war mit sich und ihrer Arbeit zufrieden.

Aber auch dieses Ereignis verschob die Entscheidung über ihre Zukunft nur. Als Joseph irgendwann den Faden des Gespräches wieder aufnahm und berichtete, welche Schiffe wann in Richtung Frankreich ablegten, musste sie ihre Entscheidung offenlegen: So schwer es ihr auch fiel, sie würde nicht zurückkehren. Nach allem, was sie durchgemacht hatte, konnte sie sich nicht vorstellen, als ungeliebte Ehefrau an der Seite ihres Mannes zu leben und in Paris wieder ganz von vorne anzufangen. Sie stellte es Joseph jedoch frei, allein nach Frankreich zu reisen. In wenigen Jahren war er volljährig, er sollte selbst entscheiden, was für ihn das Beste war. Ihr würde das Herz brechen, wenn er sie verließ, aber sie wollte ihn nicht aufhalten, wenn er zu gehen bereit war. Joseph könnte ihre Familie in Paris besuchen und wieder zu ihr zurückkehren, wenn er es wolle. Wenn er seinen kleinen Bruder nach England mitbringen würde, umso besser. Sie würde sich weiter hier in England durchschlagen. Es gab noch so viele Städte, in denen sie ihr Kabinett zeigen konnte. Hier gab es Arbeit für sie und hier gab es Geld zu verdienen, für sich und für die Zukunft ihrer Söhne. Das war das Wichtigste.

KAPITEL 7

Anfang 1819, auf dem Weg von Cambridge
nach Norwich

Sie spürte einen Schlag, dann vernahm sie, wie das Gepäck über das Dach der Kutsche schrammte. Ein Ruck ging durch das Gefährt, man hörte den Kutscher laut rufen. Der Wagen legte sich schief, einige Fahrgäste schrien. Im aufgeregten Wiehern der Pferde konnte sie deren Angst hören. Marie wurde gegen die Wand geschleudert, ein stechender Schmerz zog durch ihre Schulter. Ihr kleiner Reisekoffer fiel zu Boden. Die Kutsche drohte umzukippen, blieb dann aber in gefährlicher Schieflage stehen. Der Kutscher riss den Wagenverschlag auf und half ihr heraus, sie konnte gerade noch nach ihrem Koffer greifen. Vor ihr tat sich ein Schlammloch auf. Die dünne Eisschicht war unter dem Gewicht der Kutsche zerbrochen, ein Rad war eingesunken, das Gepäck lag im Dreck.

Der Kutscher nahm sie ganz selbstverständlich auf den Arm und trug sie hinüber, es war ihr unangenehm, sich von diesem Fremden anfassen zu lassen. Der Schneeregen hatte wieder eingesetzt, es gab kein trockenes Plätzchen. Die anderen Fahrgäste begannen sich lautstark zu beschweren, der Kutscher half nun auch ihnen. Marie ging zu einer Erhebung, die nicht so matschig schien wie der Rest der Gegend. Wieso hatte er dieses Schlagloch übersehen? Wie konnte er diesen engen, tiefliegenden Weg in der Dämmerung fahren? Unverantwortlich! Dabei hatte der Straßenbau in den letzten Jahren enorme Fortschritte gemacht. Überall wurden die Wege ausgebessert, ein neuer Belag ließ die Kutschen schneller und ruhiger dahingleiten. Es war so typisch, dass einem Vertreter dieses Berufsstandes, der immer unter Zeitdruck stand, ein solcher Fehler unterlief. Der Kutscher hatte die Pferde abgeschirrt und hob nun das Gepäck aus dem Dreck. Wie gut, dass ihre Wachsfiguren mit einem anderen Wagen unterwegs waren.

Der Schneeregen legte sich auf ihre Wangen, ihre Kleidung war völlig durchnässt. Es würde Stunden dauern, bis die Kutsche wieder fahrtüchtig war. Möglicherweise mussten sie sogar die Nacht hier verbringen. Einige Männer hatten die Gepäckstücke in die Nähe einer Hecke geschleppt. Marie setzte sich auf einen der Koffer, so war sie zumindest vor dem Wind geschützt. Sie öffnete ihren Reisekoffer und schimpfte ein leises »*Sacré*«, verdammt. Ein Teil ihrer Farbtiegel war zerbrochen. Sie versuchte, Ordnung zu schaffen, aber das Ziehen in ihrer Schulter hielt sie davon ab. Es war ohnehin wenig zu retten, das Wenige konnte auch warten. Was für ein Pech, noch eine Ausgabe mehr. Und wo würde sie neues Material bekommen können? Neben sich entdeckte sie die kleine Kiste mit den Ausstellungskatalogen, die sie in Norwich, ihrer nächsten Station, an den Bürgermeister und andere wichtige Persönlichkeiten verteilen wollte. Auch diese Kiste war dreckverschmiert. Sie öffnete sie vorsichtig und zog seufzend einen Katalog hervor: Er war nur noch ein Klumpen Papier. Dabei war sie gerade auf diesen Katalog, den sie in Cambridge hatte drucken lassen, so stolz gewesen. Auf der Titelseite standen neuerdings, um den kulturellen Anspruch ihrer Ausstellung zu unterstreichen, Zitate aus Shakespeares *Wintermärchen*, die sie vor langer Zeit erstmals von ihrem früheren Helfer Richard gehört hatte:

Augen, Nase, Lippen,
Der Schwung der Brau'n, die Stirn, die Grübchen
Hier hübsch auf Kinn und Bäckchen, dann sein Lächeln,
Genau die Form der Hände, Nägel, Finger.
Wirkt's nicht so, als ob's atmet? Als ob Blut
In diesen Adern fließt? ...
Das Leben selbst schwebt warm auf ihren Lippen.
Der starr fixierte Blick selbst scheint in Regung.

Auch wenn sich diese Zeilen aus der Komödie auf ein vermeintliches Standbild bezogen, das in Wirklichkeit ein Mensch war, für Marie waren sie eine genaue Beschreibung ihrer lebensechten Wachsfiguren. Im Vorwort des Katalogs hatte sie zudem die Echtheit der Kleidung und Artefakte betont und versichert, dass sie versuche, Nützlichkeit mit Amüsement zu verbinden: *Die folgenden Seiten enthalten einen allgemeinen Abriss der Geschichte jedes in der Ausstellung gezeigten Charakters; das wird nicht nur das Vergnügen erhöhen, das aus dem bloßen Anblick der Figuren gezogen werden kann, sondern es wird auch dem Geist junger Menschen viel biographisches Wissen vermitteln – einem Zweig der Erziehung, dem im Allgemeinen die höchste Bedeutung zugemessen wird,* konnte sie in dem verschmierten Katalog gerade noch lesen.

In der Universitätsstadt Cambridge war dieser Katalog sehr gut angekommen, sie war für ihren Anspruch und die Qualität ihrer Ausstellungsstücke überaus gelobt worden. Vor allem die neuen Figuren der legendären Königin Elisabeth I. und des Dichters William Shakespeare waren sehr beliebt, auch die Figur der verstorbenen Prinzessin Charlotte rührte noch immer zu Tränen. Beinahe jede Familie besaß Gedenkmedaillen, Taschentücher oder Becher mit dem Antlitz der Prinzessin; für ein Denkmal zu ihren Ehren, für das die Herzogin von York sammelte, waren bereits knapp zwanzigtausend Pfund gespendet worden. Auch in ihrer Ausstellung drängten sich die Besucher stets um Maries Wachsfigur der Prinzessin. Doch sie war nicht die Einzige, die mit einem wächsernen Abbild von Prinzessin Charlotte durch die Lande zog. Erst kürzlich hatte ein gewisser Mr Bradley seine Wachsfigurenausstellung in Manchester eröffnet, immerhin beeindruckende siebenundsiebzig Figuren. Er behauptete, alle seien nach lebenden Modellen gefertigt. In London hatte er damit wohl großen Erfolg gehabt, jetzt ging er auf Tournee und machte Marie Konkurrenz, denn außer den Figuren der englischen Königsfamilie zeigte er ebenfalls Napoleon und Voltaire sowie einige Verbrecher.

Neben dem Schnaufen der Pferde und dem Ächzen der arbeitenden Männer, die versuchten, die Kutsche aus dem Schlamm zu ziehen, und dem Weinen einer Frau drangen jetzt die Geräusche des Waldes an ihr Ohr. Ein Käuzchen schrie, in einem Gebüsch knackte es, ein Tier huschte hinter ihr vorbei. Die Nacht brach an. Sie fühlte sich elend. Eine Lungenentzündung konnte in ihrem Alter tödlich enden, sie war schließlich siebenundfünfzig Jahre alt. Ein älterer Herr ließ eine Flasche mit einem scharf riechenden Getränk herumgehen. Marie lehnte ab, sie hatte selbst eine kleine Flasche Alkohol im Gepäck, für alle Fälle. Aber selbst ein Schluck aus dieser Flasche half nicht, ihr Zittern zu kontrollieren. Was für eine unglückselige Fügung. Manchmal hatte sie dieses Reiseleben so satt.

In den Gasthöfen musste man aufpassen, dass man sich kein Ungeziefer einfing. Die Vermieter waren meist unverschämt oder unzuverlässig. Die Konkurrenz hatte zugenommen und verdarb nicht nur die Preise, sondern oft genug auch den Ruf der Wachsfigurenkabinette. Immer wieder musste sie beweisen, dass ihre Figuren einen Vergleich mit der lebenden Person nicht zu scheuen brauchten. Und dann das Reisen, immer ging irgendetwas kaputt, vom Schmutz ganz zu schweigen. Ihre knapp neunzig Figuren heil und sauber zu halten kostete täglich viel Zeit. Sie dachte an die Etablissements ihres Onkels in Paris zurück, an die prächtigen Räume im Palais Royal, die von den Reichen und Schönen besucht wurden, und an den Salon auf dem betriebsamen, lebendigen Boulevard du Temple. Wie schön hatten sie die Ausstellung gestaltet, wie geschickt beleuchtet und wie passend die Tableaus der Wachsfiguren mit Gemälden und Spiegeln aufgelockert. Irgendwann würde sie wieder ein festes Heim für ihre Wachsfiguren haben, das nahm sie sich vor. Ein Haus in bester Lage, das so prachtvoll wäre, dass selbst die Vertreter der Königshäuser dort ein und aus gingen. Es wäre weit über die Grenzen hinaus bekannt und würde, wie damals die Wachssalons ihres Onkels, in jeder Reisebeschreibung erwähnt und in jeder Zeitung gelobt werden. Sie selbst würde als Herrscherin über die Wachsfiguren an einem Tisch in zentraler Lage sitzen, so dass sie alles überblicken und das Geld einnehmen konnte, ihre Söhne würden an ihrer Seite arbeiten. Sie spürte, wie ihr ein Lächeln über das regennasse Gesicht zog. Wenn es doch nur schon so weit wäre!

Marie lag in einem Bett im Gasthof und regte sich immer mehr auf. Ein Arzt hatte ihr zwar den Bluterguss an der Schulter bandagiert und ihr etwas gegen ihre Erkältung gegeben, ihr dafür aber eine unverschämte Summe abgeknöpft. Ein Zittern schüttelte ihren Körper. Sie versuchte sich bequem hinzulegen, doch die Schulter tat in jeder Stellung weh.

Es klopfte an der Tür. Marie setzte sich auf und rückte ihre Haube zurecht. Auch wenn sie krank war, sie würde sich nicht gehenlassen. Joseph trat ein, stürzte an ihr Bett und ergriff besorgt ihre Hände.

»Mutter, wie oft habe ich dich schon angefleht, endlich einen eigenen Wagen zu kaufen und selbst einen Kutscher anzuheuern. Dann wäre das nicht passiert!«, sagte er erregt. Sie lächelte ihn an.

»Danke, es geht mir schon wieder ganz gut«, sagte sie. Er wirkte für einen kurzen Moment verlegen. Es gelang ihr immer wieder, ihn aus der Fassung zu bringen.

»O ja, gut. Ich habe schon gehört, der Arzt war da.«

»Ja, dieser Quacksalber und Halsabschneider!«, schimpfte Marie.

»Wenn du schon wieder so schimpfen kannst, muss es dir wirklich bessergehen«, lachte Joseph. Er fragte, ob sie etwas brauche und ließ sofort nach Grog schicken. Dann brachte er das Gespräch noch einmal auf das Thema, das ihn besonders bewegte.

»Du solltest wirklich noch einmal darüber nachdenken. Ich kenne einen Händler, der uns ein vernünftiges Angebot für eine Kutsche machen könnte.«

»Es ist nicht für alles Geld da. Ich glaube nach wie vor, dass wir lieber sparen sollten. Wer weiß, wofür wir es irgendwann brauchen«, wiederholte Marie ihr altes Argument. Sie nippte an dem Grog, er war, wie er sein sollte, stark und süß.

»Denk doch an die Platznot. Immer mehr Wagen für die stetig anwachsende Figurensammlung zu mieten kostet den Löwenanteil der Einnahmen.«

Marie winkte ab. »Deshalb haben wir ja auch schon bei

manchen Figuren den Körper auf das Nötigste reduziert. Keine ganzen Figuren mehr, stattdessen Büsten und Halbporträts. Damals bei Curtius haben wir nie an den Figuren gespart. Nur das Beste war gut genug. Für die Figur von Königin Marie Antoinette ...«

»Ich weiß, ich weiß«, unterbrach sie Joseph. »Ich kenne deine Meinung und weiß, dass es dir nicht gefällt, Mutter, aber es geht nicht anders. Wenn wir eigene Wagen hätten, wäre es egal, aus wie vielen Figuren unsere Ausstellung bestünde. Es würde keinen großen Unterschied machen. Dann könnten wir wieder hauptsächlich die lebensgroßen Figuren zeigen, für die wir berühmt sind. Außerdem lohnt es sich auf lange Sicht. Wir sparen Fahrtkosten, haben mehr Kontrolle über die Routen, können einen zuverlässigen Kutscher für uns gewinnen und sogar noch Werbung auf den Wagen anbringen! Stell dir vor, in goldenen Buchstaben prangt dein Name auf der Seite – und jeder weiß sofort, dass die Wachsfiguren in der Stadt sind.«

Das hörte sich tatsächlich verlockend an, sie sah die Planwagen förmlich vor sich. Andererseits fühlte sie sich so erschöpft. Manchmal wollte sie nicht mehr, fühlte sie sich kraftlos. Das konnte sie ihrem Sohn gegenüber jedoch nicht zugeben. Er tat ihr leid. Auch wenn er ihr keine Vorwürfe machte, fürchtete sie, dass er bedauerte, bei ihr geblieben zu sein. Hatte Mitleid ihn davon abgehalten, nach Frankreich zu reisen, oder seine Liebe zu ihr? Sie würde mit ihrem Sohn nicht mehr über die eigenen Kutschen diskutieren. Sie wollte nicht mit ihm streiten. Er war alles, was sie noch hatte. Außerdem war an seinem Vorschlag ja auch etwas dran.

Müde sagte sie: »Vielleicht holst du schon einmal die Angebote ein. Dann werden wir sehen.« Doch auch in den folgenden Monaten konnte Marie diesem Thema wieder aus dem Weg gehen, denn ihre nächsten Stationen lagen relativ nah beieinander in der Grafschaft Lincolnshire in den East Midlands. Diese Entfernungen lohnten den Aufwand eigener Kutschen wahrlich nicht.

LINCOLN, IM JULI 1819

Marie ging durch die Straßen der Stadt, ein Bursche von der Druckerei lief, den Packen mit den neuen Handzetteln unter dem Arm, hinter ihr her. Marie ließ den Blick über die alten Gebäude wandern, über das Schloss und die Kathedrale. Sie war zufrieden mit dieser Station. Lincoln würde auf ihrer Liste ein besonderes Zeichen bekommen, das alle Städte erhielten, die eine Reise wert waren. Schon die Römer und die Normannen hatten ihre Spuren in der Stadt hinterlassen, Wilhelm der Eroberer ließ Lincoln Castle errichten, wo eines der letzten Exemplare der Magna Charta verwahrt wurde, vielleicht würde sie noch Gelegenheit haben, sich diese große Urkunde der Freiheiten anzusehen. Als sie durch den Hintereingang in ihre Ausstellungsräume im Reindeer Inn trat, hörte sie eine laute Stimme. Wo steckte Joseph, kümmerte er sich nicht um diesen Gast?

»Entschuldigen Sie, Madame ...«, sagte der Mann, dann, lauter: »Hallo, Madame, ich hätte gerne gewusst ... Soll ich lauter sprechen, hören Sie mich denn nicht? Madame! Wie kann man nur so unhöflich sein!« Der Mann schrie jetzt fast. Marie nahm dem Burschen die Handzettel ab, schickte ihn weg und eilte der Stimme entgegen.

Was sie sah, ließ sie lächeln. Seit einigen Jahren saß eine Wachsfigur von ihr selbst an einem Tisch am Eingang der Ausstellung. Schon öfter war die Figur für einen echten Menschen gehalten worden, aber so laut war es dabei noch nie zugegangen.

»Guten Tag, Mister. Kann ich Ihnen helfen?«, fragte sie jetzt. Der Mann warf ihr einen Blick zu, betrachtete ungläubig die Wachsfigur und sah wieder sie an. Einen Augenblick lang schien es, als ob er einen Wutanfall bekommen würde, doch dann begann er lauthals zu lachen.

»Gut, wirklich gut! Das ist doch schon einmal eine Geschichte für unser Blatt!«, rief er aus. Es war also der Herr von der ansässigen Zeitung. Marie begrüßte ihn noch einmal förmlich und fragte ihn, ob sie ihm einen Tee anbieten könne. Sie ließ eine Kanne aus dem Gasthof kommen, erzählte Anekdoten, führte ihn durch das Kabinett und betonte die Begeisterung, die ihre Ausstellung in England auslöste. Auch dieser Journalist lobte das Wachsfigurenkabinett in seinem wenige Tage später erschienenen Artikel in den höchsten Tönen.

In der darauffolgenden Woche kam es zu einem eigenartigen Streit mit einem Besucher, und Marie bat den Journalisten als Zeugen für das vereinbarte Experiment hinzu. Der junge Besucher hatte sich besonders für das Modell der Guillotine interessiert und sich von Marie ausführlich den Mechanismus erklären lassen. Er bezweifelte jedoch die Funktionsfähigkeit des Geräts und redete so lange auf sie ein, bis sie ihm gestattete, einen Test durchzuführen. Marie hatte ein ungutes Gefühl dabei. Für sie war die Guillotine kein Spielzeug, sie hatte die tödliche Gewalt dieses Geräts erlebt. An einem Donnerstag fanden sich also der Neugierige, der Journalist und ein Diener ein, der als Henker fungieren sollte. Die Männer wirkten erregt, auch die Enten, die der junge Mann als Versuchsobjekte mitgebracht hatte, schienen zu ahnen, was ihnen drohte. Aufgeregt flatterten sie umher und mussten immer wieder von dem Diener eingefangen werden.

»Meine Herren, ich bitte Sie um Haltung bei diesem Experiment. Vergessen Sie nicht, wie viel Schmerzen *la Guillotine* meinem Volke zugefügt hat und was für große Männer und Frauen ihr Leben unter diesem Fallbeil lassen mussten. Viele von ihnen habe ich persönlich gekannt. Wer weiß, was für einen Verlauf die französische Geschichte genommen hätte, wenn Ludwig XVI. oder Danton nicht hingerichtet worden wären«, sagte Marie feierlich, als sie sich vor dem Modell versammelten. Die Männer verstummten beschämt und beobachteten, wie der Diener das Fallbeil hochzog und befestigte. Dann nahm er die erste Ente und versuchte auf Weisung seines Herren, den Kopf des schnatternden Tieres in die Halterung zu zwängen. Marie kam sich wie ein Jahrmarktsgaukler oder ein Zirkusdirektor vor. Diese Rolle behagte ihr gar nicht. Und dann hatte sie auf einmal das Bild vor Augen, wie begeistert ihr Onkel sein erstes Modell der Guillotine ausprobiert hatte, wie er die Wachsfigur von Lafayette geköpft hatte, um diesen Verräter symbolisch zu bestrafen. Und sie sah die Gräfin Dubarry vor sich, die auf dem Schafott verzweifelt um ihr Leben gekämpft hatte. Sie wollte das Experiment gerade abbrechen, als die Schneide der Guillotine unerwartet hinuntersauste. Der Möchtegern-Henker schrie auf, Blut spritzte – aber es war nicht das Blut der Ente, die sich befreien konnte und schnell die Flucht ergriff. Der Diener hielt seine linke Hand umklammert und stöhnte unter Tränen. Sein linker Zeigefinger lag auf dem Boden. Der junge Mann, der auf diesem Experiment bestanden hatte, wich zurück. Wachsbleich sah er aus, schoss es Marie durch den Kopf. Geistesgegenwärtig leisteten der Journalist und Marie Erste Hilfe, während Joseph losrannte, um einen Arzt zu holen. Auf so ein Experiment würde Marie sich nicht wieder einlassen, das war unter ihrer Würde. Und auch der Text über das Wachsfigurenkabinett, der wenig später in Lincoln in der Zeitung zu lesen war und der dieses Ereignis beschrieb, erfreute Marie nicht. Das war nicht das, was sie gerne über ihr Kabinett las, auch wenn solche makabren Begebenheiten die Besucher neugierig machten.

Joseph ließ noch einmal die Finger über die Tasten des Klaviers gleiten. Dann stand er auf und half seiner Mutter, den Ausstellungsraum aufzuräumen. Marie war nach wie vor etwas unbeweglich und konnte keine Lasten heben, was ihre Arbeit enorm beeinträchtigte.
»Wir sollten so langsam mal wieder eine größere Stadt aufsuchen und länger an einem Ort bleiben. Dieses Tingeln ist ja eine Zeitlang ganz schön, aber das kulturelle und gesellschaftliche Leben einer Stadt hat auch etwas für sich. Ich dachte daran, dass wir uns wieder der Region um Manchester nähern, dort ist etwas los und wir haben immer gute Geschäfte gemacht«, sagte Joseph und sah kritisch die Figur des Prinzregenten an. Jemand hatte der Figur einen Zettel mit einer Beschimpfung

angesteckt. Der Prinz von Wales, wegen seiner Körperfülle als Prinz der Wale verunglimpft, war unbeliebt wie eh und je. Er stand für Verschwendungssucht und Völlerei, während das Volk hungerte.

»Manchester werden wir sicher wieder anfahren. Aber damit lassen wir uns noch etwas Zeit.« Joseph sah sie fragend an.

»Während du Klavier spieltest, habe ich mich mit einigen Besuchern unterhalten. Im ganzen Landstrich werden die Truppen zusammengezogen. In Manchester ist eine Protestkundgebung gegen das Korngesetz geplant, man rechnet mit einer Revolte«, berichtete Marie.

»Gegen dieses Gesetz muss aber auch protestiert werden. Die Aristokraten bereichern sich, während die Arbeiter ausgebeutet werden. Eine Hungersnot kann uns bevorstehen. Die Regierung lässt das nicht nur zu, sie fördert es auch noch.«

Marie sah ihren Sohn erstaunt an. Solche Töne hatte sie von ihm noch nie gehört. Er bemerkte ihren Blick nicht.

»Und was kümmert's uns?«, fügte er hinzu. »Wir gehen wieder in die Exchange Rooms und sind weit weg von irgendwelchen Massenkundgebungen.«

Wie konnte er so etwas sagen? Wenn es einen Aufstand, eine Revolte gab, konnte man in ihrer Branche immer hineingezogen werden. Wusste er das denn nicht? Marie hätte es ihm erklären können, hätte ihm von ihren Erlebnissen während der Revolution berichten können, aber irgendetwas hielt sie davon ab.

»Wir gehen zunächst nach Nottingham, dann nach Derby. Das sollte doch wohl groß genug sein für dich. In beiden Städten waren wir noch nicht, wir können also auf viele Besucher hoffen. Außerdem sind wir weit genug weg von Manchester. Wenn der Spuk vorüber ist, reisen wir wieder dorthin«, bestimmte sie. Joseph sah sie verärgert an, aber dieses Mal bemerkte sie seinen Blick nicht.

Einige Wochen später blickte Marie aus dem Fenster des Ausstellungsraumes auf die Straße. Sie hatten auf dem Weg nach

Nottingham noch in Newark haltgemacht. Joseph stand auf der Straße und unterhielt sich erregt mit einem Mann.

»Gibt es schlechte Neuigkeiten?«, fragte Marie, als er eintrat. Ihr Sohn wirkte erschüttert.

»Weißt du noch, die Kundgebung bei Manchester, über die wir neulich gesprochen haben? Es ist zu einem Massaker gekommen. An die hundertfünfzigtausend Menschen, darunter ganze Familien, haben auf dem St. Peter's Field friedlich gegen die Korngesetze protestiert. Doch kurz bevor die Redner sprechen sollten, beschlossen die Behörden, die Versammlung aufzulösen und die Anführer zu verhaften. Hundertzwanzig Kavalleristen kämpften sich mit gezogenen Säbeln durch die Menge, sechshundert Husare und mehrere hundert Infanteristen und Polizisten unterstützten sie dabei. Elf Menschen wurden getötet, über vierhundert verletzt.«

Marie war schockiert. Sie dachte an das Massaker auf dem Marsfeld während der Französischen Revolution, bei dem auch viele Unschuldige getötet worden waren. Die Zeiten schienen sich zu wiederholen. Sie trat zu Joseph, legte ihm die Hand auf die Schulter. In seiner Stimme schwang Verbitterung.

»Nur weil sie sich gegen die Korngesetze aufgelehnt haben, weil sie protestiert haben, dass sie nicht wählen dürfen, und weil sie wollen, dass eine Stadt wie Manchester endlich im Parlament vertreten ist! Nur weil sie die roten Freiheitsmützen trugen und Plakate mit Aufschriften wie ›Freiheit und Brüderlichkeit‹.« Die letzten Worte ließen Marie aufhorchen. Sie war froh, dass sie so weit weg von Manchester war. Protestierenden mit den Emblemen der Revolution zu begegnen hätte ihre schlimmsten Erinnerungen zurückgebracht.

»Eine Menge erregter Menschen kann einen schon in Schrecken versetzen«, sagte sie nur.

»Und dennoch. Wie konnten sie das nur tun? Unschuldige Menschen niederzusäbeln, darunter viele Frauen und Kinder. Was für eine Schande für diese Nation!« Joseph schüttelte traurig den Kopf. In gewisser Weise musste sie ihm zustimmen, in England wurde jeder Wunsch nach Reformen als gefährlich gebrandmarkt, als ob hinter dem Wunsch nach Verbesserung der Lebensverhältnisse der Terror der Französischen Revolution lauern würde.

»Es war richtig, nicht nach Manchester zu reisen«, sagte Joseph nachdenklich. »Jetzt sprechen sie davon, dass das Volk sich rächen könnte. Ein Grund mehr, hierzubleiben.«

NOTTINGHAM, SEPTEMBER 1819

Marie beobachtete unauffällig die drei Männer. Es kam eher selten vor, dass sich einfache Arbeiter in das Wachsfigurenkabinett verirrten. Der Eintritt war zu hoch, wenn man von dem Hungerlohn leben musste, den die Fabrikbesitzer zahlten. Diese drei hatten anstandslos den Eintritt entrichtet, waren erst beinahe ehrfürchtig in dem prächtig erleuchteten Raum stehen geblieben und hatten sich dann in aller Ruhe die Figuren angesehen. Nachdem sie einmal durch das Kabinett geschlendert waren, schien es allerdings so, als ob sie etwas suchten. Seit einer Weile diskutierten sie, wirkten unzufrieden, ihre Stimmen wurden immer lauter. Einige andere Besucher sahen sich bereits pikiert um. Joseph schaute sie fragend an, aber Marie machte ihm ein Zeichen, dass sie sich dieser Angelegenheit annehmen würde. Sie ging zu den Männern und fragte sie, ob sie ihnen helfen könne. Die Männer zogen ihre Mützen vom Kopf: »Wir suchen den Kopf von Jeremiah Brandreth. Wo is' denn nu' die Figur?«, fragte einer.

»Jeremiah Brandreth? Dieser Name sagt mir nichts«, antwortete Marie freundlich.

»Na, er hat den Pentrich-Aufstand angeführt. Ein Arbeiter, wie wir. Sie ham ihn gekriegt, weil ein Spion sich eingeschlichen hat. Wurde als Verräter gehenkt und geköpft. Die Regierung hat ihn auf dem Gewissen. Den müssen Sie doch hierhaben! Sie haben doch auch Despard.«

Langsam erinnerte sich Marie. Im Sommer vor zwei Jahren hatte es einen Aufstand in der Strumpfwarenindustrie in

Derbyshire gegeben, der jedoch schnell eingedämmt wurde. An den Anführern war in einem Schauprozess ein Exempel statuiert worden. Die Regierung schien Angst zu haben, dass sich die Unzufriedenheit wie ein Flächenbrand ausbreitete. Drei Männer richtete man hin, weitere wurden eingekerkert oder nach Australien verbannt. Viele hatten damals die drakonischen Strafen entsetzt, zumal ein Agent provocateur der Regierung sie anscheinend aufgewiegelt hatte.

»Ich weiß jetzt, wen Sie meinen. Es geht um den Aufstand der Stricker in Nottingham. Aber leider muss ich Ihnen sagen, dass ich das Porträt nicht habe, das Sie zu sehen wünschen«, sagte sie bedauernd. Einer der Männer trat von einem Fuß auf den anderen.

»Ich hab dir doch gesagt, dass es ein anderes Kabinett war!«, sagte er nervös.

»Aber er muss hier sein! Wir ham gehört, dass seine Totenmaske hier sein soll. Sonst wär'n wir doch nich hier reingekommen«, meinte der Wortführer bestimmt.

»Es tut mir leid. Mir gehört dieses Wachsfigurenkabinett, ich weiß, welche Figuren zu sehen sind. Wenn ich das Porträt hätte, würde es hier stehen.«

»Das Geld, unser Eintritt ...?«

Marie neigte bedauernd den Kopf. Der Mann, der bisher geschwiegen hatte, ergriff wütend das Wort.

»Wenn wir das gewusst hätten! Das ist Betrug!«, schimpfte er. Der andere stimmte ein: »Ich hab gedacht, Sie zeigen auch die, die für die rechte Sache kämpfen. Stattdessen steht der fette Prinny hier im Mittelpunkt.«

Wieder sahen sich einige Besucher um, weil sie sich gestört fühlten. Ein Paar drehte bereits vor der Kasse ab, als sie die Arbeiter bemerkten. Joseph war jetzt zu ihnen getreten.

»Die Herren wollten gerade gehen?«, fragte er ruhig.

»Ja«, sagte Marie. »Begleite sie bitte hinaus.«

Marie taten die Männer leid. Sie hatten einen Anführer verloren, den sie ebenso als Helden und Märtyrer verehrten wie andere Colonel Despard oder Admiral Nelson. Ihnen den Eintritt zu erstatten kam jedoch nicht in Frage. Sie musste auch leben. Damit sie über die Runden kam, musste sie sich auf eine andere Klientel konzentrieren. Und um bei der starken Konkurrenz die oberen Klassen für sich zu gewinnen, brauchte sie königliche Schirmherren und neue, zugkräftige Attraktionen.

Als sie am Abend den Gasthof Feathers Inn im Untergeschoss der Exchange betrat, saß Joseph bereits an einem Tisch und zählte die Einnahmen. Marie war unbehaglich zumute. »Was tust du da?«, fragte sie steif.

»Ich wollte dir die Buchführung abnehmen«, sagte Joseph und rührte seinen Tee um. Marie setzte sich und wollte übernehmen, Joseph machte jedoch keine Anstalten, ihr das Geld und das Buch hinüberzuschieben.

»Ich mache weiter, Joseph«, sagte sie fordernd. Er sah sie indigniert an, deshalb fügte sie entschuldigend »Du weißt doch, dass ich Wert auf diese Arbeit lege« hinzu. Während Marie die Buchhaltung beendete, schwiegen sie sich an.

»Na, war alles richtig?«, fragte Joseph spitz, als sie das Buch zuklappte.

»Ich hatte keinen Zweifel daran, dass du es richtig machen würdest. Ich habe es nur gerne selbst in der Hand, damit ich weiß, wofür wir diese Strapazen auf uns nehmen«, sagte sie versöhnlich.

Sie schob ihm das Buch hin, damit er sich selbst vom Stand ihrer Finanzen überzeugen konnte. Marie nahm unterdessen ihre Brille ab und putzte sie sorgfältig.

»Ich habe darüber nachgedacht, wie wir die Atmosphäre des Kabinetts noch angenehmer gestalten können. Es ist ja schön und gut, dass du Klavier spielst, wenn eins in den Räumlichkeiten vorhanden ist, oder ich einige Lieder auf der Gitarre zum Besten geben. Eine richtige musikalische Untermalung würde jedoch die Ausstellung noch anziehender machen und den Besuchern die Möglichkeit zum zwanglosen gesellschaftlichen Umgang geben. Sehen und gesehen werden ist eine Attraktion des Wachsfigurenkabinetts, das war damals im Palais Royal genauso wie heute in der Exchange in Nottingham. Und es promeniert sich doch viel besser bei stimmungsvoller Musik.«

Joseph runzelte die Stirn. »Wie soll das gehen? Sollen wir eine Band engagieren?«

Marie nickte. Joseph zündete sich nachdenklich eine Pfeife an. Er stieß eine große Rauchwolke aus und meinte dann: »Erinnerst du dich an diesen Musiker, den ich im Frühjahr kennengelernt habe? Er zieht mit einem kleinen Orchester durch die Lande. Möglicherweise wäre er an einem festen Engagement interessiert.« Marie klemmte die Brille wieder auf ihre Nase.

»Ich wusste, dass du mit deinen ausgezeichneten Verbindungen eine Lösung dieses Problems finden würdest. Es fällt dir eben viel leichter als mir, Freundschaften mit den anderen umherreisenden Künstlern zu schließen. Schreib ihm doch einfach mal. Es darf nur nicht zu viel kosten.«

Schon einige Wochen später konnte man im *Derby Mercury* lesen, dass Madame Tussauds nicht nur ihre Figuren in den brillant erleuchteten Old Assembly Rooms zeige, sondern der bemerkenswerte Effekt der Figuren durch ein Orchester erhöht werde, so dass den Besuchern eine fröhliche und interessante Promenade geboten werde. Das konnte keiner ihrer Konkurrenten bieten.

Das Wachsfigurenkabinett war als Folge der Staatstrauer geschlossen. Marie und Joseph nutzten die Zeit, um die Ausstellung einer Generalinventur zu unterziehen. Alle Figuren wurden geprüft und aufpoliert, die Kolorierungen wurden erneuert, die Haare aufgebürstet und die Kleidung gewaschen. Wenn die Ausstellung wiedereröffnet werden konnte, würde das ganze Kabinett in neuem Glanz erstrahlen, vor allem aber würde ein neuer König im Mittelpunkt stehen: Georg III. war am 29. Januar 1820 gestorben, der Prinzregent würde von nun an als Georg IV. über Großbritannien und Irland sowie als König von Hannover herrschen. Die dynastischen Sorgen hatten sich bereits mit der Geburt der Prinzessin Alexandrina

Viktoria, der Tochter von Prinz Eduard, einem jüngeren Bruder des neuen Königs, vor etwa einem Jahr gelegt.

»Findest du es nicht etwas übertrieben, den Prinzregenten so königlich auszustaffieren?«, fragte Joseph, als er sah, wie Marie die Figur umgestaltete.

»Nun, er ist schließlich der König, was ist also verkehrt daran, ihn königlich zu zeigen?

»Er muss erst noch beweisen, ob er etwas Königliches an sich hat. Bis jetzt sehe ich nur Verschwendungssucht und Schulden.« Marie lachte.

»Das spricht nicht gegen ihn, sondern ist eher ein Merkmal der Königshäuser. Wenn ich an Marie Antoinette denke ...«

»Das ist doch was anderes«, unterbrach Joseph sie. »Georg unterdrückt sein Volk. Er hat nicht nur den Verantwortlichen für das Massaker in Manchester ein Glückwunschschreiben geschickt, er interessiert sich auch nicht für die Leiden der Unschuldigen. Und das, was er seiner Frau antut, ist wirklich nicht sehr *gentlemanlike*!« Die Ehe von Georg IV. mit Caroline von Braunschweig war von Anfang an zum Scheitern verurteilt gewesen, es hieß, der schöngeistige Georg habe seine plumpe, ungepflegte Frau vom ersten Tag an gehasst. Sein Herz hatte der katholischen Irin Maria Fitzherbert gehört, angeblich war er mit ihr in einer heimlichen Ehe verbunden gewesen. Caroline von Braunschweig hatte er nur geheiratet, um durch die lukrative Verbindung seine horrenden Schulden loszuwerden. Seit Jahren schon versuchte er, eine Scheidung von Caroline herbeizuführen, jedoch erfolglos. Jetzt, wo er König war, wollte er anscheinend um jeden Preis verhindern, dass sie als Königin anerkannt wurde.

»Es stimmt, sein Verhalten zeugt wirklich nicht von gutem Geschmack. Eine wahrhaft königliche Schlammschlacht steht ins Haus. Trotzdem ist das kein Grund, dass wir nicht den Anstand wahren sollten – wenn er es schon nicht tut.« Joseph schwieg, doch Marie hatte nicht das Gefühl, dass er ihrer Meinung war.

In den nächsten Wochen zog sich Joseph immer weiter zurück. Häufig verließ er abends ihre Unterkunft, ohne Marie zu sagen, wohin er ging. Sie wusste nicht, was ihn beschäftigte, was ihn nachdenklich machte. Er schien mit allem und jedem unzufrieden zu sein.

Zum Streit kam es zwischen ihnen, als im Februar der Attentäter Arthur Thistlewood und seine Gefolgsleute verhaftet wurden. Der frühere Militärangehörige und radikale Redner Thistlewood hatte viele Protestkundgebungen gegen die Regierung organisiert, die auf die Unzufriedenheit und Anspannung im Volk mit strengen Gesetzen reagiert hatte. Doch dann hatte der gewaltfreie Protest Thistlewood nicht mehr genügt. Gemeinsam mit Gleichgesinnten hatte er ein Attentat auf Mitglieder der Regierung geplant. Der Plan flog auf und die Verschwörer wurden in ihrem Unterschlupf in der Cato Street in London verhaftet, dabei tötete Thistlewood einen Polizisten. Joseph war der Meinung, dass sich die Regierung despotisch verhielt und die natürlichen Freiheiten der Menschen unterdrücke; außerdem sei auch die Cato-Street-Verschwörung wieder auf die schändliche Tätigkeit von Spionen der Regierung zurückzuführen. Überall diskutierte man über den Fall und wartete gespannt auf den Prozess gegen die Männer. Joseph wollte unbedingt nach London reisen, um den vermeintlichen Verschwörer zu porträtieren und ihn als Opfer der Politik zu zeigen; Marie hingegen hielt es für gefährlich, sich – zumal als Ausländer – in diesen Belangen eindeutig zu positionieren. Doch auch nachdem Thistlewood am 1. Mai 1820 vor hunderttausend Schaulustigen vor dem Newgate-Gefängnis gehenkt und enthauptet worden war – der Henker wollte das Haupt mit den üblichen Worten »Dies ist der Kopf von Arthur Thistlewood, dem Verräter« der Menge zeigen, ließ es aber versehentlich fallen und wurde als »Flasche« beschimpft –, war dieses Thema für Marie noch nicht ausgestanden, wie sich einige Wochen später zeigen sollte.

Alles lief nach Plan. Der hohe Stadtbeamte, der die Eröffnungsrede halten sollte, war schon da, und auch viele Besucher hatten sich bereits eingefunden. Es war ein schöner Anblick: Das Obergeschoss der Music Hall in der Albion Street war durch die Glaskandelaber an den gewölbten Decken hell erleuchtet, die Damen und Herren der Gesellschaft in ihrer feinen Kleidung schlenderten durch den Eingangsbereich der Ausstellung, das Orchester spielte dazu. Der Magistrat begrüßte jetzt die Anwesenden und begann mit seiner kleinen Rede. Marie bemerkte bald, dass er vieles von dem, was sie ihm erzählt hatte, als sie ihn gestern durch die Ausstellung geführt hatte, wiederholte. Sie ließ ihre Gedanken schweifen und dachte an ihren letzten Besuch in Leeds zurück.

Damals, vor beinahe acht Jahren, hatte sie Räume in Briggate gemietet, der Hauptroute durch die Stadt, an der nicht nur viele Gasthöfe lagen, sondern auch Geschäfte aller Art. Es war keine schlechte Adresse gewesen, auch wenn viele wohlhabende Familien in andere Stadtteile gezogen waren, weil die Gassen und Durchgänge, die von der lebhaften Straße abgingen, oft von Räubern und Dieben heimgesucht wurden. In diesem Jahr hatte sie eine bessere Adresse gewählt. Die Music Hall war der wichtigste Treffpunkt der guten Gesellschaft. Im Untergeschoss des Gebäudes befand sich die Tuchhalle, im Obergeschoss gab es eine Gemäldegalerie, einen Hörsaal und einen Musiksalon, der Raum für achthundertfünfzig Menschen bot. Marie war ohnehin erstaunt, wie sich der Landstrich verändert hatte. Die Anzahl der großen Fabriken und gewaltigen Spinnereien, die mit ihren langen Schornsteinen am Himmel kratzten, hatte noch zugenommen, und am Fluss waren neue Docks und Lagerhäuser errichtet worden. Joseph, der sich stets für technische Errungenschaften begeistern konnte, hatte eine Fabrik besichtigt, sich eine der neuen Dampfmaschinen angesehen, die auf Schienen die Kohle zu den Fabriken beförderten, und natürlich den neuen Leeds-und-Liverpool-Kanal, der die Stadt direkt mit der Westküste verband. Leeds war eine Stadt, die florierte – und wo es den Menschen gut ging, ging es auch Maries Geschäft gut. Heute sollte jedoch auch an diejenigen gedacht werden, die nicht an diesem Wohlstand teilhatten.

»… Deshalb freuen wir uns besonders, dass sich Madame Tussaud bereit erklärt hat, ihre wunderbare Ausstellung am heutigen Tag für einen guten Zweck zu öffnen. Alle Einnahmen kommen unserem Krankenhaus zugute, einem der besten Krankenhäuser in diesem Königreich. Ich wünsche Ihnen nun viel Vergnügen in Madame Tussauds Wachsfigurenkabinett!«

Die Besucher klatschten, riefen »Hört, hört« oder nickten anerkennend und strömten dann auseinander, um endlich die Figuren in Augenschein zu nehmen. Marie saß wie immer an der Kasse, nahm das Eintrittsgeld ein und verkaufte Kataloge, während Joseph einige Besucher durch die Ausstellung führte und das Orchester wieder aufspielte.

Am Ende des Abends standen Mutter und Sohn an der Tür und verabschiedeten die letzten Besucher, darunter waren auch der Stadtbeamte und seine Frau. »Es ist wirklich eine sehr schöne Sammlung von Figuren, die Sie da haben«, lobte die Dame sie. »Sie hat so gar nichts gemein mit den vielen minderwertigen Sammlungen, welche von Schaustellern gezeigt werden, die sich kein bisschen auf Ihre Kunst verstehen. Dies ist besser als alles, was von dieser Art je in Leeds ausgestellt wurde.« Marie bedankte sich für das Lob und wollte noch einige Artigkeiten sagen, als der Mann zu sprechen ansetzte: »Aber einige ranghohe Bewohner dieser Stadt und meine Wenigkeit, wir haben uns gefragt, warum Sie in Ihrem ›Separate Room‹ nicht auch einen der größten Verbrecher unserer Zeit zeigen, den Verräter Thistlewood. Sein Kopf würde sich doch gut neben dem von Despard machen.«

Joseph warf Marie einen triumphierenden Blick zu. Als sie nicht gleich antwortete, sagte er: »Meine Rede, Sir. Wir haben schon entsprechende Maßnahmen in die Wege geleitet. Noch bevor wir diese Stadt verlassen, werden Sie das Wachsantlitz von Arthur Thistlewood bei Madame Tussauds zu sehen bekommen.«

Marie war sprachlos. Nachdem die Herrschaften gegangen waren, fragte sie in einem schärferen Ton, als sie beabsichtigt hatte: »Aber sollte Madame Tussaud nicht wissen, was demnächst in ihrem Wachsfigurenkabinett zu sehen sein wird?« Joseph beschwichtigte sie. Sicher, er habe eigenmächtig gehandelt, aber es sei ja schließlich zum Besten der Ausstellung.

»Ich hatte gehört, dass Thistlewood vor seinem Tod porträtiert wurde, deshalb habe ich einige Briefe geschrieben. Wir bekommen aus London einen Abdruck der Maske«, erklärte er. Marie war verärgert, fühlte sich übergangen. Andererseits hatte ihr Sohn dieses Mal den richtigen Riecher gehabt, deshalb ließ sie die Angelegenheit auf sich beruhen. Sie schaltete stattdessen im *Leeds Intelligencer* eine Anzeige, in der sie die Verlängerung ihrer Ausstellung ankündigte, damit »auf besonderen Wunsch mehrerer vornehmer Familien« eine lebensechte Darstellung des berühmt-berüchtigten Arthur Thistlewood besichtigt werden könnte.

MANCHESTER, AUGUST 1820

Der *Times* war ihr Tod nur eine halbe Spalte wert, registrierte Marie betroffen. Am 6. August 1820 war die Herzogin von York, ihre erste englische Schirmherrin, in Oatlands gestorben. Ihre Königliche Hoheit habe in den letzten Jahren teilweise durch ihren Gesundheitszustand und teilweise durch andere Gründe, so die *Times*, zurückgezogen gelebt. »Andere Gründe«, dachte Marie spöttisch, das war eine sehr zartfühlende Umschreibung für ihren lieblosen, untreuen Ehemann. Die Zeitung lobte in den folgenden Sätzen die unaufdringliche, aber umfangreiche und umsichtige Wohltätigkeit der Verstorbenen: *Die Armen in ihrer Nachbarschaft hatten Grund, sie zu lieben, und die Reichen, die sie mit ihrer Bekanntschaft beehrte, schätzten sie.* Auch Marie hatte, wann immer sie etwas von der Herzogin von York hörte oder las, mit ihr gefühlt, mit ihr gelitten. Sie war eine Fremde am Hofe gewesen, so wie Marie eine Fremde in diesem Land war. Sie erinnerte sich noch gut an den Besuch bei der Herzogin in Oatlands, an das schlichte Schloss, ihre ungewöhnlichen Haustiere. Nini hatte noch Wochen später von den Affen geschwärmt, die durch die Hallen tollten, erinnerte sie sich. Über siebzehn Jahre war das her, damals hatte sie noch geglaubt, dass sie schnell zu ihrer Familie nach Frankreich zurückkehren würde. Jetzt waren ihre Söhne erwachsen, sie selbst war eine alte Frau, und ihr Leben in Frankreich Geschichte.

Marie kramte in ihren Kisten nach Trauerkleidung. So langsam ging ihr der Stoff aus, schließlich war es der fünfte Todesfall im Königshaus in drei Jahren. Eine neue Heirat des Herzogs sei jedoch nicht zu erwarten, um die Nachfolge im Königshause zu verbessern, hatte die *Times* noch angemerkt; das hatte wohl auch niemand ernsthaft erwartet. Gab es nicht noch ein Kleid, das sie schon beim Tod von Prinzessin Charlotte verwendet hatte? Da war es. Es war aus Trauerkrepp und schwarzer Bombazine, einer besonders matten Mischung aus Wolle und Seide; in Zeiten der Staatstrauer durfte eben nichts glänzen. Sie würde die Figur der Herzogin so schön herrichten, wie sie konnte. So würde sie die Besucher in ihrem Tod vielleicht doch noch in ihren Bann ziehen.

Marie machte sich an die Arbeit und entkleidete die Figur vorsichtig. Im Moment war im Wachsfigurenkabinett noch nicht viel los, aber das würde sich bald ändern. Sie hatten in den letzten Wochen gute Geschäfte in Manchester gemacht. Zuletzt hatte die Affäre um die offizielle Bezeichnung der Königin die Gemüter bewegt, sie machte den König und das ganze Königshaus vollends unmöglich. Manche befürchteten sogar, dass die Affäre zu einer Revolution führen könnte. Georg IV. hatte den britischen Botschaftern befohlen, darauf hinzuarbeiten, dass andere europäische Monarchen Caroline nicht als Königin anerkannten. Durch einen königlichen Erlass wurde Carolines Name aus der Liturgie der anglikanischen Kirche gestrichen. Für beide Maßnahmen zeigte die britische Öffentlichkeit wenig Verständnis. Als Caroline von Braunschweig in diesem Sommer nach einem längeren Auslandsaufenthalt wieder englischen Boden betreten hatte, hatte das Volk sie gefeiert. Bei ihrer Ankunft in der Nähe von London war sie von radikalen Politikern wie Sir Francis Burdett begrüßt worden, da sie sich von ihr Unterstützung in ihrem Kampf erhofften. Der König versuchte nach wie vor, seine Ehefrau loszuwerden und mit Geld abzufinden. Als auch dieser Versuch scheiterte, bemühte er sich, die Ehe wegen des unmoralischen Verhaltens seiner Frau annullieren zu lassen, weil sie zuletzt in Italien mit ihrem Kammerherren Bartolomeo Bergami zusammengelebt hatte. Aus diesem Grund würde es noch im August eine Anhörung im Oberhaus geben. Dass Georg IV. seine Frau vor Gericht zerrte, hatte selbst diejenigen erbost, die sonst auf seiner Seite standen. Marie hatte auf die Ereignisse reagiert, indem sie die Wachsfigur des angeblichen Geliebten der geächteten Königin schuf. Auch die Figur der Königin wurde aufpoliert. Marie versuchte dabei, das Groteske ihrer Erscheinung zu mildern, denn Königin Caroline war sehr dick geworden und trug stets eine schwarze Perücke, hatte schwarz gefärbte Brauen und übertrieben rot geschminkte Wangen. Bei ihrem Einzug in London hatte sie zudem einen großen Hut mit einer riesigen Schleife und ungeheuren Straußenfedern getragen, was den unangenehmen Eindruck wohl noch verstärkt hatte.

Der Adel zog bei den Besuchern immer, und je pikanter die Verhältnisse, umso besser, das war schon damals in Paris mit Ludwig XVI. und Marie Antoinette so gewesen. Wenn Marie die Besucher durch die Ausstellung führte, spielte sie gerne auf die Verhältnisse am französischen Königshof an. Ihre Verbindung zur französischen Herrscherfamilie faszinierte auch nach so vielen Jahren noch die Menschen, das spürte sie immer wieder. Ein Journalist hatte erst kürzlich geschrieben: *Während Madame Tussaud hier Hof hält, zweifeln wir nicht, dass ihr* Levée *von entzückten Zuschauern überlaufen sein wird.* Marie hatte diese Formulierung natürlich sehr gefallen. Sie bedauerte es, dass es ihr nicht gelungen war, eine ebenso enge Verbindung zu den englischen Herrschern herzustellen. Und nun war ihre einzige adelige Schirmherrin aus England tot. Der Todesfall schlug ihr auf das Gemüt. Sie machte sich langsam Sorgen. Sie brauchte mal wieder eine Figur oder ein

Tableau, das dauerhaft Besucherströme in das Kabinett lockte. Etwas großes, prächtiges, das von den Alltagssorgen ablenkte und die Besucher Teil einer besseren Welt werden ließ. Bis dahin musste die Affäre um Königin Caroline als Attraktion herhalten – und sie tat es. Vor allem Frauen setzten sich zur Verteidigung ihrer Ehre ein und schickten Protestbriefe an die Ankläger. Als die Königin im November 1820 von den Vorwürfen des Ehebruchs freigesprochen wurde, gab es Freudenkundgebungen in der Stadt, danach folgten Diskussionen über ihr Schicksal. Denn jedermann wusste, dass Georg IV. um jeden Preis verhindern wollte, dass diese Frau an seiner Seite zur Königin gekrönt wurde.

Marie wusste inzwischen, wie ihr neuer Publikumsmagnet aussehen sollte. Im Frühling des nächsten Jahres erzählte sie ihrem Sohn davon. Sie waren in kleinen Etappen nach Liverpool weitergereist, hier würden sie die nächsten Monate verbringen. Sie stellten erneut im Golden Lion Inn in der Dale Street aus. Es war eine breite, belebte Straße, in der beinahe jedes Haus einen Gasthof oder ein Geschäft beherbergte und in der viele Kutschen Station machten. Direkt beim Golden Lion ging beispielsweise die neue Emperor-Kutsche nach Preston und Lancaster ab. Joseph war erstaunt, als sie ihm von ihrem Plan berichtete.

»Du willst wirklich eine Krönungsgruppe um Georg IV. aufstellen? Die tatsächliche Krönung hat doch immer noch nicht stattgefunden.«

»Eben deshalb. Wenn im Juli die Krönung stattfindet, sind wir schon bereit. Aber unser König wird würdevoller sein als der echte. Ich werde auf der Basis einer aktuellen Büste einen neuen Wachskopf von Georg IV. herstellen. Als Dekoration können wir das Thronzimmer im Carlton House, dem Wohnsitz des Königs, nachbilden. Was meinst du, was für ein elegantes Spektakel es wäre, wenn die Besucher unter musikalischer Untermalung an der Throngruppe vorbeipromenieren könnten, als ob sie selbst bei der königlichen Gesellschaft zu Gast wären! Bei einem solchen Tableau sind die adeligen

Schirmherren, auf die wir uns auf unseren Plakaten berufen können, gar nicht mehr so wichtig.«

Je länger sie darüber nachdachte, desto besser gefiel Marie ihre Idee. Wenn man so ein Prachtstück vorweisen konnte, würde es auch nicht so auffallen, dass bei manchen anderen Figuren nach wie vor der Körper fehlte, sie nur als Büste oder Halbfigur zu sehen waren, eine Tatsache, die Marie immer mehr störte.

»Es wird nicht nur lange dauern, bis diese Dekoration fertig ist, sondern auch viel Geld kosten. Geld, das wir für die Kutschen brauchen könnten«, warf Joseph ein.

»Ich weiß, du hängst an der Vorstellung, eigene Kutschen zu besitzen. Ich halte es jedoch für dringlicher, das Kabinett auf Vordermann zu bringen. An den Figuren habe ich noch nie gespart, und ich werde jetzt nicht damit anfangen. Schlimm genug, dass wir auch einige Persönlichkeiten nur als Halbfiguren ausstellen können«, sagte Marie. »Wir werden uns noch eine Zeitlang hier aufhalten, wo die Kutschverbindungen zahlreich und verhältnismäßig preiswert sind.« Diesem Argument konnte auch Joseph nichts entgegensetzen. Marie sah ihn versöhnlich an. »Ich wäre sehr froh, wenn du dich um den Bau der Dekoration kümmern könntest. Wir brauchen Drucke oder Beschreibungen des Thronsaales. Du wirst sicher die Tischlerwerkstatt finden, die am besten für einen derartig aufwendigen Auftrag geeignet ist.«

Als im Sommer 1821 die Aufregung über die bevorstehende Krönung am größten war, erreichte England eine Nachricht, die Marie erschütterte: Napoleon Bonaparte war auf der Insel Sankt Helena gestorben. Es war eigentümlich, aber für Marie war es beinahe so, als ob sie einen entfernten Verwandten verloren hatte. Sie hatte die Laufbahn des Korsen von Anfang an verfolgt, sie hatte ihn gesehen, als er nach seinem Ägyptenfeldzug nach Paris zurückkehrte, hatte ihn im Tuilerienschloss aufgesucht und porträtiert, hatte ihn vor seiner letzten Fahrt auf der *Bellerophon* gesehen, hatte sein Schicksal über die

Jahre stets mit Hilfe ihrer Wachsfiguren begleitet, kommentiert, dargestellt. Erster Konsul, Kaiser, Ehemann, Kriegsheld, Kriegsgefangener und jetzt Toter. Das war es! Sie würde Napoleon mit einem Tableau ehren, würde den ehemaligen Kaiser der Franzosen auf dem Totenbett zeigen. Sie könnte auch ein Krönungstableau erschaffen, das zeigte, wie Napoleon sich selbst die Krone auf das Haupt setzte, ganz wie es Jacques-Louis David in seinem gewaltigen Gemälde, das auch hier in England zu sehen gewesen war, überliefert hatte. Wie wäre es, wenn man die Krönungen dieser beiden Herrscher gegeneinander stellen würde, so dass sich die Besucher selbst ein Bild machen konnten, wessen Krönung prächtiger war – die des Kaisers der Franzosen oder die des britischen Königs?

Die Krönungsgruppen waren ein großer Erfolg, sie waren so prächtig, wie Marie sie sich vorgestellt hatte. Auch wenn es Marie bei dem Krönungstableau von Georg IV. ein wenig leidtat, dass sie nur nach Drucken und Zeitungsberichten arbeiten konnte. Früher wäre sie nach London gereist, um die Atmosphäre während der Krönung aufzunehmen und Eindrücke zu sammeln, doch heute war sie pragmatisch genug, um zu wissen, dass sie bei den Besuchermassen in London wohl kaum genügend würde sehen können. Und auch so füllten die Details des Krönungsspektakels die Spalten der Zeitungen. Unvorstellbar hohe Summen waren für die Krönung ausgegeben worden, ein guter Teil davon für die farbenprächtigen Phantasiekostüme aller Anwesenden. Georgs Krone protzte mit 12 532 Diamanten, mehr waren noch nie für einen derartigen Anlass verwendet worden. Die Westminster Hall war mit tausendfünfhundert Kerzen erleuchtet worden, was dazu führte, dass viele Damen infolge der Hitze ohnmächtig geworden waren und das herabschmelzende Wachs viele kostbare Gewänder ruiniert hatte.

Marie und ihr Sohn bemühten sich, die Krönung so genau wie möglich nachzustellen. Auch bei ihr war der König in schwere Gewänder aus purpurrotem Samt gekleidet, der mit goldenen Sternen bestickt war, und er trug einen Hut mit gewaltigen Straußenfedern, aus deren Mitte eine schwarze Reiherfeder hervorragte. Die Besucher standen an, um Figuren und Kostüme zu sehen, und ereiferten sich bei dem Gedanken, dass Georg IV. dafür gesorgt hatte, dass Königin Caroline nicht zur Krönungsfeierlichkeit in die Westminsterabtei eingelassen worden war. Sie hatte vor der Tür gestanden und um Einlass gebeten, wurde jedoch vor aller Augen abgewiesen. Was für eine Schande! Diese schmachvolle Behandlung erhöhte zusätzlich den Reiz von Maries Tableau, in dem die Königin in der Nähe des Königs zu sehen war. Aber so ganz zufrieden war Marie nicht. Wenn Georg IV. ein ebenso langlebiger Herrscher werden sollte wie sein Vater – dieser hatte neunundfünfzig Jahre lang regiert –, müsste Marie sich mit eigenen Augen einen Eindruck von dem neuen König verschaffen. Als es hieß, Georg IV. würde demnächst Irland besuchen, fasste sie einen spontanen Entschluss. Es war nur eine kurze Schiffsfahrt von Liverpool nach Irland, sie hätte dort sicher sehr gute Möglichkeiten, ihn zu sehen. Außerdem könnte sie einige Miniaturen in Dublin ausstellen, um die Reise zu finanzieren. Joseph war jedoch von diesem Plan wenig angetan, er versuchte beharrlich, ihr diese Reise auszureden. Doch als Marie kurz vor der Ankunft von Georg IV. in Irland erfuhr, dass seine Frau gestorben war – vermutlich aus Kummer –, gab es für sie kein Halten mehr. Dieser König würde noch häufiger für Schlagzeilen sorgen, vielleicht würde er sich sogar erneut vermählen.

Sie standen am Hafen von Liverpool, als Joseph zum letzten Mal versuchte, sie umzustimmen. Marie ließ ungeduldig ihre Augen über die ausgedehnten Docks wandern. Derartige Hafenanlagen hatte sie noch nie gesehen, das hatte sie gleich gedacht, als sie die Mauer passiert hatten, die die Stadt vom Fluss Mersey trennte. Die sechs- und siebengeschossigen massiven Lagerhäuser ragten wie Wälle aus Gusseisen und Ziegeln vor ihr auf.

»Mutter, du wirst in wenigen Monaten sechzig Jahre alt. Meinst du wirklich, du solltest dir eine so strapaziöse Reise zumuten?«, fragte er.

»Warum nicht? Es geht mir gut. Ich reise mit wenig Gepäck, habe nur eine Kiste. Ich werde in Dublin sofort jemanden anheuern, der sie zu einem Gasthof transportiert. Du stellst unsere Wachsfiguren weiterhin aus und befriedigst hier die Neugier der Besucher, während ich mir einen Eindruck verschaffe und bei Gelegenheit vielleicht ein paar Miniaturen zeigen werde. Ich muss einfach versuchen, eine Porträtsitzung beim König zu bekommen.« Joseph sah sie skeptisch an. »Das wäre ein Schirmherr, der für Aufmerksamkeit sorgen würde«, setzte Marie hinzu.

»Aber darauf sind wir doch nicht angewiesen«, sagte Joseph zweifelnd.

»Unser wichtigstes Thema ist das Königshaus. Ludwig XVI. und Marie Antoinette sind schön und gut, aber eben nicht mehr brandneu. Von Napoleon, der bislang immer wieder das Interesse der Besucher entfachte, wird es keine weiteren Neuigkeiten geben. Also müssen wir uns auf das englische Königshaus konzentrieren. Wir müssen hart dafür arbeiten, erstklassig zu sein. Wir dürfen uns keine Schwächen leisten.« Marie ärgerte sich noch immer über den Artikel in der Zeitung *The Kaleidoscope*, in dem erst kürzlich kritisiert worden war, dass bei einigen Figuren die Körper auf das anatomisch Notwendigste beschränkt waren, was den Gesamteindruck der Ausstellung zerstöre. Sie ärgerte sich vor allem über sich selbst, denn sie wusste längst, dass sie das hätte ändern müssen. Die Besucher wollten die Abgebildeten so sehen, als ob sie tatsächlich neben ihnen stünden – in ihrer ganzen Körperlichkeit. Sie hatte diese Aufgabe lediglich verschoben, weil es bedeutete, dass die Transportkosten enorm steigen würden. Das war ein Fehler gewesen. Dieses Problem würde sie als Nächstes anpacken müssen. An ihren Figuren würde sie nicht mehr sparen, das stand fest. Während sie in Dublin war, würde Joseph anfangen, die fehlenden Körperteile herzustellen.

Die Sonne senkte sich über den Hafen von Liverpool, als der Aufruf kam, dass Marie und die anderen etwa hundert Fahrgäste das Segelschiff *Earl of Moira* besteigen konnten. Es war ein Kutter mit nur einem Deck, dessen Mast gegen die

Lagerhäuser klein aussah. Die Matrosen machten sich bereits an den Gaffelsegeln und den Vorsegeln zu schaffen. Marie hätte auch mit einem Dampfschiff fahren können, aber diese schnaufenden Ungeheuer schienen ihr unheimlich. Sie schloss ihren Sohn noch einmal in die Arme.

»Ich wünsche dir eine gute Reise«, sagte er.

»Was soll schon schiefgehen, bei meinem *Mal du Mer*«, meinte sie trocken.

»Sag so was nicht, Mutter«, antwortete er ernst.

Marie zog die Mundwinkel zu einem Lächeln hoch. Insgeheim war ihr auch nicht wohl bei dem Gedanken an eine Schifffahrt. Glücklicherweise würde es nur ein kurzer Aufenthalt auf dem Schiff werden. Wie kurz dieser Aufenthalt war, konnte Marie noch nicht ahnen. Sie hatte tatsächlich wieder *Mal du Mer*. Dieses Mal ging das Schiff jedoch wirklich unter.

KAPITEL 8

Liverpool, August 1821

Zwei Männer gingen zielstrebig die Dale Street in Liverpool entlang. Der ältere, ein rundlicher Herr mit rötlicher Gesichtsfarbe, kannte anscheinend den Weg und lief voraus, während der junge gutaussehende Mann um die zwanzig ihm hinterherlief. Neugierig richtete er seine Aufmerksamkeit mal hierhin, mal dorthin, und musste aufpassen, dass er den Anschluss nicht verpasste.

»Gleich sind wir da«, sagte der ältere Herr und schnaufte leise.

»Ich kann es kaum erwarten, Monsieur«, antwortete der junge Mann auf Französisch, eine Falte auf seiner Stirn wies darauf hin, dass seine Neugier mit Ängstlichkeit gepaart war.

Schließlich erreichten sie ein Gebäude. Ein Wirtshausschild zeigte an, dass man hier den Gasthof zum Goldenen Löwen fand. Sie traten ein und gingen zu den Versammlungsräumen. Der ältere Herr wollte die Tür öffnen, aber sie war verschlossen. Ein Schild hing an der Tür »Wegen eines Trauerfalles geschlossen« stand darauf. Die beiden Männer sahen sich stumm an.

»Es ist bestimmt nichts Ernstes«, versuchte der Ältere den Jüngeren zu beruhigen und wusste doch genau, dass die Botschaft auf dem Schild eindeutig war. Er spähte durch ein Fenster. Die Wachsfiguren warfen unbeteiligt ihre Schatten auf den Fußboden. Vor der Figur einer kleinen Frau in schwarzer Kleidung, die in der Mitte des Raumes an einem Tisch saß, war eine Kerze aufgestellt. Der Jüngere hatte es auch gesehen, er wurde blass.

»Das darf nicht sein«, flüsterte er leise. Mit seinem Gehstock klopfte der Ältere an die Tür. Hinter einem Vorhang war eine Bewegung zu sehen, ein Mann in Schwarz näherte sich der Tür und öffnete, er erkannte den älteren Herrn sofort.

»Mr Charles ...«, seine Stimme brach, er fiel Henri-Louis Charles in die Arme, der ihn fest an sich drückte.

»Joseph, was ist passiert?«

Der Angesprochene drehte sich mit hängenden Schultern um, die Männer folgten ihm. Joseph stand mit dem Rücken zu ihnen, in der Stille des Wachsfigurenkabinetts war nun ein leises Schluchzen zu hören.

»Sie war auf dem Weg nach Dublin. Das Schiff ist auf die Burbo Bank an der Mündung des Mersey-Flusses aufgelaufen, wurde dann von den hohen Wellen auf die Wharf Bay geworfen, und ist sofort in Stücke gebrochen. Der Kapitän war betrunken, so viel weiß man inzwischen. Kaum jemand konnte sich auf die Beiboote retten. Ich habe jede Hoffnung verloren, dass sie es geschafft hat.«

Henri-Louis Charles ging zu ihm und umfasste seine Schultern. »Deine Mutter ist zäh. Sie wird sich an ihre Kiste mit Wachsfiguren geklammert haben ...«

»Wie lange soll sie es im Wasser aushalten? Sie ist zäh, aber sie ist auch nicht mehr die Jüngste ...« Erst jetzt nahm Joseph wahr, dass ein anderer Mann bleich an der Tür des Wachsfigurenkabinetts stand. Henri-Louis führte Joseph zu ihm.

»Ich hätte mir einen schöneren Moment für diese Begegnung gewünscht, aber es lässt sich nicht ändern. Joseph, das ist dein Bruder François, oder, wie die Engländer sagen würden, Francis. Francis, das ist Joseph.«

Die Männer standen sich gegenüber, unsicher, wie sie sich begrüßen sollten, verstohlen musterten sie sich.

»Nun macht schon. Schließt euch in die Arme. Ihr solltet froh sein, dass ihr euch endlich wiederseht. Vielleicht hat euch das Schicksal in dieser schweren Stunde zusammengeführt.« Maries Söhne umarmten sich, ließen sich aber abrupt wieder los. Schweigen erfüllte den Raum. »Ihr habt euch sicher viel zu erzählen, auch wenn ihr im Augenblick die Worte nicht findet. Lasst uns alles Notwendige unverzüglich angehen. Ich werde mich aufmachen, um herauszufinden, wie viele Überlebende es gibt und wo sie angespült wurden. Und ihr werdet schleunigst das Wachsfigurenkabinett wieder öffnen, denn eurer Mutter würde es nicht gefallen, dass es geschlossen ist – und schon gar nicht ihretwegen.«

KAPITEL 9

AN DER KÜSTE VON LANCASHIRE, AUGUST 1821

*M*arie war trotz des schlechten Wetters auf dem Deck des Schiffes geblieben, und das hatte ihr wohl das Leben gerettet. Die Laderäume seien zum Bersten voll, erklärte der Kapitän, als sie die *Earl of Moira* betrat, für ihre Reisekiste sei kein Platz mehr. Marie sah zu, wie die Seeleute ihre Kiste mit Tauen befestigten, und machte es sich in der Nähe bequem. Hier blieb sie auch, als das Wetter umschlug und das Wasser gleichermaßen vom Meer und vom Himmel auf das Schiff einprasselte. Sie war nicht sicher, ob sie unter diesen Umständen den Weg unter Deck finden würde, und sie fürchtete, sie könnte auf dem Weg von einem Brecher fortgespült werden. Also hielt sie sich einfach an der Kiste mit ihren Wachsminiaturen fest. Es gab einen gewaltigen Ruck, als die *Earl of Moira* auf die Sandbank auflief. Der Schiffsrumpf kreischte förmlich auf. Das Schiff legte sich schief, Passagiere und Gepäck flogen durcheinander. An Bord brach sofort Panik aus. Jeder versuchte, an Deck zu gelangen. Marie band intuitiv ihre Kiste los. Menschen rempelten sie an, und im Gedränge ging sie zu Boden. Eine Frau half ihr wieder auf die Beine. Wenig später wurde die Frau von einem Teil des Masts getroffen, der zersplitterte. Marie wollte ihr helfen, hangelte sich zu ihr, aber der blutige Anblick des Schädels überzeugte sie schnell, dass die Frau tot war. Das Meer riss an allem, was noch vom Schiff übrig war. Menschen gingen über Bord, versuchten sich verzweifelt über Wasser zu halten. Durch die Gischt konnte Marie die Köpfe erkennen, die wie Spielbälle in den Wellen hin- und hergeschleudert wurden. Sie kämpfte sich zu ihrer Kiste zurück, klammerte sich daran fest; sie schien der einzige sichere Halt zu sein. Doch auch Marie und ihr Gepäck wurden ins Wasser gesogen. Eisig biss es in ihre Glieder. Angst packte sie. Sie hatte nie schwimmen gelernt. Sie konnte sich nur an ihrer Kiste festkrallen. Schreie gellten durch die Luft, auch Marie schrie. Ihre Beine wurden steif vor Kälte, die Hände zitterten, verkrampften, ihre Zähne schlugen so schnell aufeinander, wie ihr Herz raste. Mit letzter Kraft gelang es ihr, den Körper halb auf die Kiste zu ziehen. Wie lange würde sie sich über Wasser halten können? War dies ihr Ende? Sie dachte an ihre Söhne, besonders an Joseph. Sie waren zwar nicht im Streit auseinandergegangen, aber es war eine unschöne Spannung zwischen ihnen geblieben. Wenn sie mit diesem Gefühl von ihm ging, würde sie es sich nie verzeihen. Sie hätte sich mit ihm versöhnen müssen, bevor sie losgefahren war. Und ihr Kleiner, er würde nie erfahren, wie sehr seine Mutter ihn geliebt hatte. Marie weinte, aus Verzweiflung und Erschöpfung, dann verlor sie das Bewusstsein.

Sie wusste nicht, wie lange sie auf dem Meer getrieben war, aber irgendwann wachte sie auf. Sand knirschte zwischen ihren Zähnen, sie fühlte festen Boden unter sich. Marie schlug überrascht die Augen auf, kniete sich hin. Sie war in einen Flusslauf gespült worden, in der Ferne konnte sie das Meer sehen. Sie hatte überlebt. Nie wieder würde sie ein Schiff besteigen, das schwor sie sich. Marie versuchte aufzustehen, doch ihre Glieder versagten ihr den Dienst, ihre nasse Kleidung schien sie zu Boden zu ziehen. Sie fiel hin, atmete stoßweise. Dann endlich schaffte sie es, sich aufzurichten. Der Sturm traf sie bis ins Mark. Niemand war zu sehen, nur die Kiste lag neben ihr. Plötzlich hörte sie Stimmen, am Rand des Schilfs tauchten Menschen auf. Sie schleppte sich zu ihnen.

Es waren zwei, drei Handvoll Männer, Frauen und Kinder, die sich auch an Land retten konnten. Einige bluteten, hatten gebrochene Gliedmaße. Marie half, sie notdürftig zu verarzten, doch sie alle waren unterkühlt. Sie mussten weg hier, mussten einen Ort finden, an dem sie versorgt werden würden, an dem sie die nasse Kleidung loswerden könnten. Keiner machte Anstalten zum Aufbruch. Also ergriff Marie die Initiative. Sie scharte die anderen um sich und führte sie dorthin, wo sie das Landesinnere vermutete. Sie bat einen Mann, ihre Kiste zu ziehen. Sie konnte sie nicht zurücklassen, sie war alles, was ihr geblieben war.

Mühsam schleppte sich Marie den Weg hinauf. Ihre Füße schmerzten, die Schuhe hatte sie im Wasser verloren. Die anderen Überlebenden schlurften langsam hinter ihr her, sie hörte leises Weinen und Stöhnen. Waren sie die einzigen der über hundert Passagiere, die den Untergang überlebt hatten? Hatten alle anderen den Tod gefunden? An wie viele Gesichter konnte sie sich erinnern, wie viele waren für immer vergessen?

Lange Zeit waren sie nun schon gelaufen. Der Regen hatte

wieder eingesetzt und schlug ihnen ins Gesicht. Tief sanken die Füße in den pfützenübersäten, matschigen Boden ein. Jeder Schritt war eine Qual. Endlich kamen sie auf einen Pfad. Einer Frau kam die Gegend bekannt vor, sie seien in der Nähe von Preston, sagte sie. Sie versuchten, dem Pfad zu folgen, doch die Dämmerung setzte rasch ein. Bald konnten sie den Weg nur noch schlecht erkennen. Das Trappeln von Pferdehufen übertönte plötzlich das Schmatzen der Füße im Schlamm. Einige riefen »hierher«. Das Licht eines Wagens schwankte auf sie zu, und endlich stand ein Bauer mit seinem Pferdekarren vor ihnen. Er hörte ungläubig ihre Geschichte an und nahm sie einige Meilen mit, bevor er sie wieder am Wegesrand absetzte. Von dem Ort war noch immer nichts zu sehen. Hatten sie eine falsche Abzweigung gewählt? Wohin hatte der Bauer sie bloß gebracht? Auf einmal tauchte vor ihnen ein Tor auf, das zu einem herrschaftlichen Haus gehören musste. Jemandem gelang es, das Tor zu öffnen, und schließlich erreichten sie ein Herrenhaus. Marie läutete die Glocke.

Ein Diener öffnete und fragte sie abweisend, was sie wolle. Marie versuchte zu erklären, was passiert war, doch der Mann schien sie für Landstreicher oder Gesindel zu halten. Bald fielen ihr die anderen Überlebenden ins Wort. Ihre Stimmen wurden laut. Marie wollte sie um Ruhe bitten, sie wusste, dass sie so nichts erreichen würden, doch alle waren erschöpft, die Nerven lagen blank. Der Diener wollte ihnen gerade die Tür vor der Nase zuschlagen, als eine Dame zu ihnen trat. Sie war eine feine Erscheinung, wohl die Herrin des Hauses. Marie stellte sich so förmlich vor, wie es ihr Zustand erlaubte, und berichtete auch ihr, was geschehen war. Vor Aufregung und Ermüdung fiel sie dabei immer mehr in ihre französische Heimatsprache. Die Frau verstand sie dennoch, begrüßte sie nun und stellte sich als Mrs Ffarington vor. Sie befanden sich in Worden, einem kleinen Ort in der Nähe von Preston. Endlich wurden sie eingelassen. Ein Arzt wurde gerufen, trockene Kleidung beschafft, ein notdürftiges Krankenlager eingerichtet. Die meisten der Überlebenden mussten sofort ins Bett gelegt und verarztet werden, andere zogen sich in die ihnen zugewiesenen Räume zurück. In Sicherheit überkam sie die Trauer; viele hatten ihre Angehörigen beim Schiffbruch verloren. Doch neben allem Kummer über das Verlorene, waren sie erleichtert, am Leben zu sein. So ging es auch Marie. In ihrem Zimmer, das sie mit anderen Schiffbrüchigen teilte, fiel sie in einen tiefen, traumlosen Schlaf.

Am nächsten Tag fühlte sich Marie schwach. Ein leichtes Fieber, Husten und Schnupfen machten es unmöglich, dass sie abreiste. Aber sie wollte unbedingt nach ihrer Kiste sehen. Im Haus herrschte rege Geschäftigkeit. Marie ließ sich zur Hausherrin bringen, die auch heute über die Versorgung der Schiffbrüchigen wachte. Marie fragte nach ihrer Kiste, und die Dame schickte einen Diener los, um sie zu holen. Als sie hereingetragen und vor dem Kamin abgestellt wurde, kamen weitere Bewohner des Hauses, Gäste und Überlebende des Unglücks neugierig näher.

»Darf man fragen, was sich in dem Kasten befindet?«, sprach eine der Töchter des Hauses Marie an.

»Aber ich bitte dich, wo bleiben deine Manieren? Sei nicht so indiskret, meine Liebe«, mahnte Mrs Ffarington.

»Nicht doch«, sagte Marie. »Ich wollte ohnehin nachsehen, ob der Inhalt den Schiffbruch überstanden hat.« Sie zog den Schlüssel hervor, den sie an einer Kette um den Hals trug, und steckte ihn in das Schloss. Mit einem Knirschen, es war wohl Sand hineingespült worden, konnte sie es öffnen. Marie hob den Deckel an. Die Holzspäne, mit denen sie den Inhalt geschützt hatte, waren zu Klumpen durchweicht. Sie nahm sie heraus, dann holte sie die erste Wachsminiatur hervor. Wie durch ein Wunder war sie unversehrt.

»Das ist ein Abbild des berühmten Philosophen Voltaire. Mein Onkel, der bekannte Wachskünstler Philippe Curtius, hat es zu seinem Gedenken hergestellt. Wir hatten das große Glück, Voltaire zu begegnen, als er seine letzten Monate in Paris verbrachte«, erzählte Marie.

»Sie haben Voltaire gekannt?«, fragte Mrs Ffarington beeindruckt.

»Es war gegen Ende meiner Ausbildung, ich war bereits eine junge Frau. Wir besuchten ihn in seinem Haus, und er gestattete mir, seine Maske zu nehmen.« Ein Lächeln zog über Maries Gesicht. »Es war nicht ganz einfach, denn Voltaire sprach unaufhörlich von seinem neuen Werk *Irène*. Und ich konnte diesem großen Mann der Aufklärung doch nicht den Mund verbieten.« Sie legte die Wachsminiatur auf einen Tisch, so dass alle Zuhörer sie in Augenschein nehmen konnten. Als Nächstes holte sie eine Porträtminiatur des französischen Königs Ludwig XVI. hervor, auch sie war heil geblieben.

»Sagen Sie nicht, Sie haben auch diesen unglücklichen König gekannt«, meinte ein Mann ungläubig, nachdem Marie gesagt hatte, um wen es sich handelte.

»Doch, so ist es. Ich hatte die Ehre, Prinzessin Élisabeth, die Schwester des Königs, im Schloss von Versailles in die Wachskunst einzuführen.« Marie kam gar nicht dazu, die Kiste weiter auszupacken, denn sie wurde nun mit Fragen bestürmt. Sie sollte über den früheren König und seine Königin berichten, über den Hofstaat von Ludwig XVI., und schließlich kam die Rede auf die Ereignisse der Französischen Revolution. Marie erzählte von ihren Zusammentreffen mit den berühmten und berüchtigten Revolutionären, davon, dass sie gezwungen worden war, die Totenmasken der hingerichteten Revolutionäre abzunehmen und schließlich von ihrer Verhaftung.

»Dort, in dem Kerker des Karmeliterklosters, bin ich einer Dame begegnet, die eine besondere Rolle in Frankreich spielen sollte, Joséphine de Beauharnais, der späteren Ehefrau von Napoleon Bonaparte. So unterschiedlicher Herkunft wir waren, in einem ähnelten wir uns: Wir waren beide Opfer der blutigen Revolution.« Die Neugier ihrer Zuhörer kannte nun keine Grenzen mehr. Erst als alle Fragen fürs Erste beantwortet waren, konnte Marie weiter auspacken. Leider waren einige Miniaturen, die sich im unteren Teil der Kiste befunden hatten, zerbrochen. Marie betrauerte jedes einzelne dieser Wachsgebilde. Eine Zeitlang hatten ihre Erinnerungen sie aufgemuntert, doch nun fühlte sie sich müde und kraftlos.

»Es wird sehr viel Zeit und Mühe kosten, meine Ausstellung wieder so schön zu machen, wie sie vor dem Untergang der *Earl of Moira* war.«

Mrs Ffarington sah sie mitleidig an.

»Ich habe einen Vorschlag, wie die Macht dieses Schicksalsschlages etwas gemildert werden könnte. Ich hoffe, Sie haben nichts dagegen, wenn ich Ihnen ein Geschenk mache, Madame Tussaud.« Sie bat Marie, ihr in das obere Stockwerk zu folgen. Sie gingen in einen Raum, der offenbar als Abstellkammer genutzt wurde. Mrs Ffarington wies eine Dienerin an, einige Kisten zu öffnen, und zog alte Kostüme hervor.

»Diese Kleidung gehörte meinen Vorfahren. Vielleicht könnte sie Ihnen nützlich sein, die Ausstellung wieder in alter Pracht herzurichten«, sagte sie. Marie war durch diese Geste angerührt, aber auch beschämt.

»Das kann ich nicht annehmen. Es sind doch sicher sehr viele Erinnerungen mit diesen schönen Kostümen verbunden«, antwortete sie.

»Aber ich bitte Sie, Sie sehen doch, dass wir sie seit langer Zeit nicht mehr angeschaut haben. Hier sind sie nur den Motten von Nutzen. In Ihrem Wachsfigurenkabinett könnten sie dagegen wieder strahlen«, sagte Mrs Ffarington bestimmt.

Marie dankte ihr und bat sie, zu versprechen, dass sie das Wachsfigurenkabinett in naher Zukunft besuchen würde, um zu sehen, wie sich ihre Kostüme dort machen würden. Das tat Mrs Ffarington gern. So kam es, dass Marie durch den Schiffbruch zwar viel verloren, aber auch einiges gewonnen hatte.

Sie blieb noch einen Tag im Haus der Ffaringtons. Immer wieder wurde sie bestürmt, Anekdoten aus ihrem bewegten Leben, von ihren Reisen und den berühmten Zeitgenossen, denen sie begegnet war, zu erzählen. Dann aber fühlte sie sich gesund genug, dass sie sich die Reise zumuten konnte. Mrs Ffarington verabschiedete sie sehr freundlich. Marie dankte ihr für die Gastfreundschaft und die selbstlose Hilfe.

»Ich weiß nicht, was sonst aus uns geworden wäre. Vielen Dank für alles, was Sie für mich getan haben. Ich will auf direktem Wege zurück nach Liverpool. Schließlich weiß ich, wie sehr sich mein Sohn um mich sorgen wird«, sagte Marie zum Abschied. Mrs Ffarington nickte verständnisvoll.

»Sollten Sie mit Ihrem Wachsfigurenkabinett in Preston Station machen, geben Sie uns unbedingt Bescheid. Ich würde gerne Ihren Sohn kennenlernen, von dem Sie so viel gesprochen haben. Und wenn Ihre Wachsminiaturen schon so interessant sind, wie beeindruckend müssen dann erst die lebensgroßen Wachsfiguren sein!« Marie dankte für das Kompliment und versprach, dass sie ganz gewiss in naher Zukunft nach Preston kommen würde.

Die Sonne versank am Horizont, als die Kutsche Liverpool erreichte. Die Hafenanlagen und Häuser leuchteten im Abendlicht, Kräne führten vor den Schiffen ächzend ihr Ballett auf. Die Kutsche bog in die Dale Street ein, Marie konnte kaum erwarten, dass sie endlich vor dem Goldenen Löwen hielt. Sie sah das Plakat, das auf ihre Ausstellung hinwies, und spürte, wie ihre Brust sich weitete. Das alles hatten ihr Onkel, ihr Sohn und sie mit eigenen Händen erschaffen. Sie beschleunigte ihren Schritt. Als sie den Saal betrat, war alles still. In der Nähe des Eingangs sah sie die ihr nachgebildete Wachsfigur, vor der ein Totenlicht brannte, und sie wusste, welcher Kummer ihren Sohn quälen musste. Er hielt sie für tot! So schnell wie möglich musste sie zu ihm.

Sie sah eine Bewegung im Atelier, es war Joseph. Er hatte sie noch nicht bemerkt. Marie wollte gerade ihre Stimme erheben, als sie einen zweiten Mann sah. Er war schlank, die schwarzen Haare fielen ihm auf die Schultern. Das Gesicht kam ihr bekannt vor. François, war es ihr Ehemann François? Ihre Knie gaben nach. Aber warum wirkte er so jung? Zögernd ging sie auf ihn zu. Nun bemerkten auch die beiden Männer sie. Ihre Augen weiteten sich, sie wollten etwas sagen, fanden jedoch keine Worte. Es war, als sei sie von den Toten auferstanden, aus dem Reich der Toten zurückgekehrt. Wie hypnotisiert zogen die Augen des jungen Mannes sie an. Es musste Françison sein, ihr Nesthäkchen. Er sah ihrem Mann sehr ähnlich, auch wenn sie jetzt erkannte, dass sein Gesicht runder war. Wo kam er auf einmal her? Die Gefühle überrollten sie. Er sagte nur ein Wort, »Maman«, und sie fiel ihm in die Arme. So viele Jahre hatte sie diesen Moment herbeigesehnt. Joseph kam zu ihnen, Tränen rannen ihm über die Wangen. Marie zog auch ihn an sich. Eine lange Zeit standen sie beieinander, zum ersten Mal seit beinahe zwanzig Jahren hielt Marie ihre beiden Söhne wieder in den Armen. Sie war ganz schwach vor Glück, fühlte aber gleichzeitig, wie neue Kraft sie durchströmte. Endlich war ihre Familie wieder vereint. Eine größere Glückseligkeit konnte es für sie nicht geben.

Wer sie in den nächsten Stunden beobachtet hätte, musste die Tussauds für typische Franzosen halten. Sie redeten aufgeregt, vorwiegend auf Französisch, durcheinander, sie umarmten sich überschwenglich, herzten und küssten sich. Später besuchte Henri-Louis Charles sie, er war ebenso überrascht wie Maries Söhne und wurde ebenso freudig begrüßt. Immer wieder musste Marie von dem Schiffbruch und der freundlichen Hilfe berichten. Dabei brannte sie darauf zu erfahren, wie es ihrem jüngeren Sohn ergangen und warum er auf einmal bei ihr in England war. Am Abend beschlossen sie, ihr Zusammentreffen im Gasthof zu feiern.

»Wie gerne wäre ich schon früher zu euch gekommen«, erzählte ihr Jüngster mit Tränen in den Augen. »Schon vor einigen Jahren, als Monsieur Charles uns besuchte, wäre ich am liebsten mit ihm gereist. Aber Vater meinte, ich dürfte erst über mein Leben entscheiden, wenn ich volljährig wäre. Kurz vor meinem einundzwanzigsten Geburtstag stand Monsieur Charles wieder vor unserer Tür und bot an, mich zu dir mitzunehmen. Mein Vater sah nun ein, dass er mich nicht aufhalten konnte, und ließ mich gehen. Und darum bin ich jetzt hier.«

Marie warf Henri-Louis einen dankbaren Blick zu. Ihm hatte sie es also zu verdanken, dass ihr Sohn, der sich jetzt auf englische Art Francis nannte, endlich bei ihr war. Henri-Louis saß zwischen ihren Söhnen und lächelte zufrieden. Marie ließ ihren Blick wieder zurück zu Francis wandern. Er hatte die markante Nase mit dem geraden Nasenrücken, die ihre Familienähnlichkeit erkennen ließ. Josephs Gesicht war eher schmal, mit einer hohen Stirn und geschwungenen Augenbrauen, Francis' Antlitz dagegen war kräftiger. Auch ihre Temperamente schienen unterschiedlich ausgeprägt zu sein: Joseph war ernsthaft und nachdenklich, wohingegen Francis das leichte Gemüt seines Vaters zu haben schien. Er konnte selbst Fremde durch seine einnehmende Art schnell für sich gewinnen, das hatte sie in der kurzen Zeit schon beobachtet.

»Was wolltest du eigentlich in Dublin, Maman?«, fragte Francis jetzt Marie.

»König Georg IV. hat dort seinen Antrittsbesuch gemacht. Ich hatte gehofft, ich könnte ihn porträtieren oder zumindest mit eigenen Augen sehen. Was für eine Idee! Sie hätte mein Leben kosten können! Wenn ich nur auf meinen Sohn gehört hätte, auf Joseph«, präzisierte sie. Henri-Louis sah Joseph neugierig an.

»Wieso wolltest du nicht, dass deine Mutter reist?« Joseph schien es nicht recht zu sein, diese Meinungsverschiedenheit wiederaufzunehmen.

»An unserem Porträt ist nichts auszusetzen. Und eine Reise birgt immer Gefahren«, sagte er. Marie lachte.

»Du antwortest diplomatisch, das ist gut. Dabei war ich dickköpfig wie ein alter Esel. Mir war unser Porträt von Georg IV. nicht schön genug. Ich wusste, dass der König die Künste fördert, und auch, dass er seit seiner Geburt mit Wachsabbildungen zu tun hatte. Man erzählt sich, dass seine Mutter so erfreut über seine Geburt war, dass sie ein lebensgroßes Modell des Babys in Wachs nachbilden ließ. Dieses Modell hatte sie ihr Leben lang im Buckingham House unter Glas aufbewahrt. Weißt du, dass ich auch ein Wachsmodell von dir habe, Francis?«, sagte sie jetzt. Ihr jüngerer Sohn lachte auf, als ob es ihm peinlich wäre.

»Wie ist eigentlich die Stimmung in Paris? Wie macht sich euer König?«, wechselte Marie das Thema.

»Ludwig XVIII. vergisst ein wenig zu oft, was in den letzten Jahrzehnten geschehen ist. Frankreich hat sich weiterentwickelt. Es ist ein anderes Land, als es noch unter Napoleon, geschweige denn unter Ludwig XVI. war. Das will unser König nicht wahrhaben, genauso wenig wie es viele *Émigrés* wahrhaben wollen, die nach Paris zurückgekehrt sind.« Eine Magd brachte einen Becher Wein, und Francis dankte ihr auf Englisch.

»Woher sprichst du diese Sprache?«, fragte Joseph erstaunt.

»Seit ich denken kann, wusste ich, dass ich zu euch nach England reisen würde. Also habe ich die Ohren aufgesperrt. In den letzten Jahren gab es Gelegenheit genug, in Paris auf Engländer zu treffen.« Dann sprach er auf Französisch weiter, und Marie sah, dass sich Joseph konzentrieren musste, um ihm zu folgen. Er sprach zwar Französisch, aber ihm fehlte die Übung.

»Ihr wisst ja sicher, dass Paris nach dem Krieg von Truppen besetzt war. Dabei waren die Truppen unter dem Kommando des Herzogs von Wellington sehr viel rücksichtsvoller als die unter Blüchers Kommando. Wellingtons Armee zahlte für alles, was sie gebrauchte. Die Soldaten haben sich meist respektvoll uns gegenüber verhalten. Da kam man leicht ins Gespräch. Ihre Freizeit haben die Soldaten oft auf dem Boulevard du Temple verbracht, vor allem die Seiltänzer und Jongleure haben sie amüsiert. Seit Frieden eingekehrt ist, gibt es eine englische Kolonie in Paris. Und so hatte ich viele Gelegenheiten, den englischen Zungenschlag kennenzulernen.«

»Und ich habe mir immer vorgestellt, dass ich eines Tages meinen kleinen Bruder im Englischen unterrichte!«, meinte Joseph lachend, seine Enttäuschung war nur halb gespielt.

»Oh, dazu wirst du noch Gelegenheit haben, *mon frère*! Ich kann mich durchschlagen, aber für eine richtige Konversation reicht es noch nicht.« Marie bemerkte, dass Joseph seinen Bruder prüfend ansah.

»Was für Pläne hast du? Wirst du bleiben?«, fragte er.

Francis lachte seinen Bruder offen an. »Natürlich, hätte ich sonst diesen weiten Weg auf mich genommen? Oder willst du mich schon wieder loswerden?«

Marie nahm die Hände ihrer Söhne.

»Aber im Gegenteil, wir sind doch froh, dass du endlich bei uns bist. Auf diesen Tag haben wir so lange gewartet«, sagte sie.

»Ich hoffe sehr, dass ich dir eine Hilfe sein kann, Maman, auch wenn mein Vater mich das Wachshandwerk nur dürftig gelehrt hat. Er wollte, dass ich etwas anderes lerne. Erst hat er mich als Lehrling zu einem Kaufmann geschickt. Als dieser Versuch an der Vertrauenswürdigkeit des Mannes scheiterte, zu einem Mann, der Billardtische herstellte – so habe ich gelernt, Holz zu bearbeiten.«

Marie ärgerte sich über das Verhalten ihres Ehemannes. Es war ihr immer ein Anliegen gewesen, dass ihre Söhne das Wachshandwerk lernen würden, um das Vermächtnis ihres Onkels lebendig zu halten. Aber François hatte ihrem Sohn diesen Weg verweigert.

»Es ist sehr nützlich, dass du Holz bearbeiten kannst. Wir wollten ohnehin so schnell wie möglich alle Figuren mit ganzen Körpern versehen, du kannst die Herstellung der Arme und Beine aus Holz überwachen.«

»Das tue ich gerne. Es wäre jedoch auch ein Leichtes für mich, Arme und Beine selbst herzustellen. Beim Wachsgießen bin ich euch vermutlich eher im Wege«, antwortete er.

»So machen wir es, du bist von nun an für die Holzkörper zuständig. Ich möchte jedoch auch, dass genügend Zeit bleibt, damit ich dich in unserem Handwerk unterrichten kann. Es ist noch nicht zu spät, ein ausgezeichneter Wachsbildner zu werden.« Francis strahlte und erhob sein Glas.

»Aber was sitzen wir hier so ernst? Haben wir nicht etwas zu feiern?« Er stand auf, sprach einige Worte mit dem Wirt und kehrte mit einer Gitarre in den Händen zurück. Er setzte sich auf einen Vorsprung und ließ die Finger über die Saiten tanzen.

Francis stimmte ein französisches Volkslied an, das Marie noch aus ihrer Kindheit kannte. Er hatte eine schöne klare Stimme und sang ausdrucksvoll. Die ersten Gäste wurden auf ihn aufmerksam und kamen näher. Sie sah erstaunt, wie begeistert die Engländer ihm lauschten, wie einige bald mitsummten oder im Takt wippten. Francis ging mit der Gitarre im Arm auf Joseph zu, sang ihn an und zog ihn schließlich hoch. Joseph war überrumpelt, schließlich stellte er sich jedoch neben seinen Bruder und fiel in den Gesang ein. Maries Blick verschwamm. Einen Moment lang kam es ihr so vor, als würde sie eine junge Frau zwischen ihren Söhnen sehen, ihre Tochter Marie Marguerite Pauline. Der Überschwang des Wiedersehens gaukelte ihr ein Traumbild vor. Sie war schon so lange tot, und doch wusste Marie, dass sie in ihrem Leben eine Lücke hinterlassen hatte, die nie geschlossen werden konnte.

»Verflixt, ich bin doch keine rührselige Alte«, murmelte sie und wischte die Tränen entschlossen fort. Als Francis als Nächstes in gebrochenem Englisch einen hiesigen Gassenhauer anstimmte, den er aufgeschnappt hatte, sangen alle begeistert mit, auch Marie.

Am nächsten Tag führte sie Francis durch die Ausstellung. »Es ist *magnifique*. Diese Figuren sind mit nichts zu vergleichen, was du in Paris sehen kannst«, rief Francis begeistert. Marie brannte eine Frage auf der Zunge, die sie schon lange hatte stellen wollen.

»Was ist mit unseren Figuren geschehen, mit den Figuren, die mein Onkel hergestellt hat?«, fragte sie.

»Viele von ihnen werden nach wie vor ausgestellt. Den Wachssalon auf dem Boulevard gibt es noch. Aber er ist heruntergekommen, die Figuren sind verwahrlost, verstaubt«, erzählte Francis. In Marie mischten sich Trauer und Empörung.

»Es ist eine Schande. Wenn dein Vater nur nicht ...«, sie biss sich auf die Lippen.

»Er hat sicher nicht alles richtig gemacht. Aber immerhin hat er sich um mich gekümmert. Er hat mich großgezogen, er und meine geliebte Großmutter«, sagte Francis ungewohnt nachdenklich. Marie wollte ihm die Hand auf den Rücken legen. Widersprüchliche Gefühle erfüllten sie. Auf einmal stand die Zeit zwischen ihnen. Francis fühlte sich fremd an, war in gewisser Weise ein Fremder. Sie hatte Scheu, ihn anzufassen, ihren eigenen Sohn.

»Ich wollte immer zu dir kommen, oder dich holen, das weißt du doch hoffentlich?«, sagte sie leise. Francis sah sie an.

»Ich habe mich immer auf deine Briefe gefreut, daran erinnere ich mich. Doch irgendwann kamen keine Briefe mehr von dir, zumindest wurden sie nicht mehr vorgelesen. Großmutter erzählte mir dann von dir und von Joseph. Ich habe mir oft ausgemalt, wie es wäre, wenn mein großer Bruder und du endlich vor der Tür stehen würden«, sagte er ernst. »Anna hat versucht, mir die Mutter zu ersetzen. Sie hat nur in den höchsten Tönen von dir gesprochen. Die Begleiterinnen meines Vaters haben es in unserem Hause nie leicht gehabt.« Gestern Abend hatten sie auch am Rande über ihren Ehemann gesprochen, aber Marie war es unangenehm gewesen, François' Frauengeschichten anzusprechen, jetzt hatte sie also Gewissheit. Sie war froh, dass sie nicht nach Paris zurückgekehrt war, denn sie glaubte nicht, dass sie, nach allem, was vorgefallen war, um ihn gekämpft hätte. Nur für ihren Sohn und ihre Mutter hätte sie diese Reise auf sich genommen. Sie dachte traurig an ihre Mutter Anna zurück, an ihre Streitereien, aber auch an all das Gute, das sie getan hatte. Vermutlich würde sie sie nie wiedersehen, würde sie der alten Frau ihre guten Taten nie vergelten können.

»Wie ging es meiner Mutter, als du abgereist bist?«

»Sie ist gebrechlich. Der Abschied ist mir schwergefallen. Ich fürchte, es war ein Abschied für immer.« Marie wusste nichts dazu zu sagen. Sie wünschte, Anna hätte ihn auf dieser Reise begleitet, aber sie hätte die Strapazen wohl kaum überstanden.

Als sie sich dem Krönungstableau näherten, ging Francis begeistert darauf zu. Er schien froh darüber, ihre Familiengeschichte ruhen lassen zu können.«Napoleon krönt sich selbst, nach Davids Gemälde! Sehr gelungen, ich kenne das Bild gut, es wurde ja lange genug in Paris ausgestellt. Man könnte aber auch Kardinal Fesch zeigen. Er hatte den Papst zur Krönung begleitet und am Abend vorher Napoleon und Joséphine kirchlich getraut«, schlug er vor.

»Gerne, je genauer die Krönungsszene ist, desto besser. Am besten übernimmst du diese Aufgabe«, sagte Marie. So könnte Francis beweisen, was für ein Wachsbildner in ihm steckte. Während sie sich jede einzelne Figur der Krönungsgruppe genau ansahen, befragte Marie ihren Sohn unauffällig nach Davids weiterem Lebensweg; ihre Söhne brauchten nicht wissen, wie eng ihre Schicksale miteinander verbunden gewesen waren. David hatte nach der Revolution im Gefängnis gesessen und war später Hofmaler von Napoleon geworden, so viel wusste sie noch. Napoleon hatte ihn später wieder zum Ersten Maler gemacht, hatte ihn zum Kommandanten der Ehrenlegion befördert und Davids Söhne protegiert, erzählte Francis jetzt. Nach der Schlacht von Waterloo floh David in die Schweiz, kehrte nach Paris zurück, wurde dann jedoch verbannt und lebte nun in Brüssel. Angeblich hatte man ihm angeboten, Wellington zu porträtieren. In Paris erzählte man sich, berichtete Francis amüsiert, dass David dieses Angebot entrüstet abgelehnt hatte. Er habe nicht siebzig Jahre lang gewartet, um seinen Pinsel zu entweihen; er würde sich eher eine Hand abschneiden, als einen Engländer zu malen. Sein Leben lang hatte er sein Fähnchen in den Wind gehalten, und nun auf einmal wieder dieser Stolz, dachte Marie. Er hatte es wohl nicht nötig, man sprach von enormen Summen, die er für seine Gemälde bekommen hatte. Und Geld war ihm ja immer schon wichtig gewesen, warum sonst hatte er sich damals dagegen entschieden, sie zu heiraten, obwohl er sie doch geliebt hatte? Marie schüttelte diese Gedanken ab. Was verschwendete sie ihre Zeit damit! Ihr Leben spielte sich hier und jetzt ab, in England, mit den zwei wichtigsten Männern in ihrem Leben, ihren Söhnen.

Am nächsten Tag nahm sie den Unterricht auf. Francis wusste mehr über die Wachskunst, als sie befürchtet hatte. Er hatte zwar keinen Unterricht erhalten, vieles aber nebenbei aufgeschnappt. Zunächst ging sie mit ihm die Grundlagen durch, erklärte ihm alles über die Wachssorten und die Mittel, die man zum Einfärben des Wachses verwenden konnte.

»Wenn man männliche Fleischfarbe herstellen will, fügt man im Allgemeinen weißem Wachs etwas Zinnober hinzu, für weibliche Fleischfarbe verwendet man statt Zinnober die abgeschnittenen Stücke von rosenroten Wachsblättern, in welche Carmin eingerieben worden ist. Dabei darfst du nie vergessen, dass viele Farbstoffe giftig sind. Bleiweiß, grünes Kupfer, Chromgelb und Zinnober sind starke Gifte. Im Umgang mit ihnen musst du also sehr vorsichtig sein«, schärfte sie ihm ein. Nun sollte Francis, so, wie er es gelernt hatte, die Materialien vorbereiten, um Wachs einzufärben. Marie beobachtete ihn, und wieder, wie so oft, überfiel sie ein zärtliches Gefühl.

»Das, was ich dir eben erzählt habe, ist das, was in den Lehrbüchern steht. Mein Onkel und Lehrmeister Curtius hat jedoch sein eigenes Rezept entwickelt, um einen besonders lebensechten Hautton zu erreichen. Dieses Geheimnis kennt nur unsere Familie. Es sieht nicht so aus, als ob dein Vater es dir verraten hat, aber du sollst dieses Geheimnis erfahren.« Francis sah sie gespannt an.

War jetzt der richtige Zeitpunkt für diese Enthüllung? Sollte sie Francis noch genauer prüfen, um herauszufinden, ob er ihr Vertrauen verdiente? Aber nein, er war ihr Sohn, was könnte ihn vertrauenswürdiger machen? Marie sagte es ihm leise und ließ es ihn mehrfach wiederholen, damit er es sich genau einprägte. Dieses Geheimrezept durfte nicht aufgeschrieben werden, damit es keinem Konkurrenten in die Hände fallen konnte. Danach ließ sie ihn die Materialien für die geheime Rezeptur heraussuchen.

Francis war ein gelehriger Schüler, und Marie konnte in ihrem Unterricht schnell voranschreiten. In den nächsten Tagen entwarf Francis die neue Figur von Kardinal Fesch, Marie half ihm bei der Gestaltung des Lehmmodells und der Herstellung des Wachskopfes. Besonders das Einsetzen der Glasaugen würde er noch üben müssen, denn zu leicht kam es vor, dass eine Figur schielte, und damit war der Gesamteindruck gestört. Joseph unterstützte ihn nach Kräften. Sie setzten sich auch abends oft zusammen, um Francis' Englisch und Josephs Französisch zu verbessern. Marie hatte allerdings manchmal das Gefühl, dass die beiden sich unsicher und ein wenig misstrauisch beäugten.

An einem Abend, als sie im Gasthof zusammensaßen, sprach sie mit Henri-Louis darüber.

»Du musst Geduld haben, Marie. Es wird eine Weile dauern, bis ihr nach dieser langen Trennung als Familie zusammenwachst. Zwanzig Jahre lassen sich nicht einfach so wegwischen«, sagte er.

»Ja, es ist eine lange Zeit gewesen. Ich hoffe, dass sie sich eines Tages so nahe sind, dass sie wirklich wie Brüder füreinander empfinden. Ich könnte mir nie verzeihen, wenn ihnen diese Gefühle verschlossen bleiben«, sagte Marie nachdenklich.

»Du solltest dir keine Schuld dafür geben. Du konntest nicht zurück, und Francis konnte nicht zu dir. Es ist nun mal so, wie es ist. Ihr werdet schon das Beste daraus machen.« Marie tat seine pragmatische Art gut. Man durfte nicht über die Dinge trauern, die man nicht ändern konnte. Es war nur wichtig, das Wachsfigurenkabinett jetzt so einzigartig herzurichten, dass die Einnahmen für sie drei reichten.

Marie fragte ihren alten Freund nach seinem Befinden. Henri-Louis erzählte ihr, dass seine Vorführungen in der Gunst der Besucher nachgelassen hatten. Er würde sich etwas Neues einfallen lassen müssen. Sie spürte jedoch, dass ihn noch anderes quälte. Nach einer Weile berichtete er von seiner kinder- und lieblosen Ehe und davon, dass er noch lange nicht genügend Geld haben würde, um sich zur Ruhe zu setzen. So kummervoll hatte Marie ihren Freund noch nie erlebt. Sie versuchte, ihm Mut zu machen. Er reagierte auf ihre Worte kaum. Schließlich sagte sie: »Schau uns an, wir sind zwei Alte, die es nicht lassen können. Wir ziehen weiter, weil wir dazu getrieben werden. Aber lass es uns ehrlich eingestehen, wir lieben dieses Leben auch.«

Marie ließ diese Worte in sich nachklingen. Sie war erstaunt, als sie feststellte, dass es stimmte. Jahrelang hatte sie die Sorge um ihre Familie bedrückt, hatte sie das Gefühl gehabt, dass etwas fehlte. Sie war immer nur einem Ziel hinterhergelaufen: genug Geld zu verdienen, um zu ihrer Familie zurückkehren zu können. Jetzt war die Familie zu ihr gekommen, und sie konnte mit neuer Kraft weitermachen.

Bald brachten Marie und ihre Söhne das Wachsfigurenkabinett zu neuem Glanz. Marie konnte schon in Liverpool Anzeigen veröffentlichen, in denen sie herausstellte, dass sie achtzig große und erstaunliche Veränderungen an ihren Figuren vorgenommen habe und dass nun die Körper aller Wachsfiguren ebenso lebensecht seien wie ihre Gesichter. Jetzt gab es an ihrer Ausstellung nichts mehr auszusetzen.

Francis schob seinen Teller weg, von den Speisen hatte er, wie so oft, kaum gekostet.

»Wie haltet ihr es nur mit diesem Essen aus! Wenn ich an die gute Küche in Paris denke oder an die Kochkünste meiner«, er warf Joseph einen schnellen Blick zu, »unserer Großmutter – *mon dieu*!«

»Macht sie noch immer ihr leckeres Sauerkraut? Und ihren Mirabellenkuchen!« Marie lächelte in sich hinein. Francis und sie schwärmten von der französischen Küche, von den schmackhaften Weinen und von der ganzen Lebensart in Frankreich.

»Euer Onkel, er konnte beides sehr gut, arbeiten und genießen. Er kannte jedes Café in der Stadt, jede Restauration«, erinnerte sie sich. Francis steckte sich eine Pfeife an.

»Das ist bei Vater nicht anders, wenn er Geld hat, zumindest«, lachte er. Marie konnte nicht mitlachen, Geld, das war immer ein leidiges Thema zwischen ihr und ihrem Mann gewesen; doch davon wollte sie nun nicht sprechen. Sie sah, dass Joseph mit verschränkten Armen neben ihnen saß, er hatte sich kaum am Gespräch beteiligt.

»Aber gegen die irische Küche ist es hier doch wunderbar, oder, Joseph? Erinnerst du dich noch daran? Immer nur Eintopf und Hammel, wenn überhaupt.« Joseph verlor einige Worte über seine Erinnerungen an Irland, Francis hörte ihm aufmerksam zu, dann sagte er nachdenklich:

»Wie es wohl Henri-Louis ergeht? Er wollte schreiben, wenn er eine Unterkunft gefunden hat.« Henri-Louis Charles war vor einiger Zeit nach Dublin gereist, wo er auftreten und sich zugleich auf die Suche nach neuen Ideen begeben wollte.

»Er wird sich schon melden. Und wenn nicht, Henri-Louis findet uns immer irgendwie«, meinte Joseph. Auch sie würden demnächst weiterreisen, gleich morgen würden sie sich an die Reiseplanung machen.

Ende November schlossen sie ihre Ausstellung im Golden Lion in der Dale Street in Liverpool. Zum ersten Mal erlebte Francis, wie von nun an ihr Reiseleben aussehen würde. Er versuchte sich nützlich zu machen, wo er nur konnte, aber oft mussten sie ihm Anweisungen geben oder ihm helfen. Marie hoffte, dass es seinen Stolz nicht zu sehr verletzte. Bald würden sie drei ebenso Hand in Hand arbeiten, wie Marie und Joseph es schon seit Jahren taten. Dieses Mal mussten die Kisten mit den Ausstellungsstücken nicht weit transportiert werden. Direkt vor der Tür gingen die Kutschen nach Manchester ab. Maries Kabinett hatte bei ihrem letzten Aufenthalt dort gute Geschäfte gemacht. An diesen Erfolg wollten sie nun anknüpfen. Die Feierstimmung um Weihnachten und die Jahreswende würde ihnen sicher wieder die Kasse klingeln lassen. Außerdem mochte sie die Ausstellungsräume in der Manchester Exchange, dort war immer etwas los und man bekam mit, was die Bewohner der Stadt bewegte.

Es war schon dunkel, als sie sich Manchester näherten.

Francis konnte seinen Blick nicht vom Fenster abwenden: Auf den Hügeln, die sich gegen den Horizont abzeichneten, erhoben sich Fabriken von acht, neun Stockwerken und ein Wald von Schornsteinen; aus Tausenden von Fenstern strahlte Gaslicht in die Nacht.

»Das sind meist Spinnereien für Baumwolle feinster Art. Ebenso großartig sind die Bleichereien. König Dampf sorgt eben für die Wunder unserer Zeit«, sagte Joseph, der das Staunen seines Bruders bemerkt hatte. Marie schwieg. Sie dachte an das Schicksal der Arbeiter, der Frauen und Kinder, die dort oft genug ausgebeutet wurden, aber das war wohl der Preis für den Fortschritt.

Als sie bei der Exchange ankamen, begrüßte sie der Verwalter erfreut: »Madame Tussaud, Mr Joseph, schön, Sie wieder bei uns zu haben. Wir haben bereits von Ihren beiden wunderbaren Krönungstableaus gehört, unsere Gäste freuen sich schon sehr, sie bald zu sehen. Viele haben sich aus lauter Neugier schon Mr Colemans Spektakel angesehen.«

»Ich kann Ihnen versichern, dass unser Tableau sehr viel würdevoller ist. Bei uns ist der König so respekteinflößend zu sehen, wie es ihm zukommt.«

»Und nicht, wie sagt man, wie eine Wurst, eingezwängt in ihre Pelle«, fügte Francis hinzu. Die drei sahen ihn mit aufgerissenen Augen an, Marie entschloss sich, diese Bemerkung einfach zu übergehen.

»Darf ich Ihnen vorstellen, das ist mein Sohn Francis. Er ist gerade aus Paris angereist.« Der Mann schüttelte Francis die Hand und nickte erleichtert.

»So, so, ein Franzose, ich verstehe. Willkommen in *Merry Old England*, Mr Francis.« Er schloss ihnen die Räume auf und berichtete über die jüngsten Ereignisse in Manchester. Als er sie allein ließ, fauchte Joseph seinen Bruder an: »Wie kannst du das sagen, Wurst in Pelle!«

»Neulich hast du noch darüber gelacht. Sogar als wir uns Mr Colemans Spektakel angeschaut haben. Eine andere Bezeichnung fällt einem doch für diesen Anblick nicht ein!«

Seit einiger Zeit ließ ein gewisser Mr Coleman die Krönung von Georg IV. in einem Theater mit zweihundert Komparsen nachspielen. Auch Joseph und Francis hatten sich die Aufführung an ihrem freien Abend angeschaut. Tatsächlich hatte der Anblick des äußerst beleibten Königs in seinen aufwendigen Roben im Theater für Erheiterung gesorgt.

»Hast du die Lektion nicht gelernt: erst nachdenken, dann sprechen! Die Engländer behaupten zwar immer, sie verstehen Spaß, und Georg IV. ist wirklich nicht beliebt, aber als Franzose kannst du dir so eine abfällige Bemerkung nicht erlauben!«, sagte Joseph erregt.

»Du weißt es natürlich wieder einmal besser«, sagte Francis spöttisch.

»Natürlich. Im Gegensatz zu dir weiß ich, wie man sich in dieser Gesellschaft bewegt.« Marie war über diesen plötzlichen Gefühlsausbruch erschrocken und versuchte, die beiden zu beruhigen.

»Wir halten uns mit der Bewertung der Figuren zurück, das überlassen wir den Besuchern. Jeder macht sich seine Gedanken über das, was er sieht, aber wir sprechen es nicht aus. So halten wir es hier, Francis, das weißt du jetzt. Und Joseph, ich möchte nicht, dass du in diesem Ton mit deinem Bruder sprichst. Wir erwarten Respekt von anderen, also müssen wir uns auch gegenseitig respektieren«, sagte sie streng. Obwohl ihre Söhne schon einundzwanzig und dreiundzwanzig Jahre alt waren, kamen sie ihr manchmal vor wie kleine Kinder. Als ob sie die gemeinsame Kindheit, die sie nie erlebt hatten, nachholen müssten, all die kleinen Rangeleien, die Kämpfe unter Brüdern, das Streiten und Versöhnen.

»Und, habt ihr nichts zu tun? Das habe ich ja noch nie erlebt! Schaut nach, ob alle Zimmer gebucht, ob die Musiker schon eingetroffen sind. Es gibt viel Arbeit«, sagte sie und schickte sie hinaus.

Wenn sie sich benahmen wie Kinder, würde sie sie auch behandeln wie Kinder.

Es war morgens, kurz vor der Öffnung des Wachsfigurenkabinetts. Marie kam aus dem Atelier, wo sie eine Wachshand fertiggestellt hatte. Als sie die Ausstellung betrat, hörte sie ihre Söhne streiten.

»Du bist herumgereist, hast Irland, Schottland und England gesehen«, sagte Francis. Joseph schnaubte.

»Gesehen? Ich habe die meiste Zeit im Kabinett zugebracht! Du hast hingegen ein Handwerk bei einem richtigen Meister gelernt!« Marie fühlte einen Schlag bei diesen Worten, war ihr Unterricht für ihn weniger wert als der eines Meisters?

»Ein Meister, der mich regelmäßig mit dem Billardstock geschlagen hat. Mein Vater hat sich nicht für mich eingesetzt. Eine Mutter hatte ich ja nicht, die mich in Schutz nehmen konnte.« Ein weiterer Schlag in die Magengrube. Marie fürchtete, in die Knie zu gehen.

»Und ich kenne meinen Vater nicht. Ich habe nicht einmal eine Erinnerung an ihn.«

Marie fühlte, wie die Wachshand zwischen ihren Fingern brach und zu Boden fiel. Nun erst bemerkten ihre Söhne, dass sie eingetreten war. Zorn verzerrte ihre Züge. Marie presste die Lippen aufeinander.

»Hinaus«, sagte sie nur. Francis und Joseph wollten sich verteidigen, rechtfertigen, aber sie schüttelte starr den Kopf. Die beiden gingen. Marie versuchte, das Wachs zusammenzukehren, doch der Feger fiel ihr aus der Hand. Ihre Finger bebten. Schließlich machte sie sich daran, das Wachs erneut einzuschmelzen, damit sie die Wachshand noch einmal gießen könnte. Doch sie machte Fehler, sie war nicht bei der Sache. Was hatte sie ihren Söhnen nur angetan, dass sie so über sie sprachen? Hatte sie nicht immer nur das Beste für sie gewollt und alles andere, sogar ihr eigenes Glück, diesem Ziel untergeordnet? Und nun das. Undankbarkeit. Sie hatte alles falsch gemacht, ihr ganzes Leben kam ihr wie ein einziger Fehler vor. Was sollte sie nur auf dieser Welt, wenn sie nicht einmal vor den Augen ihrer Söhne bestand? Marie haderte mit sich, mit ihrem Leben. Sie ließ sich auf einen Stuhl sinken und verbarg das Gesicht zwischen den Händen. Sie konnte die Tränen nicht zurückhalten. Eine lange Zeit saß sie so da. Irgendwann hörte sie, dass jemand den Raum betrat. Sie sah auf, es waren ihre Söhne. Schuldbewusst sahen die beiden jungen Männer sie an. Marie hatte einen Entschluss gefasst.

»Ich gebe euch frei. Sucht euch eine Arbeit, die euch beliebt. Ich komme auch allein mit dem Wachsfigurenkabinett klar.«

Francis und Joseph drucksten reumütig herum, entschuldigten sich. Marie musterte die beiden stumm. Plötzlich hatte sie das Gefühl, zu weit gegangen zu sein.

»Es tut mir weh, euch streiten zu sehen. Ich liebe euch beide. Wir haben so viel durchgemacht, da müssen wir uns doch nicht noch gegenseitig das Leben schwermachen«, sagte sie. »Wenn ihr bleiben wollt, wäre ich glücklich. Aber dann möchte ich solche Worte nicht mehr hören. Diesen Unfrieden in meinem Haus, den ertrage ich nicht.«

Francis und Joseph umarmten sie erleichtert. In der nächsten Zeit begegneten sie einander mit großem Respekt und stritten sich nicht mehr. Es war, als ob Maries Ausbruch wie ein reinigendes Gewitter gewesen war.

Sie blieben bis Anfang Februar in Manchester, dann reisten sie weiter nach Preston. Marie hatte das Theatre Royal in der Fishergate, der Hauptstraße in Preston, gemietet. Es war ein scheunenähnliches, geräumiges Gebäude, dessen schlichten Theatersaal sie in einen schmucken Versammlungsraum verwandeln würden. In ihrer Anzeige hob sie besonders hervor, dass die beiden Krönungstableaus in Liverpool und Manchester von sechzigtausend Menschen besichtigt worden seien, eine beeindruckende Zahl, wie sie fand. Für die Abende hatte sie einige Musiker zusätzlich engagiert und ließ nun eine komplette Militärband aufspielen. Sie hatte die Familie Ffarington bereits mit einem Brief von ihrer Ankunft in Kenntnis gesetzt und stellte ihren Helfern in der Not ihre Söhne vor. Beide benahmen sich, wie es sich für junge Gentlemen gehörte. Marie führte Mrs Ffarington durch die Ausstellung und erläuterte die Figuren. Besonders interessiert blieb die Dame bei der

Figur des amerikanischen Gelehrten und Politikers Benjamin Franklin stehen.

»Der verehrte Mr Franklin! Wir in Preston haben eine besondere Beziehung zu ihm. Wussten Sie, dass er in Preston Station machte, als er auf dem Weg von Schottland nach London war? Die Familie seines Schwiegersohnes stammte aus dieser Gegend. Wie kommt er in Ihre Sammlung?« Marie ließ die Augen über die Figur des schlicht gekleideten Mannes mit den grauen Augen und dem schlohweißen Haar wandern, sie erinnerte sich noch genau daran, wie beeindruckt sie von ihm gewesen war.

»Als Diplomat hatte er es in Paris zu einiger Berühmtheit gebracht. Er sorgte bereits für Aufsehen, als er vom Königspaar Ludwig XVI. und Marie Antoinette, deren Figuren Sie dort hinten sehen, begrüßt wurde. Adelige, Diplomaten und Damen erwarteten ihn im vollen Hofornat. Da kam er in einem schlichten braunen Samtanzug, mit schweren Schnallenschuhen an den Füßen und ohne Perücke. So hat es noch nie ein Botschafter gewagt, vor dem König zu erscheinen! Aber die Pariser waren begeistert. Jeder trug danach Mode *à l'américaine* und manche Männer setzten sich Pelzhauben *à la Franklin* auf, wie sie die königliche Modeschöpferin Marie-Jeanne Bertin kreierte. Und das mitten im Sommer – verrückt, oder? Später weigerten sich viele Revolutionäre, Perücken zu tragen oder in Zeiten des Hungers ihr Haar mit Mehl zu pudern. Aber damals war es eine Sensation.« Marie war jetzt ganz in ihrem Element. Ihre Zuhörer waren begeistert, von dieser unbekannten Seite des großen Mannes zu hören, auch ihre Söhne waren hinzugetreten, um zu lauschen.

»Kurz vor seiner Rückkehr nach Amerika durfte ich Monsieur Franklin in seiner Residenz im Vorort Passy besuchen. Franklin empfing mich in seiner Bibliothek, die dreitausend Bände umfasste, und bot mir Kaffee an. Zur Porträtsitzung selbst trug er, von dem man sagte, ›er habe dem Himmel den Blitz entrissen und den Tyrannen das Zepter‹, einen einfachen grauen Anzug und weiße Strümpfe. Er wirkte munter, doch mit seiner Gesundheit stand es wohl nicht zum Besten, ich hatte gehört, dass er an Gallensteinen litt. Er berichtete mir, dass er seine schwache Konstitution durch regelmäßige Flussbäder stärkte. War gerade kein Fluss in der Nähe, nahm er kurzerhand ein Luftbad. Morgens nach dem Aufstehen öffne er das Fenster und laufe je nach Jahreszeit eine oder eine halbe Stunde unbekleidet umher. Bei dieser Eröffnung schaute Franklin mich verschmitzt von der Seite an, wohl um zu sehen, ob diese Erklärung mich schockieren würde.« Ihre Zuhörer amüsierten sich sichtlich. Marie ließ noch einige Bemerkungen über das weitere Leben von Benjamin Franklin fallen und führte danach Mrs Ffarington und ihre Begleiter weiter, Joseph und Francis wandten sich wieder ihren Aufgaben zu.

Als Marie abends bei ihrer Buchhaltung saß, kam Joseph zu ihr. »Ich staune immer wieder, was ich alles nicht über dich weiß, Mutter«, sagte er. Marie schwieg. Seine harschen Worte über seine Lehrzeit taten ihr noch immer weh. Joseph schien das zu ahnen.

»Ich habe Dinge gesagt, die ich nicht so gemeint habe. Ich hätte nie einen anderen Lehrmeister gewollt. Ich war verletzt, unsicher«, sagte Joseph.

»Ich weiß«, unterbrach ihn Marie. »Und dennoch sind diese Worte gefallen. Es wird einige Zeit dauern, bis ich sie vergessen kann.« Joseph sah betreten auf seine behandschuhten Hände.

»Übrigens, hast du gehört, dass der König in diesem Sommer nach Schottland reisen wird? Du wolltest ihn doch unbedingt porträtieren. Wenn es dir so ein großes Anliegen ist, könntest du eine Postkutsche nach Edinburgh nehmen. Francis und ich kümmern uns um die Ausstellung.« Marie überlegte einen Moment. Ihre Söhne vertrugen sich zwar, aber wer wusste schon, wann ihre Unstimmigkeiten wieder auftreten würden. Die Ausstellung durfte auf keinen Fall darunter leiden.

»Ja, der König versucht sich beliebt zu machen. Er taucht überall dort auf, wo sich seit Jahrhunderten kein englischer Monarch hat blicken lassen. Er hat sich sogar als erster englischer Herrscher im Stammsitz seiner Familie im deutschen Hannover sehen lassen. Die Leute sind begeistert, wenn er ihre Hände schüttelt. Aber besser wird ihr Leben danach nicht, zumindest hat sich in Irland nichts verändert. Die Katholiken werden dort noch genauso unterdrückt, die Bauern leiden immer noch und die englischen Landbesitzer lassen weiterhin ihre irischen Güter verfallen. Mal sehen, wie es in Schottland nach Georgs Reise sein wird.« Nein, sie wollte die Anstrengungen einer solch langen Fahrt allein nicht mehr auf sich nehmen. »Ich bin sehr zufrieden mit unserem Krönungsbild, so wie es jetzt ist. Außerdem bin ich froh, dass ich euch beide um mich habe, das will ich nie mehr missen«, sagte sie schlicht und lächelte.

Ende März nahmen sie Abschied von den Ffaringtons, zogen weiter nach Blackburn, Warrington, Chester, Shrewsbury und Kidderminster. Es war eine schöne Zeit, zum ersten Mal hatte Marie das Gefühl, das Reisen wirklich genießen zu können. Doch schnell, viel schneller, als sie es erwartet hatte, veränderte sich ihr Leben erneut.

Fast zehn Jahre waren sie nicht in Birmingham gewesen, und Marie staunte darüber, welchen Wandel die Stadt erfahren hatte. Es gab zwar noch Gärten, die Bebauung war jedoch sehr dicht geworden und die neuen Straßen fraßen sich wie Zähne in die Umgebung hinein. Die Luft war erfüllt vom metallischen Geräusch der Hammer und dem Pfeifen der Dampfkessel; Schornsteine spuckten Flammen und Rauch in den Himmel. Die Menschen wirkten besonders geschäftig in dieser Stadt, sie eilten, oft mit vom Kohlenstaub geschwärzten Gesichtern, über die Straßen. Hier ging niemand einfach nur spazieren. Es schien keinen Menschen zu geben, der nur um des Vergnügens willen in dieser Stadt lebte, dazu war sie einfach zu schmutzig, zu laut und zu rauchig. Marie würde in ihren Anzeigen darauf hinweisen müssen, dass keine unpassend gekleideten Personen die Ausstellung betreten durften. So dürfte sich nur die bessere Gesellschaft angesprochen fühlen, und es würde zu keinen Begegnungen zwischen Adeligen und Arbeitern kommen. Sie war gespannt auf ihre Ausstellungsräume. Hatten sie beim letzten Mal noch in der Shakespeare Tavern haltgemacht, konnten sie dieses Mal das noble New Royal Theatre in der New Street mieten.

Als sie das Theater betraten, gab es eine ärgerliche Überraschung: Der Saal war anscheinend vermietet, an den Wänden hingen Gemälde und Skulpturen waren über den Raum verteilt. Bei einer anderen Gelegenheit hätte Marie sich die Kunstwerke sicher in Ruhe angeschaut, weil sie einen interessanten Eindruck machten, aber nun war sie einfach nur erbost. Sie besprach mit ihren Söhnen, was zu tun sei, als eine junge Frau auf sie zutrat. Sie war schlicht und mit Geschmack gekleidet. Ihr Kleid war an den Schultern und am Saum breit, wie es der neuen Mode entsprach, was ihre schmale Taille noch zusätzlich betonte. Sie trug die vollen blonden Haare zu einem Dutt hochgesteckt und begrüßte die kleine Gesellschaft höflich in der Gemäldeausstellung.

»Darf ich Sie herumführen, oder möchten Sie sich selbst umschauen? Interessieren Sie sich für etwas Bestimmtes?«, fragte sie Marie und ihre Söhne.

»Wir interessieren uns für diesen Saal. Wir haben ihn nämlich gemietet. Sie müssen also sofort Ihre Ausstellungsstücke entfernen«, gab Marie zur Antwort. Die junge Frau schob energisch ihr Kinn vor, ihre Ringellocken wippten dabei.

»Ich glaube kaum, dass ich das muss. Wir haben diese Räume rechtmäßig gemietet, und werden sie so lange im Besitz halten, wie sie uns zustehen. Außerdem verbitte ich mir diesen Ton. Wenn Sie noch Fragen haben, können Sie diese mit dem Verwalter besprechen.« Sie drehte sich um und kümmerte sich um andere Besucher. Joseph bat Marie und Francis vor die Tür.

»Beruhige dich, Mutter. Am besten geht ihr noch einmal in den Gasthof. Ich werde den Verwalter suchen und herausfinden, was los ist.«

Im Gasthof schmiedete Marie erregt einen Plan, was sie tun würden, wenn der Saal nicht geräumt werden würde. Es wäre sicher schwierig, in dieser Stadt so kurzfristig einen freien Ausstellungsraum zu finden. Francis setzte sich seelenruhig hin und las Zeitung. Er war der Meinung, dass sie zunächst Josephs Bericht abwarten sollten, bevor sie sich Gedanken machten, wie es weiterging.

Einige Stunden später kam Joseph zu ihnen zurück. Er hatte den Verwalter gefunden, das Problem jedoch nicht gelöst, denn offenbar waren die Räume versehentlich doppelt vermietet worden. Die junge Frau, eine gewisse Elizabeth Babbington, und ihr Vater hatten einen ebenso gültigen Mietvertrag vorzuweisen wie Marie.

»Ich bin mit dem Verwalter noch einmal zu Miss Babbington gegangen. Ich habe mich für deine harschen Worte entschuldigt, sie hat die Entschuldigung angenommen«, sagte er in einem vorwurfsvollen Ton zu Marie. »Sie hat sich freundlicherweise bereit erklärt, mit uns die Räume zu teilen. Eine Kunstausstellung und die Wachsfiguren, das passt doch eigentlich gut zusammen, oder was meint ihr?«

Marie brauchte nicht lange nachzudenken. Das New Royal Theatre war die beste Adresse, die sie bekommen konnten, die New Street war auf dem Weg, sich zu einer ebenso schicken Straße wie die Londoner Bond Street zu entwickeln. Auch Curtius hatte stets den Eindruck der Wachsfiguren durch Gemälde verstärkt, warum also nicht. Sie könnten sich ja noch einmal mit der jungen Frau unterhalten. Die Ausstellung müsste allerdings für ein paar Tage geschlossen werden, damit der Saal für das Wachsfigurenkabinett vorbereitet werden konnte.

Das Podium war über den Parkettreihen aufgebaut, Joseph und Francis brachten die letzten Dekorationen für die Krönungstableaus an. Jetzt sah eine Ecke des Theatersaales wie das prächtige Thronzimmer im Carlton-Palast aus, die Figuren standen bereits an ihren Plätzen, heute Abend konnte das Wachsfigurenkabinett endlich eröffnet werden. Miss Babbington kam auf sie zu, ihre Hand hatte sie unter den Arm eines alten Mannes geschoben. Marie hatte sich inzwischen häufiger mit der jungen Dame unterhalten, die sich im Auftrag ihres gebrechlichen Vaters um dessen Kunstausstellung kümmerte. Sie hatte Gefallen an ihr gefunden. Selten hatte sie in England Frauen getroffen, die in einem ähnlichen Maße Bildung, Geschmack und Geschäftssinn besaßen.

»Madame Tussaud, ich möchte Ihnen meinen Vater vorstellen, der heute Abend bei der Eröffnung anwesend sein wird.« Marie begrüßte den alten Herrn, auch Joseph und Francis stellten sich vor.

»Die Figuren und die Gemälde ergänzen sich sehr gut. Ist es Ihr erster Besuch in Birmingham, Madame?«, fragte der alte Mann mit krächzender Stimme.

»Nein, wir waren schon einmal im Jahre 1813 hier, damals in der Shakespeare Tavern. Ich hatte von meinem Ehemann bereits von Birmingham gehört, der hier vor vielen Jahren mit der Ausstellung von Wachsfiguren sehr gute Erfahrungen gemacht hat.« Als Marie die neugierigen Blicke ihrer Söhne sah, erzählte sie, dass ihr Vater unter Curtius' Namen hier 1796 Büsten und Artefakte mit großem Erfolg gezeigt hatte.

»Heute würde er die Stadt wohl kaum wiedererkennen. Ich selbst finde mich kaum noch zurecht«, sagte der Alte verdrießlich. Marie zog eine Uhr aus der Tasche und runzelte die Stirn.

»Entschuldigen Sie diese Unhöflichkeit, aber einige Musiker fehlen noch immer, dabei wird es Zeit, dass sie ihre Plätze einnehmen«, sagte sie. Joseph ging zu den Musikern und fragte nach ihren Kollegen. Wenig später kehrte er zurück.

»Sie wissen auch nicht, wo sie bleiben. Es sei aber kein gutes Zeichen, dass sie noch immer nicht hier sind.« Marie verkniff sich einen Fluch. Diese Musiker waren aber auch zu unzuverlässig!

»Die Promenade ist eines unserer Markenzeichen. Mit halber Besetzung wäre die Eröffnung auch nur halb so glanzvoll«, gab Joseph zu bedenken. Miss Babbington strich über ihre Schläfenlocken.

»Ich möchte mich ja nicht in Ihre Angelegenheiten mischen, aber es gibt ein Piano und einige andere Instrumente in diesem Theater. Ich selbst spiele Harfe und könnte einspringen. Mein Vater würde mich bei den Gemälden vertreten«, schlug sie vor. Francis war begeistert.

»Was für eine wunderbare Idee von dieser reizenden Mademoiselle! Auch ich beherrsche die Harfe, wir zwei könnten also ein schönes Paar abgeben.« Flirtet er etwa mit ihr, fragte sich Marie erstaunt, und fühlte sich auf einmal an ihren Ehemann erinnert. Joseph trat einen Schritt vor und zupfte an seinen eleganten Handschuhen.

»Ich danke Ihnen, Miss Babbington. Es wäre wirklich eine große Hilfe, wenn Sie auf diese Weise einspringen könnten. Ich spiele Piano, wir könnten also schon einige Musiker ersetzen.«

Elizabeth Babbington lächelte ihn an.

»Dann lassen Sie uns keine Zeit verlieren. Wir müssen die Instrumente herbeischaffen, und proben sollten wir vielleicht auch noch. Vater, kommst du zurecht?« Der alte Herr nickte. Gemeinsam machten sich die jungen Leute auf den Weg hinter die Bühne. Marie blieb mit Mr Babbington zurück.

»Darf ich?«, fragte er und hakte sich bei ihr ein. Sie gingen zum Eingang des Theatersaals, setzen sich an einen Tisch und plauderten, bis die ersten Besucher kamen.

Die Eröffnung war ein voller Erfolg. Elizabeth ließ ihre schmalen Finger über die Saiten der Harfe gleiten, Francis stimmte in ihr Spiel ein und Joseph spielte Klavier oder dirigierte das Orchester. Die zahlreichen Besucher flanierten im Saal, bewunderten die Figuren und betrachteten die Gemälde. Einige Stücke konnte Mr Babbington sogar verkaufen. Niemandem war aufgefallen, dass Musiker gefehlt hatten. Marie war zufrieden. Zwei Künstlerfamilien hatten zusammengehalten, hatten sich zum Wohle aller zusammengetan. So würde der Aufenthalt in Birmingham sich nach einem schwierigen Start doch noch zum Guten wenden.

Einige Monate später ging Marie durch die Straßen Birminghams. Es war Sonntag, der einzige Tag in der Woche, in dem das Wachsfigurenkabinett geschlossen blieb. In Birmingham kannte Marie sich inzwischen gut aus. Heute war der Anblick der Fabrikstadt jedoch ungewohnt, die Straßen und Kanäle um die Faktoreien herum waren wie ausgestorben, auch die Schornsteine wirkten ohne den Rauch, der sich in den Himmel schlängelte, unbelebt. Marie erinnerte sich daran, dass sie sich am Anfang darüber gewundert hatte, wie streng hier der Sonntag eingehalten wurde, aber inzwischen hatte sie längst mit dieser englischen Eigenart ihren Frieden gemacht. Joseph hatte sich ihrem täglichen Spaziergang angeschlossen, Francis war in ihrer Unterkunft geblieben. Er hatte gesagt, er wolle lieber lesen. Marie hatte sich darüber gewundert, es war ungewöhnlich, dass er das schöne Wetter nicht für einen Ausflug nutzen wollte. Es passte auch nicht zu seinem Unternehmungsgeist, einen schönen Tag vor einem Buch zu verbringen. Marie sagte etwas in dieser Richtung zu Joseph, bei dem sie sich untergehakt hatte.

»Francis ist auf meinen Wunsch hin im Gasthof geblieben. Ihm ist der Grund für meine Bitte bekannt«, sagte er ernst. Die beiden hatten Geheimnisse vor ihr? Nun wurde Marie neugierig. Worum konnte es gehen? Gab es etwas, worüber sie sich Sorgen machen müsste? Er sah sie an.

»Entschuldige, ich wollte dich nicht beunruhigen. Es ist alles in Ordnung. Nein, es ist sogar mehr als das.« Er zögerte, dann lächelte er sie auf einmal an, so ein Strahlen hatte sie in seinen Augen noch nie gesehen. »Ich habe mich verliebt, Mutter, in Elizabeth. Ich liebe sie, und ich möchte dich um Erlaubnis bitten, sie zu heiraten.«

Maries Knie gaben bei seinen Worten leicht nach. Gerade erst hatte sie ihren einen Sohn wiederbekommen, da sollte sie den anderen verlieren? Spielte das Schicksal ihr einen Streich? Joseph hielt sie fest, er schien besorgt. »Komm, wir setzen uns einen Moment«, schlug er vor. Marie wünschte, er würde sie umarmen, ihre Hand nehmen, aber derartige Zärtlichkeiten waren bei Joseph, im Gegensatz zu Francis, eher selten. Er knetete nervös seine Finger.

»Du kennst Elizabeth, sie ist ein freundliches, liebes Mädchen«, sagte Joseph, und nahm nun doch ihre Hand.

Marie dachte daran zurück, wie sie selbst in diesem Alter gewesen war. An ihre Sehnsüchte, an ihre aufwallenden Gefühle, an ihre leidenschaftliche Liebe zu Jacques-Louis David. Zum Abschluss ihrer Ausbildung hatte sie das Zeichnen lernen sollen, und David war ihr Lehrer gewesen. Widerwillig hatte er zuerst den Unterricht aufgenommen, aber dann hatten sie erkannt, wie ähnlich sie einander waren. Sie beide wollten die Menschen mit ihren Kunstwerken nicht nur betören, sondern ihnen auch etwas mitteilen. Irgendwann hatte ihr Onkel geahnt, was Marie und David füreinander empfanden, und er hatte dafür gesorgt, dass der Unterricht beendet wurde. Es war ihr damals nicht bewusst gewesen, aber Curtius hatte sie an den Wachssalon gefesselt, hatte sie von der Liebe, von der Gründung einer eigenen Familie ferngehalten. Wie er sollte sie ausschließlich für den Wachssalon leben. Wollte sie sich ihren Söhnen gegenüber ebenso verhalten? Bislang hatten sie für das Kabinett gelebt. Aber die Ausstellung gehörte ihr, und irgendwann in ferner Zukunft würde sie ihren Söhnen gehören. Es war nicht mehr nur Curtius' Vermächtnis. Es war ihre Arbeit, die das Wachsfigurenkabinett ausmachte, es war ein Teil ihres Lebens. Curtius' Werk war nur die Keimzelle gewesen. So schwer es ihr auch fiel, es sich einzugestehen, ihre Söhne waren erwachsen geworden. Sie hatten Anrecht auf ein eigenes Leben. Marie musste es ihnen ermöglichen. Sie müsste sie künftig angemessen für ihre Arbeit entlohnen, damit sie in der Lage wären, zu heiraten und Familien zu gründen. Denn von ihrer Generation würde es bald abhängen, Madame Tussauds Wachsfigurenkabinett auch in Zukunft mit Leben zu erfüllen.

»Ich möchte mit ihr sprechen«, sagte Marie nur. Joseph wirkte enttäuscht. Hatte er geglaubt, dass sie ihm vorbehaltlos die Ehe gestatten würde? Als sie schweigend ihren Spaziergang fortsetzten, wusste Marie, dass sie ihrem Sohn ihre Zustimmung nicht verweigern würde. Joseph schien dieses Mädchen zu lieben, und sie würde seinem Glück nicht im Wege stehen.

Jemand klopfte an der Tür zu Maries Zimmer, wenig später traten Joseph und Elizabeth ein. »Warte unten, ich möchte mich allein mit Miss Babbington unterhalten«, sagte Marie zu ihrem Sohn. Widerstrebend ging Joseph zur Tür. »Setzen Sie sich doch, meine Liebe. Soll ich nach Tee schicken lassen?« Elizabeth nahm Platz und lächelte.

»Ein Kaffee wäre mir lieber«, antwortete die junge Frau.

»Ja, mir auch«, lachte Marie. »Aber der Kaffee ist hier alles andere als empfehlenswert.« Sie schwiegen einen Augenblick, nebenan begann eine Frau Klavier zu spielen. Stockende Tonleitern, Misstöne, Fehlgriffe drangen durch die Mauer in den Raum. Marie bemerkte, dass Elizabeth die Stirn verzog.

»Sie wird es nicht mehr lernen. Aber sie übt trotzdem unermüdlich, Stunde um Stunde. Bei solchen Nachbarn bin ich froh, wenn ich nicht viel Zeit im Gasthof verbringen muss«, sagte Marie. Elizabeth bot an, sich um ein neues Zimmer oder einen anderen Gasthof für Marie zu bemühen. Marie lehnte dankend ab.

»Ich habe schon Schlimmeres erlebt. Lärmende Nachbarn, dröhnende Tanzkapellen im Saal unter mir, Prügeleien im Gang, Diebe. Bei einem anderen Gasthof kommt man meist nur vom Regen in die Traufe. Ich sage es Ihnen so ehrlich, damit Sie wissen, worauf Sie sich einlassen, wenn Sie mit uns reisen würden.« Plötzlich kam Marie ein Gedanke, ein schrecklicher Gedanke. Vielleicht wollte Joseph ja auch in Birmingham bei seiner Angetrauten bleiben und sich hier eine Arbeit suchen.

»Oder haben Sie andere Pläne?«, fragte sie vorsichtig. Elizabeths Wangen färbten sich rosa.

»Ich muss sagen, dieses Gespräch verläuft ganz anders, als ich es mir vorgestellt hatte«, sagte sie ehrlich.

»Hatten Sie erwartet, dass ich Sie nach allen Regeln der

Kunst befrage? Dass ich ergründen will, ob Sie gut genug für meinen Sohn sind? Ich traue meinem Sohn zu, seine Wahl zu treffen, und wenn er Sie erwählt hat, bin ich damit einverstanden. Ich möchte nur wissen, ob Ihnen klar ist, worauf Sie sich einlassen. Wir werden weiterziehen, alle ein, zwei Monate in einer anderen Stadt unsere Ausstellung präsentieren. Können Sie sich dieses Leben vorstellen?«

»Joseph hat mit mir darüber gesprochen, und ja, ich kann es mir vorstellen. Ich wäre Ihnen sicher eine Hilfe, könnte beim Schneidern der Kostüme helfen oder Harfe spielen«, sagte Elizabeth. Marie war beruhigt. Joseph würde also weiterhin mit ihnen reisen, das war das Wichtigste. Und wenn sie schon eine Schwiegertochter bekam, dann müsste es eine wie Elizabeth sein, die mit anpacken konnte, wenn es sein musste.

»Was wird mit Ihrem Vater geschehen? Er kann Sie nicht begleiten, Elizabeth, das wissen Sie doch sicher. Sie müssten ihn hier zurücklassen.« Auch darüber hatte sich die junge Frau schon Gedanken gemacht.

»Meine Schwestern werden sich um ihn kümmern. Und ich kann ihn doch sicher ab und zu besuchen, nehme ich an ...«, die Frage blieb in der Luft hängen.

»Natürlich können Sie das. Nun, meine Liebe, meinen Segen haben Sie. Gehen Sie zu Joseph, und sagen Sie es ihm!«

Elizabeth schien erleichtert zu sein. Sie umarmte Marie stürmisch und lief dann hinaus. Hatte sie erwartet, dass Marie die böse Schwiegermutter spielen oder sie ablehnen würde?

Noch im selben Jahr wurde in Birmingham Hochzeit gefeiert. Zu den Dingen, die Elizabeth Babbington mit in die Ehe brachte, gehörten auch einige Gemälde und Skulpturen, die das Wachsfigurenkabinett fortan schmückten. Bei ihrer nächsten Station, der St. Mary's Hall in Coventry, kamen diese Kunstwerke zwischen den Wachsfiguren sehr gut zur Geltung. Eine bessere Mischung konnte es kaum geben: repräsentative Räume mit einer langen Geschichte – die mittelalterliche Zunfthalle hatte bereits König Heinrich VI. während der Rosenkriege als Wohnsitz gedient –, die Figuren bekannter Persönlichkeiten und ansprechende Artefakte. Besonders treffend war es, die Figur von Maria Stuart in diesen Räumen zu sehen, denn schließlich war die schottische Königin einst hier gefangen gehalten worden. Madame Tussauds Ausstellung war wahrlich einen Besuch wert.

Joseph und Francis kamen ihnen entgegengeritten. Beide saßen auf dem Kutschbock der großen und robusten Wagen und strahlten vor Stolz. Die Erregung erfasste auch Marie. Sie hatte sich lange gegen die Entscheidung, eigene Reisewagen zu kaufen, gesträubt, weil diese sie zu sehr an Jahrmarktsgaukler, an schlecht gemachte Wachsfiguren und an ein Publikum, das nur Pennys ausgeben konnte, erinnerten. Sie hingegen hatte sich in Jahren, ja Jahrzehnten einen guten seriösen Ruf erarbeitet. Doch nun, wo ihre Familie wuchs – und wer wusste schon, wann das erste Enkelkind kam? –, musste sie zugeben, wie praktisch diese Wagen waren. Denn sie würden weiter durch die Lande ziehen. Nur so konnten sie die richtigen Orte in ihrem eigenen Rhythmus anfahren und abreisen, wenn die Besucherströme nachließen – und nicht, wenn der Kutschenfahrplan es vorschrieb. Als Joseph das Thema nach seiner Hochzeit erneut ansprach, hatte sie ihre Bedenken abgeschüttelt und zugestimmt. Jetzt ließ sie sich von der Freude ihrer Söhne anstecken.

Die beiden sprangen vom Kutschbock und gingen mit ihr um die Wagen herum, um ihr alles zu zeigen. Auf den Seiten stand in großer goldumrahmter Schrift ihr Name. Francis stützte sie, als sie die kleine Treppe emporstieg. Sie trat in den kleinen Raum, der einfach und zweckmäßig ausgestattet war. Marie zog einen Vorhang zur Seite, hinter dem sich eine Lagerstatt befand, öffnete die Türen der kleinen Schränke und nahm den Herd in Augenschein. Es würde ihr Freude machen, diesen Reisewagen mit schönen Stoffen und einem Teppich wohnlicher auszustaffieren.

»Nun, haben wir zu viel versprochen, Mutter?«, fragte Francis.

»Nein, ihr habt sogar untertrieben. Ich werde mich hier bestimmt sehr wohlfühlen, wenn wir unterwegs sind.« Sie setzte sich auf den Klappstuhl aus Holz. »Ich sehe mich schon hier sitzen, die Zeitung auf dem Tisch, den Kaffee auf dem Herd und draußen zwitschern die Vögel. Wie schön!« Marie lachte. Ihre Freude war nicht gespielt, sie wunderte sich selbst darüber.

»Endlich keine unpünktlichen Kutscher mehr, die einen mit ihrer Fahrweise in Lebensgefahr bringen …«, sagte Francis.

»Endlich können wir anhalten, wo wir wollen, um eine Brotzeit zu machen, ohne immer nach einem Gasthof Ausschau halten zu müssen …«, ergänzte Joseph.

»Und endlich keine Herbergen mehr, in denen man sich Flöhe oder eine Magenverstimmung holt. Die Gasthäuser auf dem Land werde ich ganz bestimmt nicht vermissen. Und in den Städten können wir uns ja auch weiterhin die schönsten Quartiere aussuchen«, stimmte Marie zu.

»Ich freue mich, dass du endlich einverstanden bist. Du hast dich so lange gegen diese Kutschen gewehrt, weil sie hohe Kosten verursachen …«, sagte Joseph leise. Nicht gegen die Kutschen, dachte Marie, dagegen, zum fahrenden Volk zu gehören, das genauso ausgeschlossen aus der ehrenwerten Gesellschaft war wie die Scharfrichter. Doch diese Bedenken hatte sie jetzt zur Seite geschoben.

»Diese Wagen bestimmen nicht darüber, wer wir sind. Das bestimmt unsere Ausstellung, und die ist nun einmal exquisit«, antwortete Marie. Sie lächelte Elizabeth an. Sie wusste, dass sich ihre Schwiegertochter ebenso über ihren Reisewagen freute. Wenn sie schon keine Wohnung oder kein Haus hätten, so hatten sie in Zukunft doch ein eigenes Heim auf Rädern, in dem sie schalten und walten konnte, wie sie wollte.

Marie beobachtete, wie ihre Habseligkeiten von einem Diener in dem Reisewagen verstaut wurden, als ihre Söhne mit zwei Männern auf sie zutraten. Es waren große kräftige Kerle mit hohen Stiefeln, Taschentüchern um den Hals und langen

Mänteln. Der eine hatte ein breites wettergegerbtes Gesicht mit einer runden Nase und traurigen Augen, der andere war jünger und hatte einen leichten Silberblick.

»Mutter, das sind unsere Kutscher, Mr Knight und William.« Mr Knight zog seinen typischen Kutscherhut, breitkrempig und flach, vom Kopf. Marie begrüßte die beiden.

»Sie sind also die Herren, die uns in Zukunft sicher und schnell von Stadt zu Stadt bringen werden.« Sie sah sie prüfend an, als könne sie so herausfinden, ob sie wirklich vertrauenswürdig waren. Sie hatte viele Kutscher im Lauf der Jahre erlebt, und den meisten war eines gemeinsam gewesen: Sie waren stolz, herrisch, eigensinnig, einem guten Schluck nicht abgeneigt und hatten es auf das Geld anderer Leute abgesehen.

»Ja, Ma'am, das sind wir«, antwortete Mr Knight, der ältere Kutscher.

»Sie kennen sich auf den Straßen des Landes aus, nehme ich an?«

»Wir sind jahrelang für die Mail gefahren. Danach waren wir hier in Manchester beschäftigt.«

»Darf ich fragen, warum Sie nicht mehr für die Mail arbeiten? Man hört, dass die Kutscher nicht schlecht verdienen. Auch das Trinkgeld soll nicht übel sein.« Der Mann schnaufte unwillig.

»Ich konnte einfach nicht mehr zusehen, wie die Pferde zuschanden geritten werden. Im vorletzten Sommer sind allein auf meiner Strecke an die zwanzig Pferde tot umgefallen. Nicht etwa das Tempo hat sie umgebracht, das Gewicht war es«, sagte er erbost. »Drei Jahre hält ein Pferd aus, dann ist es verbraucht. Es wird auf die Nachtroute verlegt, damit bloß niemand das Elend dieser Kreaturen sieht. Wenn es kaum noch krauchen kann, geht's zum Abdecker. Der Kutscher darf sich nur für eins interessieren: dass er pünktlich ankommt. Bei diesem mörderischen Geschäft will ich nicht mehr mitmachen.« Marie nickte verständnisvoll. Auch sie hatte auf ihren Reisen so manches Pferd leiden oder gar tot umfallen sehen.

»Bei uns geht es gemächlicher zu. Und unsere Ausstellungsstücke werden auch weiterhin mit den Transportkutschen von Ort zu Ort gebracht. Sie müssten aber beim Be- und Entladen mit anpacken.« Es sei auch vorgesehen, dass die Kutscher in der Zeit, in der die Ausstellung an einem Ort war, sie als Gehilfen bei den groben Arbeiten unterstützten, fuhr Marie fort. Das sei aber nicht das Einzige, was ihren Dienst von anderen unterscheiden werde.

»Es macht Ihnen nichts, die nächsten Monate, vielleicht Jahre kreuz und quer durch das Land zu reisen? Wir wissen nicht, wann wir wieder in Manchester ausstellen werden«, stellte sie fest.

»Wir wissen es, Ma'am. Das ist uns nur recht«, sagte Mr Knight.

»Warum? Haben Sie keine Familie hier? Sind Sie etwa auf der Flucht?« Ihre Söhne sahen sie mit gerunzelten Augenbrauen an. Als ob sie die beiden nicht schon auf Herz und Nieren geprüft hätten! Die Männer wirkten verlegen.

»Natürlich nicht, Ma'am. Wir sind nur gerne unterwegs«, antwortete William, der junge Kutscher, er hatte eine angenehme Stimme. Marie nickte. Fürs Erste machten die beiden einen guten Eindruck. Sie hatte Zeit genug, mehr über ihre neuen Angestellten zu erfahren.

»Willkommen bei uns. Ich freue mich schon sehr darauf, endlich mit unseren neuen Wagen loszufahren.«

Einige Tage später zogen sie los. Marie und Francis reisten gemeinsam in dem einen Wagen, Joseph und Elizabeth folgten ihnen mit dem anderen. Die Fahrt ging nach Süden, ihr Ziel waren die Versammlungsräume im Kurort Cheltenham, eine besonders noble Adresse. Es war eine malerische Route durch eine hügelige Landschaft, durch liebliche Täler, vorbei an Gärten mit blühenden Rhododendren und zauberhaften Steincottages. Marie war angenehm überrascht, als sie unverhofft eine Melodie hörten. Sie sahen aus dem Fenster. Der junge Kutscher hatte ein Horn hervorgeholt und spielte volkstümliche

Lieder. Nach einer Weile legte er das Horn weg und begann zu singen, zeitweise fielen Marie und Francis in seinen Gesang ein. Als sie in der Ferne die imposanten Mauern und Türme von Warwick Castle sahen, klopfte Marie kurz entschlossen an die Kutschwand. Francis wunderte sich ein wenig.

»Lassen Sie uns dort rasten!«, rief sie dem Kutscher zu. Einen Moment später fragte sie sich, ob es wohl gerne gesehen wurde, wenn man mit derartigen Reisewagen und nicht in den modernen kleinen Kutschen vorfuhr, aber sie würde ihren Entschluss nicht zurücknehmen. Sie warteten auf Joseph und Elizabeth und fuhren zu dem berühmten Schloss, um durch die ausgedehnten Parkanlagen zu streifen.

Als sie ihre Reise fortsetzten, war es schon spät. Nach einigen Meilen machten sie auf einer Wiese an einem Bach halt. Sie würden es nicht mehr bis zum nächsten Ort schaffen, also konnten sie genauso gut hier übernachten. Sie stellten die Wagen so, dass zwischen ihnen und dem Bach ein geschützter Winkel entstand. Mr Knight band die Pferde los, rieb sie ab und hing ihnen ihre Hafersäcke um, William entzündete ein Feuer. Sie breiteten eine Decke aus und legten die Lebensmittel darauf, die sie bei sich hatten. Brot, Käse und eine Pastete, das würde ein schmackhaftes Mahl für sie ergeben. Sie fragten die Kutscher, ob sie sich zu ihnen setzen wollten, doch die Männer wollten lieber unter sich sein. Beim Essen sprachen sie über die Eindrücke des Tages.

»Diese Pracht, als wir durch die zwei eisernen Gittertore auf den Schlosshof blickten, der weite Hofplatz mit seinen bemoosten Bäumen, dem sanft geschwungenen Kiesweg, die hohen Türme, es war ehrfurchtgebietend«, schwärmte Elizabeth.

»Ja, man betrachtet die Gebäude und weiß, dass sie neun Jahrhunderte erlebt haben. Dass die Grafen von Warwick in diesen Mauern planten, Könige vom Thron zu stoßen, und neue Könige bestimmt wurden«, sagte Marie. »Das ist es, was mir an England gefällt. Genau wie in Paris trifft man in jeder Ecke auf Zeugnisse der Geschichte.« Francis stimmte ihr zu.

»Schade nur, dass wir nicht hinein konnten. Ich habe einige

Schlösser besichtigt und hätte gerne gewusst, ob sich die hiesige Pracht mit der französischer Schlösser messen lässt. Ich hätte zumindest gerne durchs Schlüsselloch gespäht.«

Auch Elizabeth hatte einiges über die Ausstattung des Schlosses gehört. »Es soll eine Ahnengalerie geben mit Bildern der berühmtesten Maler. Gemälde von Tizian, Rubens und Van Dyck sind angeblich darunter.«

»Immerhin konnten wir den höchsten der beiden Türme besteigen. Was für ein Ausblick! Die Gärten, die majestätischen Bäume, der üppige Rasen. Vielleicht können wir ein anderes Mal einen Blick ins Innere des Schlosses werfen«, meinte Joseph.

Sie hingen schweigend ihren Gedanken nach. Marie lauschte auf das Plätschern des Baches und das Zirpen der Grillen. Es war schon dunkel, ihr Feuer warf seinen warmen Schein auf ihre Gesichter. Die Kutscher hatten bereits unter den Wagen ihr Bett bereitet. Auch Joseph und Elizabeth zogen sich nun in ihren Wagen zurück. Zurück blieben nur noch Marie und ihr jüngerer Sohn. Francis atmete tief ein und reckte sich mit einem wohligen Seufzer.

»Was für ein wunderbarer Tag! Wie abwechslungsreich dieses England doch ist!«, sagte er. Marie warf ein Stöckchen ins Feuer.

»Du hast es also nicht bereut, hierhergekommen zu sein?«, fragte sie.

»Wie könnte ich? Ich muss zugeben, dass ich anfangs daran gedacht habe, alles hinzuschmeißen und nach Frankreich zurückzukehren. Aber so leicht gebe ich nicht auf. Kleine Meinungsverschiedenheiten unter Brüdern können mich nicht von meinem Weg abbringen. Ich bin bei meiner Familie, einem Teil meiner Familie zumindest, den ich lange entbehren musste.« Marie zog ihre Schnupftabaksdose hervor, hielt sie Francis hin und nahm dann selbst eine Prise.

»Und diese Familie ist größer geworden. Es muss anders sein, als du es erwartet hattest«, sagte sie nachdenklich.

»Für mich ist so oder so alles neu. Ich musste euch beide ohnehin erst wieder kennenlernen, dich und Joseph. Da macht es kaum einen Unterschied, dass Elizabeth noch dazugekommen ist. Aber für dich muss es ungewohnt sein.« Marie dachte über seine Worte nach.

»Ich war gewohnt, vieles allein zu entscheiden und für alles die Verantwortung zu tragen. Jetzt bin ich nicht mehr so wichtig, muss nicht mehr alles alleine schaffen. Daran werde ich mich erst noch gewöhnen müssen«, sagte sie.

»Du wirst sehen, das Leben wird leichter. Und schöner«, sagte Francis. Er holte seine Decke und breitete sie auf der Wiese aus. »Denk nur an den heutigen Tag! Ich zumindest werde daran denken, während ich unter dem weiten Sternenhimmel Englands einschlafe.« Einige Minuten später ließ Marie in dem kleinen gemütlichen Bett ihres Reisewagens nicht nur diesen Tag Revue passieren, sondern das ganze letzte Jahr. Würde ihr Leben wirklich leichter werden? Wie würde sie mit Elizabeth klarkommen, wenn die Strapazen der Reisen erst richtig begannen?

Es dauerte eine Weile, bis sich ihr neues Arbeits- und Familienleben eingespielt hatte. In Coventry hatte Elizabeth einen Eindruck vom Reiseleben bekommen, in Cheltenham bekam sie erste Aufgaben zugewiesen, in Gloucester mussten sie ihr schon gar nicht mehr viel erklären und in Bristol, wo sie seit dem Spätsommer ausstellten, arbeiteten sie schließlich Hand in Hand. Am Anfang war noch Maries Improvisationsvermögen gefragt, denn die Versammlungsräume in der Prince's Street waren mit dem Panorama der Herren Marshall belegt, die dort unter anderem Ansichten der Insel Sankt Helena und der Schlacht von Trafalgar zeigten. Marie und ihre Söhne ließen kurzfristig einen eleganten Pavillon in der All Saints' Street für ihre Ausstellung aufbauen. Und mit der Zeit verteilten sich die Aufgaben auf viele Schultern. Ihre Söhne übernahmen Verantwortung und packten mit an, Elizabeth half, wo sie konnte, und auch die Kutscher griffen beherzt zu. Da blieb nicht mehr viel Arbeit für Marie übrig. Sie wollte die Figuren einpacken – Francis war schon dabei. Sie wollte die Gemälde abhängen – Joseph machte es bereits. Sie wollte die Kleidung, die Perücken und die kleineren Schaustücke verstauen – Elizabeth hatte es schon getan. »Lass nur, Mutter«, hörte sie mehr als einmal. Ihre Söhne und ihre Schwiegertochter meinten es nur gut, sie könnte zufrieden sein. Und doch nagte etwas an ihr, sie fühlte sich immer überflüssiger. War sie zu alt, zu schwach für dieses Leben?

Die Fahrt von Bristol nach Bath war zwar nur vierzehn Meilen lang, es regnete jedoch Bindfäden, was Maries Laune nicht gerade hob. Als sie Bath erreichten, verbarg sich die Stadt, die sich in einem tiefen und schmalen Bergkessel befand, im Nebel. Ihre Söhne schienen Maries Stimmung zu bemerken und meinten, sie und Elizabeth sollten die Zeit bis zur Eröffnung mit ein paar Annehmlichkeiten genießen. Sie würden den New Bazaar in der Quiet Street für die Ausstellung vorbereiten. Marie war zwar schon einmal vor über zehn Jahren in der Stadt gewesen, hatte damals aber weder die Bäder noch den Brunnensaal gesehen. Warum sollten sie also nicht, wie die meisten Besucher des Kurortes, die Bäder aufsuchen und eine Trinkkur machen? Sie fühlte an manchen Tagen, wie Schwäche sie überkam, vielleicht würde das heilkräftige Wasser sie stärken. Gemeinsam mit ihrer Schwiegertochter machte sie sich auf in den Brunnensaal, trank morgens und mittags das klare Wasser und beobachtete die anderen Besucher, die meist jedoch nicht krank, sondern nur gelangweilt wirkten. Elizabeth genoss diese Tage, sie bestaunte die Damen in ihren feinen Kleidern und ging regelmäßig mit Joseph und Francis in die Assembly Rooms, die Versammlungsräume, zum Tanz. Marie sollte sich hingegen schonen. Nach einiger Zeit wurde sie jedoch unruhig. Ob es an der Trinkkur lag oder an der ungewohnten Langeweile, sie fühlte, wie Energie sie durchströmte. Sie wollte arbeiten, dieses untätige Leben war nichts für sie. Es gab immer etwas zu tun. Gerade jetzt, im Frühjahr 1824, sorgte John Thurtell, dem der Prozess wegen Mordes gemacht wurde, für Schlagzeilen. Thurtell hatte angeblich wegen Spielschulden auf einen

Anwalt geschossen, ihm ein Messer in den Hals gerammt und dann auch noch eine Pistole an den Schädel geschlagen. Marie hatte bei den Besuchern des Wachsfigurenkabinetts bemerkt, dass sie sich besonders darüber erregten, dass man Mr Thurtell im Allgemeinen für einen respektablen Mann gehalten hatte, dem man ein derart schändliches Verbrechen nicht zutraute. Hätte man ihm nicht ansehen müssen, dass ein Verbrecher in ihm steckte? Als sie eines Morgens mitbekam, dass sich auch Joseph, Francis und sogar Elizabeth über den Mord und die bevorstehende Hinrichtung unterhielten, mischte sie sich ein.

»Wir sollten ein Porträt des Mörders herstellen«, schlug sie vor. Ihre Söhne sahen sie verwundert an.

»Hast du es nicht bislang stets für unpassend gehalten, einfache Verbrecher in unserer Ausstellung zu zeigen?«, fragte Francis. Marie nickte.

»Es ist aber kein einfacher Mörder. Es ist eine gute Gelegenheit, der interessierten Öffentlichkeit Studienmöglichkeiten in der Wissenschaft der Physiognomik zu bieten«, erklärte sie. Nun sah auch Elizabeth neugierig auf.

»Ich erinnere mich, in Birmingham haben Sie in einer Anzeige diese Wissenschaft erwähnt, Schwiegermutter. Was hat es damit auf sich?«

»Diese Wissenschaft versucht, den Charakter eines Menschen nach seinem Aussehen zu beurteilen. Keine andere Wissenschaft wird höher geschätzt. Lavater gilt als Koryphäe, sein Werk wurde in jeder europäischen Sprache veröffentlicht. Haben wir das Buch noch, Joseph? Dann solltest du es mal für deine Frau heraussuchen, es dürfte sie interessieren. Gerade hier in Bath gibt es viele Kenner dieser Wissenschaft. Ich erinnere mich noch, als wir vor zehn Jahren hier waren, hielt Gaspar Spurzheim gerade Vorlesungen über seine Craniologie, also die Wissenschaft vom Zusammenhang zwischen Schädel und Gehirn.«

»Wir zeigen demnach das Abbild von Thurtell nicht aus Sensationslust wie die billigen Wachsausstellungen«, begann Joseph lächelnd, und Marie setzte den Satz fort: »Sondern weil wir Liebhabern der Physiognomik die Möglichkeit bieten wollen, sein Angesicht zu studieren.«

Ihre Söhne mussten nicht lange überredet werden, sie hatten ohnehin keine Vorbehalte dagegen, Verbrecher in der Ausstellung zu zeigen. Sie leiteten alles Nötige in die Wege, und schon bald konnte die Figur von John Thurtell aufgestellt werden. Sie wurde von den Besuchern des Wachsfigurenkabinetts begeistert angenommen und gehörte bald zum ständigen Repertoire der Ausstellung. Marie beruhigte dieser Erfolg. Ihr Instinkt hatte sie also nicht verlassen. Den Brunnensaal im Kurhaus suchte sie nicht mehr auf.

Das Jahr blieb so erfreulich, wie es angefangen hatte. Die Wirtschaft war im Aufschwung begriffen, den Menschen ging es gut, sie hatten Geld für Vergnügungen und gaben es bereitwillig aus. In Oxford war ihr Wachsfigurenkabinett täglich so gut besucht, dass sich die Menschen in den Räumen drängten; in Northampton erwies sich das Rathaus als zu klein für den Ansturm und sie mussten stattdessen das Theatre Royal für die Ausstellung umbauen. Als sie im Herbst 1824 in Peterborough im Theater ausstellten, geschah schließlich etwas, das Marie deutlich machte, dass sie noch lange nicht zum alten Eisen gehörte: Ludwig XVIII. starb und der Graf von Artois bestieg als Karl X. den Thron von Frankreich. Marie hatte beide Männer nicht nur porträtiert, sondern auch erlebt. Maries Erzählungen konnten den Wachsfiguren etwas hinzufügen, was sonst niemand bieten konnte. Sie war immer noch eine Augenzeugin, eine Zeitzeugin, eine Chronistin ihrer Zeit, so wie sie es schon früher gewesen war. Die Besucher hingen an ihren Lippen, als sie von ihren Begegnungen mit den Monarchen berichtete und ihre Erzählungen durch das ergänzte, was sie gelesen hatte. Sie war glücklich, dass ihre Söhne bei ihr waren, dass Elizabeth ihr half. Doch sie, und nur sie, war das Herz dieser Ausstellung.

KAPITEL 10

York, Winter 1826

*D*ie Versammlungsräume in der Blake Street in York waren prächtig ausgeleuchtet und geschmückt. Es war ein vorweihnachtlicher Ball, wie er sein sollte, feierlich, festlich, aber auch fröhlich. Marie schaute zufrieden hinter dem Wandschirm hervor. Ihre Maestros, die Brüder Fisher, ließen ihr Orchester munter aufspielen, Miss Bradbury und Mr Bellamy sangen dazu. Sie war froh darüber, dass sie auf Joseph gehört und 1825 die Konzertkapelle der Herren Fisher engagiert hatte. In diesem Jahr war das Sängerpaar hinzugekommen, das ihrem abendlichen Promenadenkonzert und damit auch dem Wachsfigurenkabinett zusätzlichen Glanz verliehen. Auf der Tanzfläche tummelten sich die Paare. Marie stutzte – war das Francis? Was machte er auf der Tanzfläche? Und wer war seine Tanzpartnerin? Es war eine dunkelhaarige Frau in einem fliederfarbenen Taftkleid, die transparenten Puffärmel ließen sie besonders grazil erscheinen. Sie war sehr jung, vielleicht siebzehn Jahre alt. Auch Francis machte auf der Tanzfläche eine gute Figur. Marie warf Joseph einen fragenden Blick zu, doch der zuckte nur mit den Schultern.

»Solange er rechtzeitig wieder hier ist«, meinte er lächelnd und fuhr fort, Elizabeth beim Herrichten der Figuren zu helfen. Auch Marie schritt noch einmal alle Figuren ab, um zu überprüfen, ob sie makellos sauber und in der richtigen Haltung aufgebaut waren. Kurz bevor das Diner beendet war, kam Francis angelaufen. Er strahlte, seine Wangen leuchteten.

»Nächstes Mal wechseln wir uns aber mit dem Tanzen ab, dann schwingen Elizabeth und ich auch mal das Tanzbein«, sagte Joseph augenzwinkernd zu seinem Bruder.

»Ihr beide? Wenn ich euch frage, ob ihr mich zum Tanz begleitet, habt ihr doch immer etwas Besseres vor«, gab Francis lachend zur Antwort. Sie warteten auf die Ankündigung des

Zeremonienmeisters, dass Madame Tussaud und ihre Söhne nun ihre berühmte Wachsfigurenausstellung eröffnen würden, deren Einnahmen den im Elend lebenden Arbeitern der Stadt zugute kämen. Joseph und Francis schoben die Wandschirme zur Seite, und die Ballgäste begannen, sich neugierig die Wachsfiguren anzusehen.

Es zahlte sich aus, dachte Marie, dass sie die Einnahmen des Eröffnungsabends oder bestimmter Konzertabende spendeten. Diese Großzügigkeit hatte den guten Ruf ihrer Ausstellung bei den oberen Klassen noch verstärkt.

Wie immer saß Marie an der Kasse, während ihre Söhne die Besucher durch die Ausstellung führten. An diesem Abend bekam eine junge Dame eine besonders exklusive Führung, beobachtete Marie mit einer Mischung aus Amüsement und Besorgnis. Francis flirtete gerne, das wusste sie inzwischen. Aber was würde geschehen, wenn er sich einmal ernsthaft verliebte? Die Ausstellung musste weiterziehen, und er mit ihr. Einen liebeskranken Sohn wollte sie nicht gerne erleben. Glücklicherweise waren seine Kontakte zu jungen Frauen bislang recht oberflächlich geblieben. So würde es vermutlich auch dieses Mal sein.

»Wer war denn deine schöne Tanzpartnerin?«, fragte Joseph, als sie abends aufräumten und die Kasse abrechneten.

Francis druckste erst herum, dann sagte er leichthin: »Die junge Dame heißt Rebecca Smallpage, sie ist zu Besuch bei Verwandten in York. Sie ist eigentlich aus Leeds, ihr Vater ist Baumwollfabrikant.« Joseph grinste.

»Leeds? Wie praktisch. Ist das nicht unsere nächste Station?« Diese Bemerkung konnte er sich wohl nicht verkneifen. Francis zuckte die Schultern.

»Leeds ist groß. Da wäre es schon ein unwahrscheinlicher Zufall, wenn man sich wieder über den Weg läuft.«

»Das schon. Der Zufall muss aber gar nicht übermäßig beansprucht werden, weil wir, wie üblich, in den ansässigen Zeitungen unsere Ankunft bekanntgeben.« Joseph machte es sichtlich Spaß, seinen Bruder zu triezen.

Tatsächlich fand Rebecca Smallpage auch in Leeds den Weg in ihre Ausstellung. Wiederholt besuchte sie mit ihrer Mutter und ihren Schwestern, allesamt respektable Damen, das Wachsfigurenkabinett. Francis freute sich sichtlich, sie zu sehen. Soweit Marie es mitbekam, trafen sie sich sogar an einem seiner freien Tage zu einem gemeinsamen Spaziergang. Sie ließ Francis diese Freiheit und kümmerte sich selbst darum, die Figuren des Herzogs von York, der im Januar 1827 gestorben war, und des Herzogs von Wellington, der ihm als Oberbefehlshaber der Truppen nachgefolgt war, neu auszustaffieren. Vor allem das schäbige Begräbnis des Herzogs von York sorgte für Gesprächsstoff. Viele Menschen waren trotz der bitteren Kälte auf den Straßen, die vom St.-James's-Palast nach Windsor führten, zusammengeströmt, um den Trauerzug zu sehen. Jeder Baum war mit neugierigen Weibern bedeckt gewesen, hatte ein Kaufmann berichtet, der gerade aus London zurückgekehrt war. Doch der Trauerzug sei die Mühe und das Frieren nicht wert gewesen, lumpig sei er anzusehen gewesen. Die Gedenkmedaillen aus Messing und Blei, die zu Ehren des Herzogs von York gegossen wurden, hatten schon nach wenigen Tagen an Wert verloren. Auch bei Madame Tussauds war das Interesse an der Figur schnell erloschen, so dass sie wieder in den Hintergrund gerückt wurde. Die Ausstellung war trotzdem sehr gut besucht. Zeitweise mussten Besucher ihre Plätze in der Galerie des Theaters einnehmen, um dem Gedränge der Gesellschaft auf der Promenade zu entgehen.

Als sie Mitte Februar 1827 Leeds verließen, wirkte Francis ernster als sonst. Machte ihm der Abschied von Rebecca Smallpage zu schaffen?

Francis saß vor einem Glas Wein und zeichnete mit dem feuchten Finger Muster auf den Tisch. Marie hatte das Geschäftsbuch vor sich. Joseph bezahlte die Musiker und setzte sich dann zu ihnen.

»Also, wohin geht es als Nächstes? Die Fishers wüssten gerne Bescheid«, sagte er.

Sie waren nach Norden gereist und hatten auf dem Weg nach Newcastle-upon-Tyne in Durham, Sunderland und North Shields Station gemacht; in Durham hatte Madame Tussauds fünfzehnköpfiges Orchester Werke von Mozart bei der Eröffnung einer neuen katholischen Kirche gespielt. Jetzt neigte sich das Jahr schon wieder dem Ende zu. Marie ließ noch einmal den Blick über die Zahlen in ihrem Buch wandern und blätterte zum Anfang zurück. Für Francis schien die Sache klar.

»Wenn ihr mich fragt, reisen wir zurück in Richtung Süden. Hier oben gibt es kaum Städte, die gute Geschäfte versprechen«, sagte er. Marie und Joseph sahen sich an, sie schienen beide den gleichen Gedanken zu haben. War es die junge Miss Smallpage, die ihrem Sohn diese Gedanken eingab? In letzter Zeit waren einige Briefe aus Leeds eingetroffen.

»Jetzt schon nach Manchester oder Leeds zurückzukehren wäre zu früh. Die Leute dürfen unserer Ausstellung nicht überdrüssig werden. Sie müssen sich darauf freuen, dass wir wieder in die Stadt kommen. Wir werden weiter nach Norden ziehen. Edinburgh ist unser Ziel. Auf dem Weg stellen wir in Alnwick aus. Erinnerst du dich noch an Alnwick, Joseph? Es gibt dort ein schönes Rathaus, das können wir sicher mieten.« Ihr älterer Sohn nickte zustimmend. Francis wischte unzufrieden mit der Handfläche über den Tisch.

»Das Wetter wird immer schlechter. Die Gefahr ist zu groß, dass die Transportwagen im Schnee stecken bleiben oder verunglücken. Lohnt es sich wirklich, so eine Reise auf sich zu nehmen?«, fragte er.

»Wir haben erfahrene Kutscher, die Straßen sind besser geworden, seit wir zum letzten Mal dort oben waren. Der Straßenbau macht enorme Fortschritte. Die Kutschen von London nach Edinburgh brauchen nur noch zwei Tage«, wusste Joseph. Francis verzog den Mund.

»Die machen auch nur drei Stopps zum Essen und Rasieren, sonst sind sie immer auf der Strecke. Mit diesem Tempo können wir nicht mithalten.«

Joseph war bei einem seiner Lieblingsthemen angelangt. »Wer weiß, vielleicht wird es irgendwann Eisenbahnen geben, die uns von Stadt zu Stadt bringen«, sagte er.

Seit sie sich unterwegs diese neue Technik angesehen hatten, begeisterte er sich für die fortschrittlichen Dampfmaschinen. Neuerdings wurde Kohle von Darlington nach Stockton, zwei Industriestädte südlich von Newcastle, mit einer Dampfmaschine transportiert. Joseph hatte seine Familie überredet, mit ihm einen Ausflug dorthin zu machen, denn man konnte auch mit Passagierkutschen die Schienen abfahren. Es war ein aufregendes Erlebnis gewesen, auch wenn die Schienenkutsche laufend an den Pubs an der Strecke hielt und die Fahrgäste – und selbst der Kutscher – stetig betrunkener wurden. Als ihnen schließlich eine weitere Kutsche auf der Schiene entgegenrollte, kam es erst zu einer lautstarken Diskussion und dann zu einer Schlägerei. Seit diesem Tag teilte Marie Josephs Begeisterung nur noch eingeschränkt, deshalb ignorierte sie die Anmerkung ihres Ältesten.

»Wir haben den Großteil des Weges schon hinter uns. Also, als Nächstes Alnwick, ab Ende Dezember Edinburgh. Francis, du kümmerst dich um einen schönen Ausstellungsraum. Joseph, du informierst die Musiker«, wies Marie ihre Söhne an.

Am nächsten Morgen bat Francis seine Mutter um ein paar freie Tage, er wollte etwas in Leeds erledigen. Marie ließ ihn ziehen. Sie ahnte, dass er wirklich etwas für Rebecca Smallpage empfand. Als er in Alnwick wieder zu ihnen stieß, war er gutgelaunt. Wenn er nur keine Dummheiten gemacht hatte …

Marie zog das Schaffell enger um ihren Körper, hauchte in ihre Finger und schob die Hände wieder unter die Decke. Ihr Oberkörper wiegte sich im Rhythmus der Kutsche, die sich langsam durch den Schnee quälte.

»Ist alles in Ordnung, Schwiegermutter? Soll ich dem Kutscher Bescheid geben, dass Sie eine Pause einlegen möchten?«, fragte Elizabeth, wie immer um Maries Wohlergehen besorgt.

»Nein, lass nur, mir geht es gut. Auch wenn wir nur langsam vorankommen, kann es nicht mehr weit bis Edinburgh sein. Und dort wartet schon das beste Hotel am Platz auf uns.« Marie freute sich auf den Aufenthalt in der Stadt, die sie früh liebgewonnen, aber schon lange nicht mehr besucht hatte.

»Ich bin sehr gespannt auf Edinburgh. Joseph hat viele schöne Erinnerungen an die Stadt. Der Palast von Holyrood, die Häuser, die wie Schwalbennester an den Hügeln kleben, die schöne Landschaft. Wie lange ist es her, dass Sie dort gewesen sind? Ich begleite Sie und Ihre Söhne nun schon seit etwa fünf Jahren ...«

Marie überlegte einen Augenblick. »Nun ja, es muss schon an die siebzehn Jahre her sein.« Sie konnte selbst kaum fassen, wie schnell die Zeit vergangen war. Allein die Jahre seit der Hochzeit ihres Sohnes, wo waren sie geblieben? Wahrscheinlich waren sie so geschäftig, dass keine Zeit zum Innehalten blieb. An jeder ihrer Stationen mussten alle Figuren ausgepackt, zusammengebaut, ausgestattet, aufgestellt und schließlich wieder abgebaut und verstaut werden, sie mussten Bürgermeister besuchen und Drucker beauftragen und Marie staunte darüber, dass sie selbst dieses Reisetempo unbeschadet überstanden hatten. Sie dachte gerne an die Erfolge in Städten wie Oxford, Leeds oder York zurück, oft war das Wachsfigurenkabinett beinahe überfüllt gewesen. Ja, die Ausstellung war beliebt, ihre Geschäfte liefen gut, auch wenn die allgemeine wirtschaftliche Lage sich wieder verschlechtert hatte. Die Arbeiter in großen Städten wie Birmingham hungerten, hörte man. Sie hatte jedoch Grund, zufrieden zu sein. Nur dass sie noch kein Enkelkind hatte, trübte Maries Stimmung etwas. Elizabeth und Joseph schienen glücklich zu sein, trotzdem hatte sich noch kein Nachwuchs eingestellt.

Marie sah aus dem Fenster. Die Bebauung wurde dichter, sie fuhren langsam nach Edinburgh ein. Sie war gespannt darauf, wie sich die Stadt verändert hatte. Das Gibb's Hotel und das Waterloo-Kaffeehaus an der Regent's Bridge, in dem sie den Großen Versammlungsraum gebucht hatten, befanden sich im modernsten und angesehensten Teil der Stadt. Hier im Osten, in Richtung Carlton Hill, waren zur Feier des beendeten Krieges und zu Ehren des Prinzregenten und späteren Königs Georg IV. neue Wohnanlagen und ein neuer Platz angelegt worden. Zu den Neubauten am Waterloo Place gehörte auch das Waterloo Hotel, das dem Vernehmen nach größte und prächtigste Hotel der Stadt. Als Georg IV. vor einigen Jahren Edinburgh besucht hatte, war unter anderem dieses Hotel für ihn reserviert worden. Eine bessere Adresse konnte es nicht geben.

»Ob Joseph und Francis wohl schon angekommen sind und die Räume in Augenschein nehmen?«, fragte Elizabeth.

»Vermutlich. Sie müssen geeignete Plätze für unsere Tableaus finden, vor allem für das Tableau der Abdankung Maria Stuarts, das die Bewohner der Stadt sicher besonders interessieren wird. Ich habe mir fest vorgenommen, endlich Sir Walter Scott aufzusuchen. Es wird Zeit, dass wir diesen großen Dichter in unser Kabinett aufnehmen.« Elizabeth sah sie von der Seite an. Marie ahnte, dass sie etwas einwenden wollte. »Du fragst dich, ob das der richtige Zeitpunkt ist, weil Sir Walter durch seine finanziellen Schwierigkeiten von sich reden machte?«

»Es gab wohl auch Kritik an seinem Werk über Napoleon ... Man sprach von einem möglichen Duell und davon, dass er einen französischen Nationalhelden beleidigt habe.«

»Was ist diese kleinliche Kritik, was ist dieser Finanzkram angesichts eines großen Werkes? Diese Themen werden morgen schon vergessen sein, während man seine Bücher auch in Jahrzehnten noch zur Hand nehmen wird«, sagte Marie überzeugt. »Und für uns ist es nie verkehrt, wenn einer der Großen ins Zwielicht gerät. Das erhöht den Reiz der Figuren für das Publikum.« Auch die Figur von König Karl X. wurde von den Besuchern besonders nachgefragt, seit die Unzufriedenheit der französischen Bevölkerung über seinen konservativen, strengen Regierungsstil bekannt geworden war. Bei öffentlichen Auftritten hatte ihn das Volk ausgebuht, weil er versucht hatte, die Aristokratie wieder einzuführen, und die Pressezensur verschärft hatte. Dagegen würde man in Edinburgh die Figur des Grafen von Artois bewundern, weil der frühere Gast der Stadt so großzügig für den Wiederaufbau gespendet hatte, als vor einigen Jahren weite Teile der Altstadt durch ein Feuer vernichtet worden waren.

Sie fuhren durch eine prächtige Straße, bis ihre Kutsche in der Nähe eines säulengeschmückten Gebäudes zum Stehen kam. Der Kutscher öffnete den Verschlag, Elizabeth half Marie heraus. Trotz der Felle fühlte sie sich ganz steif. Nach einer Reise wie dieser konnte sie nicht verleugnen, dass sie auf die siebzig zuging. Marie sah, dass sich hinter dem Hotel der Carlton Hill erhob, auf seiner Spitze überragte das Nelson-Monument die Stadt; sein Anblick war wie eine Begrüßung für sie.

Die Prachträume trugen ihren Namen zu Recht, der Kaffee- und Ballsaal mit seinen Oberlichtern war elegant, und auch die Menschen, die auf dem Weg zum Café oder dem Restaurant des Hotels waren, waren sehr vornehm. Marie war begeistert von dem Ort, der in den nächsten Wochen die Heimat ihrer Ausstellung sein würde. Was für eine Entwicklung hinter ihr lag! Bei ihrem ersten Besuch in Edinburgh hatte sie in einer Seitenstraße in den Bernard's Rooms ausgestellt, und jetzt war sie in diesem feinen Hotel. Sie selbst würden natürlich auch dieses Mal bescheidener wohnen, Joseph hatte für sie Räume in einer nahegelegenen Pension reserviert. Francis kam ihnen entgegen.

»Es ist wunderbar hier«, sagte er begeistert. »Wir können es kaum erwarten, die Figuren aufzustellen. Das Kabinett wird eine prachtvolle Wirkung entfalten. Wir werden *das* Stadtgespräch sein!« Joseph trat hinzu und begrüßte die beiden Frauen.

»Ich habe bereits veranlasst, dass die ersten Kisten hier in den Saal gebracht werden. Als Nächstes sollten wir uns um Hand- und Anschlagzettel kümmern.«

»Das werde ich übernehmen«, sagte Marie.

»Willst du dich nicht erst einmal etwas ausruhen, Mutter? Die Reise war sicher anstrengend«, sagte Joseph.

»Das kann ich doch erledigen«, schlug Francis vor. »Oder was hältst du davon: ich werde dich begleiten?«

»Das ist ein guter Vorschlag. Ich bin gespannt darauf, die Stadt neu zu entdecken, und ihr habt die Gewissheit, dass eurer gebrechlichen Mutter nichts passiert«, sagte Marie lächelnd. Sie hakte sich bei Francis ein.

In der Druckerei herrschte viel Betrieb. Dennoch nahm sich der Drucker die Zeit, etwas mit ihnen zu plaudern. Er berichtete von den jüngsten Ereignissen und den derzeitigen Attraktionen der Stadt. Fasziniert hörten Marie und Francis, dass es ein beliebtes Vergnügen für Einheimische und Reisende zu sein schien, die anatomischen Vorlesungen von Dr. Robert Knox am Surgeons' Square zu besuchen.

»Wir drucken hier die Handzettel für ihn. Die Leute gehen zu ihm, weil sie wissen, dass er bei seinen Vorlesungen eine Leiche völlig auseinandernimmt. Sezieren nennt man das wohl. Gruselig, sage ich Ihnen«, erzählte der Drucker. Marie lief ein Schauder über den Rücken. Sie dachte daran, wie sie in ihrer Ausbildung zur Wachskünstlerin selbst einer Sektion beigewohnt hatte. Ihr Onkel hatte es für einen natürlichen Teil seines Unterrichts gehalten, aber sie war zunächst geschockt gewesen. Ihren Söhnen würde sie das nicht zumuten, auch wenn sie heute wusste, dass anatomische Kenntnisse bei der Wachsarbeit hilfreich waren. Sie versuchte, das Thema zu wechseln, aber der Drucker unterbrach sie.

»Zuletzt hatten sich über fünfhundert Leute für seine Veranstaltung angemeldet. Die mussten in drei Gruppen aufgeteilt werden. Dreimal musste Dr. Knox seine Vorträge halten. Er hat inzwischen ein ganzes Heer von Assistenten, die ihm zuarbeiten«, wusste er. Marie bat Francis entschieden, ihren Textentwurf vorzulegen, damit sie über etwas anderes sprechen konnten. Sie konnte nicht ahnen, wie bald sie wieder von Dr. Knox und seinen Leichenöffnungen hören würde.

Marie pflanzte gerade mit Hilfe einer heißen Nadel die Haare in einen Wachskopf, als Elizabeth eintrat und fragte, ob sie helfen könnte. Marie bat sie, ihr bei dieser monotonen, langwierigen Arbeit – jedes Haar wurde einzeln eingesetzt – etwas vorzulesen. Ihre Augen waren schlechter geworden, und ein mehrbändiges Werk wie Scotts *Das Leben des Napoleon Bonaparte* überforderte sie inzwischen. Ihre Schwiegertochter nahm das Buch aus dem Regal und setzte sich zu ihr. Sie hatte eine schöne, klare Stimme.

»*Die Teuerung brachte von Zeit zu Zeit eine Unruhe der Bürger mit sich*«, las Elizabeth vor. »*Als Napoleon einmal den Pöbel aufforderte, auseinanderzugehen, soll ein feistes Weib gerufen haben:* ›*Kehrt euch doch nicht an diese Narren mit den Epauletten. Sie scheren sich nicht viel darum, ob wir alle verhungern, wenn sie sich nur mästen können.*‹ – ›*Seht mich doch mal an, liebe Frau*‹, *antwortete Bonaparte, der damals dünn wie ein Schatten war.* ›*Wer ist wohl fetter von uns beiden.*‹ *Und der Pöbel lachte die Amazone aus und lief in der fröhlichsten Laune nach Hause.*« Marie lächelte und erzählte ihrer Schwiegertochter, dass sie Napoleon in den Tuilerien als ebenso schlagfertig erlebt hatte. Sie war froh, dass das Leben Napoleons auch Jahre nach seinem Tod noch so sehr faszinierte, denn das bedeutete, dass auch ihre Wachsfigur des früheren Kaisers der Franzosen und seiner Kaiserin weiter auf Interesse stoßen würden. Mit ihren Gedanken war sie aber schon bei ihrem Besuch bei Sir Walter Scott, es würde einiges geben, worüber sie sprechen konnten.

Ihre Kutsche hielt vor dem Shandwick Place Nummer 6, einem Platz im Westen der Neustadt, der erst jetzt erschlossen wurde und voller Baugruben war. Ein Diener ließ sie ein. Es war ein geräumiges, behaglich wirkendes Haus. So schlecht schien es Sir Walter Scott also nicht zu gehen. Es war schon eine Ironie des Schicksals, dass dieser begnadete Schriftsteller von Werken wie *Waverley* oder *Ivanhoe*, dieser Vielschreiber, der jedes Jahr mehrere neue Bücher veröffentlichte, sich mit Geldsorgen plagen musste. Er war vor einigen Jahren in finanzielle Schwierigkeiten geraten, doch statt Bankrott anzumelden, hatte er einen Treuhandfonds über sein Haus und sein Einkommen gegründet. Jetzt schrieb er verzweifelt gegen seine Schulden an, worunter seine Gesundheit zu leiden schien. Marie hatte ihm geschrieben und um eine Porträtsitzung gebeten. Sir Walter Scott hatte ihr mit einem kurzen Brief geantwortet, dass sie vormittags zur Frühstückszeit vorbeikommen solle.

Sir Walter erhob sich vom Esstisch und begrüßte sie. Er hinkte, wirkte jedoch kräftig. Er bot ihr einen Tee an, und während Marie Zeichnungen anfertigte und sein Gesicht vermaß, plauderten sie über das Leben in Frankreich, Maries Werdegang und vor allem über ihre Begegnungen mit Napoleon Bonaparte. Marie sprach Sir Walter ihre Hochachtung für ein so umfangreiches Werk über eine so vielgestaltige Persönlichkeit wie Napoleon aus; sie könnte sich nicht vorstellen, ein Buch zu schreiben, geschweige denn neun. Ihre Meinung, dass er die Engländer zu positiv dargestellt hatte, verschwieg sie ihm lieber; vor allem hatte sie erbost, dass es in seinem Buch so klang, als hätten die Engländer Napoleon mit der grausamen Gefangenschaft auf Sankt Helena auch noch einen Gefallen getan. Er lachte herzhaft über ihr Lob, Marie bemerkte, wie seine zotteligen Augenbrauen dabei wackelten.

»Jetzt kann ich darüber lachen, aber zu der Zeit fürchtete ich, es würde gar kein Ende nehmen. Ich dachte schon manchmal, mit dieser verteufelt scheußlichen Arbeit sei es wie mit dem Ende der Welt, von dem immer gesprochen wird, das aber nie kommt«, sagte er. Sir Walter befragte sie nach den Figuren in ihrer Ausstellung und versprach, wenn es seine Zeit zuließe, würde er sie sich anschauen, um einige der Figuren mit seiner eigenen Erinnerung zu vergleichen. König Karl X. habe er nämlich nicht nur während seines Exils in Edinburgh getroffen, sondern auch in Paris aufgesucht. Von anderen Freizeitvergnügungen, die derzeit um sich griffen, halte er dagegen nichts. Vor allem lehne er ab, dass viele Frauen der Stadt die

Vorlesungen des deutschen Quacksalbers Spurzheim besuchen, bei denen der Kopf eines Menschen seziert werde.

»Ich kann keine ›Edinburgh Belle‹ anschauen, ohne an rohe Köpfe und blutige Knochen zu denken. Diese Damen sollten ihre Treffen Kalbskopf-Klub nennen«, sagte er erbost. Marie stimmte ihm lachend zu.

»In meiner Jugend erzählte man sich die Geschichte der jungen Comtesse de Coigny, deren Leidenschaft für die Anatomie sie das Leben kostete – sie verletzte sich beim Sezieren und starb an einer Blutvergiftung. Schauderhaft!« Was für ein harmloses, lehrreiches Vergnügen war dagegen der Besuch ihres Kabinetts oder das Lesen eines guten Buches!

Am Ende des Besuches dankte sie ihm. »Ich freue mich schon auf Ihre nächsten Werke. Es gibt so vieles, was es zu erzählen gibt. Denken Sie nur an die vielen Schicksale, über die wir in dieser kurzen Zeit gesprochen haben, Sir Walter.« Er nickte höflich, vermutlich drängte jeder Gast diesem großen Historienschriftsteller seine Ideen für neue Werke auf, dachte Marie plötzlich und wünschte ihm danach nur noch alles Gute für die Zukunft. Am Ende eines Jahres pflege er Bilanz zu ziehen, erzählte Sir Walter nachdenklich, und er hoffe, dass er das Schlimmste hinter sich habe. Es gehe ihm gesundheitlich wieder besser, auch seine Kinder seien wohlauf, Grund genug also, dankbar zu sein. In dieser Hinsicht war Marie mit ihm einer Meinung.

Marie tauchte die Hände in das Wasser und strich mit den Fingern die Gesichtszüge des Lehmkopfes nach. Als Nächstes würde sie die Falten im Gesicht von Sir Walter Scott herausarbeiten. Sein Abbild sollte schließlich so aussehen, als erzähle er gerade eine Anekdote. Es war Anfang Januar 1828, und die ersten Wochen in Edinburgh waren zufriedenstellend verlaufen. Der Bürgermeister und der Stadtrat von Edinburgh hatten die Ausstellung besucht und die feine Gesellschaft war ihnen gefolgt, doch es war nie so überfüllt gewesen wie im Jahr zuvor in den anderen Städten. Sie dachte gerade, dass sie mit ihren

Söhnen erwägen musste, ob sie weitere Handzettel und Plakate drucken lassen sollten, als Joseph und Francis eintraten.

»Wir müssen etwas besprechen. Ich fürchte, es gibt ein Problem, das unseren Erfolg schmälern könnte«, sagte ihr Ältester besorgt. Er reichte Marie eine Zeitung und zeigte auf eine Anzeige. Marie überflog das Blatt und las vor, wobei ihre Stimme vor Entrüstung immer lauter wurde: »*Unter der Schirmherrschaft des ehrwürdigen Bürgermeisters und Stadtrats von Edinburgh gibt J. Springthorpe, Künstler, respektvoll bekannt, dass seine Sammlung von Figuren aus Kompositionsmasse, die bereits von Tausenden bewundert wurde, nun in Edinburgh ausgestellt wird ...* Das ist fast genau der Text, den wir immer auf unsere Plakate drucken lassen. Das ist ja eine Unverschämtheit!«, rief Marie. Auch sie vermied häufig das Wort Wachs, weil es viele Besucher zu sehr an billige Unterhaltung erinnerte.

»Und hier: *Springthorpe ist zuversichtlich, dass seine Ausstellung in Hinblick auf die Pracht der Dekorationen, die Genauigkeit und Charakteristik jeder anderen im Vereinigten Königreich überlegen ist. Man solle sich keine Meinung auf Grundlage einer anderen Ausstellung bilden, die gerade in der Stadt sei.* Das zielt doch auf uns ab! Er tut ja geradezu so, als ob wir ein minderwertiges Jahrmarktskabinett wären!« Marie war jetzt aufgestanden und lief erregt im Zimmer hin und her. Francis nahm ihr den Zettel aus der Hand.

»Er hat gerade hier eröffnet, ganz in der Nähe, in der Carlton Convening Hall, einem etwas altmodischen Versammlungsraum der Handelskammer. Wir müssen uns diese Ausstellung unbedingt ansehen, damit wir wissen, womit wir es zu tun haben«, meinte Francis entschlossen. Joseph setzte sich und strich mit den Händen nachdenklich über die Knie.

»Das habe ich bereits getan. Er zeigt tatsächlich Wachsfiguren. Selbstverständlich nicht so gute wie unsere, aber eben auch nicht schlecht.« Francis blickte ratlos von seinem Bruder zu seiner Mutter.

»Was wollen wir also tun?«

Für Marie stand es bereits fest: »Wir wissen, dass unsere Figuren besser sind. Unsere Besucher haben uns auch hier in Edinburgh schon gerühmt. Und nun müssen wir dafür sorgen, dass auch die es wissen, die noch nicht bei uns waren. Wir werden also mit seinen Waffen zurückschlagen.«

Noch an diesem Abend entwarfen sie gemeinsam einen Text, der in den nächsten Tagen in der Zeitung erscheinen sollte. Er klang etwas gestelzt, aber Marie meinte, je hochgestochener der Text daherkäme, desto besser würde er bei ihrem Publikum ankommen. Die Anzeige sollte damit beginnen, dass ihre Ausstellung sogar von den »Universitäten von Oxford und Cambridge« besucht und gefördert wurde. Diese Formulierung würde sie auf den ersten Blick von billigen Konkurrenten abheben, meinte Marie. Danach hieß es, dass jeder aufgefordert sei, sich persönlich von der Güte und Qualität ihrer Figuren zu überzeugen, wer damit nicht zufrieden sei, erhalte sein Eintrittsgeld zurück.

Nach Veröffentlichung der Anzeige kam niemand, um sich sein Geld zurückgeben zu lassen. Die Besorgnis bei Marie und ihren Söhnen ließ jedoch nicht nach, denn es kam nicht so viel Geld in die Kasse, wie sie gehofft hatten. Sie wurden auch häufiger als üblich auf ihre Konkurrenz angesprochen. Marie wusste, dass sie niemals nachlassen durften, um ihren hohen Standard zu halten, um die Überlegenheit ihrer Ausstellung bekanntzumachen. Hoffentlich würden auch ihre Söhne das nie vergessen.

Ihre neue Figur von Sir Walter Scott wurde sehr gelobt. Marie präsentierte ihn als stolzen Nationaldichter im traditionellen Schottenrock. Sie hatte außerdem nach einem Gemälde die Figur des verstorbenen Dichters und Napoleon-Bewunderers Lord Byron geschaffen, die beim Publikum ebenfalls gut ankam. Bei Madame Tussauds gab es immer etwas Neues zu entdecken. Im Frühjahr packten sie ihre Sachen, sie wollten zurück in den Süden reisen. Vor allem Francis war froh, dass sie sich wieder in Richtung Leeds bewegten. Beinahe täglich schrieben er und Rebecca sich.

Marie konnte nicht ahnen, dass sie schon bald nach Edinburgh zurückkehren würde, dann jedoch allein. Es würde eine Reise sein, die dunkle Erinnerungen aufwühlte.

Marie hatte es sehr schnell bemerkt. Sie war es gewohnt, Menschen genau zu beobachten, selbst kleinste Veränderungen in ihrem Aussehen, in ihrem Verhalten wahrzunehmen. Auch bei Elizabeth waren es nur Kleinigkeiten gewesen. Ein rosigeres Aussehen, das Leuchten der Augen, vorsichtige Bewegungen, das Meiden schwerer Lasten. Marie ließ sich nicht anmerken, dass sie das Geheimnis ihrer Schwiegertochter ahnte. Sie wusste noch genau, wie der neugierige und zugleich vorwurfsvolle Blick ihrer Mutter sie gestört hatte, als sie schwanger war. Es gab nur wenig, das sie jetzt tun konnte, und das Wenige würde sie tun. Während sie vor dem Schlafengehen Kleidung für den Säugling nähte oder Deckchen umhäkelte, erfüllte sie Freude über das Leben, das in Elizabeth heranwuchs. Doch sie fragte sich auch, wie es weitergehen würde. Als Elizabeth eines Abends im Mai, sie stellten gerade in Dumfries in den Old Assembly Rooms aus, Marie überraschend aufsuchte, fiel ihr Blick zufällig auf die Babykleider, und sie umarmte Marie stürmisch.

»Schwiegermutter, ich hätte wissen müssen, dass man Ihnen nichts verheimlichen kann«, lachte sie. Marie gratulierte Elizabeth und fragte sie, wie ihr die Schwangerschaft bekam.

»Oh, mir geht es gut«, sagte Elizabeth schlicht, es klang so, als würde sie noch etwas hinzufügen wollen, zögerte aber.

»Dich bedrückt doch etwas«, forderte Marie sie auf. Elizabeth legte nachdenklich die Hand auf ihren Bauch.

»Ich habe überlegt, wie es weitergehen wird, wenn das Baby da ist. Ich könnte es zu einer Amme geben, aber lieber wäre es mir, wenn wir es zu einer meiner Schwestern bringen könnten, damit sie es aufzieht«, sagte sie. Marie war erstaunt. So lange hatte es gedauert, bis Elizabeth ein Kind bekam, und dann wollte sie es sofort in fremde Hände geben? Natürlich war es eine Sache zwischen Elizabeth und Joseph, aber da ihre Schwiegertochter dieses Thema von sich aus angesprochen hatte, konnte sie sich auch dazu äußern.

»Warum denkst du darüber nach, das Kind fortzugeben?«

»Ich dachte, es ist nur im Weg, wenn wir unterwegs sind. So könnten wir gleich nach der Geburt mit der Ausstellung weiterziehen. Alles würde sein wie bisher. Ich habe allerdings noch nicht mit Joseph darüber gesprochen«, sagte Elizabeth. Marie spürte deutlich, wie Elizabeth sich bei diesen Worten quälte. Sie musste ihr schnell erklären, dass ihre Vorstellungen so unvernünftig wie unnötig waren. Für Marie gab es bei diesem Thema keine Diskussionen. Niemals hätte sie ihre Tochter aus den Augen lassen dürfen, jede Sekunde mit einem Kind war kostbar.

»Wo denkst du hin, das Kind bleibt bei euch, bei uns. Joseph und Francis sind zwischen den Wohnräumen, dem Atelier und der Ausstellung aufgewachsen. Sobald sie etwas greifen konnten, haben sie Wachs geknetet. Auch euer Kind soll wissen, in was für eine Familie es hineingeboren wurde. Die Wachskunst wird Teil seines Lebens sein«, sagte sie. »Wir machen weiter wie bisher. Wenn dein Zustand es nicht mehr zulässt, wirst du dich schonen. Und wenn das Kind da ist, finden wir einen Weg. Wenn das Geschäft gut läuft, könnten wir sogar eine Kinderfrau engagieren.« Elizabeth nahm erleichtert ihre Hand.

So wurde es gemacht. Sie zogen weiter und stellten in Carlisle und Penrith aus. Im August war es schließlich so weit, Joseph hielt Elizabeths Hand, als die Wehen einsetzten, während Marie und Francis aufgeregt der Hebamme zur Hand gingen. Alles ging gut, und am 16. August 1828 kam ein zarter, gesunder Junge zur Welt. So ein perfektes Kind könnte kein Wachskünstler formen, dachte Marie, die sich sofort in das kleine Wesen verliebte. Anfang September wurde es in der katholischen Kirche in Kendal, im Nordwesten Englands, auf den Namen Francis Babbington Tussaud getauft. Maries Sohn Francis, der Namenspate, durfte das Kind über die Taufschale halten. Einen stolzeren Onkel hatte sie nie gesehen.

Am Abend sah Marie ihre Söhne vor dem Reisewagen,

Francis wirkte sehr ernst. Sie wollte gerade zu ihnen treten, als sie hörte, wie er sagte: »Es hat nicht jeder das Glück, einen Schwiegervater zu finden, der so offen unserem Geschäft gegenüber ist.«

»Schwiegervater? Denkst du etwa daran, ihr einen Heiratsantrag zu machen?«, fragte Joseph. Francis lachte bitter.

»Was habe ich ihr zu bieten? Ihr Vater hält uns für fahrendes Volk, nicht besser als Possenschneider.«

Joseph nahm seinen Bruder bei den Schultern und sah ihm eindringlich ins Gesicht. »Da irrt er sich. Was habe ich Elizabeth zu bieten? Ein aufregendes, abwechslungsreiches Leben. Und Liebe. Das allein ist doch genug«, sagte er. Francis machte sich los.

»Wir sind schon Monate fort, ich habe sie nur einmal kurz gesehen, als wir in Newcastle waren und ich sie für einen Tag besucht habe.«

»Wenn Miss Rebecca dich damals geliebt hat, dann wird sie dich auch jetzt noch lieben«, sagte Joseph überzeugt. »Wir bleiben vorerst hier, bis sich unser Leben mit dem Kind eingespielt hat. Unsere nächste Station ist das Theater Royal in Preston, das ist im November. Viel Zeit also, um für ein paar Tage nach Leeds zu reisen.«

Marie zog sich leise zurück. Es war Francis also ernst. Auch ihr Jüngster, ihr Nesthäkchen, wollte heiraten. Wehmut ergriff sie, und gleichzeitig fühlte sie einen alten Zorn aufkeimen. Sie waren keine Gaukler, keine Possenschneider, kein fahrendes Volk. Sie waren eine respektable Familie, der die Wachskunst ein ansehnliches Auskommen bescherte. Das müsste auch Mr Smallpage begreifen. Sie würde tun, was in ihrer Macht stand, um ihrem Sohn zu helfen. Am nächsten Tag beauftragte sie ihn, in eine der größeren Städte zu reisen, um ihre Vorräte an Stoffen, Farben und Wachs aufzufrischen. Francis nahm diesen Auftrag nur zu gerne an. Nach einer Woche kam er zurück, er war in Leeds gewesen. Er war guter Dinge, die Gefühle von Miss Rebecca für ihn schienen sich also nicht verändert zu haben.

Marie legte das Buch und die Schreibutensilien auf den Tisch und stellte die Schatulle vor sich hin. Das Feuer im Kamin knisterte behaglich, Francis saß im Sessel und schrieb einen Brief, Joseph las in der Zeitung. Ihre Schwiegertochter hatte sich bereits mit Francis jr. zurückgezogen. Marie nahm eine Prise aus ihrer Schnupftabaksdose und nippte dann, erfrischt, an ihrem Portwein. Sie liebte die Samstagabende, wenn sie auf die Geschäfte der Woche zurückblicken konnten und ein freier Tag vor ihnen lag. An diesen Abenden kamen sie zur Ruhe, keine Arbeit, kein Umzug trieb sie voran. Sicher, sie musste die Einnahmen und Ausgaben eintragen, aber diese Beschäftigung hatte ihr schon immer Freude gemacht. Ein Jahr ging erneut dem Ende entgegen, und erst in einigen Wochen würden sie Preston verlassen und nach Liverpool ziehen.

»Und Mutter, bist du zufrieden?«, frage Joseph, als Marie die Zahlen eintrug.

»Die Einnahmen sind nicht schlecht, auch wenn ich zugeben muss, dass das Kabinett schon bessere Zeiten gesehen hat. Es wird mal wieder Zeit für eine neue Figur oder ein Tableau, das einfach jeder sehen will«, antwortete sie. Marie dachte an die Figuren und Tableaus, die in letzter Zeit besonders wichtig gewesen waren. Der Herzog von Wellington war Premierminister geworden; der Ire Daniel O'Connell war in das Parlament gewählt worden, durfte jedoch seinen Sitz im Unterhaus nicht antreten, weil er katholischen Glaubens war, was die Diskussion über die Unterdrückung der Katholiken im Vereinigten Königreich erneut anfachte. Noch immer waren Katholiken von allen Staatsämtern und der Mitgliedschaft im Parlament ausgeschlossen, dabei hatte es in diesem Jahr bereits Erleichterungen für Andersdenkende gegeben. Besonders Francis, der von Anna im katholischen Glauben aufgezogen worden war, fand es unglaublich, dass das technisch so fortschrittliche England in dieser Hinsicht so rückständig war. Marie hielt sich in dieser Frage eher bedeckt, sie war auch im Alter nicht gläubiger geworden und vertrat die Ansicht, dass Neutralität ihr als Künstlerin besonders gut anstand. Das Porträt von Daniel

O'Connell hatten sie trotzdem hergestellt, nach einer Büste von Peter Turnerelli, für den O'Connell in Dublin Porträt gesessen hatte. Joseph faltete die Zeitung und legte sie auf den Tisch.

»Mir fällt nur ein Thema ein, über das allerorten gesprochen wird: die Mordserie in Edinburgh, die endlich ein Ende gefunden hat. Mindestens ein Mann und eine Frau sollen verhaftet worden sein. Noch in diesem Jahr wird ihnen der Prozess gemacht«, sagte er. Sein Bruder schaute auf.

»Ja, das habe ich auch gehört. Sogar die feinsten Leute sind sich nicht zu schade, sich darüber das Maul zu zerreißen. Wenn man bedenkt, dass die Mörder ihr Unwesen getrieben haben, als wir in der Stadt waren … Jeder von uns hätte ihr Opfer sein können«, fügte Francis an.

»Wie wäre es, wenn einer von uns die Postkutsche nach Edinburgh nimmt und versucht, die Mörder zu porträtieren? Wäre das nicht mal eine feine Neuerung für den ›Separate Room‹?«, schlug Joseph vor.

Marie sah noch einmal auf die Seite mit den Einnahmen und nickte nachdenklich. Der »Separate Room« mit den blutigen Figuren des Kabinetts, in dem noch immer die Revolutionäre im Mittelpunkt standen, hatte schon lange keinen Neuzugang bekommen. Sie hatte es bislang immer vermieden, Greueltaten auszuschlachten, die nur für wenige Tage für Gesprächsstoff sorgten. Das überließ sie lieber den Jahrmarktsschaustellern. Bei dieser Mordserie in Edinburgh könnte es sich allerdings um ein großes Thema handeln, das spürte auch sie, denn schon jetzt fesselte die Faszination des Bösen über die Grenzen Schottlands hinaus die Menschen. Wie würde es erst sein, wenn die Gerichtsverhandlung begann?

»Ich könnte mich darüber informieren, wann der Prozess sein soll, und mich dann sofort auf den Weg machen«, schlug Francis vor.

»Ich wäre natürlich auch bereit zu reisen«, meinte Joseph.

Nein, Joseph würde sie auf keinen Fall gehen lassen, Elizabeth brauchte ihn jetzt. Und wenn Joseph sich um seine Frau und seinen Sohn kümmerte, dann musste Francis dafür sorgen, dass die Ausstellung reibungslos weiterlief. Es blieb also nur eine, die nach Edinburgh reisen konnte, auch wenn sie Widerwillen verspürte, sich mit den Bluttaten zu beschäftigen. »Ich werde gehen«, sagte Marie in einem Ton, der keinen Widerspruch zuließ. Ihre Söhne wollten etwas einwenden, aber sie ließ sie gar nicht erst zu Wort kommen. »Meine Anwesenheit kann am ehesten entbehrt werden, für einige Tage zumindest. Keine Diskussionen. Francis, du informierst dich über den Prozessbeginn, und ich reise.«

Es war Mittwoch, der 24. Dezember 1828, und am Obersten Gerichtshof in Edinburgh sollte in wenigen Minuten der Prozess beginnen. Marie hatte sich bereits vor Stunden eingefunden. Doch selbst zu dieser frühen Stunde hatte auf den Straßen um das Gerichtsgebäude am Parliament Square Gedränge geherrscht. Es hieß, dass Regimenter der Kavallerie bereitstanden, falls es zu Tumulten kommen sollte. Der Gerichtssaal war bis auf den letzten Platz mit Schaulustigen vollgestopft. Die Luft war stickig, die Ausdünstungen der Männer und Frauen in ihrer Nähe nahmen Marie den Atem.

»Die wollen wohl, dass wir hier den gleichen Tod wie Burkes Opfer sterben, nämlich ersticken«, lachte die Frau neben Marie mit kreischender Stimme. Marie überlegte kurz, ob sie unverbindlich lächeln sollte, aber letztlich wandte sie sich einfach ab. Frauen dieses Schlages kannte sie zur Genüge, mit ihnen wollte sie nichts zu tun haben. Endlich öffnete jemand die Fenster. Marie atmete auf, doch schon nach einiger Zeit stach ihr der kalte Wind in die Wangen und die Ohren. Anderen ging es wohl ebenso, Murren machte sich breit. Doch man dachte gar nicht daran, die Fenster wieder zu schließen. Also nahm Marie eines ihrer großen bunten Taschentücher und wickelte es sich um den Kopf. Einige taten es ihr nach und bald ähnelte dieser grimmige Ort, an dem alle auf die grausigen Details der Verbrechen zu warten schienen, einem Karneval.

»Is doch 'n Witz, dass nur Burke und seine Metze Helen MacDougal vor Gericht gestellt werden. Der andre verdient's doch auch. Der soll auch hängen, wir woll'n mal wieder 'n schönes Fest«, sagte die Frau zu Marie. Sie erinnert mich an die Blutsäuferinnen der Guillotine, an die Strickweiber, die während der Revolution in Frankreich auf die Hinrichtungen warteten und sich von nichts aus der Ruhe bringen ließen, dachte Marie schaudernd. Tatsächlich war Burkes Komplize Hare gegen seine Aussage Immunität versprochen worden. Darüber hinaus wurde auch nur einer von mehreren Mordfällen verhandelt, was, so erzählte man sich, den berühmten Dr. Knox schützen sollte, denn seinetwegen waren diese Morde wohl verübt worden. Angeblich hatten Burke und Hare die Menschen umgebracht, um ihre Leichen an Knox zu verkaufen, damit dieser sie in seinen Vorlesungen sezieren könnte. Man konnte Knox jedoch anscheinend nichts nachweisen.

»Wer weiß, was noch rauskommt, wenn Hare erst auspackt. Man kann nie wissen, was bei den Iren so los ist, diesen Katholen. Die fressen auch kleine Kinder, hab ich gehört«, meinte die Frau. Da Burke und Hare zu den zahlreichen Arbeitern aus Irland gehörten, die in England und Schottland ein Auskommen suchten, machten einige gegen die Iren Stimmung. Diese Behauptung ging jedoch zu weit, fand Marie.

»Hat denn Ihre legendäre Maria Stuart Kinder gefressen? Sie war ja schließlich katholischen Glaubens. Und das sollten Sie lieber nicht zu laut sagen, sonst müssen *Sie* noch dran glauben. Auf diese große schottische Königin lässt hier niemand etwas kommen«, sagte Marie laut. Einige in der Nähe hatten den Namen der legendären Schottenkönigin gehört und ließen sie hochleben. Die Frau zog die Schultern hoch, als ob sie sich kleinmachen wollte, und sprach Marie nicht mehr an.

Gegen zwanzig vor zehn am Morgen wurden die Gefangenen William Burke und Helen MacDougal in den Gerichtssaal geführt. Die Richter traten ein, dann die Anwälte und alle weiteren Beteiligten. Nach kurzen Diskussionen wurde die Anklageschrift verlesen und der Prozess begann. Marie nahm Papier und Stift heraus und begann zu zeichnen. William Burke war ein untersetzter, mittelgroßer Mann mit sandfarbener Stirnlocke, Backenbart, tiefliegenden Augen und kurzer Stupsnase; er trug einen schäbigen blauen Anzug und einen breiten Halsbinder. Helen MacDougal war um einiges älter als ihr Liebhaber Burke, ihr längliches, ausgemergeltes Gesicht wurde von einer großen rüschengeschmückten Haube überschattet. Beide wirkten in keiner Weise ängstlich, die Aussicht auf den Gang auf das Schafott im Falle einer Verurteilung schien sie nicht zu schrecken. Nach einiger Zeit wurden die ersten Zeugen befragt, und dann trat auch William Hare in den Zeugenstand, ein Mann mit schmalem Gesicht und hohen Wangenknochen. Er berichtete davon, dass er heftig mit Burke und einigen Frauen getrunken hatte, als dieser ihm von seinem Plan berichtete, eine alte Frau, die in seinem Haus lebte, umzubringen und ihre Leiche an den Doktor zu verkaufen. Sie gingen zu dem Haus, wo sie gemeinsam mit Burkes Lebensgefährtin und der Alten weiter Whiskey tranken. Es sei zu einem Streit zwischen Burke und Hare gekommen und sie hätten sich geprügelt, auch die Alte sei in die Prügelei verwickelt worden. Schließlich habe sie auf dem Boden gelegen.

»Was hat er dann getan?«, wurde Hare befragt.

»Er stand auf dem Boden; dann setzte er sich auf die Brust der Frau, und sie schrie ein wenig auf, und er drückte ihr die Luft ab.«

»Hat sie geschrien?«

»Ja.«

»Wie hat er sie erdrosselt?«

»Er hat eine Hand auf die Nase gelegt, und mit der anderen den Mund zugepresst.«

»Wie lange hat er sie gewürgt?«

»Kann ich nicht genau sagen; zehn oder fünfzehn Minuten.« Ein Raunen ging durch den Raum. Marie wurde schlecht. Sie spürte, wie sie das Grauen packte. Was musste die arme Frau gelitten habe, was für Ängste hatte sie in diesen Minuten ausgestanden. Niemand hatte ihr geholfen, auch Helen MacDougal und Hare selbst nicht, die ungerührt auf ihren Stühlen saßen und bei dem Mord zusahen. Die Befragung ging weiter. Hare berichtete, wie sie zum Surgeons' Square gingen und mit den Helfern des Doktors verhandelten. Sie bekamen fünf Pfund, weitere fünf Pfund sollten sie am nächsten Montag erhalten. Sein Ton war herzlos und kalt. Marie hatte genug gehört, genug gesehen. Bilder stiegen in ihr hoch, von damals in Frankreich, ihr Herz raste. Sie sah die rohe Gewalt des Pöbels wieder vor sich, die Mordlust in den Augen der Männer, der Frauen und sogar der Kinder. Sie sah die zerstörten Köpfe auf den Piken nach dem Bastillesturm. Die Gräfin Dubarry, wie sie sich auf dem Schafott gegen die Henkershelfer wehrte. Konnte sie diese Bilder denn niemals vergessen, gab es kein Entrinnen vor der Erinnerung? Sie stand auf, schob sich an den neben ihr Sitzenden vorbei. Sie fühlte sich schwach, zittrig, ausgelaugt und beschmutzt. Immer weiter ging die Befragung der Mörder. Sie kam einfach nicht aus diesem Raum heraus. Das Blut rauschte in ihren Ohren. Ihr wurde schwarz vor Augen.

Als sie erwachte, beugten sich besorgte Zuschauer über sie und hielten ihr eine Flasche mit Riechsalz unter die Nase. Marie war verwirrt, aufgewühlt. Sie stand auf, taumelte hinaus, nahm die nächstbeste Kutsche nach Süden. Hatte sie den Menschen gedankt, die ihr geholfen hatten? Sie wusste es nicht mehr. Sie schrak auf. Ihre Tasche, wo war sie? Zu ihren Füßen, Marie war beruhigt. Eine Papierecke ragte heraus. Marie öffnete die Tasche und stopfte ihre Skizzen ganz hinein. Sie konnte den Anblick ihrer eigenen Zeichnungen jetzt nicht ertragen. Sie wollte den Besuch im Gerichtssaal am liebsten sofort vergessen. Aber auch in der Kutsche sprach man nur von Burke und Hare, von nichts anderem. Sie musste aussteigen und auf den nächsten Wagen warten. Zäh verrann die Zeit. Marie ging vor dem Gasthof auf und ab, aber die Erinnerung verfolgte sie bei jedem Schritt. Endlich kam die Kutsche, Pferde wurden gewechselt, es konnte weitergehen. Als sie in ihrer Unterkunft in Liverpool ankam, fühlte sie sich krank. Sie reichte ihren

Söhnen wortlos die Tasche und verschwand in ihrem Zimmer. Marie zog sich die Decke über den Kopf. Sie wollte ihnen nicht sagen, welche Bilder sie quälten.

Später hörte sie, dass der Prozess ohne Unterbrechung vierundzwanzig Stunden angedauert hatte, bis das Urteil verkündet wurde. William Burke wurde zum Tode verurteilt, die Anklage gegen seine Lebensgefährtin konnte nicht bewiesen werden. Burke sollte am 28. Januar 1829 auf dem Lawnmarket in Edinburgh gehenkt werden, seine Leiche würde dem Anatomischen Institut zur Sektion übergeben. Auch dieses Urteil wühlte die Erinnerungen weiter auf. Doch Marie konnte niemandem anvertrauen, dass das Todesurteil sie an ihren Vater erinnerte und die missglückte Hinrichtung, der sie einmal als Kind beiwohnen musste. Sie war ein Henkersbalg. Das würde sie ihren Söhnen nie verraten können. Dieses Geheimnis wollte sie mit ins Grab nehmen.

Es dauerte Tage, bis sie die Geister der Vergangenheit wieder abschütteln konnte. Wie die meisten Besucher der Ausstellung waren auch ihre Söhne fasziniert von den Verbrechen. Francis und Joseph hatten eine unbefangene Einstellung zu den blutigen und um Aufmerksamkeit heischenden Figuren in ihrem »Separate Room«, das war Marie schon früher aufgefallen. Für sie waren sie Unterhaltung wie die Schauergeschichten, die man Kindern erzählte. Marie hingegen wusste um die realen Bluttaten, für die die Figuren standen. Sie hatte erlebt, wie Menschen ermordet wurden, sie hatte geschändete Leichen gesehen, abgeschlagene Köpfe. Sie hatte das warme Blut an den Fingern gespürt. Es war nichts, das sie sich zugute hielt, aber auch nichts, wofür sie sich schämte. Es war einfach so. Ihren Söhnen jedoch wollte sie diese Erfahrung ersparen.

Eine neue Sensation: Burke der Mörder
Madame Tussaud hat die Ehre, bekanntzugeben, dass sie die Figur von Burke fertiggestellt hat, die hoffentlich den Beifall ihrer Freunde und der Öffentlichkeit findet. Obwohl diese Einführung von einigen als unangebracht empfunden werden

könnte, wurde sie doch im Bewusstsein des Einverständnisses der öffentlichen Neugier hergestellt. Sie hofft, dass die Figur mit Zufriedenheit aufgenommen wird. Sie zeigt William Burke, wie er in seinem Prozess auftrat, und die größte Aufmerksamkeit wurde darauf verwendet, die bestmögliche Wiedergabe seiner äußeren Erscheinung zu geben.

Der Mann hielt Marie die Zeitung mit ihrer Anzeige hin. »Gut, das ist Burke, ich habe die Figur bei Ihnen da hinten gesehen. Aber wo ist Hare? Waren es nicht zwei, die diese Morde begangen haben? So ist es doch nicht richtig! Wo bleibt die zweite Figur?« Der Mann war aufrichtig erbost. Marie wunderte sich darüber, wie sehr die Morde und die Täter die Besucher bewegten. Noch immer schienen beinahe täglich neue Details ans Licht zu kommen. Insgesamt hatten Burke und Hare wohl sechzehn Menschen umgebracht, die sie größtenteils zufällig auf der Straße ausgewählt hatten. Die Wahllosigkeit des Vorgehens war es auch, die die Menschen erschreckte. Jeder, der den beiden Männern und ihrer Komplizin über den Weg gelaufen war, hätte ihr Opfer sein können. Es war Glückssache, ob man noch einmal davongekommen war.

»Und was ist mit dem Doktor? Knox ist doch eigentlich schuld, dass sie überhaupt zu Mördern wurden! Warum wird er nicht verurteilt?«

Marie versuchte, den Mann zu beschwichtigen. »Das kann ich Ihnen auch nicht sagen, guter Mann. Aber viele denken wie Sie. Haben Sie gehört, eine aufgebrachte Menge hat vor seinem Haus eine Puppe, die ihm ähnelte, verbrannt?«, sagte sie. Diese Maßnahme schien der Mann gutzuheißen, er beruhigte sich merklich. Als sie ihm dann noch einen Ausstellungskatalog schenkte, schien er versöhnt.

Als Marie am Abend ihren Söhnen von der Begegnung erzählte, berichteten sie über ähnliche Gespräche mit Besuchern. Es würde ihnen nichts anderes übrigbleiben, als auch noch ein Porträt von William Hare herzustellen. Maries Zeichnungen halfen ihnen nicht, denn gerade die von Hare hatte sie bei ihrer Flucht aus dem Gerichtssaal verloren.

Francis reiste schon am nächsten Tag nach Edinburgh, und Anfang März 1829 konnte Madame Tussauds in einer Anzeige verkünden, dass neuerdings nicht nur der *niederträchtige und teuflische Hare, der Komplize des Monsters Burke*, in der Ausstellung zu sehen war, sondern auch die Totenmaske von Burke, die Francis jemandem abkaufen konnte. Francis wirkte nach seiner Reise geschockt. Überall hatte man von der Hinrichtung von Burke gesprochen, der zwanzigtausend Menschen begeistert beigewohnt hatten. Viele empfanden es als gerechte Strafe, dass seine Leiche – so wie die seiner Opfer – später seziert worden war. Als besonders abscheulich hatte sich die Begegnung mit einem Mann in einem Gasthof in Francis' Gedächtnis gegraben, der ihm eine Schnupftabaksdose zum Kauf anbot, die angeblich aus der Haut des Mörders gemacht worden war. Francis berichtete seiner Mutter in einem ungläubigen Ton davon, er konnte nicht fassen, dass es so etwas wirklich gab. Marie, die es besser wusste und schon als Kind von ihrem Großvater gehört hatte, welcher Aberglauben für das gemeine Volk mit dem Körper der Hingerichteten verbunden war, schwieg dazu. Nur die Zeit würde Francis helfen, diese Erinnerung verblassen zu lassen. Die Zeit, und die Freude über seinen Neffen Francis jr., dessen Entwicklung sie alle begeistert verfolgten.

Trotz der verstörenden Erlebnisse hatte sich die Reise gelohnt. Marie und ihre Söhne hatten wieder einmal den richtigen Riecher gehabt. Das Tableau der Mörder und Leichenräuber Burke und Hare wurde eines der beliebtesten in ihrem Wachsfigurenkabinett und sollte jahrzehntelang für eine Gänsehaut bei den Besuchern sorgen.

Die Kutsche wurde immer langsamer, je näher sie Manchester kamen. Marie vermutete, dass ihr gemächliches Tempo mit den Bauarbeiten an der neuen Eisenbahnlinie zwischen Liverpool und Manchester zusammenhing. Auf ihrem Weg sahen sie immer wieder schwerbeladene Transportkutschen, Stapel von Baumaterialien, Bauarbeiter, die tiefe Gräben in Berge schlugen oder auf andere Art und Weise den Streckenverlauf vorbereiteten. Es war heiß in der Kutsche, kein Fahrtwind kühlte sie, sie sollten sich eine Pause gönnen. Marie bat Francis, dem Kutscher Bescheid zu geben, und wenig später hielten sie an. Elizabeth und Joseph stiegen aus, ihre Schwiegertochter setzte sich mit dem Kind in den Schatten des Reisewagens, die Kutscher versorgten die Pferde. Die Brüder und Marie packten Brote aus und verteilten sie.

»Ich habe es euch doch gesagt, bald werden überall Eisenbahnen durch dieses Land fahren und das Reisen wird schneller und unkomplizierter«, sagte Joseph begeistert.

»Noch ist nicht klar, ob es geeignete Dampfrösser für diese Strecke gibt«, meinte Francis, der sich notgedrungen auch schon mit diesem Thema beschäftigt hatte.

»Deshalb soll im Herbst ein Wettbewerb in Rainhill stattfinden. Wer das Rennen von Rainhill gewinnt, darf mit seiner Lokomotive die Strecke bestücken. Vielleicht sind wir dann noch hier in der Gegend. Das Rennen würde ich zu gerne sehen«, sagte Joseph. Marie beobachtete, wie Mr Knight nachdenklich am Kutschbock lehnte, sein Brot war noch unberührt. Marie ging zu ihm. Sie strich den Pferden über die weiche Nase und verscheuchte die Fliegen, die an ihren Augen saßen.

»Sie sind ja nie besonders redselig, aber in den letzten Tagen hört man kaum ein Wort von Ihnen. Einen Kutscher, der mit den Gedanken woanders ist, können wir nicht gebrauchen. Was verhagelt Ihnen derart die Laune?«, fragte Marie. Mr Knight sah auf, Marie konnte Abwehr in seinen Augen sehen.

»Ich will Sie nicht verärgern, Ma'm«, sagte er unwillig.

»Wir kehren nach Manchester zurück, ist es das?«, fragte Marie. »Bei unserem ersten Gespräch klang es so, als seien Sie froh, aus Manchester rauszukommen.« Mr Knight biss von seinem Brot ab und kaute lustlos.

»Ich hab viele Erinnerungen hier, traurige Erinnerungen. Mir wär lieber, wir würden nicht nach Manchester fahren.«

»Geht es um Ihre Familie?« Mr Knight nickte und schwieg. Als er merkte, dass Marie nicht aufgeben würde, begann er zu erzählen.

»Meine Frau und mein Sohn haben in einer Fabrik gearbeitet. Eines Tages, als ich gerade von einer längeren Tour zurückkam, lag mein Sohn im Bett, er hustete, bis nur noch Blut kam. Wenig später war es aus mit ihm. Die Baumwollflusen in der Fabrik, er hat sie einfach zu lange einatmen müssen. Dabei gibt es in einigen Fabriken Drehräder, die den Staub durchs Fenster blasen. Aber die kosten viel Geld und bringen keins ein. Was zählt da schon ein Leben. Für meine Frau und mich war es das Ende. Sie hat gesoffen, Gin, wissen Sie. Und ich wollte nur noch von zu Hause weg.« Marie versuchte ihn zu trösten, auch wenn sie genau wusste, dass die Zeit bestimmte Wunden niemals heilen konnte.

Und dann war Mr Knight verschwunden. Sie waren in Manchester angekommen, hatten ihre Unterkunft bezogen, auf die Transportkutschen gewartet und die Figuren ausgeladen. Am Abend hatte der Kutscher die Räume in der Exchange verlassen. Am nächsten Morgen kam er jedoch nicht zur Arbeit, er erschien nicht am Mittag und nicht am Abend. Marie begann sich Sorgen zu machen. Sie erzählte Joseph und Francis von dem Gespräch mit Mr Knight. Ihre Söhne waren der Meinung, dass man sich erst einmal keine Gedanken machen müsse, wahrscheinlich sei er bei seiner Frau. Der nächste Tag war ein Samstag und Mr Knight blieb verschwunden. Am Abend besprachen sie, was zu tun sei.

»Es passt so gar nicht zu Mr Knight, einfach fortzugehen. In all den Jahren, in denen er nun schon für uns arbeitet, konnten wir uns immer auf ihn verlassen. Wir sollten nach ihm suchen, vielleicht braucht er Hilfe«, sagte Marie. Sie wollte schon ihren Mantel anziehen, als ihre Söhne sie aufhielten.

»Mutter, es ist Samstagabend, und auf den Straßen der Arbeiterviertel wird es hoch hergehen. Es ist sicher besser, wenn Joseph und ich uns auf den Weg machen. William kann uns begleiten. Du wartest in unserer Unterkunft, falls Mr Knight dort auftaucht«, sagte Francis. Ihr Sohn hatte natürlich recht. Es wäre nicht nur unpassend, wenn eine ältere Dame abends durch die Arbeiterviertel lief, es wäre vermutlich sogar gefährlich. Widerwillig hängte Marie ihren Mantel zurück.

Einige Stunden später tauchten ihre Söhne wieder im Gasthof auf, Mr Knight hatten sie nicht gefunden. Sie wirkten erschöpft, mitgenommen. Marie ließ ihnen Porterbier zur Stärkung bringen, das sie schweigend austranken. Zunächst wollten sie nicht darüber sprechen, was sie erlebt hatten, als aber Marie immer wieder nachfragte, begannen sie zu erzählen.

»Es ist merkwürdig, wir bewundern Entdeckungsreisende und lauschen fasziniert ihren Abenteuern aus fremden Ländern, bemerken aber nicht, was um uns herum passiert. Wir waren nun schon so oft in Manchester, und doch haben wir nie gesehen, wie es in einigen Vierteln zugeht«, sagte Joseph nachdenklich. »In unserer Welt gibt es Geschäfte und Warenhäuser, Wohlstand und Vergnügen. Sobald man aber die Hauptstraßen verlässt, findet man sich in schmutzigen Gassen wieder. Selbst die Läden und Kneipen dort starren vor Dreck.«

Francis zerrte ungeduldig an seinem Halsbinder, als ob ihn dieser einschnürte.

»Finstere Hinterhöfe ohne Luft zum Atmen, feuchte Keller, Abtritte ohne Türen, Gestank. Vom Elend im irischen Viertel ganz zu schweigen. Und diese Enge! Menschenmassen überall. Die Kneipen waren umlagert. Kerle, Weiber, Kinder waren betrunken. Selbst Säuglingen wird schon Alkohol eingeflößt, damit sie ruhig sind. Erbarmungswürdig!«, stieß er hervor. Es seien blasse, krank aussehende Geschöpfe gewesen, oft verkrüppelt oder bettelnd. Sie hatten Wohnungen betreten, in denen eine ganze Familie sich ein Bett teilte, in denen jeder Winkel untervermietet war, in der außerdem noch Schweine gehalten wurden. Es roch förmlich nach Krankheit, Aussatz, Tod. Eine Spur von Mr Knight oder seiner Frau hatten sie nicht entdeckt.

Am nächsten Morgen fanden sie ihren Kutscher in der Gaststube auf einer Bank liegend, er dünstete einen scharfen Geruch nach Alkohol aus. Als er aufwachte, sah er sie beschämt an und verschwand, um sich und seine Kleidung zu säubern. Später entschuldigte er sich für sein Fortbleiben. Er habe seine Frau aufsuchen wollen und erfahren, dass sie inzwischen gestorben war. Da habe er versucht, seinen Kummer zu ertränken. Er hoffe, dass es ihn nicht die Stelle kosten würde. Marie beruhigte ihn.

»Sie brauchen sich keine Sorgen zu machen, so einen guten Kerl wie Sie finden wir nicht alle Tage. Und es war doch sicher eine Ausnahme, oder?« Mr Knight nickte erleichtert und machte sich an die Arbeit.

Francis lief aufgeregt in den Exchange Rooms hin und her. Marie bremste ihn. »Es ist alles bereit. Die Ausstellung sieht so prächtig aus wie immer. Das Orchester ist versammelt, die Honoratioren haben sich angekündigt. Wenn Mr Smallpage und seine Familie hier eintreten, kann er nur einen vorteilhaften Eindruck bekommen«, sagte sie beruhigend. Rebecca hatte geschrieben, dass ihr Vater Geschäfte in Manchester abwickeln müsse, sie hatte ihn überredet, dass ihre Mutter, ihre Schwestern und sie ihn begleiten dürften. Als Francis davon erfuhr, hatte er das Gespräch mit Marie gesucht. Er schien unsicher zu sein, was er tun sollte. Marie empfand es als besonderen Vertrauensbeweis, dass er sie um Rat bat. Trotz der langen Trennung waren sie zu einer richtigen Familie zusammengewachsen, war sie die Mutter, der er sich in Herzensdingen anvertraute. Sie sprach sich dafür aus, die Gelegenheit zu nutzen, und um Rebeccas Hand anzuhalten.

Als die Familie die Ausstellung betrat, nahm Francis sie sehr würdevoll in Empfang und stellte ihnen Marie vor. »Eine sehr schöne Ausstellung. Ich habe sie mir, nun ja, kleiner vorgestellt«, sagte Mr Smallpage.

»Ich führe Sie gerne herum und zeige Ihnen alles«, antwortete Marie. In den nächsten Stunden erzählte sie von ihren aufregenden Jahren in Paris. Sie berichtete von ihrem Aufenthalt im Schloss von Versailles, ihren Begegnungen mit Ludwig XVI. und Marie Antoinette, mit Napoleon und

Joséphine. Sie schilderte, wie sie nach England gekommen war, sich allein mit ihrem Sohn durchschlagen und ihr Geschäft aufbauen musste. Natürlich durfte auch eine Beschreibung ihres Schiffbruchs und des dramatischen Wiedersehens mit ihrem Sohn Francis nicht fehlen. Schließlich zählte sie noch die bekannten Persönlichkeiten auf, die sie in England kennengelernt hatte. Sie erwähnte nebenbei die imposanten Besucherzahlen und auch die hohen Summen, die sie in die Ausstellung investiert hatten; von Zahlen würde sich ein Kaufmann sicher beeindrucken lassen. Natürlich hob sie auch das besondere Talent und die Verdienste ihrer Söhne hervor. Das Ehepaar Smallpage zeigte sich angetan, vor allem Rebeccas Mutter konnte gar nicht genug von Maries Anekdoten bekommen. In den folgenden Tagen besuchten die Damen der Familie noch ein paarmal die Ausstellung. Endlich hatte auch Francis die Gelegenheit, mit Mr Smallpage über sein Anliegen zu sprechen. Freudestrahlend kam er nach dem Gespräch zu Marie und wirbelte sie durch die Luft. Er durfte Rebecca heiraten, im November sollte in Leeds die Trauung stattfinden!

Marie hielt Francis jr. in den Armen, der mit seinen kleinen Händen nach den Bändern ihrer Haube grabschte. Neugierig betrachtete er sie. »Scheint ein aufgewecktes Bürschchen zu sein«, sagte eine wohlbekannte Stimme neben ihr. »Darf ich ihn einmal halten?« Marie lächelte. Wenn es jemandem zustand, dieses Kind zu halten, dann Mr Charles. Er hatte viel für ihre Familie getan und ihm hatte sie es zu verdanken, dass sie ihre beiden Söhne um sich hatte. Sie freute sich, dass sie den alten Freund in Manchester wiedergetroffen hatten. Francis jr. griff gleich nach Henri-Louis' Nase.

»Es rührt mich immer noch zu Tränen, dass Joseph seinen ersten Sohn nach seinem Bruder benannt hat. Francis junior, wie schön das klingt«, sagte Marie stolz, dann zog ein Schatten über ihr Gesicht. »Aber jetzt soll ich mein Nesthäkchen auch verlieren.« Henri-Louis lachte leise.

»Aber Marie, du verlierst Francis doch nicht. Er heiratet

nur. Eine sehr angenehme junge Dame, wie ich finde, die dich sicher nach Kräften unterstützen wird.« Marie hatte dennoch das Gefühl, dass sich auch dieser Sohn von ihr entfernte. Nun hatten ihre beiden Kinder eigene Familien, für die sie sorgen mussten. Wo war ihr Platz in diesen neuen Familien?

Henri-Louis wirkte niedergeschlagen. Er war in ihrem Alter, da steckte man die Sorgen und Nöte des Alltags nicht mehr so einfach weg, wie sie aus eigener Erfahrung wusste. Und ihr Freund hatte keine Familie, die er um sich hatte, die sich um ihn sorgte. Er hatte ihr von seiner gescheiterten Ehe erzählt, von seiner Einsamkeit. Francis jr. wippte auf seinem Schoß auf und ab. »Ich beneide dich. Ich fühle mich so hilflos. Warum nehme ich diese Strapazen auf mich? Und für wen? Manchmal verstehe ich die Welt nicht mehr. Diese Maschinen überall. Spinnmaschinen, Dampfschiffe, Dampfmaschinen. Erst kürzlich ist bei der Eröffnung der Eisenbahnlinie von Liverpool nach Manchester wieder ein Mann von einem dieser schnaubenden Ungeheuer getötet worden. Sie wollten sogar einen Tunnel unter der Themse hindurch graben, aber diese Narretei scheiterte immerhin.« Er schüttelte nachdenklich den Kopf und gab ihr das Kind zurück.

»Es gibt doch auch gute Dinge, die geschehen. Endlich werden die Katholiken nicht mehr diskriminiert, können auch öffentliche Ämter bekleiden und als Abgeordnete ins Parlament gewählt werden. Diese Ungerechtigkeit hat zumindest ein Ende«, sagte sie.

»Hast du gehört, dass Philipsthal gestorben ist?«, fragte Henri-Louis überraschend. »Er hatte sich wohl schon zur Ruhe gesetzt, aber vor zwei Jahren war er plötzlich wieder aufgetaucht. Er machte das Gleiche wie ich, präsentierte also diese neue Technik, bei der zwei Bilder übereinander geblendet werden und es aussieht, als ob das Motiv sich bewegt. Aber dann muss er gestorben sein, denn im letzten April gab es in Wakefield eine Benefizveranstaltung zugunsten seiner Frau und seiner Kinder.«

Marie hatte schon lange nicht mehr an den üblen Geschäftspartner ihrer ersten Jahre in England gedacht. Sie horchte in sich hinein, musste aber feststellen, dass sein Tod sie nicht sonderlich berührte. Da taten ihr schon eher seine Hinterbliebenen leid.

»Ich wusste nicht, dass er Kinder hatte. Wenn ich bedenke, dass ich seine Frau kurze Zeit nach der Hinrichtung des Königs in Paris kennengelernt habe. Sie müsste schon über fünfzig sein. Oder hat er noch einmal geheiratet?« Henri-Louis zuckte mit den Schultern.

»Die Kinder sind wohl so zehn, elf Jahre alt, das sagte mir ein befreundeter Schausteller. Über Philipsthals Frau hat er nichts gesagt.« Früher hatte ihr alter Freund immer so eine Fröhlichkeit ausgestrahlt, heute wirkte er aus tiefstem Herzen erschöpft. Mr Charles' Gesicht war schmaler geworden, die Haare an den Schläfen grau. »Die Alten geben auf oder sterben weg. Wir aber ziehen weiter, weil wir es wollen oder weil wir es müssen. Du kannst beruhigt sein. Du wirst deine Ausstellung eines Tages in gute Hände geben können. Aber ich ...« Marie tröstete ihn, sie konnte seine Gefühle gut verstehen. Sie wollte ihm in der nächsten Zeit eine noch bessere Freundin sein als bisher, schließlich war er ihr bester Freund. Und wer wusste in ihrem Alter schon, wie lange sie einander noch hatten?

Henri-Louis blieb noch bis zur Hochzeit von Francis und Rebecca in England und reiste dann zurück nach Paris, in die Heimat. Marie spürte keinen Drang, es ihm nachzutun. Sie und ihre Familie zogen weiter durch Mittelengland. Hätte sie gewusst, dass er mitten in eine Revolution reiste, hätte sie ihn sicher davon abgehalten. So aber erfuhr sie von der erneuten Revolte in Paris durch seine Briefe. In Frankreich rebellierte das Volk gegen die despotische und rückwärtsgewandte Politik von Karl X., in den Zeitungen wurden die Zustände mit der Französischen Revolution von 1789 verglichen. Henri-Louis überstand diese Revolte unbeschadet, aber viele andere mussten in den *trois glorieuses*, den drei glorreichen Revolutionstagen, die zwischen dem Aufstand und der Abdankung

Karls X. vergingen, ihr Leben lassen. Henri-Louis hatte jedoch auch eine traurige Nachricht für Marie: Ihre Mutter Anna war inzwischen – wohl an Altersschwäche – gestorben; ihr Ehemann François hatte es nicht für nötig gehalten, sie darüber zu informieren. Marie war über dieses Versäumnis enttäuscht, auch wenn es nichts geändert hätte, wenn sie es früher erfahren hätte. Ihre Mutter und ihr Mann waren so weit weg, sie könnten genauso gut in einer fremden Welt, auf einem fernen Planeten leben. Tiefer traf es Marie, als sie Ende des Jahres eine dürftige Mitteilung aus Paris erreichte, die besagte, dass Henri-Louis Charles nach kurzer schwerer Krankheit verstorben war. Es schien ihr, als sei damit auch ihre letzte Verbindung nach Paris gekappt.

Ihre Welt war ihre stetig größer werdende Familie. Ihr Schicksal war mit England verknüpft und ihre Verbindungen in dieses Land wurden immer tiefer. Sie war wie ein Baum, der entwurzelt worden war und nun neue Wurzeln geschlagen hatte. Einige dieser Wurzeln, die sich in die englische Erde gruben, waren Josephs Tochter Mary Jane Tussaud, die im Mai 1830 zur Welt gekommen war und einen Monat später in der St.-Martin's-Kirche in Birmingham getauft wurde, und Francis' Sohn, der im gleichen Jahr geboren wurde. Nach seinem Onkel wurde er Joseph Randall Tussaud genannt. Schöner hätten ihre Söhne die Liebe zueinander nicht ausdrücken können, fand Marie.

KAPITEL 11

Anfahrt auf Bristol, Sommer 1831

Marie scherte sich nicht darum, dass die blühenden Gräser der Wiese ihre Sporen an ihrem schwarzen Rock hinterließen. An ihrer Hand hielt sie ihren Enkel Francis jr., der verzückt stehen blieb und einer Libelle hinterhersah. Sie näherten sich ihrem Lager, schon trug der Wind die Töne einer Gitarre und den Geruch von Kaffee herüber. Plötzlich hörte sie ein Weinen, ihre Enkelin Mary war aufgewacht. Wenn sie rasteten, dauerte es immer eine Weile, aber irgendwann vermisste die Kleine das Schaukeln des Wagens und machte lautstark auf sich aufmerksam. Wie gut, dass Marys Mutter Elizabeth so ruhig mit dem Kind umging, auch Joseph war ein liebevoller Vater. Der kleine Joseph Randall hingegen liebte das Reiseleben. Mit drei Kindern war ihr Leben noch turbulenter geworden, deshalb wollte sie sich in Bristol nach einem Diener umsehen. Marie konnte jetzt die Reisewagen sehen. Sie blieb stehen und nahm den Anblick in sich auf. Elizabeth und Rebecca, die Mary beruhigten, Francis, der auf den Stufen des einen Reisewagens saß und seinem Sohn auf der Gitarre vorspielte und Joseph, der sich mit einem Buch in den Schatten gesetzt hatte, lächelnd zu Marie herüber sah und aufstand. Francis jr. lief seinem Vater entgegen, Joseph schloss ihn glücklich in die Arme. Marie wünschte, sie könnte diesen Moment festhalten, in Wachs gießen. Aber das Leben bestand nun mal aus Veränderung, und auch Wachs war nicht für die Ewigkeit geschaffen, selbst Gussformen waren es nicht.

Marie setzte sich zu Francis und Rebecca auf die Stufen. Er schenkte ihnen Kaffee ein.

»Was wird uns in Bristol erwarten?«, fragte Rebecca ängstlich. Sie hatte von Anfang an Schwierigkeiten gehabt, sich an das Reiseleben zu gewöhnen, jede unbekannte Stadt erfüllte sie mit Unsicherheit, völlig unnötigerweise, wie Marie fand.

»Wir waren schon zweimal in Bristol, und jedes Mal waren wir sehr erfolgreich. Es gibt etliche, die durch den Sklavenhandel reich geworden und seit der Abschaffung desselben einfach auf andere Waren wie Zucker umgestiegen sind. Von diesem Handel profitieren viele, und das ist auch für uns gut«, antwortete Marie.

»Erst neulich habe ich von Unruhen in der Stadt gehört«, sagte Rebecca.

Francis nahm ihre Hand und sagte ruhig: »Wo gibt es die im Moment nicht? Es hat in den letzten Jahren Missernten gegeben, die Leute hungern. Die Verfassungsreform ist überfällig. Es kann doch nicht angehen, dass wichtige Städte wie Manchester, Birmingham oder Liverpool im Unterhaus nicht vertreten sind. Dass die Franzosen im letzten Jahr in der Julirevolution ihren König gestürzt haben, hat den Arbeitern hier Mut gemacht.«

Marie nippte an ihrem Kaffee.

»Damit hast du sicher recht. In Gloucester hat man mich beglückwünscht, Französin zu sein. Das habe ich lange nicht mehr erlebt. Die Figur von General Lafayette kommt nach wie vor gut an. Vielen Besuchern musste ich Geschichten von meinen Begegnungen mit ihm erzählen«, sagte sie.

»Ich höre Ihnen aber auch immer wieder gerne zu, Schwiegermutter. Es ist unglaublich, dass Sie diesem berühmten General schon vor so vielen Jahren begegnet sind und er im Hause Ihres Onkels ein und aus ging«, sagte Rebecca.

Marie wunderte sich selbst ein wenig darüber, dass dieser Mann, den sie in ihrer Jugend kennengelernt und der wichtige Aufgaben im Amerikanischen Unabhängigkeitskrieg und in der Revolution in Frankreich gespielt hatte, nun zu den Helden der Julirevolution gehörte, denn der alternde Marquis de Lafayette hatte zu den Anführern in den *trois glorieuses* gehört. Marie war froh darüber, dass sie damals, als sie nach England aufgebrochen war, darauf bestanden hatte, alle wichtigen Gussformen einzupacken. Natürlich hätte sie Lafayettes Porträt auch auf der Basis eines Gemäldes oder einer Büste herstellen können, und natürlich musste sie sein Abbild altern lassen, aber so war es doch schöner, wahrhaftiger. Marie sah ihre Schwiegertochter an.

»Mach dir keine Sorgen, Rebecca. Es herrscht Unruhe, aber gegen uns können die Arbeiter nichts haben, schließlich bieten wir ihnen neuerdings stets den Einlass zum halben Preis an.« Die Anzeigen, in denen Madame Tussaud & Sons den arbeitenden Klassen zu bestimmten Zeiten einen verbilligten Eintritt anbot, erfüllte jedoch noch eine weitere Funktion: So wussten Adel und Mittelstand, dass sie in der übrigen Zeit unbehelligt die Ausstellung besuchen konnten, und der Eintrittspreis war auch halbiert noch so hoch, dass ihn sich nur wenige leisten konnten.

»Die Wahlen im Frühjahr sind auch in Bristol ruhig verlaufen, es stand zumindest nichts Gegenteiliges in der Zeitung. Bristol wird uns gute Geschäfte bringen, und sonst nichts«, fügte Marie überzeugt hinzu. Wenn sie gewusst hätte, was sie in Bristol tatsächlich erwartete, hätte sie sich diese Bemerkung verkniffen, vielleicht hätte sie sogar den Besuch in der Stadt ganz abgesagt.

Die ersten Wochen in Bristol liefen wie erwartet. Madame Tussauds Wachsfigurenkabinett zog wie bei ihrem ersten Besuch im Jahr 1814 in die Versammlungsräume in der Prince's Street ein. Marie und ihre Familie nahmen direkt gegenüber Quartier. Vor allem die Festlichkeiten anlässlich der Krönung des neuen englischen Königs Wilhelms IV. Anfang September bescherten ihnen gute Geschäfte. Am 26. Juni 1830 war Georg IV. gestorben. Marie hatte nicht den Eindruck gehabt, dass dieser König sehr stark betrauert worden war. Die meisten seiner Untertanen schienen froh zu sein, dass der ungeliebte frühere Prinzregent mitsamt seiner Verschwendungssucht endlich abgetreten war. Da Georg IV. keinen Nachkommen hinterlassen hatte, wurde sein fünfundsechzigjähriger Bruder auf den Thron gesetzt. Wegen seiner Vergangenheit als Admiral hatte das Volk ihn »nautischen John Bull« und »Matrosenkönig« getauft, nicht unbedingt ein Zeichen des Respekts. Marie hatte viel Aufwand dafür getrieben, dem neuen König ein würdevolles Aussehen zu verleihen, was vor allem deshalb schwierig gewesen war, weil die Kopfform des Monarchen – zur Freude der Karikaturisten – einer Kokosnuss zu ähneln schien. Inzwischen war die Stimmung umgeschlagen. Wilhelm IV. hatte sich offen für Reformen gezeigt und gewann Sympathien bei den einfachen Leuten und Arbeitern; der Adel und die Bürger schätzten an dem Herrscher, dass er im Gegensatz zu seinem Vorgänger auf übertriebenen Prunk verzichtete. Seine Krönung hatte die Stadt Bristol mit einer aufwendigen Prozession durch die Stadt, einem Gottesdienst in der Kathedrale und einer feierlichen Illumination der Gebäude gefeiert, was an die dreißigtausend Besucher aus der Umgebung angezogen hatte.

Marie und ihre Söhne schufen wieder ein umfangreiches Krönungstableau, das inzwischen genauso beliebt war wie der neue König. Es zeigte unter einem Baldachin mit einer Krone auch drei allegorische Figuren, die England, Schottland und Wales repräsentierten. Mit Spannung wurde im September zudem die erneute Abstimmung über die Gesetzesvorlage zu einer Parlaments- und Wahlrechtsreform erwartet. Das Unterhaus verabschiedete die Vorlage, das House of Lords lehnte sie jedoch nach langer Diskussion ab. Danach versammelten sich überall im Land tausende Menschen, um die überfälligen Reformen einzufordern und gegen die Bischöfe, die sich jeglicher Veränderung verweigerten, zu protestieren. Obgleich diese Demonstrationen in Bristol auf dem nahegelegenen Queen's Square stattgefunden hatten, liefen die Geschäfte im Wachsfigurenkabinett weiter wie bisher. Erst kürzlich hatte Marie in einer Zeitung verkünden lassen, dass Madame Tussauds aufgrund der großen Nachfrage weitere vierzehn Tage in der Stadt bleiben würde. Heute, am 29. Oktober 1831, war es ausgesprochen ruhig. Lediglich zwei Frauen besuchten die Ausstellung, und da Joseph und Francis unterwegs waren, führte Marie sie persönlich durch das Kabinett.

»Und das entspricht tatsächlich der Kleidung, die Wilhelm IV. zu seiner Krönung trug? Sie erscheint mir sehr schlicht«, bemerkte jetzt die eine Frau.

»Das ist sie auch, wenn man sie mit dem Krönungsornat seines Vorgängers vergleicht.« Marie zeigte auf die Figur Georgs IV. »Man erzählt sich, dass Georg IV. für seine Krönung 240 000 Pfund beanspruchte, während sich Wilhelm IV. vom Parlament nur 50 000 Pfund bewilligen ließ.« Marie wusste, dass derartige Zahlen ihre Besucher zum Staunen brachten, deshalb erwähnte sie auch in Anzeigen oft, wie viel ihre aufwendigen Tableaus gekostet hatten.

»Mit der Organisation der Krönung war einer seiner erwachsenen Söhne, also eines der zehn unehelichen Kinder, die Wilhelm IV. mit der irischen Schauspielerin Dorothea Jordan hatte, beauftragt worden«, sagte Marie. Dass das Zeremoniell durch das unbeholfene Auftreten des eher grobschlächtigen Mannes wenig würdevoll gewesen sein soll, ließ Marie unerwähnt. In der Nähe stand nun auch wieder die Figur von Talleyrand. Der Politiker, der Bischof von Autun gewesen war, Mitglied der Nationalversammlung und Außenminister Napoleons, war von König Louis-Philippe zum Botschafter in London ernannt worden.

»Es ist schon eine Ironie, diesen Mann jetzt auf dem französischen Thron zu wissen. Die Geschichte geht manchmal seltsame Wege. Wenn man bedenkt, dass Louis-Philippe der älteste Sohn des Herzogs von Orléans ist, also des Bourbonensprosses, der sich als Philippe Égalité den Revolutionären angeschlossen, für die Hinrichtung von Ludwig XVI. gestimmt und schließlich selbst seinen Kopf auf der Guillotine verloren hatte«, gab Marie bei der Figur des französischen Herrschers zu bedenken. Sie gingen weiter und blieben bei der Figur von Madame St. Armaranth stehen, die Marie auf einem Bett drapiert hatte. Marie erzählte, dass diese Pariser Lebedame während der Revolution hingerichtet worden war, weil sie nicht Robespierres Geliebte werden wollte. Die Frauen zeigten sich empört darüber, dass er, der als so tugendhaft galt, sich als so ruchlos erwiesen hatte. An der Kopfseite des Bettes befand sich neuerdings die neue Figur von Marie, sie war, wie sie selbst, mit einem hochgeschlossenen schwarzen Kleid und einer Haube ausstaffiert. Es sah aus, als wachte sie nicht nur über die Ausstellung, sondern besonders über das unschuldige Opfer der Revolution. Die Frauen rühmten Marie für die Ähnlichkeit ihres Selbstporträts. »Diese Figur ist ein Beweis für Ihre Kunstfertigkeit. Wenn man Sie mit Ihrer Figur vergleicht, dann weiß man genau, dass die anderen Figuren ebenso lebensecht und ähnlich sein müssen«, sagte die Frau. Marie bedankte sich für das Lob.

Nachdem sie die beiden Frauen verabschiedet hatte, begab sie sich in den hinteren Raum des Kabinetts, in dem sie eine Art Werkstatt eingerichtet hatten. »Heute ist nicht sehr viel los, oder? Ist eine andere Attraktion in der Stadt?«, fragte Rebecca, die gerade ein Kostüm nähte. »Nicht dass ich wüsste. Im Theatre Royal gibt es weiterhin *Die Rivalen*, *Der Barbier von Sevilla* wird erst in einigen Tagen aufgeführt«, antwortete Marie.

Sie sah aus dem Fenster auf die Prince's Street hinaus. Menschen liefen unruhig über die Straße, man konnte das Echo von Schreien hören. Etwas geht vor sich, dachte sie, wenn ich nur wüsste, was. Sie blickte schräg über die Straße, zu ihrer Unterkunft, wo Elizabeth auf die Kinder aufpasste. Ob Francis und Joseph bei ihr waren? Es wurde dunkel, bald würden die Mitglieder ihrer Quadrillekapelle auftauchen. Immer mehr aufgeregte Menschen liefen am Eingang des Kabinetts vorbei. Dann sah Marie, wie sich ihre Söhne und ihr neuer Diener, Mr Cezar, den sie für die Dauer ihres Aufenthaltes in Bristol angeheuert hatten, näherten. Joseph und Francis wirkten ernst.

»Es gibt Unruhen in der Stadt. Der Richter und Abgeordnete Sir Charles Wetherell, der heute Morgen eingetroffen ist, um den Gerichtstag abzuhalten, wurde angegriffen. Männer, Frauen und Kinder haben seine Kutsche mit Steinen beworfen. Die Gefangenen, die er verurteilen sollte, wurden befreit, und auf dem Queen's Square hat sich der Mob eine Schlacht mit den Soldaten geliefert«, erzählte Joseph. Der Mob, in Marie rief diese Bezeichnung schreckliche Erinnerungen an die blutigen Aufstände in Paris hervor. Marie hatte gehört, dass Sir Charles Wetherell schon früher beschimpft worden war, weil er seine reformfeindliche Gesinnung in mehreren Reden kundgetan hatte.

»Sie riefen, ›Gebt uns den verdammten Richter, wir bringen ihn um‹, während im Hintergrund die Schaulustigen *Gott schütze den König* sangen. Eben wurde die Aufruhrakte verlesen, aber niemand schien zuzuhören. Stattdessen griffen sie jetzt den Amtssitz des Bürgermeisters an«, ergänzte Francis. »Als wir gingen, hörten wir das Klirren der Fensterscheiben. Brandgeruch liegt in der Luft.«

Marie sah erneut aus dem Fenster, als könnte sie so die Lage besser einschätzen. »Sollen wir das Kabinett schließen?«, fragte Joseph. »Es sieht ohnehin nicht so aus, als würden heute noch viele Besucher kommen.« Marie drehte sich um und sah ihre Söhne fest an.

»Wir schließen nicht. Ich habe mich nicht vom Schrecken der Revolution unterkriegen lassen, ich werde mich nicht verkriechen, weil ein paar Arbeiter den Aufstand proben. Joseph, du sagst dem Orchester ab. Ein Promenadenkonzert wäre angesichts der Zustände unpassend. Du, Francis, gehst mit Mr Cezar später noch einmal durch die Straßen und schaust, wie sich die Lage entwickelt.« Rebecca sah Marie mit flackerndem Blick an. »Ihm wird nichts passieren, der Bürgermeister wird schon die richtigen Maßnahmen ergreifen, wenn man seinen Amtssitz angreift«, sagte Marie zuversichtlich.

Eine kalte Winternacht begann. Nach einigen Stunden schloss Marie das Kabinett und ging mit Rebecca in ihre Unterkunft. Über den Straßen flackerten die Gasleuchten im Wind. Gegen Mitternacht tauchten auch Francis und Mr Cezar wieder auf.

»Es ist relativ ruhig überall. Ein Mann ist anscheinend von einem der Dragoner erschossen worden. Das hat den Randalierern wohl Angst eingejagt. Jetzt haben sich auch die Tumulte auf dem Queen's Square gelegt. Die Verantwortlichen glauben, dass das Schlimmste vorüber ist.« Alle atmeten erleichtert auf, und Marie schickte den Diener nach Hause. Das war noch einmal gutgegangen. Morgen war Sonntag, das Kabinett würde ohnehin geschlossen bleiben.

Marie erwachte, weil sie ein Hämmern hörte. Es war noch dunkel, dennoch ging etwas vor. Sie stand auf und zog sich an. Ihre Familie schlief noch. Marie legte sich ein Cape um die Schultern und schlich sich aus dem Haus. Sie bog aus der Prince's Street nach rechts ab und trat auf den Queen's Square. Ein Bild der Verwüstung tat sich auf. Im Nebel konnte man die Überreste von Freudenfeuern, Lumpen und zerbrochenen Flaschen erkennen. Müde und unrasiert saßen die Dragoner auf ihren schlammbespritzten Pferden. Sie ging auf den Amtssitz des Bürgermeisters zu, die Tischler hatten gerade die letzten Fenster mit Brettern vernagelt. Sie hörte, wie sich zwei Soldaten darüber unterhielten, dass der Richter und der Bürgermeister wohl die Flucht ergriffen hatten. Jetzt schien alles ruhig zu sein. Da flog ein Stein knapp an ihrem Kopf vorbei. Einige Jugendliche waren aufgetaucht und bewarfen das Haus erneut mit Steinen. »Verdammt, wir wollen die Reform! Die hätten wir schon vor Jahren haben sollen«, schrien sie.

Marie nahm ihre Rockschöße in die Hand und lief los, so schnell sie konnte, aber das Alter hatte sie unbeweglich gemacht. Auf ihrem Weg kamen ihr immer mehr Menschen entgegen. Sie hatte Verständnis dafür, dass die Arbeiter ihre entwürdigende Situation ändern wollten, ihr wilder und erregter Gesichtsausdruck ließ jedoch die schrecklichsten Bilder vor Maries innerem Auge aufziehen. Der mordlustige Pöbel, der mit abgeschlagenen Köpfen beim Wachssalon auftauchte. Die grausamen Verbrechen beim Sturm auf die Tuilerien. Verrat, Folter, Totschlag, Mord. Ob in Frankreich oder in England, der Mob schien überall gleich zu sein.

»Es ist noch nicht vorbei«, sagte Marie atemlos zu ihrer Familie, als sie in ihrer Unterkunft auf einen Stuhl sank. Sie nahm eine Prise Schnupftabak. »Sucht nach Mr Cezar, wir brauchen seine Hilfe.« Sie diskutierten kurz, wer sich auf die Suche machen sollte, dann lief Francis los.

Als er einige Stunden später mit Mr Cezar wieder auftauchte, war er vom Regen durchnässt und leichenblass. »Die Leute haben das Haus des Bürgermeisters gestürmt und den Weinkeller geplündert. Jemand ist auf die Statue von Wilhelm von Oranien geklettert und hat die französische Trikolore gehisst. Der Alkohol stachelt sie nur noch mehr an. Überall sieht man Betrunkene. Der Queen's Square ist der Schauplatz einer wahren Orgie.« Er rieb sich die Augen und flüsterte. »Sie haben den Weinflaschen einfach die Hälse abgeschlagen. Viele haben sich beim Saufen die Lippen aufgeschlitzt. Ihre Kleider sind getränkt von Blut und Wein. Ein grauenvoller Anblick. Es ist wie in Dantes Inferno.« Rebecca legte ihrem Mann zaghaft die Hand auf den Arm.

»Ich verstehe nicht, warum niemand einschreitet. Was ist mit den Soldaten, den Dragonern?«, fragte Joseph. Mr Cezar, ein kräftiger Mann schwarzer Hautfarbe, meldete sich jetzt zu Wort:

»Ich habe mich umgehört. Man hat Verstärkung angefordert. Aber noch sind es zu wenige. Einige Handvoll Soldaten gegen tausende Aufständische, das ist einfach nicht genug.«

»Und jetzt befürchtet man auch noch, dass die Gefängnisse gestürmt werden«, ergänzte Francis.

Die Tussauds besprachen, was zu tun sei. Sie würden alle Stunde nachsehen, ob ihnen oder den Wachsfiguren Gefahr drohte. Ansonsten würden sie im Haus bleiben und sich unauffällig verhalten. Unter ihnen breitete sich Nervosität aus. Marie versuchte, ihre Familie zu beruhigen, doch sie spürte, wie Angst und Wut immer stärker von ihr Besitz ergriffen. Hatte sie nicht schon genug durchgemacht? Nach jedem Gang auf die Straße brachten ihre Söhne schlechte Nachrichten. Man hatte die Gefängnisse gestürmt, die Gefangenen befreit und Feuer gelegt. Das Zollhaus wurde überrannt, Zollbuden umgeworfen. Über der Stadt hing der Rauch der vielen Feuer. Die Menschen, es waren vor allem junge Männer, bewaffneten sich mit allem, was sie in die Finger bekommen konnten. Die Wirte in den Gaststätten wurden gezwungen, Bier und Gin frei abzugeben. Manche private Rechnung wurde im Schutz des Aufstands beglichen. Jeder, der einen Regenschirm trug, war ein mögliches Opfer, weil dieser als Zeichen seines Wohlstands galt. Am Queen's Square verteidigten die Anwohner tapfer ihre Häuser, doch auch Schulen und Bibliotheken wurden zerstört. Der Palast des Bischofs wurde angegriffen. Tausende kostbare Bücher und Möbel wurden ein Opfer der Flammen. Es hieß, dass Feuer an die Schiffe am Kai gelegt werden sollte. Von Segel zu Segel, von Schiff zu Schiff würden sich die Flammen ausbreiten und dann auf die Warenlager übergreifen. Die Folgen wären katastrophal. Sogar die Kathedrale schien nicht mehr sicher. Je schlechter die Nachrichten ausfielen, umso nervöser wurden Maries Söhne und Schwiegertöchter. Die Kinder spürten die Anspannung und begannen zu weinen.

Marie aber wurde immer ruhiger, immer entschlossener. Schließlich, es war schon Abend, hörte sie, wie Francis und Joseph sich leise und erregt unterhielten. Sie trat zu ihnen. »Was ist passiert?«, fragte sie. Die Brüder warfen sich verstohlen Blicke zu. »Sagt es mir. Ich bin eure Mutter. Ich kann die Wahrheit vertragen. Ich will wissen, was vor sich geht, und zwar unverzüglich.«

»Die Versammlungsräume sind markiert worden. Irgendjemand hat sie zur Zerstörung freigegeben, wahrscheinlich, weil sich hier die Wohlhabenden versammeln. Es ist nur eine Frage von Minuten, bis das Zeichen entdeckt wird«, sagte Joseph. Marie hatte schon länger befürchtet, dass es nicht ausreiche, tatenlos zuzusehen, während die Stadt ein Opfer des Aufstands und der Flammen wurde. Ihre Anweisungen waren kurz und knapp. Sie würde mit Mr Cezar und Francis das Kabinett leerräumen, Joseph würde dafür sorgen, dass tief im Keller des Hauses Platz für die kostbaren Figuren und Artefakte geschaffen wurde, und die Schwiegertöchter würden auf die Sicherheit der Kinder achten.

Die Mischung aus Regen und Rauch nahm Marie den Atem, als sie auf die Straße hinaustrat. Sie entdeckte das Feuer vor dem Haus mit den Versammlungsräumen und ihr versagten die Knie. Es waren jedoch nur Möbel, die jemand auf die Straße geworfen und angezündet hatte. In der Prince's Street herrschte Gedränge. Viele Schaulustige waren gut angezogen und wirkten respektabel, obwohl sich auch zerlumpte Gestalten unter ihnen tummelten. Menschen flohen, schleppten Wasser, um Brände zu löschen, lehnten verletzt an den Hauswänden. Mr Cezar hatte von einem seiner letzten Erkundungsgänge ein Gewehr mitgebracht und bahnte ihnen einen Weg durch die Menge, Marie und Francis folgten ihm. Ein Junge lief an ihnen vorüber, über der Schulter einen Schinken, Männer trugen ein Klavier vorbei, das sie wohl gestohlen hatten. Ein Mann bot ihr seine Beute, eine silberne Teekanne, für den lächerlich niedrigen Preis von einem Shilling zum Kauf an. An der Ecke saß ein Mann auf einem fein geschnitzten Stuhl aus Mahagoniholz und leerte eine Schnapsflasche. Die Lagerräume in der Nähe brannten, niemand hatte die Waren retten können. Möglichst unauffällig schlossen sie die Tür auf und traten in die Ausstellungsräume. Die Figuren waren schemenhaft im Schein der Feuer zu sehen. Was würde ein Brand hier anrichten, wie schnell würden die Figuren schmelzen und das Wachs sich auf der Straße mit dem Regen und dem Blut der Verletzten vermischen. Wenn nur ihnen nichts geschah, wenn es nur nicht ihr Blut wäre, das floss. Marie dachte vor allem an ihre Schwiegertöchter und die Kinder, die sie in großer Angst zurückgelassen hatten.

»Wir müssen anfangen, egal, ob Joseph schon so weit ist. Die Figuren müssen hier raus. Geben Sie mir die Waffe«, sagte Marie. Mr Cezar gab ihr das Gewehr und erklärte kurz, wie es funktionierte. Es lag schwer in ihrer Hand. Marie öffnete die Tür und stellte sich in den Schatten. Sie wollte niemanden provozieren, aber sie würde auch nicht zulassen, dass jemandem etwas geschah. Francis und Mr Cezar nahmen die erste Figur und trugen sie die Treppe hinunter auf die Straße. Einige Randalierer wurden auf sie aufmerksam und näherten sich feixend. Marie nahm all ihren Mut zusammen und trat aus dem Schatten. »Halt!«, rief sie. Die Männer zeigten lachend auf die alte zierliche Frau in ihrer Witwentracht. »Warum sollten wir? Wir brauchen nur einige Minuten, um dieses Haus dem Erdboden gleichzumachen. Das haben wir beim Sitz des Bürgermeisters bewiesen. Wir legen ein Feuerchen, nach zwanzig Minuten fällt das Dach in sich zusammen, und dann stürzt die ganze Front hinterher«, drohte ein junger Mann.

Marie hielt ihm entgegen: »Auch wir sind für Reformen. Ich werde aber nicht zulassen, dass meinen Figuren etwas geschieht. Lasst diese Männer durch, sonst kann ich für nichts garantieren.« Sie legte die Waffe an, den Männern verging jetzt das Lachen. »Es gibt sicher lohnendere Ziele für euch. Wir sind nicht aus Bristol, nicht einmal aus England, sondern aus Frankreich. Unter unseren kostbaren Wachsfiguren sind auch die der berühmten Revolutionäre, die ich eigenhändig porträtiert habe«, fügte sie hinzu.

Einige johlten begeistert. »Ihr hattet schon eure glorreiche Revolution, jetzt haben wir unsere«, rief ein Mann. Die anderen stimmten ihm zu und ließen Marie hochleben. Wie schnell die Stimmung umschlagen konnte. Sie senkte die Waffe.

Bald kamen Francis und Mr Cezar zurück, um die nächste Figur zu holen. Stück für Stück überquerten sie mit den Figuren die Straße, dann folgten das Modell der Bastille und die anderen Artefakte.

Als sie später in ihre Unterkunft zurückkehrten, fielen Elizabeth und Rebecca ihren Männern weinend in die Arme. Sie hatten Angst um ihre Leben gehabt. Schüsse waren gefallen, einige waren sogar in die Hauswand auf der gegenüberliegenden Seite eingeschlagen. Die Tussauds setzten sich in das Dunkel des Zimmers, lauschten auf das Getöse des Aufstands. Mr Cezar war im Keller geblieben, um die Figuren zu bewachen. Marie fragte sich, wie sie diesem tapferen Mann seine Dienste würde vergelten können. Hoffentlich geschah ihm nichts. Die Stunden vergingen nur langsam. Der Brandgeruch wurde immer schärfer. Schließlich rummste es, als ob das Haus zusammenstürzte. Dann, mitten in der Nacht, hörten sie Pferdehufe auf den Straßen, das Klirren von Säbeln, die Todesschreie der Menschen. Ihre Schwiegertöchter fielen weinend auf die Knie und begannen zu beten. Maries Finger umkrampften die Hände ihrer Söhne. Die Unsicherheit machte auch ihr zu schaffen. Sie wusste, wozu Menschen fähig waren und wie wenig ein Leben wert war. Jeden Moment rechnete sie damit, dass die Flammen unter der Tür hindurchzüngeln, jemand die Tür aufbrechen und auch sie niedermetzeln oder der Boden einfach unter ihren Füßen wegsacken würde. Dann kehrte endlich Stille ein, nur das Schreien und Stöhnen der Verwundeten war noch zu hören.

Es war bereits gegen Mittag, als Marie das Zimmer verließ. Sie musste nach ihren Figuren sehen und nach Mr Cezar. Sie traf ihn geschockt, aber unverletzt an. Gemeinsam traten sie auf die Straße hinaus und verschafften sich einen Überblick. Das Haus neben ihrem war vollständig zerstört. Nur noch das Skelett der Mauern, einige Wände und eine Treppe standen. Es war ein Wunder, dass ihre Unterkunft fast unbeschädigt geblieben war. Auf dem Boden lagen Tote und Verletzte. Einem Mann war im Kampf die Nase und die Oberlippe abgeschlagen worden. Einem anderen klaffte dort, wo ihn der Säbel getroffen hatte, die Haut vom Knochen. Sie sahen den Körper eines Menschen, sein Kopf lag einige Schritte weiter auf dem Pflaster. Maries Magen zog sich krampfhaft zusammen, Francis stützte sie. Die Leiche eines Jungen, vielleicht zwölf Jahre alt, lag an der Ecke, er war erschossen worden. Bürger mit einem Streifen weißen Leinens um ihren Arm sorgten für Ordnung und drängten die Schaulustigen zurück. Die Häuser auf der westlichen Seite des Queen's Square waren nur noch Ruinen und kokelten langsam vor sich hin. Auch die Nordseite des Platzes lag in Schutt und Asche. Die offiziellen Gebäude wie den Amtssitz des Bürgermeisters gab es nicht mehr.

»Packen wir«, sagte Marie nach einer Weile tonlos. »Hier sind für lange Zeit keine Geschäfte mehr für uns zu machen.« Bristol würde nach diesem Aufstand nicht mehr die Stadt sein, die sie einmal war.

Madame Tussauds reiste weiter nach Bath. Sie hatten das Glück, kurzfristig die Masonic Hall in der York Street mieten zu können, einen Saal in der besten Lage, in unmittelbarer Nähe des römischen Bades und der Kathedrale. Bis hierhin hatte man die Feuer über Bristol lodern sehen, hier erfuhren sie die letzten Details über das, was als die »Tage des Terrors« in Bristols Geschichte eingehen sollte. Es hieß, dass zwanzigtausend Menschen an dem Aufstand beteiligt gewesen waren, über dreihundert von ihnen sollten getötet oder verletzt worden sein. Doch schon bald mussten sie feststellen, dass sie dieses Mal auch in Bath keinen erholsamen Aufenthalt haben würden. Es herrschte eine gedrückte Stimmung in der Stadt. Die Geschäfte liefen entsprechend schlecht. Auch in Bath, wie in anderen Städten des Vereinigten Königreichs, hatte es Arbeiteraufstände gegeben. Die Lage hatte sich inzwischen zwar beruhigt, aber niemand wusste, wie lange dieser Waffenstillstand anhalten würde. Dazu kam die Cholera, die im Herbst ausgebrochen war und nach Städten wie Newcastle und North Shields nun auch Bath erreicht hatte. Um sich selbst machte Marie sich weniger Sorgen, sie war eine alte Frau, hatte ihr Leben gelebt. Aber um ihre Söhne, ihre Schwiegertöchter und besonders ihre Enkelkinder sorgte sie sich. Sie hatte so viele Menschen sterben sehen, einen Tod in der eigenen Familie würde sie nicht ertragen. Das Reiseleben wurde mit ihrer größer werdenden Sippschaft und in ihrem hohen Alter nicht leichter. Die Familien der Söhne brauchten ein Zuhause, die Kinder müssten schon in wenigen Jahren zur Schule gehen, ihre Ausbildung durfte auf keinen Fall vernachlässigt werden. Wie schön wäre es zudem, eigene Ausstellungsräume zu besitzen, die sie nach eigenem Gutdünken gestalten könnte. Sie könnten auch größere Tableaus und aufwendigere Dekorationen herstellen.

Ihren siebzigsten Geburtstag im Dezember 1831 verbrachte Marie in nachdenklicher Stimmung. Ihr Traum vom eigenen, prachtvollen Wachsfigurenkabinett, könnte sie ihn noch wahr machen?

Im Frühjahr zogen sie weiter, stellten in Cirencester und in Oxford im Rathaus aus. In den Zeitungen las Marie, dass es nun Prozesse gegen die Aufständischen gab. Wegen der *Bristol Riots* wurden einhundertzwei Menschen vor Gericht gestellt und einundachtzig für schuldig befunden. Bei der Untersuchung stellte sich heraus, dass nur einer von ihnen arbeitslos war, alle anderen waren Arbeiter oder Handwerker, respektable Bürger. Es hatten also Menschen rebelliert, die einfach keine Geduld mehr mit dem System hatten, unter dem sie leben mussten. Die Strafen waren abschreckend. Einunddreißig wurden zum Tode verurteilt, aber nur vier tatsächlich gehenkt. Die meisten der Verurteilten wurden ins Gefängnis gesteckt oder nach Australien verbannt. Das, wofür sie gekämpft hatten, wurde 1832 endlich angegangen. Als Marie und ihre Familie Station im Rathaus von Reading machten, erreichte sie die Nachricht, dass das große Reformgesetz das Unter- und das Oberhaus passiert und der König widerwillig zugestimmt hatte. Die *rotten boroughs*, die »verfaulten Bezirke«, wurden abgeschafft, neue Wahlkreise wurden eingerichtet. Endlich konnten auch Städte wie Birmingham, Leeds und Manchester Abgeordnete in das Unterhaus entsenden. Zwar wurde das allgemeine Wahlrecht abgelehnt, doch immerhin durften nun auch Männer mit einem geregelten jährlichen Mindesteinkommen wählen. Für die Bürger, Maries wichtigste Klientel, war diese Reform ein Gewinn, die Arbeiter gingen jedoch leer aus, weshalb die Unruhen sich zwar abschwächten, aber nicht aufhören würden.

Es war im Februar 1833, als Marie eine Begegnung hatte, die den Traum von ihrem eigenen Wachssalon noch verstärkte. Nach einem Halt in Portsmouth war Madame Tussauds in Brighton angekommen. Seit der damalige Prinzregent vor vielen Jahren das Seebad an der Südküste für sich entdeckt hatte, war es zum Erholungsort der feinen Gesellschaft geworden. Er hatte sich einen märchenhaften und orientalisch wirkenden Seepavillon bauen lassen, der auch von Wilhelm IV. als königliche Residenz genutzt wurde. Schon kurz nachdem Marie und ihre Söhne das Wachsfigurenkabinett im Rathaus eröffnet hatten, kündigte sich königlicher Besuch an. Prinzessin Augusta, die Schwester des Königs, und ihr Neffe Prinz Georg von Cambridge ließen sich von Marie durch das Kabinett führen. Sie bewunderten die Königstableaus und betrachteten schockiert die Figur des einbeinigen Seemanns Dennis Collins, der im letzten Sommer einen Anschlag auf den König verübt hatte. Er hatte bei den Pferderennen in Ascot einen Stein nach Wilhelm IV. geworfen, um auf sein Elend aufmerksam zu machen, denn weil man ihm seine ohnehin magere Pension von zehn Pence pro Woche entzogen hatte, war er kurz vor dem Verhungern. Glücklicherweise hatte er den König nur am Hut getroffen, sonst wäre der verzweifelte Mann wohl zum Tode verurteilt worden – so aber wurde Dennis Collins lebenslang deportiert. Marie hatte ihn im Gefängnis in Reading porträtiert. Der Alte hatte verrückt gewirkt, sein Holzbein war himmelblau angemalt gewesen, er hatte eine blaue Kappe mit roter Kante und einem weißen Troddel auf dem Kopf getragen. Ihre Wachsfigur des armen alten Mannes mit dem Stein in der Hand war eher mitleiderweckend als abschreckend. Die königlichen Besucher zeigten sich begeistert von der Ausstellung. Ein paar Tage nach dem Besuch erhielt Marie einen Brief der Ehrendame, der sie mit Stolz erfüllte.

Ihre Königliche Hoheit Prinzessin Augusta hat Lady Mary Taylor ersucht, Madame Tussaud von dem Beifall Ihrer Königlichen Hoheit für Ihre Ausstellung zu unterrichten, die

der Bewunderung würdig ist und deren Besichtigung Ihrer Königlichen Hoheit viel Vergnügen und Genuss gewährt hat.
Pavillon, Brighton, 9. Februar 1833

Marie reagierte mit einer Zeitungsanzeige, in der sie den Brief veröffentlichte und für diese königliche Gunst dankte, was ihr einen neuen Besucheransturm bescherte. Es war wie damals in Paris: Was für das Königshaus gut war, konnte für einfachere Leute nicht schlecht sein. Marie freute sich unbändig, auch wenn ihr bewusst war, dass sie hart für diesen Erfolg gearbeitet hatte. So lange hatte sie sich adelige Schirmherren gewünscht, und jetzt kam ihr dieser Brief ins Haus geflattert! Sie dachte an ihren Onkel Curtius und wie er durch die Empfehlung des Prinzen von Conti von Bern nach Paris gekommen war. In letzter Zeit hatte sie häufiger mit dem Gedanken gespielt, eine längere Zeit in London auszustellen. Diese neuen königlichen Schirmherren könnten ihr in London vielleicht Türen öffnen, die bislang für sie verschlossen gewesen waren. Ihre Söhne wirkten beinahe erleichtert über diese Entscheidung. Das unstete Leben mit ihren kleinen Kindern war nicht gerade ein Vergnügen, in den letzten Wintern hatten schwere Erkältungen die drei gequält. Im Frühjahr 1833 machte sich die Familie Tussaud auf den Weg nach London, wobei sie natürlich unterwegs immer wieder Station machten und ihre Figuren zeigten. Dann endlich erreichten sie die Ausläufer Londons. Hier wollten sie eine Zeitlang zur Ruhe kommen, die Annehmlichkeiten der Großstadt genießen. Marie hätte jedoch nie gedacht, dass mit dieser Station ihre Reise nach dreiunddreißig Jahren ein Ende nehmen würde.

KAPITEL 12

LONDON, MÄRZ 1835

Sie standen auf der Westseite der Baker Street und betrachteten das dreistöckige Gebäude, das sich vor ihnen erhob. »Die Lage ist sehr gut«, stellte Joseph fest. Über dreißig Jahre war Marie nicht in diesem Viertel gewesen, es kam ihr völlig unbekannt vor. Bei ihrem ersten Aufenthalt in London war Marylebone eines der Viertel gewesen, in dem sich viele wohlhabende französische Flüchtlinge niedergelassen hatten. Damals lag es eher am Rand der Stadt, hatte einen beinahe ländlichen Charakter. Jetzt hatte sich die Stadt so weit ausgedehnt, dass es mittendrin lag. Und wie sich das Umfeld verändert hatte, überall waren prächtige repräsentative öffentliche Gebäude und Wohnanlagen entstanden, allein der Regent's Park mit seinen vornehmen Villen! Die »Nation von Krämern« hatte sich weiterentwickelt, architektonisch zumindest. Damals hatte der berühmteste der französischen *Émigrés*, der Graf von Artois, in der Baker Street gewohnt. Und jetzt sollte ihr Wachsfigurenkabinett hier einziehen! Marie konnte ihre Erregung kaum unterdrücken.

Sie wurden schon erwartet. Ein Mann mit einem buschigen Backenbart führte sie in den »Baker Street Bazaar«. Seinen Zylinder hielt er unter den Arm geklemmt, mit dem anderen Arm gestikulierte er lässig. Zunächst betraten sie eine kleine Halle, die mit Skulpturen geschmückt war und von wo aus eine breite Treppe in das erste Geschoss führte. »Hier waren früher die Kaserne und die Ställe für ein Regiment der Königlichen Leibwache. Von hier aus brach sogar ein Regiment auf, um in der Schlacht von Waterloo für den glorreichen Sieg zu sorgen. Stellen Sie eigentlich auch die Figur von Boney aus?«

»Selbstverständlich. Er ist seit Jahren eine unserer beliebtesten Figuren. Sie ist aber auch besonders lebensnah. Meine Mutter hatte die Ehre, ihm in Frankreich persönlich zu begegnen«, sagte Francis. Napoleon Bonapartes Figur sorgte zwanzig Jahre nach seiner großen Niederlage erneut für Furore. Erst kürzlich hatten die Brüder Tussaud bei einer Auktion Teile seiner Waterloo-Standarte ersteigert, die nun auch hier gezeigt werden sollten.

»Na, Ehre! Ob ich das eine Ehre nennen würde? Wenn Sie den Herzog von Wellington kennen würden, das wäre eine Ehre.«

Joseph bemühte sich, seine Verärgerung im Zaum zu halten.

»Der Herzog von Wellington gehört natürlich auch zu den ausgestellten Persönlichkeiten. Er wird einen zentralen Platz in unserem neuen Tableau einnehmen, das die gefeiertsten Charaktere des letzten Krieges zeigt.« Joseph hatte Wellington geschrieben und um eine Porträtsitzung gebeten, der »Eiserne Herzog« hatte sich dazu bereit erklärt, lediglich der Termin stand noch nicht fest.

»Na, das ist doch was«, lobte der Mann und führte die drei die Treppe hinauf. »Jetzt ist der Baker Street Bazaar eine Auktions- und Markthalle für Pferde, Kutschen, Sattelzeug und so was. Dazu gibt es den Basar, wo die Damen Möbel und Haushaltsgegenstände verkaufen. Hier ist immer was los. Leute der besten Gesellschaft lassen sich hier sehen. Der Basar ist richtig in Mode gekommen«, sagte er, während sie Stufe um Stufe hinaufstiegen. Sie betraten einen großen Raum mit hohen Wänden, Fenstern und Säulen. »Dieser Saal hat den Offizieren als Messe gedient. Und jetzt können Sie ihn haben. Ganz in der Nähe hätte ich auch noch ein Wohnhaus anzubieten.«

Marie ging langsam durch den Saal, leise hallten ihre Schritte. Es war perfekt. Ein prunkvolles Gebäude, es gab sogar eine Nische, eine Art Balkon, für das Orchester. Francis trat zu ihr.

»Ist es nicht fabelhaft«, flüsterte er. »Ich sehe schon die neuen Dekorationen hier. Wie viel schöner wird es aussehen als im Old London Bazaar!«

»Und wie viel besser wird hier der korinthische Salon zur Geltung kommen«, stimmte Marie ihm zu. Francis hatte den

Golden Corinthian Saloon entworfen und mit Hilfe vieler Handwerker umgesetzt, eine aufwendige Dekoration mit zierlichen Säulen, für die sie über tausend Pfund ausgegeben hatten.

»Aber wie bekommen wir sie hierher? Ich fürchte, dass sie nicht einfach zu transportieren ist«, meinte nun Joseph.

»Lass das nur meine Sorge sein. Ich habe sie extra so gebaut, dass man sie transportieren kann, das habe ich dir doch schon erklärt«, antwortete Francis.

Marie wollte den beiden gerade Einhalt gebieten, als sich der Vermieter zu ihnen gesellte.

»Haben Sie Fragen? Kann ich Ihnen helfen?« Marie drehte sich zu ihm.

»Danke, ich denke nicht. Wir hatten nur gerade über die Frage des Transports gesprochen.«

»Transport. Gutes Stichwort. Die Pferdeomnibusse fahren die Oxford-Street-Route, also am anderen Ende der Baker Street die Marylebone Road hinunter. Das rumpelt zwar etwas, bringt aber auch ordentlich Besucher, Sie werden schon sehen. Wo haben Sie denn zuletzt ausgestellt?«

»Im Old London Bazaar in der Gray's Inn Road, dort haben wir schon vor einigen Monaten mit großem Erfolg unsere Wachsfiguren gezeigt.«

»Kenne ich, kenne ich. Nicht schlecht. Wird aber viel gebaut in der Gegend. Bahnhöfe für die Eisenbahn, Sie wissen ja. Eine großartige Erfindung. Was meinen Sie, wie es dann hier rundgeht!«, sagte der Mann begeistert.

»Dazwischen waren wir unter anderem in der Nähe des ›Strand‹ in der Lowther Arcade in der King William Street und in der Mermaid Tavern in Hackney«, ergänzte Joseph noch. Der Mann strich jetzt ungeduldig Staub von seiner Hutkrempe.

»Hier werden Sie's besser haben. Sie sollten vielleicht noch wissen, dass im Untergeschoss einmal jährlich die große Viehausstellung stattfindet. Dann riecht es ein bisschen nach den Viechern, aber dafür platzt das Gebäude aus allen Nähten. Vom

König bis zum Bauern lassen sich alle hier sehen. Was meinen Sie also?« Er sah Joseph und Francis erwartungsvoll an. Die beiden blickten auf Marie, auch der Blick des Mannes wanderte jetzt zu ihr.

»Wir nehmen Ihr Angebot an, zunächst für einige Monate, dann sehen wir weiter«, sagte sie. »Genaueres können Sie mit meinen Söhnen besprechen.« Sie verabschiedete sich und schritt eine weitere Runde durch den Saal. Schon plante sie, welche Veränderungen vorgenommen werden mussten, um die Figuren am besten zur Geltung zu bringen, wo sie die Gemälde aufhängen lassen würde und die großen Spiegel.

Am 15. März 1835 zogen sie um, wobei eigens ein großer Transportwagen gemietet wurde, um die Kulissen des korinthischen Salons heil in die neuen Räume zu bringen. Mit vereinten Kräften packten sie an, und schon am 23. März konnten Madame Tussaud & Sons die Ausstellung eröffnen. Zeitungen wie die *Times* oder das *Court Journal* schwärmten bald von der ausgezeichneten, geradezu imposanten Ausstellung mit seiner raffinierten Beleuchtung und der unterhaltsamen Musik, die eine Szenerie für anregende und lehrreiche Stunden bot. Auch Marie war sehr zufrieden mit diesen Räumlichkeiten. Der Basar in der Baker Street kam dem Traum von ihrem eigenen Kabinett schon sehr nahe. Immer wieder hatte sie sich in den letzten Wochen bei dem Gedanken ertappt, wie schön es wäre, in London zu bleiben. War es das Alter, das sie müde werden ließ? Ausgesprochen wurde der Gedanke vom Sesshaftwerden jedoch nicht. Sie würden so lange hierbleiben, wie die Geschäfte gut liefen. Wie sie es schon immer getan hatten.

Es war im Sommer dieses Jahres, kurz vor der morgendlichen Öffnung der Ausstellung, als Marie ihren üblichen Rundgang machte. Ihre Söhne waren im Atelier, ihre Angestellten staubten gerade die Wachsfiguren ab. Wie immer gab es im Wachsfigurenkabinett etwas zu tun. Im Moment schloss die Familie Tussaud gerade die Arbeiten zu einem Tableau mit den Helden des letzten großen Krieges ab. Marie spürte einen Windhauch an ihrer Seite, hörte das Tappen von Füßen, und schon rannten ihre Enkel an ihr vorbei. Es waren Francis jr. und Joseph Randall, die in ein Spiel vertieft waren. Marie wollte sie aufhalten, doch die beiden waren schon weg. So schnell sie konnte, ging sie ihnen hinterher. Die Jungen zur Ordnung zu rufen kam nicht in Frage, jeden Moment konnten die ersten Besucher eintreffen. Dabei wussten die Kinder doch, dass im Kabinett mit den zerbrechlichen Figuren und den kostbaren Schaustücken nicht getobt werden durfte! Außerdem müssten sie wissen, dass das Kabinett gleich geöffnet wurde. Sie würde dafür sorgen, dass sie endlich eine Uhr bekamen, zumindest Francis jr. war mit seinen sechs Jahren alt genug, um sie zu lesen. Sie bog um die Ecke, wo sich die Wachsfigur von Napoleon befand, und blieb abrupt stehen.

Ihre Enkel standen vor einem alten Mann und sahen ihn mit großen Augen an. Er war schlank, fast mager, die Schultern vom Rheuma gekrümmt. Marie erkannte das markante Antlitz mit den blauen Augen, der gekrümmten Nase und dem weißen Haarschopf sofort. Was für ein imposanter alter Herr, dachte sie. Gleich darauf fiel ihr ein, dass der Herzog von Wellington wohl Mitte sechzig sein musste, also jünger als sie. Manchmal vergaß sie einfach, dass sie schon in ihrem vierundsiebzigsten Lebensjahr stand. Als sie näher herantrat, hörte sie, wie die Jungen schüchtern auf die Fragen dieser lebenden Legende antworteten. Erst als sie die drei beinahe erreicht hatte, bemerkte ihr Besucher sie.

»Ich freue mich besonders, Sie in meiner bescheidenen Ausstellung begrüßen zu dürfen«, sagte Marie und deutete eine Verneigung an. Der Herzog von Wellington begrüßte sie kurz und knapp und sagte dann, er sei auf dem Weg zu der Porträtsitzung bei einem der Mister Tussaud gewesen, als ihm diese Jungen begegnet seien.

»Ich hoffe, sie haben Sie nicht behelligt«, meinte Marie und sah die beiden streng an, die anscheinend am liebsten im Boden versinken wollten.

»Ganz und gar nicht. Aufgeweckte Kinder. Sie können

mich jetzt in Ihr Atelier führen, ich möchte nicht unpünktlich sein.«

Ihre Enkel gingen langsam vor und drehten sich ab und zu unauffällig um, um zu sehen, ob sie tatsächlich den berühmten Feldherren Wellington führen durften, wenn es auch nur ein paar Schritte waren. Einen Augenblick lang schwiegen sie, dann begann der Herzog, der sich sehr für technische Details interessierte, sie nach ihrer Arbeit zu befragen. Später erfuhr Marie, dass Wellington sogar einige eigene Erfindungen wie einen neuartigen Schnitt von Stiefeln, die sogenannten Wellington-Boots, gemacht hatte. Als sie im Atelier ankamen, hatten Joseph und Francis bereits einen Lehmkopf vorbereitet, der nach den Zügen des Herzogs modelliert werden sollte. Zum Abschied winkte der Herzog die beiden Jungen zu sich, zog zwei Geldstücke aus der Tasche, an die ein Band befestigt war, und reichte sie den überraschten Kindern, die sich artig bedankten. Langsam, beinahe ehrfürchtig, verließen sie das Atelier, erst nachdem sie die Tür hinter sich geschlossen hatten, hörte Marie die beiden wieder rennen. Was es mit den Geldstücken an den Bändern auf sich hatte, erfuhr sie am Abend. Der Herzog von Wellington hatte ihre Enkel gefragt, ob sie lieber zur See fahren oder Soldaten werden würden. Francis jr. hatte sich für die Navy entschieden und bekam einen Shilling am blauen Band, Joseph Randall hatte das Soldatenleben gewählt und bekam einen Shilling am roten Band.

Im Atelier betrachtete der Herzog die Arbeitsutensilien und den Lehmkopf und sagte dann: »Womit habe ich dieses Schicksal nur verdient: Mein Mannesalter habe ich damit verbracht, Ruhm zu erringen, mein Alter verbringe ich damit, für Büsten und Künstler Porträt zu sitzen.« Marie sah ihn erstaunt an, sie wollte diesen Mann nicht mit etwas behelligen, das er nicht wollte – das würde er sich wohl auch kaum bieten lassen. Also war es Koketterie oder gar eine Art Scherz? Der Porträtsitzung widmete er sich jedoch mit gelassenem Ernst.

Einige Wochen später besuchte er die Ausstellung erneut, um sein Konterfei in Augenschein zu nehmen und zeigte sich zufrieden. Sein Besuch wurde in den Zeitungen genauso vermeldet wie der des beliebten Herzogs von Sussex.

»Ich habe etwas herausgefunden. Endlich Details über den Anschlag«, Francis kam ins Atelier gelaufen. Seit sie in der *Times* gelesen hatten, dass am 28. Juli 1835 ein Attentat auf Louis-Philippe verübt worden war, herrschte im Atelier der Tussauds große Aufregung. Francis und sein Bruder waren losgegangen, um bei ihren Bekannten aus der politischen Szene und befreundeten Journalisten mehr über den Anschlag zu erfahren, während Marie die Figur des französischen Königs stärker in den Mittelpunkt rückte und dramatischer drapierte. Das Attentat hatte während der Feierlichkeiten zum fünften Jahrestag der Julirevolution stattgefunden.

»Der Telegraph sendet ständig neue Informationen aus Paris. Es waren große Festlichkeiten geplant, Theateraufführungen, Illuminationen und Feuerwerke. Der König hatte gerade den Boulevard du Temple erreicht, als erst eine Explosion zu hören war und dann aus dem zweiten Stock eines Hauses Schüsse abgegeben wurden. Heilloses Chaos brach aus. Dem König und den Prinzen ist nichts geschehen, aber einige Männer aus dem Gefolge des Königs wurden getötet. Louis-Philippe war sehr gefasst und ritt sogar auf das Haus zu, aus dem die Schüsse gekommen waren. Die Nationalgarde stürmte es und fand eine Höllenmaschine mit fünfundzwanzig Flintenläufen. Der Attentäter ist ein gewisser Girard, er nennt sich auch Joseph Fieschi, ein Mechaniker aus Korsika. Er sagt, er habe keine Komplizen gehabt. Stell dir vor, es geschah auf dem Boulevard du Temple, beim ›Türkischen Garten‹, dem berühmten Café!«, berichtete Francis erregt.

»Ist das nicht in der Nähe des Wachssalons?«, fragte Joseph vage, der keine Erinnerung mehr an das Kabinett auf dem Boulevard hatte, schließlich war er vier Jahre alt gewesen, als er es zum letzten Mal gesehen hatte. »Ob Vater wohl etwas von dem Attentat mitbekommen hat?« Marie stutzte, das Wort Vater in Bezug auf François klang fremd in ihren Ohren, fremd und auch falsch. Ihr Ehemann François hatte sich nie wieder bei ihnen gemeldet. Die letzten Eindrücke von ihm hatte Francis mitgebracht, als er nach England gekommen war – und auch das war schon beinahe vierzehn Jahre her. Joseph dürfte sich kaum an ihn erinnern, woher also dieses plötzliche Interesse?

»Möglich wäre es. Wie auch immer, wir werden es nie erfahren«, kürzte sie dieses Thema ab. »Wir kennen die Umgebung des Anschlags, das können wir für die Ausstellung nutzen. Außerdem sollten wir uns um eine Abbildung dieser Höllenmaschine kümmern. Das hört sich doch nach einem interessanten Thema für unsere Ausstellung an.«

In den nächsten Tagen wurde immer mehr über das Attentat bekannt. Marie erzählte den Besuchern viel über den Schauplatz des Verbrechens, über den Boulevard du Temple oder auch *Boulevard du Crime*, wie man ihn schon in ihrer Kindheit und Jugend genannt hatte. Je mehr sie darüber sprach, umso lebhafter wurde ihre Erinnerung an die Zeit, die sie in dem Haus an der Allee verbracht hatte. An die prächtigen Kutschen und ihre reichen Besitzer, die dort jeden Tag vorgefahren waren. An die vielen erfolgreichen und weniger erfolgreichen Schausteller, die dort ihre Geschäfte gemacht hatten und die Marie nur als »die kleine Curtius« gekannt hatten.

In ihrem »Separate Room«, der ja gewissermaßen ein Nachfolger der »Höhle der großen Räuber« von Curtius war, sorgte noch lange Zeit die Figur des Attentäters Joseph Fieschi für Nervenkitzel. Zumal Marie und ihre Söhne über einen Zwischenhändler in Paris die echten Stiefel und die Perücke Fieschis erwerben konnten und seine Höllenmaschine nachbauen ließen.

Marie war froh, wieder festen Boden unter den Füßen zu haben. Dankbar nahm sie die Hand ihres Enkels, der sie aus dem Gedrängel führte. Schließlich stießen sie auf die anderen Familienmitglieder. Begeistert unterhielten sie sich über das gerade Erlebte. Im Februar 1836 war der erste Abschnitt der Dampfeisenbahn zwischen London und Greenwich eröffnet worden. Ihre Söhne, die, wie der Rest der Nation, das Eisenbahnfieber erfasst hatte, waren bereits kurz danach mit der Lokomotive gefahren. Einige Woche später konnten sie auch Marie zu einer Tour auf dem ersten Streckenabschnitt, also zwischen Spa Road und Deptford, überreden.

»Und, was sagst du zur ersten Eisenbahnfahrt deines Lebens? Ist es nicht großartig? Der Rausch der Geschwindigkeit, die Bequemlichkeit des Gefährts, die Überlegenheit der Technik«, schwärmte Joseph.

»Zumindest haben wir überlebt«, sagte Marie trocken. Sie musste an den armen Teufel denken, der im März sein Leben gelassen hatte, als der Zug mit einer Kutsche zusammengestoßen war.

»Natürlich! Unglücksfälle können bei jeder großen Erfindung passieren. Inzwischen sind schon hunderte oder gar tausende mit der Bahn gefahren – und fast niemandem ist etwas geschehen. Es ist wahrscheinlich sicherer, mit der Dampflokomotive zu reisen, als in der Stadt eine befahrene Straße zu überqueren. Über die Todesfälle durch Kutschen spricht man nur nicht mehr, man hat sich daran gewöhnt.«

»Du hast recht. Mich wundert aber, wie viele Menschen Geld dafür haben, die Fahrscheine sind noch sehr teuer«, sagte Marie, während sie zur Haltestelle des Pferdeomnibusses gingen, der sie wieder von ihrem Sonntagsausflug in die Baker Street bringen sollte.

»Noch! Das ist es ja! Schon bald werden die Tickets so preiswert sein, dass es sich jeder leisten kann, kreuz und quer durchs Land zu reisen.« Joseph war vor Begeisterung nicht mehr zu bremsen.

»Schau nur Großmutter, so ein Zufall.« Ihr Enkel Joseph Randall lenkte ihren Blick zu dem ankommenden Pferdeomnibus, auf dessen Seite eine Werbung für Madame Tussaud & Sons prangte. Daneben war zu lesen, dass die großzügigen Räumlichkeiten nur für eine begrenzte Zeit gemietet waren, man solle seinen Besuch also nicht aufschieben.

»Was soll das heißen«, fragte Elizabeth und sah ihren Mann erstaunt an. »Werden wir abreisen?«

»Wir schließen es zumindest nicht aus. Wir sind noch nie so lange an einem Ort geblieben wie jetzt in London. Wenn die Besucher weniger werden, ziehen wir weiter.«

Marie sah, dass ihre Schwiegertochter von dieser Aussicht nicht angetan war. Sie wusste, welche Meinung ihre Söhne und ihre Schwiegertöchter vertraten. Sie hatten sich in London gut eingelebt, die Kinder gingen hier zur Schule. Maries Söhne hatten schnell Kontakte geknüpft und genossen den gesellschaftlichen Umgang. Es gab einige prosperierende Städte in England, aber London bestimmte nun einmal den Ton. Gesellschaft, Politik, Handel oder Mode, wenn es etwas Neues gab, richtete sich alle Aufmerksamkeit auf die *City*, auf die Stadt der Städte. Und nicht nur das, London war mehr denn je das Zentrum eines internationalen Handelsnetzes. Man musste sich nur die überquellenden Warenhäuser in den Docks ansehen, die an- und ablegenden Segler und Dampfschiffe, um einen winzigen Eindruck von der Größenordnung dieses Handels zu bekommen. Manche behaupteten sogar, London sei die größte und reichste Stadt der Welt. In London lebten mehr Schotten als in Aberdeen, mehr Iren als in Dublin und mehr Katholiken als in Rom. Jeden, der etwas auf sich hielt oder der etwas aus seinem Leben machen wollte, zog es in diese Stadt. Auch Marie fühlte sich in der Hauptstadt sehr wohl. Dennoch hatte sie die Kisten in ihrer Wohnung noch nicht komplett ausgeräumt, immer rechnete sie damit, dass sie wieder zusammenpacken und weiterziehen würden.

Sie stiegen in den Wagen ein und hatten das Glück, die begehrten vorderen Plätze zu ergattern. Nach einer Weile fuhr der Pferdeomnibus ab. Eine Zeitlang ließen sie sich im Rhythmus des Wagens hin- und herschaukeln und beobachteten die anderen Fahrgäste.

»Wo sind eigentlich unsere Wagen abgeblieben?«, fragte Francis jr. »Mit ihnen übers Land zu fahren war doch sehr lustig gewesen.«

»Wir haben sie in einer Lagerhalle am Stadtrand untergestellt, dort warten sie auf uns«, antwortete sein Vater. Ihren Kutschern hatten sie freigestellt, sich eine Zeitlang eine neue Beschäftigung zu suchen oder weiter für sie zu arbeiten. Mr Knight und Willliam betätigten sich nun im Wachsfigurenkabinett und schienen ebenfalls mit diesem sesshaften Leben zufrieden zu sein.

»Was werden wir mit ihnen machen? Wenn wir hierbleiben, könnten wir sie verkaufen«, überlegte Francis.

»Wir verkaufen sie nicht, noch nicht zumindest. Noch kommen die Besucher in Scharen, aber wer weiß, wie es in zwei Monaten aussieht. Wir werden uns alle Möglichkeiten offenhalten. Wir warten mal ab, wie es weitergeht«, beendete Marie das Gespräch. Sie wusste selbst nicht, was sie machen würden, also führten diese Überlegungen zu nichts.

Ein tragisches Ereignis machte es ihr im Herbst 1836 leicht, eine Entscheidung zu treffen: Am 23. September starb überraschend die beliebte Sängerin Maria Malibran. Die achtundzwanzigjährige Primadonna war seit vielen Jahren vor allem in Frankreich und England für ihre eindrucksvolle Stimme und ihre Darstellungskraft gefeiert worden. Es hieß, dass die kleine zarte Frau mit den fiebergeröteten Wangen und den ausdrucksstarken Augen mit ihrer ganzen Seele in der Musik aufgehe. Sie war gerade auf ihrer Tournee in Manchester angekommen, als sie plötzlich erkrankte. Die besten Ärzte wurden herbeigerufen, konnten jedoch nicht helfen, sie siechte dahin. Ihr Tod erschütterte die Gesellschaft, besonders weil sie erst kürzlich geheiratet und ein Kind erwartet hatte. Ihr Ehemann war so verzweifelt, dass er vom Ort ihres Todes fliehen musste. Üble Nachrede behauptete, dass er sie nur ihres Ruhmes wegen geliebt und stets zur Arbeit angetrieben habe. Jetzt, nach ihrem Tod, hatte er keinen Grund zu bleiben. Marie spürte sofort, dass dieses tragische Schicksal, so wie es damals bei Prinzessin Charlotte der Fall gewesen war, in ihrer Ausstellung einen besonderen Raum einnehmen musste. Sie sorgte dafür, dass Joseph so schnell wie möglich ein Porträt der Diva herstellte und ließ fünfhundert Poster drucken, die auf diese neue, lebensechte Figur hinwiesen. Es sprach sich in Windeseile herum, dass man bei Madame Tussauds von der verehrten Sängerin Abschied nehmen konnte. Die Menschen nahmen das Angebot dankbar an. Wochenlang bildeten sich vor dem Eingang der Ausstellung lange Schlangen von Frauen und Männern. Die Einnahmen des Kabinetts verdoppelten sich in dieser Zeit. Auch die junge Prinzessin Alexandrina Viktoria besuchte mit ihrer Mutter, der Herzogin von Kent, die Ausstellung, woraufhin Marie die Gelegenheit wahrnahm und die beiden sogleich porträtierte. Prinzessin Alexandrina Viktoria liebte die Oper und war, wie die anderen Besucher, angerührt durch das Abbild der Maria Malibran, das Joseph so schön und strahlend gestaltet hatte. »Nun wissen wir genau, wie sie ausgesehen hat«, hörte Marie mehr als einmal. Sie beobachtete, dass nicht nur Besucher aus London kamen, um die Figur zu sehen, sondern auch aus der näheren und weiteren Umgebung. Die Pferdeomnibusse und Eisenbahnen machten es möglich, zudem gab es täglich über dreihundert regelmäßige Postkutsch-Verbindungen in alle größeren englischen Städte. Die Zeiten hatten sich geändert. Marie musste nicht mehr zu ihrem Publikum reisen. Von nun an würde ihr Publikum zu ihr kommen, wenn sie ihm nur etwas Sehenswertes bot. Marie beschloss, dass Madame Tussaud & Sons in London bleiben würde. Ein langfristiger Mietvertrag für die Ausstellungsräume im Basar in der Baker Street wurde umgehend abgeschlossen.

KAPITEL 13

LONDON, 1837

Marie packte Zeichenstift und Papier in ihre Tasche. Sie hatte ein schlechtes Gefühl, aber es half nichts. Heute würde der Prozess gegen James Greenacre beginnen, und die Besucher wunderten sich schon, warum dieser diabolische Mörder noch nicht das Schicksal der anderen Verbrecher teilte und im »Separate Room« gezeigt wurde. Marie und ihre Söhne hatten ihr Gruselkabinett im Baker Street Bazaar genauso liebevoll und detailversessen gestaltet wie den Rest der Ausstellung. Die Wände waren den Mauern der Bastille nachempfunden, es gab dunkle, unheimliche Zellen, Gitter und Ketten, es fehlte nur noch, dass jemand einem ins Ohr röchelte, um den Schauer perfekt zu machen. Ihre Besucher liebten dieses Gruselkabinett genauso, wie sie auf dem Boulevard du Temple die »Höhle der großen Räuber« geliebt hatten, und es machte ihnen nichts aus, dafür einen zusätzlichen Eintritt zu zahlen. Also verdienten die Besucher es auch, dass dieser Teil der Ausstellung ebenso aktuell war wie alles andere.

»Gehst du noch fort, Mutter?« Francis hatte den Raum betreten und sah sie erstaunt an. Marie wollte ihm eigentlich nicht erzählen, wohin sie ging, weil er bestimmt angeboten hätte, an ihrer Statt zu gehen. Sie wollte jedoch noch immer ihre Söhne so oft wie möglich von dieser Seite ihres Berufes fernhalten. Plötzlich erinnerte sie sich daran, wie sie als junges Mädchen einmal mit ihrem Onkel gesprochen hatte, als dieser den Mörder Desrues porträtieren wollte. Merkwürdig, wie diese lange verschütteten Bilder in letzter Zeit immer öfter aus den Tiefen ihres Gedächtnisses aufzusteigen schienen. Es war schon so, wie der Philosoph Diderot, ein Bekannter ihres Onkels, geschrieben hatte: Das Gedächtnis sei eine empfindliche, lebende Wachsmasse, in die alle möglichen Formen eingeprägt werden können, die unaufhörlich neue Formen aufnimmt und sie dennoch bewahrt; alles, was wir je wahrgenommen haben, besteht in uns ohne unser Wissen weiter. Damals hatte sie Curtius' Vorhaben leidenschaftlich abgelehnt. Nun musste sie zugeben, dass sich manche Abneigungen im Lauf der Jahre geschäftlichen Notwendigkeiten beugen mussten. Die Morde, die Desrues begangen hatte, bewegten damals Paris, so wie heute Greenacres Verbrechen die Londoner Bevölkerung aufrührte. Es war aber auch ein besonders teuflischer Mord gewesen: Er hatte der Waschfrau Hannah Brown die Ehe versprochen und sie getötet, nachdem sie ihm verraten hatte, wo sie ihr Geld verborgen hielt. Doch damit nicht genug. Nach dem Mord hatte er die Leiche zerstückelt und die einzelnen Teile in verschiedenen Londoner Stadtvierteln versteckt. Nach und nach tauchten die Körperteile auf, und je mehr Leichenteile gefunden wurden, umso mehr nahm die Öffentlichkeit an dem Fall Anteil. Als man endlich alle gefunden hatte, führte die Spur geradewegs zu dem jugendlichen Leichtfuß James Greenacre.

»Ich habe noch etwas zu erledigen«, wich Marie aus.

»Heute beginnt der Prozess gegen Greenacre. Ich habe schon mit Mr Calcraft gesprochen, wir können ihn im Gefängnis porträtieren«, sagte Francis.

»Du hast was?« Marie glaubte ihren Ohren nicht zu trauen, Mr Calcraft war der Scharfrichter Seiner Majestät.

»Mr Calcraft. Bist du ihm noch nicht begegnet? Er liebt unseren ›Separate Room‹. Beim nächsten Mal stelle ich euch vor. Er ist ein freundlicher Mann, interessiert sich sehr für Tauben und sonstiges Getier. Und liebt seine Kinder! Fast ist man erstaunt darüber, bei seinem Beruf.«

Was soll das denn heißen, bei seinem Beruf? Als ob Henker keine Menschen wären, hätte Marie beinahe gefragt, die an ihren Großvater, den früheren Scharfrichter von Straßburg, einen freundlichen, verständigen Mann, denken musste. Sie wusste jedoch, was Francis meinte. Fast zuckte sie zusammen bei dem Gedanken, dass Mr Calcraft ein regelmäßiger Besucher der Ausstellung war. Dabei müsste sie es besser wissen. Doch ihre Söhne wussten nichts von der Herkunft ihrer

Familie. Für sie war Maries Vater Soldat gewesen, hatte unter General Wurmser im Siebenjährigen Krieg gekämpft und war an einer schweren Schädelverletzung gestorben.

»Mutter, alles in Ordnung? Du wirkst so nachdenklich, beinahe abwesend«, wunderte sich ihr Sohn. »Ich würde ihn in den nächsten Tagen im Gefängnis aufsuchen. Oder sollen wir die Totenmaske von Greenacre direkt nach der Hinrichtung nehmen? Denn darauf wird es wohl hinauslaufen.«

Nein, das wollte Marie nun wirklich nicht. Ihre Söhne sollten nicht die Köpfe Hingerichteter in den Händen halten. Es half nichts, sie musste verraten, was sie vorhatte. »Ich bin schon auf dem Weg zum Gericht. Ich denke, eine Zeichnung wird ausreichen, um sein Abbild herzustellen. Dann kann ich mir auch gleich einen Eindruck von Greenacres Wesen verschaffen.« Wie sie geahnt hatte, wollte Francis sie unbedingt begleiten. Es blieb ihr nichts anderes übrig, also gingen sie zusammen.

Der Prozess zog so große Mengen Schaulustiger an, wie Marie es bereits bei Burke und Hare erlebt hatte. Dieses Mal war sie jedoch auf die grausigen Schilderungen der Tat besser vorbereitet, auch lenkte sie die Nähe ihres Sohnes ab. Schon kurz nach dem Prozess tauchten die ersten Handzettel bei Straßenhökern auf, für Sixpence konnte man alle Einzelheiten des Falles erfahren. Marie stießen die Illustrierungen ab, auf denen detailgenau gezeigt wurde, wie Greenacre seinem Opfer die Körperteile absägte. Die Sensationslust der Gesellschaft schien immer mehr zuzunehmen. Und auch sie profitierte davon.

Einige Wochen nach der Hinrichtung stellte Francis ihr tatsächlich Mr Calcraft vor. Marie fragte ihn, ob es ihm etwas ausmachen würde, selbst im »Separate Room« gezeigt zu werden. Der Henker wunderte sich darüber, hatte aber nichts dagegen. Marie hatte sich noch einmal über ihre Vorurteile Gedanken gemacht. Warum sollten sie Verbrecher und ihre Opfer zeigen, nicht aber die Menschen, die sie von Rechts wegen vom Leben in den Tod beförderten? Bei ihrem Anblick würden sich die Besucher genauso gruseln …

Marie kolorierte gerade den Wachskopf des legendären Verbrechers Jack Sheppard. Gemeinsam mit dem Kopf des »teuflischen James Greenacre« sollte er die neueste Attraktion in ihrem Gruselkabinett sein. Elizabeth saß bei ihr und las ihr vor. Seit einigen Tagen war ihr Lesestoff das dreibändige Werk *Die französische Revolution* von Thomas Carlyle, auf das Marie besonders gespannt gewesen war. Sie hatten die ersten Kapitel gelesen und waren inzwischen – das Buch begann mit dem Tod Königs Ludwig XV. – im Jahr 1789 angekommen. Gerade hatten sie den 12. Juli dieses Jahres erreicht, den Tag an dem die eigentliche Revolution begonnen hatte.

»*Aufgeregt stürzte Camille Desmoulins aus dem Café de Foy und spricht zu der Menge:* »*Freunde, sollen wir sterben wie gejagte Hasen, wie Schafe, die zur Schlachtbank gehetzt werden und um Barmherzigkeit blöken, wo keine Barmherzigkeit ist, nur ein gewetztes Messer? Die Stunde ist gekommen, die größte Stunde der Franzosen, der ganzen Menschheit, wo Unterdrücker und Unterdrückte ihre Rechnung abschließen sollen, wo schneller Tod oder Erlösung für immer das Losungswort ist. Willkommen sei die Stunde! Für uns gibt es nur einen Ruf: Zu den Waffen!*«, trug Elizabeth vor. Marie lächelte in sich hinein. Ob das wirklich die Worte von Desmoulins gewesen waren oder nicht, es hörte sich auf jeden Fall eindrucksvoll an. »*Und dann geht es zu Curtius' Bilderladen, auf die Boulevards, in alle Richtungen, und man ruht nicht eher, bis ganz Frankreich in Feuer und Flammen steht.*« Elizabeth sah auf.

»Curtius? Ist das tatsächlich *der* Curtius von dem die Rede ist, dein Onkel Curtius?« Marie nickte.

»Aber wieso Bilderladen?«, wunderte sich Elizabeth.

»Mein Onkel hat auch Bilder ausgestellt, das stimmt. Aber Bilderladen ist sicher nicht die richtige Bezeichnung. Vielleicht hätte Mr Carlyle besser hier vorbeikommen sollen, dann hätte ich ihm erzählt, wie es damals wirklich ausgesehen hat. Lies bitte weiter«, forderte Marie ihre Schwiegertochter auf.

»*Der arme Curtius ist außerstande, auch nur zwei Worte über seine Bilder zu verlieren. Man bemächtigt sich der*

Wachsbüsten von Necker und Orléans, Frankreichs Rettern, und trägt sie mit Flor umhüllt wie im Leichenzug davon. Als ein sinnbildliches Zeichen!«

»Das zumindest stimmt, abgesehen davon, dass mein Onkel sehr wohl einige Worte sagte, aber lassen wir es gut sein«, merkte Marie an. Einige Zeilen weiter wurde das Schicksal der Wachsbüsten wieder aufgenommen.

»Die Prozession mit den Wachsbüsten nähert sich, Prinz Lambesc sprengt mit seinen Royal-Allemands auf sie ein. Schüsse fallen, die Büsten werden von Säbelhieben zerhauen, und, leider, auch die Köpfe von Menschen.« Elizabeth ist entsetzt. »Was für eine schreckliche Zeit das gewesen sein muss«, sagte sie.

»Jede Zeit ist schrecklich. Das Gleiche könnte auch heute wieder passieren, hier und jetzt. Das Volk ist unruhig, die Armee wartet nur darauf, loszuschlagen. Man muss wachsam sein«, antwortete Marie.

In den nächsten Wochen ließ sie sich immer wieder aus Carlyles Werk vorlesen, doch als der blutigste Abschnitt der Revolution begann, weigerte sich Elizabeth, weiter daraus vorzutragen. Joseph übernahm diese Aufgabe von seiner Frau gern. Jetzt waren die Reaktionen beim Vorlesen vertauscht. Maries Gefühle wurden durch die genaue Schilderung der Septembermorde und der Hinrichtungen aufgewühlt, während ihr Sohn fasziniert war. Am Schluss blieb für Marie jedoch ein positiver Eindruck zurück. Sie freute sich darüber, dass ihr Onkel den Einzug in ein Geschichtsbuch, und noch dazu in ein englisches, gehalten hatte. Sein ganz persönlicher Anteil an der Geschichte und die Rolle, die seine Wachsköpfe dabei spielten, würde nicht in Vergessenheit geraten.

Rebecca rückte ihren Stuhl näher an den Kamin. Marie nippte behaglich an ihrem Rotwein und lauschte den Erzählungen ihrer Gäste. Einige Vertreter der Familie Hervé hatten mit ihnen gespeist. Noch während ihrer Reisen hatten die Tussauds Bekanntschaft mit der Familie Hervé gemacht. Der französischstämmige Clan war künstlerisch äußerst aktiv und stellte ebenfalls Silhouetten her, so wie es Joseph eine Zeitlang getan hatte. Nun hatte Joseph in London einige Mitglieder der Familie Hervé wieder getroffen. Ein gewisser Mr Charles Hervé, seines Zeichens Miniaturmaler und Silhouettenkünstler, hatte sogar ein Porträt von Joseph erstellt und es zur Ausstellung der Königlichen Akademie eingereicht. Zwischen Joseph und seinem Bruder führte dieses Porträt zu Sticheleien, denn Francis hielt ihm besondere Eitelkeit vor, wohingegen Joseph damit konterte, dass Francis nur eifersüchtig sei. Marie konnte es nicht leiden, wenn sich ihre Söhne stritten, und hatte sich derartig fruchtlose Diskussionen verboten.

Francis Hervé unterhielt die Gesellschaft gerade mit Berichten von seinen Reisen durch Griechenland und die Türkei, als Francis eintrat. Ihm folgte ein Mann, den Marie als ein Mitglied des Orchesters erkannte. Alle Augen wandten sich den Neuankömmlingen zu.

Francis kam zu Marie und sagte leise: »Mutter, ich möchte dir Monsieur Augustus Meves vorstellen. Wir haben uns vorhin etwas länger unterhalten. Ich denke, dass er eine Geschichte zu erzählen hat, die dich interessieren dürfte.«

Marie stand auf und ging in eine ruhigere Ecke des Zimmers. Als sie sich gesetzt hatte, begann der Mann zu sprechen. Sein Tonfall wirkte etwas gestelzt und aufgeblasen. Er berichtete von Schicksalsschlägen und unglücklichen Fügungen, die ihn dazu verdammt hatten, dass er sich sein Geld auf eine Weise verdienen musste, die ganz und gar nicht seinem Rang entsprach. Marie hatte ihn also richtig eingeordnet, er spielte die Geige in ihrem Orchester. Er tat so, als zierte er sich etwas, dann rückte er mit der Sprache heraus: er sei der unglückliche Gefangene des Temple gewesen, der Sohn von Ludwig XVI. und Marie Antoinette, der vom französischen Volk eingekerkert und angeblich im Alter von zehn Jahren in Paris gestorben war. Er sei Louis Charles, der Dauphin, also letztlich König Ludwig XVII. Augustus Meves sah sie nach diesen Worten von oben herab und erwartungsvoll an. Marie betrachtete ihn ungläubig. Um sie herum war es still geworden, alle Gespräche waren verstummt. Ihr war beinahe zum Lachen zumute. In den vergangenen Jahren waren immer wieder Betrüger aufgetaucht, die behaupteten, der wahre Thronfolger Frankreichs zu sein. Ihre Zahl musste inzwischen in die Hunderte gehen. Warum sollte ausgerechnet dieser Mann die Wahrheit sagen?

»Und nun suchen Sie Hilfe bei mir? Warum wenden Sie sich nicht an den französischen Botschafter oder reisen nach Paris?«, fragte sie mit einem spöttischen Unterton. Er schien eingeschnappt.

»Ich sehe, Sie glauben mir nicht. Ich verschwende meine Zeit. Dabei dachte ich, eine Frau wie Sie, eine Royalistin reinen Gebluts, die meinen Vater und meine Mutter noch persönlich gekannt hat ... Aber ich habe mich wohl geirrt.« Schroff drehte er sich weg und wollte schon den Raum verlassen, als Marie ihn aufhielt. Sie ließ jetzt ihren Blick über sein ausdrucksvolles Gesicht mit der vorspringenden Unterlippe wandern; ein bourbonischer Einschlag wäre nicht unmöglich.

»Ich habe nicht nur Ludwig XVI. und Marie Antoinette gekannt, ich bin auch dem Dauphin, wo immer er jetzt sein mag, begegnet.« Der Mann neigte leicht den Kopf, als deute er eine Verbeugung an.

»Glauben Sie mir, er steht hier vor Ihnen. Verzeihen Sie mir, dass ich mich nicht unserer Begegnung entsinne. Ich war noch ein kleines Kind. Die schrecklichen Dinge, die mir in den ersten Jahren meiner Kindheit und Jugend widerfahren sind, haben dafür gesorgt, dass ich mich an die glückliche Zeit nur sehr schwach erinnere. Wann waren Sie noch als Lehrerin meiner Tante Prinzessin Élisabeth im Schloss von Versailles?« Marie kniff die Augen zusammen.

»Aus dieser Zeit dürften wir uns kaum kennen. Ich habe den Unterricht bei Madame Élisabeth im Jahre 1781 angetreten, und wenn ich mich recht erinnere, wurde Louis Charles de Bourbon erst 1785 geboren.« Dieser Einwand schien ihn zu verwirren. »Ich hatte jedoch später zu verschiedenen Gelegenheiten die Ehre, Vertreter der königlichen Familie in

Versailles besuchen zu dürfen, um aktuelle Porträts herzustellen. Und natürlich war es für unser Wachsfigurenkabinett in Paris auch unverzichtbar, den zweiten Sohn Ludwigs XVI. zu zeigen.«

Der Mann begann nun, einige Anekdoten über seine Familie und das Leben in Versailles zu erzählen. Marie hörte ihm zu und nickte aufmerksam. In ihrem Kopf überschlugen sich die Gedanken. Was, wenn er wirklich der rechtmäßige Anwärter auf den französischen Thron wäre?

»Sie wissen vermutlich, dass es Merkmale gibt, woran man den Dauphin erkennen kann ...«, spielte Marie auf Geburtsmale und Narben an, die den Dauphin von allen anderen Kindern unterschieden.

»Und glauben Sie mir, ich habe mich unwürdigen Befragungen über diese Körpermale schon so oft unterzogen, dass ich mir dabei vorkomme, als spräche ich über das Wetter. Aber ich nehme an, dass Sie nicht von mir erwarten, dass ich mich jetzt und hier vor Ihnen entblöße.« Nun war sein Ton spöttisch geworden.

»Natürlich nicht. Das hat Zeit. Ich erinnere mich noch gut daran, als ich den Dauphin zum letzten Mal sah. Er war mit seiner Familie im Temple gefangen.« Marie war mit einer Nachbarsfamilie dorthin gegangen, um ihre revolutionäre Gesinnung unter Beweis zu stellen, damit sie nicht selbst in Gefahr geriet.

Augustus Meves schien in sich zusammenzusinken und berichtete vom Schrecken des Gefängnisses, das ihn vollends traumatisiert hatte, und von dem Schuster Simon, der für ihn verantwortlich gewesen war, einem rohen, trunksüchtigen Sansculotten.

»Ich weiß, wovon Sie sprechen«, sagte Marie. »Auch ich habe einige Zeit in den Kerkern der Revolutionäre verbracht. Ich vermute, dass man mich verhaftete, weil man sich meiner Verbindung zum Hof erinnerte. Ich hatte jedoch das Glück, keine Angehörigen durch die Revolution zu verlieren.«

Der Mann schien jetzt den Tränen nahe. Wenn er ihr etwas

vorspielte, dann machte er es sehr gut, dann hatte er seine Rolle gelernt.

»Ich möchte Sie nicht unnötig quälen. Verraten Sie mir nur, warum Sie sich nicht gleich an Ihre Familie gewandt haben, besonders an Ihre Schwester, Madame Royale, oder noch zu seinen Lebzeiten an Ihren Onkel, den Grafen von Artois?« Der frühere französische König Karl X. hatte bis vor zwei Jahren im Exil im Palast von Holyrood gelebt. Dann hatte er sich zurück auf den Kontinent begeben und war dort Ende 1836 an der Cholera gestorben. Marie hatte seine Wachsfigur ein letztes Mal wieder hergerichtet und dieses Mal mit Trauerinsignien versehen.

»Ich konnte im Herbst 1793 aus dem Temple fliehen, ein anderer Junge kam an meiner statt und spielte die Rolle des Dauphin. Er war es, der im Jahr 1795 dort starb. Ich hingegen wurde als Sohn eines gewissen Monsieur Meves, eines Engländers, aufgezogen und habe erst 1818 von meiner wahren Herkunft erfahren. Da ich nach seinem Tod eine stattliche Summe erbte, habe ich es nicht als nötig erachtet, die alten Wunden aufzureißen.«

»Und nun haben Sie Ihr Vermögen verloren und müssen sich Ihr Geld als Musiker verdienen? Deshalb wollen Sie Ihre wahre Herkunft bekanntmachen?«

Er lächelte sie an. »Diese Beschäftigung war naheliegend für mich. Ich habe eben das musikalische Talent meiner Mutter geerbt.« Marie straffte die Schultern. Ihre Glieder waren schwer. Auch mit sechsundsiebzig Jahren war sie noch täglich von morgens bis abends in der Ausstellung.

»Ich nehme an, dass Sie sich mir nicht ohne Grund offenbaren. Was kann ich also für Sie tun?«

»Im Gegensatz zu mir verfügen Sie und Ihre Söhne über ausgezeichnete Verbindungen in die Londoner Gesellschaft. Man weiß, dass Sie das unglückliche Königspaar noch gekannt haben. Niemand kennt Augustus Meves, aber jeder kennt Madame Tussaud. Ich hatte gehofft, dass Sie das, was ich Ihnen soeben offenbart habe, an der richtigen Stelle zu Gehör bringen.« Marie erhob sich nun. Sie trat an ihn heran und sah ihm tief in die Augen.

»Ich werde darüber nachdenken. Kommen Sie morgen wieder zu mir, dann können wir weiterplaudern. Über Versailles, über den Temple und über die Male an Ihrem Körper.«

Als sie den anderen Gästen eine gute Nacht wünschte, schien es ihr, als ob sie nur darauf warteten, sich über das Gehörte austauschen zu können.

Beim Frühstück kam, ganz entgegen seiner Gewohnheit, Joseph zu ihr. »Du hast nie viel von Paris und von dem Leben dort erzählt. Von deiner Kindheit, deiner Jugend. Eigentlich weiß ich nur, was in unserem Ausstellungskatalog steht«, sagte er nachdenklich.

»Es gibt Interessanteres als mein Leben. Die Menschen, die in unserem Wachsfigurenkabinett dargestellt sind, beispielsweise«, antwortete Marie und schenkte ihm einen Kaffee ein.

»Aber auch du bist Teil der Ausstellung. Gerade gestern hat wieder ein Besucher deine Figur angesprochen und sich beschwert, dass sie nicht antwortete – bis er seinen Irrtum bemerkte und herzhaft auflachte.« Marie sah jetzt auf. »Die Figur soll doch nur ein Beweis für die Kunstfertigkeit unserer Arbeit sein.«

»Ich weiß. Aber sie ist auch mehr, du bist mehr. Deine Wachsfigur steht für dein Leben, für ein besonderes Leben. Das fasziniert unsere Besucher genauso wie die anderen Wachsfiguren.« Marie wollte protestieren, dann hielt sie jedoch den Mund. Sie ahnte, dass er recht hatte.

»Du kanntest Menschen, von denen wir nur etwas aus den Geschichtsbüchern erfahren. Und wenn ich dich reden höre, merke ich, wie wenig du uns über dein Leben in Frankreich erzählt hast.« Marie kniff die Lippen zusammen. Stimmte das, war sie zu verschlossen ihren eigenen Kindern gegenüber? Wenn Joseph darauf bestand, würde sie ihm mehr über sich erzählen, zumindest das, was sie erzählen wollte. Geschichten über ihre Herkunft aus dem Scharfrichterhaushalt in Straßburg oder die Unterweisungen in der Anatomie bei einer Leichenöffnung gehörten ganz sicher nicht dazu.

»Also frag mich. Was willst du wissen?« Joseph lachte auf.

»Nein, ich will dich ja nicht verhören. Aber als ich mitbekam, wie du gestern mit Mr Meves sprachst – ganz egal, ob seine Geschichte wahr ist oder nicht –, war ich wieder einmal erstaunt, wie wenig ich über dich weiß, über meine eigene Mutter. Und wenn wir dich nicht jetzt ausfragen, werden diese unersetzlichen Geschichten vielleicht für immer verlorengehen. Deshalb habe ich einen Vorschlag, eine Bitte: Du solltest deine Memoiren verfassen.« Marie glaubte, sich verhört zu haben, dann schüttelte sie den Kopf und rückte ihre Haube zurecht.

»Meine Arbeit spricht für sich. Mehr braucht man nicht über mein Leben zu wissen.« Joseph nickte, als habe er diese Antwort schon erwartet. Er rührte so ausdauernd in seinem Kaffee, dass Marie ihn schließlich fragte, ob er ihr noch etwas sagen wolle.

»Ich habe gestern mit Francis Hervé gesprochen. Er war ebenso fasziniert wie ich, wie wir alle. Du weißt, er ist ein Schriftsteller und kennt sich in der Geschichte aus. Es wäre eine Ehre für ihn, deine Erinnerungen zu Papier zu bringen.« Sie wollte etwas einwenden, aber er machte eine knappe Handbewegung. »Jeder veröffentlicht seine Memoiren über diese Zeit, warum nicht du? Du hast mehr zu erzählen als so mancher anderer. Denk an den Erfolg von Carlyles *Französischer Revolution*.« Joseph erhob sich, er hatte seinen Kaffee nicht getrunken. »Du würdest vielen Menschen ein Denkmal setzen. Ihre Verdienste wären für alle Zeit festgehalten. Der Schrecken der Revolution könnte nicht mehr in Vergessenheit geraten. Und überlege dir nur, was für eine großartige Werbung es für das Wachsfigurenkabinett wäre! Jeder wüsste plötzlich über deine Nähe zum französischen Königshaus Bescheid. Wachsfigurenkabinette mag es viele geben, aber nur eines hat diese Geschichte.«

Als Joseph gegangen war, blieb Marie an ihrem Tisch sitzen und sah auf die Baker Street hinaus. Sie hatte viele der Memoiren gelesen, die in den letzten Jahren veröffentlicht worden waren. Die meisten waren mehr als dürftig gewesen. Ihre Erinnerungen an diese Zeit, an diesen Abschnitt ihres Lebens waren hingegen so lebendig. Die Revolution in Frankreich beschäftigte die Menschen ungemein. Man verglich die derzeitige Situation Englands mit der in Frankreich vor der Revolution, als ob man eine Art englisches Ancien Régime erlebe. Die Reformen hatten nicht ausgereicht, um den Arbeitern Erleichterung zu verschaffen, der Unfriede war überall spürbar. Würde es auch in England eine Revolution nach französischem Vorbild geben? Im nächsten Jahr, also 1839, würde sich der Beginn der Revolution zum fünfzigsten Mal jähren. Es ließ sich nicht abstreiten, dass es ein guter Zeitpunkt wäre, ihre Memoiren zu verfassen. Es müsste allerdings eine Mischung aus ihren Erinnerungen und der Geschichte der Revolution sein, damit die Menschen auch noch etwas über diese Zeit lernten, die bis heute nachwirkte. Marie zückte ihre Schnupftabaksdose und ließ den Deckel einige Male auf und zu schnappen. Dann nahm sie zufrieden eine Prise heraus. Ja, so könnte es gehen ...

»Napoleon kam aus Ägypten wieder in Paris an. Er trug das Kostüm der Mameluken, ich sehe es noch vor mir, als sei es gestern gewesen: eine weite weiße Hose, rote Stiefel, eine reich verzierte Weste, eine Jacke aus purpurrotem Samt. Er kam etwa gegen acht Uhr abends an, die Kanonen am Invalidendom feuerten einen Salut. Sein erster Gang galt seiner Mutter, die damals in der Rue Vieille-du-Temple wohnte ...«, erzählte Marie, während Francis Hervé eifrig mitschrieb. Hervé war ein Kenner der Stadt Paris. Er kannte sich in den Straßen und in der Politik gut aus, war sogar während der Kämpfe der *trois glorieuses* im Jahr 1830 in Paris gewesen. Marie hatte das Gefühl, dass er vieles von dem, was sie erzählte, nicht nur verstand, sondern auch nachfühlen konnte.

Als er sich nach einigen Stunden erhob und seine vom Schreiben verkrampften Finger massierte, fragte er, ob es Neuigkeiten von dem »geschätzten Dauphin« gebe.

»Ob es tatsächlich Ludwig XVII. ist, kann ich nicht mit Bestimmtheit sagen. Ich bin jedoch seiner Bitte nachgekommen und habe einige Briefe verschickt. Was daraus wird, werden wir sehen«, sagte Marie vage.

»Und bis dahin verdient er sein Geld in Ihrem Orchester? Wie überaus geschickt. Einen echten französischen König als Angestellten kann wohl sonst niemand vorweisen.« Marie schwieg und lächelte. Im Grunde hatte sie bereits seit dem ersten Abend gewusst, dass Augustus Meves nicht der Dauphin war. Als sie sich von ihm verabschiedet hatte, hatte sie ihm prüfend in die Augen gesehen. Sie waren braun. Der Dauphin hatte hingegen blaue Augen gehabt, so blau, dass kein Fünkchen einer anderen Farbe ihr Strahlen schmälerte. Auch die Narbe, die die scharfen Zähne eines weißen Kaninchens dem Thronfolger am linken Unterkiefer zugefügt hatten, fehlte. Es nützte ihr jedoch mehr, das Geheimnis zu bewahren, als Meves auffliegen zu lassen.

»Wo waren wir stehengeblieben?«, fragte sie. Hervé blätterte in seinen Aufzeichnungen und las die letzten Sätze vor. Es war nicht wortwörtlich das, was Marie gesagt hatte, aber als Schriftsteller achtete er beim Formulieren auch auf die Schönheit und den Fluss der Sprache.

Einige Monate später war der Fall des angeblichen Dauphins wieder vergessen, Maries Memoiren dagegen wurden veröffentlicht. Immer wieder strich sie mit ihren knochigen Fingern über den Ledereinband, immer wieder las sie die Anzeigen und Besprechungen in der Zeitung. Dort stand es, schwarz auf weiß, in der *Times: Ein Bericht ihres langen Aufenthalts im Palast von Versailles mit Prinzessin Élisabeth, der Schwester Ludwigs XVI., genauso wie eine Beschreibung der Umgangsformen, der Etikette und der Kleidung, die am Hof von Versailles angenommen wurden ... Außerdem Aufzeichnungen der Gespräche, die Madame Tussaud mit Napoleon führte und den meisten der bemerkenswerten Charaktere, die während der Französischen Revolution eine bedeutende Rolle spielten.*

Viele Zeitungen waren voll des Lobes. Marie bebte vor Stolz. Es hieß, dass nur wenige Personen am Leben seien, die einen genaueren Bericht darüber abgeben könnten, was während der Revolution in Frankreich geschehen sei. Manche störten sich daran, dass einige Namen und Daten vertauscht worden waren, aber auf derartige Details hatte Marie nicht geachtet, als sie Hervés Manuskript gelesen hatte. Wer eine historische Lektion erwartete, sollte eben ein Geschichtsbuch in die Hand nehmen. Dafür fand sich in ihren Memoiren jeweils eine genaue Beschreibung des Aussehens und der Kleidung der bekannten Persönlichkeiten – das gab es sonst nirgends. Marie war rundherum zufrieden. Die Geschäfte bei Madame Tussaud & Sons liefen hervorragend, auch dank der jungen Königin Viktoria, die im Juni 1838 in der Westminsterabtei gekrönt worden war. Jeder wollte die Nachfolgerin von Wilhelm IV. und das aufwendige Krönungstableau sehen, was wieder zu Warteschlangen vor dem Wachskabinett führte. Marie war dort angekommen, wo sie hingewollt hatte. Ja, sie hatte sogar noch mehr erreicht. Nicht nur hatte sie Curtius' Vermächtnis erhalten, sie hatte auch ihr eigenes Vermächtnis geschaffen. Sie würde ihren Söhnen etwas hinterlassen, worauf sie aufbauen konnten. Die nächsten zwei Jahre lang sonnte sich Marie in ihrem neuen Ruhm. Dann geschah etwas, das die Verwirklichung ihres Lebenstraums zu zerstören drohte.

KAPITEL 14

LONDON, 1841 BIS 1847

Wie sie es gewohnt war, saß sie am Eingang ihres Wachsfigurenkabinetts in einem Lehnstuhl, kassierte das Eintrittsgeld und plauderte mit den Besuchern. Neben Marie lag der Stapel mit Ausstellungskatalogen. Sie hatten sich zu einem schönen Nebengeschäft entwickelt. Es war schon merkwürdig, am Anfang hatte sie nicht gewusst, ob sich diese Investition lohnen würde, und jetzt verkaufte sie tausende davon. Sie sah den Männern und Frauen, den Alten und Kindern zu, wie sie in die Räume hineinströmten. Oft war die erste Reaktion dieselbe: Beeindruckt von der ausgefeilten Beleuchtung, der geschmackvollen Dekoration und den lebensechten Figuren mit ihren prächtigen Kostümen, die auf ihren Podesten aufgereiht Hof hielten, blieben sie wie gebannt stehen. Sie begannen, ehrfurchtsvoll zu tuscheln und zeigten auf besonders schöne Figuren. Kinder reagierten oft unmittelbarer, sie rannten auf die Figuren zu, sprachen sie an oder blickten staunend an ihnen empor. Marie könnte ein ganzes Buch schreiben über ihre Erlebnisse mit den Besuchern des Wachsfigurenkabinetts. Über die Frau, die unter ihrem Reifrock ihre Kinder in die Ausstellung schmuggeln wollte. Über den ungebildeten Bauern, der so begeistert von ihrem Gruselkabinett war, dass er beim Anblick der Figur des legendären Königs Henri IV. fragte, »Enry Carter? Wen hat'n der umgebracht?«. Und natürlich über die jungen Männer, die Wachsfiguren wie der *Schlafenden Schönen* heimlich Liebesbriefe zusteckten. Das war schon bei Curtius in Paris so gewesen, und so war es auch heute wieder bei Madame Tussaud & Sons im Baker Street Bazaar. Manche Dinge änderten sich eben nie. Andere Dinge änderten sich sehr wohl, sie wurden besser. Mit Befriedigung dachte sie an ihren jüngsten Coup: Für eine enorme Summe hatten Marie und ihre Söhne die echten Krönungsroben von Georg IV. erworben, »die eine großzügige Nation über 18 000 Pfund gekostet hatten«, wie Marie auf den Plakaten betonen ließ. In monatelanger Arbeit hatten sie eine angemessen aufwendige Kulisse für diese farbenprächtigen Roben bauen lassen. Dies war ihr bislang ehrgeizigstes Projekt und bot einen großartigen Anblick, der zugleich ein Versuch war, den ausgefallenen Geschmack dieses Herrschers zu ehren. Die Wände des Saales waren über und über mit purpurrotem Seidensamt bedeckt, auch der Fußboden war in Purpur ausgelegt. Es gab glitzernde Leuchter, eine Kopie des Thrones aus Carlton Hall und Nachbildungen von Krone, Reichsapfel und Zepter. Im Mittelpunkt stand die Figur von Georg IV. in seinem Krönungsornat, in der Pose, wie ihn der Hofmaler Sir Thomas Lawrence in seinem berühmten Gemälde abgebildet hatte. An beiden Seiten der Figur waren weitere offizielle Kleidungsstücke zu sehen. Die meisten Besucher waren tief beeindruckt von dieser Darstellung. Viele begeisterte es noch mehr als das Krönungstableau um die junge Königin Viktoria. Aber natürlich gab es auch Nörgler, die darüber klagten, wie tief der englische Hof gesunken sei, wenn der Krönungsornat an eine Vergnügungsstätte wie diese verkauft werden musste, um die Staatskasse aufzubessern. Von diesen Neidern hatte sich Marie die Stimmung jedoch nicht verdüstern lassen. Unangenehmer war es da schon, dass der erfolgreiche Autor Charles Dickens, der in der Nähe wohnte und ihre Ausstellung oft aufsuchte, in seinem neuesten Buch eine fahrende Wachskünstlerin porträtiert hatte. Seitdem wurde sie ständig darauf angesprochen, ob sie das Vorbild für diese Mrs Jarley aus *Der Raritätenladen* war. Dabei hatte Marie doch ihr Leben lang darum gekämpft, sich von diesen Jahrmarktsgauklern abzusetzen. Und nun, im Alter von beinahe achtzig Jahren, wo sie endlich so angesehen war, wie sie es gehofft hatte, dieses Buch. Wenn der junge Dickens ihr wieder unter die Augen kam, würde sie ihm was erzählen! Dann würde sie nicht nur mit ihm über ihre Erlebnisse während der Französischen Revolution plaudern, die ihn so brennend interessierten. Immer wieder musste sie ihm von dem greisen Bastille-Gefangenen Graf de Lorges berichten, der zu ihr gebracht worden war, nachdem man ihm die Ketten abgenommen hatte und dessen Wachsabbild noch heute im »Separate Room« zu sehen war. Sein Schicksal schien Dickens besonders zu faszinieren, genauso wie die Wachsfigur des ermordeten Revolutionärs Marat in seiner Badewanne. Diese neue Erfindung, Photographie oder Daguerreotypie hieß sie, machte ihr ebenfalls Sorgen. Noch war die Technik nicht ausgereift. Menschen, die sich mit Hilfe der geheimnisvollen Apparate porträtieren ließen, klagten darüber, dass sie allzu lange wie in einen Schraubstock gespannt still sitzen mussten, damit das Bild gelang. Es konnte also sein, dass die Erfindung wieder in der Versenkung verschwand, wie so viele vor ihr. Aber wenn nicht, wenn sie sich verbessern würde, wäre sie eine Konkurrenz für die Wachsbildnerei? Marie hatte schon häufig darüber nachgedacht. Dann könnte man berühmte Persönlichkeiten einfach fotografieren und hätte Minuten später ein genaues Abbild. Es klang verrückt, aber unmöglich war es anscheinend nicht. Andererseits boten Wachsfiguren ein viel umfassenderes Bild als ein flaches Porträt. Gerade in den letzten Monaten hatten ihre Söhne für das Wachsfigurenkabinett weitere frühere Besitztümer von Napoleon Bonaparte erstanden. Vieles entstammte dem Nachlass von Lucien Bonaparte, dem Drittgeborenen der Brüder Bonaparte. Wenn es so weiterging, würden sie irgendwann einen ganzen Raum mit Napoleons Figuren und Artefakten ausstatten können, in dem sich die Besucher ein Bild von dem Feldherrn und Menschen Napoleon machen könnten. Dass der Leichnam Napoleons im letzten Jahr nach Paris überführt und in einem prunkvollen Staatsakt im Invalidendom beigesetzt worden war, hatte das Interesse an ihm noch zusätzlich entfacht. Auch die Figur der Joséphine stand nach wie vor in seiner Nähe, Marie hatte jedoch den Ausschnitt ihrer Robe verkleinern lassen, weil die Prüderie in der feinen Gesellschaft immer mehr zunahm.

Jemand räusperte sich, Marie drehte sich um. Sie war doch tatsächlich so in Gedanken versunken gewesen, dass sie den Angestellten, der an sie herangetreten war, nicht bemerkt hatte. »Madame Tussaud, hier ist eine Frau, die Sie sprechen möchte. Eine Mrs Castille. Sie sagt, es sei dringend.« Die Frau hatte Maries Angestellten schon zur Seite geschoben und begrüßte Marie auf Französisch. Marie bat den Mann, sie kurz an der Kasse zu vertreten, stand auf und fragte Mrs Castille, was sie wünsche.

»Ich bin sehr froh, Sie hier zu finden! Was für eine außergewöhnliche Umgebung. Als François mir schrieb, dass Sie in London ein Wachsfigurenkabinett betreiben, hatte ich mir alles ausgemalt – nur das nicht! Er hat gesagt, er wüsste Ihre Adresse nicht. Dabei hätte er vermutlich schreiben können: Madame Tussaud, Wachsfigurenkabinett, London, und der Brief wäre angekommen – so bekannt sind Sie!«, plapperte sie los. Normalerweise hätte Marie sich über dieses Kompliment gefreut, aber jetzt hörte sie einfach darüber hinweg.

»Ich kann Ihnen nicht folgen. Von welchem François sprechen Sie?«, sagte Marie. Ihr Herz fühlte sich plötzlich an, als hielte eine eisige Hand es umklammert. Der nächste Satz der Frau bestätigte ihre schlimmsten Befürchtungen.

»Na, von Ihrem Ehemann, François Tussaud!«

Ehemann, welcher Ehemann, wollte Marie fragen, presste die Lippen jedoch nur zusammen. Vielleicht sollte sie sich freuen, dass ihr Mann Kontakt zu ihr aufnahm. Aber sie wusste es besser, sie wusste, dass es nichts Gutes bedeuten konnte.

»Ich habe schon seit mehr als dreißig Jahren keinen Kontakt mehr zu ihm. Ich wusste nicht einmal, dass er noch lebt«, sagte Marie, um Haltung bemüht.

»Das tut er. Er hat mich gebeten, Ihnen diesen Brief zu geben.« Sie zog einen Umschlag aus der Tasche und hielt ihn Marie unter die Nase.

Marie mochte ihn nicht annehmen, als könne sie so verleugnen, was gerade geschah.

»Sie sehen, ich trage eine Brille. Meine Augen sind schlecht. Ich kann ihn nicht lesen«, wich sie aus.

»Gut, dann lese ich ihn vor.« Noch bevor Marie etwas einwenden konnte, hatte die Frau den Umschlag geöffnet. Vermutlich hatte sie darauf gebrannt, einen Blick auf den Inhalt werfen zu können. Ihre Stimme verlor sich zeitweise im Stimmengewirr des Wachsfigurenkabinetts. Vielleicht wollte Marie aber einfach nur nicht genau verstehen, was sie vorlas.

»*Liebe Ehefrau … in meinem zweiundsiebzigsten Lebensjahr im Elend … meine Rechte als Ehemann … Curtius' Erbe … Handlungsvollmacht erneuern*«, so viel verstand sie zumindest. Mehr musste sie auch gar nicht wissen. Maries Brust war wie eingeschnürt. Sie hatte das Gefühl, keine Luft mehr zu bekommen. Auch in dieser Hinsicht hatte sich nichts geändert. Heute wie damals war François eine Enttäuschung für sie. Heute wie damals wollte er nur ihr Geld. Hatte ihm jemand von ihrem Ruhm erzählt? Waren ihm gar ihre Memoiren in die Hände gefallen? Marie schwankte leicht.

»Geben Sie mir den Brief. Ich möchte ihn noch einmal in Ruhe lesen.« Sie steckte den Brief in die Rocktasche. Dann sah sie Mrs Castille beschwörend an. »Schreiben Sie ihm, ich kann nichts für ihn tun. Alles, was ich habe, gehört meinen Söhnen. Sie sind verheiratet mit englischen Frauen, haben ihre eigenen Familien. Schreiben Sie ihm das.«

Mit unsicheren Schritten lief Marie durch die Ausstellung. Die Menschen sahen sie neugierig an, manche grüßten sie. Marie bemerkte es gar nicht. Sie ging in ihre Wohnung, die sich gegenüber ihrer Ausstellung in der Baker Street befand. Ihre Söhne wohnten in der Nähe, jeden Tag besuchte sie einer ihrer Angehörigen. Es war eine kleine Wohnung, die ihre Schwiegertöchter gemütlich für sie eingerichtet hatten. Überall standen kleine Tische und Schränke mit Deckchen, Blumenvasen und Zinntellern. Marie empfand diese Wohnung manchmal als zu vollgestopft, zu eng. So viele Jahre war sie mit dem Wenigsten ausgekommen, und nun dieser unnütze Zierrat. Jedes Mal, wenn Elizabeth oder Rebecca ihr wieder eine dieser reizenden Dekorationsstücke schenkten, wollte sie dankend ablehnen, und brachte es doch nicht übers Herz, weil sich ihre Schwiegertöchter so sehr daran freuten. Marie ließ sich in ihren Ohrensessel fallen. Eine Zeitlang blieb sie wie betäubt sitzen und starrte auf den Schattenriss, der an der Wand hing.

Joseph hatte diese Silhouette angefertigt, sie zeigte ein Familienbild: Links stand Marie, eine Eintrittskarte in der Hand, ihr zugewandt war Rebecca, Elizabeth saß an der Harfe, zwei Kinder hielten sich an den Händen und am rechten Rand stand, lässig auf eine Säule gelehnt, Francis.

Sie erhob sich mühsam und ging zu der Kiste, die sie auf allen ihren Reisen begleitet hatte und in der sich ihre persönlichen Erinnerungen befanden. Sie zog Briefe hervor, Aufzeichnungen.

Dann endlich fand sie, wonach sie suchte: eine Kopie des Schreibens, das am Ende ihres ersten Aufenthalts in London aufgesetzt worden war und in dem sie François das Recht zusprach, über ihren Besitz in Paris zu verfügen. Und wie war er damit umgegangen? Er hatte alles, was sie hatte, mit Immobilienspekulationen und dem Glücksspiel durchgebracht. Nichts war ihr und den Söhnen geblieben, sogar der Wachssalon ihres Onkels war an die Gläubiger gefallen. Marie wusste noch genau, wie verzweifelt sie gewesen war, als sie diese Nachricht erhalten hatte. Es war ihr vorgekommen, als habe sie alles verloren, als habe sie nicht einmal mehr ein Zuhause, in das sie zurückkehren konnte. Alles, was sie jetzt besaß, hatte sie sich in den letzten Jahrzehnten mühevoll erarbeitet. Und nun wollte ihr Ehemann wieder eine Handlungsvollmacht von ihr. Hatte er die alte Vollmacht etwa verloren? Zuzutrauen wäre es ihm. Oder war die andere einfach zu alt, fragte sich Marie, fast vierzig Jahre war es her. François wollte die Hände auf ihren Besitz legen, ihr alles nehmen, was sie besaß. Er, ein Spieler und Leichtfuß, der mal wieder in finanziellen Schwierigkeiten war. Ein alter Narr. Ihre Hände zitterten. Maries Finger ertasteten in der Tiefe der Kiste etwas. Die Gipsmaske von François' Gesicht, des jungen und schönen Mannes, dem sie einmal verfallen war. Hätte sie damals nur hinter seine blendende Fassade blicken können! Einmal im Leben hatte sie sich falsch entschieden, hatte sie falsch gewählt. Sie hatte lange versucht, vor dieser Erkenntnis wegzulaufen, das wusste sie heute, aber sie holte sie immer wieder ein. Und sie würde sie auch in Zukunft immer wieder einholen. Mit dem schweren Hammer, mit dem man Wachsköpfe zerkleinerte, die eingeschmolzen werden sollten, schlug sie zu, bis nur noch Gipskrümel den Boden bedeckten. Sie atmete schwer und pfeifend. Als Nächstes holte sie die Abdrücke ihres eigenen Gesichtes hervor, mit denen sie über die Jahre immer wieder ihre eigenen Wachsfiguren gestaltet hatte. Es waren viele und in den aufgereihten Abdrücken konnte sie plötzlich erkennen, wie sie sich verändert hatte. Wie glatt ihre Haut einmal gewesen war. War sie wirklich jemals so jung gewesen, so unschuldig? *Long ago.* Sie hob den Hammer erneut und ließ ihn auch auf die Abdrücke ihres eigenen Antlitzes hinuntersausen, bis sie vollständig vernichtet waren. Als das Werk vollbracht war, keuchte sie, hustete. Schweiß rann ihr die Stirn hinunter und brannte in ihren Augen. Dann verdunkelte sich alles.

»Mutter? Mutter! Was ist geschehen, bist du überfallen worden?« Scharfer Geruch stieg ihr in die Nase, man hielt ihr wohl Riechsalz hin. Sie versuchte die Augen zu öffnen, aber die Lider schienen schwer, verklebt. Jemand wischte mit einem feuchten Tuch über ihr Gesicht, hob ihren Oberkörper an. Marie öffnete die Augen, sah Francis und Joseph. Was war passiert? Sie lag auf dem Boden. Um sie herum Gips und viele Papiere. Die Erinnerung kam zurück, Marie schloss die Augen wieder. »Es ist alles verloren. Die Ausstellung ist verloren. Alles war umsonst«, sagte sie heiser. Starke Arme hoben sie auf das Bett. Ihr Kopf fiel zur Seite, als sei sie wieder ohnmächtig geworden. Dann hörte sie, wie Joseph flüsterte: »Sie ist schwach, aber sie lebt. Lassen wir sie schlafen. Ich schicke nach Elizabeth, sie soll über Mutter wachen und uns benachrichtigen, wenn sie wieder aufwacht. Außerdem brauchen wir einen Arzt, schnell!« Sie hörte, wie aus der Ferne, das Getrappel von Füßen.

Maries Gedanken kreisten um den Brief, kreisten um die Frage, wie sie sich gegen die Ansprüche ihres Ehemannes wehren konnte. Sie musste weinen, aber sie wollte nicht, dass Elizabeth merkte, dass sie wach war. Sie konnte nicht darüber sprechen, was geschehen war, noch nicht. Marie stellte sich schlafend, dann schlief sie tatsächlich ein.

Sie saß aufrecht im Bett. Ihre Schwiegertochter hatte ein dickes Kissen hinter ihren Rücken geschoben, Rebecca reichte ihr eine Schale mit kräftiger Brühe. Marie konnte sie nicht halten, ihre Hände zitterten zu stark. Rebecca half ihr, daraus zu trinken. Marie verging der Appetit, sie musste gefüttert werden, wie entwürdigend. Ihr Zusammenbruch war einige Tage her, heute ging es ihr zum ersten Mal etwas besser. Ihre Söhne saßen an ihrem Bett.

»Willst du uns nicht sagen, was geschehen ist, Mutter?«, fragte Joseph. Marie bat ihn, ihr die Papiere zu geben, die inzwischen säuberlich gestapelt auf dem Tisch lagen. Sie suchte den Brief heraus und reichte ihn weiter.

»Lest ihn, aber lest ihn leise. Ich möchte diese Worte nicht noch einmal hören.« Die Söhne zogen sich zurück und kamen nach einigen Minuten wieder. Francis wirkte ernst, in Josephs Gesicht glaubte Marie auch Erstaunen und – war es Freude? – zu lesen.

»Unser Vater ... Ich dachte, er wäre –«, fing Joseph an.

»Tot? Wohl nicht«, sagte Francis. »Er lebt noch, wie früher, im Haus in der Rue des Fossés du Temple, das Curtius erbaut hat. Es scheint ihm allerdings nicht sehr gutzugehen. Er will eine Handlungsvollmacht über Mutters Besitz. Es geht um ein Erbe, das Curtius angeblich in Mainz hinterlassen haben soll. Er braucht Geld.«

Marie straffte sich, so weit es ihr möglich war. »Er hat mehr bekommen, als er verdient hat. Ich habe nie einen Penny von ihm gekriegt. Er hat alles durchgebracht. Nie hat er Rechenschaft darüber abgelegt. Und jetzt will er mehr von mir, das ist unverschämt – nein, es ist gemein.«

»Vielleicht sollten wir einen Anwalt konsultieren«, schlug Francis vor.

»Das habe ich schon getan. Ich habe nach einem geschickt, gerade war er hier, ihr habt ihn verpasst. Die Rechtslage ist eindeutig: Mein Ehemann kann über mein Vermögen verfügen. Selbst wenn er meine Handlungsvollmacht für seine Angelegenheiten in Frankreich bräuchte, hier in England käme er ohne sie aus.« Marie hatte sich über den Anwalt geärgert, der pikiert gewirkt hatte, weil sie doch tatsächlich *ihr* Vermögen *für sich* in Anspruch nahm. Dabei stand alles, was sie hatte, alles, was sie sich erarbeitet, erkämpft hatte, von Rechts wegen ihrem angetrauten Ehemann zu. Für diese Auskunft würde der Anwalt aber natürlich ihr die Rechnung zukommen lassen, nicht ihrem Mann.

»Dennoch ist die Lage unangenehm. Wenn dir etwas geschieht, fällt Madame Tussaud & Sons an unseren Vater. Und Vater ist acht Jahre jünger als du.« Der kühle Denker Joseph hatte ausgesprochen, was Marie sich nicht einzugestehen traute. »Die einzige Lösung wäre, wenn wir offiziell als Mitinhaber eingetragen wären und du nicht mehr alleinige Besitzerin des Wachsfigurenkabinetts wärest.«

Marie setzte sich auf. »So schlecht geht es mir noch nicht. Ich kann das Kabinett noch führen. Die Frauen meiner Familie sind immer sehr alt geworden. Wir sind zäh.« Francis nahm ihre Hand.

»Daran zweifeln wir nicht, Mutter. Aber die Tatsachen sprechen für sich. So sind nun mal die Gesetze.«

»Ich habe dieses Kabinett aufgebaut. Ich werde es weiterführen, solange ich noch im Vollbesitz meiner Kräfte bin. *Voilà tout*, das ist alles. Wir müssen eurem Vater deutlich machen, dass wir ihm nicht weiterhelfen können. Ihr habt selbst große Familien, für die ihr sorgen müsst. Das müssen wir ihm schreiben. Vielleicht lässt er die Angelegenheit dann auf sich beruhen.« Während Joseph und Elizabeth drei Kinder hatten, schienen Francis und Rebecca mit einer größeren Fruchtbarkeit gesegnet. Wer wusste schon, wie viele Kinder noch zu ihrer Familienschar hinzukommen würden? Alle müssten versorgt werden, müssten eine gute Ausbildung erhalten, darauf bestand Marie als Familienoberhaupt.

Sie sprachen noch lange darüber, wie sie vorgehen sollten. Schließlich beschlossen sie, dass Joseph und Francis ihrem Vater einen Brief schreiben würden. Sie sollten klarstellen, dass sie ihn lange genug unterstützt hätten, dass das Wachsfigurenkabinett ihnen gehörte und dass sein Verhalten skandalös sei. Der Brief wurde abgeschickt. François reagierte nicht auf das Schreiben. War das ein gutes oder ein schlechtes Zeichen? Marie grübelte jede Nacht, bis sie der Schlaf übermannte. Der eiserne Griff, der sich um sie gelegt hatte, ließ nicht los. Sie fühlte eine Schwere auf der Brust, Atemnot plagte sie. Sie erholte sich nur schleichend von diesem Schock.

Marie betrachtete prüfend die Gesichtszüge, die sie in den Lehmkopf eingearbeitet hatte. Etwas stimmte nicht, sie wusste nur nicht, was. Sie wurde unterbrochen durch Joseph, der schnellen Schrittes in das Atelier gelaufen kam. Diese Eile passte gar nicht zu ihrem Sohn, der sich immer so ruhig und gefasst benahm, wie es seiner Meinung nach einem Gentleman in mittleren Jahren zukam.

»Mutter, komm, ich muss dir etwas zeigen.« Er ging zu einem Tisch und breitete Papiere darauf aus. Marie folgte ihm neugierig.

»Eine Kutsche? Was hat das zu bedeuten?«, fragte sie.

»Nicht irgendeine Kutsche. Lies selbst!« Marie las, und je weiter sie kam, umso größer wurde die Erregung, die sich ihrer bemächtigte. Sie musste sich setzen.

»Wie hast du sie entdeckt?«, fragte sie.

»Ich bin am Themse-Ufer spazieren gegangen, so wie ich es gerne tue. Als ich mich auf das Geländer der London Bridge stützte und auf die Werften von Billingsgate sah, beobachtete ich, wie eine Kutsche von einem Schiff an Land gehievt wurde. Es sah aus, als würde eine riesenhafte Spinne von ihrem Netz herunterhängen. Ich hatte mit meinem Nebenmann geplaudert, der plötzlich sagte, das sei eine schöne Kutsche, aber er wüsste, wo eine noch schönere sei, für die viele Leute sehr viel geben würden. Er meinte, er könne mich an einen Ort bringen, wo ich die Kutsche sehen könne, in der Napoleon bei Waterloo geflüchtet sei, und in der er auch das brennende Moskau verlassen hatte, das Geschenk seiner Gemahlin Marie Louise. Die Kutsche stehe in einem Schuppen in der Gray's Inn Road bei einem gewissen Mr Robert Jeffrey. Du kannst dir vorstellen, dass ich mich sofort auf den Weg gemacht habe.« Joseph legte eine Kunstpause ein und lachte dann glücklich wie ein kleiner Junge. »Er ist Kutschenbauer und hatte sie als Anzahlung für eine Schuld behalten. Sie ist tatsächlich dort. Verstaubt, von Spinnweben bedeckt und durchlöchert, aber sie ist dort.«

»Und diese Papiere beweisen ihre Echtheit«, staunte Marie und wies auf den Tisch. Joseph nickte. Sie schwiegen einen Moment. Beide wussten, was das hieß. Diese Kutsche wäre ein unschätzbares Artefakt für ihre Ausstellung. Joseph und Marie hatten mit eigenen Augen gesehen, wie wild die Menschen auf den Anblick dieser Kutsche gewesen waren, als auch sie sie in Bullock's Egyptian Hall bestaunt hatten.

»Was will er dafür haben?« Marie wusste, dass das die wichtigste Frage von allen war.

»Ich weiß es noch nicht. Ich wollte zunächst wissen, was du davon hältst. Soll ich verhandeln?« Marie zog sich am Tisch hoch, es fiel ihr schwer. Es würde wohl noch eine Weile dauern, bis sie genug Kraft hatte, ihre täglichen Spaziergänge wieder aufzunehmen.

»Natürlich sollst du. Du hast das Schmuckstück entdeckt. Jetzt musst du nur noch Verhandlungsgeschick beweisen.« Sie wandte sich wieder dem Lehmkopf zu. Joseph sah ihr neugierig zu.

»Du arbeitest? Ein neues Selbstporträt?«, fragte er mit gerunzelter Stirn, als habe er es erst jetzt bemerkt. »Nicht, dass du dich überanstrengst. Ich kann es später für dich fertigstellen.« Marie winkte ab.

»Nein, geh lieber zu deinem Bruder und berichte ihm von den Neuigkeiten. Vielleicht bittest du auch ihn um seine Meinung. Du weißt, er ist so empfindlich ...« Jeder ihrer Söhne war ein guter Wachsbildner, jeder beherrschte die geschäftlichen Aspekte ihres Geschäfts, und doch war es manchmal so, als müsste sich der eine vor dem anderen hervortun. Marie fand dieses Konkurrenzgebaren unangebracht. Sie liebte beide, jeden für das, was er war. Marie war zwiespältig zumute. Einerseits teilte sie Josephs Aufregung, andererseits kam sie sich manchmal so überflüssig vor. Ihre Söhne hatten inzwischen einen Großteil der Arbeit übernommen.

Nachdem Joseph das Atelier verlassen hatte, warf Marie

prüfend einen Blick in den Spiegel. Sie sah eine alte Frau, dünn, hinfällig. Die schwarze Haube wirkte fast zu groß auf dem zarten Kopf, die Augen blickten prüfend durch die stahlgeränderten Brillengläser. Ich sehe aus wie eine Frau, die in ihrem Leben viel durchgemacht hat, der niemand mehr etwas vormachen kann, die aber auch viele Hoffnungen aufgeben musste. Jetzt ließ sie den Blick über den Lehmkopf wandern. Genau diesen Ausdruck hat er noch nicht. Ich habe mich idealisiert, so, wie es viele schlechte Wachsbildner mit ihren Modellen tun. Jeder will schöner sein, jünger, fröhlicher oder respekteinflößender. Jeder will so aussehen, wie er sich selbst gerne sehen möchte. Aber das gibt es bei Madame Tussaud & Sons nicht. Mein Wachsabbild ist der Gradmesser für die Lebensnähe unserer Figuren. Jeder, der meine Wachsfigur mit mir verwechselt, hat sich von unserer Kunst betören lassen.

Sie wollte einen Bossierstift ergreifen, aber ihre Finger zitterten so, dass sie es ein paarmal versuchen musste, bis sie ihn endlich zu fassen bekam. Bin ich zu alt für diese Arbeit, fragte sie sich nicht zum ersten Mal. Nein, ich bin lediglich noch schwach, ich werde mich wieder erholen, wenn ich es nur will, lautete jedes Mal die Antwort, die sie sich im Stillen gab. Sie führte den Bossierstift mit voller Konzentration über das Lehmgesicht, fügte ein paar Falten ein, ließ den Mund verkniffen wirken. Dann endlich war sie zufrieden. Sie konnte es nicht wissen, aber es sollte die letzte Wachsfigur sein, die sie schuf.

Im März 1843 wurde der »Napoleon-Schrein« eröffnet. Marie und ihre Söhne hatten einen zusätzlichen Katalog über die »Relikte des Kaisers Napoleon« drucken lassen, die in den zwei Sälen ausgestellt waren. Inzwischen hatten sie einhunderteinundfünfzig Schaustücke zusammengetragen, darunter das Bett, in dem Napoleon während seiner sieben Jahre auf Sankt Helena geschlafen hatte, seine Zahnbürste und sogar einen Zahn, der ihm von seinem Arzt Dr. O'Meara gezogen worden war. Im zweiten Raum stand die Waterloo-Kutsche, die nun wieder im schönsten Glanz erstrahlte. Man konnte darin den eingebauten Schreibtisch entdecken, ein geheimes Fach für Juwelen und ein spezielles Schubfach für Napoleons Pistolen, die im Notfall schnell zur Hand sein mussten. Würden die Engländer einen zusätzlichen Eintritt von Sixpence entrichten, um diese reliquienartig präsentierten Alltagsgegenstände des Mannes zu betrachten, der ihre Heimat mit Waffen bedroht hatte? Sie würden, das hoffte Marie fest. Ihre Hoffnung wurde nicht enttäuscht. Der Napoleon-Schrein war ein gewaltiger Erfolg. Täglich standen die Menschen an, um die Schaustücke zu sehen oder sogar in die Kutsche zu klettern. Als allerdings die Kutsche immer mehr beschädigt wurde, weil viele Besucher sich Teile abbrachen und als Andenken mitnahmen, ließ Marie das Betreten untersagen. Dabei wusste sie, dass Besucher Erinnerungsstücke an Madame Tussauds liebten. In ihrem Atelier stand eine große Schale mit Ersatzfingern aus Wachs, weil diese häufig abgetrennt und eingesteckt wurden. Bei einem so kostbaren und einzigartigen Ausstellungsstück wie der Kutsche war es jedoch etwas anderes; jedes Teil war unersetzbar. Die Besucher strömten trotz der Absperrung weiter in die Ausstellung.

Marie hatte große Freude daran, jeden Abend die Einnahmen zu zählen. Geld an sich bedeutete ihr nichts, für sich gab sie kaum etwas aus. Die vielen silbernen und goldenen Geldstücke waren für sie der sichtbare, greifbare Beweis ihres Erfolges. Ihre heitere Stimmung wurde allerdings getrübt, als sich im nächsten Jahr ihr Ehemann erneut meldete. Seine Briefe hatten nun einen anderen Tonfall angenommen. Er schrieb, dass er zu alt und zu gebrechlich sei, um seine Geschäfte in Ordnung zu halten.

Sie saßen nach dem Abendessen bei Kaffee und Tee zusammen, als ihre Söhne ihren Entschluss verkündeten: »Nach reiflicher Überlegung haben wir beschlossen, nach Paris zu reisen, um unserem Vater zu helfen«, erklärte Joseph. Marie hatte damit nicht gerechnet und erwartete, auch von ihren Schwiegertöchtern Protest zu hören, aber die beiden reagierten gar nicht. Also hatten sie es wohl gewusst. »Wir sehen es als unsere Pflicht an, ihm zu Hilfe zu kommen«, unterstrich Francis. Dieses Mal schienen sich die Brüder einig zu sein. Marie seufzte. Seit François sich wieder gemeldet hatte, beschäftige er das Herz und das Hirn ihrer Söhne, das hatte sie gespürt. Womit hatte er das verdient? Er hatte sich nie sonderlich um seine Kinder gekümmert. Und sie würde hier allein gelassen werden.

»Ich denke, euer Vater kann auf sich selbst aufpassen«, sagte sie fest. Joseph legte ungeduldig seine Serviette weg.

»Mutter, er ist ein alter Mann, das scheinst du zu vergessen. Vielleicht hat er Hilfe nötig. Warum bist du so kalt, wenn es um ihn geht?«, sagte er.

»Willst du ihn etwa verteidigen?«, fragte sie.

»Ich muss. Er ist mein Vater. Ich liebe ihn, wie ich dich liebe.« Marie war erschüttert.

»Wie kannst du das sagen. Was hat er dir geboten?«

»Nicht so viel wie du, das ist wahr. Doch auch nicht so wenig, dass mich sein Schicksal gleichgültig lässt. Wie sollte ich kein Mitleid mit ihm haben?«

Francis räusperte sich. »Es gibt noch einen weiteren Grund für die Reise. Er schreibt, seine finanziellen Schwierigkeiten hätten sich vergrößert. Es besteht also noch immer die Gefahr, dass er Zugriff auf dein, auf unser Vermögen erlangen will. Ich kenne ihn besser als jeder andere von uns. Ich habe schließlich mein halbes Leben mit ihm verbracht. Ich muss herausfinden, was er wirklich vorhat. Und es ihm ausreden.« Dieses Argument leuchtete Marie ein.

»Es gibt eine andere Möglichkeit. Unser Vater hat vorgeschlagen, selbst nach London zu kommen –«, fing Joseph an, doch Marie unterbrach ihn entsetzt.

»Nein, nur das nicht! Ich will ihn nicht sehen! Dann reist lieber ihr!« Sie wollte François nicht noch einmal begegnen, nie mehr.

Trotzdem war sie verletzt durch das Verhalten ihrer Söhne, und sie zog sich von ihrer Familie zurück. Während Joseph und

Francis ihre Reisevorbereitungen trafen, versuchte Marie, sich über ihre Gefühle klarzuwerden. Sie war enttäuscht, weil sie fürchtete, dass ihre Söhne sich auf die Seite ihres Vaters schlugen. Sie hatte Angst vor den Gefahren, die ihnen auf der Reise drohen könnten, und dachte mit Schrecken an den Achsenbruch einer Lokomotive auf der Eisenbahnstrecke Paris-Versailles, der vor einigen Jahren ganz Europa erschüttert hatte, weil alle Fahrgäste verbrannt waren. Vor allem aber hatte sie Angst, dass François seine Söhne betörte, so wie er sie einst verzaubert hatte. Dass sie ihre Söhne an ihn verlieren würde, obwohl sie alles für sie getan hatte. Francis, der auch die Schattenseiten im Charakter des Vaters kannte, würde François' Charme widerstehen können, aber was war mit Joseph, der sich kaum an ihn erinnerte? Sie beschwor ihren Ältesten, sich nicht auf eine Begegnung mit seinem Vater einzulassen, sich nicht von ihm einlullen zu lassen. Er sollte seinem Bruder die Gespräche überlassen. Joseph hörte kaum hin, er war zu aufgeregt, endlich das Land kennenzulernen, in dem er geboren worden war. Von ihrem Freund Francis Hervé, der ein Kenner der Stadt war und gerade eine Art Reiseführer für Paris veröffentlicht hatte, ließen sich die Brüder die besten Tipps für die Reise geben. Marie musste ihre Söhne ziehen lassen.

Plötzlich war Marie wieder alleinige Herrscherin über ihr Reich der Wachsfiguren. Die Arbeit fiel ihr schwerer als sonst. Sie spürte, dass sie seit dem Zusammenbruch nie wieder die alte Kraft zurückerlangt hatte. Sie würde jedoch durchhalten, diese Blöße würde sie sich nicht geben. Mit aller Macht drängte sie Atemnot und Schwäche zurück. Überall hielt sie die Fäden in der Hand, bei den Angestellten, an der Kasse und im Kabinett. Mit dem Kopf war Marie bei der Sache, nicht aber mit dem Herzen. Sie spürte, wie sie die bitteren Gedanken immer weniger zurückhalten konnte, je länger die Reise der Söhne dauerte. Wie konnten sie ihr das antun! Auch sie war alt und gebrechlich! Sie hatte alles für Joseph und Francis getan, und wie dankten sie es ihr? Als sie zu dieser Zeit gefragt wurde, ob sie die Wachsfiguren in der Westminsterabtei restaurieren könnte, gab sie schnippisch zurück, sie habe einen eigenen Laden, um den sie sich kümmern müsse. Später schämte sie sich ein wenig, dass sie so schroff gewesen war. Zu anderen Zeiten hätte sie sich über diese Bestätigung ihrer Kunstfertigkeit gefreut. Aber jetzt hatte sie nur noch eines im Kopf: wie sie ihre Söhne für sich, und das Wachsfigurenkabinett für ihre Söhne retten konnte.

Als ihre Söhne zurückkehrten, sprudelten die Eindrücke nur so aus ihnen hervor: die Reise mit dem Dampfschiff über den Ärmelkanal, der erste Blick auf die französische Küste, und schließlich auf Paris mit seinen engen Gassen und Straßen und den beeindruckenden Bauwerken. Die beiden sahen stilvoll und schick aus, denn sie hatten sich in Paris neu eingekleidet – Kleidung war dort günstiger, die Qualität besser – und für alle Familienmitglieder hatten sie Kleinigkeiten im Gepäck. Für Marie eine Schnupftabaksdose aus einem Geschäft in der Nähe des Temples, die beim Öffnen wie eine Spieluhr verschiedene Melodien spielte.

Natürlich hatten sie sich um ihren Vater gekümmert, doch sie hatten sich auch die Stadt ihrer Geburt angesehen und vor allem die Orte, von denen Marie so viel erzählt hatte. Zunächst berichteten sie von der Begegnung mit François.

»Ich wollte es erst, wie du es von mir verlangt hast, zu keiner Begegnung mit unserem Vater kommen lassen. Francis hat allein sein Haus betreten. Aber als ich durch das Fenster in den Raum schaute, erblickte ich nur einen harmlos aussehenden alten Mann. Ich kam mir albern vor. Durch das Fenster zu linsen, wie ein Dieb, ein Spion!«, erzählte Joseph. »Ich ging also hinein. Er freute sich aufrichtig, mich zu sehen. Wenn er auf der Straße an mir vorübergegangen wäre, ich hätte ihn nicht erkannt. Wie auch? Es ist zu lange her. Aber dieses Paris! Ich fühlte mich sofort heimisch. Was für eine aufregende Stadt. Die Menschen sind so anders dort, so lebenslustig.« Er schwärmte auch von den Bauwerken. »Wenn man von der Straße von

Rouen aus nach Paris hineinfährt, ist der Triumphbogen das Erste, das einem auffällt. Er ist wahrlich ein Ehrenzeichen für die gefallenen französischen Soldaten. Und dann weiter, die Champs-Élysées hinunter, eine breite Straße mit wunderbaren Häusern und Springbrunnen!«

Marie lachte auf. »Zu meiner Zeit weidete noch das Vieh auf den elysäischen Feldern«, erinnerte sie sich.

»Wir haben uns in der Rue de la Madeleine natürlich die Chapelle Expiatoire angeschaut, die dort errichtet wurde, wo Ludwig XVI. und Marie Antoinette nach der Hinrichtung begraben wurden. Eine sehr elegante und interessante Kapelle, auch wenn die sterblichen Überreste des Königspaares inzwischen nach St. Denis überführt wurden.«

Francis hakte begeistert ein. »Unglaublich sind die Überreste der Gipsform des enormen Elefanten, den Napoleon auf der Place de la Bastille bauen wollte. Wirklich monströs«, erzählte er.

Marie war während ihrer Erzählungen immer stiller geworden.

»Ob ich dieses Paris wohl wiedererkennen würde?«, fragte sie sich leise.

»Aber sicher! Ich glaube kaum, dass sich beispielsweise das Palais Royal stark verändert hat. Die Conciergerie, die Kirchen wie Notre-Dame oder Saint Roch, das ist alles so, wie du es kennst. Auf dem Boulevard du Temple gibt es noch immer viele Theater und Cafés, Sänger, Zauberer und Seiltänzer. Aber natürlich, vieles wurde abgerissen, und in nächster Zeit wird für die neuen Bahnhöfe einiges Platz machen müssen.« Sie erzählten von ihren Begegnungen mit den Parisern, von ihren Erlebnissen in Kaffeehäusern und Restaurants.

»Joseph hatte ganz schön mit der Sprache zu kämpfen. Sein Französisch war mehr als eingerostet!« Dieser Spott schien dem Bruder nichts auszumachen, er lachte mit.

»Ja, aber auch du hast uns manches Mal in eine knifflige Lage gebracht, weil du Wegbeschreibungen falsch verstanden hast.«

Marie war froh, ihre Söhne so zu sehen, vielleicht war diese Reise doch keine schlechte Idee gewesen.

Was die geschäftliche Seite anging, war die Gefahr jedoch nicht gebannt. François war in Immobiliengeschäfte verstrickt und wollte auch seine Söhne in Spekulationen im Zusammenhang mit einem Theater ziehen. Die beiden waren vernünftig genug gewesen, dieses Geschäft sofort abzulehnen.

Letztlich gab es nur einen Weg, um für klare Verhältnisse zu sorgen und um das Wachsfigurenkabinett für alle Zeiten ihren Söhnen zu sichern. Marie wusste es, und sie musste ihn schweren Herzens einschlagen. Dabei hatte sie sich eigentlich vorgenommen, nie mehr eine geschäftliche Partnerschaft einzugehen, damit ihr niemand in die Entscheidungen hineinreden konnte. Jetzt aber hatte sie keine andere Wahl. Im Jahr 1844 nahm sie ihre Söhne als Partner in die Firma auf. Als sie die Unterschrift unter den Vertrag setzte, geschah etwas Unerwartetes – sie spürte, wie auf einmal eine Last von ihr abfiel. Jetzt war das Wachsfigurenkabinett für ihre Nachkommen gerettet, diese Sorge war sie los.

Wenig später forderte ihre Gesundheit erneut ihre ganze Aufmerksamkeit. Dass neue Bettelbriefe von François aus Paris eintrafen, war ihrem Zustand nicht eben zuträglich. Dieses Mal gab es Probleme mit François' Wohnhaus, bei denen er Unterstützung aus London erwartete. Würde das denn nie aufhören? Marie fühlte sich so schwach, dass sie nicht einmal Zar Nikolaus I. persönlich begrüßen konnte, der Madame Tussaud & Sons einen Besuch abstattete. Er war von der Figur Voltaires und dem von diesem erfundenen Schreibstuhl so begeistert, dass Joseph für ihn eine Replik herstellen ließ. Auch als Phineas Taylor Barnum das Wachsfigurenkabinett aufsuchte, ließ sie sich nicht im Kabinett blicken. Doch es zeigte sich, dass der berühmt-berüchtigte amerikanische Schausteller Pläne hatte, die auch sie betrafen.

Ihre Dienstmagd stand im Zimmer und zupfte an ihrer Schürze. »Madame, die Herren Tussaud bitten Sie zu kommen.« Marie stand auf, zog sich etwas über und ließ sich von ihrer Magd über die Straße helfen. Als sie auf das Atelier zuging, warteten davor bereits Besucher, viele Kinder und ihre Eltern, die aufgeregt tuschelten. Marie trat ein, Joseph kam ihr entgegen. Hinter ihm stand ein kräftiger Mann, dessen krauses Haar wirr von seinem Kopf abstand. »Wir möchten dir Mr Barnum vorstellen, er ist ein bekannter –«

»Ich weiß, wer Mr Barnum ist«, sagte Marie. »Willkommen, mein Herr. Ich habe von Ihrem erstaunlichen Erfolg bei der Königin gehört, besser von dem Erfolg Ihres – wie sagt man? – Kollegen General Tom Thumb. Wo steckt er?« Es hieß, General Thumb sei der kleinste Zwerg, der je eine Berühmtheit geworden war. Barnum hatte den kleinen Jungen entdeckt, ein Geschäft gewittert und reiste seitdem mit ihm durch die Hauptstädte Europas. Marie musste zugeben, dass er dabei sehr geschickt vorging. Er staffierte den kleinen Mann mit einer originalgetreuen Uniform aus und ließ sogar eine Miniaturkutsche für ihn herstellen, mit der er auf den Straßen für Aufsehen sorgte. In London trat er in der Egyptian Hall in Piccadilly auf. Den beiden war sogar eine Audienz bei Königin Viktoria genehmigt worden, die sich im wahrsten Sinne des Wortes königlich über diesen frechen kleinen General amüsiert hatte. Seitdem standen Barnum selbst die höchsten Kreise bei Hof und in der Gesellschaft offen.

Hinter einem Tisch trat ein Junge hervor, der ganz das Aussehen eines Mannes hatte. Marie näherte sich ihm, beugte sich hinunter und begrüßte ihn höflich als »Mr Stratton«, wie er wirklich hieß. Der etwa sechsjährige Junge schien erfreut, schlug die Hacken zusammen und verbeugte sich. »Ich hoffe, Sie finden die Zeit für eine Porträtsitzung, Mr Stratton. Ein General wie Sie darf in der Reihe unserer Feldherren nicht fehlen. Darf ich Ihnen Limonade bringen lassen?« Der Knabe nickte, Marie schickte einen Angestellten los, der bald mit einem Krug Limonade zurückkam.

»Natürlich muss General Tom Thumb auch bei Madame Tussauds vertreten sein! Ausgezeichnet!«, rief Barnum aus.

»Sie erkennen auf den ersten Blick, was gut ist. Wenn ich daran denke, dass mir ein Wachsbildner in Liverpool läppische zehn Dollar die Woche bot, um General Thumb zu zeigen!« Dann schlug Barnum einen vertraulichen Ton an: »Wie wäre es: Ihre Söhne fangen schon mal an, und Sie führen mich durch die Ausstellung? Wir haben nämlich etwas zu besprechen, wir zwei.« Marie sah ihre Söhne fragend an, die ihr leicht zunickten. Was hatten sie vor?

Marie führte Mr Barnum durch das Kabinett, zeigte ihm die neuen Figuren wie den reizend-exotischen Commissioner Lin, der in den Opiumkrieg verwickelt war, und seine kleinfüßige Lieblingsgemahlin, den Seehelden Admiral Napier, mit dem ihre Söhne bekannt waren, und natürlich Father Matthew, den charismatischen Anführer der Enthaltsamkeitsbewegung, den Francis erst vor kurzem porträtiert hatte. Zum Abschluss ging sie mit ihm ihn die »Chamber of Horrors«, wie sie das Gruselkabinett seit einiger Zeit nannten. Barnum sah sich die Figuren nur flüchtig an.

»Ah, hier sind also die berühmten Totenmasken aus der Französischen Revolution, von denen ich in Ihren Memoiren gelesen habe. Ihre Erinnerungen sind ja schon vor einiger Zeit in Amerika veröffentlicht worden. Eine schöne Werbung für Ihr Wachsfigurenkabinett, muss ich sagen.« Er nickte anerkennend, dann nahm er einen geschäftsmäßigen Ton an: »Madame, ich möchte es kurz machen. Zeit ist, wie wir beide wissen, kostbar. Ich möchte mich an Ihrem wunderbaren Geschäft beteiligen, als Partner vielleicht. Ich würde es aber auch ganz kaufen, wenn Ihnen das lieber ist. Sie sind eine alte Frau, und Ihre Söhne hätten sicher auch nichts gegen ein bisschen Kleingeld.« Er lachte, Marie war fassungslos.

»Darüber haben Sie schon mit meinen Söhnen gesprochen?«

»Ja, die beiden sagten, Sie allein entscheiden das. Ich hatte aber den Eindruck, dass sie persönlich nichts gegen eine Partnerschaft einzuwenden hätten. Ich würde Ihre Wachsfiguren nach New York verschiffen lassen und sie dort in einer einmaligen, großartigen Ausstellung zeigen. Sie würden Weltruhm erlangen!«

Marie zog ihre Schnupftabaksdose hervor, klappte sie auf und bot Barnum eine Prise an. Dann schneuzte sie sich in ein besticktes Taschentuch.

»Sie sagten, Zeit sei Geld, dann kann ich Ihnen meine Entscheidung ja auch umgehend mitteilen. Nein, Mr Barnum, nein. Das Wachsfigurenkabinett gehört mir und meinen Söhnen, so war es und so soll es bleiben, solange ich lebe.« Barnum zuckte die Schultern und tätschelte ihren Arm. Er schien es leicht zu nehmen.

»Einen Versuch war es wert. Wenn Sie es sich anders überlegen, können Sie sich ja an mich wenden. Mich findet man schnell, überall auf der Welt! Na, dann wollen wir mal zu meinem General zurück. Ich sehe, die Freunde seines Auftritts warten schon.«

Die Menge vor dem Atelier hatte sich noch vergrößert. Es schien sich herumgesprochen zu haben, dass der General Tom Thumb bei Madame Tussaud & Sons war. Marie verabschiedete sich von Mr Barnum, betrat aber nicht das Atelier. Sie wollte ihren Söhnen jetzt nicht gegenüberstehen. Sie fühlte sich hintergangen. Das Wachsfigurenkabinett verkaufen, wie konnten sie nur daran denken! Hätte sie sie doch nicht zu Partnern machen sollen?

Marie trat vor die Tür, aber sie kehrte noch nicht nach Hause zurück. Langsam schritt sie die Straßen entlang, schwarzer Schnee fiel vom Himmel, vom Kohlenrauch seiner Unschuld beraubt, wie alles in dieser Stadt. Ich sollte eine Magd zur Begleitung mitnehmen oder mir zumindest ein Cape holen, dachte sie, ging aber dennoch weiter. Ich bin eine unvernünftige, halsstarrige alte Frau. Sie ließ sich treiben. Das Gaslicht schien die Straßen in eine Bühne verwandelt zu haben. Wie lange war sie nicht mehr auf der Straße gewesen, hatte dieses Elend nicht gesehen? Ein stetiger Strom aus Flüchtlingen ließ London anschwellen, das hatte sie gewusst. Und da viele Elendsquartiere für die neuen Eisenbahnstrecken in die Stadt abgerissen wurden, fanden sie keine Plätze mehr, an denen sie unterkommen konnten. Sie konnten sich nur auf der Straße durchschlagen. Marie sah abgemagerte Kinder, die Schwefelstöcke zum Verkauf anboten. Ein Mädchen, vielleicht zwölf Jahre alt, bot sich fremden Männern an. Was für eine Scheinheiligkeit! In der Öffentlichkeit galt die Frau als reines Wesen und eheliche Treue wurde gepriesen, dabei blühte auf der Straße die Prostitution. Eine alte Frau kam an ihr vorbei, neben sich einen grün bemalten zweirädrigen Kinderkarren, der von einem Hund gezogen wurde. Der Gestank nach faulem Fleisch nahm Marie den Atem. »Fleisch für die liebe Katze? Heute früh vom Henkersknecht geholt!«, pries die Alte ihre Ware an. An der Ecke stand ein Wägelchen, auf dem ein Mann saß, der seine Beine verloren hatte und Nationallieder auf der Klarinette spielte. Marie schlug die Augen nieder und wandte sich ab. Als sie wieder aufsah, überfiel sie Panik. Wo war sie? Sie bekam keine Luft, hustete. Dann erkannte sie eine Straßenecke. Ihre Knie taten weh, sie humpelte zurück. Sie war müde, alt. Wo war ihre Kraft geblieben? Als sie wieder in ihrer Wohnung ankam, liefen ihre Söhne ihr entgegen. Sie stützten sie und führten sie zu ihrem Sessel.

»Wir haben uns Sorgen gemacht«, sagte Francis, während er ihr eine Decke um die Schultern legte. Joseph schürte den Ofen und ließ ihr ein Glas Portwein bringen. Marie stellte es unberührt vor sich auf den Tisch.

»Sorgen gemacht? Aber warum? Habe ich euch das Geschäft vermasselt? Wenn ich erst tot bin, könnt ihr das Wachsfigurenkabinett verscherbeln, an wen ihr wollt«, sagte sie eisig. Joseph sah erschrocken auf.

»Wie kannst du das sagen? Du weißt doch, dass wir das niemals tun würden.«

»Ach ja, und warum wolltet ihr euch dann mit diesem Barnum einlassen?«

»Wir dachten lediglich, dass du dir seinen Vorschlag ja mal

anhören kannst.« Marie umklammerte unwillig die Decke vor ihrer Brust.

»Ich habe ihn angehört. Ich habe meine Meinung dazu gesagt. Damit ist das Thema erledigt. Ihr könnt also gehen.«

Ihre Söhne saßen starr da. Francis fand als Erster die Sprache wieder. »Ich verstehe dich nicht. Ich versuche es zu verstehen, aber ich begreife einfach nicht, warum du dich so verhältst. Wir haben nichts getan, was das Kabinett beschädigen oder dich verletzen könnte. Wir sind deine Söhne. Wir lieben dich. Wir würden nichts tun, was nicht deine Zustimmung findet. Das solltest du nach all den Jahren doch wissen«, sagte er ratlos. »Manchmal habe ich das Gefühl, da steckt mehr dahinter. Die Art, wie du den Kontakt zu Vater ablehnst, als würdest du ihn für etwas bestrafen. Und jetzt die Reaktion auf Barnum.«

Marie starrte ins Feuer. Hatte ihr Sohn recht? Hatte sie überreagiert? Die letzten Jahre hatten ihr viel abverlangt, und sie wusste, dass ihre Kräfte schwanden. Die Sorge um das Kabinett hatte ihr zugesetzt, die Angst, dass alles vergebens gewesen war. Sie hatte das Gefühl gehabt, ihre Söhne zu verlieren, die wichtigsten Menschen in ihrem Leben. Und jetzt die Befürchtung, eine Partnerschaft eingegangen zu sein und betrogen zu werden. Das weckte schlimme Erinnerungen in ihr.

Nach einer Weile nahm Marie das Portweinglas auf und trank einen Schluck. »Das stimmt. Es gibt vieles, das ihr nicht wisst. Joseph hat einiges miterlebt, aber er muss es vergessen haben, er war ja noch ein Kind, ein Jugendlicher. Vielleicht solltet ihr es wissen, damit ihr meine Beweggründe versteht. Wo soll ich beginnen? Ihr ward noch klein ... Nein, eigentlich hat alles schon früher angefangen.«

Sie erzählte von François' Tournee durch England, und wie er den Gewinn durchgebracht hatte; von seinen krummen Geschäften in Paris. Zum ersten Mal sprach sie von ihren Gefühlen, als sie vom Verlust des Wachssalons erfahren hatten, von ihrer Empfindung, heimatlos zu sein. Dass François alles verschleudert und darüber hinaus immer mehr Geld von ihr verlangt hatte. Schließlich erzählte sie von der ausbeuterischen, entwürdigenden Geschäftsbeziehung zu Monsieur de Philipsthal, an den sich Joseph kaum erinnern konnte. Sie sprach so lange, bis das Feuer im Kamin heruntergebrannt war. Und endlich verstanden ihre Söhne sie.

Das Thema Barnum wurde nie wieder erwähnt. Auf den nächsten Bettelbrief ihres Vaters antworteten sie, dass er nichts von ihnen zu erwarten hatte. Er habe Marie mit Schulden und Schwierigkeiten allein gelassen, die sie nur durch harte Arbeit und Beharrlichkeit überwunden habe. Bis heute habe er keinen Sou geschickt, um ihr zu helfen. Im Gegenteil: er habe ihr nie Rechenschaft über die Erträge aus ihren Besitztümern abgelegt, von denen er so viele Jahre profitiert habe. Er wolle seinen Anteil – aber bislang sei doch alles zu seinen Gunsten gewesen. Jedes Mal, wenn er Marie schreibe, werde sie krank, am schlimmsten sei es, wenn er schreibe, dass er kommen und sie sehen wolle. Wenn er von seinen Qualitäten als Ehemann spreche, sei das zu lächerlich, um es in Worte zu fassen. Dennoch würden sie ihn unterstützen. Ein Freund von ihnen werde ohnehin nach Paris reisen und ihm bei der Gelegenheit bei seinen Angelegenheiten helfen.

Maries Nächte waren ruhelos. Sie wälzte sich zwischen den Laken, konnte nicht einschlafen, vieles spukte ihr im Kopf herum. Wenn ihr die Augen zufielen und sie einschlief, schreckte sie wenig später wieder hoch, weil sie das Gefühl hatte, jemand sitze auf ihrer Brust und presse ihr die Luft aus den Lungen. Hustenanfälle quälten sie. Oft stand sie nachts auf und schlich in das Wachsfigurenkabinett. Auch heute hatte sie es wieder in das Kabinett gezogen. Sie kannte die Geschichten, die man sich über das Wachsfigurenkabinett bei Nacht erzählte. Sie wusste von den Wetten, die junge Männer abschlossen und bei denen es darum ging, eine Nacht zwischen den unheimlichen Figuren zu verbringen. Für sie hatte das Wachsfigurenkabinett bei Nacht gar nichts Unheimliches. Im Gegenteil, in diesen stillen Momenten gehörten die Figuren und die prachtvollen Räume wirklich ihr, nur ihr. Inmitten der Figuren konnte Marie, für die ihre täglichen Spaziergänge zu beschwerlich geworden waren, oft am besten ihre Gedanken ordnen. Häufig dachte sie in letzter Zeit über ihren Ehemann und ihre Söhne nach. War es richtig gewesen, die Söhne gegen François aufzubringen? Hätte sie mehr Mitleid zeigen sollen? François war ja, im Gegensatz zu Philipsthal kein Monster. Sie hatten auch schöne Zeiten geteilt.

Leise schritt sie zwischen den Figuren umher, die Schatten zuckten im Licht ihrer Öllampe. Sie besuchte gern alte Bekannte, wie sie die frühen Figuren nannte, wie die von Voltaire oder der Gräfin Dubarry, die als *Schlafende Schöne* zu sehen war, nahm aber auch die neuen Tableaus in Augenschein. Das wichtigste Wachsfigurenensemble in dieser Saison im Jahr 1846 war das der königlichen Familie in ihrem Zuhause. Königin Viktoria, ihr Prinzgemahl Albert und die vier kleinen Kinder wurden in diesem heimelig wirkenden Schaustück präsentiert. Gleich nebenan befand sich die großartige Ausstellung von fünfundzwanzig prächtigen Kostümen, die am Hofe getragen wurden. Marie schüttelte den Kopf. Wie hatte sich die Mode verändert. Früher prunkte der Adel mit prächtigen Farben, wertvollen Stoffen und kostbaren Verzierungen. Heute war alles so schlicht, so bieder. Die wichtigste Extravaganz war der Reifrock, und auf den hätte Marie wahrlich verzichten können, so unbequem und unpraktisch, wie er war. Bei den Männern war es besonders extrem. Selbst Revolutionäre wie Robespierre hatten Anzüge in kräftigen, leuchtenden Farben getragen. Als Farben der Saison galten schon seit geraumer Zeit grau und schwarz. Man konnte anhand der Kleidung kaum noch einen Unterschied zwischen den Klassen ausmachen. Doch gerade das war es, was diese Hofroben auszeichnete: Sie sagten etwas über die Gesellschaft aus, in der man sie trug. Auf ihrem jüngsten Plakat bezeichnete sie diese Ausstellung als sehr lehrreich gerade für junge Menschen. Aber was war das? Marie trat näher. An eines der kostbaren Kleider hatte jemand einen Ausriss aus einer Zeitung befestigt.

Marie nahm ihn vorsichtig ab. Es war aus der Zeitschrift *Punch*, und der Tonfall war wie gewohnt sarkastisch: *Eine großartige moralische Lektion bei Madame Tussauds* lautete die Überschrift. In dem ausgerissenen Artikel hieß es, dass Madame Tussaud sich als großer öffentlicher Lehrmeister herausgestellt habe. Die Ausstellung in der Baker Street habe sich in eine Erziehungsanstalt verwandelt. Der Autor zitierte ihr Plakat und schlug dann vor, dass auch schäbige alte Arbeitskleidung gezeigt werden solle, was sicher ebenso lehrreich war. Man könne in einer gesonderten »Chamber of Horrors« auch die Hungernden zeigen, die irische Bauernschaft, die Weber, die Armen aus den Arbeitshäusern, und das Eintrittsgeld solle zugunsten der lebenden Originale verwendet werden.

Wie so oft musste Marie den Autoren der satirischen Zeitschrift zustimmen. Ich bin zwar eine alte Frau und komme nicht mehr viel vor die Tür, aber ich habe meinen Realitätssinn noch nicht verloren. Marie las täglich mehrere Zeitungen und wusste über die Probleme Bescheid, unter denen die Bevölkerung im Vereinigten Königreich zu leiden hatte. Missernten und vor allem die Kartoffelseuche in Irland hatten zu einer Hungersnot bislang ungekannten Ausmaßes geführt. In Irland starben die Menschen in Massen, viele Iren suchten ihr Heil als Auswanderer in anderen Ländern, aber auch in England hatte sich die Lage weiter verschärft. Und noch immer weigerte sich die Regierung, die verhängnisvollen Korngesetze, die die Einfuhr von billigem Getreide verhinderten, aufzuheben. Aber was sollte sie tun? Sollte sie, wie andere Wachsausstellungen, die Figur einer verhungernden Frau zeigen? Marie sprach eine andere Klientel an. Sie würde mehr erreichen, wenn sie diejenigen zeigte, die für etwas kämpften, für etwas standen. Richard Cobden, der Unternehmer, Politiker und Anführer der Freihandelsbewegung, war beispielsweise schon lange bei ihr zu sehen, genauso wie andere Politiker, die sich dafür einsetzten, dass die Kinderarbeit eingeschränkt wurde; es hatte bereits Fortschritte gegeben, einige Parlamentsmitglieder kämpften dafür, dass Frauen und Kinder nur noch bis zu zehn Stunden täglich arbeiten durften. Möglicherweise war es nicht so klug gewesen, die Hofkleidung als lehrreich zu bezeichnen, aber sie wusste andererseits, dass alles, was als lehrreich galt, bei den meisten ihrer Besucher hochangesehen war. Als sie ihren Söhnen am nächsten Morgen den Artikel zeigte und erzählte, wo sie ihn gefunden hatte, waren die beiden verunsichert und diskutierten, was sie tun sollten. Müsste die Ausstellung der Hofkleidung abgebaut werden, weil es als unpassend gelten könnte, angesichts des herrschenden Elends diese Pracht zu zeigen? Marie beruhigte sie. Aus Erfahrung wusste sie es besser. »Auch giftige Artikel können uns nützen, ihr werdet sehen. Bald werden sich alle drängen, um diese ach so verdammenswerten Roben zu begutachten.« Und so war es.

Wenig später überraschten ihre Söhne Marie mit einer Einladung in ein besonders gutes Restaurant. Noch erstaunter war sie, als Joseph und Francis ihr eröffneten, dass sie die Einbürgerung beantragt hatten. Schon bald würden sie britische Staatsbürger sein, dann könne nichts und niemand ihnen das Wachsfigurenkabinett mehr entreißen. Sie waren Franzosen von Geburt an und hatten das Land – ob durch eigene Anschauung oder durch Maries Erzählungen – lieben gelernt. Und doch war England ihre Heimat geworden, für ihre eigenen Kinder war Frankreich kaum mehr als ein fremdes Land. Hier lebten sie, hier hatten sie ihr Auskommen, hier hatten sie Freunde gefunden, wie Admiral Napier, der ihre Einbürgerung unterstützte. Wie stolz Marie war. Ihre Söhne wären bald hochoffiziell angesehene Gentlemen. Sie waren so respektabel, wie man es nur sein konnte. Für sie wäre dieser Schritt jedoch nie in Frage gekommen. Sie fühlte sich zu sehr als Französin. Welchen Nutzen hätte sie auch davon? Und wie würde es aussehen, wenn aus Madame Tussaud plötzlich Mrs Tussaud werden würde?

Als die Einbürgerung vollzogen war, war sie seltsam erleichtert. Jahrelang hatte sie eine Last getragen, zu Unrecht getragen. Sie begriff, dass ihre Söhne erwachsen waren, dass sie sich allein durchschlagen mussten, dass sie nun für ihr Vermächtnis verantwortlich waren. Sie hatte getan, was sie konnte. Jetzt durfte sie endlich loslassen und den Ruhm genießen, den ihr ihre Arbeit einbrachte. Madame Tussauds war in wenigen Jahren eine Art Institution in London geworden. Es war eine der führenden Attraktionen in der englischen Hauptstadt. Es wurden Artikel über sie geschrieben, sie kam in Karikaturen vor, sie war sogar als Rolle in einem Theaterstück zu sehen. Für all das konnte Marie sich nun Zeit nehmen, vor allem aber für ihre Enkel. Die nächste Generation der Familie Tussaud wartete schon darauf, von der Großmutter in die Wachskunst eingewiesen zu werden. Und dazu war sie mehr als bereit.

KAPITEL 15

LONDON, 1848 BIS 1850

Marie saß mit ihrem Enkel Victor, dem sechsjährigen Sohn von Francis, an ihrem Tisch. Sie trug ein Tuch um den Kopf, um ihr Haar zu schützen und holte eine kleine Kiste hervor. Victor sah sie mit großen Augen an. Seine Beine schaukelten vor Vorfreude über dem Boden. Langsam nahm Marie eine silberne Uhr aus der Kiste, zog sie auf und legte sie vor sich. Sie nahm die nächste heraus, prüfte die Zeit und schüttelte mit einem vorwurfsvollen Lächeln den Kopf, dann stellte sie sie und gab die Uhr Victor, der sie vorsichtig aufzog. So ging es weiter, bis wohl ein Dutzend Uhren vor ihr auf dem Tisch lagen. »Wenn du noch ein bisschen größer bist, darfst du dir eine aussuchen«, sagte sie und legte alle bis auf eine wieder in die Kiste zurück.

»Dann weiß ich immer die Zeit. Dann weiß ich auch immer,

wann die Ausstellung geöffnet wird und ich dort nicht mehr toben darf«, wiederholte er einen Satz, den er wohl schon oft von seiner Großmutter gehört hatte.

»Aber bis dahin dauert es noch ein bisschen. Wo waren wir gestern stehengeblieben? Oder wollen wir etwas lesen?« An einer Ecke des Tisches lag *Robinson Crusoe*, es war nicht das Exemplar, das Marie damals von ihrem Großvater geschenkt bekommen hatte, sondern eine englische Ausgabe, die sie in Josephs Kindheit gekauft hatte. Der Roman hatte in den vielen Jahren nichts an seiner Beliebtheit eingebüßt. Victor schüttelte den Kopf und ließ sich vom Stuhl rutschen. Er holte nun seinerseits eine Kiste, in der sich Wachs und einige Bossierhölzer befanden. Marie wollte gerade mit ihrem Unterricht beginnen, als Joseph eintrat. Er hielt eine Zeitung in der Hand.

»In Frankreich hat es eine Revolution gegeben. Es gab Straßen- und Barrikadenkämpfe. König Louis-Philippe hat abgedankt, angeblich flieht er nach England«, sagte er aufgeregt.

»Mal wieder eine Revolution in Frankreich? Das Volk ist unruhig. Es kennt seine Stärke, jetzt lässt es sich nichts mehr gefallen. Weiß man, wo sich die Kämpfe zugetragen haben? Wir müssen einen Brief an deinen Vater schreiben und herausfinden, ob ihm etwas passiert oder ob er in Gefahr ist. Wir sollten ihm auf jeden Fall unsere Hilfe anbieten«, sagte Marie und holte das Wachs heraus, das Victor gestern geformt hatte. Joseph stutzte verwundert.

»Ja, das wollte ich gerade vorschlagen. Ich bin froh, dass du auch so denkst«, antwortete er. Sie hatten in letzter Zeit kaum über François gesprochen. Es schien, als ob ihre Söhne nicht wussten, ob und wie sie dieses Thema anschneiden konnten. Maries heftige Reaktion auf das Wiederauftauchen ihres Ehemannes hatte ihnen wohl zu denken gegeben. Marie hatte jedoch ihren Groll François gegenüber begraben. Er hatte Fehler gemacht, aber auch sie war nicht vollkommen. Sie war alt, ging auf die neunzig zu. Jeder Tag könnte der letzte sein. Wollte sie so diese Welt verlassen, mit Groll im Herzen? Und letztlich sprachen die Tatsachen für sich: Sie lebte im Kreis ihrer Familie, während François ganz allein war.

»Wie könnte ich nicht so denken? Seit die Ausstellung gesichert ist, erfüllt mich der Gedanke an ihn nicht mehr mit Furcht. Ihr habt recht, er ist alt, wie ich, und er verdient Hilfe.« Joseph schien beruhigt. Er wollte sofort den Brief aufsetzen und abschicken. Marie hielt ihn noch kurz auf, sie wollte ihn etwas fragen.

Er kam ihr zuvor. »Francis stellt die Figur von Louis-Philippe gerade um. Wir dachten, vielleicht könnte man ihn in die Nähe des Königspaars stellen, das ihm nun Asyl gewähren soll.«

»Ich dachte mir schon, dass meine Frage überflüssig ist«, lachte Marie erleichtert und wandte sich wieder ihrem Enkel zu.

Ihre Söhne schrieben an François und erhielten schon bald eine Antwort. Von den Barrikadenkämpfen habe er wenig mitbekommen, die wirtschaftliche Krise bekam er hingegen mit allen Härten zu spüren, er musste den Gürtel enger schnallen. Dass man Louis-Philippes Thronsessel zur Place de la Bastille gebracht und ihn dort verbrannt hatte, hätte er gerne gesehen, aber seine Beine machten einfach nicht mehr mit. Joseph und Francis schickten ihm etwas Geld und waren ansonsten beruhigt.

Als jedoch im Sommer erneut eine Revolte in Paris ausbrach, beschlossen die Brüder, dass einer von ihnen nach ihrem Vater sehen sollte. Marie riet ihnen davon ab, die Aufstände könnten jeden Moment wieder aufflammen. Es wäre gefährlich, nach Frankreich zu reisen. Man könnte in Kämpfe verwickelt, gefangen genommen oder sogar getötet werden. So oder so wäre niemandem damit gedient. Ihre Söhne ließen sich jedoch nicht von ihrem Plan abbringen. Francis mit seinen vielen kleinen Kindern sollte in London bleiben und sich um die Ausstellung kümmern, während Joseph sich auf den Weg machte.

In den Wochen, in denen er unterwegs war, kam Marie kaum zur Ruhe. Die Sorgen ließen sie beim Zeitunglesen aufspringen und trieben sie des Nachts aus dem Bett. Wie erleichtert sie war, als er zurückkehrte. Sein Vater hatte die Aufstände wohlbehalten überstanden, sei aber inzwischen nahezu erblindet und könne sich nicht mehr gut bewegen. Von Paris malte Joseph ein dramatisches Bild. Eine wirtschaftliche Krise hatte das Land geschwächt, es gab so viele Hungernde wie nie zuvor. Die Stadt war von den Kämpfen gezeichnet. Auch auf dem Boulevard du Temple hatte es Schießereien gegeben, vor das Théâtre de la Gaîté, dem Nachfolger des Seiltanztheaters von Nicolet, hatte man eine Haubitze gestellt. Die Regierungstruppen hatten die Aufständischen brutal niedergekämpft; François hatte berichtet, dass es wahre Hetzjagden durch die Vororte und Massenhinrichtungen in den Steinbrüchen von Montmartre gegeben habe. Noch immer war keine Ruhe eingekehrt. Regimenter wurden nach Paris beordert, die Vororte bewaffnet. Joseph erzählte, dass er versucht habe, seinen Vater zu überreden, ihn nach England zu begleiten. Doch François weigerte sich, Frankreich, Paris, sein Viertel, ja sogar sein Haus zu verlassen. Im Gepäck hatte Joseph einen Brief, der nur an Marie, und nicht, wie sonst, an sie und ihre Söhne gerichtet war. Marie steckte ihn in ihre Tasche. Sie würde ihn am Abend in Ruhe lesen.

Ma chère Marie,
Joseph ist nebenan und packt. Ich will den Moment nutzen, um Dir zu schreiben. Bald wird er abreisen, und dann kehrt wieder Stille, diese entsetzliche Stille, in meinem Haus ein. Ich bin froh, dass Du mich nicht sehen musst. Ich bin alt, lahm und fast blind. Das Vergnügen, durch die Straßen der Stadt zu streifen, mich ins Getümmel zu stürzen, wie ich es gemocht habe, gibt es nicht mehr für mich. Ich würde mein geliebtes Paris wohl auch kaum wiedererkennen. Ganze Häuserzeilen werden abgerissen, überall wird gebaut. Vieles ist durch die Kämpfe zerstört worden. Nachts hörte man oft Schüsse, berittene Truppen, Schreie. Ich fühlte mich an die Tage der ersten Revolution erinnert. Verfolgen Dich diese

Erlebnisse auch manchmal bis in den Schlaf? Trost finde ich auf meine alten Tage nur noch in lieben Erinnerungen. Eine Frau besorgt mir den Haushalt, aber wie viel schöner wäre es, meine Familie um mich zu haben. Dieses Glück habe ich wohl nicht verdient. Du hast unsere Söhne zu wohlgeratenen Männern erzogen, mein Verdienst ist das nicht gewesen, das weiß ich.

Du glaubst nicht, wie ich es heute bedaure, Dich, meine geliebte Ehefrau, und meine geliebten Söhne nicht um mich zu haben. Aber noch mehr bedaure ich es, dass wir nach dem Krieg, als wir es konnten, nicht mehr zueinander gefunden haben. Es hat mir sehr wohl getan, zu hören, dass Du Dich um mich sorgst.

Marie, ich bitte Dich, hadere nicht mehr mit mir. Ich bin nicht ohne Fehler gewesen, aber auch das Schicksal hat uns übel mitgespielt. Dieser verdammte Krieg! Waren wir beide zu verstockt, um die gegenseitigen Verletzungen zu überwinden? War uns anderes wichtiger? Und jetzt, wird es uns jetzt noch gelingen, den Graben zu überbrücken, der uns trennt? Ich fürchte nicht.

Marie, Du sollst wissen, dass ich Dich in all den Jahren nie vergessen habe. Du bist meine Frau, für die Ewigkeit.

Dein Mann François Tussaud

Die Schrift verschwamm vor Maries Augen. Der Brief entglitt ihren zitternden Fingern. Zum ersten Mal seit Jahrzehnten hatte sie das Gefühl, dass eine Versöhnung möglich wäre. Ein verrückter Gedanke überfiel sie. Könnte sie noch einmal nach Paris reisen, um die Stadt und ihren Ehemann wiederzusehen? Oder war diese Chance vertan? Sie müsste erst vollständig auf die Beine kommen und im Wachsfigurenkabinett nichts zu tun haben, dann wäre es vielleicht möglich. Also hieß es, abwarten.

Wie jeden Morgen machte Marie ihre Runde durch das Wachsfigurenkabinett und sah nach dem Rechten. Es war November, und auf der großen Freifläche hinter dem Basar fand unter der Schirmherrschaft des Prinzgemahls die jährliche Viehausstellung statt. Bald würde es auch in ihrer Ausstellung von Besuchern nur so wimmeln. Viele von ihnen waren einfache Bauern, die noch nie eine so prachtvolle Umgebung gesehen hatten und meist aus dem Staunen gar nicht mehr herauskamen. Marie beobachtete, wie die Figuren gebürstet und die Kleider abgestaubt wurden. Sie warf einen Blick auf das Gemälde, das der Hofmaler Paul Fisher von ihr gemalt und das einen Ehrenplatz in der Ausstellung erhalten hatte. Sie saß auf dem Lehnstuhl an der Kasse, über ihr wölbte sich ein grüner Baldachin und im Hintergrund sah man die aufgereihten Wachsfiguren. Sie war stolz auf dieses Bild, auch wenn sie etwas mürrisch wirkte. Da mochte sie eine Karikatur des berühmten Zeichners George Cruikshank, die im letzten Jahr veröffentlicht worden war, beinahe lieber. Darauf war zu sehen, was die Wachsfiguren machten, wenn die Ausstellung geschlossen war: Sie feierten. Im Mittelpunkt war Marie als rüstige, freundliche ältere Dame abgebildet, wie sie mit Napoleon tanzte. Der »Teufelsgeiger« Paganini untermalte die Szene mit Musik, zu den Tanzenden gehörten auch die Königinnen Elisabeth I. und Viktoria. Am Rande der Tanzfläche prosteten sich die politischen Konkurrenten William Pitt und Charles James Fox zu, Lord Byron begrüßte Voltaire und der irische Politiker Daniel O'Connell schwatzte mit dem Attentäter Fieschi. Die Figuren in ihren historischen Kostümen wirkten wie die Maskierten auf einem Karnevalsball. Der Text dazu lautete:

Mir träumte, ich schlief bei Madame Tussauds
Unter Herrschern und Halsabschneidern
Und dass um Mitternacht in dem Saal
Zum Leben erwachten die Puppen all.
Mir träumte, dass Napoleon Bonaparte
Den Walzer tanzte mit Madame T...

Es gab auch Lieder, die diese geheimen Feste der Wachsfiguren zum Thema hatten. Madame Tussauds war in Mode, ihr Name war zu einem geflügelten Wort geworden.

Sie lief weiter zu den Napoleonsälen und dachte daran, wie oft sie hier schon dem Herzog von Wellington begegnet war. Er war ein großer Freund des Wachsfigurenkabinetts geworden und hatte sogar darum gebeten, über Neuigkeiten informiert zu werden. Besonders hatte es ihm aber das Tableau von Napoleon auf dem Totenbett angetan. Vielleicht, weil er seinem Widersacher nie Auge in Auge gegenübergestanden hatte. Es war auf jeden Fall ein bewegender Anblick, den gebeugten alten Mann vor dem Abbild seines Erzfeindes zu sehen. Der berühmteste lebende Engländer am Totenbett des größten Franzosen. Wäre das auch ein Motiv für ein Gemälde? Marie würde es ihren Söhnen vorschlagen. Eine Angestellte kam zu ihr gelaufen und flüsterte ihr aufgeregt etwas ins Ohr. Marie ging sogleich zum Eingang.

Dort entdeckte sie sofort die kleine kräftige Gestalt der Königin. Um sie herum standen ihre Hofdamen und ihre Kinder. Marie verbeugte sich. Eine Hofdame entrichtete den Eintritt – bei Madame Tussaud & Sons mussten alle zahlen, ob Arbeiter oder Herrscher. Das hatte schon häufiger zu Verwirrung geführt, denn manche der Adeligen oder Reichen hatten selbstverständlich kein Kleingeld in der Tasche und mussten ihre Begleiter anpumpen. Aber in diesen Räumen waren eben alle gleich.

»Die Königin ist inkognito hier. Bitte sorgen Sie für Diskretion, Madame«, sagte eine Hofdame zu Marie.

»Darauf können Sie sich verlassen«, antwortete Marie. Sie bat ihre Angestellten, die mitbekommen hatten, dass Königin Viktoria die Ausstellung besuchte, sich möglichst normal zu verhalten, aber dennoch unauffällig dafür zu sorgen, dass die Räume, in denen sich die Majestät aufhielt, menschenleer waren. Schließlich hatte es schon eine ganze Reihe von Attentaten auf das Leben der Königin gegeben. Ein Attentäter, Edward Oxford, war auch in der »Chamber of Horrors« zu sehen.

Als sie zurückkam, erschrak sie, als sie sah, dass die Königin im Gespräch mit einem Mann war, der ein einfacher Bauer zu sein schien. Nachdem das Gespräch beendet war und er sich so abrupt wegdrehte, als habe er sich mit einer gewöhnlichen Frau unterhalten, hielt Marie ihn auf. »Wissen Sie denn nicht, mit wem Sie es zu tun hatten? Sie haben gerade mit unserer guten und gnädigen Königin gesprochen.« Der Mann war völlig überrascht.

»Und ich habe zu ihr gesagt, was für hässliche, grimmige Gesichter manche der Könige und Königinnen haben! Sie hat nur gelacht und meinte ›Da stimme ich Ihnen zu‹. Danach hat sie sich bei mir nach den Überlebenden der grausamen Morde in meiner Heimat Norfolk erkundigt. Aber ich weiß auch nichts Neues, ich bin ja schon ein paar Tage von dort weg. Wenn ich gewusst hätte, dass sie die Königin ist –«, er wollte schon wieder auf Königin Viktoria zugehen. Doch Marie hielt ihn auf.

»Schon gut, Sie ist inkognito hier. Am besten lassen Sie sie in Ruhe.« Marie bat einen Angestellten, den Bauern durch einen anderen Teil der Ausstellung zu führen und wandte sich der Königin zu, die mit ihren Kindern aufmerksam die Figuren betrachtete. Auch ihr eigenes Wachsabbild und die ihres Mannes und ihrer Kinder begutachtete sie zufrieden. Da Marie nun wusste, dass die Königin sich nach dem Mordfall Rush erkundigt hatte – ein Richter und sein Sohn waren in Norfolk von einem Pächter erschossen worden, seine Frau und ein Diener wurden verwundet –, zeigte Marie ihr in der »Chamber of Horrors« diese Figuren. Besonderes interessiert war Königin Viktoria an den Kleidern der Figuren, die entweder von den Abgebildeten selbst stammten oder genaue Kopien waren. Nebenbei berichtete die Königin davon, dass sie als Kind für ihre Porzellanpuppen selbst Kleider aus Samt und Seide hergestellt hatte. Gemeinsam mit ihrer Gouvernante hatte sie die Puppen angekleidet und mit Namen sowie Ämtern und Würden versorgt, erzählte sie lächelnd. Als sie gingen, musste Marie daran denken, wie viele königliche Herrschaften sie schon in ihren vielen verschiedenen Ausstellungsräumen begrüßt hatte. Wie nervös sie am Anfang gewesen war. Damit war es inzwischen vorbei. Wenn sie eines in ihrer langen Laufbahn gelernt hatte, dann dass Monarchen auch nur Menschen waren und als solche behandelt werden wollten, solange man es nicht an Respekt fehlen ließ. Und jetzt hatte auch diese Königin die Ausstellung mit ihrem Besuch geadelt. Ihre Söhne würden staunen, wenn sie davon hörten.

Einige Wochen später erhielten sie eine Nachricht, die Marie erschütterte, obgleich sie doch damit hätte rechnen können: François war gestorben. Sie hatte zu lange gezögert, ihn noch einmal wiederzusehen. Sie würde ihn in Erinnerung behalten, wie sie ihn zuletzt erlebt hatte, als jungen Mann, voller Leidenschaft und Lebenslust.

Nun war sie über vieles erleichtert, was sie in den letzten Jahren gequält hatte. Ihre Söhne hatten durch ihre Versöhnung mit dem Vater alles in Ordnung gebracht. Sie hatten sich um ihn gekümmert und sich damit wie wahre Söhne verhalten.

Noch einmal nahm sie den Brief zur Hand, den François ihr geschickt hatte. Er war schon ganz abgegriffen. Sie wusste aber ohnehin auswendig, was darin stand.

Sechzehn Monate danach spürte auch sie, dass ihr Ende nahte. Sie machte gerade mit ihren Söhnen die Pläne für die Neuerungen bei Madame Tussaud & Sons anlässlich der Weltausstellung, die in einem Jahr, also 1851, in London stattfinden sollte, als sie erneut einen Schwächeanfall erlitt. Ihre Söhne trugen sie ins Bett, ihre Schwiegertöchter versorgten sie, doch dieses Mal wusste Marie, dass die Kraft sie endgültig verließ. Ihre Familie schien zu ahnen, wie ernst es war. Nach und nach versammelten sie sich an ihrem Bett. Marie nahm zufrieden die Größe ihres Clans wahr. Sie sah ihren Enkel Joseph Randall, der an der Royal Academy School zum Bildhauer ausgebildet wurde. Er war ein sensibler junger Mann, der manchmal unter der Strenge seines Vaters zu leiden schien. Francis jr. war ebenfalls ein talentierter Künstler geworden, auch wenn er über eine schwächlichere Konstitution verfügte. Beide waren gut gerüstet, um das Wachsfigurenkabinett von ihren Vätern zu übernehmen. Es gab also keine Nachwuchssorgen, was die Leitung des Kabinetts anging.

Sie dachte an ihren eigenen Kunstunterricht, an Jacques-Louis David, wie er beim Zeichnen ihre Hand führte, wie er sie umarmte, wie er sie küsste. Als er sie für eine andere verließ, hatte sie sich gewünscht zu sterben. Die Wachskunst hatte sie am Leben erhalten. Später war sie häufiger dem Tod begegnet. In den Kerkern der Revolutionäre hatte sie mit ihrem Leben abgeschlossen. Nein, der Tod ängstigte sie nicht. Es war das Sterben, das ihr Angst machte. Sie wollte nicht leiden. Sie musste loslassen, durfte sich nicht mehr ans Leben klammern. Es war Zeit, zu gehen. Es gab keine Wachsfigur mehr für sie zu gießen, alle Arbeit war getan. Wen hatte sie alles getroffen, was hatte sie alles erlebt! Beinahe neunzig Jahre lagen hinter ihr, fast ein Jahrhundert. Als sie geboren wurde, herrschte noch Ludwig XV. über Frankreich, jetzt gab Louis-Napoleon Bonaparte, ein Neffe des Kaisers, den Ton an. Damals wurde die Erfindung des Blitzableiters als wissenschaftliche Errungenschaft gefeiert, heute experimentierte man mit Elektrizität, es gab den Telegraphen, Gasbeleuchtung, Dampfschiffe und Eisenbahnen. Welche Neuerung würde man bei der Weltausstellung im nächsten Jahr präsentieren? Sie würde es nicht mehr erleben, das war ihr bewusst.

Marie ließ ihre Gedanken zu ihren Anfängen wandern. Zum Haus des Großvaters in Straßburg und zu dem Stück Galgenstrick, das er ihr zum Abschied geschenkt hatte. Es hatte ihr Glück gebracht. Ihre Gedanken spazierten in den Palast in Paris, in dem ihr Onkel Philippe Curtius sein erstes Atelier gehabt hatte. An ihre ersten Versuche als Wachsbildnerin. Sie erinnerte sich an ihre erste Arbeit, die einfache Wachsblume, die sie hinter dem Rücken ihres Onkels hergestellt hatte. Curtius hatte darin ihr aufkeimendes Talent erkannt, wie ein Gärtner im Samenkorn die zukünftige Blume sieht. Sie dachte an die ersten Wachsblumen und -früchte, an die ersten Miniaturen, an ihr erstes Antlitz aus Wachs. Wie viele Gesichter hatte sie seitdem in Wachs nachgeformt? Gesichter von Königen und Verbrechern, von Geliebten und Gehassten. Männern und Frauen, Babys und Greisen, Hingeschiedenen und Hingerichteten. Die Gesichter der Revolutionäre hatten den Grundstock ihrer Ausstellung gebildet, als sie mit etwa dreißig Figuren nach England gekommen war. Sie hatte nur einige wenige Monate bleiben wollen, daraus war der Rest ihres Lebens geworden. Wie wäre ihr Leben wohl verlaufen, wenn sie nach Paris zurückgekehrt wäre? Wäre ihr Leben leichter gewesen? Sie ließ die ersten Jahre Revue passieren, in denen sie um ihr Überleben gekämpft hatte, in denen sie darum gerungen hatte, ihren Geschäftspartner Philipsthal loszuwerden. »Das Monster« hatte sie ihn genannt, dabei hatte er auch nur leben wollen, allerdings auf ihre Kosten. Er hatte das Potential ihrer Ausstellung erkannt, bevor sie sich dessen gewiss war. Es war eine harte Schule gewesen, aber sie hatte etwas von ihm gelernt: welche Städte und Säle für ihre Ausstellung in Frage kamen, dass im Geschäftsleben Vertrauen fehl am Platz war und, nicht zuletzt, dass sie sich allein in einem fremden Land behaupten konnte. Sie dachte an die Jahre in Irland, Schottland und England, an die Städte, die sie bereist hatte. An Boney in der Bucht von Torbay. An den Schiffbruch vor Liverpool. Und dann das Wiedersehen mit ihrem Sohn Francis. An die ersten Enkel, die königlichen Besucher, an die Aufstände in Bristol, an den Baker Street Bazaar. Prachtvoll, erfolgreich, weltbekannt – das war sie heute. In ihrer Ausstellung mischte sich Lehrreiches mit Unterhaltsamen, einzigartige Artefakte und hohe Kunst; sogar einige Gemälde von Jacques-Louis David und François Boucher schmückten inzwischen die Räume.

Die Lebenden hatten sich um ihr Bett versammelt, aber Marie sah auch die Toten, die sich um sie scharten. Wie Wachsfiguren standen sie plötzlich vor den Wänden des Raumes, fingen an sich zu bewegen, kamen auf sie zu, begrüßten sie. Ihr Ehemann François, er trug ihr nichts nach. Henri-Louis

Charles, ihr treuer Freund und Reisegefährte. Ihre Mutter Anna, wie immer mit weit geöffneten Armen. Jacques-Louis David, gestorben im Exil in Brüssel. Ihre Kinder- und Jugendfreundin Laure, die sie während der Revolution so bitter enttäuscht hatte. Curtius, der vielleicht ihr Vater, auf jeden Fall aber ihr Ziehvater gewesen war. Mit ihm hatte diese Geschichte, ihre Geschichte, ihren Anfang genommen. Und dort sah sie auch ihre Erstgeborene, Marie Maguerite Pauline. Marie wollte mit ihr gehen, mit dieser Seele, die sie so früh verlassen hatte. Zwei Menschen drängten sich durch das Heer der Schatten und hielten sie für einen Augenblick zurück. Francis und Joseph streichelten ihre Finger. Marie vertröstete die Geister. Das Sterben hatte noch Zeit. Erst mussten ihre Geschäfte auf Erden in Ordnung gebracht werden. Das Wachsfigurenkabinett war in ihrem Leben immer zuerst gekommen, es würde sie auch als Letztes noch bewegen. Nun würde es in die Hände ihrer Söhne übergehen. Marie öffnete ihren Mund, flüsterte, dass sie ihnen das Vermögen zu gleichen Teilen hinterließ und beschwor sie, sich niemals im Streit zu überwerfen. Ihren Söhnen liefen die Tränen in die Bärte. Hatte sie ihnen nicht gesagt, dass ihre Gesichter ohne Bärte schöner waren? Aber dafür würde ihr Atem nicht mehr reichen.

Der Philosoph Diderot, der alte Bekannte ihres Onkels, hatte einmal geschrieben, dass man erst am Ende wissen würde, ob man in diesem großen Spielhaus, in dem man mit dem Würfelbecher in der Hand seine Jahre verbrachte, verloren oder gewonnen habe. Sie wusste jetzt, dass sie gewonnen hatte. Würde, ja. Ruhm, auch. Aber vor allem Liebe. Gut, dass sie nicht vorhersehen konnte, dass jemand auf ihrem Totenschein unter der Rubrik Beruf *Witwe von François Tussaud* eintragen würde. Sie war immer weit mehr als das gewesen.

NACHWORT

Marie Tussaud starb am 15. April 1850 im Kreis ihrer Familie. Ihre Söhne nahmen ihre Totenmaske. Marie wurde auf dem Friedhof der römisch-katholischen Kirche in Chelsea, London, begraben. Joseph und Francis führten einvernehmlich die Geschäfte von Madame Tussauds weiter. Anlässlich der Weltausstellung im Jahr 1851 eröffneten sie die neue »Halle der Könige« in einem Raum, der als der größte Europas galt. Drei Jahre später gelang Joseph ein Coup, als er dem Henker Clément-Henri Sanson die Guillotine abkaufte, die während der Französischen Revolution für Schrecken gesorgt hatte.

Später übernahm Joseph Randall die Leitung des Wachsfigurenkabinetts, Francis jr. verschied 1858 in Rom an Schwindsucht. Als Bernard Tussaud im Jahr 1967 starb, schied mit ihm der letzte Nachkomme Maries aus dem Unternehmen aus.

Heute ist Madame Tussauds die beliebteste Touristenattraktion Londons, darüber hinaus gibt es Niederlassungen in Amsterdam, Hongkong, Las Vegas, Shanghai, New York City, Washington, D.C., und Berlin.

Maries hoher Anspruch und ihre künstlerischen Prinzipien leben weiter, und noch heute sind bei Madame Tussauds Wachsfiguren zu sehen, die nach ihren Gussformen geschaffen wurden.

ANMERKUNG

Seit über zehn Jahren bin ich auf den Spuren von Marie Tussaud unterwegs. Waren es am Anfang nur Details, die mich neugierig machten und über die ich mehr herausfinden wollte, wie ihre Herkunft aus einer Henkersfamilie oder ihre Verwicklung in die Französische Revolution, hat mich zuletzt ihre gesamte Biographie auf Reisen geschickt. Die ersten Reisen fanden auf dem Papier statt, doch der schriftliche Nachlass von Marie Tussaud ist dürftig. Es gibt lediglich ihre teilweise ungenauen Erinnerungen an ihr Leben in Frankreich, die 1838 unter dem Titel *Madame Tussaud's Memoirs and Reminiscences of France* veröffentlicht wurden, sowie einige wenige Briefe und Geschäftsbücher von ihrer Hand. Danach habe ich mich auf die Sachbücher gestürzt, zu den besonders empfehlenswerten gehören *Waxing Mythical* von Kate Berridge, *Madame Tussaud. Waxworker Extraordinary* von Anita Leslie und Pauline Chapman, *Madame Tussaud and the History of the Waxworks* von Pamela Pilbeam sowie *Taken from Life – Madame Tussaud und die Geschichte des Wachsfigurenkabinetts vom 17. bis frühen 20. Jahrhundert*, eine Dissertation von Uta Kornmeier.

Wenn man Marie Tussaud jedoch nahekommen will, muss man die Orte aufsuchen, an denen sie gelebt und gewirkt hat. Dort gewinnt man auch erst einen Eindruck davon, wie aufreibend die Reisejahre gewesen sein müssen und wie bewundernswert ihre Lebensleistung ist. In den letzten Jahren war ich in Frankreich, England, Irland und Schottland unterwegs, habe alte Zeitungen gewälzt, antike Karten studiert, Geburtsregister eingesehen und manche kleine Entdeckung gemacht.

Bei aller akribischen Recherche und der Liebe zur historischen Genauigkeit sind *Die Wachsmalerin* und *Das Kabinett der Wachsmalerin* jedoch historische Romane. Manche Figuren und Begebenheiten sind erfunden, über andere, wie Henri-Louis Charles, ist nur sehr wenig bekannt. Über Paul de Philipsthal finden sich aufschlussreiche Informationen in Mervyn Heards spannendem Buch *Phantasmagoria. The Secret Life of the Magic Lantern*. Weiter geholfen haben mir auch Reiseberichte aus dieser Zeit, wie Johanna Schopenhauers *Reise nach England*, Heinrich Heines *Englische Fragmente* oder Hermann Fürst von Pückler-Muskaus *Briefe eines Verstorbenen*. Die Literatur über England im neunzehnten Jahrhundert ist ebenso vielfältig wie umfassend, ausführlichere Literaturhinweise finden sich auf meiner Homepage www.sabineweiss.com.

Kein Autor kommt ohne Menschen aus, die ihn unterstützen. Ohne meine Agentin Petra Hermanns und meine Lektorin Monika Boese würde es die *Wachsmalerin* nicht geben. Beide haben an mich und meine Idee geglaubt, dafür danke ich ihnen sehr. Zu besonderem Dank bin ich auch Madame Tussauds Archives verpflichtet, wo sich Damen wie Pauline Chapman, Undine Uncannon und Susanna Lamb dem Nachlass der Wachskünstlerin und der Geschichte ihrer Firma widmen. In vielen lokalgeschichtlichen Bibliotheken Englands standen mir Mitarbeiter hilfreich zur Seite, auch ihnen gilt mein Dank.

Auskünften über die Auswirkungen und Behandlungsmöglichkeiten der Pocken im neunzehnten Jahrhundert haben mir freundlicherweise Dr. Sammet vom Institut für Geschichte und Ethik der Medizin in Hamburg und die Virologin Dr. Polywka vom Universitätsklinikum Hamburg-Eppendorf erteilt. Frau Pellnitz vom Deutschen Schifffahrtsmuseum Bremerhaven war hilfreich, als es um Schiffskunde und Schiffsregister ging.

Vor allem aber danke ich meinem Mann André, der uns ein Zuhause auf Rädern ausgebaut, uns viele tausend Kilometer mit diesem Wohnmobil durch die Gegend kutschiert und, wenn ich mal wieder in einer Bibliothek meine Nase in alte Papiere steckte, unseren Sohn bei Laune gehalten hat. Schöner kann man nicht arbeiten!

Sabine Weiß
Die Wachsmalerin

Historischer Roman. www.list-taschenbuch.de
Originalausgabe
ISBN 978-3-548-60845-7

Wer war die Frau, die als Madame Tussaud in die Geschichte einging? In ihrem großen Roman erzählt Sabine Weiß ein bewegtes Frauenleben. Als kleines Mädchen kommt Marie, die Tochter eines Scharfrichters, nach Paris. In den Wirren der Französischen Revolution muss sie um ihr Leben kämpfen, doch ihr begegnet auch aufrichtige Liebe. Mit ihrem Aufbruch nach England wird sie schließlich zur Legende. Ein eindrucksvoller historischer Roman um Selbstbestimmung, Liebe und Verrat.

»In ihrem Debütroman schildert Sabine Weiß das Leben der jungen Marie Tussaud so spannend, lebensprall und atmosphärisch, dass es eine Lust ist, ins Paris des 18. Jahrhunderts einzutauchen.« *TV Spielfilm*

»Sabine Weiß entwickelt einen spannenden Plot mit ausgeprägter Sensibilität für die historischen Figuren und das Zeitgeschehen. Ein großer Roman.«
Hamburger Abendblatt

List Taschenbuch

Achtung!
Klassik Radio
löst Träume aus.

- **Klassik Hits** 06:00 bis 18:00 Uhr
- **Filmmusik** 18:00 bis 20:00 Uhr
- **New Classics** 20:00 bis 22:00 Uhr
- **Klassik Lounge** ab 22:00 Uhr

Alle Frequenzen unter www.klassikradio.de

Bleiben Sie entspannt.